Ce Tableau représente les Victoires que le Diable a remportées sur le Genre Humain
en commençant par Ève; & cette première Victoire est démontrée par le Serpent
il tient dans sa main. l'Arche de Noé &c. La seconde Victoire continuë jusqu
nos jours, suivie des autres effets démontrés dans ce Dessein.

HISTOIRE
DU
DIABLE,

Traduite de l'Anglois.

TOME PREMIER.

Contenant un Détail des circonstances, où
il s'est trouvé, depuis son Bannissement du Ciel,
jusqu'à la Création de l'Homme : avec quelques
Réflexions sur les Erreurs de certains Auteurs,
touchant la Raison & la Manière de sa Chute.

TOME SECOND,

Qui traite de la Conduite qu'il a tenue jusqu'à-present, & des moïens dont il se sert pour
venir à bout de ses Desseins

A AMSTERDAM,

Aux Dépens de la COMPAGNIE.

MDCCXXIX.

TRADUCTION

DE LA

PREFACE ANGLOISE.

LA feconde Edition de cet Ouvrage eft un témoignage autentique qu'il a été généralement
bien reçu, d'autant plus quelle a
fuivi de près la première, malgré
le grand nombre d'exemplaires
qu'on en avoit imprimé; de forte
que nous ne fommes pas obligés
d'avoir recours à la louable coutume de ceux qui mettent quelque chofe au jour, de nous en
vanter fans preuve.

Le Sujet en eft auffi fingulier

que la manière dont il est traité ,
est extraordinaire. Le Monde
savant l'a lu avec plaisir : le Monde
enjoué s'en est diverti : le Monde
ignorant y a trouvé de quoi s'instruire ; & il n'y a eu que le Monde malicieux qui s'en soit ofensé.
Mais y a-t-il à s'étonner de voir
que quand le DIABLE a du chagrin *ses Amis en font afligés.*

Ce qu'il y a de plus étrange,
c'est d'entendre SATAN se plaindre de ce que cette Histoire est
traitée avec profanation : mais
qui peut dire qu'il est étrange que
ses Avocats SOIENT, *ce qu'il a
été dès le commencement?*

L'Auteur assure, & il a pour
cela de bons garands, dont le Jugement passe chez lui pour une
Autorité, que tout le Contenu
de l'Ouvrage est solennel, composé pour l'avancement d'une sérieuse

rieufe Religion, & fufceptible de correction dans un fens Religieux. Mais il ne croit pas qu'il foit défendu de jamáis parler du DIABLE qu'avec horreur, comme fi nous devions toujours avoir peur de lui.

Il eft certain que SATAN, quelque rufé & quelque éfroïable qu'il foit, a fait, & fait encore aujourd'hui, des actions auffi ridicules & auffi extravagantes, que la plupart des Créatures de Dieu. Ainfi il ne fauroit croire que ce foit un péché que de le faire paffer pour un Diable infenfé, tel qu'il eft, ou de faire voir au Monde qu'on a lieu de s'en moquer.

Ceux qui s'imaginent que le Sujet n'eft pas traité avec toute la gravité qu'il demandoit, ont une pleine liberté de faire mieux:

* 3 &

& comme l'Auteur est bien é-
loigné de croire que cette Pièce
soit parfaite, ils ne doivent pas
se fâcher de la *permission qu'il
leur donne de la corriger.* Il a eu la
satisfaction de faire plaisir par-là
à quelques Lecteurs, & de voir
que d'honnêtes-gens l'ont aprou-
vée; pour ce qui est du reste, il
dit avec Mylord ROCHESTER,
mais dans une autre ocasion:

*Leur Censure lui sert de Répu-
tation.*

Pour ce qui regarde un certain Ecléfiastique, a qui ce Livre a eu le malheur de déplaire,
aparemment plutôt à cause de
l'Auteur qu'à cause du DIABLE,
il se contente de dire: *quelle
qu'en soit l'exécution, quel qu'en
puisse être l'Auteur, il paroît
qu'il*

qu'il n'a pas encore écarté tous ſes Auditeurs, à force de Ser-mons.

Il me ſufit (dit encore l'Au-teur) que mon Ouvrage, & en-core moins le Deſſein que j'ai eu en le compoſant, n'a pas plu au DIABLE. Que SATAN & ſes Adhérens ſe tiennent d'un côté, & que les gens honnêtes & cha-ritables, qui aprouvent mon Ou-vrage, ſe tiennent de l'autre, & je m'ofre à compter avec lui.

AVERTISSEMENT.

C'eſt ſur cette ſeconde Edi-tion *Angloiſe* qu'on en a fait la Traduction *Françoiſe*, où l'on n'a épargné ni ſoin ni peine, pour la faire répondre au ſens de l'Auteur de cet Ouvrage, &

AVERTISSEMENT.

où l'on a tâché de donner aux Expreſſions le tour qui leur con-venoit le mieux, afin d'engager les Etrangers à la recevoir auſſi favorablement que l'Original a trouvé un acueil gracieux chez ceux de ſa Nation.

TABLE
DES
CHAPITRES
DU
Premier Tome.

* 5   CHAP.

TABLE DES

CHAPITRES.

CHAP.

L'HISTOIRE DU DIABLE.

PREMIERE PARTIE.

CHAPITRE I.

Qui sert d'Introduction à l'Ouvrage entier.

JE ne doute pas que le titre de ce Livre n'amuse d'abord, un peu, mes Lecteurs: ils s'y arrêteront, peut-être, tout court, comme ils pouroient faire au grimoire d'une Enchanteresse: ils seront quelque tems à délibérer s'ils doivent le lire, ou non, par l'apréhension qu'ils auront qu'en lisant l'HISTOIRE DU DIABLE, ils ne l'évoquent véritablement.

Les Enfans & les Vieilles femmes se sont dit tant de choses éfrayantes du DIA-BLE:

BLE : ils s'en font formé des idées fi horribles , fous des figures fi monftrueufes ,
qu'elles feroient capables de l'efrayer, s'il
fe rencontroit dans l'obfcurité & qu'il fe
prefentât à lui-même, fous les diférentes
formes que l'imagination de l'homme a inventées de lui ; mais, d'un autre côté, je
ne croî pas qu'il parût fi épouvantable, fi
l'on venoit à s'entretenir avec lui face à
face.

C'eft donc affurément une entreprife très-
utile , que celle de donner la véritable
Hiftoire de ce *Tiran de l'Air*, de ce *Dieu
du Monde* , cette terreur & cette averfion
du Genre-Humain, qu'on apèle DIABLE :
de faire voir ce qu'il *eft* & ce qu'il *n'eft
pas*, où il *eft* & où il *n'eft pas* , quand il
eft en nous, & quand il *n'y eft pas* ; car je
ne faurois douter que le DIABLE ne foit
réellement, & en bonne foi, dans un bon
nombre de nos Efprits foibles , quoiqu'-
honnêtes-gens, fans même qu'ils s'en aperçoivent.

C'eft un Ouvrage qui n'eft pas fi dificile
qu'on pouroit fe l'imaginer. Il n'eft pas,
dis-je, fi dificile de découvrir l'HISTOIRE
DU DIABLE, qu'on pouroit croire. On
a des Mémoires de fon Origine & de la
fource de fa famille : pour ce qui eft de
fa conduite, il eft vrai qu'en plufieurs chofes il a travaillé à la faveur des ténèbres,
par raport à fes pratiques & à fa manière
d'agir ; mais, en général, quelque rufé
qu'il foit, il a manqué de prudence, de fe
découvrir lui même dans quelques-unes des
transac-

tranſactions les plus conſidérables de ſa vie, juſques-là qu'alors il s'eſt écarté de toutes les règles de la Politique. Notre ancien ami *Machiavel* l'a ſurpaſſé en pluſieurs rencontres, & je pourai, dans la ſuite de cet Ouvrage, nommer quantité de fils d'ADAM, & quelquels-unes de leurs ſociétés, qui ont ſurpaſſé le DIABLE en eſprit & en jugement, ce qu'on peut apéler, s'être ſervi de ſes armes mieux que lui.

Comme il ſemble, dans ce Traité, que je ſois porté à parler favorablement de SATAN, à lui rendre juſtice, & à écrire ſon *Hiſtoire* ſans partialité, on s'atend, peut-être, à m'entendre dire de quelle Religion il eſt; & même la choſe ne ſeroit pas ſi ridicule qu'elle pouroit paroître d'abord. Il eſt certain que SATAN a quelque étincelle de Religion, &, à cet égard, il n'eſt pas un DIABLE tout-à-fait inutile, comme quelques-uns pouroient le penſer : car quoique, par raport à la vénération que j'ai pour mes Frères, je ne le place pas au nombre des Ecléſiaſtiques, & que je ne le reconnoiſſe pas même comme un Frère qui ait une vocation, je ne ſaurois cependant nier qu'il prêche ſouvent; & s'il ne le fait pas à l'avantage de ſes Auditeurs, cela vient autant de leur faute, qu'il en a peu le deſſein.

Il eſt vrai, qu'on a voulu dire qu'il a reçu les Ordres, & qu'un certain Pape, fameux par l'amitié extraordinaire qu'il lui portoit, lui a donné l'Inſtitution & l'Induction; mais comme on n'a point de Mémoires qui en faſſent mention, & que, par conſéquent, on ne peut le prouver par des documens autentiques, je ne donnerai pas la choſe pour une vérité, parce que je ſerois fâché de calomnier le DIABLE, en aucune façon.

On prétend auſſi, & je ſuis aſſez d'humeur à le croire, qu'il a eu une liaiſon fort étroite avec le Saint Père le Pape SILVESTRE II. Il y a même des gens qui l'acuſent d'avoir fait le perſonnage du Pape HILDEBRAND dans une ocaſion extraordinaire, & d'avoir été aſſis dans la Chaire apoſtolique en pleine Congrégation, mais j'en parlerai plus amplement dans la ſuite. Au-reſte, comme je ne trouve pas le Pape DIABOLUS dans la liſte qu'a faite le Père PLATINE dans ſes *Vies des Papes*, je laiſſe la choſe telle qu'elle eſt.

Mais pour venir au but, qui certainement eſt une matière fort délicate, je veux dire, pour ſavoir de quelle Religion eſt le DIABLE, je vai donner, à la vérité, une réponſe générale, mais elle ſera ſans ambiguité, parce que j'aime à parler poſitivement, & à démontrer ce que je dis.

1. *C'eſt un Croiant :* Si de cette ſupoſition il s'enſuit, que le DIABLE même a plus de Religion qu'on n'en peut imputer aujourd'hui à quelques-unes de nos perſonnes de diſtinction, j'oſe me flater que Mylord . . . . . & ſa Grandeur le Duc de . . . ., avec quelques membres de la haute claſſe de la *Société chaude* n'en porteront pas l'habit, quelque juſte qu'il ſoit à leur taille, & qu'ils ne défieront pas la Satire dans la

penſée

penfée qu'elle s'adreffe à eux, parce qu'elle leur convient. En un mot, qui que foient ces Seigneurs, je puis dire avec certitüde que le DIABLE n'eft pas un Infidèle.

2. *Il craint Dieu.* L'Hiftoire Sacrée nous fournit tant de témoignagnes de cette vérité, que je pourois dire qu'elle eft fufi-famment prouvée, fi à-préfent je ne parlois particulièrement a une forte d'infidèles, qui recufent le témoignage de ce qui s'apèle Ecriture; mais j'efpère de faire voir, par la fuite de ce Traïté, que le DIABLE *craint véritablement Dieu*, & qu'il le craint d'une autre manière qu'il n'a jamais craint Saint FRANÇOIS, ou Saint DUNSTAN, & & après avoir prouvé cette Thèfe, comme j'ofe m'en flater, chacun poura juger qui des deux eft le meilleur Chretien, ou du DIABLE qui *craint* & qui *tremble*, ou de notre Nobleffe moderne de . . . . ., qui ne croit ni DIEU ni DIABLE.

Après avoir ainfi amené le DIABLE au *Bercail de l'Eglife*, je vai l'y laiffer pour le préfent; mais ce n'eft pas à dire, que je ne veuille examiner par ordre, lefquels, des *Papifles* ou des *Proteftans*, & entre ces derniers, des *Lutériens* ou des *Calviniftes*, ont le plus de droit à fa Fraternité; &, en defcendant ainfi à toutes les Eglifes, fuivant leurs diférentes dénominations, exa-miner lefquelles ont plus ou moins le DIA-BLE en elles, & enfin examiner fi le DIA-BLE n'a pas, plus ou moins, fon Siége dans chaque Sinagogue, fon banc dans cha-que Eglife, fa place dans chaque Chaire,

A 3 &

& fa voix dans chaque Sinode, à compter
depuis le Sanhedrin des *Juifs*, jufqu'à nos
Amis de *Bull and Mouth* , &c. depuis le
plus grand jufqu'au plus petit.

J'avoue que , dans cet endroit de mon
Difcours, il me conviendroit fort de donner
un détail, *ou du moins d'en faire l'effai*,
de la part que le DIABLE à eue à répandre la Religion dans le Monde , & fur-
tout à divifer & fubdivifer les opinions en
matière de Religion, peut-être pour l'agrandir &. la porter encore plus loin qu'elle
n'eft ; & ainfi de faire voir jufqu'à quel
point il s'eft fait lui même Miffionnaire de
la fameufe Clique de *propaganda fide* ; il eft
vrai, qu'on le trouve dans tous les coins
du Monde fortement ocupé *ad propagan-
dum errorem*. Mais c'eft une chofe qui
pouroit demander une Hiftoire féparée.

Pour ce qui eft de la Propagation de la
Religion, il eft certain qu'il paroîtra étrange d'abord d'en acufer le DIABLE, c'eft-
à-dire, à prendre la chofe à la lettre, & à
ne la confidérer qu'en gros ; mais fi on
l'entend de la même manière que les *Ecof-
fois* vouloient prêter le Serment de fidélité, je veux dire, avec une *explication*, il
eft évident que SATAN a fouvent eu part,
fi non au deffein, du moins à la métode,
dont on s'eft fervi pour la Propagation de la
Foi Chretienne : par exemple.

Je croi que , fans faire tort au DIABLE,
je puis dire qu'il a beaucoup contribué à
cette ancienne *guerre* que l'ignorance &
l'en-

l'entoufiafme honoroit du titre de *Sainte*. C'eſt lui qui a ſuſcité, aux Puiſſances & aux Princes Chretiens de l'*Europe*, l'envie de courir, comme des infenſés, après les *Turcs* & les *Sarazins*, & de faire plus de mille lieues de chemin, pour aller inquiéter des peuples innocens, uniquement parce qu'ils étoient entrés dans l'Héritage de Dieu, lorsqu'il l'avoit abandonné, & parce qu'ils étoient allés paître dans une Terre que Dieu avoit réduite en pâturage, & qu'il avoit laiſſé ouverte au premier venu. C'eſt le Diable qui a dépenſé les treſors des Nations, & qui en a embarqué les Rois & leurs ſujets pour porter la guerre en un Pays éloigné, comme je viens de le dire, de plus de mille lieues d'eux. C'eſt lui qui a rempli leurs têtes de cette folie religieuſe, qu'on traitoit alors de *ſaint zèle*, pour tâcher de recouvrer la *Terre-ſainte*, les Sépulcres de JESUS-CHRIST & des *Saints*, & la *Ville* qu'on apeloit fauſſement *ſainte*, mais que la véritable Religion nomme la Cité maudite, & qui ne méritoit pas qu'on répandît une ſeule goute de ſang pour elle.

Il eſt certain, que cette *Fureur* religieuſe étoit une intrigue de SATAN, qui après avoir entrainé adroitement ces Princes ſur les lieux, les laiſſa, en vrai DIABLE, dans l'embaras, en ſe rangeant du parti des *Sarazins*, en animant contre eux le *Saladin* immortel, & en ménageant l'afaire avec tant de dextérité, qu'il y laiſſa les os d'environ treize ou quatorze cens mille *Chretiens*;

A 4

ziens, comme un trofée de sa politique infernale; & après que le Monde Chretien eut
couru, pendant près d'un Siècle, à la *Terre-
sainte*, il abandonna cette entreprise, pour
en commencer une autre, où il entroit, à
la vérité, moins de folie, mais qui étoit
dix fois plus méchante que la première; je
veux dire qu'il tourna les Croisades des
Chretiens les unes contre les autres, &,
comme dit HUDIBRAS, sur un sujet diférent,

> *Il fit batre ces gens, dans le fort de l'yvresse,*
> *Pour la Religion, comme pour leur Maîtresse.*

On trouve un détail de tout cela dans
l'histoire des Decrets que les Papes ont fait
publier contre le Comte de *Touloufe*, contre
les *Vaudois* & contre les *Albigeois*, avec les
Croisades & les Massacres qu'ils produisi-
rent; en quoi, pour rendre quelque justice
à la politique du DIABLE, il eut tout le
succès qu'il pouvoit espérer. Les Zélés de
ce jour-là exécutèrent ses ordres infernaux
avec la dernière exactitude; ils plantèrent
la Religion dans leurs Pays, d'une manière
également glorieuse & triomfante, sur la
destruction d'un nombre infini de pauvres
innocens, dont le sang a engraissé la terre,
pour y faire croître la Foi *Catholique*, d'une
façon toute particulière, & à l'entière satisfaction de SATAN.

Pour rendre complète cette partie de son
Histoire, je pourois donner ici un détail des
progrès qu'il a faits dans les premiers pas

des

des alliances qu'il a contractées avec *Rome*, & y ajouter une longue lifte des maffacres, des guerres, & des expéditions qu'on a faits en favenr de la Religion, & où il a eu l'honneur de tremper vifiblement : tels ont été le Maffacre de *Paris*, la Guerre de *Flandres* fous le Duc d'ALBE, l'Incendie de *Smithfield* en *Angleterre*, & les Maffacres d'*Irlande*; tous ces faits nous convaincroient, de la manière la plus forte, que le DIABLE n'a pas été oifif; mais comme j'en parlerai encore ailleurs, & que j'en fuis ici fur les points généraux, il me fufit d'en dire deux mots, en forme de Sommaire : il me fufit, dis-je, de prouver que le DIABLE a eu réellement autant de part, que qui que ce foit, aux métodes que certaines gens ont prifes pour la Propagation de la Religion Chretienne dans le Monde.

Il y en a qui ont eu la témérité, pour ne pas dire la malice, d'acufer le DIABLE d'avoir été la caufe des grandes victoires que fes amis, les *Efpagnols* ont remportées en *Amérique*, & ils ont voulu atribuer à fon crédit la conquête du *Mexique*, & du *Pérou*; mais je ne faurois être de leur fentiment. Je croi que le DIABLE n'a point trempé dans cette afaire : la raifon que j'en ai eft, qne SATAN n'a jamais eu la folie de perdre fon tems, ni d'emploïer mal fa politique; ni même d'embarquer fes Alliés, pour aller conquérir des Nations qui étoient déja à lui : ce feroit SATAN contre BEELZEBUB, ce feroit faire la guerre à foi-même, ou du moins ce ne feroit rien faire à fon avantage.　　　A 5　　　Si

Si ces gens-là l'acufoient d'avoir féduit PHILIPE II. Roi d'*Efpagne* & de s'être moqué de lui dans la fole entreprife de l'*Armada*, ou de l'*Invafion Efpagnole*, je ferois plus porté à être de leur opinion. Au-refte, foit qu'il l'ait fait par foiblefse, dans l'efpérance d'y réüffir, *où il n'y avoit pourtant aucune aparence*, ou qu'il l'ait fait par malice, dans la vue de détruire cette grande flote des *Efpagnols*, & de les renfermer au-dedans des Elemens, fes Domaines; comme c'eft une queftion fur laquelle les Auteurs font extrèmement partagés, je n'entreprendrai pas de la décider.

Mais la plus grande politique, où l'on trouve que le D I A B L E a eu part en dernier lieu, c'eft, à ce qu'il paroît, celle de la Miffion à la *Chine*, & c'eft en cela que SATAN a certainement fait un coup de maître. On ne fauroit douter qu'il ne fût de fon intérêt d'empêcher les *Chinois* d'avoir la moindre connoiffance des afaires de Religion, je veux dire de celle qu'on apèle *Chretienne*; & quoique le *Papifme* & le D I A-BLE ne diférent pas tant entre eux, qu'on pouroit s'imaginer, ce dernier n'a pourtant pas cru, pour fon profit, devoir permettre l'entrée du Siftême général du Chriftianifme dans la *Chine*. C'eft par cette raifon, que quand le nom de Religion Chretienne eut été reçu dans la province du *Japon*, avec une aprobation aparente, SATAN en fut tout alarmé & craignant de fâcheufes conféquences pour lui, il en arina d'abord d'une fi grande fureur les habitans, qu'ils la ban-

ni-

nirent tout-à-coup de leur Pays.

Il y avoit moins à apréhender pour la réüssite de ses desseins, suposé que l'histoire soit véritable, lorsqu'il mit cette ruse *Flamande* dans la bouche des Etats commandeurs quand ils arrivèrent au *Japon*; ils ne furent pas si simples que d'avouer, dans un tel endroit, qu'ils étoient *Chretiens*; & lorsqu'on leur en fit la question, ils répondirent négativement, qu'*ils ne l'étoient point*, mais qu'*ils étoient d'une autre Religion qu'on apèle* Holandois.

Quoiqu'il en soit, il paroît que la vigilance des *Jésuites* a surpassé celle du DIABLE, dans la *Chine*, & comme je l'ai déja dit, qu'ils se sont servis de ses armes mieux que lui; car, dans le tems que, *par l'entremise du* DIABLE, *de concert avec l'Empereur de la* Chine, la Mission couroit risque d'en être aussi bannie, comme elle l'avoit été du *Japon*, ils y intervinrent adroitement avec les Ecléfiastiques du Pays; & après avoir joint les ruses monacales de l'une & de l'autre Religion, ils rendirent JESUS-CHRIST & CONFUCIUS tellement réconciliables, que l'Idolatrie *Chinoise*, & l'idolatrie *Romaine* parurent susceptibles d'alliance, en état de se donner la main l'une à l'autre, &, par conséquent, d'être bonnes amies.

C'est-là, assurément, un coup de maître, qui, comme on dit, avoit presque fait perdre l'esprit à SATAN; mais comme il ne se laisse jamais prendre sans verd, & qu'il s'est particulièrement rendu fameux, pour s'être

servi

servi à son avantage des friponneries des Prêtres, il se rangea d'abord du parti de la Miſſion, & en faiſant de néceſſité vertu, il accepta, avec toute la promptitude poſſible, la Propoſition (*). C'eſt ainſi que les *Jéſuites*, avec le DIABLE, firent un *Salmigondi de Religion*, compoſé du *Papiſme* & du *Paganiſme*, & firent leur compte de laiſſer plutôt ce dernier dans un plus mauvais état qu'ils ne l'avoient trouvé, en aveuglant la Foi en JESUS-CHRIST & la Philoſophie, ou la Morale de CONFUCIUS, & en les batiſant formellement du nom de *Religion*. Par ce moïen-là ils conſervèrent l'intérêt politique de la Miſſion, ſans pourtant que SATAN ait perdu un pouce de terre chez les *Chinois*, pas même dans le tems que l'Evangile, ou ſoi diſant tel, fut planté parmi eux.

Ce n'a pas même été une grande perte pour lui, que ce plan ou ce projet d'une Religion de nouvelle fabrique n'ait pas paſſé à *Rome*, & que l'Inquiſition l'ait condamné tout plat. La diſtance des endroits tenoit lieu de protection contre l'Inquiſition aux Miſſionnaires ſes Alliés, & un riche preſent, fait de tems en tems à propos, leur procuroit des Amis dans la Congrégation même; & lorſqu'un Nonce, pouſſé par un zèle inſolent, s'émancipoit d'entreprendre un ſi long voïage, pour s'opoſer à leurs pratiques, SATAN avoit ſoin de le faire

(*) Il n'a jamais refuſé de donner la main à une opinion, quelle qu'elle fût, lorſqu'il y avoit de ſon intérêt de l'épouſer,

faire renvoïer fans avoir rien fait, ou d'infpirer à la Miffion de l'expédier d'abord, par la voie qui lui eft ordinaire, c'eft-à-dire, en le faifant maffacrer : de forte que cette Miffion a été en elle-même véritablement *Diabolique*, & que le DIABLE à prêté la main à l'établiffement de la Religion Chretienne dans la *Chine*.

L'influence qu'a le DIABLE fur la Politique du Genre-Humain eft encore une autre partie de fon Hiftoire, qui demanderoit, s'il étoit poffible, une Defcription fort exacte; mais comme on feroit obligé de pénétrer dans des circonftances fecrètes, & d'ouvrir les cabinets d'Etat dans une infinité de Cours, d'examiner à fond les confeils des Miniftres & la conduite des Princes, ce qui les expoferoit trop, & peut-être mettroit on combuftion les grands Politiques du dehors ; & en nous raprochant de chez nous, fi nous nous mêlions de notre Patrie, malgré la défence que nous en font la prudence & notre falut perfonel, nous pourions être pris fur un mot à double entente, & être traités impitoïablement, pour être feulement foupçonnés d'avoir touché des vérités fi délicates, foit que nous fuffions coupables, ou que nous fuffions innocens ; ce font ces raifons qui m'empêchent de me mêler de cette partie, du moins pour le prefent.

Supofé que le DIABLE ait eu quelque part à certains confeils tenus tout récemment en *Exrope*, en y répandant fon influence, d'une façon ou de l'autre, pour fon avanta-

A 7   ge-

ge, qu'eſt-ce que cela nous fait ? Par exemple, ſupoſé qu'il ait été intèreſſé dans l'afaire de *Thorn*, que nous importe ? Qu'eſt-il néceſſaire de l'en acuſer, puiſque les *Jéſuites* ſes Alliés, avec le Tribunal *Aſſeſſorial* de *Pologne*, s'en ſont chargés ? Je veux laiſſer à l'évènement des tems cette choſe à déveloper. Je ſouhaiterois qu'il fût auſſi aiſé de perſuader au Monde, qu'il n'a contribué en rien à porter les Proteſtans maltraités, à remettre la juſtice, qui étoit due aux cris d'un ſang proteſtant, entre les mains d'une puiſſance Papiſte, qui peut dire, qu'il faudroit que le DIABLE s'en mêlât, pour en avoir la moindre ſatisfaction ; mais j'aimerois mieux dire, que le DIABLE *y eſt*, où qu'il ne faut jamais l'atendre.

Après ce que nous avons dit, ce qui ſe préſente à examiner, c'eſt ſi le DIABLE a aujourd'hui plus ou moins d'influence ſur les afaires du Monde, qu'il n'en a eu dans les Siècles paſſés ; c'eſt ce qu'on découvrira en comparant chemin faiſant, ſes pratiques & ſa manière d'agir de ci-devant, & la politique moderne dont il fait uſage de nos jours, avec la diférente reception que lui ont faite les Hommes qui ont vécu dans des tems ſi éloignés les uns des autres.

Mais il ſe rencontre tant de choſes à examiner, avant que de pouvoir conduire ſon Hiſtoire juſqu'au tems où nous vivons, que nous ſommes obligés de les paſſer préſentement ſous ſilence, pour remonter aux premières parties de cette Hiſtoire, & faire

ſon

fon Portrait de manière, que fi quelcun le rencontre, il le puiffe reconnoître, & favoir qui il eft, ce qu'il eft, & ce qu'il a fait, depuis qu'il a eu la permiffion d'agir dans un pofte auffi éminent que celui qu'il ocupe aujourd'hui.

En même tems, s'il m'étoit permis de préfenter une humble Requête à SATAN, ce feroit pour le prier, felon l'ufage moderne, de nous gratifier de *l'hiftoire de fes tems*; il eft certain qu'elle feroit diablement bonne, auffi-bien qu'une autre qui l'a précédée; car, pour ce qui regarde la fincérité de l'éxécution, l'autorité des particularités, la juftelle des caractères, &c. fi elle n'étoit pas mieux avérée, fi elle ne fe foutenoit pas mieux, & qu'elle ne s'acordât pas plus avec la charité, avec la vérité, & avec l'honneur d'un Hiftorien, que la dernière, de cette efpèce, qui a paru en public, ce feroit une infamie au DIABLE même de s'en dire l'Auteur.

Si on pouvoit engager SATAN à écrire la vérité, & qu'on pût s'en raporter aux faits qu'il aléguerait, il eft fûr qu'il feroit un Hiftorien achevé, par la connoiffance qu'il a des chofes, & que l'Evêque, *qui, pour le dire en paffant, nous a déja donné une Hiftoire Diabolique*, n'en aprocheroit pas. Le *Pandemonion* de MILTON, quelque excellente qu'en foit l'exécution dramatique, ne fembleroit qu'une parfaite rapfodie. Le DIABLE nous pouroit faire le récit de toutes les guerres civiles qui font arrivées dans le Ciel: il nous

apren-

aprendroit comment, par qui, & de quelle
manière il y a perdu le jour. La fiction
qui porte, qu'il a refufé de reconnoître le
MESSIE, & de fe foumetre à fes ordres,
après qu'il eut été déclaré Généralissime
des armées céleftes, à quoi SATAN prétendoit, comme le plus ancien Oficier; fon
impatience à foufrir qu'il y en eût un autre
au-deffus de lui: toute cette enfilade de
belles penfées de Monfieur MILTON
nous paroîtroit trop forcée, & elle ne ferviroit qu'à nous convaincre que cet Auteur n'a eu aucune connoiffance de la chofe. SATAN favoit fort bien que le MES-
SIE ne devoit *être déclaré Fils de Dieu en
puiffance*, qu'après fa Réfurrection, ou environ ce tems-là, & que ce ne feroit qu'a-
lors que *toute Puiffance lui feroit donnée,
au Ciel & fur la Terre*, & pas plutôt;
d'où il s'enfuit que la Rébellion de SA-
TAN vient de quelques autres caufes, &
qu'il s'eft révolté pour d'autres motifs,
comme il peut nous en faire le récit lui-
même, s'il le juge à propos; mais nous en
parlerons encore plus amplement, dans ce
Traité.

La belle Hiftoire que ce bon Vieillard
pouroit écrire du Monde qui étoit avant le
Déluge, & de toutes les afaires importantes qui font arrivées, dans la Religion &
dans l'Etat, pendant les cinq-cens ans de
l'adminiftration Patriarcale!

Qui pouroit, comme lui, nous donner
une Rélation complète & parfaite du Déluge, & nous aprendre fi ç'a été une pure
ven-

vengeance, & un fleau du Ciel, produit
par un pouvoir furnaturel, en forme de Miracle? ou fi, felon la *Théorie* de Monfieur BURNET, c'étoit une conféquence
des caufes antécédentes, par la conftitution,
par la pofition naturelle, & par l'action inévitable des chofes, comme cela paroît
vrai-femblable par la *Théorie* de ce favant
Entoufiafte?

SATAN pouroit facilement lever toutes
les dificultés de cette *Théorie*, en déclarant
fi, en conféquence d'une néceffité naturelle qui a produit le Déluge, il n'y a pas u-
ne pareille néceffité, & une pente naturelle à une Conflagration finale.

Si le DIABLE vouloit faire l'Hiftorien, pour notre avantage & pour notre
divertiffement, quel excellent récit ne pouroit-il pas nous faire du voyage de NOE'
autour du Monde, dans la fameufe Arche!
Il pouroit réfoudre toutes les dificultés qui
fe font rencontrées à la bâtir, à l'équiper,
& à l'avitailler pour tout l'affemblage qu'il
avoit fait des Efpèces. Il pouroit nous a-
prendre fi toutes les Créatures font venues
d'elles-mêmes à lui, pour entrer dans l'Arche, ou bien s'il a été plufieurs années à
la chaffe, pour les raffembler.

Il pouroit nous donner une rélation véritable de la rufe dont il s'eft fervi, pour
engager les habitans du fecond Monde dans
l'entreprife également abfurde & ridicule
de bâtir une tour de *Babel*. Nous faurions jufqu'où ils avoient déja élevé un
efcalier qui, en imagination, devoit a-

teindre

teindre jufqu'aux Cieux, avant que cet ouvrage fût interrompu, & que les Ouvriers
ne s'entendirent plus. Nous faurions, dis-
je, comment leur langage fut changé, en
combien de Langues il fut divifé, & s'il le
fut éfectivement, combien de fubdivifions
& de dialectes on en a fait depuis, & qui
font caufe qu'il y a fort peu de Créatures
de Dieu, fi l'on en excepte les Brutes,
qui s'entendent les unes les autres, &
qui même s'en foucient tant foit peu.

SATAN, dis-je, qui pouroit, fans doute, être un fort bon Chronologifte en toutes ces circonftances, pouroit marquer chaque Epoque, corriger chaque Calendrier, &
accorder enfemble toutes nos diférentes fu-
putations de tems, tant les *Olimpiades Grè-
ques*, *l'Hégire Turque*, la fauffe fupofition
des *Chinois*, par raport à la durée du Monde, que nos Calculs aveugles, *Julien* &
Grégorien, qui ont mis, jufqu'ici, le Monde dans une confufion fi étrange, que nous
ne fommes pas d'acord fur les jours de dé-
votion ou les jours ouvriers, fur les jeûnes
ou fur les fêtes, & que nous n'obfervons
pas les mêmes Sabats en quelque partie que
ce ce foit du même Globe.

Ce grand Antiquaire nous aplaniroit toutes les dificultés qui fe rencontrent dans
l'Hiftoire ancienne: il nous diroit fi le conte du Siège de *Troie*, & le rapt d'*Hélène*
eft une Fable d'HOMERE, ou fi c'eft une
véritable Hiftoire: il nous aprendroit fi les
fixions des Poëtes font des productions de
leur cerveau, ou fi elles font fondées fur
des

des faits; & enfin nous faurions fi c'eft CADMUS, le *Phénicien*, qui a inventé les Lettres, ou fi elles ont été dictées immédiatement du Ciel, fur le mont *Sinaï*.

Que dis-je, il pourroit nous raconter comment & par quel moien, il féduifit EVE, trompa ADAM, & fit entrer CAIN dans une fi grande fureur qu'il affaffina fon Frère; & enfin comment il s'y prit pour faire en forte que NOE, qui étoit Prédicateur de la Juftice, devînt infenfé dans fes vieux jours, deshonorât fon Miniftère, fe plongeât dans la débauche, & pendant fon yvreffe découvrît fa nudité, pour être la raillerie & le jouet de fes enfans & de toute fa poftérité jufqu'aujourd'hui.

Si SATAN, en fuivant l'ufage moderne du très-révérend Hiftorien, dont nous avons parlé un peu plus haut, vouloit entrer dans les caractéres des grands Hommes de fon tems, que nous aurions de plaifir à lire la véritable Hiftoire d'ADAM, tant pendant fon féjour dans le Paradis que dehors. Nous y verrions fon caractère & fa conduite, avant & après fon expulfion. Nous aurions le contentement d'aprendre de quelle manière CAIN s'en alla dans le Pays de *Nod*, quelle Marque Dieu lui mit fur le front, de qui fa Femme étoit Fille, & de quelle étendue étoit la Ville qu'il bâtit, comme en parle un Poëte d'une naiffance illuftre (†) en ces Termes:

CAIN, *ce fcélerat, choifit de* Nod *la Terre,*

† ROCHESTER.

Et

Et là, comme un Hibou dans un buif-
*   fon de lierre,*
Bâtit une Cité, dont le vaste terrain
S'étendoit aussi loin que celui de Lou-
*   vain.*

Il est sûr qu'il auroit pu faire le Portrait d'Eve; il auroit pu nous en marquer tous les traits & nous donner la hauteur & l'épaisseur de sa taille jusqu'à un pouce. Nous saurions si c'étoit une Beauté achevée, ou si elle ne l'étoit pas, & si sa chute la rendit bossue, laide, de mauvaise humeur, & en un mot, une Diablesse, comme le savant VALDEMAR nous veut insinuer, que ce sont-là les suites de la malédiction.

En descendant aux caractères des Patriarches de ce Siècle-là, il pouroit, sans doute, nous donner en particulier celui de BELUS, qu'on adoroit sous le nom de BAAL, ceux de SATAN & de JUPITER ses Successeurs, pour savoir qui ils ont été & quelle a été leur conduite dans le Monde, & enfin ceux de tous les PHARAONS d'Egipte, des ABIMELECS de *Canaan*, & des grands Monarques d'*Assyrie* & de *Babilone*.

Je pourois m'étendre, avec un plaisir singulier, sur toutes les belles choses que SATAN, suposé qu'il voulût fouiller dans son magazin inépuisable de calomnies, pouroit mettre au jour, dans la vue de noircir la réputation des gens de bien, & charger

ger les meilleurs Princes du Monde d'infamie & de reproches.

Mais je doute que, pour faire plaisir au
Genre-Humain, il veuille jamais se résoudre à lever toutes ces dificultés ; par la
raison qu'il lui a toûjours porté envie dès
le commencement. Il croit (peut-être même qu'il est assuré) que Dieu a créé les
Hommes, dans l'intention de donner à ceux
qui auront bien vécu dans cette vie, les places qui sont devenues vacantes dans l'armée céleste, par l'abdication & par l'expulsion du DIABLE & de ses Anges ; de forte que l'Homme en général, est désigné à
remplacer SATAN, pour réparer la brèche que sa chute a faite, & pour jouïr de
la béatitude inéfable dont SATAN jouïs-
soit auparavant. Il ne faut, donc, pas s'é-
tonner si cet Ange apostat est boufi d'envie
& de rage contre le Genre-Humain, en
général, & en particulier contre ses meilleurs membres. C'est, une raison sans re-
plique, pourquoi le DIABLE est si fort
acharné contre les plus honnêtes gens. Il
voudroit renverser, s'il étoit possible, les
Decrets du Tout-puissant, & faire en sorte
que, dans toute la race, il ne se trouvât
point de sujets dignes de sa Clémence, &
capables de succéder à cet Esprit malin &
à ses Supôts, ou de remplir les places qui
sont devenues vacantes par sa chute. Il est
vrai, & il faut l'avouer, que le DIABLE,
qui n'est pas tout-à-fait sot, devroit avoir
des sentimens plus raisonnables que de croire, que, suposé qu'il fût capable de séduí-
re

re généralement tous les hommes, & qu'il les réduisît à un état aussi misérable qu'est le sien, il pût, par la réüssite de cette méchanceté, traverser & contrecarer les desseins déterminés du Ciel. Il doit savoir, au-contraire, que ceux qui sont destinés à hériter les Trônes, que lui & ses Adhérens ont abdiqués, & dont ils ont été déposés, feront réservés aux Elus, en dépit de ses artifices, & qu'ils en feront mis en possession, malgré tout ce que le DIABLE & toutes les Légions infernales pouront faire pour les en éloigner.

Cependant, quoiqu'il soit assuré de cette vérité, & qu'il sache qu'en tâchant de séduire les Elus du Très-haut, il combat contre Dieu même, qu'il lute contre une Grace irrésistible, & qu'il fait la guerre contre une Puissance infinie; & qu'en voulant détruire l'Eglise de Dieu & saper la Foi qu'on a en lui, & qui est fortifiée par les promesses éternelles de JE'SUS-CHRIST qui nous assure, que les portes de l'Enfer, c'est-à-dire, le DIABLE & tout son pouvoir, ne pouront jamais rien contre elle : quoique, dis-je, il soit persuadé de l'impossibilité de jamais parvenir à son but, sa fureur est pourtant si aveugle, & sa connoissance si infatuée, qu'il ne peut s'empêcher de se heurter contre cette Montagne, & de s'aller briser contre ce Rocher.

Mais quitons une partie si sérieuse, & trop importante par raport à ce Rebelle; & comme nous n'avons pas lieu d'espérer, qu'il se veuille donner la peine d'écrire lui-même

son

son Hiſtoire, pour notre inſtruction & notre
divertiſſement, je tâcherai de l'écrire pour
lui. Pour cet éfet, je vai faire un Extrait
de tout ce qui le concerne, depuis le commencement juſqu'au tems où nous ſommes;
je le tirerai des Mémoires qu'on en a, que
ce ſoit par révélation, ou par inſpiration,
cela ne lui fait rien. J'aurai ſoin de puiſer
dans ſe ſi bonnes Sources & d'entretenir de
ſi bonnes correſpondences, que les faits que
je raporterai de lui ſeront autentiques, &
avérés, &, en un mot, où lui même n'aura
rien à contredire.

En écrivant cette étrange Hiſtoire, je ſerai
au-deſſus de la cenſure des Critiques, d'une
façon toute particulière, ſur-tout parce que
cette Hiſtoire ſera ſi juſte & ſi bien fondée, &
que malgré les belles choſes que je dirai
de SATAN, elles lui ſeront ſi peu avanta-
geuſes, qu'on ne poura pas m'acuſer *d'avoir
eu commerce avec lui*, en l'écrivant. Je
pourois, peut-être, rendre compte de mes
correſpondences, & de la manière dont je
me ſuis ſervi, pour pénétrer dans ſes pratiques ſecrètes; mais, Meſſieurs, vous vou-
drés bien m'en diſpenſer, parce que ce ſeroit trahir la converſation, & découvrir mes
Agens; & vous ſavés, qu'il eſt de la politique de tenir ſecrètes les correſpondences
qu'on a dans un pays ennemi, de peur d'ex-
poſer des Amis au reſſentiment du Prince
dont on trahit les conſeils.

D'ailleurs, les Savans nous diſent, que
des Miniſtres d'Etat prennent le prétexte
excellent de ne pas trahir leurs intelligen-
ces,

ces, pour fe munir contre les recherches
qu'on peut faire des grandes fommes d'argent qu'ils prétendent emploïer à des *fervices fecrets*. Soit que ces fervices fecrets
aient été pour gagner des gens à découvrir
les chofes du dehors, ou à divulguer celles
du dedans, foit que cet argent ait été payé
à quelcun, ou qu'il n'ait été donné à perfonne, foit qu'il ait été emploïé à entretenir des correfpondences au-dehors, ou à
établir des familles & à amaffer des trefors
au-dedans, foit qu'il ait été deftiné au fervice
de la Patrie ou à leur propre ufage, c'eft
toûjours la même chofe, & le même prétexte leur a toûjours fervi de rempart, contre ces fortes d'ataques. De même dans
l'afaire importante que j'ai en main, j'efpère qu'on ne voudra pas m'obliger à trahir mes Correfpondens: car, comme on
n'ignore pas que SATAN eft naturellement
cruel & méchant, qui fait ce qu'il feroit
capable de faire pour témoigner fon reffentiment? Cela feroit du moins capable d'arrêter & d'interrompre ma correfpondence,
pour l'avenir.

Cependant, avant que de finir, je ferai
voir que, quelque fecrètes que foient mes
informations, & quelque dificulté que j'aie
rencontrée pour les avoir, je ne me fuis
fervi pour cela que d'une voie légitime, &
que je n'en ferai qu'un très-bon ufage. En
éfet, c'eft une erreur groffière que de s'i-
maginer, qu'une parfaite connoiffance des
afaires du DIABLE ne fauroit nous devenir utile à tous, en général. Ceux qui ne
con-

connoiſſent poiut le mal, ne ſavent auſſi ce que c'eſt que du bien ; & comme les Savans nous aprennent, qu'une pierre priſe dans la tête d'un Crapaud eſt un excellent antidote contre le poiſon, de même une connoiſ-ſance ſuffiſante du DIABLE & de ſes dé-marches, nous peut être d'un puiſſant ſe-cours pour oſer défier le DIABLE & toutes ſes œuvres.

CHAPITRE II.

Du mot DIABLE, qui eſt un nom qui con-vient au Diable & à ſes Anges, tant en général qu'en particulier.

C'Eſt une queſtion encore indéciſe parmi les Savans, ſi le mot DIABLE eſt un nom *ſingulier* ou *partitif*, c'eſt-à-dire qui apartient à un Individu ou à une perſonne ſeule, ou ſi c'eſt un nom *collectif*, c'eſt-à-dire qui convient à une *Multitude*. Si c'eſt un nom ſingulier, & qu'il ne faille s'en ſervir que perſonellement comme d'un nom *propre*, il s'enſuit qu'il ſignifie un DIABLE impérial, le Monarque & le Roi de toute la Cabale infernale, juſtement diſtingué par le terme de DIABLE, ou, comme les *Ecoſſois* l'apèlent, *the muckle horn'd Dee'l*, ou ſelon d'autres qui parlent plus groſſière-ment, le DIABLE d'Enfer, c'eſt-à-dire, le *Diable* d'un *Diable*, ou encore mieux, comme l'Ecriture s'exprime avec beaucoup d'énergie, & le nomme le *grand Dragon rouge,*

Tome I. B

rouge, le *Diable*, & *Satan*.

Mais, fi on prend auffi ce mot pour un nom de *Multitude*, comme nous venons de le dire, & qu'ainfi on puiffe s'en fervir à deux mains, c'eft-à-dire, qu'on en puiffe faire un fingulier ou un pluriel, felon l'ocafion, alors le DIABLE fignifie SATAN feul, ou SATAN *avec toutes fes Légions à fes talons*, plus ou moins, comme on voudra: & autant que cette diférente interprétation du mot convient à mon deffein, dans la rélation que je vai donner des Puiffances infernales, autant elle s'acorde avec la chofe même. C'eft ainfi qu'il eft exprimé dans l'Ecriture (†) où il eft dit, premièrement que le Démoniaque eft poffédé du DIABLE, au fingulier, & notre Seigneur, en l'interrogeant, lui parle comme à une perfonne feule, *comment as-tu nom?* & il répond au pluriel & au fingulier en même tems, *J'ai nom Légion, car nous fommes plufieurs.*

Ce n'eft pas non plus faire tort au DIABLE, que de fupofer qu'il eft une perfonne feule; parce qu'en lui attribuant ainfi la conduite de tous fes Agens inférieurs, c'eft plutôt donner un nouveau relief à fa gloire infernale, que de diminuer l'étendue de fa renommée.

Après avoir ainfi compofé avec le DIABLE, pour la liberté du langage, j'en parlerai tantôt au fingulier, comme d'une perfonne feule, & tantôt au pluriel, comme d'une armée de *Diables*, ou d'Efprits infer-

(†) Marc, V, 9

fernaux, felon que l'ocafion & les circonftances le demanderont.

Mais avant que d'entrer en matière fur
aucune partie de cette Hiftoire, la nature de
la chofe veut que je retourne fur mes pas ;
& Mylord B . . de . . . ., dans les fameux Difcours qu'il a faits en dernier lieu,
pour la défence de la liberté, me fomme
à prouver qu'il y ait une telle chofe, ou une
telle perfonne qu'on apèle DIABLE. En
éfet, à moins que je ne donne quelques témoignages de fon exiftence, comme Mylord . . . l'a fort bien dit, ce ne fera parler de *perfonne*.

Dieu me d . . ne, Monfieur, dit un
Impudent à une perfonne de diftinction, fi
votre Grandeur ne va au *Diable*.

Dieu vous d . . ne donc, Monfieur, dit
le D . . . fi je vai *nulle-part* : mais je m'é-
tonne où vous-même avez envie d'aller ?

Eh ! au D . . . le auffi, fans doute, dit
l'*Impudent* ; car je fuis à peu-près auffi méchant que Mylord Duc.

Le D. Tu n'es qu'un fot & un faquin,
repliqua le Duc, & s'il y a un endroit tel
que ce qu'on apèle l'*Enfer*, quoique je n'en
croie rien, c'eft une place qui convient aux
fous, comme toi.

L'Imp. Je m'étonne donc en quel Ciel
vont les grands génies, tels que Mylord
Duc, fans pourtant que j'aie envie d'y aller, quelque part que ce puiffe être : ce font
des gens ennuïans, & il eft impoffible de
foufrir leurs caprices, parce qu'ils veulent
faire un *Enfer* par-tout où ils vont.

B 2   *Le*

Le D. Tais-toi, je t'en prie, & ne m'in-
quiétes plus par tes fotifes : s'il y a un endroit qui s'apèle NULLE-PART c'eft-là
tout le Ciel & l'Enfer que je connois, &
tout ce que j'en croi.

L'Imp. Fort bien, Mylord . . . ; de forte qu'à votre compte, le Ciel n'eft *nulle-
part* ; que l'Enfer n'eft *nulle-part*, & que le
DIABLE n'eft PERSONNE, felon My-
lord Duc.

Le D. Oui, Monfieur, & qu'inférez-
vous de-là ?

L'Imp. Et vous n'irez *nulle-part* lorfque
vous mourrez ; n'eft-ce pas ?

Le D. Oui, Impertinent, ne favez-vous
pas ce que Mylord ROCHESTER, ce
génie incomparable, chante fur ce fujet ?
pour moi je le croi naïvement.

> *Après la mort il n'eft rien,*
> *Et rien n'eft la mort.*

L'Imp. Vous le croïez, Mylord, dites
plutôt que vous voudriez pouvoir le croire :
mais comme vous avez mis à mes trouffes
Mylord ROCHESTER, ce grand Génie,
permettez-moi de m'en fervir contre votre
Grandeur. Je fuis fûr que vous avez lu
fon excellent Poëme fur le *Néant*, & dans
une des Stances qu'il a faites on trouve cette
belle penfée :

> *Avec grande raifon fouhaite le méchant*
> *D'être compris dans le Néant.*

Le

Le D. Tu n'es qu'un fou & un coquin.

L'Imp. Et Mylord Duc est un savant Infidèle.

Le D. Pourquoi? n'y a-t-il pas plus de raison à ne point croire de Diable, que de s'en éfrayer continuellement?

L'Im. Mais, voulez-vous, Mylord, que je vous opose un autre Poëte?

S'il se trouve qu'un Dieu, qu'un Ciel, &
qu'un Enfer
Soient des Etres réels, comme il peut ar-
river,
Que dira-t-on des gens, qui du Christia-
nisme
Ont quité le parti, pour suivre l'Athéïs-
me?
Pensons-y, donc, à tems, de peur que,
par hazard,
Une si grande erreur ne paroisse trop tard.

Le D. Dieu d . . . ne votre impertinent Poëte, ce n'est pas Mylord ROCHESTER.

L'Imp. Mais comment voulez-vous qu'il soit damné, s'il n'y a point de *Diable?* *Votre Grandeur* ne se contredit-elle pas en cela? Mylord ROCHESTER n'auroit pas parlé de la sorte, ne vous en déplaise.

Le D. Il n'est pas vrai, *impertinent,* que je me contredise; & si j'avois quelque autorité sur vous, je vous le ferois bien voir; je vous ferois croire que vous êtes damné vous-même, faute de *Diable.*

L'Im. C'est un des Paradoxes de *Votre Grandeur*, comme quand Elle a juré par le Nom de Dieu, qu'Elle ne croïoit pas qu'il y eût ni DIEU, ni *Diable* ; de sorte qu'elle n'a juré sur *rien*, & qu'Elle ne me condamne à *nulle-part*.

Le D. Vous êtes un chien de Critique : qui est-ce qui vous a enseigné de croire ces pompeuses bagatelles ? qui vous a apris à dire qu'il y a un DIEU ?

L'Imp. Eh ! j'ai eu un meilleur Précepteur que Mylord Duc.

Le D. Pourquoi ? dites-moi, donc, qui a été ce Précepteur ?

L'Im. ç'a été le *Diable*, n'en déplaise à *Votre Grandeur*.

Le D. Le Diable ! quoi, *c'est le Diable* ? mais vous m'aller citer l'*Ecriture*, n'est-ce pas ? Je vous prie ne me parlez point d'*Ecriture*, je sai ce que vous voulez dire, *les Diables croient & tremblent* : pour moi j'ai l'avantage sur le *Diable*, parce que je ne tremble jamais. J'en suis éfectivement exemt, parce que je n'ai jamais ajouté foi à ces sortes de choses, & c'est par cette raison que je ne tremble point.

L'Im. Et en cela je suis une misérable Créature, plus méchante que le DIABLE, où même que Mylord Duc, parce que je croi, sans pourtant que cela me fasse trembler.

Le D. Oh ! si vous en venez à votre Pénitence, je n'en suis plus.

L'Imp. Et c'est par la même raison qu'il me semble que je dois cesser cet entretien que j'ai avec Mylord Duc.

Le D. Eh bien ! j'en suis content : je m'en vai me divertir ; je ne veux pas négli-

ger

ger les plaisirs de la vie, parce que j'en sai
la conséquence.

L'Imp. Et moi, je vai tâcher de me ré-
former, parce que j'en sai aussi la conséquence.

Ce petit entretien se passa entre deux personnes de Qualité, & toutes deux gens
d'esprit : l'éfet qu'il produisit fut, que le
Mylord y fit entrer la question de la réalité de l'existence du DIABLE, & que la
dispute porta le Scélerat à se repentir ; de
sorte que le DIABLE devint Prédicateur
de la Pénitence.

Ce qu'il y a de vrai, c'est qu'il semble
que DIEU & le DIABLE, quelque oposés qu'ils soient de leur nature, & éloignés
l'un de l'autre, par raport, à leur demeure,
ont presque autant de part l'un que l'autre
en notre foi : car pour ce qui regarde notre créance, touchant la réalité de leur
existence, celui qui en nie une, nie ordinairement l'autre aussi, & celui qui en croit
une, les croit l'une & l'autre nécessairement.

De tous ceux qui croient qu'il y a un DIEU,
& qui reconnoissent la dette de l'hommage que le Genre-Humain doit au Gouverneur suprême de l'Univers, il y en a peu,
supposé même qu'il s'en trouve, qui dou-
tent de l'existence du DIABLE ; si ce n'est
par-ci, par-là, quelques-uns qu'on apèle
Athées de pratique ; & c'est-là le caractère
d'un Athée, si tant est qu'il y ait sur la
Terre, une telle Créature, qui semblable

à Mylord Duc, ne croit ni DIEU ni DIABLE.

Comme la créance qu'on a de l'un & de l'autre, est égale, & qu'il paroît que DIEU & le DIABLE ont également part à notre Foi, il semble, que la preuve de leur existence est égale aussi en plusieurs choses; & comme on les connoît par leurs œuvres dans ces cas particuliers, il s'ensuit que c'est par le même raisonnement qu'on en peut faire la diférence.

Que dis-je, il est, à certains égards, également criminel de nier la réalité de l'un ou de l'autre. Toute la diférence qui s'y rencontre est, que de croire l'existence d'un DIEU, c'est une dette payable à la Nature; au-lieu que de croire l'existence d'un DIABLE c'est une pareille dette payable à la Raison. La première est une démonstration tirée de la réalité des causes visibles, & l'autre est une déduction de la réalité de leurs éfets.

Une démonstration de l'existence de DIEU est tirée du consentement universel & bien conduit de toutes les Nations, à adorer un Pouvoir suprême. Une démonstration de l'existence du DIABLE vient du consentement aveugle de certaines Nations, qui n'aïant point d'autre connoissance de DIEU, s'en font un du DIABLE, faute d'un meilleur.

On pourroit dire, que ces Nations n'ont point d'autres idées du DIABLE, que comme d'une Puissance supérieure; mais si elles le prenoient pour un Pouvoir suprême, me, cela produiroit d'autres éfets fur elles, & elles s'y foumettroient & l'adoreroient d'une diférente espèce de crainte.

Il eſt certain qu'elles ont des notions juſtes de lui, comme d'un Diable & d'un Eſprit malin, parce que la meilleure, &, en quelques endroits, l'unique raiſon que ces peuples donnent, pourquoi ils l'adorent, c'eſt, diſent-ils, afin qu'il ne leur faſſe point de mal, dans la penſée, où ils ſont, qu'il n'a aucun pouvoir, & même qu'il n'a pas l'intention de leur faire du bien, de ſorte qu'ils le regardent comme un vrai DIABLE, dans le tems qu'ils ſe proſternent devant lui, comme s'il étoit DIEU.

Tous les Siècles du Paganiſme, depuis que le Monde exiſte, ont eu cette notion du DIABLE. Il eſt vrai qu'en certaines parties du Monde ils ont auſſi eu des Divinités, à qui ils ont rendu plus d'honneur qu'à lui, parce qu'ils les ſupoſoient bienfaiſantes, favorables, & enclines à leur envoïer de bonnes choſes, autant qu'elles en étoient capables. C'eſt par cette raiſon que les Païens les plus civiliſés, comme étoient les *Grecs* & les *Romains*, ont eu leurs *Lares*, ou leurs Dieux domeſtiques, à qui ils rendoient un reſpect & un hommage particulier. Ils les regardoient comme leurs Protecteurs contre les Lutins, contre les Revenans, contre les Eſprits malins, contre les Aparitions afreuſes, contre les mauvais Génies, & contre les autres Etres mal-faiſans du Monde inviſible, ou, pour me ſervir du langage d'aujourd'hui, contre le DIA-

B 5

BLE, fous quelque forme qu'il fe prefentât à eux, & contre tout ce qui pouvoit leur nuire. Qu'étoit-ce que tout cela, fi ce n'étoit opofer les *Diables* aux *Diables*, fuplier un DIABLE, fous l'idée d'un bon Efprit, pour en chaffer un autre, & pour les protéger contre celui qu'ils apeloient Efprit malin, & enfin foulever le DIABLE blanc contre le DIABLE noir ?

Cela vient des notions que les Hommes ont naturellement, ou plutôt néceffairement, des chofes à venir. La *Supériorité*, & l'*Infériorité*, DIEU & le DIABLE rempliffent toutes les penfées que nous avons fur le futur ; & il eft impoffible de former dans notre imagination aucune idée d'une Immortalité & d'un Monde invifible, que fous les notions d'une félicité parfaite & d'une extrême mifère.

Comme, donc, ces deux chofes regardent l'état éternel de l'Homme, après cette vie, elles font auffi réciproquement l'objet, ou de notre refpect & de notre amour, ou de notre horreur & de notre averfion. Mais quoiqu'elles foient diamétralement opofée l'une à l'autre, dans nos afections & dans nos paffions, il eft évident qu'elles font égales, par raport à la certitude de leur exiftence, &, comme je l'ai déja dit, qu'elles ont également part en notre créance.

Puis, donc, qu'il eft auffi certain qu'il y a un DIABLE, qu'il eft fûr qu'il y a un DIEU, je n'admettrai plus dorénavant aucun doute fur fon exiftence, & je ne me donnerai pas davantage la peine d'en convaincre

vaincre mes Lecteurs ; mais en parlant de lui comme d'un Etre réel, je vai paffer à mes recherches, pour favoir qui il eft, & d'où il vient, afin d'entrer directement dans le détail de fon Hiftoire.

Si je ne m'amufe pas aux illufions méta-phyfiques des écoles, où il influe fa doc-trine pernicieufe, je ne me bornerai pas non plus entièrement au langage de la Chaire. Il eft vrai, que ce dernier nous aprend, que pour penfer jufte de DIEU & du DIABLE, il faut tâcher premièrement de fe former des idées des chofes qui peuvent donner du jour à la defcription qu'on fait de la Récompenfe & de la Punition. Dans l'une, il faut fe fi-gurer la préfence éternelle du fouverain Bien, & de la plus parfaite, de la plus con-fommée, & de la plus durable félicité, qui en eft une fuite néceffaire, & que ce fou-verain Bien émane de la préfence de cet E-tre, en qui réfide, d'une manière inexpri-mable, & dans la dernière perfection, toute forte de béatitude. Dans l'autre, il faut con-cevoir un fublime Arcange, déchu de fa pre-mière fplendeur & acompagné d'une Armée innombrable de Sérafins & d'Anges, dégé-nerés, rebelles, & chaffés du Ciel en même tems, tous coupables d'une rébellion inex-primable, tous condamnés à fouffrir depuis ce tems-là, & à fubir à jamais, d'une façon inconcevable, la vengeance éternelle du Tout-puiffant, dont la préfence, quoique béatifique en elle-même, eft pour eux le comble de la terreur. Il faut fe les repre-fenter, en eux-mêmes, parfaitement mifé-

B 6   rables,

rables, & s'imaginer que d'être avec eux
pour jamais ; cela ajoute une misère inexprimable à quelque état & à quelque lieu
que ce soit, & que cela remplit d'une horreur
inconcevable & d'un étonnement afreux, les
esprits de ceux qui doivent être bannis avec
eux, ou qui s'atendent à soufrir la même peine.

Mais après avoir parcouru tous ces articles & une infinité d'autres, quoique moins
intelligibles, que les passions des hommes
ont ramassés, pour s'amuser les uns les autres, on n'a encore rien fait, si on néglige
le principal, qui est la *personalité* du DIA-
BLE, & si l'on n'ajoute, à tout le reste,
quelque description de la compagnie avec
qui les Damnés doivent soufrir tout ce chatiment ; je veux dire, avec le *Diable & ses
Anges.*

A-present, qui sont ce *Diable & ses Anges*, quel part ils ont, soit *activement* ou
passivement, aux misères éternelles d'un
état à venir, jusqu'à quel point ils contri-
buent aux peines de l'Enfer, c'est une dificulté qui n'a pas encore été entièrement le-
vée par les Savans ; je ne croi pas même
que les soins qu'ils se sont donnés pour
cela l'aient rendue moins grande qu'elle
étoit.

Mais, pour venir à la personne & à l'o-
rigine du DIABLE, ou des *Diables*, comme je l'ai déja dit, j'avoue qu'il sort d'une
ancienne famille, parce qu'il vient du Ciel,
& cela avec plus de certitude que les *Romains* ne pouvoient dire de leur NUMA
POMPILIUS, qu'ils idolatroient, & qu'ils
fai-

faiſoient deſcendre de la race des Dieux.

C'eſt une opinion générale, que S A T A N eſt un Ange déchu , un Sérafin rebelle, & qui a été chaſſé à cauſe de ſa rébellion ; ainſi je n'entreprendrai point de diſputer ſur une choſe qui eſt univerſellement reçue. Comme il a été jugé & condamné dans le Ciel , & que la Sentence de banniſſement a été exécutée contre lui , il eſt comme un criminel tranſporté en ce Monde, ſans aucune eſpérance de jamais retourner en ſa Patrie. Il eſt certain que ſon crime, quelque énorme qu'il puiſſe être , à quelques égards particuliers, n'étoit pas moins qu'un crime de Léſe-Majeſté , contre ſon Seigneur, ſon Gouverneur, & ſon Créateur en même tems. Il excita une rébellion contre lui, il prit les armes, & commença une guerre également horrible & dénaturée dans ſes domaines ; mais dès qu'il fut vaincu dans un combat & qu'avec cela il fut fait priſonnier, lui & ſon armée entière, tous Anges glorieux comme lui, & dont le nombre étoit infini , ils perdirent tout-à-coup leur beauté, leur gloire, & leur innocence, & commencèrent dès lors à être *Diables*, le crime les aïant transformés en Monſtres & en objets afreux, tels que, pour les décrire, & pour en faire les portraits, l'imagination humaine ſe forme les figures les plus hideuſes & les plus horribles qu'elle puiſſe ſe repreſenter.

Ce ſont, je croi, ces notions qui ont ſuggéré à Monſieur M I L T O N toutes les belles images & toutes les expreſſions ſublimes,

limes, dont son Poëme tout-à-fait majestueux est rempli. Mais, malgré son stile pompeux, & quoiqu'il ait fait tout ce qu'il convenoit à un Poëte de faire, il a péché contre SATAN d'une manière insigne, & il a fait un tort manifeste au DIABLE dans plusieurs particularités, comme je le ferai voir en son lieu. Ainsi, comme je serai obligé de rendre justice à SATAN, lorsque je viendrai à cette partie de son Histoire, les admirateurs de Monsieur MILTON voudront bien me pardonner, si je prens la liberté de leur faire voir, que, malgré l'estime que j'ai pour cet Auteur, comme pour un excellent Poëte, il s'est fort trompé, en fait d'Histoire, & sur-tout dans l'Histoire du DIABLE; & en un mot qu'en plusieurs rencontres, il a acusé SATAN faussement, comme il a fait aussi d'ADAM & d'EVE. Mais je me réserve à en parler, lorsque je viendrai à l'Histoire de la Famille Roïale d'*Eden*, que j'ai resolu de donner, dès que le DIABLE & moi aurons terminé le diférend que nous avons ensemble.

Mais, pour ne pas insulter MILTON, à qui on ne peut rien reprocher, par raport à sa Poësie & à son jugement excellent, à moins que de nous faire tort à nous-mêmes, je dirai que toutes ses brillantes idées, qui font si justement le mérite de son Poëme, qu'elles soient susceptibles de preuves, ou non par raport aux faits, sont pourtant une confirmation de mon Hypothèse, & qu'elles sont tirées d'une supposition de la Personalité du DIABLE, placé à la tête de l'armée

in-

infernale., en qualité d'Efprit élevé au-
deſſus des autres, & de Monarque fouverain de l'Enfer : & c'eſt dans ce point de
vue que j'entreprens d'écrire ſon Hiſtoire.

Par le mot d'Enfer, je n'entends pas, ou
du moins je ne détermine pas, que la réſi-
dence de SATAN, ou celle de toute l'armée
des DIABLES, ſoit encore dans le même
ENFER local, où les Théologiens nous
diſent qu'il ſera enchaîné à la fin, ou du
moins qu'il y ſoit renfermé ; car nous trouverons qu'il eſt actuellement dans une priſon beaucoup moins étroite. Nous pren-
drons ocaſion de parler de ces deux circonſtances de SATAN, dans leur ordre.

Mais, lorſque j'apèle le DIABLE, Monarque de l'Enfer, il faut l'entendre d'une
manière qui convienne à la choſe dont il
s'agit ici : quand je dis qu'il eſt le Souverain
de toute la race infernale, cela veut dire de
tous les Diables, ou Eſprits malheureux,
quelque grands qu'en ſoient le nombre, la
qualité, & le pouvoir.

C'eſt ſur la ſupoſition de cette perſonalité
ou ſupériorité de SATAN, ou, comme
je l'apèle, de la Souveraineté & du Gouvernement d'un DIABLE ſur tous les autres, qu'on s'eſt formé tous les ſiſtêmes que
l'imagination eſt capable de ſe faire ; ſur le
ſéjour ténébreux de l'avenir. Cette opinion
eſt ſi généralement reçue, qu'il ſera dificile de
fournir un argument qui la combate, ou du
moins qui mérite qu'on y faſſe atention. Toutes les notions d'égalité parmi les Diables,
ou de faire une République du Divan noir,
ſen-

fentent l'entoufiafme & le fanatifme, &
n'ont aucune aparence de vérité ; elles font
mêmes fi généralement rejettées , qu'il eft
inutile de nous amufer à en faire voir le ridicule.

Je fuis donc du fentiment le plus généralement reçu parmi les hommes , qui eft,
qu'il y a un grand DIABLE, fupérieur de
toute la race noire ; que tous les autres font
tombés avec SATAN, leur Général, qui,
à la vérité, n'a pu conferver le pofte éminent qu'il poffédoit dans le Ciel, mais qui
a encore gardé fa dignité parmi les autres
Diables qui s'apèlent fes Serviteurs, & que
l'*Ecriture* nomme *fes Anges* ; qu'il a une efpèce de gouvernement & d'autorité fur tous
les autres ; que quelque grand qu'en foit le
nombre ils font tous prets à obéir à fes ordres ; & qu'il les emploie à exécuter fes deffeins infernaux, & fes artifices qui tendent
à la deftruction de l'homme, & à l'établif-
fe ment de fon règne dans le Monde.

Après avoir ainfi fupofé qu'il y a un tel
Maître-Diable, fupérieur de tous les autres,
il nous refte à faire la recherche de fon Caractère & des chofes qui regardent fon Hiftoire. Peut-être, que je ne pourai pas produire des documens autentiques, comme on
peut le faire lorfqu'il s'agit d'écrire l'Hiftoire des autres Monarques , Tirans , & Furies de la Terre; je tâcherai cependant de
raporter des circonftances que l'expérience
des hommes fera capable de confirmer , &
que le DIABLE lui-même aura de la peine
à contredire.

Après

Après être convenu qu'il y a une telle
chofe, ou, fi l'on veut, une telle perfonne
qu'un Maître-Diable; qu'il eft le fupérieur
de tous les autres en puiffance & en autorité, & que tous les Efprits malins font fes
Anges, fes Miniftres, & fes Oficiers, prets
à exécuter fes ordres, & emploïés à fes afaires; il nous refte à examiner, d'où il eft
venu ? comment il eft entré dans le Monde?
à quoi il s'ocupe? quel eft fon état préfent,
& dans quelle partie de l'Univers il eft renfermé? quelles font les libertés dont il joüit,
ou qu'il lui eft permis de prendre ? de quelle manière il travaille, & quels font les
inftrumens dont il peut fe fervir ? ce qu'il
a fait depuis qu'il a commencé à être Diable,
ce qu'il fait actuellement, & ce qu'il poura
encore faire avant qu'il entre dans une prifon plus étroite ? Nous confidérerons, en
même tems, ce qu'il ne peut pas faire, &
jufqu'à quel point on peut dire que nous
fommes, ou ne fommes pas expofés à fes
rufes, ou jufqu'où nous avons raifon ou
non, de le craindre. En un mot, tout ce
qui fe rencontrera dans l'Hiftoire & dans la
conduite de cet Archidiable & de fes Agens,
autant qu'il fervira à notre inftruction, à
notre fureté, & à notre divertiffement, fe
trouvera dans le tiffu de ce Traité.

Je faï qu'il y a plus de hardieffe que de
crainte, à demander, comme font certaines gens, comment il eft poffible, qu'après
une victoire complète que le Diable a perdue, & qu'on dit avoir été remportée, par
les Puiffances céleftes, fur SATAN, & fur
fon

son armée rebelle dans le Ciel, qu'après a-
voir été chassé de son lieu saint, & précipité dans l'abime de l'obscurité éternelle,
comme dans un lieu de chatiment, pour y
demeurer jusqu'au grand jour du Jugement,
on l'en laisse sortir, & qu'on lui rende la
liberté, comme à un Voleur qui a forcé sa
prison, pour rôder dans le Monde, & pour
y continuer sa rébellion, par de nouveaux
ravages, par de nouveaux actes d'hostilité
contre Dieu, & par de nouveaux éforts pour
détrôner le Créateur Tout-puissant; & en
particulier pour se jetter sur l'Homme, la
plus foible, de toutes les Créatures? Comment, dis-je, il est possible qu'après que
Satan, a été entièrement défait, il lui
soit permis de reprendre aucun de ses pou-
voirs infames, pour trouver moïen de nuire
au Genre-Humain.

Ces gens-là poussent la question encore
plus loin, ils avancent des choses témérai-
res contre la Sagesse du Ciel. Il expose,
disent-ils le Genre-Humain, trop foible,
en comparaison de l'étendue immense du
pouvoir qu'a le Diable, à une défaite
manifeste, & à un combat si inégal, que
l'Homme est assuré, supposé qu'il soit seul,
d'avoir du dessous; & qu'ainsi il y a de l'injustice à lui mettre en tête un ennemi si redoutable, & à le laisser sans armes pour se
défendre contre lui.

Je répondrai à ces objections autant que
les circonstances le permettront dans la suite de ce discours; mais je suis obligé pour
le present de les renvoïer, à une autre ocasion.

Pour

Pour ce qui regarde la prifon du DIA-
BLE, nous avons des preuves fufilantes
qu'elle n'eft pas fort étroite. Je ne dirai pas
que, femblable à nos Voleurs de *Newgate*
(pour mettre enfemble les petits Diables a-
vec les grands) on le laiffe fortir par con-
nivence; & qu'il a quelque petite étendue,
& par conféquent quelques avantages, pour
faire du mal, pourvu qu'il ait foin, de tems
en tems, de retourner en prifon, de lui-
même.

Cela pouroit fe foutenir, n'étoit que la
comparaifon doit infinuer, que la Puiffance, qui l'a chaffé, pouroit être trompée,
& que les Gardes fubalternes & les Geoliers
qui l'auroient en garde pouroient fermer
les yeux à fes excurfions, à l'infu du Seigneur de la place : mais c'eft une chofe
qui demande une plus ample explication.

CHAPITRE III.

De l'Origine du DIABLE, qui il eft, qui il étoit avant fon expulfion du Ciel, & en quel état il s'eft trouvé depuis ce tems-là, jufqu'à la Création de l'Homme.

POur rechercher par ordre les afaires qui
concernent SATAN, il eft néceffaire de
remonter à fon Origine, autant que l'Hiftoire & l'opinion du Monde favant le voudront permettre.

Tous les Ecrivains, tant facrés que profanes, conviennent que cette Créature, qui
porte

porte aujourd'hui le nom de DIABLE, étoit originairement un Ange de lumière, un glorieux Séraſin, & peut-être le plus excellent de tous. Voici comment MILTON décrit ſa gloire originelle :

SATAN eſt aujourd'hui le nom dont on l'apèle ;
Mais on ne parle plus au Ciel de ce Rebelle,
Quoiqu'il ait poſſédé le titre glorieux
D'être du premier rang des Eſprits bien-heureux ;
Ou d'être le premier, en faveur, en puiſſance,
En grandeur, en crédit, en gloire, en excellence.
Liv. V. fol. 140.

Et ailleurs cet Auteur dit ſur le même ſujet :

Cet Eſprit autrefois éclatoit en lumière
Plus que l'Aſtre du jour qui fournit ſa carière.
Liv. VII. fol. 189.

La figure qu'on ſupoſe que SATAN faiſoit parmi les *Trônes* & les *Dominations*, dans le Ciel, eſt auſſi glorieuſe qu'on pouroit ſe repréſenter celle de l'Ange le plus élevé en dignité ; & il y a des gens qui ſont du ſentiment qu'il étoit le chef des Arcanges.

C'eſt ce qui a donné lieu à cette créance, & qui n'eſt pas mal fondée, que la première cauſe de ſa diſgrace qui a été ſuivie de ſa rébellion, fut la proclamation que Dieu fit de ſon FILS ; pour le nommer Généraliſſime des armées céleſtes, & pour l'étal'établir avec lui-même Gouverneur suprême dans le Ciel, en lui donnant l'empire de toutes les œuvres de la Création, tant de celles qui étoient déja finies, que de celles qui n'étoient pas encore commencées, poste d'honneur, dont SATAN, disent-ils, croioit être revétu, comme étant le plus proche de Dieu Souverain, en honneur, en majesté, & en puissance.

Monsieur MILTON a suivi cette pensée, comme il paroît par le passage qui suit, où il fait intervenir tous les Anges, pour entendre la Déclaration que Dieu le Père veut leur faire, en ces termes :

Vous tous Anges bénis, prodiges de clarté,
Et vous autres Esprits brillans en sainteté,
Vous tous, dis-je, assemblés, en ce jour remarquable,
Ecoutez mon Arrêt certain, irrévocable.
Aujourd'hui j'engendrois un FILS, je vous le dis,
Vous devez l'honorer, c'est mon unique FILS :
C'est mon Oint, à ma droite il occupe sa place :
C'est par lui que de moi l'on peut obtenir grace.
Je l'ai fait votre Chef, & veux bien publier,
Qu'à son Nom glorieux tout genou doit plier.
Il faut que pour Seigneur chacun le reconnoisse,
Et que pour Souverain en tous lieux il paroisse
C'est lui qui doit donner à l'Univers la Loi,
Comme étant un seul Dieu en Essence avec moi.
Celui donc, qui refuse à lui prêter hommage
Me déplait surement; il m'ofense, il m'outrage;
Il se déclare, enfin, mon plus grand ennemi :

Mais

Mais son orgueil ne peut demeurer impuni.
Il rompt toute union; mais son infame audace
Ne poura, pour certain, qu'encourir ma disgrace.
Je le réléguerai dans un lieu ténébreux,
Pour y vivre à jamais, en Sujet malheureux.

SATAN se sentit piqué de la vue d'une nouvelle Essence, ou d'un nouvel Etre dans le Ciel, qui se nommoit le FILS de Dieu; car c'est dans ce tems-là, à ce que dit Monsieur MILTON, quoique mal-à-propos, que Dieu se déclara, en disant, *Je l'ai aujourd'hui engendré*, & qu'il devoit être placé au-dessus de toutes les Puissances qui étoient auparavant dans le Ciel, & dont SATAN, comme nous l'avons dit, étoit le Chef; de sorte que s'il y avoit à donner quelque poste qui fût plus éminent que le sien, il s'imaginoit qu'il n'y avoit que lui qui y pût prétendre; il se trouva dis-je, piqué de ce passe-droit, comme il l'envisageoit, & il crut,

Qu'avec ses Adhérans il devoit déloger,
Afin que, par la suite, on ne pût l'obliger
A rendre ses respects, à céder l'avantage
A ce Fils à qui Dieu veut que l'on fasse hommage.

Parad. perd. Liv. V. fol. 140.

Mais Monsieur MILTON s'est trompé grossièrement d'attribuer ces paroles, *Je l'ai aujourd'hui engendré*, à cette déclaration du Père, avant la chute de SATAN, & par conséquent à un tems qui étoit avant la Créa-

Création ; parce que les Interprètes conviennent tous, qu'il faut les entendre de l'Incarnation du Fils de Dieu, ou du moins de sa Résurrection, comme on le peut voir, dans le Commentaire que Monsieur POOL a fait sur les Actes des Apôtres, Chap. XIII. vs 23. (*).

En un mot, SATAN se retira avec tous ses Supôts chagrins, & mécontens, & résolus de ne pas obéïr à ce nouveau commandement, & de ne pas rendre obéïssance au Fils.

Mais Monsieur MILTON est d'acord avec ceux qui prétendent que le nombre des Anges qui se sont rebellés avec SATAN est infini : il fait même entendre, dans un certain endroit, qu'ils faisoient plus de la moitié de tout le Corps Angélique, ou de l'Armée des Sérafins.

Des Supôts de SATAN *aussi grand est le nombre*
Que des Astres du Ciel dans la nuit la plus sombre,
Ou,

(*) Voici les paroles de Monsieur POOL : Il y en a qui raportent les mots, *Je t'ai engendré aujourd'hui*, à l'Incarnation du Fils de Dieu, & d'autres à sa Résurrection. Nos Traducteurs (c'est-à-dire les *Anglois*.) font consister toute la force de l'expression dans la Préposition dont le Verbe est composé, & en y ajoutant *again* (ce qui marque une réduplication & qui répond au *re* en *François*) prétendent qu'il faut entendre la chose de la Résurrection. Effectivement, il semble, par le contexte, qu'ils n'ont pas tort ; parce que S. PAUL a deja parlé de la Résurrection de JESUS-CHRIST, au vs 30. du même Chapitre, comme de la matière sur laquelle il veut prêcher. Ce n'est pas à dire par-là, que JESUS CHRIST n'a commencé à être le Fils de Dieu, qu'à la Résurrection ; mais c'est pour faire entendre que ce n'est qu'alors qu'il devoit être déclaré tel.

Ou, quand le jour revient, des perles transparentes,
Que forme le Soleil sur les feuilles des plantes.

ibid. Lib. V. fol. 142.

Quelque grand qu'en soit le nombre, quoiqu'ils se comptent par millions innombrables & par légions de millions, ce n'est pas-là une matiére à ma recherche pour le present: SATAN le conducteur, le supérieur, & le guide, comme il a été l'auteur de la rébellion céleste, en est encore le Chef & le Maître-Diable comme aüparavant. C'est sous son autorité que les autres agissent encore aujourd'hui, moins en obéïssant, qu'en continuant contre Dieu la révolte qu'ils ont commencée dans le Ciel. Ils font encore la guerre à Dieu en la personne de l'Homme, qui en est l'Image & la Créature: & quoiqu'ils aient été vaincus par le tonnerre du Fils de Dieu, quoiqu'ils aient été précipités du haut du Ciel, ils ont pourtant repris, ou plutôt ils n'ont point perdu, la volonté, ni le pouvoir de faire du mal.

Cette chute des Anges & la guerre qui l'a précédée dans le Ciel sont parfaitement bien décrites par OVIDE, dans la guerre des *Titans* contre JUPITER, où il dit qu'ils entassèrent montagne sur montagne, colline sur colline, dans le dessein d'escalader, les murs impénétrables, & de forcer les portes du Ciel: jusqu'à ce que JUPITER les eut frapés de ses foudres, & qu'il les eut enfoncés dans l'abime.

Il

Ils ne font pas pourtant moins fujets que la Terre
Aux defordres qu'enfante une jalouse guerre.
Les Géans à leur tour, prétendant y règner,
Etoient bien réfolus de ne rien épargner,
Et de Monts entaffés s'y faisant une voie
Ils regardoient déja le Ciel comme leur proie;
Mais un coup de tonnerre à peine fut lancé
Que l'on vid fur Offa Pélion renverfé.

Traduction de Mr. CORNEILLE.

Et ailleurs, en parlant de JUPITER, qui prend la réfolution en Confeil de détruire le Genre-Humain par un Deluge, & qui déclare à l'armée célefte, les raifons qu'il en a, il s'énonce ainfi, en parlant des Demi-Dieux, pour faire allufion aux gens de bien qui font fur la Terre:

Et pouvez-vous penfer qu'ils y foient furement,
Puisque jufques fur moi, qui gouverne la foudre,
Qui de vous malgré vous, à mon gré puis réfoudre,
Le cruel Lycaon, connu par fes forfaits,
A voulu de fa rage étendre les éfets.

Idem

Comme donc il eft permis de parler en Poëfie, du Diable, & de ce qui regarde fon premier état, & les tems qui ont précédé fa chute; je vai ufer de la même liberté, pour ce qui concerne fon Hiftoire immédiatement après fon expulfion, jufqu'à la Création de l'Homme; intervale à mon avis affez confidérable, pour comprendre une bonne partie de cette Hiftoire, quoique Monfieur MILTON n'y ait fait que très-

peu d'atention ; ou du moins qu'il y ait
laissé un grand vuide. Mais après cela je
retournerai à ma Prose, pour continuer le
devoir d'un Historien.

Après que SATAN fut honteusement chassé
De devant le Seigneur, qu'il avoit ofensé,
Se retournant, il vid là Montagne éternelle,
D'où venoit de sortir son armée infidèle.
La brèche étoit réfaite : un Corps d'Esprits heureux
Ocupoit le sommet du Séjour glorieux,
Et cent mille rouleaux d'éclairs & de tonnerre
Etoient rangés de front, & pointés contre terre.
Les Diables éfrayés de ces tristes aprets,
En veulent éviter les dangereux éfets,
Et prenans tout-à-coup le vol de l'hirondelle.
Vont chercher un azile en la nuit éternelle.

Lorsqu'ils sont arrivés au séjour ténébreux,
Ils s'emparent d'abord du lieu le plus afreux :
Encor de cet endroit, pour comble de disgrace,
Ne sont-ils pas bien sûrs, qu'un jour on ne les chasse.
Ils sont déconcertés, c'est un Corps abatu,
Qui n'a plus ni vigueur, ni force, ni vertu.
Ils ressentent en eux & l'horreur & le crime,
Et le crime & l'horreur est ce qui les abime.
Ils sont remplis de rage, ils sont enflés d'orgueil,
Et l'orgueil & la rage est leur plus grand écueil.
Leur envie est, pour eux, matière combustible,
Et l'Ange saint se change en un Diable terrible.

Ici

Ici le feu d'Enfer a son commencement;
La rage lui servant d'éternel aliment.
C'est un feu dévorant, & d'autant plus à craindre
Que les Siècles futurs ne pourront pas l'éteindre.

Ce feu si violent, & cette grande ardeur
Font oublier la perte, & sentir la douleur;
Et, pour dire en un mot l'éfet de cette flame,
Elle agit sur l'esprit, & perce jusqu'à l'ame.
Le Diable ne sauroit jamais la réprimer,
Et par-tout elle trouve un ENFER à former;
Car SATAN enflamé d'un désir indomtable,
Se bâtit un Enfer, & rend son feu durable:
Vaincu, mais sans vouloir jamais s'humilier,
Sa grande ambition l'empêche de plier.
Il ressemble au Vipère, il aime la malice;
Il ronge ses boïaux, & crève dans son vice;
Et quoique sans honneur, dans sa condition,
Il rejette bien loin toute soumission.
Quoiqu'il soit aujourd'hui sans crédit, sans puissance,
Il ne respire en lui que haine, que vengeance.
Il a la volonté pour de nouveaux projets,
Mais jamais il ne peut en venir aux éfets.
Comme un Esprit, il est sensible à sa misère,
De sa rébellion le trop juste salaire;
Et dans ce triste état, dans ce sort malheureux,
Il ne lui reste rien qu'un desespoir afreux.
Ici finit ce feu, dont la flame féconde
Pourroit en un moment consumer tout le Monde.

Mais qu'est-ce que l'ENFER? C'est un lieu de tourment,
C 2   D'un

D'un orgueil abatu le digne chatiment.
Quelle est la trahison des Esprits Sérafiquès?
Un flux impétueux de pensers frénétiques,
Où leur ambition aiant eu du dessous,
Elle a d'abord fait place à la haine au courroux:
La haine s'est changée en fureur implacable,
Et la fureur en flame à-present indomtable:
Sans pouvoir l'arrêter elle brûle toujours
Et le mot ETERNEL en établit le cours.

Etrange état d'un Etre, où l'être est une peine,
Où la vie est un mal, est un objet de haine!
O vie! afreuse vie! on voudroit te bannir:
C'est toi qui mets le comble aux tourmens à venir,
Et ne fais qu'agraver la misère éternelle:
La Mort, pour les Damnés, seroit bien moin cruelle,
S'ils pouvoient apeler de cet arrêt divin,
Tous les Diables mourroient, & l'Enfer prendroit fin:
S'ils pouvoient du Néant espérer le refuge,
Ils s'armeroient bien-tôt contre leur juste Juge;
Et pour ne se voir plus exposés à soufrir,
Ils aimeroient bien mieux dix mille fois mourir.
Nous mêmes, nous pourions, par une mort certaine,
Finir, en un instant, toute misère humaine.
Il dépendroit de nous de sortir d'embaras,
Et nous pourions choisir d'être ou de n'être pas.

CHA-

CHAPITRE IV.

Du nom du Diable de son origine, & de la nature de ses circonstances, depuis qu'il a été apelé de ce nom,

L'Ecriture Sainte est le premier de tous les Ecrits, où l'on trouve que le *Démon* soit apelé par son nom propre de DIABLE, ou de DESTRUCTTUR (*) qui est la dénomination qui le distingue de toutes les autres Créatures. Il n'y a pas même un Auteur de l'Antiquité, ou d'une autorité sufisante qui en parle de cette manière.

C'est là qu'il a fait sa première aparition dans le Monde ; & c'est à cette ocasion qu'il est apelé le *Serpent.* Mais, quoique le *Serpent* ait été forme depuis, pour signifier le DIABLE, lorsqu'on parle de lui en termes généraux, il n'en étoit que l'image; c'étoit le DIABLE enchassé pour ce tems-là, couvert d'une forme corporelle, pour agir en cachette & avec déguisement; on, si l'on veut, c'étoit le DIABLE *masqué.* Je dis plus, si l'on en doit croire Monsieur MILTON, la lance de l'Ange GABRIEL avoit une secrète influence, capable de dépouiller le DIABLE en un instant, & en le touchant, de lui faire lever le masque, & l'obliger à se presenter tout nud, sous sa forme naturelle ; je veux dire en vrai

C 3 DIA-

(*) Le mot de DIABLE signifie *Destructeur.* Voïez POOL sur les Actes, Chap. XIII. 12.

DIABLE, sans aucun déguisement.

Comme nous avons recours à l'Ecriture, par raport à une bonne partie de son Histoire; nous devons la consulter aussi sur quelques-uns des noms qu'on lui donne. Il en a de bien des sortes, selon les idées que ses méchantes actions nous donnent de sa personne. Au reste, il paroît que tous les anciens noms qu'il porte, & dont l'Ecriture est remplie, doivent leur origine à ses diférentes démarches, & sont apliqués aux diférentes formes qu'il a prises, pour exercer sa malice dans le Monde.

Il est apelé dans l'Ecriture, le *Serpent*, Gen III. 1.

Le *Serpent ancien* Apoc. XII. 9.

Le *Grand Dragon roux*, Apoc. XII. 3.

L'*Acusateur des Frères*, Apoc. XII. 10.

L'*Ennemi*, Math. XIII. 25.

Satan, Job. I. 7. Zac. III. 1. 2.

Belial, 2. Cor. VI. 15.

Beelzebub, Math. XII. 24.

Mammon, Math. VI. 24.

Ange de lumière, 2. Cor. XI. 14.

L'*Ange de l'abime*, Apoc. IX. 11.

Le *Prince de la puissance de l'air*, Ephes. II. 2.

Lucifer, Esa. XIV. 12.

Abaddon, ou Apollyon, Apoc. IX. 11.

Légion, Marc. V. 9.

Le *Dieu de ce Siècle*, 2. Cor. IV. 4.

L'*Esprit impur*, Marc. IX. 25.

L'*Esprit immonde*, Marc. I. 27.

L'*Esprit menteur* 1. Rois XXII. 22.

Le *Tentateur*, Math. IV. 3.

Fille

Fille du matin, Eſa. XIV. 12.

En un mot, il eſt poſitivement apelé DIABLE, dans le Nouveau Teſtament. Tous ſes autres noms ſont venus de la diférence des Langues, & des Dialectes des diférentes Nations, qui en parlent, & le mot de DIABLE eſt le nom le plus commun qu'on lui donne dans toutes les Langues conues ſur la Terre. J'ajoute à cela que tout le mal qu'il a le pouvoir de faire, lui eſt atribué, dans l'Ecriture, ſous le titre particulier de *Diable*, & non pas de *Diables* au pluriel, quoiqu'il en ſoit parlé auſſi. Lorſqu'elle en fait mention au ſingulier, on entend la perſonne *individuelle* du DIABLE, & l'on croit que c'eſt par lui & par ſes ordres, que tous les petits & tous les grands Diables, ſupoſé qu'il y en ait, agiſſent, & par qui ils ſont gouvernés & dirigés. C'eſt ainſi que l'Ecriture nous parle des *Oeuvres du Diable* (a) de jetter hors les *Diables* (b) de reſiſter au *Diable* (c) de la Tentation de notre Sauveur par le *Diable* (d) de *Simon* le Magicien, Fils du *Diable*. (e) Le *Diable* deſcendit en grande colère (f) &c. C'eſt à cet uſage que nous nous conformons encore aujourd'hui, & toutes les choſes infernales qui ſe rencontrent dans le Monde ſont atribuées au DIABLE, comme à une Eſſence ſimple & indiviſe, quelque grand que ſoit le nombre des Agens par qui il travaille. Tout ce qui eſt mauvais, & efrayant en aparence, méchant dans les actions,

C 4

tions,

(a) I. Jean. III. 8. (b) Marc. I. 32. (c) Jaq. IV. 7. (d) Math. IV. 1. (e) Act. XIII. 10. (f) Apoc. XII. 12.

tions, horrible dans la manière, monftrueux dans les éfets, s'apèle DIABLE. En un mot, DIABLE eft un nom commun à tous les *Diables* en général, c'eft-à-dire, à tous les malins Efprits, à toutes les puiffances malignes, à toutes les méchantes Oeuvres, & enfin à tout ce qu'il y a de mauvais. Il eft cependant à remarquer que le mot de DIABLE n'eft pas un terme du Vieux Teftament, & qu'il ne fe trouve que quatre fois dans toute cette partie de la Bible, encore n'eft-ce qu'au pluriel, & jamais pour fignifier SATAN, dans le fens où il eft pris aujourd'hui.

Il eft vrai, que les Savans donnent plufieurs interprétations diférentes du mot de DIABLE. Les Commentateurs *Anglois* nous difent, qu'il fignifie *Deftructeur*; d'autres foutiennent qu'il veut dire *Séducteur*: les *Grecs* le font dériver de *Calomniateur*, ou faux témoin; car on trouve que *Calomnie*, étoit une Déeffe, à qui les *Athéniens* avoient élevé un Autel, fur lequel ils ofroient des Sacrifices en certaines ocafions folennelles; & ils l'apeloient Διαβολὴ, d'où eft venu le Mafculin Διάβολος, qu'on traduit en *François* par le mot de DIABLE.

C'eft ainfi que le nom de DIABLE fignifie non feulement des perfonnes, mais auffi des actions & des habitudes, & qu'on fait des Diables imaginaires, en transformant cette Créature réelle, qu'on apèle DIABLE, en tout ce qui eft nuifible & malfaifant. C'eft ainfi que S. FRANÇOIS fut tenté par le DIABLE, fous la forme d'une

bour-

bourſe pleine d'argent, qu'il touva dans un grand chemin. Il eſt vrai, que les Auteurs ne ſont pas d'acord ſur la manière dont il découvrit la fraude, ſavoir ſi ce fut en voïant un pié fourchu qui ſortoit de cette bourſe, ou ſi ce fut par l'odeur du *ſoufre*, ou par quelque autre moïen. Mais après que ce *Saint* ſe fut aperçu de cette ſuper-cherie, & qu'il eut ſurpaſſé le D I A B L E, en fineſſe, il prit ocaſion de prêcher à ſes Diſciples le fameux Sermon, où il prit pour Texte, *l'Argent eſt le* D I A B L E.

Après tout, en traitanr ainſi le D I A B L E, on ne lui fait point de tort : c'eſt au-con-traire lui donner la ſouveraineté de toute l'armée infernale, c'eſt lui ſoumettre toutes les Légions innombrables de l'abime, ou, *ſelon le ſtile de l'Ecriture*, c'eſt en faire des Anges de S A T A N, le grand D I A B L E. C'eſt avec juſtice qu'on lui atribue toutes leurs actions, tous leurs ouvrages, & tous leurs explois, non-ſeulement comme à un Prince, mais auſſi comme à l'Empereur & au Prince de tous les Princes des *Diables.*

Ainſi, ſous cette dénomination de D I A-B L E, on comprend toutes les Puiſſances de l'Enfer, tous les Princes de l'Air, & toutes les Armées du ſéjour ténébreux de S A T A N. C'eſt auſſi dans ce ſens qu'il faut l'entendre, dans tout le cours de cet Ouvrage, en chan-geant ſeulement ce qui eſt à changer ſuivant les diférentes circonſtances qui s'y rencontreront.

Après ce que je viens de dire, ſur une bonne autorité, S A T A N auroit tort d'être

fâché

fâché de ce que je le traite de la même manière que font les autres hommes, & de ce
que je lui donne les titres qui le font le
mieux connoître dans le Monde; car, comme il en a plusieurs, il n'est pas facile de s'y
méprendre.

Quoiqu'il en soit, le devoir d'Historien
m'oblige à la bien-séance & à l'impartialité:
c'est pour cette raison que j'ai cru qu'il étoit
nécessaire, avant que d'agir librement avec
le DIABLE, de produire des documens autentiques, & de faire entrer l'Antiquité sur
la scène, pour justifier ma manière, & pour
faire voir que, dans la description que j'en
vai faire, je ne me servirai d'aucune cou-
leur, & que je ne lui donnerai point d'autre nom que ceux sous lesquels il a été connu pendant plusieurs Siécles avant moi.

Au-reste, quoique, pour l'intelligence de
tous mes Lecteurs, je sois obligé de traiter
SATAN un peu inhumainement, & de parler de lui dans le sens le plus généralement
reçu, quoique je doive, l'apeler simplement
DIABLE, terme qui, dans ce Siècle civilisé
ne sonne pas si bien que d'autres pouroient
faire, & qui, par l'erreur des tems, est capable de nous prévenir contre sa Personne;
il faut pourtant avouer, qu'il a pour se faire
connoître, une infinité d'autres noms & sur-
noms, qui n'ont pas un sens si criminel,
que ceux de *Diable*, & de *Destructeur*.

Il est vrai, que Monsieur MILTON,
manquant de titres d'honneur, pour donner
aux Conducteurs de l'Armée de SATAN,
est obligé d'emprunter les noms qui sont
dans

dans l'Ecriture, & de les diftribuer à fes *Héros* infernaux, qu'il étabit Généraux & Conduc- teurs des Armées de l'Enfer ; de forte qu'il veut que les noms de *Béelzebub*, de *Luci- fer*, de *Bélial*, de *Mammon*, & quelques autres, foient ceux de certains *Diables* par- ticuliers, membres du Confeil de SATAN, ou de fon *Pandemonion*. Cependant il eft certain, que tous ces noms font propres & particuliers à SATAN même.

L'Ecriture Sainte a pareillement quelques noms plus injurieux, pour défigner le DIA- BLE. Par exemple, il eft apelé dans l'A- pocalipfe, comme je l'ai déja dit, le *grand Dragon roux*, la *Bête*, le *Serpent ancien*, &c. Mais, à examiner la chofe de près, on trou- vera que, dans la Bible, & dans l'Hiftoire, tant facrée que profane, le mot de DIABLE eft, je le repète, le nom qu'on lui donne, dans toutes les Langues, & parmi toutes les Nations, & que c'eft celui qui défigne principalement fa perfonne & fes œuvres. Je dis donc que l'Ecriture non feulement leur donne ce nom, mais auffi qu'elle parle des Œuvres du *Diable*, des rufes du *Diable*, de jetter hors les *Diables*, d'être tenté par le *Diable*, d'être poffédé du *Diable* ; qu'elle fe fert de plufieurs autres expreffions de cet- te nature pour nous dénoter l'Efprit malin ; & qu'en un mot, *Diable* eft un nom com- mun à tous les mauvais Efptits : car SA- TAN n'eft plus apelé DIABLE par excel- lence, de manière que les autres, ne font que des diminutifs qui portent d'autres noms. Je dis, au-contraire, que felon le

C 6 ftile

ftile même de l'Ecriture, tout Efprit malin,
foit dans fes domaines, ou hors de fa puiffance, eft apelé *Diable*, & qu'il eft un *Diable* véritablement; c'eft-à-dire, que c'eft un
Efprit damné, & emploïé à des actions auffi
criminelles que celles de SATAN même.

Après avoir ainfi prouvé fon nom & fon
exiftence, l'ordre demande que nous exa-
minions *ce qu'il eft*? Nous croïons qu'il y
a une chofe & une créature telle que
le DIABLE, qu'il a été apelé, & qu'on
peut encore aujourd'hui, fans aucune figure, & fans faire tort à fon caractère,
l'apeler de fon ancien nom de DIABLE.

Mais, qui eft il? quelle eft fon origine;
d'où eft-il venu? quelle eft à prefent fon état
& fa condition? Ce font-là des recherches
abfolument néceffaires à fon Hiftoire, dont
la moindre partie demeureroit imparfaite
fans cela.

On ne fauroit nier, qu'il foit d'un origine
également noble & ancienne, parce qu'il
eft né dans le Ciel, & d'une race Angélique, comme je l'ai déja infinué. Si le témoignage de l'Ecriture eft de quelque
poids, & de quelque autorité dans cette queftion; il n'y a pas lieu de douter de la généalogie du DIABLE. Il en
eft parlé non-feulement comme d'un *Ange*
fimplement, mais auffi comme d'un *Ange
déchu*, d'un *Ange* qui a été dans le *Ciel*,
d'un *Ange* qui jouiffoit de la prefence de
Dieu, dans tout l'éclat de fa Gloire, d'un
Ange, enfin, qui environnoit le Trône du
Très-Haut. Mais, dès qu'il eut commencé

cé à se rébeller, il en fut chassé, & précipité, Dieu sait où, & le DIABLE lui-
même (car on ne sauroit dire qu'il y ait un
homme sur la terre qui le sache) & quelque
part qu'il soit, la Création de l'Homme a
toujours été un fleau pour lui : ç'a toujours
été le tentateur, le séducteur, le calomniateur, l'ennemi du Genre-Humain, & l'objet
de son horreur & de son aversion.

Comme son origine est du Ciel, & que
sa race est Angélique, il s'ensuit qu'il est
d'une classe supérieure à celle de l'Homme.
L'Ecriture Sainte est positive là-dessus, lorsqu'elle dit : *Il l'a fait* (en parlant de l'Homme) *un peu moindre que les Anges.*

Ainsi, quelque bas que soient les sentimens qu'on peut avoir de lui, il est certain
qu'il est d'une meilleure famille, & meilleur
Gentil-homme que qui ce soit. Autre est
le lieu où il est tombé, & autre celui dont
il est déchu : c'est ce qui fait que je me
trouve obligé de dire à mon très-cher &
très-honoré Ami, J. W. LL. D. qu'en
parlant mal du DIABLE, comme il fait,
il parle mal d'une personne qui est au-dessus
de lui.

L'Ecriture Sainte ne nous est pas d'un
plus grand secours dans la recherche de
l'Origine du DIABLE, qu'elle l'est dans
celle de sa Nature. Il est vrai, que les
Auteurs ne sont pas d'acord sur son âge,
ni sur le tems de sa création, ni sur le nombre des années, pendant lesquelles il a joui
de son état de félicité avant sa chute, ni
enfin sur le tems qu'il est demeuré dans
l'obs-

l'obſcurité, avec toute ſon armée, avant la Création de l'Homme. On ſupoſe cependant, que cela doit faire un eſpace conſidérable, & même que ce tems fait partie de ſa punition, puiſqu'il eſt demeuré dans l'inaction & dans l'oiſivité, ſans avoir eu d'autre ocupation que celle de ſe ronger les entrailles, & d'être continuellement à l'agonie, en faiſant des réflexions ſur lui-même, & ſur le glorieux état dont il étoit déchu.

Il eſt certain, qu'on ne tire aucune lumière de l'Hiſtoire, & fort peu de la Tradition, pour ſavoir combien de tems il eſt demeuré dans cet état. JUDA, le Rabin, dit, à la vérité, que les *Juifs* étoient dans la penſée, qu'il y avoit été l'eſpace de vingt mille ans, que le Monde en doit durer vingt mille autres, & que pendant ce tems-là il trouvera aſſez d'ocaſions de ſatisfaire à ſes déſirs malins, mais il n'alègue aucune autorité pour apuïer cette opinion.

Au-reſte, quelque oiſif que le DIABLE ait été ci-devant, on eſt obligé d'avouer, qu'aujourd'hui c'eſt la plus ocupée, la plus vigilante, & la plus aſſidue de toutes les Créatures de Dieu; & qu'en un mot, il a de l'ocupation autant qu'il en veut, de quelque nature qu'elle ſoit.

Il eſt vrai, que l'Ecriture Sainte nous donne beaucoup de lumières, ſur l'inimitié qui règne entre la Nature Diabolique & la Nature Humaine. Elle nous en fait voir la raiſon, & nous aprend comment & par quel moïen le pouvoir du DIABLE a été limité à la venue du MESSIE. Ainſi,

pour

pour parler de ceux qui veulent bien s'en
raporter à la lumière de l'Evangile, & croire
ce que cette Ecriture dit touchant le DIA-
BLE, ils y pouront découvrir une bonne
partie de son Histoire; de sorte qu'on peut,
si l'on veut y avoir recours, être pleinement
instruit sur cette matière.

Mais pour réserver, comme un magazin,
toutes les preuves de l'Ecriture sur ce Sujet, pour l'usage de ceux auprès de qui ces
témoignages sont de poids, je suis obligé,
pour le present, de passer à d'autres recherches; parce que j'adresse mon Histoire à un
Siècle, où c'est passer pour vaincu, que
d'avoir recours aux passages de l'Ecriture
Sainte & à la Révélation. Les gens d'aujourd'hui veulent des démonstrations, &, en
un mot, rien ne peut les satisfaire que des
preuves qui, peut-être, sont d'une nature
qui ne convient point à la question.

Il est certain qu'il est dificile de démontrer la chose dont il s'agit : *Nul ne vid ja-*
mais DIEU, dit l'Ecriture (*) : & comme
le DIABLE est un Esprit incorporel, un
Ange de lumière, & par conséquent invisible de son essence, de sa nature, & de sa
forme, on peut dire en quelque façon, *Nul*
ne vid jamais le DIABLE. J'examinerai,
par ordre, peut-être même que je décou-
vrirai par eux-mêmes tous les entêtemens
de ces gens frénétiques & capricieux, qui
nous assurent, d'avoir vu le DIABLE.

Je pourois emploïer beaucoup de tems à
rechercher, si le DIABLE a quelque forme.

(*) 1 Jean IV, 12.

me particulière, ou quelque perſonalité ſubſ-
tantielle, qui puiſſe être vue, touchée, &
entendue ; & à examiner celle qu'il ne peut
pas changer ; & après cela à tâcher d'aprendre quelles ſont les formes qu'il a toujours
priſes , & ſous quelles aparitions il s'eſt toujours fait voir. Je pourois découvrir s'il
peut réellement paroître avec un corps qui
puiſſe être touché & vu, de maniére qu'on
puiſſe ſavoir que c'eſt le D I A B L E qui a
paru : mais comme c'eſt une recherche de
peu de conſéquence, je m'en diſpenſe pour
le preſent.

On a pluſieurs rélations de Sorcières qui
ont commerce avec le D I A A L E ; du D I A-
B L E qui ſe fait voir à elles avec un corps
réel, d'homme, ou de femme ; d'un Eſprit
familier, ou d'un *Incube*, ou *petit Diable*,
comme on l'apèle, qui ſuce leurs corps, &
qui les enlève dans l'air avec lui, &c. On
raconte, dis-je, une infinité de ces ſortes
d'avantures ; mais beaucoup plus qu'on n'en
peut prouver, de ſorte qu'il ne faut y ajouter foi qu'avec ménagement, & modéra-
tion.

Pour ce qui regarde les diverſes formes
qu'il emprunte, & ſes promtes transforma-
tions, nous en avons des témoignages ſi
évidens, qu'il n'y a pas lieu d'en douter ;
de ſorte que quand je viendrai à cette partie
de l'Hiſtoire, je ſerai plutôt obligé de raporter les faits, tels qu'ils ſont, que d'entrer en diſcuſſion, ſur la nature de la choſe.

Je ne trouve dans aucun Auteur, ſur lequel

quel on puiſſe faire fond, que dans les Pays
mêmes, où la domination de SATAN eſt
le mieux établie, & où l'on peut dire qu'il
eſt adoré d'une façon particuliére, en qualité de DIABLE, comme quelques uns
diſent des *Indiens* en *Amérique*, qui adoroient le DIABLE, afin qu'il ne leur fît
point de mal; je ne trouve pas, dis je, que
dans ces Pays là il ſe ſoit fait voir toujours
ſous la même forme, ou ſous une *perſonalité* qui lui fût particuliére.

Puis, donc, que ni l'Ecriture, ni l'Hiſtoire, ne nous donnent aucun éclairciſſe-
ment ſur cette partie de la queſtion, je conclus & poſe en fait, non pas comme mon
opinion particuliére, mais comme une choſe
que tous les Siécles ſemblent confirmer,
que le DIABLE n'a pas un corps en propre; & qu'au-contraire c'eſt un Eſprit, qui
quoique, ſemblable à PROTÉE, il puiſſe
paroître, quand il veut, ſous une aparence
d'homme, ou de bête, doit emprunter une
forme, ou une figure étrangère, pour ce
tems-là; & qu'il n'a en propre aucun corps
viſible.

J'ai cru devoir, avant toute choſe, réſoudre cette dificulté, pour pouvoir parler
en ſuite avec certitude de cette matière importante; je veux dire, que quoique le
DIABLE puiſſe, dans des ocaſions particulières, prendre une infinité de formes diférentes, & peut-être ſe couvrir de toutes
celles qu'il lui plaît, ce n'eſt pourtant qu'un
Eſprit; qu'il conſerve encore ſa nature Sérafique; qu'il n'eſt pas viſible à nos yeux
hu-

humains & organiques ; & qu'il ne peut pas
agir avec les mêmes facultés, ni de la même manière que font les Corps. C'est par
cette raison que, quand il a jugé à propos
de s'abaisser jusqu'à éfrayer les enfans &
les vieilles femmes, en faisant du bruit,
en dérangeant des chaises & autres semblables meubles, en brisant des vitres, & en
faisant d'autres choses de cette nature, qui
pourroient paroître au-dessous de la dignité
de son caractère, & qui en particulier se
font ordinairement par des corps organisés,
il n'a pas voulu se montrer ; & qu'il a mieux
aimé faire acroire aux personnes crédules,
qu'il a une forme réelle & un véritable
corps, des mains pour agir, & une bouche
pour parler, que d'en donner des preuves
à tout le Monde, en se faisant voir, & en
agissant visiblement & à découvert, comme
les corps.

Je ne fai aucun tort au DIABLE de
dire, que sa nature Sérafique n'est pas em-
prisonnée dans un corps, ni restrainte à une
seule forme, quelque monstrueuse qu'on se
la represente ; parce que ce seroit limiter ses
actions, & les renfermer dans la sphére é-
troite d'un corps organisé. Suposé même
que ce corps eût des ailes, pour voler avec
autant de vélocité que l'esprit, s'il n'avoit
pas la faculté de se rendre invisible, & de
pénétrer dans les replis du cœur de l'homme, pour en aprendre les secrets ; s'il n'a-
voit pas cet art de s'insinuer, de suggérer,
d'acuser, &c., moïens dont il se sert pour
répandre ses mauvais desseins, & donner
du

du poids & du crédit à toutes ses autres
ruses; ce ne seroit plus un DIABLE
c'est-à-dire un *Destructeur*; ce ne seroit
plus un Séducteur, ce ne seroit plus SA-
TAN lui-même, c'est-à-dire l'ennemi juré
de nos ames, & il ne seroit pas dificile aux
Hommes de l'éviter, comme-je l'expliquerai, dans l'autre partie de son Histoire.

Si le DIABLE avoit été revêtu d'un
corps, dès le commencement, il n'auroit
pu se rendre invisible à nous, dont les ames
également Sérafiques ne se font apercevoir,
que parce qu'elles sont incorporées, pour
ainsi dire, & enchassées dans la chair & le
sang, de sorte qu'il n'auroit plus été DIA-
BLE qu'à lui seul. Son emprisonnement
dans un corps n'auroit pas laissé d'être un
Enfer pour lui, quand même ce corps auroit eu toutes des dispositions imaginables
pour devenir formidable à nos yeux. A le
considérer même comme un Rebelle vaincu, & comme un Esprit irrité, qui conserve
encore toute sa fureur, toute son ambition
démesurée, cette haine qu'il a contre Dieu,
& cette envie qu'il porte à toutes ses Créatures, par un esprit Diabolique, & qu'avec
cela on supose qu'il est condamné à agir
sur un corps organisé, qu'il est réduit à un
mouvement corporel, & qu'enfin il est
restraint de la même manière qu'un esprit
est restraint par un corps, il faudra en même tems convenir, qu'il est, en ce cas-là,
hors d'état de pouvoir faire usage de toutes
les métodes, dont il se sert aujourd'hui,
pour exercer sa rage & son inimitié contre
Dieu

Dieu, à moins que, pour bleffer la Gloire
du Créateur, il ne s'en prenne à l'HOM-
ME, qui eft la plus foible de toutes fes
Créatures.

Il faudroit, dis-je, néceffairement, que fon
pouvoir fût ainfi limité, s'il avoit eu un corps,
parce qu'un corps ne fauroit agir que fur
un corps, & non pas fur un efprit, & qu'il
n'y a point d'efpèce d'Etre qui ait la faculté
de fortir des limites de fa Sphère. Il eft vrai,
qu'il auroit pu faire des chofes terribles, &
même entièrement pernicieufes au Genre-
Humain, fur-tout fi ce corps avoit eu des
facultés que l'homme n'a pas, & qui par
conféquent auroient mis ce dernier hors
d'état de fe défendre; par exemple, fi ce
corps avoit eu des ailes pour s'envoler en
l'air, ou s'il avoit été invulnérable de manière, que toute l'invention & toute l'adreffe
humaine n'eût pu le bleffer ni l'atraper, &
s'en rendre maîtreffe, il eft certain que
l'homme auroit eu du deffous.

Mais, ce feroit fuppofer que le Créateur,
malgré fa Juftice & fa Sageffe, auroit fait
une Créature incapable de fe défendre & de
fe conferver, & qu'il l'auroit expofée, fans
défenfe, à la merci d'une autre de fes Créatures, à qui il auroit acordé le pouvoir de
détruire la première. C'eft une chofe qui
auroit donné lieu à une idolatrie générale,
& qui auroit obligé les hommes à adorer le
DIABLE, comme font aujourd'hui les
Américains, afin qu'il ne leur fît point de
mal; mais cela n'auroit pas empêché la
deftruction du Genre-Humain, fuppofé que
le

le DIABLE eût confervé une malice égale à fon pouvoir. Pour ne pas, dis-je, détruire le Genre-Humain, il auroit falu, que cet Efprit malin eût pris une nouvelle nature, qu'il fût devenu, fufceptible de pitié, généreux, bien-faifant, & toujours porté à épargner un rival & un ennemi, qu'il auroit été capable de perdre. En un mot, il auroit falu qu'il eût ceffé d'être DIABLE, qu'il eût repris fa première nature, célefte & angélique, qu'il eût été rempli d'amour & d'admiration pour les Ouvrages de fon Créateur, & qu'enfin il eût été porté à en avancer la Gloire & l'Intèrêt ; autrement il auroit exterminé toute une race qui auroit été en fa puiffance, & il auroit obligé fon Créateur à créer une nouvelle Efpèce, ou à renforcer la première, par quelque forte de défenfe, en la rendant invulnérable & à l'épreuve de fes dards enflamés.

Je prens la liberté de faire ici une petite digreffion, pour exprimer d'une maniere folennelle, mes penfées, fur ce fujet.

Glorieufe eft la Sageffe & la Bonté du grand Créateur de l'Univers, en ce qu'il a bien voulu refufer à ces REBUTS Sérafiques le pouvoir de prendre des corps humains, ou organifés ! S'ils avoient eu cet avantage, avec les facultés furnaturelles qu'ils poffèdent & qu'ils peuvent exercer, en qualité d'Anges & de Sérafins, ils auroient été capables de chaffer le Genre-Humain de de deffus la Terre, & de mettre tout en confufion. Que dis-je, dans l'état même où ils fe trouvent, fi leur pouvoir n'étoit

pas

pas limité, ils pouroient détruire la Création, renverser la Nature, & mettre tout l'Univers dans une confusion générale. Mais d'un autre côté, si ces Esprits immortels étoient revêtus de corps, quand même leur pouvoir ne s'étendroit pas jusqu'à mettre la Nature en confusion, ils pouroient cependant encore fatiguer l'Homme, foible, & sans défense; ils pouroient lui faire perdre l'esprit, & le rendre ainsi entièrement inutile à son Créateur & à lui-même.

Mais le *Dragon* est enchaîné, & le pouvoir du DIABLE est borné. Il est vrai qu'en qualité de Prince de l'Air, il a un Empire tres-confidérable, puisqu'il a au moins toute l'Atmosphère pour y exercer son pouvoir, & que l'étendue de cette Atmosphère n'a pas encore été déterminée par les observations les plus exactes. Quand je dis, *au moins*, c'est parce qu'on ne sait pas encore jusqu'où il lui est permis d'aller en course au-delà de l'Atmosphère du Globe, dans les Mondes planétaires, ni quel pouvoir il peut exercer dans toutes les parties habitables du *Sistême solaire*, & généralement de tous les autres *Sistêmes solaires* qui peuvent exister dans l'étendue immense de l'espace créé. Mais j'en parlerai plus amplement en son lieu.

Au-reste, quel que puisse être son pouvoir dans ces Régions supérieures, il est certain qu'il est limité sur la Terre, par raport à deux circonstances. Premièrement, il ne sauroit prendre un corps, ou une substance qui ait une forme corporelle: en second lieu,

lieu, il ne lui eft pas permis d'exercer fes
facultés Sérafiques, ou d'agir avec cette
force furnaturelle, dont il étoit revêtu a-
vant fa chute, mais dont nous ne fommes
pas affuré qu'il ait été dépouillé, ou du
moins nous ne favons pas jufqu'à quel
point elle eft diminuée par fa corruption,
& par l'échec qu'il reçut au tems de fon expulfion. Tout ce que nous pouvons dire
là-deffus, c'eft que quelque grand que puiffe
être fon pouvoir, il ne lui eft pas permis
de l'exercer dans ce Monde, & que celui
qui étoit égal à l'Ange qui tua cent quatre-
vingt mille hommes en une nuit, n'eft pas
capable aujoud'hui d'ôter la vie à un feul
J o b, ni de toucher à rien qui lui apartien-
ne, fans une nouvelle commiffion.

Mais quelque limité & reftraint que foit
fon pouvoir, il demeure encore un Etre é-
galement puiffant, terrible, & immortel. un
Etre infiniment au-deffus de l'Homme, tant
par raport à la dignité de fa Nature, que par
le pouvoir redoutable qu'il a encore confervé. Il eft vrai que les cerveaux creux des
Entoufiaftes le peignent plus noir qu'il n'eft,
& comme je l'ai déja dit, qu'ils le reprefentent malicieufement, couvert d'une efpèce de terreur qui ne lui convient pas, &
comme s'il étoit entièrement revêtu du pouvoir de faire du bien ou du mal, & qu'il fût
affis fur le Trône de fon Créateur, pour
diftribuer les châtimens & les récompenfes.
Ils ont tort d'effrayer & d'abufer certains
efprits foibles, fur fon compte, jufqu'à leur
faire tourner la cervelle, en les perfua-
dant

dant qu'ils feront à l'abri des infultes du Diable, pourvû qu'ils faffent de telles & telles chofes, & qu'au-contraire il les emportera avec lui, s'ils refufent de fuivre leur avis. Beau raifonnement ! comme fi le DIABLE, dont l'ocupation eft de faire du mal, de féduire les hommes & de les engager à fe rebeller comme lui, devoit les menacer de les prendre & de les enlever, & en un mot de tomber fur eux & de les punir, s'ils font du mal, & au-contraire de leur être favorable & complaifant, s'ils prennent le parti de faire le bien !

C'eft ainfi qu'un pauvre Villageois qui avoit mené une vie libertine, abominable, & débauchée, fut éfrayé d'une aparition du DIABLE, comme il l'apeloit. Il s'imaginoit qu'il avoit eu un entretien avec lui, & comme il en parla à un Gentil-homme voifin, qui avoit un peu plus d'efprit que lui, ce dernier lui demanda s'il étoit sûr qu'il eût vu le DIABLE? Oui, oui, Monfieur, répondit l'autre, je l'ai fort bien vu; & fur cela ils commencèrent le difcours fuivant.

Le *Gent.* Le voir ! voir le Diable ! en es-tu bien sûr, THOMAS?

Thom. Oui, oui, Monfieur, j'en fuis affez sûr : il n'y a point de doute que ce ne fût le Diable.

Le *Gent.* Comment fais-tu que c'étoit le DIABLE? l'avois tu déja vu auparavant?

Thom. Non, je ne l'avois jamais vu, certainement; mais, malgré cela, je fai que c'étoit le DIABLE.

Le

Le *Gent.* Eh bien! THOMAS, ſi tu es bien ſûr de ne te pas contredire, dis-moi quel habit il avoit?

Thom. Ha! Monſieur, vous vous moquez de moi: il n'avoit point d'habit, il étoit ſeulement couvert de feu & de ſoufre.

Le *Gent.* Eſt-ce de jour, ou eſt-ce de nuit que tu l'as vu?

Tom. C'eſt à minuit.

Le *Gent.* Comment donc l'as-tu pu voir? eſt-ce à la lueur du feu dont tu viens de parler?

Thom. Non, non, il ne donnoit point de lumière lui-même, & malgré cela je l'ai vu.

Le *Gent.* Mais eſt-ce dans une maiſon, ou dans la rue?

Thom. C'eſt dans ma chambre que je l'ai vu, & préciſément dans le tems que je m'allois mettre au lit.

Le *Gent.* Eh bien! Tu avois une chandelle, n'eſt-ce pas?

Thom. Oui, j'en avois une, mais elle ne donnoit qu'une lumière bleue & fort petite.

Le *Gent.* Mais ſi le DIABLE étoit couvert de feu & de ſoufre, il faut qu'il t'ait donné quelque peu de lumière, parce qu'il ne ſauroit y avoir un feu, tel que celui dont tu parles, ſans éclairer autour de lui.

Thom. Non, non, il ne donnoit point de lumière; mais j'ai ſenti le feu & le ſoufre, & il a laiſſé cette odeur dans ma chambre, après qu'il eut diſparu.

Tome I. D Le

Le Gent. Tu dis qu'il avoit du feu, &
du feu, qui ne donnoit aucune lumière, il
faut que ç'ait été un feu Diabolique : étoit-
il chaud ? n'échaufa-t-il pas ta chambre,
pendant qu'il y fut ?

Thom. Non, mais j'avois affez chaud,
fans cela ; car il m'a fait fuer de peur.

Le Gent. Fort bien : il étoit dis-tu, tout
en feu, fans pourtant donner aucune lumière, ni chaleur ; feulement qu'il t'a fem-
blé qu'il fentoit le foufre : mais fous quelle
forme s'eft-il fait voir ; car tu viens de dire
que tu l'as vu ?

Thom. Monfieur, j'ai vu deux grands
yeux hagards, capables d'éfrayer qui que ce
foit.

Le Gent. Eft-ce tout ce que tu as vu ?

Thom. Non, j'ai vu auffi fort diftinctement fon pié fourchu, qui étoit auffi grand
que celui d'un de nos bœufs de charue.

Le Gent. Tu n'as donc rien vu de fon
corps, que les yeux & les piés ? Voilà affurément une belle vifion !

Thom. Monfieur, c'en étoit affez pour
me faire fortir.

Le Gent. Comment ? t'en es-tu enfui ?

Thom. Non, mais j'entrai dans le lit d'un
feul faut, & dés que j'y fus je me couvris
entièrement du drap.

Le Gent. A quel deffein as-tu fait cela ?

Thom. Pour me-cacher d'une créature fi
éfroïable.

Le Gent. Pourquoi ? crois-tu que fi ç'a-
roit été éfectivement le Diable, que le drap
t'eût garanti de fes grifes ?

Thom.

Thom. Je ne fai pas; mais c'eſt tout ce que j'ai pu faire, dans la frayeur où j'étois.

Le Gent. Il y avoit en cela autant de prudence, qu'en tout le reſte. Mais, THOMAS, parles moi férieuſement, t'a-t-il dit quelque choſe?

Thom. Oui, oui, j'ai entendu une voix: mais Dieu fait qui c'étoit.

Le Gent. Quelle forte de voix étoit-ce? étoit-elle comme la voix d'un homme?

Thom. Non, c'étoit une vilaine voix enrouée, femblable au croaſſement d'une grenouille, & qui m'apela deux fois par mon nom, *Thomas Dawſon, Thomas Dawſon.*

Le Gent. As-tu répondu?

Thom. Non aſſurément: je n'aurois pu prononcer un feul mot, quand il fe feroit agi de la vie, tant j'étois éfrayé.

Le Gent. T'a-t-il dit quelque autre choſe?

Thom. Oui: quand il vid que je ne répondois pas, il dit: *Thomas Dawſon, Thomas Dawſon, tu es un miſérable & un malheureux, tu as couché la nuit paſſée avec* Janeton S...; *ſi tu ne t'en repens, je m'en vai t'emporter en Enfer, & tu feras damné, infame que tu es.*

Le Gent. Eſt-il vrai, THOMAS, que tu as couché avec JANETON S... la nuit précédente?

Thom. En vérité oui, Monfieur, mais j'en fus bien fâché après.

Le Gent. Mais comment le Diable l'a-t-il fu, THOMAS?

Thom.

Thom. Il l'a fu affurément; car on dit qu'il fait tout.

Le *Gent.* Mais pourquoi s'en fâcheroit-il? il te confeilleroit de coucher une feconde fois avec cette Fille, & même avec quarante Proftituées, plutôt que de t'en empêcher. Ainfi, THOMAS, ce ne pouvoit être le Diable.

Thom. Excufez-moi, Monfieur, c'étoit le Diable, affurément.

Le *Gent.* Mais tu dis qu'il t'a ordonné de te repentir?

Thom. Oui, Monfieur, il l'a même fait avec menaces.

Le *Gent.* Crois-tu, THOMAS, que le DIABLE fouhaite que tu te repentes?

Thom. Vous avez raifon. Je ne fai que dire à cela. Mais qui pouvoit-ce être? C'étoit certainement le DIABLE: ce ne pouvoit être perfonne autre.

Le *Gent.* Non, non, THOMAS, ce n'étoit ni le DIABLE, ni perfonne, mais uniquement un éfet de ton imagination éfrayée. Tu avois couché avec cette Fille; & comme ce péché étoit encore nouveau pour toi, la confcience te le reprochoit, elle te difoit que le Diable viendroit t'enlever, & que tu ferois damné. Tu en étois fi perfuadé, qu'enfin tu as cru qu'il venoit éfectivement pour t'emporter, que tu le voïois, & que tu l'entendois. Mais tu peux être affuré que fi JANETON S... veut t'acorder encore la même faveur, le DIABLE tiendra la chandelle, & fera tout ce qui dépendra de lui pour l'y engager, bien

loin

loin de l'en empêcher. Il aime trop la méchanceté pour y porter obſtacle: ainſi ce
ne pouvoit être le DIABLE; mais ç'a été
uniquement ton crime qui t'a éfrayé, ç'a
été-là ton DIABLE; & ſi tu en connoiſſois
bien les éfets, tu reconnoitrois que tu n'as
pas beſoin d'autre ennemi.

Thom. Cela eſt vrai, Monſieur, il ſemble
que le DIABLE ne devroit pas me porter
à la repentance; mais malgré cela, il eſt
certain que c'eſt lui que j'ai vu.

Ce bon villageois n'eſt pas le ſeul qui,
aprés avoir commis quelque crime énorme,
a été trompé par la force de ſon imagination, qui lui ait fait acroire que le DIA-
BLE venoit l'enlever. Il faut rendre juſtice
à cet Eſprit malin, il eſt trop honnête pour
faire de telles choſes; ſon emploi eſt d'engager les hommes au crime, mais non pas
de les porter à s'en repentir; & c'eſt-là
ſon unique ocupation. Il peut preſſer les
hommes à faire une telle & telle action,
en leur faiſant entendre qu'il n'y a ni péché, ni ofenſe, ni aucune infraction contre
la Loi Divine, quoiqu'en éfet la choſe
ſoit telle; mais jamais il ne s'eſt aviſé de
les porter à la repentance, aprés qu'ils ont
ofenſé Dieu: c'eſt une choſe entièrement
contraire à ſa pratique, & dont il ne ſe
pique point: ainſi il ne faut pas acuſer
le DIABLE d'une choſe dont il eſt innocent.

Mais, pour en revenir à ſa perſonne,
quoiqu'il ſoit déchu de ſa première gloire,
c'eſt pourtant, comme je l'ai déja dit, un

Efprit puiffant, formidable, & immortel.
Il porte le titre de Prince; il s'apèle *le Prince de la puiffance de l'Air*, *le Prince des ténèbres*, *le Prince des Diables*, &c., & fes Supôts font apelés *fes Anges*; de forte que quoique SATAN ait perdu la gloire & la droiture de fa Nature, par fon apoftafie, il conferve encore une grandeur & une magnificence, qui le met au-deffus de l'Homme, & affurément au-deffus de l'imagination humaine. En éfet, nous ne favons des Anges bien-heureux, dont nous ne pouvons rien dire, finon que, fuivant le ftile de l'Ecriture, ce font *des Efprits adminiftrateurs*. (*)

Il y a cependant deux chofes qui peuvent nous être d'un grand fecours, pour découvrir la Nature du DIABLE, dans fon état prefent, & dont nous avons une parfaite connoiffance dans tout le cours de fa conduite, depuis le commencement jufqu'au jourd'hui.

1. Que c'eft un ennemi vaincu, & en même tems un ennemi irréconciliable de Dieu fon Créateur, qui après l'avoir fubjugué, l'a chaffé de l'habitation bien-heureufe; & que c'eft par cette raifon, qu'il eft rempli d'envie, de rage & de malice; qu'il manque de charité; & qu'enfin il voudroit détrôner Dieu, & renverfer les Trônes du Ciel, s'il étoit en fon pouvoir, & que la chofe dépendît de lui.

2. Que c'eft l'ennemi irréconciliable de l'Homme: non pas parce qu'il eft homme,

Ri

(*) Heb. I, 14.

ni par quelque avantage que cet Efprit malin puiffe tirer de la ruine & de la deftruction du Genre-Humain; mais il eft fon ennemi, uniquement par l'envie qu'il porte au bonheur dont SATAN fupofe que ce rival doit jouïr : & parce que l'Homme eft défigné à fuccéder à cet Efprit apoftat & à fes Anges, dans la poffeffion de la gloire, dont ils font déchus.

Je prens la liberté de dire, à cette ocafion, que Monfieur MILTON s'eft trompé fur le prétexte dont SATAN s'eft fervi pour troubler la félicité de l'Homme. Il dit qu'en cela il n'a eu en vue que de braver Dieu, fon Créateur, & de le priver de la gloire qui alloit éclater dans fa nouvelle Création, & de le faire échouer dans fon deffein principal, qui étoit de créer une nouvelle efpèce de Créature, dans une parfaite droiture d'ame, & à fon image, pour en tirer un nouveau fonds de gloire, & pour la faire voir comme un trofée de la victoire que le MESSIE a remportée fur le Diable. SATAN ne pouvoit ignorer que fes éforts feroient inutiles; parce qu'il favoit qu'il s'en prenoit à une Puiffance qui avoit déja auparavant contrecarré fa rage, d'une manière très-éminente.

Mais, je croi que le Diable avoit un deffein dont la réüffite étoit beaucoup plus vrai femblable; & j'ofe dire que fon entreprife étoit d'autant plus raifonnable, & plus facile à bien conduire, qu'il agiffoit fur un principe fort au-deffous de celui de pointer fa rage contre la gloire perfonelle de fon

D 4   Créa-

Créateur; je veux dire, que, comme il re-
marquoit que cette nouvelle efpèce de Créature étoit douée d'une partie fublime, auffi
bien que d'une partie humaine, ce qui la
rendoit capable de pofféder les demeures de
la Béatitude éternelle, d'où cet Efprit apoftat & fes Anges ont été chaffés & bannis
fans reffource; l'envie qu'il portoit à ce rival l'engageoit à mettre toutes fortes d'artifices en ufage, dans l'impuiffance où il fe
trouvoit d'agir de force, pour le rendre indigne, comme lui, de ce bonheur, & pour
faire en forte qu'après l'avoir incité à la rébellion & à la defobéïffance, il le pût voir
damné avec lui; & qu'il eût le plaifir d'a-
prendre que ceux qui étoient défignés à remplir les places vacantes dans le Ciel, par
l'abfence de tant de millions d'Anges déchus,
avoient été jettés dans les mêmes ténèbres
que celles où il eft.

On demandera, peut-être, comment le
DIABLE a fu que cette nouvelle efpèce
de Créature étoit fujette à une telle imper-
fection. Mais il n'eft pas dificile de répondre
à cette queftion, fur-tout fi l'on confidère
la vigilance de cet Efprit malin, & fa difpofition à faire d'exactes recherches là-deffus,
à juger de la chofe par lui-même, & à favoir,
par expérience, fi elle étoit telle ou non;
car il aprochoit autant de la perfection, &
il étoit auffi affuré de ne fe pas tromper,
qu'aucune autre Créature de Dieu.

Les Naturaliftes modernes, & fur-tout
ceux qui n'ont pas tant de charité, que moi,
pour le Sexe, difent, que SATAN n'eût

pas

pas plutôt vu la Femme, & qu'il ne l'eut pas plutôt regardée en face, qu'il remarqua qu'elle étoit, de toutes les Créatures, le meilleur instrument dont il pût se servir dans son dessein, qu'il en pouroit faire une parfaite hipocrite, & que, par conséquent, elle lui suffisoit pour parvenir à son but.

1. Il vid, par certaines lignes obliques de son visage, peut-être intelligibles à lui seul, qu'il y avoit un Trône tout prêt à y placer l'orgueil, avec pompe & magnificence, sur-tout s'il en prenoit possession de bonne-heure. On peut croire qu'E v e étoit une Beauté parfaite, suposé qu'elle puisse se rencontrer dans la Nature humaine : sa Figure si extra-ordinaire servit de fondement à son projet; il faloit qu'il la portât à croire qu'elle étoit éfectivement belle, & même infiniment plus belle qu'elle ne l'étoit réellement; & après avoir ainsi flaté sa vanité, il ne lui restoit plus qu'à introduire l'orgueil par degré dans son cœur, jusqu'à ce qu'il pût enfin la persuader qu'elle étoit véritablement Angélique, ou d'une race céleste, & que pour être une Créature acomplie, elle n'avoit qu'à manger du fruit défendu.

2. Après qu'il l'eut envisagée plus particulièrement, & qu'il eut examiné de plus près ses imperfections, il conclud qu'elle étoit d'une constitution facile à se laisser séduire, sur-tout par une flaterie capable de mettre son Ame en agitation, & de déranger ses passions. Là-dessus il mit la main à l'œuvre, pour troubler son repos, & lui remplir l'imagination de grandes choses, mais

D 5. en

en même tems imaginaires. Il y a des gens qui ont eu la malice de dire, qu'il s'étoit servi pour cela, d'un instrument qui ne se nomme pas; mais comme c'est sans fondement, & sans une preuve sufisante, qu'ils en parlent, je n'ai garde d'en faire mention, de peur d'acuser le DIABLE faussement.

D'ailleurs, dès la première vue, il lui trouva quelque chose de si charmant dans l'air & dans le port, de si engageant & de si agréable dans toute sa personne, & avec cela un esprit si vif, & une volubilité de langue, mais sur-tout un air dolent, capable de prévenir en sa faveur, dans ses souris, ou du moins dans ses larmes, qu'il ne douta point que s'il pouvoit une fois la séduire, il ne pût facilement l'engager à séduire aussi ADAM, qui non-seulement avoit beaucoup d'estime pour elle, mais qui étoit aussi entièrement touché de ses charmes. En un mot, il remarqua, que s'il pouvoit seulement la ruiner, il en pouroit aisément faire un DIABLE qui entraineroit son Mari dans le même malheur & dans un goufre de méchanceté, où elle seroit tombée la première, quelque noir & quelque afreux qu'il fût. Je ne saurois dire jusqu'à quel point certaines gens peuvent pousser la malice, pour dire que, depuis ce tems-là, les Femmes ont été des Diables à leurs Maris; mais je veux croire que ces personnes-là ne seront pas assez inhumaines pour découvrir des vérités d'une conséquence si fatale, suposé qu'elles viennent à leur connoissance.

Après cette adresse & cette pénétration
que

que SATAN a eue dès le commencement,
il ne faut pas s'étonner, si, sur les découvertes qu'il venoit de faire dans l'intérieur de
la Femme, il aima mieux se servir d'elle
que d'ADAM, pour réüssir dans son dessein. Ce n'est pas à dire qu'on ne puisse
penser, que, si ADAM a eu la simplicité
de se laisser tromper par sa Femme, le
Diable a assez reconnu sa foiblesse à sa
mine, pour lui donner le courage de l'a-
taquer directement, sans batre le buisson
& sans aller par des détours, en s'adressant
d'abord à la Femme, pour l'engager à gagner son Mari, à qui il auroit pu en imposer aussi aisément qu'il l'a fait à EVE.
Cependant il y a des Commentateurs de
ce Texte critique, qui veulent dire, que l'espérance de devenir Déesse n'est pas ce qui
chatouilloit EVE le plus, & que l'ambition d'une connoissance Sérafique ne frapa
pas si fort son imagination, qu'une secrète
Notion, dont son esprit avoit été rempli
par le même instrument abominable, je veux
dire, par la Notion qu'elle s'étoit formée de
devenir plus avisée qu'ADAM, & par la
supériorité de son esprit, d'avoir nécessairement sur lui un empire qu'elle voïoit bien
alors qu'elle n'avoit pas ; parce qu'elle lui
reconnoissoit un air de gravité, de majesté,
& de force, qu'elle ne trouvoit pas en elle.
Il est vrai, que cette suposition est un peu
malicieuse ; mais il faut avouer en même
tems que le désir impatient de gouverner,
qui depuis ce tems-là s'est fait remarquer
généralement dans toute la conduite du Sexe,

D 6 &

& sur-tout celui de maitriser les Maris, ne la rend que trop plausible & vrai-semblable.

Les Interprètes, qui sont de cette opinion, ajoutent à cela, que, comme c'est-là le premier crime de la Femme, ou plutôt ce qui l'a engagé à le commettre, Dieu a trouvé bon de la traiter comme elle le méritoit, en ordonnant qu'une sujettion entière à son Mari fît partie de sa malédiction, afin qu'elle pût lire son crime dans sa punition, qui est † *il aura Seigneurie sur toi.*

Ce n'est qu'en général que je parle de ces circonstances, telles qu'elles sont raportées dans les Annales de la première tirannie de SATAN, & du commencement de son Règne dans ce Monde. Ceux qui en voudront savoir quelques autres particularités pouront se donner la peine de les découvrir.

Je ne saurois pourtant m'empêcher de remarquer, quoiqu'avec regret, qu'il paroît par les suites, que le DIABLE ne s'est pas trompé d'avoir d'abord fait choix de Madame EVE, pour venir à bout de son dessein, & que SATAN a pris la grande route pour la connoître. Il est certain que le DIABLE n'a eu qu'à la regarder en face, & à l'examiner de près, pour voir qu'elle étoit un instrument, tel qu'il le lui faloit, pour son entreprise; & l'on peut dire qu'il n'a pas manqué de s'en servir depuis ce tems-là, de la même manière qu'il se l'étoit proposé dès le commencement. Il a,

peut-

† Gen. III. 16.

peut-être, ajouté à cela, la corruption de son tempérament & de son esprit, en la rendant, par ce moïen-là, capable d'être un piége achevé à l'Homme, ce vaisseau fragile, & de l'atirer ou le gagner par sa voix de *Sirène*, de le tromper par ses souris, de le séduire par ses larmes de *Crocodile*, & quelquefois de se soulever contre lui, & l'éfrayer par le bruit de ses paroles, & enfin de faire trembler ce *Mangeur de pomme* éféminé, au parler de la même langue qui l'a engagé à pécher la première fois. Car c'est une question encore indécise entre les Savans, si elle s'est servie de la persuasion & de la prière, ou si elle a eu recours à une autorité tirannique, pour l'obliger à manger du fruit défendu.

C'est par cette raison, qu'un certain Auteur, dont je tais le nom, depeur de l'exposer au ressentiment du Sexe, supose qu'Eve apela Adam de fort loin, d'une manière fière & impérieuse, en lui faisant signe de la main de s'aprocher, après quoi elle lui parla en ces termes : *Tenez, poltron fiéfé que vous êtes, prenez cette branche du fuit céleste, mangez-en pour sortir de votre stupidité ; mangez-en pour devenir avisé ; mangez-en pour devenir un Dieu ; & sachez, à votre confusion éternelle, que je suis devenue une Déesse, & que j'ai été éclairée avant vous.*

Il ajoute, qu'à ces paroles Adam fit un pas en arrière tout tremblant. *Qu'a donc ce* Sot, continua la Femme, en vrai Gendarme ; *que craignez-vous ? Dieu nous a-t-il*

défendu d'en manger ? oui, & pourquoi? c'est
afin que nous ne fuffions pas auffi avifés &
entendus que lui. Quelle raifon peut-il avoir,
après qu'il nous a donné une ame d'une gran-
de étendue, & capable de connoiffance, de
nous empêcher d'en aquérir ? Prenez, Sot
que vous êtes, & mangez de ce fruit; ne
voïez-vous pas que mon ame en eft embellie
& relevée, & que je fuis devenue une toute
autre Créature? Prenez, vous dis-je; & fi
vous refufez d'en manger, je m'en vai abatre
l'arbre qui le porte, afin que vous n'en gou-
tiez de votre vie ; de forte que vous demeu-
rerez dans votre ignorance, & que vous fe-
rez obligé de vous laiffer gouverner à jamais
par votre Femme.

Si cette interprétation eft jufte, on peut
conclure, que la Femme a mis en ufage
les reproches, la cenfure, & la terreur de
fa voix pour porter l'Homme à pécher ; &
c'eft de-là qu'a tiré fon origine le terrible
afcendant qu'elle a confervé fur lui jufqu'à-
prefent. Que dis-je? les plus grands Suc-
ceffeurs d'ADAM, quelque peu de cas
qu'en faffent certains Maris de ce Siècle,
n'ont jamais été capables de cacher la frayeur où les jettoit un feul mot de leurs
Femmes. Ajoutons à cela, que fi l'on en
doit croire l'Hiftoire, que c'eft une incom-
modité dont les Dieux mêmes n'ont pas
été exemts : quelque grand que fût le bruit
que faifoient les marteaux de VULCAIN,
il n'a jamais été capable de faire ceffer les
criailleries de cette Déeffe, ou plutôt de
cette Proftituée qui le couvroit de honte par
ſes

ſes infamies. JUPITER même a mené une vie ſi triſte avec JUNON ſa Femme, ou, pour mieux dire, avec ſon *Dragon*, qu'on dit qu'un jour, qu'elle quérelloit ſon Mari, le bruit qu'elle fit ſurpaſſa celui du tonnerre de JUPITER, & qu'à force de clabauder contre lui, elle fut ſur le point de le chaſſer du Ciel. Mais revenons à notre Sujet.

Il ſemble que c'eſt dans cette vue, dont nous venons de parler, que SATAN prit la réſolution d'ataquer la Femme. Si on le conſidère comme, DIABLE, qu'on faſſe atention au but qu'il s'étoit propoſé, & qu'on réflèchiſſe ſur l'aparence qu'il y avoit d'une heureuſe réüſſite, j'avoue que je ne voi pas qu'on le puiſſe blâmer, en ce qu'il a fait, ou du moins qu'on dût atendre autre choſe de lui. Mais nous en parlérons encore dans la ſuite.

CHAPITRE V.

Du Poſte que SATAN *ocupoit dans le Ciel, avant ſe Chute; de la Nature & de l'Origine de ſon Crime; & de quelques erreurs de Monſieur* MILTON *ſur ce Sujet.*

JE n'ai parlé juſqu'ici qu'en général de cette grande afaire qui concerne SATAN, & ſon Empire dans le Monde, je vai paſſer à préſent au Titre de mon Ouvrage, & entrer dans la partie hiſtorique, qui en eſt le but principal.

Ou-

Outre ce que j'ai raporté en vers, touchant la Chute & la condition ambulante & vagabonde du DIABLE & de son armée, ce qu'on doit envisager comme des digreſſions, je vai donner ici en peu de mots, ce que je croi être tiré de bons Originaux, pour ce qui concerne l'Hiſtoire même de SATAN.

Il étoit du nombre des Anges créés, & formés par cette Main Toute-puiſſante qui a créé les Cieux & la Terre avec toutes les choſes qui y ſont. Nous avons autant lieu de croire que cette Armée céleſte, étoit innombrable, & qu'elle étoit compoſée d'Anges de diférens rangs & de diférens degrés, tels qu'ils ſont exprimés dans l'Ecriture, par les *Trônes*, les *Dominations*, les *Principautés*, les *Puiſſances*, &c., que nous en avons d'être perſuadés qu'il y a, dans le Firmament, ou dans les Cieux lumineux, des étoiles de diférente grandeur.

Il eſt vrai que nous ne pouvons pas ſavoir quel eſt préciſément le poſte que cet Archi-Séraün, ce Prince des *Diables* qu'on apèle SATAN, ocupoit dans le Chœur immortel des Anges, avant ſon expulſion ; ou du moins nous n'en trouvons aucune autorité digne de foi. Mais comme ſelon le témoignage de l'Ecriture, il a été placé, après ſa Chute, à la tête de toutes les Armées rebelles ; je ne croi pas qu'on puiſſe nous acuſer de témérité, de ſupoſer que ç'a été un des principaux Agens dans la Rébellion qui eſt arrivée dans le Ciel, & que par conſéquent il étoit revétu d'une des plus hautes

tes.

tes dignités, avant cette Rébellion.

Sa défaite a été plus considérable, & plus précipitée, à proportion de l'importance du poste qu'il ocupoit; de sorte qu'on peut lui apliquer ces paroles du Profète, quoique prises dans un autre sens (*) : *Comment es-tu tombée des Cieux, Etoile du matin, Fille de l'aube du jour?*

Après être ainsi convenu de la dignité de sa Personne, & du haut emploi que selon toute aparence, il possédoit dans l'armée céleste; il seroit nécessaire de rechercher & examiner de quelle nature a été sa Chute, & sur-tout quel est le motif qui l'y a porté. Il est certain qu'il est tombé, en se rendant coupable de Rébellion, & de Desobéïssance, efets ordinaires de l'orgueil, qu'on pouroit cependant nommer étonnans ou miraculeux, dans ce lieu saint.

Mais ce que je trouve de plus surprenant, & que personne ne voudra prendre la peine d'expliquer, c'est de pouvoir dire de quelle manière les semences du crime sont entrées dans une Nature angélique, pour y prendre racine ? de quelle manière elles sont entrées en une Nature qui avoit été créées dans un état parfait, & dans une sainteté achevée ? comment elles se sont trouvées dans un endroit, où rien d'impur ne pouvoit entrer? de quelle manière l'Ambition, l'Orgueil & l'Envie s'y sont introduites, pour s'y multiplier? Pouvoit-il y avoir une ofense, où il n'y avoit point de crime ? Une pureté parfaite pouvoit-elle engendrer une

(*) Gen. III. 16.

une corruption? Cette Nature pouvoit-elle
souiller & infecter ce qui puisoit toujours
dans les principes ou dans les sources de la
perfection?

C'est un bonheur pour moi, qu'en écrivant cette Histoire, je ne me mêle point de
résoudre les dificultés qui se rencontrent
dans les afaires de SATAN. Je raporte les
faits, sans en donner de raisons, & sans
en faire voir les causes. S'il en étoit autrement, elles seroient capables de me re-
buter, car j'avoue que je n'y voi aucun
jour : je ne croi pas même que Monsieur
MILTON, malgré toutes ses belles images
& les pompeuses digressions qu'il a faites sur
ce Sujet, l'ait rendu plus clair qu'il n'é-
toit. Il y a, des Auteurs & entre autres le
fameux Docteur B...s, qui sont du sentiment, que le Crime est entré pendant certains intervales, & dans le tems qu'ils né-
gligeoient, quand même ce n'auroit été que
pour un moment, de fixer leur vue & leurs
pensées sur la Gloire de la Face divine, &
d'admirer & adorer ce qui fait l'entière
ocupation des Anges. Mais, quoique cette pensée aille aussi loin qu'il est possible à
l'imagination de nous conduire, elle ne lève
pas la dificulté, & ne rend pas la chose
plus intelligible pour moi, qu'elle l'étoit
auparavant. Tout ce que je puis dire là-
dessus, c'est que le fait est tel, qu'il se
trouve dans des Mémoires, que la Troupe
bannie existe, & que ses circonstances rendent témoignage de sa faute, en ce qu'elle
gémit encore sous le châtiment.

Voi-

Voici une petite digreſſion Poëtique que je prens la liberté d'inſérer ici, non pas dans l'intention de réſoudre la dificulté, mais ſeulement pour donner du jour au ſujèt.

Péché d'enchantement, du Crime les prémices,
Toi qui fus autrefois la ſource de tous vices,
Fatale Ambition, qui jamais auroit cru,
Que ton commencement fut dans le Ciel conçu;
Que dans la pureté s'engendra la ſouillure,
Et qu'au ſéjour heureux ſe trouva le murmure !
Dis-nous, Crime étonnant, dis-nous par quel moïen
Tu pus jadis paſſer par les Portes d'airain ?
De quel lieu ſortois-tu ? de quelle infame place ?
De quel obſcur état ? de quelle étrange race ?
Où tenois-tu, dis-nous, ton habitation,
Avant qu'il fût parlé de la Création ?
Etois-tu bien Eſprit ? Etois-tu bien Subſtance ?
Ou-bien une Vapeur, dans le Cahos immenſe ?
N'eſt-il pas ſurprenant qu'un Monſtre, tel que toi,
Ait oſé devant Dieu paroître ſans éfroi ?
Pour ſûr, il fut un tems témoin de ta naiſſance.
Mais de quel goufre afreux tiras-tu l'exiſtence ?
Par qui fus=tu créé ? Quel étoit donc le but
De produire l'Orgueil, des Etres le rebut ?
Si l'on veut ſupoſer qu'une odeur ſi puante
Fut l'éfet dangereux d'une humeur croupiſſante;
Comment des Sérafins pouvoit-elle aprocher,
Et dans ces Eſprits Saints, comment s'aller cacher !
Comment même pouvoir entrer en une place,

Où

Où la Gloire suprême en remplit tout l'espace ?
D'un lieu que L'ETERNEL comble de sa splendeur
Ne pouvoit s'élever cette infame Vapeur.
Pouvoit-elle arriver au Séjour Angélique,
Pour infecter ainsi la Gloire Séraphique ?
La chaleur & l'éclat de l'Etre Souverain
Ne lui furent-ils pas un obstacle certain ?
Car son feu consumant pouvoit, avec sa foudre,
La changer en fumée, ou la reduire en poudre.
Comment, Ambition, source d'impureté,
As-tu pu parvenir jusqu'à la Sainteté ?
Semence du Péché, par quelle étrange voie,
As-tu pu te glisser dans l'éternelle Joie !
Tu n'as pu dans ce lieu demeurer un moment :
On n'y soufre aucun masque, aucun déguisement
Et dès que l'Oeil divin a voulu te connoître,
On t'a, sans diférer, contrainte à disparoître.
On ne sauroit douter de cet Evènement ;
Mais nous en ignorons encor le dénoûment.
Ainsi Crime sublime, Ami de l'Imposture,
Dis-nous, quand commença ton infame Nature ?
La première action que tu tentas jamais,
Fut de chasser du Ciel la bien-heureuse Paix
Tu remplis à l'instant les Troupes Séraphiques
De haute trahison & de guerres tragiques.

Tu tiens le plus haut bout des Crimes les plus grands
Tu commandes à ceux qui sont moins éclatans ;
Et ton invention, en malice féconde,
Ne vise pas plus bas qu'à damner tout le Monde :

Et,

Et, pour dire en un mot, dans tes afreux desseins,
Tu ne cherches, par-tout, qu'à perdre les Humains,
Perte horrible, à jamais insigne, irréparable,
Et de tes beaux exploits la suite insuportable!
Enfin tu transformas le brillant Lucifer (*)
En un Monstre hideux, en un Monstre d'Enfer.
Quand SATAN *habitoit la Demeure éternelle*
Il jouissoit alors d'une gloire immortelle;
Mais à-present qu'il est devenu monstrueux,
Il se voit rélégué dans un lieu ténébreux.
Comment ce Sérafin a-t il changé de forme,
Pour prendre un certain tour d'une laideur énorme?
Il se trouve aussi laid, qu'est laid le Crime même,
Pour lequel il subit le châtiment suprême.
Quel est ce châtiment? c'est un Enfer local,
Qui ne le quite point, non plus que son égal.

Je ne fais, comme je l'ai déja dit, que moraliser sur le Sujet, sans toucher aux dificultés qui s'y peuvent rencontrer; ou il faudroit pouvoir porter SATAN à écrire lui-même cette partie de son Histoire; parce qu'alors il pouroit facilement nous faire entrer dans son secret. Mais, pour parler clairement, je doute qu'après avoir découvert, dans cette Histoire, tant de vérités touchant le DIABLE, & divulgué tant de ses secrets, qu'il seroit de son intérêt de cacher, nous fussions avant que j'aie fini, aussi bons amis qu'on pouroit s'imaginer: du moins nous ne le serons pas assez pour obtenir de lui une telle faveur, quoiqu'elle

fût

(*) Esaï, XIV, 12.

fût pour le bien du Public ; de forte que noûs devons atendre jufqu'à ce que nous foïons dans l'autre Monde, pour aprendre toutes les circonftances de fa vie.

Mais, quoique je ne veuille pas, comme je viens de le dire, entreprendre de refoudre ces dificultés, j'ofe avancer qu'il n'y en a pas tant qu'on pouroit penfer d'abord ; & fur-tout qu'il y en a beaucoup moins que certaines perfonnes voudroient nous faire acroire. Voïons à-prefent en quoi d'autres fe font trompées fur ce Sujet, afin que ce-la nous puiffe fervir dans nos recherches : car fi l'on fait une fois ce que le D I A B L E *n'eft pas*, on poura plus facilement apren-dre *ce qu'il eft.*

Il faut avouer que Monfieur M I L T O N nous a dit plufieurs chofes plaifantes du D I A B L E , de la manière la mieux rangée & la plus folennelle, jufqu'à faire une fort bonne Comédie du *Ciel* & de l'*Enfer* , & s'il avoit vécu de notre tems, il ne faut pas douter qu'il n'eût voulu qu'on la re-prefentât avec notre *Pluton & Proferpine.* Il a fait d'excellens difcours pour D I E U & pour le D I A B L E , & pour peu qu'il y eût ajouté, il auroit habillé fa Pièce à la mo-derne, & fait un *Harlequin Dieu & Dia-ble.*

Je confeffe que je ne fai pas bien juf-qu'où s'étend l'empire de la Poëfie ; & il femble que les bornes & les limites du *Par-naffe* ne font pas encore bien marquées ; de forte que je veux croire qu'en vertu d'un ancien privilége, apelé *Licence Poëti-que,*

que , on ne fauroit *blasfêmer* en vers; de
même que quelques-uns de nos Théologiens foutiennent qu'on ne fauroit parler
Trahifon en Chaire. Mais pour ofer écrire
dans ce goût-là, il faudroit être mieux convaincu de cette fupofition , que je ne le
fuis.

C'eft fur ce pié-là que Monfieur MIL-
TON, pour embellir fon Poëme , & pour
donner l'effor à fon imagination ambicieu-
fe, eft allé fort au-de-là de tout ce qui a-
voit paru avant lui, depuis OVIDE, dans
fes *Métamorfofes*. Il eft vrai qu'il a fait à
DIEU Tout-puiffant une harangue remplie
de termes relevés & pompeux , & qu'il a
donné une très-belle hiftoire du DIABLE;
mais il a fait un pur *Je ne fai quoi* de JE-
SUS-CHRIST. Dans une ligne il le reprefente porté fur un *Chérubin*, & dans une
autre il eft affis fur un Trône, dans le même moment de l'Action. Dans un autre
endroit il lui met en la bouche un difcours
qu'il fait à fes *Saints*, quoiqu'on foit affuré
qu'il n'y en avoit pas alors ; car on fait que
l'Homme n'a été créé que long tems après;
& que d'ailleurs ce feroit avancer la plus
grande abfurdité du Monde que de dire que
les *Anges* font apelés *Saints*; puifque, dans
ce Poëme, JESUS-CHRIST lui-même en
fait la diftinction , & les fépare en deux
Corps de diférentes perfonnes & efpèces,
comme ils le font efectivement.

Vous Saints, tenez-vous-là, rangez-vous en bataille;
Et vous Anges, ici ——————
  Parad. perd. Liv. VI. fol. 174.
           JESUS-

JE'SUS-CHRIST difpofe ici fon Armée au dernier Combat, & dans le difcours qu'il adreffe à ceux qui la compofent, il leur dit, qu'ils n'ont qu'à fe tenir en ordre de bataille, fans qu'ils aient befoin de combatre, parce qu'il veut lui feul mettre les Rebelles en déroute. Lorfqu'il range ainfi fes Légions, il place les *Saints* dans un endroit, & les *Anges* dans un autre, comme fi les uns étoient le corps de l'Infanterie, & que les autres fuffent les ailes de la Cavalerie. Mais qui font ces *Saints*? Ils font tous de la façon de Monfieur MILTON; parce qu'il eft certain qu'il n'y en avoit point alors d'autres ni au *Ciel*, ni fur la *Terre*. DIEU & fes *Anges* rempliffoient le *Ciel*, & avant que quelques-uns de ces Efprits bien-heureux fuffent déchus, avant que les Hommes euffent été créés, qu'ils euffent vécu, & qu'ils fuffent morts, il ne pouvoit y avoir aucun *Saint*. ABEL a certainement été le premier qui ait jamais paru dans le *Ciel*, comme il a été le premier Martir fur la *Terre*.

Il fait une pareille méprife, pour ne pas dire une pareille bévüe, au fujet de l'*Enfer*. Non-feulement il en fait un Enfer *local*, mais auffi il le met au rang des Etres avant la Chute des *Anges*, & le reprefente avec la gueule béante & ouverte pour les recevoir. C'eft-là une chofe fi contradictoire; c'eft une abfurdité fi grande, qu'il n'y a point de *Licence Poëtique* qui puiffe l'excufer. Car, quoique la Poëfie ait la liberté de forger des hiftoires, fuivant les matières que l'imagination

nation lui fournit , il ne lui eſt pas permis
de commettre des Anachroniſmes , & de
faire agir des choſes dans un tems qui pré-
cède leur exiſtence.

C'eſt ainſi qu'un Peintre peut faire un
beau Tableau : la penſée en peut être bonne, les traits en peuvent être hardis, & la
beauté du travail curieuſe & inimitable ; &
cependant il peut s'y rencontrer certaines
incongruités impardonnables qui gâtent tout.
C'eſt comme a fait le fameux Peintre de *To-
lède* , en peignant l'Hiſtoire des trois Mages
qui viennent de l'Orient, adorer le Sauveur
qui eſt né à *Bethléhem*. Il les repreſente
comme trois Rois *Arabes*, ou *Indiens*, dont
deux ſont blancs & le troiſième noir. Mais
lorſqu'il eſt venu à les peindre à genoux , ce
qu'il n'a fait aſſurément qu'après les viſa-
ges ; comme leurs jambes ne peuvent être
qu'un peu entremêlées, il a fait trois piés
noirs pour le Roi noir, & trois blancs pour
les deux Rois blancs ; ſans s'être aperçu de
cette méprise qu'après que la Pièce eut été
preſentée au Roi, & pendüe dans l'Egliſe
Catédrale. Si c'eſt une erreur impardonnable, en fait de Peinture & de Sculpture, elle
l'eſt encore davantage dans la Poëſie, où
les Images ne doivent renfermer aucune
incongruité, ni aucune contradiction.

En un mot, Monſieur MILTON a fait,
à la vérité, un beau Poëme, mais en même
tems une l*Hiſtoire Diabolique*. Je per-
mets aiſément à cet Auteur de faire ou de
ſe figurer des collines & des valées, des
prairies fleuries, & des campagnes dans le

Tom. I.   E   Ciel,

Ciel, de même que des endroits de retraite
& de contemplation dans l'Enfer ; mais ce
n'eſt qu'à Monſieur MILTON ſeul, &
non à aucun autre Poëte, que j'acorde cette liberté. Je dis plus, je veux encore lui
permettre, ſi l'on veut, de repreſenter les
Anges dançans dans le Ciel (*) & les *Dia-*
bles chantans dans l'Enfer (†) quoique ces
circonſtances, & ſur-tout la dernière, ſoient
des abſurdités horribles. Mais je ne ſaurois ſoufrir qu'il dépeigne la Muſique de
l'*Enfer*, comme une harmonie également
douce & agréable. Ce ſont-là des images
incongrues, & qui choquent le bon ſens.
Je ne croi pas, non plus, que la Poëſie ait
plus de liberté que l'Hiſtoire, à déplacer
les choſes, par raport au tems. C'eſt une
confuſion impardonnable, & à laquelle tous
les Critiques du Monde, de quelque rang
& de quelque eſpèce qu'ils ſoient, auront
la liberté de trouver à redire. Mais il ſe
trouve un ſi grand nombre de mépriſes de
cette nature, dans l'Ouvrage de Monſieur
MILTON, que ſi je devois les examiner
toutes, je m'écarterois entièrement de mon
but, qui eſt à-preſent d'écrire l'Hiſtoire du
DIABLE & non pas celle de Monſieur
MILTON. D'ailleurs, cet Auteur eſt ſi
célèbre, qu'il faut avoir la hardieſſe d'écrire
l'Hiſtoire du DIABLE, pour oſer ataquer
ce Poëte.

Mais revenons à notre Sujet. J'ai dit
qu'il ne faut point avoir recours à l'Ecriture, comme à un azile, dans les dificultés
qui

(*) Liv. V. fol. 138. (†) Liv. I fol. 44.

qui se rencontreront ; d'autant plus que les
Livres facrés font de très-petite autorité
parmi les perfonnes à qui j'adreffe ce Difcours, & que d'ailleurs ils ne nous donnent que très-peu de jour, pour tout ce
qui regarde l'Hiftoire du DIABLE avant
fa Chute, & encore moins pour ce qui lui
eft arrivé pendant quelque tems après cette
révolution.

Monfieur MILTON n'a pas même le-
vé la principale difficulté : il ne dit pas comment le DIABLE a pu tomber ; comment
le Péché eft entré dans le Ciel ; comment
la Nature Sérafique, qui étoit fans tache,
a été fufceptible d'infection ; d'où eft-ve-
nue la contagion ; quelle matière vénimeu-
fe y a pu jetter aucune corruption ; de
quel endroit a pu s'élever une vapeur capable d'empoifonner la compofition Angélique, & enfin comment elle s'eft acrue
jufqu'à fe transformer en Crime. Il a foin
au-contraire, de paffer legérement fur cette
partie de l'Hiftoire, & voici tout ce qu'il
en dit :

—————— —————— C'eft fon ambition
Qui l'a chaffé du Ciel avec fa Légion.
Il vouloit égaler le Saint des Saints, en gloire :
Mais il s'eft vu puni d'un Crime fi notoire.

Son ambition ! Mais comment SATAN,
cet Arcange, étoit-il fufceptible d'orgueil ?
Comment s'eft-il pu faire que la Vanité fe
foit rencontrée dans un même Sujet, avec
une

une Sainteté parfaite? Nous sommes obligés de laisser Monsieur MILTON dans les ténèbres où il est, & où nous sommes tous sur cette matière. Tout ce que nous pouvons dire là-dessus, c'est que nous savons bien que la chose est, mais que nous en ignorons entièrement la nature & la raison.

Mais, pour venir à l'Histoire, les Anges sont tombés, & ce qu'il y a de plus surprenant, c'est qu'ils ont péché dans le Ciel, & que Dieu les en a chassés. On ne sait pas précisément quel a été leur Crime : tout ce qu'on en sait, c'est qu'il est apelé une Rébellion contre Dieu ; mais c'est une définition générale, parce que toute sorte de péché l'est aussi.

Monsieur MILTON prétend ici d'en donner l'Histoire aussi circonstanciée que s'il en avoit été témoin oculaire, & qu'il fût descendu exprès sur la terre pour en faire le récit. Je croi pourtant qu'il en est à-present mieux informé qu'il ne l'étoit alors. Mais il le fait d'une manière à traduire en ridicule la Religion, & à blesser notre Foi en tant de points essentiels, que pour l'en croire, il faudroit rejetter une bonne partie du Texte sacré, ce qui engageroit, à le rejetter tout entier, certaines gens qui n'y sont déja que trop portées.

Par ce que je viens de dire, j'entends le Sistême qu'il a inventé au sujet du Fils de Dieu, qui selon lui, a été engendré alors dans le Ciel, & de l'ordre que le Père a donné à tous les Anges de l'Armée céleste, de lui obéïr & de lui faire hommage.

J'a-

J'avoue que l'Invention est belle , que les Images sont extraordinaires & magnifiques, que les Pensées sont riches , éclatantes , &, à certains égards , véritablement sublimes : mais il manque malheureusement d'autorités , & il est impossible d'excuser les Anachronismes, comme nous en avons déja parlé dans l'Introduction de cet Ouvrage ; car JESUS-CHRIST n'a été déclaré Fils de Dieu qu'après son Incarnation. Il est vrai que la voix s'est fait entendre du Ciel, mais la chose s'est consommée sur la terre ; & l'on ne sauroit soutenir qu'il a été engendré dans le Ciel, à moins qu'on ne veuille parler de sa Génération éternelle , de quoi tout le monde convient. Mais d'oser avancer, qu'*un jour*, *un certain jour* , car c'est ainsi que notre Poëte s'exprime (*)

—————— —————— *Lorsqu'en un jour ;*
—————— —————— *En un tel jour,*
Auquel fut assemblé tout le corps Angélique
Des quatre coins du Ciel, par ordre despotique.

D'oser, dis-je, avancer que c'est dans cette assemblée, que Dieu déclare qu'il a engendré, *ce jour-là*, son Fils ; c'est se tromper trop grossièrement. S'il avoit dit, non pas qu'il l'a engendré ce jour-là , mais qu'il l'a déclaré Général , cela seroit conforme à l'Ecriture Sainte & à la raison ; car, par cette génération, il faut entendre une

E 3 Ordi-

(*) Liv. V. fol, 137.

Ordination à quelque Ofice, autrement ce feroit détruire la Génération éternelle; & fi c'eft une Ordination à l'Ofice de Médiateur, Monfieur MILTON fe contredit, parce qu'il l'atribue à un autre jour marqué pour cette action (*). D'ailleurs, c'eft encore pécher contre la Chronologie que de dire qu'il a été déclaré *ce jour-là*; car JE'SUS-CHRIST n'eft déclaré *Fils de Dieu en puiffance*, qu'*après la Réfurrection des morss* (†) & cette Déclaration s'eft faite au Ciel, de-même que fur la Terre. Ainfi Monfieur MILTON ne fauroit prouver, qu'il y ait eu dans le Ciel, aucune Déclaration avant celle-là, fi ce n'eft par cette fotte autorité qu'on apèle *Licence poëtique*, mais qui ne peut fe foufrir dans une afaire auffi folennelle que celle dont il s'agit.

Mais notre Poëte avoit befoin de cet expédient, parce qu'il faloit qu'il trouvât une caufe, ou une fource de la Rébellion du DIABLE. Ainfi fon Syftême étoit fort bon, à cela près, qu'il y manquoit deux petites bagatelles, qu'on apèle la *Vérité* & l'*Hiftoire*: mais c'eft de quoi je ne m'embaraffe pas.

Par ce Plan il ouvre un beau champ au DIABLE, pour y exercer fa Rébellion, parce qu'il le fait entrer fur la fcène comme indigné de l'exaltation du Fils de Dieu. Voïci de quelle manière la chofe doit s'être paffée: comme SATAN étoit un des plus éminens *Arcanges*, & peut-être, le premier de tout le Chœur Angélique; lorfqu'il enten-

(*) Voïez Liv. X, fol. 194.   (†) Rom. I, 4.

tendit cette souveraine Déclaration, que le Fils de Dieu venoit d'être fait Chef ou Généralissime de toute l'Armée céleste, il regarda de mauvais œil le passe-droit qu'il prétendoit qu'on venoit de lui faire, parce qu'il se croïoit, peut-être, le plus ancien Oficier ; & comme il n'étoit pas d'humeur à se soumettre à un autre qu'à son Souverain immédiat, il résigna sa Commission, & pour n'être pas contraint d'obéïr, il se révolta, & enfin éclata par une Rébellion déclarée.

Toute cette partie fait une décoration également grande & majestueuse, & l'on ne peut rien dire contre l'invention ; parce qu'elle est une suite de certains Evènemens qui ont de la vrai-semblance : mais le Plan en est faux, parce qu'il contredit à l'Ecriture Sainte, qui nous assure que JESUS-CHRIST a été déclaré dans le Ciel, non pas alors, mais de toute éternité ; mais qu'il n'a été déclaré *en puissance*, que sur la Terre, c'est-à-dire, après la victoire qu'il a remportée sur le Péché & sur la Mort, par sa Résurrection. Ainsi Monsieur MILTON, loin d'être ortodoxe dans cette rencontre, pose un fondement évident pour apuïer la fausse Doctrine d'ARIUS, qui soutenoit qu'il a été un tems, que JESUS-CHRIST n'étoit pas le Fils de Dieu.

Mais pour ne pas suivre ce Poëte dans son vol d'imagination, je suis d'acord avec lui, que les mauvais Anges, ou ceux qui ont péché avec le grand Arcange qu'ils a-

voient

voient à leur tête, se sont soustraits, même dans le Ciel, de l'obéïssance qu'ils devoient à leur Souverain; que c'est SATAN qui a commencé cette Apostasie abominable, & que comme il étoit un Chef dans l'Armée celeste, il a entrainé un gros parti qui s'est rebellé avec lui contre Dieu; que sur cette Rébellion ils ont tous été condamnés, par un juste jugement du Très-Haut, à être bannis de l'Habitation sainte. Ce sont-là des circonstances qui sont fondées sur l'autorité de l'Ecriture, & dont nous avons des témoignages visibles des *Diables* mêmes, je veux dire, de leur influence & des opérations qu'ils font sur nous, tous les jours; dans toutes les plaisanteries qu'ils font en son nom, & sous ses auspices. Ils se trouvent dans toutes les Scènes de la vie, soit que nous parlions de choses faites en public ou en secret, soit que nous nous entretenions de choses faites au-dehors ou au-dedans, ou enfin de celles qu'on fait sérieusement ou pour rire.

Mais que doit-on penser de la longue & sanglante guerre dont Monsieur MILTON donne un détail si bien circonstancié? Que dira-t-on des terribles batailles qui sont arrivées entre MICHEL & l'Armée roïale des Anges d'un côté, & SATAN avec ses Rebelles de l'autre, où il supose que ces deux partis étoient à-peu-près égaux en nombre & en force? Il ajoute, que l'Armée des *Diables* redouble sa Rage, & fait venir, sur le champ de bataille, de nouveaux instrumens de guerre, qui mettent MICHEL & toute l'Arl'Armée fidèle en déroute. Il est vrai que, selon son récit, elle n'a pas été entièrement défaite; parce qu'alors il faudroit supposer au moins deux ou trois mille millions d'Anges blessés ou taillés en pièces; cependant il veut bien qu'elle ait abandonné le terrain, & fait, une espèce de retraite, pour donner lieu à la victoire complète que le Fils de Dieu a remportée sur l'Armée rebelle. Tout cela est d'invention, ou du moins c'est une pensée qui a été empruntée des anciens Poëtes, & du Combat des *Géans* contre JUPITER, qu'OVIDE a si noblement décrit, il y a environ deux mille ans. Elle convenoit parfaitement à une telle description : mais je ne sai s'il est permis à l'Imagination Poëtique d'inventer des contes fabuleux touchant le Ciel, & touchant celui qui en est le Souverain; je m'en raporte à ceux qui sont capables d'en juger.

La plupart des Auteurs conviennent que les *Diables*, par cette expulsion, ont été dépouillés, *ipso facto*, de la droiture & de la sainteté de leur Nature, je veux dire de leur beauté & de leur perfection : que lorsqu'ils ont été précipités dans l'abime d'une ruine irréparable, ils ont perdu, dès ce moment même, leur forme Angélique; & qu'alors ils ont commencé à devenir des Monstres afreux, & de véritables *Diables*, c'est-à-dire des Malfaiteurs, aussi-bien que des Esprits malins; qu'ils se sont remplis d'une malice horrible, & d'une étrange inimitié contre leur Créateur; qu'ils se sont armés d'une résolution infernale, pour la faire éclater, &

E 5 l'exer-

l'exercer en toute forte d'ocafion : que malgré cela ils ont retenu leur Nature relevée
& fpirituelle ; & qu'enfin ils fe font confervé un pouvoir d'une vaste étendue, pour
agir, je veux dire, pour faire du mal ; car
ils font entièrement privés tant de la puiffance que de la volonté de faire le bien ;
encore quand ils font le mal ne peuvent-
ils pas paffer certaines bornes ou limites
qu'une Puiffance fupérieure leur a prefcrites ; de forte qu'il ne faut pas douter que
cette gêne ne foit un Tourment pour eux,
& qu'elle ne faffe une bonne partie de leur
Enfer.

CHAPITRE VI.

De l'état du DIABLE *& de fon Armée
d'Efprits déchus, après leur expulfion du
Ciel, & de fa condition ambulante, jufqu'au tems de la Création ; avec quelques
autres abfurdités de Monfieur* MILTON
fur ce Sujet.

APrès avoir conduit le DIABLE & fes
Légions innombrables fur le bord de
l'Abîme, il me refte, avant que de les
mettre en action, à faire quelques recherches touchant la fituation où étoient leurs
afaires d'abord après leur Chute précipitée,
& touchant le lieu où ils s'allèrent réfugier :
deux circonftances d'autant plus néceffaires
à l'Hiftoire de SATAN, que fans cela,
tout ce que nous pourions dire d'ailleurs
feroit

feroit incongru & fort imparfait.

Premièrement je me charge de pofer certains points fondamentaux, que je croi de
pouvoir prouver, au moins hiftoriquement,
fi ce n'eft pas auffi géografiquement que
certaines perfonnes ont entrepris de le
faire.

1. Je pofe en fait; que SATAN n'a pas
été enfermé d'abord après fa Chûte, & même, qu'il ne l'eft pas encore à-prefent, dans
l'Abime d'un Enfer local, tel que quelques Auteurs le fupofent, & tel qu'il fera à
la fin. Ou,

2. S'il y eft enfermé, qu'il a certaines libertés de faire des excurfions dans les Régions de l'Air, & certaines fphères pour
agir, dans lefquelles il peut fe mouvoir, &
fe meut éfeſtivement, pour faire, *en vrai
Diable tel qu'il eft*, tout le mal qu'il peut,
& dont nous voïons une infinité d'exemples,
non-feulement autour de nous, mais même au-dedans de nous-mêmes ; & à cette
ocafion j'examinerai, en faifant mes recherches, fi le DIABLE n'eft pas quelquefois dans la plûpart de nous, finon dans
nous tous, en certains tems.

3. Que SATAN n'a point de réfidence
particulière dans le Globe, ou fur la Terre
que nous habitons, qu'il rôde autour de
nous, & qu'avec fes Diables il forme une
efpèce de *Camp-volant*, qui fait des Mar-
ches & des Contre-marches fur notre terrain; mais qu'il a fait camper le gros de fon
Armée fur nos frontières, que les Philofophes apèlent *Atmofpère*; d'où il eft nommé

E 6   *le*

lo *Prince de la puiffance* de cet Element, ou de cette partie du Monde qu'on apèle *Air*: que de-là il envoie fes Agens, fes Efpions, & fes Emiffaires, pour aprendre les nouvelles qui fe paffent, & pour porter fes ordres à fes fidèles & amés Coufins & Confeillers, qui font fur la Terre, & qui ont foin de fes afaires & de fes intérêts dans le Monde.

Mais me voici derechef aux prifes avec Monfieur MILTON, qui prétend que le DIABLE, d'abord après fon banniffement, a été précipité dans un Enfer *local*, & ainfi proprement dit. Il dit plus, il mefure même la diftance qu'il y a du Ciel jufqu'en cet Enfer, du moins il décrit le tems qu'il faut, & fixe celui de *neuf jours*, pour faire ce trajet. Belle imagination poëtique, mais qui n'eft fondée, ni fur l'Ecriture, ni fur la Philofophie ! Il auroit également pu porter l'*Enfer* jufqu'au pié des murailles du Ciel, pour mieux recevoir ces fugitifs, ou bien il auroit du confidérer l'efpace qu'on peut acorder à une exiftence locale, quelque partie qu'il veuille prendre de la diftance infinie qu'il y a entre le *Ciel* & l'*Enfer* créé.

Mais, fupofé que cet Enfer foit dans l'endroit où il plaît au génie extraordinaire de Monfieur MILTON de le placer, le paffage *de neuf jours* qu'il y a entre le Ciel & l'Enfer paroît jufte ; & le *mauvais Riche* en ce cas-là pouvoit voir le Père ABRAHAM, & même lui parler ; mais alors le grand Abime que ce Patriarche lui dit qu'il

y

y a entre eux, ne femblera pas fi large que
nous le croïons , & tel que le croient le
Chevalier NEWTON, le Docteur HALLEY,
Monfieur WHISTON, & nos autres Savans.

Après tout, fupofé encore que le paffage
foit de neuf jours, fuivant la penfée de notre Poëte, qu'en eft-il arrivé? L'Enfer fit
un bâillement & ouvrit fa gueule afreufe
pour les tous recevoir à la fois : il engloutit, dis-je, des millions & des mille millions, autant qu'ils étoient , d'une feule
gorgée, & fans aucune dificulté :

Facilis defcenfus averni, fed revocare gradum ,
Hoc opus, hic labor eft. ⸺

VIRG.

Tout cela peut s'admettre, comme une
penfée Poëtique, mais non pas comme un
trait d'Hiftoire , car alors il fe trouveroit
des dificultés infurmontables: par exemple,
l'Enfer eft ici fupofé dans un lieu, & même dans un lieu créé pour fervir de tourmens aux Anges & aux Hommes, & enfin
créé long-tems avant que les premiers fuffent déchus, ou que les derniers exiftaffent,
ce qui me fait dire, que Monfieur MILTON
étoit bon Poëte, mais mauvais Hiftorien : il
eft vrai que *Topheth* avoit été préparé depuis
long-tems, mais c'étoit pour le Roi, c'eft-
à-dire, pour ceux qui auroient le fort d'y
entrer ; mais on ne fauroit inférer de-là qu'il
ait été préparé avant qu'il fût certain s'il y
auroit des Sujets qui le méritaffent, ou non ;

au-

autrement il faudroit supoſer que les Hommes & les Anges ont été faits par le glorieux & juſte Créateur de toutes choſes uniquement pour les perdre, ce qui ſeroit abſurde & choqueroit le bon ſens.

Mais ce n'eſt pas tout : il ajoute en ſecond lieu, qu'après que l'Enfer les eut reçus il ſe referma ſur eux ; c'eſt-à-dire, qu'il les engloutit, & qu'il ferma la bouche, &, en un mot, qu'ils furent enfermés, & que la clef fut portée au Ciel, où elle fut gardée ; car on ſait qne l'Ange eſt deſcendu du Ciel avec la clef du puits de l'Abime ; mais voïons premièrement ce que dit M i l t o n là-deſſus.

Il leur faut, en tombant, neuf jours, à bien compter,
Pour arriver au lieu qui les doit tourmenter.
Le Cahos confondu frémit à leur paſſage,
Pendant qu'entre eux ce n'eſt, que deſordre, que rage.

Eux, pendant que l'Enfer ouvre ſon antre afreux,
Vont ſe précipiter dans ce lieu ténébreux,
Pour tâcher d'éviter la Colère éternelle,
Qui pourſuit vivement cette Armée infidèle.

Il eſt certain que ce Syſtême eſt défectueux, pour ne pas dire abſurde, & je croi qu'il l'eſt plus qu'aucun autre qu'il ait établi ; ni S a t a n, ni ſon Armée de *Diables*, pas même un ſeul, n'eſt encore renfermé dans la priſon éternelle, comme il paroît par ce paſſage de l'Ecriture qui dit : qu'il *ſera réſervé dans des chaines d'obſcurité*. Il faudroit avoir
une

une idée bien baffe de l'Enfer, comme d'une prifon *locale*, pour dire que le DIA-BLE l'a pu forcer, qu'il a pu brifer fes fers, & qu'il s'eft mis en liberté, fupofé qu'il ait été une fois enfermé, comme Monfieur MILTON le prétend. On fait qu'il eft à-prefent en liberté, qu'il s'eft préfenté devant Dieu, parmi fes voifins, dans le tems qu'il s'agit de la fituation de JOB : d'ailleurs il eft évident que fa prifon étoit d'une grande étendue, par la réponfe qu'il fait à DIEU qui lui demande (*) *D'où viens-tu?* à quoi SATAN répondit : *de tracaffer par la terre, & de m'y promener.* S'il eft donc fûr que l'Enfer fe foit refermé fur eux, comment ont-ils fait pour en fortir? Pourquoi alors n'eft-il pas émané une Proclamation, pour les reprendre, comme cela fe fait ordinairement, lorfqu'il y a quelques voleurs qui ont forcé leur prifon.

En un mot, il y a plus de vrai-femblance que le véritable récit des circonftances du DIABLE, depuis fa Chute, & fon Expulfion du Ciel, eft tel que je le vai dire : Il tient plus du Vagabond que du prifonnier : il roule dans le vuide immenfe & inhabité, lui & fes Legions, femblables aux *Hordes* de *Tartarie*, qui vont de côté & d'autre, dans les Déferts de *Karakathay*, de *Barkan*, de *Kaffan*, & d'*Aftracan*, & campent où il leur femble bon : SATAN dis-je & fes Légions innombrables rôdent pareillement partout comme des Harpies, campent dans les endroits où, il y a le plus de butin à faire, veil-

(*) Job I, 7.

veillent sur ce Monde, &, peut-être, sur tous les autres; supposé qu'il y en ait effectivement d'autres; ils veillent, dis-je, & cherchent qui ils pouront dévorer, c'est-à-dire, qui ils pouront tromper, ou séduire, & ainsi détruire entièrement; car pour dévorer à belles dents, ils ne sauroient.

Si donc SATAN est ainsi condamné à une vie vagabonde, & à un état ambulant, il n'a point de demeure fixe. Car quoiqu'en vertu de sa Nature angélique il ait une espèce d'Empire dans le Vuide liquide qu'on apèle *Air*, il est certain que ce lui est une peine de voltiger continuellement au-dessus de ce Globe terrestre que nous habitons : il est vrai qu'il est rempli de rage & d'envie contre le bonheur de l'Homme, son rival, & qu'il cherche toutes sortes de moïens de lui faire du tort, & de le détruire ; mais en même tems il a la mortification de voir que son pouvoir est extrêmement borné. Voilà quel est sa condition présente : il n'a point de demeure assurée, ni d'endroit fixe, pas même un espace pour y reposer la plante de ses piés.

Depuis son banniffement, je croi que la première chose qui lui donna de l'horreur fut, de se retourner pour voir le Ciel, d'où il venoit d'être chassé, & de remarquer que l'ouverture ou la brêche qui avoit été faite à la muraille de ce lieu Saint, pour le jetter dehors avec violence, étoit déja réparée, que les retranchemens étoient refaits, que les murs étoient gardés par des millions d'Anges & munis de Tonnerre, & qu'enfin

&n ils étoient formidables par la Gloire qui
les avoit bannis de sa presence, suivant la
Pièce poëtique que nous avons aleguée un
peu plus haut.

Il ne faut donc pas s'étonner, si, après
cette vue, ces Rebelles s'en sont enfuis jusqu'à ce qu'ils aient trouvé un lieu de ténèbres qui les couvrît, suposé que la chose fût
possible, & qui les éloignât de la vue d'un
spectacle si horrible pour eux.

Il est certain que, dès qu'ils eurent trouvé un tel endroit, c'est-là qu'ils campèrent
pour la première fois, & qu'après plusieurs
tristes réflexions sur ce qui venoit d'arriver,
ils commencèrent à penser un peu à l'avenir.

Si j'étois aussi familier avec la personne
du DIABLE, que la chose le requerroit,
& que je pusse faire fond sur la vérité de ses
réponses, je lui demanderois d'abord quelles mesures ils prirent dans leur première
assemblée? en second lieu, quelle a été leur
ocupation pendant le long espace de tems qui
s'est écoulé depuis qu'ils se sont enfuis de
la presence du Conquérant Tout-puissant,
jusqu'à la Création de l'Homme? Pour ce
qui est de la durée de ce tems-là, ma curiosité ne me porte pas fort à m'en embarasser: il y a cependant des Savans qui ont
dit qu'elle a été de vingt mille ans, & d'autres encore plus Savans qui soutiennent qu'elle n'a pas seulement été de cinq mille: quoi
qu'il en soit, il est certain, qu'il y a eu
un tems considérable entre ces deux Événe-
mens. Mais nous en parlerons dans un moment.

ment: voïons premièrement à quoi ils se font ocupés pendant tout ce tems là.

Le DIABLE & son Armée aïant ainsi été chassés du Ciel, comme ils ne font pas renfermés étroitement, il faut qu'ils soient *quelque-part.* SATAN & ses Légions n'ont pas perdu pour cela, leur existence, ni même leur existence *Diabolique;* DIEU aïant mieux aimé leur conserver l'Etre, que de les anéantir. Ce n'est pas Monsieur MILTON seul qui nous l'a dit, DIEU lui-même nous en a laissé l'Histoire par écrit; & cela est confirmé par plusieurs autres expressions de l'Ecriture, & particulièrement par l'histoire de JOB, dont nous venons de parler, de même que par ce qui est arrivé du tems de Notre Sauveur; & dans plusieurs autres endroits.

S'il n'est pas vrai que l'Enfer les ait engloutis d'abord après leur chute, comme notre Poëte le fait entendre, il est sûr qu'ils s'enfuirent quelque-part, loin de la Colére du Ciel, & arrière de la presence du Vengeur; & il ne faut pas douter que la privation de cette Presence, & le sentiment de leur crime ne fussent un Enfer pour eux partout où ils allèrent.

Nous n'avons pas besoin d'avoir recours aux rêves de nos *Astronomes,* qui donnent la torture à leur imagination, pour remplir, d'un nombre infini de Mondes habitables, les vastes espaces des Cieux étoilés, en admettant autant de *Systêmes solaires* qu'il y a d'Etoiles fixes, non-seulement dans les Constellations connues, mais aussi dans la *Voie lactée;*

lactée; jufques-là qu'ils acordent à chacun de ces Syftêmes un certain nombre de Planètes, & à chacune de ces Planètes tant de *Satellites* & de *Lunes*, qu'ils regardent comme autant de Mondes, ou de Corps folides, obfcurs, opaques, habitables, &, fi l'on doit les en croire, habités éfectivement par des Animaux, ou des Créatures raifonnables, femblables à celles qui font fur la Terre. A ce compte-là, ils pouroient trouver affez d'endroits pour y placer le DIABLE & tous fes Anges, fans qu'il fût néceffaire de leur faire un Enfer exprès; je croi même qu'ils pouroient trouver un Monde pour chaque *Diable* qui compofe cette Armée rebelle; de forte que chaque particulier pût être féparément un Monarque, & un *Maître-Diable* dans fa Sphère, ou dans fon Monde, pour y exercer fes rufes diaboliques.

Si la chofe étoit ainfi, on ne fauroit nier qu'il y eût affez d'un DIABLE dans un Monde entier, & qu'il fût capable, s'il étoit en liberté, d'y faire affez de ravage, jufqu'à ruiner & renverfer tout le corps de fes Habitans.

Mais nous n'avons pas, dis-je, befoin d'avoir recours à ces expédiens, ni de confulter les Aftronomes fur la décifion de cette matière: car, quelque-part que SATAN & fon armée vaincue foient allés après leur banniffement, ce n'a pu être dans aucune de ces Etoiles fixes, de ces Planètes, ou de ces Mondes, comme on voudra les apeler, parce qu'il n'y en avoit pas encore un qui exiftât,

exiftât, puifque le commencement, pris dans le fens de l'Ecriture, n'étoit pas encore commencé.

Mais, pour parler felon les règles de la Philofophie, c'eft-à-dire, d'une manière intelligible, même en traitant des chofes que nous n'entendons pas parfaitement nous-mêmes; quoique ce n'a été qu'au Commencement des tems que fut formée toute cette glorieufe Création, je veux dire, la Terre, les Cieux étoilés, & toutes lés chofes qui leur fervent d'ornement, & qu'il fût un tems où ces Etres n'exiftoient pas; on ne fauroit pourtant dire la même chofe du Vuide fans nom, qu'on peut aujourd'hui apeler le lieu où ces glorieux Corps font placés. Il faut fupofer que l'efpace immenfe qu'ils rempliffent, & dans lequel ils fe meuvent à-prefent, étoit déja dans le même endroit. Par la même raifon qu'il faut que Dieu ait exifté avant qu'il y eût, ni Etre. ni Tems, ni Lieu, il a auffi falu que le Ciel des Cieux, & l'endroit où les Trônes & les Dominations de fon Royaume étoient alors, d'une manière inéfable & inconcevable, exiftât avant les glorieux Sérafins, cette compagnie innombrable d'Anges qui étoient autour du Trône de Dieu; l'endroit, dis-je, exiftoit long-tems avant eux, & Dieu encore plus long-tems auparavant.

Il eft certain, que c'eft dans ce Vuide, ou dans cet Abime du Néant, quelque immenfe, quelque infini, & même quelque inconcevable qu'il fût à ces Efprits, qu'ils s'allèrent jetter, après qu'ils eurent été ainfi pré-

précipités du Ciel; & qu'ils s'y fauvèrent comme ils purent.

C'eſt-là que, déploïans les ailes que leur fourniſſoient la Crainte & l'Horreur qu'ils ſentoient de leur défaite, ils volèrent avec précipitation juſqu'à la diſtance la plus reculée, pour éviter la preſence de DIEU, qui étoit devenu alors leur Vainqueur & leur plus redoutable Ennemi, au-lieu qu'auparavant il faiſoit l'unique objet de leur gloire & de leur joie.

Quelque-part que ſoit cette diſtance infinie, il eſt ſûr que c'eſt-là que SATAN, avec toute ſa Troupe, & ſon Armée innombrable, quoique vaincue, ſe retirèrent. C'eſt-là que MILTON auroit pu, avec raiſon, former ſon *Pandemonion*: c'eſt-là qu'il devoit aſſembler les Diables pour conſulter ſur ce qu'ils avoient à faire, & pour examiner, s'il n'y avoit pas moïen de renouveller la guerre, ou de continuer leur Rébellion. Mais s'ils avoient été d'abord précipités dans l'*Enfer*, qu'ils y euſſent été renfermés, ou que le puits de l'Abime ſe fût refermé ſur eux, & qu'on en eût porté la clef au Ciel, pour l'y garder, comme Monſieur MILTON le dit en partie, & que l'Ecriture l'aſſure, le DIABLE n'auroit pas été ſi ſimple que de penſer aux meſures convenables pour rétablir ſes afaires; & en ce cas-là il auroit été ridicule à lui d'aſſembler un *Pandemonion*, ou un Divan infernal, pour délibérer là-deſſus.

Tout le Syſtême de Monſieur MILTON, par raport à la conduïte de SATAN, depuis

ce

ce tems-là, ni les expreſſions de l'Ecriture, touchant le DIABLE & ſa nombreuſe ſuite, & touchant ce qu'il a fait, n'obligent pas à croire que les *Diables* aient été renfermés dans leur priſon éternelle, d'abord après leur banniſſement. On peut au contraire inférer de-là, qu'ils étoient dans un état de liberté pour agir, quoiqu'ils fuſſent bornés dans leurs actions. Mais j'en parlerai plus amplement en ſon lieu.

CHAPITRE VII.

Du nombre des Supôts de SATAN, *de la manière comment ils aprirent que les Mondes qui exiſtent à-preſent avoient été créés, & des meſures qu'ils prirent avec le Genre-Humain, pour en faire la découverte.*

ON a propoſé pluſieurs choſes pour nous engager à calculer le nombre de ceux qui compoſent cette foule formidable de *Diables*, qui, avec SATAN, ce *Maître-Diable*, ont été chaſſés du Ciel. Mais je ne ſuis pas aſſez habile dans l'Aritmétique politique, pour calculer le nombre de la Bête, ni même celui des Bêtes, ou des Diables qui font cette multitude. Saint FRANÇOIS, dit-on, ou quelque autre, qu'on ne nomme pas, demanda une fois au DIABLE, quelle étoit ſa force? car il faut ſavoir que ce Patron des *Mendians* étoit fort familier avec l'Ennemi du Genre-Humain. Il paroît que

le

le DIABLE ne lui donna pas une réponse
catégorique, mais qu'il se contenta de faire
lever sur le champ une nuée de poussière,
je m'imagine, par le moïen d'un tourbillon,
& qu'alors il lui dit d'en compter les a-
tomes. Je croi qu'on pourroit apeler ce
Saint un Calculateur grave, qui, après a-
voir divisé les Troupes de SATAN en
trois rangs, fit le calcul des *Diables* de toutes les espèces dans chaque ligne, à un
million de millions dans la première, cinquante millions de fois autant dans la seconde, & dans la troisième trois cens
mille fois autant, que dans les deux autres.

Un calcul si impertinent auroit eu peine
à trouver place ici, si ce n'avoit été pour
faire entendre que l'opinion la plus généralement reçue est que le nom de SATAN
peut bien être apelé un nom de Multitude,
ou un nom Collectif, & que le DIABLE &
ses *Anges* font un nombre très-considérable.
C'étoit une repartie piquante, que celle
qu'un Noble *Vénitien* fit un jour à un Prêtre qui vouloit le railler, sur ce qu'il refu-
soit de donner quelque chose à l'Eglise, comme cet Ecléfiastique l'y folicitoit fous le
spécieux prétexte de délivrer son ame du
Purgatoire. Lorsque le Prêtre lui demanda, *s'il savoit combien il y avoit de* Diables
prêts à le prendre? le Noble répondit, *oui,
je sai combien il y en a en tout. Combien donc,*
repliqua le Cafard, excité par la curiosité
que lui fit naître la nouveauté de cette réponse. *Il y a dix millions, cinq-cens onze
mille six-cens soixante quinze* Diables *& demi,*

mi, dit le Noble. *Et demi*, reprit le Prêtre, *je vous prie, quelle espèce de Diable est-
ce-là? C'est vous-même*, repartit le Noble:
vous êtes déja un demi-Diable *à-present, &
il ne faut point douter que vous ne soiez un
Diable entier, quand vous arriverez auprès
des autres; car vous trompez toutes les personnes avec qui vous avez afaire, & vous
nous atirez, en corps & en ame, entre vos
grifes, afin que nous payions pour nous re-
lâcher.* Mais c'est assez parlé de leur nombre.

Ce que nous avons ensuite à considérer,
c'est la condition où les Diables se sont
trouvés, pendant tout l'intervale qu'il y a
eu depuis le tems de leur expulsion du Ciel,
jusqu'à celui de la Création, & l'état où
étoient les afaires de S A T A N durant tout
ce tems-là. Il est impossible d'examiner de
près quelle a été l'horreur de leur condition;
nous ne le pouvons pas sur-tout, parce
qu'étant des Créatures revêtues de corps,
nous ne saurions juger parfaitement de ce
qui peut faire le châtiment des *Sérafins* &
des *Esprits*. Cependant on peut suposer,
avec raison, qu'ils ont soufert tout ce que
des Esprits d'une Nature Sérafique étoient
capables de suporter, sans toucher à leur
existence; & que malgré leurs douleurs ils ont
conservé ces principes infernaux, qui les ont
portés à la révolte; je veux dire, leur haine & leur rage contre Dieu, & l'envie
qu'ils portent au bonheur de ses Créatures.

Pour ce qui regarde la durée de ce tems-
là,

là, je n'en ferai aucune recherche, parce
que je ne trouve là deſſus aucuns Mémoires
qui paroiſſent vrai-ſemblables, ni conformes
à la raiſon ; & il eſt ſi peu facile de former
un jugement ſur cette circonſtance, qu'on
a autant de raiſon de croire le Père M...,
qui ſupoſe que ce tems a duré cent mille
ans, que ceux qui diſent qu'il n'en a duré
que mille. Il ſufit de ſavoir que ç'a été a-
vant la Création, & il importe peu à l'*Hiſtoire du Diable* de faire voir quelle a été ſa
durée, à moins qu'il n'y eût des documens
qui nous apriſſent ce qui lui eſt arrivé, ou
ce qui a été fait par ſon entremiſe, pendant
ce tems-là.

On peut ſupoſer, que durant la condition ambulante, où le Diable étoit dans ce
tems-là, il a été ocupé avec toute ſa cabale,
à exercer la rage & la haine qu'ils avoient
contre le Tout-puiſſant, & contre la félicité des Anges qui lui étoient demeurés fidèles, par tous les moïens qui leur reſtoient
de faire voir leur malice.

C'eſt ſur cette inimitié jurée de SATAN
& de ſon Armée contre Dieu, & contre
tout ce qui peut contribuer à la Gloire de
ſon Nom, que Monſieur MILTON, remplit SATAN de rage & d'envie, dès qu'il
vid ADAM dans le *Paradis*, & qu'il s'a-
perçut du bonheur de ſon état ; juſques-là
qu'il prit la terrible réſolution de détruire ce
premier Homme avec toute ſa Poſtérité, u-
niquement dans le deſſein de priver ſon
Créateur de la Gloire de la Création. Mais
j'en parlerai dans un autre endroit.

Une chofe véritablement digne de notre examen, & fur laquelle on pouroit former bien des Plans raifonnables, c'eft de favoir comment SATAN, tout éloigné qu'il étoit, a pu aprendre le lieu où il pouvoit trouver ADAM, ou bien que Dieu eût créé une nouvelle Efpèce, telle que l'Homme. Monfieur MILTON n'ofe pas entreprendre de nous en dire des particularités, parce qu'éfectivement il n'a pas trouvé moïen de le faire. Peut-être que, comme le DIABLE, fuivant ce que j'ai déja dit, avoit la liberté de parcourir tout le Vuide, ou l'Abime, dont nous n'avons point de nom propre, & que nous ne faurions affez concevoir, il a découvert que le Createur Tout-puiffant venoit de faire un Ouvrage également nouveau & glorieux, orné d'une beauté & d'une variété infinie, & qui rempliffoit le vuide immenfe de l'efpace où il s'étoit fi long-tems promené avec fes *Anges* fans qu'ils euffent rien trouvé, fur quoi il puffent travailler, ni exercer leur apoftafie & leur rage contre leur Créateur.

Que, par la fuite des tems, ils trouvèrent cet efpace infini & défert, tout-à-coup rempli de corps glorieux, & éclatans d'eux-mêmes en beauté, par un Luftre également nouveau & inconnu, apelé Lumière. Ils trouvèrent ces corps lumineux, quoique d'une grandeur immenfe & d'un nombre infini, fixes dans leurs ftations miraculeufes, réguliers & exacts dans leurs mouvemens, renfermés dans leurs orbites, tendans chacun à fon centre, & chacun jouiffant

fant de fon Système particulier, au-dedans
duquel il y avoit une infinité de Planètes
avec leurs Satellites ou leurs Lunes, & dans
lequel il y avoit une influence, un mouvement & une révolution réciproque, qui
confpiroient à former dans le tout l'harmonie la plus admirable qu'on puiffe s'imaginer.

Surpris, affurément, de cet Ouvrage
auffi fubit que glorieux du Tout-puiffant;
car les Oeuvres de la Création font affez
éclatantes pour furprendre les *Diables* mêmes; on pouroit avec raifon fupofer qu'ils
fortirent tout-à-coup de leur retraite obfcu-
re, & par une curiofité qui ne déroge en
rien à la dignité Sérafique (car ce font de
ces chofes où les Anges mêmes fouhaitent
de pénétrer) parcoururent tous les Syftêmes
étonnans des Soleils ou des Etoiles fixes,
que nous ne voïons que de loin, & que
nous ne connoiffons que par des conjectures Aftronomiques.

Mais le Diable ne trouva pas feulement
un fujet d'admiration; il y trouva de quoi
enfler, d'un plus haut degré de rage, fon
Efprit rebelle, & faire revivre la méchanceté de fon ame contre fon Créateur, &
fur-tout contre ce nouveau furcroît de
Gloire, qui s'étendoit, à fon grand regret,
fur tout le Vuide, & qu'il regardoit comme un *Pays perdu*, à parler fuivant le
langage ordinaire; ou, pour me fervir de
celui du DIABLE, il envifageoit la chofe comme une invafion qu'on venoit de
faire fur fon Roïaume,

Il leur vint naturellement en penfée, dans leur état d'envie & de rébellion, que quoiqu'il leur fût impoffible d'ataquer les Murs impénétrables du Ciel, & qu'ils n'ofaffent plus prétendre de faire la guerre dans le lieu de félicité & de paix, ils pouroient peut-être dans ce nouveau Roïaume de l'Univers, à la vérité glorieux, mais inférieur à l'autre, faire quelque déplaifir à leur grand Créateur, ou afronter fon augufte Majefté, en la perfonne de quelques-unes de fes nouvelles Créatures; de forte qu'on peut fupofer avec juftice qu'ils redoublèrent leur vigilance, dans la revue qu'ils réfolurent de faire de ces nouveaux Mondes, également grands, innombrables & merveilleux.

Nous ignorons quelles peuvent être les découvertes qu'ils ont faites dans les autres Mondes plus grands que la Terre: peut-être connoiffent-ils les autres parties de l'Univers, outre notre petit Globe qui n'eft qu'un petit point, en comparaifon du refte: peut-être qu'ils connoiffent d'autres Créatures, que l'Homme, lefquelles, fuivant le fentiment de nos Philofophes, peuvent habiter ces Mondes-là; mais comme il n'y a que le DIABLE qui le fache, nous ferons trêve à nos recherches là-deffus.

Mais il eft fort raifonnable de croire, & même il y a beaucoup d'aparence, que les *Diables* ont été extraordinairement furpris de la Nature & de la Caufe de toute cette Création glorieufe, après en avoir examiné toutes les parties avec la dernière curiofité: je veux dire, la gloire des diférens Syftêmes,

mes, les espaces immenses, ou les Corps
glorieux qui venoient d'être créés, qui en
faisoient partie, & qui devoient se mouvoir,
chacun en particulier ; le nombre infini
d'Etoiles fixes, comme autant de Soleils qui
faisoient le centre d'autant de *Systêmes solaires* éloignés les uns des autres ; les Corps
opaques & obscurs, pareillement innombrables, qui recevoient leur lumière, & qui,
à cet égard, dépendoient de ces Soleils,
& enfin qui se renvoioient la lumière mu-
tuellement, pour leur usage réciproque : a-
près avoir vu la beauté & la splendeur de
leurs formes, la régularité de leur position,
l'ordre & l'exactitude de leurs mouvemens,
malgré leur vélocité extraordinaire, & inconcevable, la certitude de leurs révolutions, la variété & la vertu de leurs influences. Mais ce qui a paru de plus étonnant
aux Diables mêmes, c'est qu'après toutes
leurs observations, ils ont trouvé que tout
cet Ouvrage immense étoit fait pour l'usage, pour le plaisir, & pour le bonheur
d'une chétive Espèce, petite en elle-même,
& méprisable en aparence, la plus vile Espèce, dis-je, de toutes celles qu'on supose
qui habitent tant de Mondes glorieux, je
veux dire, cette Lune qu'on apèle Terre,
& cette Créature qui s'apèle Homme : que
tout cela, dis-je, a été fait pour lui, &
qu'il est soutenu par le sage Créateur, uniquement pour son usage ; & qu'enfin il
prendroit nécessairement fin & cesseroit
d'être, dès que cette Espèce viendroit à être
éteinte.

F 3   Le

Le DIABLE, & toute la Clique infernale ne pouvoient assez admirer, pourquoi cette Créature ne se trouvoit que dans une petite *Lune*, qui n'est qu'une tâche presque plus petite que toutes les autres Lunes, dont le nombre infini est compris dans les Systêmes de tout l'espace des Cieux créés. Ils ne pouvoient s'en former des idées assez justes ; mais SATAN, infatigable dans ses recherches, pour découvrir la Nature & la Raison de ce nouvel Ouvrage, & particulièrement à chercher l'Espèce de l'Homme, que Dieu avoit ainsi placé dans le petit Globe apelé Terre, trouva enfin l'éclaircissement de toute la chose.

1. Il s'aperçut que cette Créature, apelée Homme, quelque basse, & quelque petite qu'elle fût en aparence, étoit une espèce d'Etre Sérafique : qu'il avoit été créé à l'Image de Dieu, & doué de facultés raisonnables, pour connoître le bien & le mal ; & qu'enfin il possédoit une chose jusqu'alors inconnue dans l'Enfer même, ou dans l'habitation des Diables ; je veux dire,

2. Que Dieu l'avoit, à la vérité, fait de la matière la plus grossière & la plus vile ; mais qu'il avoit souflé dans ses narines respiration de vie, dont il étoit devenu une chose vivante qu'on apèle AME, qui est une espèce d'Emanation extraordinaire, céleste, & divine ; & qu'ainsi l'Homme, quelque abjet & terrestre que fût son corps, étoit Bourgeois des Cieux, & entièrement Sérafique, par raport à sa partie spirituelle, de sorte qu'après avoir vécu ici pendant un certain
tain

tain tems, comme dans un état d'épreuve il devoit être transporté, à travers les Régions de la Mort, à la Vie purement & véritablement céleste, pour y demeurer éternellement, étant capable de connoître Dieu son Créateur, & de jouïr, comme les Anges, de sa Présence.

3. Que Dieu lui avoit infusé les facultés les plus sublimes, pour le rendre capable, non-seulement de connoître & de contempler cet Etre infini, &, de plus, d'en avoir la possession, mais aussi d'honorer & de glorifier son Créateur, qui avoit bien voulu recevoir ses hommages.

4. Et ce qu'il y a de plus surprenant, c'est que comme il est d'une Nature Angélique, quoique pour un tems revétue d'une chair mortelle, il étoit destiné à être enlevé de dessus la Terre, après y avoir vécu pendant quelque tems, pour aller habiter dans le Ciel, & y jouïr de la même Gloire & du même Bonheur, dont SATAN & ses Anges avoient été privés.

Dès que le DIABLE eut fait ces découvertes, il lui vint en pensée que Dieu avoit fait tout cela pour un trofée de la victoire qu'il avoit remportée sur lui, & que toutes ces Créatures n'avoient été formées que pour remplir le Ciel qui avoit été dépeuplé, & dépouillé de ses Habitans, par son bannissement, & qu'enfin elles devoient toutes devenir des *Anges* à la place des *Diables*.

Si cette pensée a été capable d'augmenter sa fureur & son envie, suposé que la rage des *Diables* puisse soufrir quelque acroissement,

fement, il ne faut pas douter qu'il n'ait pris
la résolution de donner l'essor à cette rage
& à cette envie, en examinant la Nature &
la Constitution de cette Créature qui s'apèle *Homme*, & de découvrir s'il étoit invulnerable, & s'il ne pouvoit en aucune manière être blessé par une puissance infernale,
ou trompé par sa subtilité & par ses ruses ;
ou enfin s'il ne pouvoit pas être séduit, de
sorte qu'au-lieu de demeurer dans la Sainteté & dans la pureté, où, il est sûr, qu'il
avoit été créé, il pût l'engager à faillir & à
se révolter comme lui, & prévenir, par ce
moïen-là, qu'il ne fût transplanté dans un
état glorieux au Ciel, après cette vie, comme son Créateur l'y avoit destiné, pour
remplir, dans le Chœur Angélique, les places qui y étoient devenues vacantes par la
chute des *Anges* rebelles ; & au-contraire,
afin de l'engager à tomber, & en un mot à
devenir *Diable* comme lui,

Ceci nous prouve que le D I A B L E n'a
pas perdu, par sa chute, son pouvoir naturel : c'est aussi le sentiment de Monsieur
P O O L, ce savant Commentateur, qui avoue
pourtant que cet Ange Apostat est déchu de
sa puissance morale, c'est-à-dire, du pouvoir de faire le bien, sans espérance de le
recouvrer jamais. On n'a qu'à lire son
Commentaire sur le XIX. Chapitre des Actes des Apôtres, où l'on trouvera particulièrement, que quand l'Homme, qui étoit
possédé d'un esprit malin, sauta sur les sept
Fils de S C E V A *Juif*, qui vouloient exorci-
ser les esprits au Nom de J E S U S, sans
en

en avoir l'autorité, ni même la Foi en lui; *il sauta*, disje, *sur eux, & s'en étant rendu maître, usa de force contre eux, de sorte qu'ils s'enfuirent de la maison, tous nuds & bleffés.*

En un mot, & pour faire la récapitulation de l'Hiftoire du DIABLE depuis fon expulfion; quoique nous n'aïons point de Mémoires qui traitent de fes afaires, pendant ce grand nombre d'années qui fe font écoulées, depuis fa chute, jufqu'à la Création de l'Homme, on peut conjecturer, avec raifon, qu'il n'a point eu d'autre ocupation qu'une certaine cruelle envie d'exprimer fa Rage & fon Inimitié contre le Ciel: je dis une envie cruelle, ou qui le tourmentoit continuellement, parce qu'il échouoit toujours dans fon entreprife; & toutes les penfées qu'il avoit de ce côté-là, tous les éforts qu'il faifoit pour y réuffir devenoient abfolument inutiles, & ne lui laiffoient qu'affez de lumière pour voir qu'il avoit de plus en plus raifon de defefpérer d'une réüffite; ce qui rendoit fa condition plus miférable & fon Enfer plus afreux qu'ils n'étoient.

Après avoir ainfi demeuré pendant un certain tems dans fa mifère, dont pourtant nous ne faurions déterminer la durée, il découvrit enfin la nouvelle Création de l'Homme, après quoi il trouva d'abord matière à s'ocuper, & où il a toujours été emploïé depuis.

On peut donc à prefent fupofer un Enfer *local*, & une prifon pour les Ames qui fe

F 5 font

font corrompues & qui font dégénerées par
fon entremife. Mais comme le lieu, l'é-
tendue, les dimenfions, la continuation,
& la nature de cet Enfer ne font rien à
l'Hiftoire de SATAN, j'ai une bonne excufe
de n'en point parler ici, d'autant plus que
tout ce que j'en dirois ne contribueroit rien
à l'éclairciffement de cette Hiftoire.

CHAPITRE VIII.

Du pouvoir que le DIABLE *avoit au tems
de la Création de ce Monde: favoir s'il n'a
pas été refferré & limité depuis: quelles
reffources il a, & de quels ftratagêmes il
eft obligé de fe fervir, pour réüffir dans les
defleins qu'il s'eft formés contre le Genre-
Humain.*

IL y a eu certains Devins qui ont inventé
des Fables, qui quoique peu fondées,
fur la Religion, fur l'Autorité, ou fur la
Sience des chofes naturelles, ne laifferont
pas d'être reçues de bien des gens. Ils ont
ofé dire, que quand DIEU fit les Etoiles
& tous les Luminaires céleftes, le DIA-
BLE, pour contrefaire fon Créateur, &
infulter à fa nouvelle Création, produifit
les Comètes, à l'imitation des Etoiles fixes;
mais que comme leur compofition étoit
combuftible, lorfqu'il les voulut faire tourner
dans l'Abime, elles roulèrent par un mouvement irrégulier & mal-fondé, & prirent
feu

feu à l'aproche des Etoiles fixes, ces grands corps enflamés; & qu'après avoir été ainsi allumées, comme un feu d'artifice mal préparé, elles prirent d'elles mêmes de diférens mouvemens extravagans & excentriques, fans la permiffion de SATAN, qui n'a jamais pu les régler depuis.

C'eft-là une penfée qui ne fait rien à la chofe, & il nous importe peu qu'elle foit reçue, ou non: il nous fufit de favoir que fi SATAN avoit alors un tel pouvoir, il ne l'a plus aujourd'hui; & cela nous donne ocafion d'examiner quelles font les bornes qui lui ont été marquées par la fuite.

Je fupofe que le DIABLE & tous fes Supôts fe trouvèrent dans la dernière confufion, après la découverte qu'ils firent de la nouvelle Création, & que, par la torture qu'ils donnèrent à leur imagination, ils découvrirent tout le Plan, & conclurent, comme je l'ai déja dit, que la Créature apelée *Homme*, devoit leur fuccéder dans l'Habitation célefte; fur quoi je dis, que le premier mouvement de l'Enfer fut de détruire ce nouvel Ouvrage, & de le renverfer de fond en comble.

Mais lorfqu'ils voulurent mettre ce deffein en exécution, ils trouvèrent que leurs chaines étoient trop courtes pour ateindre jufqu'aux extrémités du Syftême. Ils n'avoient le pouvoir ni d'en violer l'ordre, ni d'en arrêter le mouvement, ni d'en déranger les parties, ni même de confondre la fituation des chofes qui y étoient: ils fe contentèrent de traverfer l'Ouvrage entier, de vifiter

cha-

chaque Aftre en particulier, d'aborder en chaque corps folide, & de naviguer fur chaque fluide de tout le Syftême, pour voir quel mal ils pouroient y faire.

Après un long examen, & une recherche exacte, ils conclurent qu'en éfet ils ne pouroient rien par la force; qu'il ne leur étoit pas permis de déplacer la moindre chofe, d'anéantir le moindre atome, ni d'ôter la vie à aucune Créature de l'Univers. Ils reconnurent que comme la Toute-puiffance l'avoit créé, cette même Toute-puiffance l'avoit auffi muni contre tous les affauts de l'Enfer, & qu'Elle en avoit rendu la plus petite Créature, à l'épreuve des dards envenimés de SATAN; de forte que, fans la permiffion du même Pouvoir qui avoit fait le Ciel, & vaincu le DIABLE, cet Ange apoftat ne pouvoit rien faire, qui tendît à la deftruction de la moindre chofe que Dieu eût créée, pas même de la plus petite, je veux dire, de l'HOMME, que SATAN croïoit avoir tant de raifon de haïr, par ce qu'il devoit fuccéder au Bonheur dont il jouïffoit avant lui, dans le Ciel.

SATAN trouva qu'il étoit au-deffus de fon pouvoir de lui nuire, & hors de fa portée pour le toucher; & c'eft ici, pour le dire en paffant, que paroît la feconde victoire que le Ciel a remportée fur le Diable; j'entends, en ce que Dieu avoit placé fon Rival, pour ainfi dire, vîs-à-vis de lui, & qu'en lui faifant voir un objet qui lui étoit fi odieux, il vid écrit fur fon Image, *Touches-le; fi tu ofes.*   Sans

Sans cette supofition, il ne faut pas douter, que comme l'Homme n'eft pas à comparer au DIABLE, par raport à la force, le moindre Diablotin, ou le plus petit Ange de SATAN ne l'eût détruit avec toute fa race, & même le Monde entier, en un moment.

Comme il eft le Prince de la puiffance de l'Air, à prendre l'Air pour le *Monde élémentaire*, il auroit pu d'une feule boufée nettoïer la furface de la Terre, & jetter dans la Mer tout ce qu'il auroit rencontré; ou bien il lui auroit été facile de pouffer de l'Océan des vagues prodigieufes fur toute l'étendue de la Terre, & ainfi inonder tout-à-coup le Globe entier, à l'aide d'un orage. Ou enfin, lui qui, par la fituation de fon Empire, doit être capable de gouverner les nuées, avec combien de facilité ne les auroit-il pas amaffées en une certaine difpofition propre à produire naturellement du Tonnerre & des Eclairs, & par ce moïen-là foudroïer la Terre, renverfer les Maifons, brûler les Villes remplies d'habitans, &, en un mot, facager le Monde entier?

Il auroit pu en même tems commander à une quantité fufifante d'Air fublimé, de fortir avec impétuofité des entrailles de la Terre, pour acabler & engloutir dans fes antres tous les Habitans du Globe.

En un mot, fupofé que le DIABLE eût eu la liberté d'agir fuivant le pouvoir qu'il confervoit, en vertu de fon origine férafique, il auroit été capable de faire un ravage terrible dans le Monde, s'il n'avoit pas été

F 7   retenu

retenu par une Puissance supérieure.

Mais il n'y a point de doute, du moins pour moi, qu'en perdant, par sa Chute, la droiture & la gloire de sa Nature angélique, je veux dire son Innocence, il n'ait perdu en même tems le pouvoir qu'il avoit auparavant; & que lorsqu'il commença à être *Diable*, il n'ait reçu aussi des chaines comme une marque de son Apostasie, c'est-à-dire, une défense générale de faire aucune chose au préjudice de cette Création, ou d'entreprendre rien par force & par violence sans une permission spéciale.

SATAN n'a pas reçu cette prohibition par un Messager envoïé du Ciel, ni par un ordre écrit, & encore moins par une proclamation juridique; mais il en a senti la force en lui-même par une impression étrange, invisible & secrète; & dans le tems qu'il jouissoit encore de sa capacité, son pouvoir d'exercer cette capacité sentit une extrême contrainte, & elle le rendit incapable de faire ce qu'il pouvoit faire dans ce même moment.

Je ne doute aucunement que le DIABLE ne ressente cette contrainte, non-seulement en ce qu'elle l'empêche d'agir en général, mais sur-tout parce qu'elle rompt les mesures qu'il avoit prises contre l'Homme, pour qui il conserve une haine mortelle, comme je l'ai déja dit, & qu'il voudroit détruire de tout son cœur, s'il pouvoit. C'est par cette raison qu'on le trouve souvent, comme un dogue à la chaine, faire des hurlemens horribles & infernaux, éfrayer les

paßans

paſſans par ſon aboîment, & leur faire entendre que s'il étoit en liberté, il ne manqueroit pas de les déchirer; mais en même tems la fureur qui l'anime fait branler la chaine, dont le bruit les aſſure qu'il ne peut faire qu'aboïer, ſans être capable de mordre.

Il y a des gens qui ſont dans la penſée, que ſon Souverain & ſon Créateur, par ſa puiſſance ſuprême, ne lui a pas donné des bornes ſi étroites qu'on le prétend; mais que toutes les voies de douceur, qu'il prend par raport à l'Homme, ſont des éfets de ſa politique, après une mûre délibération; & qu'il fut reſolu d'en agir ainſi, dans le grand Conſeil de *Diables*, qui s'aſſembla à ce ſujet, dès qu'ils furent informés de la Création de l'Homme, & ſur-tout après qu'ils eurent conſidéré quelle eſpèce de Créature ce pouvoit être, & examiné quelle pouvoit être la fin à quoi il étoit deſtiné, ſavoir à remplir les places vacantes dans le Ciel. Les *Diables*, dis-je, conclurent, qu'il n'étoit pas de leur intérêt de tomber ſur lui avec fureur & avec rage, & ainſi détruire entièrement l'Eſpèce, voïant bien que cette voie ne leur aporteroit aucun profit, parce que, par-là, ils ne feroient que donner lieu à la Création d'un autre Homme: car ils ſavoient que DIEU, par ſa Toute-puiſſance, pouroit former autant d'eſpèces de Créatures qu'il lui plairoit, & même les créer dans le Ciel, s'il le jugeoit à propos, pour être hors de la portée des *Diables* & des Eſprits malins; de ſorte que de détruire l'Homme ce ne ſeroit

pas

pas répondre à la fin qu'ils s'étoient propoſée.

D'un autre côté, en examinant de près
la ſtructure de cette nouvelle Créature, &
les matériaux, dont elle étoit compoſée, le
mélange de ſa Nature ſuſceptible de conver-
ſion, capable d'une excellence infinie, &
par conſequent de jouïr de la félicité éternelle, mais en même tems ſujette à ſe corrompre & à dégénerer, & ainſi à être expoſée
à la miſère éternelle; ils jugèrent bien que
s'ils pouvoient ſeulement engager l'Homme
à pécher, au-lieu d'être digne de remplir,
dans le Ciel, les Places de SATAN & de
ſa famille, je veux dire, des Anges qui en
ont été chaſſés, & d'ocuper les Trônes &
les Siéges du Chœur céleſte, il pouroit devenir une race de Rebelles & de Traitres,
qui, par la ſuite, leur tiendroient compagnie dans le lieu de la miſère éternelle,
auſſi-bien que dans leur crime; & en un mot,
qui en place d'Anges deviendroient des Diables acheivés.

Ils trouvèrent, dis-je, après cette découverte, qu'il étoit infiniment plus de l'intérêt
de SATAN & de ſon Roïaume infernal, de
prendre une autre route pour nuire à l'Homme, & de voir s'il étoit poſſible, par la
force de tout leur eſprit diabolique, & de
leurs conſeils infernaux, de lui tendre quelque piége, &, par quelque ſtratagême, le
précipiter dans la ruine, & dans la damnation éternelle.

Après cette réſolution priſe, comme la
voie la plus raiſonnable, le DIABLE jugea
bien

bien qu'il n'y avoit point de tems à perdre,
& qu'il faloit d'abord mettre la main à l'œuvre, avant que la race se multipliât, & que
par ce moïen-là l'entreprise devînt plus dificile; comme il fit éfectivement de la manière que nous l'avons dit, dans l'Histoire
d'Eve & du Serpent ; & cette hipothèse
n'augmente ni ne diminue la créance qu'on
peut avoir sur cette Histoire, soit qu'on
l'entende à la lettre, ou dans un sens allégorique.

Je n'assurerai pas que la chose ait été telle d'abord ; par ce que, comme je n'étois
pas présent à ce Divan ténébreux, au moins
que je sache; car qui peut savoir où il étoit
& où il n'étoit pas dans son état de pré-
existence? je ne saurois dire positivement
quelle est la résolution qui y fut prise; mais
n'étoit quelques petites contradictions qui se
rencontrent dans les Ecrits sacrés, je serois
d'humeur, je l'avoue, à croire la chose à
la lettre; & je parlerai plus amplement dans
la suite des incidens que j'apèle contradictions.

Cependant, de quelque manière qu'on
prenne la chose, soit que SATAN n'ait
pas eu le pouvoir d'user de violence à l'é-
gard de l'Homme, ni de le détruire d'abord
après sa Création, ou qu'il l'ait eu réellement,
mais qu'il ait mieux aimé prendre une autre
route pour le tromper & le séduire, je soutiens encore qu'il n'étoit pas de l'intérêt du
DIABLE de détruire toute l'Espèce, &
que s'il l'avoit fait, il ne lui en seroit revenu aucun avantage ; parce que, comme je
l'ai

l'ai déja dit, Dieu auroit pu d'abord en créer une autre pour la même fin ; il l'auroit pu rendre invulnerable & en état de braver la puiſſance du Diable, ou il l'auroit pu placer hors de la vue de SATAN, & dans un lieu où il n'auroit pu ateindre, ni lui faire aucun mal. Il étoit donc plus a-vantageux pour lui, & il convenoit infiniment mieux à ſon deſſein, qui étoit de dé-truire la fin pour laquelle l'Homme avoit été créé, de le ſéduire, & d'en faire un *Diable*, pour être rejetté comme lui, & pour agrandir le Roïaume infernal, & groſſir la compagnie qui eſt dans l'Etang de la miſère éternelle.

Je croi bien que SATAN n'eſt pas re-vétu du pouvoir de détruire l'Homme, ni de lui ôter la vie ; ce qui paroît vrai-ſembla-ble par l'Hiſtoire de JOB, lorſque SATAN entra parmi les Enfans de Dieu, comme il eſt dit dans le Texte ſacré (*) car quand l'ETERNEL lui dit, *n'as-tu point conſidé-ré mon ſerviteur Job?* (†)pourquoi ne prit-il pas d'abord fantaiſie au DIABLE d'exercer tout d'un coup ſa malice ſur l'Homme, pour faire voir au Créateur ce que devien-droit ſon ſerviteur JOB dans ſon afliction? Nous voïons au-contraire qu'il ſe contente, dans ſa réponſe, de lui faire voir la raiſon de ſa bonne conduite, qui n'étoit que l'éfet d'une ſimple reconnoiſſance pour toutes les bénédictions & pour la protection dont il jouïſſoit (**) ; mais que s'il ſe voïoit privé de ſes biens, & réduit à être errant & vagabond,

(*) Job I 9.   (†) vs 8.   (**) vs 10.

bond, & qu'il fût contraint de tracasser par
la terre & de s'y promener, il deviendroit
un véritable Diable, tel que lui, & blasfé-
meroit contre son Créateur (*).

Le Texte ajoute que Dieu dit à SATAN
(†) *Voilà, tout ce qui lui apartient est en ta
main.* On voit, par-là, que Dieu remit au
pouvoir du DIABLE non-seulement les
Biens & les Richesses de JOB, mais aussi sa
Famille, & la vie de ses Enfans & de ses
Serviteurs : sur quoi SATAN, comme un
Diable véritablement impitoïable, les dé-
truisit tous. (**) Il suscita les Habitans de
Sceba pour se jetter sur ses bœufs & ses a-
nesses & les emmener : il engagea les *Caldéens* à fondre sur ses chameaux pour les
prendre, & à fraper ses serviteurs au tren-
chant de l'épée : il fit descendre le feu du
Ciel qui embrasa ses brebis & les consuma;
& enfin il fit lever un grand vent qui renver-
sa la maison où ses Fils étoient assemblés,
& qui les ensévelit sous ses ruines.

N'est-ce pas là un témoignage de la bonne volonté que SATAN a pour l'Homme,
& du ravage qu'il feroit dans le Monde,
s'il en avoit le pouvoir, & en même tems
une preuve qu'il ne sauroit rien faire sans
permission ? Après cela je ne puis m'empêcher de croire, que sa fureur naturelle est
renfermée dans de certaines bornes ; que sa
chaine est composée d'un certain nombre
d'anneaux qu'il ne sauroit augmenter ; &,
en un mot, qu'il ne sauroit mettre un pié
plus loin que ses entraves le lui permet-
tent.   Nous

(*) vs 11. (†) vs 12. (**) vs 15. 16. 17. 18. 19.

Nous en avons encore une preuve de la même nature, dans l'Evangile (*) où SATAN n'a pas feulement pu entrer dans des pourceaux, les plus fales & les plus viles de toutes les Créatures, avant que d'en avoir obtenu la permiffion : & pour faire voir encore fa bonne volonté, il n'eut pas plûtôt cette permiffion, qu'il précipita le troupeau dans la mer & le fit mourir dans les eaux. Ce font-là dis-je, des raifons qui m'empêchent de dire, que le pouvoir du DIABLE n'eft pas limité : mais d'un autre côté, on parle de tant de maux que le DIABLE a faits dans le Monde, en vertu de fa domination fur les Elémens, & d'autres témoignages de fon pouvoir, que je ne fai qu'en croire ; quoiqu'à bien examiner le tout, la première opinion eft la plus avantageufe ; car s'il faloit être pour la dernière, elle pouroit nous porter, comme les *Indiens* de l'*Amérique*, à l'adorer, afin qu'il ne nous fît point de mal.

Mais à-propos des peuples de l'*Amérique*, j'avoue que cela feroit beaucoup en faveur de la générofité de SATAN, & donneroit bien du poids aux témoignages qui prouvent fa puiffance, fi nous pouvions croire toutes les Hiftoires dont les Auteurs font remplis, & fur lefquelles ils s'acordent affez, je veux dire, tous les maux que le DIABLE fait dans les Pays où il femble que fon Règne eft établi ; de quelle manière il traite ces peuples, lorfqu'ils refufent de lui rendre l'hommage qu'il demande d'eux, comme une

(*) Math. VIII 3 L.

une chofe qui lui apartient , quel ravage il
fait parmi eux ; en quelle combuftion il les
met, & quel bien il leur fait, du moins
négativement , en ne leur faifant point de
mal, lorfqu'ils l'apaifent par leurs facrifices
infernaux.

Nous voïons pareillement un échantillon
de fes rufes infames, dans la conduite qu'il
gardoit à l'égard de ces Nations ignorantes,
lorfqu'elles l'adoroient d'une façon plus particulière. Il leur faifoit acroire que le beau-
tems, la pluie, la rofée, & toutes les douces influences , qui fe répandoient fur la
Terre, venoient de lui, quoiqu'il foit certain que c'étoit les éfets des communes bénédictions d'une main fupérieure, & qu'au-
lieu de venir du DIABLE, elles émanoient
de celui qui a créé le DIABLE, ou qui
l'a rendu tel par fa malédiction.

Mais pour revenir à la métode que le
DIABLE obferva pour corrompre le Genre Humain : il eft fûr que la Politique de
l'Enfer étoit jufte, quoique l'éxécution de
l'entreprife n'ait pas entièrement répondu
au but qu'il s'étoit propofé. SATAN s'atacha
d'abord à notre pauvre Mère EVE, qui
étoit remplie d'une ambition ridicule, & il
jugea fur le champ par fon tempérament de
quoi elle étoit capable. Il la prit par le bon
bout, en flatant fa vanité, qui encore aujourd'hui eft l'endroit le plus fenfible du
Sexe, & en lui faifant tourner l'efprit, à
force de prôner fa beauté, & de lui promettre d'en faire une Déeffe.

Cette infenfée donna d'abord dans le pan-
neau,

neau, & on dit que c'eft par cette raifon
que la même métode réüffit encore à l'égard
de toute fa Poftérité, de manière que fi l'on
peut une fois perfuader une Femme qu'on
la trouve belle & fpirituelle, on eft affuré
de fa conquête : car il faut fe fouvenir,
que le D I A B L E n'abandonne jamais ce
qu'il a une fois gagné, & que quand il a
trouvé le chemin du cœur, il a foin d'en
tenir toujours la porte ouverte, afin que
fes Agens y puiffent entrer librement après
lui. C'eft de-là que le même argument, &
fur-tout le dernier, a une influence fi enchantée fur le Sexe, que c'eft rarement qu'il
refufe ce qu'on lui demande, dès qu'il a été
affez foible & affez vain, pour accepter les
louanges qu'on lui donne fur ce Chapitre :
& qu'au-contraire une Femme ne pardonne
jamais, lorfqu'on a la témérité de lui dire
qu'elle eft laide ou defagréable. Il y en a
qui prétendent que la métode que le DIA-
BLE fuivit, pour infinuer toutes ces belles
chofes dans la tête légère d'E V E, fut de
fe glisser une nuit tout proche d'elle, & de
lui dire à l'oreille toutes celles qu'il jugea
capables de lui imprimer de l'orgueil, &
de les lui faire recevoir dans l'ame involontairement, perfuadé que quand elle fe
feroit formé de telles idées dans l'efprit, de
quelque part qu'elles fuffent venues, elle ne
les quiteroit jamais qu'elle ne les eût mifes
en exécution, de quelque manière que ce
fût.

On voit bien que le but du D I A B L E é-
toit de l'obliger à tranfgreffer le Commandement

dement de Dieu , & après s'être corrompue
elle-même, de faire réjaillir, sur toute sa
race, la malédiction qu'elle devoit s'atirer,
comme Dieu l'en avoit menacée. Mais
pourquoi l'ambition d'Eve étoit-elle si
sensible sur le point de la beauté, puisqu'alors il n'y avoit pas lieu de faire usage
de ses charmes? C'est une espèce de dificulté que les Savans n'ont pas encore le-
vée.

1. Quand elle auroit été laide comme le
Diable, elle n'avoit point de rivale à
craindre, & il n'y avoit pas lieu pour elle
d'aprehender qu'Adam l'eût quitée pour se
donner à une autre Maîtresse.

2. Quand même elle auroit été aussi belle
& aussi brillante qu'un Ange, comme elle
n'avoit point d'autre Adorateur que le pauvre Adam, il n'auroit pas eu raison d'en
être jaloux, & il auroit eu tort d'apréhender qu'elle lui fît aucune infidélité. Ainsi,
pour trancher court, Eve n'avoit aucune
ocasion d'étaler sa beauté, ni de s'en servir à une bonne ou à une mauvaise fin; &
je croi que le Diable, qui est trop rusé
pour faire la moindre chose, sans espérance d'une réüssite, aima mieux la tenter par
les promesses qu'il fit de lui donner plus
d'esprit qu'elle n'en avoit, que par de nouveaux charmes de beauté.

Mais pour revenir à la métode que Satan observa pour tenter Eve, en lui
parlant bas à l'oreille; c'étoit-là assurément
un tour d'adresse tres subtil; c'est par ce
moïen-là qu'il lui mit le Déïsme en tête,
je

je veux dire, qu'il lui infpira la fureur de devenir Déeffe, après quoi il la confirma dans fa réfolution par les entretiens, qu'il eut avec elle par la fuite.

Je m'arrête d'autant plus fur cet article, que quoique le DIALE ait été le premier qui ait pratiqué cette rufe, il eft certain que l'expérience en a été faite fur une infinité de Femmes depuis ce tems-là, de manière qu'elles fe font laiffé gagner par des paroles flateufes, jufqu'à perdre leur pudeur & leur innocence : & les Dévins nous difent, que fi on s'aproche d'une Femme, pendant qu'elle eft dans un profond fommeil, & qu'on lui parle à l'oreille, elle rèvera certainement des chofes qu'on lui aura fouflées ; & qu'il en eft de même de l'Homme.

Mais, que la chofe foit telle, ou non, à l'égard de la Poftérité d'EVE, il femble du moins qu'elle a été éfectivement telle par raport à elle-même ; car quand elle s'éveilla, elle fe trouva la tête remplie d'idées agréables, &, felon quelques-uns, de certains défirs illicites qu'elle n'avoit pas fentis auparavant. On fupofe qu'ils ont été malheureufement infufés en rêve, & qu'ils ont été fuggérés à fon Ame qui veilloit. par le moïen de l'oreille alors affoupie & infenfible. Fatalité étrange du fommeil dans le *Paradis* ! Il n'en eft parlé que de deux : dans l'un la Femme eft fortie de l'Homme, & dans l'autre il a falu que le *Diable*, fût entré en la Femme !

Il eft certain, que lorfque SATAN forma
ma

ma fon dernier deffein fur Eve ; il ne crut
pas d'en faire la conquête fi facilement, ni
d'être venu fi-tôt à bout de fon entreprife.
Il ne pouvoit s'imaginer qu'il eût pu
l'engager fi-tôt à oublier la Défenfe qui lui
venoit d'être faite, ou du moins celui qui
lui avoit dit, que dès qu'elle auroit mangé
du fruit défendu, elle mourroit, pour ofer
tranfgreffer la Loi de Dieu, & ce qu'il y a
de plus furprenant, vouloir afpirer à devenir auffi prudente que lui, dans le tems
qu'elle fut affez fimple pour croire, que ce
n'étoit que par la crainte qu'il avoit qu'elle
ne devînt auffi fage que lui, qu'il lui avoit
fait cette défence.

On peut bien dire qu'elle étoit le vaiffeau le plus fragile ; mais ADAM n'avoit
pas beaucoup d'avantage fur elle pour fe
dire le plus fort des deux, puifqu'il fe laiffa
perfuader par fa Femme (fupofé qu'elle fe
foit fervie de cette voie) à faire la même
chofe.

Remarquez quelle fut leur prudence après
qu'ils eurent mangé de ce fruit, ou plutôt
quelles folies ils firent, même à l'égard l'un
de l'autre, après leur Chute. Toute la
connoiffance qu'ils aquirent, autant que je
le puis comprendre, fut de reconnoître leur
folie, leur *Crime* & leur *Honte*. Avec
quelle fimplicité ne fe conduifirent-ils pas,
après qu'ils eurent péché, & qu'ils eurent été
découverts ?

On les voit aujourd'hui parler au Créateur ;
Son Image paroît fur leur front, dans leur cœur :

Tom. I.   G   De-

Demain, à travers champs, tous deux prennent la
  fuite,
Pour éviter de Dieu la trop juste poursuite.
Ils s'en vont se cacher dans des buissons épais,
Pensant tromper, par là, celui qui les a faits,
Mais comment croïoient-ils tromper la vigilance
Du Dieu qui leur donna la vie & l'existence?
Et pour couvrir leur corps; étrange aveuglement!
De feuilles ils se font chacun un vétement.
Puis ADAM, de son Crime éfrayé jusqu'à l'ame,
En acuse le Ciel, & s'en prend à sa Femme:
La Compagne, dit-il, qu'il t'a plu m'acorder,
Par ses discours flateurs m'a su persuader.
Vaine excuse pour lui! Comment ce don céleste
Pouvoit-il à ses sens devenir si funeste?
Crut-il qu'en acusant sa Femme, sur ce cas,
Cela lui sufiroit pour sortir d'embaras?
Il ne sait ce qu'il dit, & l'état déplorable,
Où l'a plongé son Crime, est tout ce qui l'acable.
Il n'a plus de raison, son cœur est corrompu:
C'est un Homme insensé, c'est un Homme perdu:

Il faut avouer que la raison d'ADAM &
d'ÈVE étoit déja considérablement dégénerée, lorsqu'ils consentirent ensemble à transgresser la Loi de Dieu, qui leur avoit défendu de manger du fruit. Si, en cela, ils
ont eu dessein de devenir semblables à Dieu
ils se sont extrèmement trompés, & leur
Apothéose n'a pas été fort brillante, puisqu'au-contraire, ils ont tâché de couvrir
         leur

leur nudité, dans un tems même où il n'y avoit personne qui les vît, & de se cacher dans des buissons pour éviter la presence de leur Créateur. Quoiqu'il en soit, voilà l'état où le DIABLE les réduisit, & dont Monsieur MILTON dit que SATAN & toute la Cabale infernale se réjouïrent, & triomferent ainsi de l'Homme & de la Femme qui s'étoient laissé tromper & séduire si grossierement.

C'est-là, certainement, que commence le nouveau Règne du DIABLE: comme il venoit de séduire les deux premières Créatures, il ne doutoit pas de pouvoir réüssir de même à l'égard de leur Postérité, de sorte qu'il se prépara à les ataquer, à mesure, qu'ils viendroient à paroître; & loin que le nombre de ces Descendans lui ait fait perdre l'envie de les ataquer, il n'a fait, au-contraire, que redoubler ses éforts pour cela; car il avoit assez d'Agens à son service, pour en donner, s'il étoit nécessaire, un à chaque Homme & à chaque Femme qui viendroit à naître, dans le dessein de les séduire séparément. Mais il s'est trouvé des Nations entières qui lui ont été tellement devouées, que je croi, qu'un seul de ses Supôts Sérafiques à été capable de gouverner une Province entière, & que les Peuples lui ont été entièrement soumis pendant plusieurs Siecles: comme on dit, par exemple, de ceux de l'*Amérique*, où il y a des gens qui prétendent, que c'est le DIABLE qui a envoïé les premiers Habitans. Au-reste, s'il ne l'a pas fait, on ne

G 2   fait

fait qui c'eſt, ni de quelle manière ce Pays-là a été peuplé.

D'ailleurs, comment eſt-ce que toute communication a été coupée entre les Nations de l'*Europe* & de l'*Afrique*, d'où il faut néceſſairement que ſoient ſortis les premiers Habitans de l'*Amérique*, ou que le DIABLE l'ait peuplée lui-même? Comment, dis-je, n'y a-t il plus eu aucune communication entre ces Parties du Monde, depuis le tems que leurs Habitans ont paſſé pour la première fois de l'une à l'autre, & qu'il n'en eſt point revenu pour faire part à leurs Amis, du ſuccès qu'ils ont eu dans leur nouvelle habitation, & pour les inviter à les ſuivre; juſques-là qu'il y a toute aparence qu'ils n'ont plus eu aucune nouvelle les uns des autres? Eſt-ce par politique que le DIABLE les a ainſi ſéparés, de peur qu'ils n'apriſſent ce qui ſe paſſe dans le Ciel, & qu'ils ne fiſſent leurs éforts pour ſe ſouſtraire de l'obéïſſance de SATAN? On ne ſauroit donner d'autre raiſon plauſible, qu'une Nation entière, la quatrième partie du Monde, &, ſelon quelques-uns, la moitié même du Globe, ait été peuplée par des Habitans de l'*Europe* ou de l'*Afrique*, ou des deux enſemble, & qu'il n'y ait perſonne qui les ait ſuivis, ou qui en ſoit revenu, pendant l'eſpace de plus de trois mille ans.

Je dis plus; comment eſt-ce que ces Pays-là ſe ſont peuplés, dans le tems que la navigation n'étoit pas encore en uſage dans ces parties du Monde, & qu'il n'y avoit
point

point de vaisseaux propres à transporter
assez de provisions pour l'entretien des Hommes qui auroient été dedans? Il est certain,
qu'ils seroient morts de faim, avant qu'ils
fussent arrivés sur les côtes de l'*Amérique*;
car il n'y a point de trajet depuis l'*Europe*
ou l'*Afrique* jusqu'à quelque endroit que
ce soit de l'*Amérique*, où l'on ait navigué,
qui ne soit de mille lieues (Angloises) pour
le moins, & la plupart beaucoup plus
longs?

Mais, pour ce qui regarde les Habitans
de l'*Amérique*, de quelque manière qu'ils y
soient arrivés, soit par les artifices du
DIABLE, ou autrement, il est certain
que nous n'avons eu aucune connoissance
d'eux pendant plusieurs Siècles, & que quand
nos *Européens* en ont fait la découverte,
ils ont trouvé que SATAN en étoit l'unique & paisible possesseur, & qu'il les gouvernoit avec un pouvoir arbitraire, particulier à lui seul. Il les avoit réduits à une
telle sujettion, ou plutôt à une telle dévotion pour lui, que tout ce qu'ils rencon-
troient étoit pour eux un objet d'adoration;
jusques-là qu'ils se prosternoient en son
Nom devant des Idoles afreuses, auxquelles
il vouloit qu'on sacrifiât continuellement
des corps humains, jusqu'à ce qu'il inonda
leur Pays du sang du reste de ces pauvres
victimes, qu'il avoit conservé pour la destruction générale qu'en firent les *Espagnols*,
du tems qu'ils envahirent ces terres incon-
nues, parce qu'il savoit bien que leur cruauté
les porteroit à les exterminer avec autant

G 3   de,

de promtitude qu'il l'auroit pu souhaiter.

Pour remonter un peu vers l'origine des choses, il est constant, que SATAN a tiré beaucoup plus d'avantage du Genre-Humain, de le prendre ainsi par finesse, & l'engager à rompre, comme lui, avec son Créateur, qu'il n'auroit fait de fulminer dès le commencement contre lui, & de l'exterminer tout d'un coup. Il en a peuplé ses Domaines, & quoiqu'il y ait quelques petits restes qui se sont, pour ainsi dire, débarassés de ses grifes, par l'éficace d'une Grace invincible, dont il ne convient pas de parler ici, on peut dire, sans faire tort au DIABLE, qu'il a poussé sa pointe, jusqu'à forcer, si j'ose me servir de ce terme, son Créateur, à se contenter d'une partie des Hommes, & même du plus petit nombre d'entre eux, & l'a privé par-là de la gloire qu'il se seroit aquise, s'il les avoit tous gardés à son service.

Monsieur MILTON, comme nous l'avons dit, fait entrer le DIABLE & tout l'Enfer avec des feux-de-joie qu'ils font à l'ocasion de la victoire que SATAN a remportée sur une Femme simple & malavisée. Il est vrai, que c'est un avantage pour lui d'une plus grande conséquence qu'il n'a paru d'abord, mais la victoire n'a pas été si complète que SATAN se l'étoit proposée, parce que la Promesse de la Rédemtion faite à l'Homme, & à sa Postérité fidèle, a fait un si grand tort à SATAN, qu'elle a, pour ainsi dire, arraché de ses mains la meilleure partie de sa Victoire.   Il

Il est certain que les *Diables* savoient quel étoit le but de cette promesse, & qui pouvoit être *la Semence de la Femme*, c'est-à-dire *le Fils de* DIEU *incarné*, qui devoit porter le second coup à tout le Corps infernal ; mais, sans y faire atention, SATAN poursuivit sa pointe, & comme il avoit porté au Crime nos premiers Parens, & que par ce moïen-là il s'étoit assuré de la souillure du Sang, & de la Propagation de la Semence corrompue, il n'a plus rien eu à faire par la suite qu'à aider la Nature, à continuer sa rébellion, & à agir sur le cœur de la Postérité misérable d'ÈVE : & ç'a éfectivement été l'ocupation continuelle du DIABLE, depuis sa première victoire sur notre Espèce jusqu'aujourd'hui.

Il y a si bien réüssi, qu'on a vu en une infinité de rencontres, une Apostasie générale, une espèce de tache en la Nature, ou une nielle sur toute la race des Hommes, de sorte que sans une chose il auroit détruit toute la famille : Je dis *sans une chose*, parce que sans une compagnie choisie, ou un certain nombre d'Elus que son Créateur a résolu de ne lui pas laisser corrompre, ou que s'il le fait, il enverra la Semence promise pour les retirer d'entre ses mains, par la puissance d'une Grace irrésistible : c'est ce nombre de choisis ou d'élus, comme on voudra les nommer, qui doit remplir les places du Ciel, que SATAN, par son Apostasie, a laissé vacantes ; & ce qui étoit auparavant ocupé par des *Séraphins* créés doit être rétabli par des Saints rachetés, qui doivent augmenter

G 4   gmenter

gmenter la Gloire infinie dans le Roïaume du Rédemteur.

Ce glorieux Etablissement a privé SATAN de toute la joie de sa victoire, & il l'a laissé dans sa première condition, ruiné & défait comme il l'étoit auparavant : car quoiqu'il possède des milliers de Fils de perdition, qui cependant, selon quelques-uns, lui doivent être arrachés à la fin, tout cela ne le satisfait pas; car le DIABLE est d'un tel naturel, que l'envie qu'il porte à ceux qu'il ne peut séduire, lui ôte tout le plaisir qu'il a à séduire tout le reste; mais pour ne pas faire ici le Prédicateur, je passe à des choses qu'il est également nécessaire de savoir, quoiqu'elles soient moins éclatantes.

CHAPITRE IX.

Des progrès de SATAN, *dans les Conquêtes qu'il a faites sur le Genre-Humain, depuis la Chute d'*EVE, *jusqu'au Déluge.*

JE crois que si on demandoit au DIABLE ce qu'il pensoit de la conquête qu'il venoit de faire d'EVE, & d'ADAM qui comme un insensé se laissa entraîner par l'assistance de sa Femme dans le même goufre de misère, il avoûroit ingénument, qu'il pensoit d'avoir achevé son Ouvrage, d'être tellement venu à bout de toute leur Race, que dès ce tems-là elle lui apartenoit,

&

& enfin d'avoir fait échouer le grand deſſein pour lequel ils avoient été créés, qui étoit de repeupler le Ciel d'une nouvelle race Angélique d'Ames, qui étant une fois glorifiées devoient ſupléer à l'Armée infernale, qui en avoit été chaſſée à cauſe de ſon Apoſtaſie: en un mot il avoûroit que ſa victoire étoit plus grande que s'il avoit détruit tout le Genre-Humain à la fois.

Mais au milieu de ſes conquêtes il trouva un obſtacle qui le priva des avantages qu'il eſpéroit de recueillir de cette victoire, dans la Grace qui fut promiſe immédiatement après, à une partie de la Poſtérité d'ADAM, qui malgré ſa Chute devoit être rachetée par le MESSIE, & arrachée des mains de SATAN, & ſur laquelle cet *Ange* apoſtat ne pouroit faire une conquête finale; de ſorte que ſon pouvoir ſe trouva de nouveau limité, & même d'une telle manière, qu'il ſe vid fruſtré de la choſe principale à laquelle il butoit, & où il ne s'agiſſoit pas moins que d'empêcher le bonheur du Genre-Humain, mais qu'alors il ne pouvoit plus prévenir. (Si le nombre des Hommes, ſur ce pié-là, s'étoit tellement augmenté que celui des Elus dût, par la ſuite du tems, égaler celui de toute la race, ſupoſé qu'ils ne fuſſent pas tombés, combien grand en feroit le nombre?) C'eſt ainſi qu'on peut dire que le Monde n'eſt ſoutenu & conſervé qu'en conſidération de ce petit nombre, puiſque l'Univers ne peut prendre fin avant qu'il ſoit complet, & que même ſans les Elus il n'auroit pas été créé.

G 5   Mais

Mais quitons cette spéculation, & comme nous n'avons pas examiné ce que Satan a à dire là-dessus remontons au tems d'avant le Déluge. Il est constant que le Diable vint à bout du dessein qu'il avoit formé contre Eve; &, en elle, contre toute la race. Il la porta à pécher, &, par ce moien-là, il l'exposa à être bannie avec son Mari du *Paradis*. La seconde chose qu'il eut à faire, fut d'ataquer sa Postérité, & en particulier, ses deux Fils, Caïn & Abel.

Comme Adam, malgré sa Chute, se repentit sincèrement de son péché, & qu'il reçut avec humilité & avec foi la promesse de la Rédemtion & du Pardon, la Charité nous oblige de croire qu'il a toujours mené dans la suite une vie religieuse & modérée, & sur tout dans le commencement de son âge: qu'il a élevé ses Enfans dans la tempérance, & qu'il leur a fourni tous les avantages d'une éducation religieuse, & d'une honnête entrée dans le Monde, autant qu'il en étoit capable; & qu'Eve de son côté a fait tout ce qui dépendoit d'elle pour les aider les uns & les autres.

Il faut aussi suposer que Caïn & Abel ses deux premiers Fils, dont l'un étoit l'Héritier aparent de l'Empire patriarcal, & l'autre l'Héritier présomtif, menèrent pareillement une vie sobre & religieuse : & comme les Principes de la Religion naturelle leur enseignoient qu'ils devoient un Homage & une Sujettion au Créateur Toutpuissant, comme une reconnoissance de sa Mi-

Miséricorde, & de leur obéïffance, & que
l'ufage reçu de cette Religion, leur dictoit
alors qu'il faloit rendre cet Homage par un
Sacrifice, l'un & l'autre aporta une Oblation pour l'ofrir à l'ETERNEL, chacun pour
fa famille.

Ce n'eft pas ici mon afaire d'examiner,
comment, & par quelle raifon l'ETERNEL
eut égard à ABEL, & à fon Oblation, qui
felon l'opinion des Savans, étoit un *Agneau*
des premiers nés de fa bergerie, & qu'il
ne témoigna pas le même égard pour CAÏN,
ni pour fon Oblation, qui étoit des premiers fruits de la Terre, quoiqu'elles fuffent toutes deux convenables aux diférens
emplois & aux diférens genres de vie qu'ils
avoient choifis. Ce qu'il y a de certain,
c'eft que cette préférence caufa de l'animo-
fité, & excita de l'envie & de la jaloufie
dans le cœur de CAÏN, & c'eft par cette
porte que le DIABLE entra; car comme
il avoit été vigilant dès le commencement,
il ne laiffoit encore échaper aucune ocafion,
& ne négligeoit aucun avantage que les circonftances du Genre-Humain lui ofroient
pour faire du mal.

Les Auteurs n'ont pas déterminé quelle
forme ou quelle aparition le DIABLE prit
pour entrer en converfation avec CAÏN fur
cette matière; mais l'opinion la plus généralement reçue eft qu'il fit le perfonnage
d'un des Fils ou Petits-Fils de CAÏN,
pour entamer le difcours, dans le deffein
d'ataquer ce Père, ou peut-être ce Grand-
Père, en cette ocafion, de la manière qui fuit.

G 6   D.

D Sire, j'ai remarqué que Votre Majesté (car il faut savoir que les premiers Hommes étoient tous des Monarques aussi grands que des Rois, par raport à leurs Enfans) est fort inquiéte depuis quelque tems, que votre visage est changé, que cette mine riante, qui y brilloit, s'est dissipée, & en un mot que vous n'êtes plus le même que vous avez été ; qu'il plaise, donc, à Votre Majesté, d'aprendre, à nous qui sommes vos Enfans, le sujet de vos chagrins ; vous pouvez être assuré que si la chose dépénd de nous, nous vous soulagerons, & que nous tâcherons de vous rendre votre première gaieté, dont la perte vous seroit très-nuisible, & à la fin entièrement pernicieuse, pour peu que vous continuassiez à vous abandonner à la mélancolie.

Caïn. Je vous suis bien obligé, mes chers Enfans, du respect que vous témoignez pour votre véritable Père, par le secours que vous lui ofrez : j'avoue, comme vous venez de le dire, que j'ai le cœur fort opressé, & l'esprit extrêmement chagrin ; & malgré la pesanteur qui m'acable je ne voi point de moïen pour me soulager ; le mal est au-dessus de nos forces, & il n'y a aucun remède sur la terre pour cela.

D. Ne croïez pas cela, *Sire* ; il est certain qu'il n'y a point de maladie sur la Terre, qui ne puisse se guérir aussi sur la Terre. Si c'est un mal d'esprit, nous avons ouï dire que votre glorieux Père, notre Aïeul.

qui

qui habite encore aujourd'hui les grandes campagnes du Couchant, situées du côté de la Mer, est l'Oracle commun, auquel tous ses Enfans ont recours, pour savoir ce qu'ils doivent faire dans les choses qui sont au-dessus de la capacité ordinaire des Hommes. Permettez-nous de faire ce voïage, & de lui aller exposer votre cas ; nous saurons ce qu'il nous dira là-dessus, & nous viendrons en toute diligence vous le raporter, pour votre soulagement.

Caïn. Je doute qu'il puisse résoudre mon cas.

D. Il n'en faut point douter ; & si par hazard il est hors de sa portée, la fatigue de ce voïage n'est rien lorsqu'il s'agit de la tranquilité de votre esprit ; ce ne sera que quelques jours de perdus, & votre situation n'en deviendra pas plus mauvaise, quand même nous ne réüssirions pas.

Caïn. Cette ofre est obligeante, & j'accepte, avec des sentimens de reconnoissance, l'atention que vous avez pour un Père que vous voulez ainsi obliger. Allez, & recevez ma bénédiction. Mais, helas ! pourquoi vous bénis-je ? Peut-il sortir quelque bénédiction de celui que Dieu n'a pas béni.

D. Sire, ne dites-pas cela, Dieu ne vous a-t-il pas béni ? N'êtes-vous pas le second Souverain de la Terre ? Ne converse-t-il pas avec vous face en face ? N'êtes-vous pas l'Oracle de toute votre Postérité déja si nombreuse, & le second après Sa Majesté Impériale, Monseigneur ADAM, Patriarche du Monde ?

Caïn.

Cain. Mais Dieu ne m'a-t-il pas rejetté? N'at-il pas refusé de plus converser avec moi, au-lieu qu'il favorise tous les jours & protége mon Frère ABEL, comme s'il avoit résolu de m'assujettir à lui?

D. Non, Sire, cela ne se peut, & vous avez tort de vous en inquiéter. La Souveraineté ne vous apartient-elle pas par droit d'ainesse? Dieu peut-il vous ôter ce qu'il vous a une fois donné? N'êtes-vous pas le Fils ainé de Monseigneur ADAM? N'êtes vous pas la première gloire née dans le Monde? Et le Gouvernement ne vous est-il pas dévolu par le droit divin de la naissance & du sang?

Cain. Mais, qu'est-ce que tout cela me fait, si Dieu veut, comme il paroît, favoriser & caresser mon Cadet, & répandre sa lumière sur lui, pendant que je suis environné tous les jours d'une terrible affliction & du chagrin que j'ai de voir qu'il ne me traite plus de la même manière que ci-devant.

D. Suposé que cela soit, pourquoi Votre Majesté s'en chagrine-t-elle? Quand même vous auriez le malheur de déplaire à Dieu, vous avez le Monde entier en votre jouïssance; toute votre nombreuse & naissante Postérité vous honore & vous adore. Ainsi pourquoi vous inquiéter de choses si éloignées?

Cain. Comment! mes Enfans, n'estimerois-je pas la Faveur de Dieu? Oui, oui, c'est en sa Grace qu'est la vie. A quoi peut servir le Monde entier, sans sa protection & les regards bénins de celui qui l'a fait?

D.

D. Il est certain, Sire, que celui qui a fait le Monde, & qui vous a placé à la tête pour le gouverner & le diriger, l'a rendu tellement agréable, qu'il peut vous donner tout le contentement & tout le plaisir que vous pouvez souhaiter, si vous voulez bien l'examiner, quand même vous ne devriez plus espérer de converser avec Dieu, de toute votre vie.

Cain. Vous vous trompez, mes Enfans; vous vous trompez grossièrement.

D. Mais ne voïez-vous pas, Sire, tous vos autres Enfans, aussi-bien que nous, jouïr de l'abondance de toutes choses. Ne sont-ils pas parfaitement heureux, quoiqu'ils n'aient qu'une légère connoissance de Dieu? Ce n'est que rarement qu'il converse avec nous; il est vrai que nous vous en entendons parler dans vos sages discours: nous aportons, par vos ordres, les Ofrandes que nous lui faisons, & après cela nous jouïssons de tout ce que nos cœurs peuvent désirer, & vous pouvez en faire autant & même plus, si vous le voulez.

Cain. Votre bonheur est mal placé, ou il faut que vous suposiez que Dieu est content & satisfait, que vous m'aportiez vos Ofrandes. Mais que diriez-vous, si vous saviez que cela lui déplaît? Qu'il ne reçoit pas vos Ofrandes? Que quand je lui ai sacrifié pour vous tous, il a rejetté mes Ofrandes, quoique je lui fisse un Don Roïal, qui étoit du plus beau froment que j'avois, des premiers fruits les mieux choisis, & de l'huile la plus douce

&

& la plus excellente, en un mot, une O-
frande digne de celui qui la faifoit?

D. Mais, Sire, comment favez-vous
que ces Ofrandes n'ont pas été accep-
tées?

Cain. J'en fuis très-affuré. Mon Frère
ABEL n'ofrit-il pas en même tems que
moi un Agneau; car vous favez qu'il
prend tout fon plaifir en fes Troupeaux,
& qu'il en couvre les Montagnes? Pendant tout le tems qu'il facrifioit, je vis
au-deffus de lui une Emanation de lumière
qui le réjouïffoit & l'animoit, comme une
marque de la Grace divine, & une flame
lumineufe qui voltigeoit dans la baffe région de l'Air, comme pour atendre fon
Sacrifice, qui ne fut pas plutôt préparé,
qu'elle defcendit & confuma la victime,
& qu'une odeur de bonne fenteur monta
vers celui qui témoignoit ainfi fon accepta-
tion. Je vis au contraire au-deffus de ma
tête, une nuée noire, & un brouillard é-
pais qui diftiloit fur l'Autel que j'avois
dreffé, & qui gâta par fon humidité les
chofes les plus belles & les mieux choifies
que j'avois aprêtées. Le bois fe remplit
tellement d'eau, qu'à-peine je pus l'alumer
avec le feu que j'avois aporté; encore s'é-
toufa-t-il plutôt que de donner de la flame, jufqu'à ce qu'enfin il s'éteignit tout-
à-fait, fans avoir confumé ce que j'avois
ofert.

D. Que notre très-refpecté Seigneur &
Père ne s'inquiéte pas de tout cela. Si Dieu
n'accepte point ce que vous lui ofrez, vous

vous

vous êtes aquité de votre dette, & vous pouvez vous difpenfer de lui plus rien ofrir, & de vous donner davantage la peine de ramaffer de ces fortes de raretés. Lorfqu'il jugera à propos que vous recommenciez, il vous le fera, fans doute, favoir, & comme alórs il le demandera, il ne manquera pas d'être accepté, autrement il ne l'ordonneroit pas.

Caïn. Je croi que vous avez raifon : auffi n'ai-je plus envie de rien ofrir, parce qu'il me femble que cela m'eft défendu pour le prefent. Mais de quoi eft ce que mon Frère Cadet triomfe? N'eft-ce pas un afront pour moi, que Lui & toute fa Maifon, fe réjouiffent, comme s'ils avoient remporté un grand avantage fur moi, en ce que leur Ofrande a été acceptée & non pas la mienne?

D. Triomfe-t-il de Votre Majefté, notre Souverain Seigneur? Honorez-nous feulement de vos commandemens, nous irons fur le champ le tailler en pièces, lui & toute fa Génération; car de triomfer de vous, qui êtes fon Frère aîné, c'eft une Rébellion & une Trahifon horrible, par laquelle il a mérité d'être banni de la fociété humaine.

Caïn. Je le croi, comme vous le dites: cependant mes chers Enfans, & fidèles Sujets, quoique j'accepte vos ofres de refpect & de fervice, je veux mûrement examiner la chofe, avant que de prendre les armes contre mon Frère: d'ailleurs, comme ADAM notre Souverain Père & Seigneur

gneur Patriarcal vit encore, je n'ai pas droit d'agir ofenſivement, ſans un ordre de ſa part.

D. Puis, donc, que la choſe eſt ainſi, nous ſommes prets à lui porter votre Placet, & nous ne doutons pas d'en obtenir la liberté, & même la commiſſion & le pouvoir de vous venger-vous-même de votre Frère Cadet, qui, quoique votre vaſſal, ou du moins votre inférieur, parce qu'il eſt plus jeune que vous, oſe vous inſulter, ſur la fauſſe opinion qu'il a d'avoir plus de part que vous en la Grace divine, & d'obtenir ſur ſes Sacrifices la Bénédiction de Dieu.

Caïn. Allez, j'en ſuis content, & faites-lui un juſte récit de l'état de nos afaires.

D. Nous ſerons bien-tôt de retour avec une réponſe agréable : mais que notre Seigneur & Père ne s'abandonne plus au chagrin & à la triſteſſe. Repoſez-vous au-contraire ſur un promt ſoulagement, par le ſecours de votre nombreuſe Famille, toute dévouée à vos intèrêts, & à votre bonheur.

Caïn. Que ma bénédiction vous acompagne dans votre voïage, & vous procure une réception favorable devant la Tente de notre Seigneur & Père univerſel !

Remarquez ici, que cette race maudite étoit entièrement ſoumiſe à la direction de l'Eſprit malin, qui s'en étoit d'abord emparé, pour l'enfler de rage contre l'innocent ABEL & toute ſa Famille ; juſquesà qu'ils réſolurent d'inventer un menſonge abominable, pour faire réüſſir le conſeil qu'ils qu'ils venoient de donner à CAïN, & pour irriter ADAM contre ABEL, par raport à sa conduite peu respectueuse, & l'engager à donner commission à CAïN de le punir, jusqu'à le tailler en pièces, Lui & toute sa Famille, comme coupables de Rébellion & d'Orgueil.

Pleins de cette pernicieuse & sanglante résolution, ils retournèrent vers CAïN leur Père, après avoir laissé passer autant de jours qu'il en faloit pour lui faire acroire qu'ils avoient été dans les Plaines spacieuses, où ADAM faisoit sa résidence, qui sont les mêmes que celles qu'on apèle aujourd'hui les Valées heureuses, ou les Plaines de la *Mèque* dans l'*Arabie heureuse*, proche les bords de la *Mer rouge*.

Remarquez aussi que comme CAïN avoit été informé, comme nous l'avons déja dit, par ses Enfans & ses Sujets, ce qui étoit pourtant faux, qu'ABEL eût transgressé le Droit de Primogéniture, par la conduite qu'il avoit tenue à l'égard de son Ainé, ce qui méritoit châtiment; SATAN, ce Directeur adroit de nos passions déréglées, soufla de toute sa force le feu de l'Envie & de la Jalousie en l'absence de ses Agens, de manière qu'à leur prétendu retour il en avoit fait un tel brasier de Fureur & de Rage, que dès qu'il prendroit l'Air il éclateroit sur le champ, comme il fit, en une flame de Colère & de Vengeance, qui alla jusqu'au meurtre & à la destruction.

Les choses étoient dans cet état de crise, lorsque SATAN fit entrer adroitement ses

in-

Inſtrumens, comme s'il les avoit raportés de la Cour d'ADAM, dont il étoit allé chercher les ordres, & portant la parole pour ſes Agens, il s'aprocha de leur Père avec un air grave & en même tems content, du ſuccès de ſon Ambaſſade :

D. Souverain, très-reſpectable, & Patriarcal Seigneur, Salut! Nous venons avec joie te rendre compte de notre voïage.

Caïn. Avez-vous vu les vénérables Tentes, où habite ce Couple céleſte & angélique à qui tous les Hommes doivent rendre leurs très-humbles reſpects?

D. Nous les avons vues.

Caïn. En preſentant mon Placet, avez-vous rendu, de ma part, un humble & juſte homage aux glorieux Père & Mère du Genre-Humain?

D. Nous l'avons fait.

Caïn. Leur avez-vous très-humblement repreſenté le chagrin & la triſteſſe dont mon ame eſt ſaiſie?

D. Nous l'avons fait, & ils nous ont chargés de te donner leur bénédiction.

Caïn. Je veux croire que vous l'avez reçue pour moi à genoux, & avec des marques du reſpect que je leur dois en qualité de Fils.

D. Nous l'avons fait & nous en avons eu notre part. Ce vénérable Patriarche a levé les mains vers le Ciel, pour exprimer la joïe qu'il avoit de voir que ſa Race ſe multiplioit, & il nous a bénis tous en général.

Caïn.

Caïn. Leur avez-vous folennellement délivré la commiſſion que je vous avois donnée;
leur avez-vous repreſenté mes Griefs, d'u-
ne manière impartiale, & avez-vous imploré
leur ſecours & leurs bons avis?

D. Nous l'avons fait.

Caïn. Que vous a dit cet Oracle? car
c'eſt un Dieu pour moi: quels juſtes ordres
m'aportez-vous; de quoi s'agit-il? Dois-je
endurer les inſultes & la rage de mon Cadet? Dois-je ſoufrir patiemment qu'il brave
le droit d'Aîneſſe & les Loix divines &
humaines, & qu'il en impoſe ſi injuſtement
à toute la terre, par un orgueil inſuporta-
ble? Faut-il que je tombe & que je ceſſe
d'être le Premier-né ſur la Terre, & qu'enfin je ſois obligé de plier le genou & de me
proſterner devant lui?

D. A Dieu ne plaiſe! Ce n'eſt pas non
plus l'intention d'ADAM, qui, avec une
juſtice angélique, & particulière à des Parens injuriés, eſt irrité contre l'orgueil
d'ABEL, & t'envoie ſes ordres ſouverains
pour le punir.

Caïn. Pour le punir, dites-vous? S'eſt-il
ſervi des mêmes termes? Ai-je, donc,
commiſſion de punir ABEL?

D. Non-ſeulement ABEL, mais auſſi
toute ſa Race rebelle, qui ſe trouvant coupable du même crime, doit ſubir la même
puniſion.

Caïn. Il eſt certain que ſes Enfans y ont
eu part. N'ont-ils pas tous inſulté à ma
triſteſſe? Ne ſe ſont-ils pas moqués de mon
chagrin par des cris de joie & de triomfe,
lorſ-

lorsqu'ils me virent revenir, tout abatu, d'ofrir mon Sacrifice, comme si mon peu de succès devoit faire toute leur joie?

D. C'est encore ce que ce vénérable Prince ressent, & pour contenir la Race dans les bornes du devoir, prescrites par les Loix, il défend de pardonner cette première violence, de peur que se trouvant à la tête des Régitres, elle n'autorise à l'avenir de semblables Rébellions.

Caïn. Est-ce-là la volonté de mon Souverain Père?

D. Il veut & il entend, que comme Tu es son Fils aîné, son Image, & son Bien-aimé, Tu sois maintenu dans tous les droits de la Souveraineté, que Tu tiens de Lui; que Tu ne sois plus exposé aux injures, ni à un pouvoir usurpé; mais que Tu te venges Toi-même de cette Race rebelle.

Caïn. C'est aussi ce que je vai faire, pour aprendre à ABEL à méprifer son Frère aîné, & à lui vouloir mettre le pié sur la gorge. Il saura bien-tôt qu'il a été ainsi jugé par son Père, que ce n'est que par ses ordres que j'exécute une sentence qui vient de Dieu, & que c'est par la Justice céleste qu'il est puni.

SATAN étoit alors venu à bout de ses desseins: il avoit porté EVE à transgresser le premier & l'unique Commandement; il avoit engagé ADAM dans les mêmes embuches; & à-present il porte CAÏN à un tel excès de rage, par ses rufes & par ses subtilités, qu'il l'incite à commettre un crime horrible, en la personne de son Frère.   Là-

Là-deſſus il fit ſortir CAÏN, dans le tems que ſa cruelle rage étoit dans tout ſon ferment; il lui fait malicieuſement rencontrer l'innocent ABEL, qui ne ſe défioit de rien, & il lui inſpire les paroles ſuivantes.

Regardes, CAÏN, vois-tu comme la Juſtice divine concourt avec la Sentence judicieuſe de ton Père. Voilà ton Frère ABEL conduit par la direction du Ciel à tomber entre tes mains, ſans armes, pour te faire juſtice ſur lui ſans crainte. Tu peux le tuer, & ſi tu veux cacher ton meurtre, perſonne n'en ſaura rien, parce que perſonne ne l'aura vu, de ſorte que tu n'auras à apréhender aucun reſſentiment ni aucune révanche, contre toi, ni contre ta Poſtérité : on poura au-contraire dire qu'il a été déchiré par quelque bête ſauvage; & perſonne ne te ſoupçonnera, toi, qui es ſon Frère & ſon Supérieur, d'avoir été capable d'une telle action.

CAÏN préparé à ce crime, par la Rage où il étoit entré, & par la réſolution qu'il avoit priſe de ſe venger, étoit moins ſur ſes gardes contre le piége que le DIABLE ce maître de toute ruſe, lui avoit tendu avec tant d'adreſſe. C'eſt pourquoi il ſe jetta à corps perdu ſur ſon Frère ABEL, & après avoir rencontré fort peu de réſiſtance, il aſſaſſina ce pauvre innocent, qui ne s'atendoit pas à une action ſi horrible. Sur quoi il faut ſupoſer, que la cruelle troupe de la Race de CAÏN détruiſit toute la Famille de ce Martir, & tous ſes domeſtiques,

tiques, fans en épargner ni Femme ni Enfant.

On nous opofera, peut-être, que nous n'avons, dans l'Ecriture, aucune autorité qui prouve cette partie de l'Histoire. Mais je réponds à cela, que comme on doit croire qu'il y avoit déjà long-tems alors qu'ils avoient ateint l'âge viril, il eft à préfumer qu'ils avoient auffi eu plufieurs Enfans de leurs propres Sœurs; car ils ont été les feuls Hommes dans le Monde qui aient eu la permiffion d'époufer leurs Sœurs, par la raifon qu'alors il n'y avoit point d'autres Femmes dans tout l'Univers: & comme il n'eft point parlé du tout de la Poftérité d'ABEL, il y a autant de raifon de croire qu'elle a été pareillement affaffinée, que de dire qu'il n'y a eu qu'ABEL qui ait eu cette fatale deftinée; parce que fes Fils auroient pu d'abord tomber fur CAÏN, pour venger le Sang de leur Père, ce qui auroit envélopé le Monde dans une guerre civile, dès qu'il y auroit eu deux diférentes Familles.

Quoiqu'il en foit, il eft certain que le DIABLE a opéré en CAÏN, pour commettre un crime fi horrible, foit immédiatement, ou par l'entremife de fes Agens; parce que, fans cela, il ne l'auroit jamais fait: & fi c'eft par fes Agens, comme la chofe peut bien être, il n'y a, dans cette Hiftoire, rien qui choque le bon fens ni la vrai-femblance. Car pourquoi celui qui s'eft fervi du Serpent, pour tenter EVE, n'auroit-il pu emploïer quelques-uns des Fils ou Pe-

Petits-Fils de CAÏN qui le portaſſent à
aſſaſſiner ſon Frère? Pourquoi avoir recours
à un miracle, ou à une aparition dans cette
Hiſtoire, pour rendre la choſe vrai-ſembla-
ble, que le DIABLE y a eu part, puis
qu'il étoit ſi naturel que cette Race maudite
en agît de la ſorte?

De quelque manière que la choſe ſe ſoit
paſſée, de quelque inſtrument que le DIA-
BLE ſe ſoit ſervi pour cela, il eſt certain
qu'ABEL a été maſſacré, & que c'eſt-là la
ſeconde conquête que le DIABLE a faite
ſur les Créatures de DIEU: car on peut
dire qu'ADAM étoit alors ſans Enfant, en
ce que ſes deux Fils étoient à peu prés
perdus pour lui, l'un aïant été tué, &
l'autre chaſſé arrière de la preſence de l'E-
TERNEL, & ſa Race avec lui.

Ce ſeroit une recherche utile & digne de
notre atention, ſi nous pouvions en donner
un récit exact, de ſavoir quelle a été la
Marque que Dieu mit ſur le front de CAÏN,
de peur qu'il ne fût ataqué par les Amis ou
par les Parens d'ABEL. Mais comme cela ne regarde pas l'Hiſtoire du DIABLE,
& que c'étoit la Marque de DIEU, &
non pas celle de SATAN, je veux paſſer
là-deſſus.

Le DIABLE étoit venu à bout de ſon
deſſein, le Roïaume de Grace, qui venoit
d'être érigé, ſe ſeroit, pour ainſi dire, é-
teint, ſans une nouvelle Création, ſi ADAM
& EVE n'avoient pas encore été en vie, &
qu'EVE, quoiqu'agée de cent trente ans,
n'eût pas été encore aſſez jeune pour faire

Tome I.   H   des

des Enfans: car il faut fupofer que, dans
cet état de vie, les Femmes pouvoient concevoir jufqu'à l'âge de fept ou huit-cens ans.
Cette fécondité d'Eve ne peupla pas tant
le Monde, qu'elle rétablit la Race bénite:
car quoiqu'ABEL eut été tué, CAÏN eut
d'abord une nombreufe Poftérité, qui, fi
SETH, troifième Fils d'ADAM, n'étoit
pas né, auroit bien-tôt repeuplé le Monde
de gens tels qu'ils étoient, je veux dire,
d'une femence de meurtriers maudits de
Dieu & marqués d'infamie, & qui, par la
fuite, furent envélopés dans la ruine généra-
rale de toute la Race, par le Déluge.

Mais après le maffacre d'ABEL, il naquit
à ADAM un autre Fils, apelé SETH,
Père d'ENOS, &, à la vérité, Père de la
Famille fainte; car le texte dit, que ce fut
de fon tems & de celui de fon Fils ENOS
qu'on commença à apeler du Nom de l'E-
TERNEL, c'eft-à-dire, qu'on commença
à jetter les yeux fur CAÏN & fur fa Race
maudite, & que convaincu du Crime qu'ils
avoient commis, & où ils avoient entrainé
toute leur Poftérité, on commança à demander pardon à Dieu de tout ce qui s'étoit
paffé, & à mener un nouveau genre de
vie.

Mais le DIABLE avoit trop bien réüffi
dans fes premières ataques, pour ne pas
pourfuivre fa réfolution générale, qui eft
de fuborner le cœur des Hommes, & de
les détourner de leur devoir envers Dieu.
Comme il tenoit encore dans fes filets la
Race maudite de CAÏN, déja coupable de

fang

fang & de meurtre, il continua de-même avec les Rejettons corrompus qui en fortirent, jufques-là qu'il porta non-feulement cette Race dégénerée, mais auffi la Semence fainte, à un confentement général de pécher & de fe plonger dans le crime avec des circonftances fi énormes, que l'ETERNEL fe repentit d'avoir fait l'Homme, & qu'il réfolut d'acabler toute la Race par une deftruction générale, & d'en purger le Monde entièrement.

La fucceffion du Sang dans la Ligne roïale & originale d'ADAM, eft bien fuivie dans les Hiftoires facrées; elle y eft exactement raportée jufqu'à NOE & à fes trois Fils, par une fuite continuelle de mille quatre-cens cinquante ans, felon quelques Auteurs, ou, felon d'autres, pendant mille fix-cens quarante. Dans cet efpace de tems le Péché fe répandit tellement fur toute la Race, que *les Fils de Dieu*, comme l'Ecriture apèle les Hommes de la Semence jufte, je veux dire, la Génération de SETH, *prirent à Femmes les Filles des Hommes*, c'eft-à-dire, fe joignirent à la Race maudite de CAÏN, en époufant réciproquement les Femmes qu'ils choifirent, parce qu'ils les trouvoient belles & agréables. Quoique le DIABLE n'ait pu rendre belles ou laides les Femmes de l'une ou de l'autre Famille, il pouvoit pourtant leur infpirer de part & d'autre des tranfports d'une mauvaife inclination, de manière que les Hommes & les Femmes fe paruffent agréables les uns aux autres, ce qui n'auroit pas été fans cet

arti-

artifice ; & peut-être que leur défir étoit,
comme il arrive encore aujourd'hui , d'autant plus grand, qu'il leur étoit défendu de
s'allier ainfi réciproquement.

On objecte ici, qu'on ne trouve point
dans l'Ecriture qu'il ait été alors défendu
aux Hommes & aux Femmes de l'une ou
de l'autre Race de fe marier les uns aux
autres. Il eft vrai qu'il n'y a point eu de
défenfe pofitive ; mais, fi nous ne cherchions
pas plutôt à former des doutes, qu'à les réfoudre, nous pourions fupofer que ces fortes d'Alliances avoient été défendues en ce
tems-là, par quelque Ordre particulier, &
nous pourions croire, avec raifon, qu'il y
a eu une défenfe pour toutes les chofes qui
font imputées à crime en les faifant : or,
comme les Fils de Dieu furent acufés d'une
dépravation générale, & d'un crime horrible, de s'être choifis des Femmes d'entre
les Filles de la Race maudite, & qu'il eft
dit que Dieu fe repentit de les avoir faits,
nous n'avons pas befoin d'autre preuve pour
nous convaincre que c'étoit une chofe défendue.

Il ne faut pas douter que SATAN n'ait
eu auffi part à cette méchanceté : car, comme il étoit ocupé à porter les Hommes à
faire tout ce que Dieu avoit défendu, la
raifon pourquoi ceux de ce tems-là firent
ces chofes-là eft, parce qu'ils virent que les
Filles des Hommes, c'eft-à-dire, de la Race méchante, ou de l'Efpece défendue, é-
toient belles, il les tenta par le plaifir des
yeux. En un mot, ces Dames étoient belles

les & agréables, & il sut se servir à propos de leurs atraits : les Hommes les aimèrent & les prirent, poussés uniquement par leur désir & par leur caprice, sans avoir égard à la défense de l'Etre Suprême ; *ils en prirent,* dis-je, *à Femmes, pour eux, de toutes celles qu'ils choisirent,* ou telles qu'ils les voulurent.

Mais le Texte ajoute, que cette Génération mêlée, non contente d'un crime extérieur, fit voir que la malice du cœur de l'Homme étoit grande devant Dieu, *dont il fut déplaisant en son cœur.* En un mot, Dieu remarqua, que toute la Race étoit infectée d'un déréglement & d'une corruption générale dans les mœurs & dans la Nature, dont la Semence sainte n'étoit pas même exemte ; que le DIABLE s'étoit rendu maître des Hommes, & qu'il avoit beaucoup de crédit sur eux ; que non-seulement les manières du Siècle étoient corrompues, à quoi Dieu auroit pu facilement remédier, mais que le cœur même de l'Homme étoit dépravé, ses désirs entièrement déréglés, & ses sens abrutis ; de sorte qu'enfin il faloit que Dieu fît voir, d'une manière extraordinaire, le déplaisir qu'il en avoit, non pas par un jugement & par des réprimandes propres à corriger le vice, mais par une destruction générale, qui ôtât du Monde la méchanceté qui y règnoit, & qui en retranchât une bonne fois & le crime & le Criminel. C'est ce qui nous est insinué fort amplement & clairement par ces paro-

les

les † L'ETERNEL *vid que la malice des Hommes étoit grande sur la Terre, & que toute l'imagination des pensées de leur cœur n'étoit autre chose que mal en tous tems:* & par celle-ci *: Et la Terre étoit corrompue devant Dieu, & remplie d'extorsion: Dieu, donc, regarda la Terre, & voici elle étoit corrompue; car toute chair avoit corrompu sa voie sur la Terre.*

Il faut avouer que c'est une conquête surprenante que celle que le DIABLE avoit faite avant le Déluge, en ce qu'il avoit, pour ainsi dire, porté toute la Race humaine à une révolte générale contre Dieu. NOE' a été, à la vérité, Prédicateur de la Justice, l'espace d'environ cinq-cens ans, avec aussi peu de succès qu'en ont jamais eu la plupart de nos meilleurs Ministres; car il n'est pas parlé d'un seul Homme qu'il ait converti, ou du moins qu'il en soit demeuré un seul; parce qu'au tems du Déluge il n'y en avoit plus aucun qui fût en vie, ou qui eût été épargné, à la réserve de NOE' & de ses trois Fils avec leurs Femmes; encore est-il certain que ces derniers ont été sauvés, moins pour leur droiture, que parce qu'ils étoient les Fils de ce Patriarche. On peut même dire, sans blesser la charité, qu'il y en eut au moins un des trois, je veux dire, CHAM, qui fut au DIABLE, pour avoir triomfé, d'une manière brutale, de l'yvresse de son Père: car on sait qu'il fût maudit d'une façon particulière, & que cette malédiction

passa

paſſa à ſa Poſtérité, pendant pluſieurs Siécles: mais on ne ſauroit dire ſi elle s'étendit plus loin que ſur l'état de la vie preſente.

Il faut à-preſent ſupoſer, que comme le DIABLE avoit ſi fort corrompu le Genre-Humain, pendant le cours de mille cinq-cens ans, il avoit porté ſon Règne à une hauteur prodigieuſe; car le Texte dit que *toute la Terre étoit remplie d'extorſion.* En un mot, ce n'étoit qu'homicide, que meurtre, que rapt, que brigandage, qu'opreſſion, & qu'injuſtice par-tout: les Hommes ſemblables aux Ours qui habitent dans les forêts, vivoient de rapine, en ſe dévorant les uns les autres.

C'eſt dans ce tems-là que N O E' commença à leur anoncer une nouvelle Doctrine; car de Prédicateur qu'il étoit de la Juſtice, il devint Prédicateur de la Vengeance. Il leur prédit qu'ils alloient tous être inondés par un Déluge, qu'à cauſe de leurs Péchés Dieu ſe repentoit de les avoir faits, & que par là même raiſon il avoit réſolu de les tous détruire: il ajoutoit, que pour prévenir ſa ruine & celle de ſa Famille, il vouloit ſe bâtir un Vaiſſeau où il pût ſe réfugier, lorſque les eaux viendroient à couvrir toute la ſurface de la Terre.

A combien de railleries, de dédains & de mépris ce bon Vieillard ne ſe vit-il pas expoſé, pendant plus d'un Siècle, au ſujet de cet Ouvrage? car les anciens Auteurs nous aſſurent qu'il lui falut tout ce tems-là pour le finir. Repreſentons-nous, de la manière la plus vive, le traitement que les Savans

H 4   d'alors

d'alors firent à ce vénérable Patriarche:
comment ils s'alloient promener le foir du
côté de fon Atelier, pour voir ce qu'il faifoit, & combien fon ouvrage s'avançoit,
afin d'en pouvoir donner leur jugement.
Mais pour nous les reprefenter tels, nous
n'avons qu'à jetter la vue fur les bons mots
qu'on dit aujourd'hui au fujet de la Religion,
& des Miftères les plus auguftes du Culte
Divin ; comment on taxe les gens férieux
d'Entoufiaftes, les graves de fous, & les mo-
dérés de mélancoliques, ou d'hipocondres:
comment on traite la Religion même de
vent & de caprice, & qu'on veut faire paffer
le Dévot pour ignorant, le Théologien
pour mercenaire, & tout le Siftême de la
Théologie pour l'éfet d'une fourberie Eclé-
fiaftique. C'eft, fans doute, de cette manière qu'on traita de frénéfie religieufe, l'entreprife de bâtir une Arche, ou un Bateau,
comme on voudra l'apeler, pour floter au-
deffus des Montagnes, & dancer au-deffus
des Campagnes, & de Lunatique celui qui
en étoit l'Auteur ; & tout cela dans un Siècle, où les chofes divines entroient dans le
cœur des Hommes par une Révélation immédiate. Il faloit que le DIABLE eut fait
une terrible conquête fur le Genre-Humain,
pour avoir été capable d'éfacer un Refpect
qui peu de tems auparavant étoit fi fort imprimé dans leur efprit, à l'égard du Créateur.

Il eft certain que c'eft alors que le Règne
du DIABLE a été dans fon plus grand é-
clat; & nous ne trouverons pas qu'il foit
monté

monté, par la suite, juſqu'à un ſi haut faîte. Il étoit, véritablement & à la lettre, le Monarque univerſel, ou plutôt le Dieu de ce Monde, & il le gouvernoit en véritable Tiran, & par un pouvoir abſolu. Si, donc, Dieu n'avoit pas jugé à propos de lui donner un ordre de démiſſion, & de le chaſſer, à force d'eau, hors de ſa Poſſeſſion, je ne ſai ce qu'il en ſeroit arrivé; il y a aparence qu'il y ſeroit demeuré juſqu'à ce que la Semence de la Femme fût venue pour lui briſer la tête, c'eſt-à-dire, pour démembrer ſon Gouvernement, pour le détrôner & pour le priver de ſon pouvoir comme la choſe eſt arrivée par la venue du MESSIE.

Mais, comme il venoit, dis-je, d'être inondé & ainſi chaſſé du Monde, ſon Règne étoit fini pour ce tems-là; du moins, s'il lui reſtoit quelque domaine, il n'avoit aucun Sujet: & comme l'Univers étoit en quelque façon renouvellé, le DIABLE ſe vid contraint de refaire tout ce qu'il avoit déja fait. Malheureux Homme, d'avoir, par ſa foible réſiſtance, permis au Diable de regagner ſon terrain, avec tant de facilité, & de reprendre tous les avantages qu'il avoit auparavant! Mais nous allons examiner en quel endroit le DIABLE ſe retira pendant le Déluge, de quelle manière il ſe rétablit, après que NOE' & ſa Famille eurent débarqué ſur la nouvelle ſurface.

CHA-

CHAPITRE X.

Du second Règne du DIABLE, *& de la manière dont il rétablit ses afaires, par la Victoire qu'il remporta sur* NOÉ *& sur sa Race.*

L'Histoire de NOÉ, son ardeur à bâtir l'Arche, son embarquement avec des Animaux de chaque espèce pour peupler un nouveau Monde, son long voïage, & le mauvais tems qu'il eut à essuïer, sont toutes des circonstances qui pouroient trouver ici place, & embellir cet Ouvrage; mais comme elles ne font rien à l'Histoire du DIABLE, parce qu'on ne sauroit prouver, malgré ce que certaines gens en peuvent dire, que SATAN se soit trouvé dans l'Arche avec les autres Créatures, c'est par cette raison que je me dispense d'en parler.

Mais à propos de SATAN, si d'un côté on ne sauroit prouver qu'il ait été dans l'Arche, il y a, de l'autre, des raisons qui font croire qu'il n'y a pas été. Premièrement, il n'y avoit rien à faire; en second lieu, l'Histoire ne nous aprend pas qu'il y ait fait du mal, & de-là je concluds qu'il étoit absent; parce que s'il s'étoit trouvé dans l'Arche, il est certain qu'il n'auroit pas manqué d'y exercer sa malice: & j'aime mieux suposer que, quand il vid son Règne anéanti, & tous ses Sujets engloutis dans une ruine & une désolation inévitable, spec-

tacle

tacle affez conforme à fes défirs, fi ce n'eft
que par-là il fe voïoit détrôné pour un tems,
il ne penfa qu'à fe fauver lui-même du
mieux qu'il put, & à fe retirer en un lieu
de fureté, qu'il ne nous eft pas plus dificile de déviner, qu'il lui étoit de le choifir.

On tient que, comme il eft le Prince de
la Puiffance de l'Air, c'eft dans cette Région qu'il fe retira ; & l'on a droit de fupofer qu'il n'alla pas plus loin, par plufieurs
raifons, dont je parlerai dans un moment.
Là il s'arrêta, pour voltiger dans l'Atmofphère de la Terre, comme il l'a fouvent
fait depuis, & comme peut-être, il le fait
encore aujourd'hui; ou s'il eft vrai que
l'Atmofphère ait été envélopé dans l'inondation, comme quelques-uns le prétendent,
il eut continuellement l'œil au guet, pour
voir à quoi aboutiroit ce nouveau Phénomène; & je ne doute pas que pour cela, il
ne fe foit tenu dans l'endroit le plus proche
qu'il a pu de la Terre, peut-être dans l'Atmofphère de la Lune, &, en un mot,
dans la retraite la plus proche qu'il a pu
trouver.

J'ofe inférer de-là que SATAN, n'a pas
une connoiffance plus certaine des Evènemens, que nous. Je ne nie pas qu'il puiffe
tirer de plus fortes conjectures, & des con-
clufions plus raifonnables de ce qu'il voit ;
tout ce en quoi il nous furpaffe, c'eft qu'il
voit plus que nous, & que par conféquent
il peut conclure davantage ; mais je fuis fûr
qu'il ne connoît pas plus l'avenir que ce que

nous en pouvons voir par des observations, & par des raisonnemens : par exemple il ne savoit pas si Dieu avoit dessein de repeupler le Monde, ou non. Ainsi, je dis, qu'il atendoit avec impatience quel seroit l'éfet d'une inondation si surprenante, & ce que Dieu avoit résolu de faire de l'Arche & de tout ce qui y étoit.

Il y a des Philosophes, qui, outre ce que je viens de dire, assurent que le DIABLE ne pouvoit pas se retirer dans l'Atmosphère de la Terre ; parce que comme l'Air s'étoit entièrement condensé en eau, & qu'il s'écouloit continuellement, pour inonder la Terre, ce Corps étoit devenu si petit & si resserré qu'à-peine y en avoit-il assez pour environner l'Eau, ou, par sa compression, conserver la situation naturelle des choses, & en fournir sufisamment aux Animaux de l'Arche, pour respirer.

Il est vrai que l'Atmosphère a pu soufrir alors quelques mouvemens surprenans & extraordinaires, mais je ne croi pas qu'ils aient été jusqu'à un si haut degré ; cependant je ne veux pas assurer qu'il y ait eu encore assez de place pour le DIABLE, ni même qu'il y en ait à-present, moins encore pour toutes les Légions innombrables de l'Armée de SATAN : mais il est certain qu'il y avoit, & qu'il y a aujourd'hui un espace sufisant pour le recevoir avec un corps assez considérable de Troupes pour l'ocupation qu'il vouloit alors leur donner, & cela sufit pour notre dessein : ou si l'Air a soufert quelque mouvement convulsif en

cette

cette ocafion, il a pu fe retirer en l'Atmosphère ou de la *Lune*, ou de *Mars*, ou de
Vénus, ou de quelque autre Planète, ou
quelque autre part que ce fût, parce qu'é-
tant Prince de l'Air il ne pouvoit manquer
de retraite, dans un tel cas, d'où il pût être
aux aguets pour favoir l'iffue de toute chofe:
de forte qu'il ne faut pas croire, qu'il foit
allé fort loin, parce que toute fon ocupation eft ici-bas, & qu'il ne s'écarte jamais
de fon chemin ni de fa route ordinaire, qui
eft de faire du mal.

Mais, ce qui l'inquiétoit le plus, c'eft de
favoir ce que l'Arche deviendroit: il avoit,
fans doute, affez d'efprit, pour voir que
Dieu, qui en avoit ordonné la ftructure &
l'éxécution, ne manqueroit pas d'en avoir
foin, de la conferver fur l'eau, & enfin de
la conduire en quelque lieu de fureté, quoique SATAN ne pût pas, avec toute fa
fubtilité, favoir ni juger fi ce feroit fur la
même Surface, après que les eaux fe feroient écoulées, ou en quelque autre lieu
créé, ou encore à créer: dans cette incer-
titude où il fe trouvoit véritablement, & qui
prouve évidemment fon ignorance, par raport à l'avenir, tout ce qu'il pouvoit faire
de mieux, c'étoit d'atendre l'Evènement,
avec toute la vigilance poffible.

Si l'Arche, fuivant le fentiment de Monfieur BURNET, a été conduite par deux
Anges, non-feulement ils l'empêchèrent de
s'enfoncer, ou d'être engloutie par les eaux,
mais auffi ils confervèrent ces eaux dans une
tranquilité parfaite; au moins tout autour

de

de cette Arche, & sur-tout dans le tems que
le Seigneur fit lever un vent violent qui souf-
fla sur le Globe entier, & qui, pour le dire
en passant, a été le premier orage, & je crois,
le plus général qu'on ait jamais éprouvé sur la
Terre ; car il ne faut pas douter qu'il ne se
soit fait sentir dans le même moment, généralement sur toute la Surface de la Terre.
Si, dis-je, l'Arche avoit de tels Pilotes pour
la conduire, il est certain que le DIABLE
les a vus, avec autant d'envie, que de chagrin, de ne pouvoir lui nuire : car si la chose avoit dépendu de lui, il ne faut pas douter, que, comme Dieu venoit de noïer tout
le Genre-Humain, à la réserve de ce qui
étoit dans l'Arche, il ne les eût bien-tôt
expédiés également, pour éteindre tout d'un
coup cette espèce de Créature. Mais, soit
qu'il n'ait pas eu la puissance de s'aprocher
de l'Arche, ou qu'elle ait été trop bien gardée, par les Anges, il est sûr qu'en s'en
aprochant il n'a pu lui faire aucun mal ; &
ainsi après que les eaux eurent commencé
à se sécher, elle s'arrêta sur la Montagne
d'*Ararat* en *Arménie*, ou sur quelque autre
endroit voisin, où l'on dit qu'on en voit
encore aujourd'hui une partie de la quille,
quoiqu'avec le Docteur . . . . . je n'en croie
rien.

Dès que l'Arche eut heureusement terri,
on peut croire, avec raison, que NOÉ se
prépara à débarquer aussi-tôt qu'il aperçut
que la Terre étoit sèche, & je veux supposer
qu'alors SATAN revêtu d'une nuée, pour
ne pas être aperçu, vint d'abord se percher
quel-

quelque-part fur le tillac, pour voir fortir toute la Famille que le Ciel avoit confervée, & toute la troupe des Animaux qui fe difperférent de tous les côtés de la Montagne, fuivant que leur inftinct les conduifoit pour chercher à repaître.

Cette vue fufifoit : SATAN n'étoit pas embaraffé de conclure de-là que le deffein de Dieu étoit de repeupler le Monde, par la voie ordinaire de la génération, & par la Poftérité de ces huit perfonnes, fans créer une nouvelle Efpèce.

C'eft affez, dit le DIABLE en lui-même, j'ai encore fur eux tout l'avantage que j'avois, lorsque je tendis un piége à EVE; & je me trouve dans le même état, où j'étois au tems qu'ADAM fut chaffé du Jardin, & que j'avois CAÏN & toute fa Race pour fujets de mon ocupation. Voici encore un refte de cette Race corrompue qui vient d'être détruite, & comme alors je m'étois adreffé à CAÏN, NOÉ eft aujourd'hui l'Homme à qui j'en veux, & je fuis bien trompé fi je n'en viens à bout, de quelque manière que ce foit. Le Lecteur voudra bien me pardonner la liberté que je prens de faire ici un difcours pour le DIABLE.

NOÉ touché de fa dernière condition, dans le tems que les merveilles du Déluge étoient encore récentes en fa mémoire, facrifia les premiers jours, dans les tranfports de fon ame, à rendre graces à l'Etre Suprême, & à louer la puiffance qui l'avoit protégé pendant le Déluge, & qui l'avoit fi miraculeufement conduit fur la Surface d'un

Pays

Pays nouvellement découvert, ou pour me servir des paroles du Texte, (*) NOE' *bâtit un Autel à l'ÉTERNEL, & ofrit des holocaustes sur l'Autel.*

NOE' fut en sureté pendant qu'il fut ainsi ocupé, & le DIABLE ne lui pouvoit rien ; de sorte qu'on peut supofer, avec raison, que comme SATAN trouva ce vénérable Patriarche invulnerable, il le laissa en repos, pendant quelques années, sans pourtant laisser d'épier tous les avantages qu'il pouroit gagner sur ses Fils & sur leurs Enfans ; car il faut remarquer que la Famille de NOE' commençoit alors à s'augmenter, & que ses Fils avoient déja plusieurs Enfans : pour ce qui est de lui-même, nous ne savons pas suremeut, s'il en eut d'autres après le Déluge.

Entre ses Fils, le DIABLE trouva en SEM & en JAPHET des personnes pieuses, dévotes, & religieuses, & qui, à l'imitation de leur bon Père, servoient Dieu tous les jours, de sorte qu'il ne pouvoit avoir aucun avantage, ni sur eux, ni sur leur Postérité : mais CHAM, second, ou, selon quelques-uns, le plus jeune des Fils de NOE', avoit aussi un Fils apelé CANAAN, qui étoit un jeune libertin & un scélerat achevé parce que son Père, qui n'étoit pas à beaucoup près si religieux ni si grave que ses Frères SEM & JAPHET, avoit eu peu de soin de son éducation, de sorte que CANAAN aïant été mal élevé, il devint comme les autres jeunes gens qu'on abandonne

_____

(*) Gen. VIII, 20.

à leurs volontés, un véritable impie, &, par conséquent, un instrument tel que le DIABLE le demandoit.

NOE', cet homme diligent & industrieux, s'étant ainsi établi dans les Campagnes riches & fertiles de l'*Arménie*, ou, si l'on veut, dans le voisinage du Mont *Caucase* ou d'*Arrarat*, s'apliqua d'abord au travail; il commença à cultiver & à faire valoir la Terre, à augmenter ses Troupeaux & ses Pâturages, à semer du grain, à planter des Arbres fruitiers, & entre autres à planter la vigne, ne doutant point que de son fruit il ne pût faire, comme on fait encore aujourd'hui dans ce Pays-là, du vin excellent délicieux, fort, & agréable.

Je ne saurois être du sentiment de nos Critiques, qui, pour excuser NOE' de la faute qui s'en ensuivit, ou du moins de la censure qu'il méritoit, nous disent, qu'il ne connoissoit ni la force ni la nature du vin, & qu'il cueillit innocemment des grapes, qui par leur pesanteur vinrent à mouiller ses mains de leur jus, de sorte qu'il eut la curiosité de le gouter, & que le DIABLE le lui fit trouver si bon & si délicieux, qu'il en gouta à plusieurs reprises, jusqu'à ce qu'enfin il les exprima dans une terrine, pour en boire plus largement; mais qu'alors la vapeur lui étant montée à la tête, & lui aïant saisi le cerveau, il s'en trouva malheureusement entêté & envyré, sans qu'il se fût imaginé qu'un si excellent fruit eût eu tant de force.

Pour prouver cette supofition, qui, à la vé-

vérité, est favorable à N o e', mais, en elle-
même, extrèmement ridicule, il faut nécessairement tomber dans de grandes absurdités, & l'on sera, en certains cas, obligé
de suposer ce qui est en question. Premièrement il faudra convenir qu'il n'y avoit
point de vin avant le Déluge, & qu'il n'y
a eu personne qui se fût envyré du jus de la
grape avant N o e', ce qui est, comme je
viens de le dire, suposer ce dont on ne convient pas.

Si, au-conrraire, il est vrai, comme je
ne voi aucune raison d'en douter, qu'on a
bu du vin avant le Déluge, & même qu'on
en a bu jusqu'à s'envyrer, il faut nécessairement croire que Noe', cet Homme sage
& pieux, & ce Prédicateur de la Justice,
non-seulement en connoissoit la force, mais
même qu'en déclamant contre le vice, il
avoit déclamé en particulier contre l'yvrognerie, qu'il l'avoit reprochée aux Hommes,
& qu'il les avoit exhortés à quiter leurs
débauches.

D'ailleurs, il y a toute aparence qu'il
croissoit des raisins, & que, par conséquent,
on en faisoit du vin avant le Déluge ; car,
sans cela, d'où est-ce que N o e' auroit tiré
la Vigne qu'il planta ? Il faut suposer qu'il
ne pouvoit planter ni Arbre, ni Arbrisseau,
que de ceux dont il trouva les racines en
terre, & qui, sans doute, y avoient été
dans leur plus haute perfection, &, par
conséquent, avoient cru & porté auparavant
ce même fruit si délicieux.

Je dis plus ; lorsqu'il trouva les racines
de

de la Vigne, il favoit ce que c'étoit, & quel
fruit elle portoit, car autrement pourquoi
l'auroit-il plantée ? Il la planta à caufe de
fon fruit, pour fa fubfiftance & pour celle
de fa Famille; car il ne travailloit pas par
plaifir, mais uniquement dans la vue de tirer du profit de fon travail.

Après tout, il me femble qu'il eft affez
évident, qu'il favoit ce qu'il faifoit, non-
feulement lorfqu'il planta la Vigne, mais
auffi lorfqu'il exprima le jus du raifin, &
que quand il but de ce jus il favoit que
c'étoit du vin, & même du vin capable de
l'enyvrer s'il en prenoit une certaine quantité. Il favoit qu'il y avoit eu d'autres Hommes qui s'étoient enyvrés de cette liqueur
avant le Déluge, & il fe fouvenoit de les
en avoir repris, de forte que ce n'eft pas par
ignorance qu'il tomba dans le même crime,
mais par l'entremife du DIABLE, qui
cherchoit à gagner de l'avantage fur lui, en
lui faifant trouver cette liqueur également
rafraichiffante & agréable, dans le tems
qu'il avoit le plus de foif. En un mot,
comme EVE difoit autrefois, *le Serpent
m'a féduite & J'AI MANGE*, de-même le
DIABLE a féduit NOE' & ILABU. Ce
n'eft pas le Vin, mais bien la tentation qui
a fait fucomber ce Patriarche: il favoit fort
bien ce qu'il faifoit; mais, comme les
yvrognes difent encore aujourd'hui, il le
trouva fi bon, qu'il ne put s'empêcher d'en
boire; de forte qu'il s'enyvra fans s'en
apercevoir, ou felon le langage ordinaire,
qu'il fut *furpris par le vin*; & c'eft en partie
l'opi-

l'opinion de Monfieur P o o l & de quelques autres Commentateurs.

Le bon Vieillard ne fut pas plutôt vaincu, que fe fentant la tête apefantie, on peut croire qu'il tomba en arrière de la chaife, ou du banc où il étoit affis, de manière que fes habits, qui dans ces Pays chauds n'étoient que des robes ouvertes, femblables à celles que les *Arméniens* portent encore aujourd'hui, volèrent de côté & d'autre, ou que le D i a b l e les fit ainfi écarter, à deffein de l'expofer dans une pofture fi indécente & fi peu convenable.

Qui pouvoit s'aprocher de lui en cet état, difent certains Auteurs, fi ce n'eft le jeune C a n a a n ? Il y en a d'autres qui croient que ce jeune Homme l'ataqua par la voie de la civilité & d'une prétendüe afection ; qu'enfuite il engagea fon Grand-Père à boire, fous prétexte que le vin lui étoit bon, & capable de le fortifier en fa Vieilleffe ; & que pour l'en mieux perfuader, il voulut lui faire raifon ; mais que comme il avoit la tête trop forte pour le bon Vieillard, il l'eut bien-tôt mis par terre à force de boire ; après quoi il eut la malice de triomfer de lui, de fe vanter de fa conquête, d'infulter à fon corps comme fi ç'avoit été un corps mort, de le découvrir exprès pour l'expofer & le laiffer en cette pofture indécente, & d'en aller faire une raillerie auprès de fon Père C h a m, qui, en cela auffi méchant que fon Fils, en fit de-même auprès de fes Frères S e m & J a p h e t ; mais

que

que ceux-ci, qui étoient reconnus pour des Hommes modestes & religieux , loin d'a- plaudir à l'insulte qu'on faisoit à leur Père, l'allèrent couvrir, comme dit l'Ecriture &, peut-être, l'informer de quelle manière & par qui il avoit été ainsi traité.

Effectivement , il semble que la chose ait été telle : car autrement pourquoi NOE', après qu'il fut revenu de son yvresse, au- roit-il tant témoigné de ressentiment contre son Petit-Fils CANAAN, plutôt que contre CHAM son Fils , qui selon l'Histoire pa- roît le plus coupable ? Nous voïons que la malédiction est apliquée entièrement, pour ainsi dire, à CANAAN, le Petit-Fils, sans qu'il soit dit un mot du Père (*), *Maudit soit* CANAAN, *il sera serviteur des serviteurs de ses Frères.*

Il est certain, par l'Histoire même que CHAM étoit coupable, mais je ne saurois m'empêcher de croire que son Fils en a été la cause; de sorte qu'il semble que le DIA- BLE s'est servi de CANAAN, comme d'un instrument propre à séduire NOE' & à le faire tomber dans l'yvresse, de la même manière qu'il s'étoit servi autrefois du Ser- pent pour tromper EVE & la porter à la de- sobéïssance.

On pouroit suposer ici que CANAAN n'a eu d'abord aucun dessein en ce qu'il a fait, & que ce n'est que par la suite qu'il a été incité à se moquer de ce vénérable Pa- triarche & à le tourner en ridicule, comme la chose ne se pratique que trop souvent encore

(*) Gen. XI. 25.

core aujourd'hui ; mais j'aime mieux croire
que c'eſt par malice & de propos délibéré
qu'il a ainſi expoſé & inſulté ce reſpectable
Vieillard ; ce qui paroît d'autant plus vrai-
ſemblable que NOE' en témoigna un vif
reſſentiment, lorſqu'il eut été informé de
toute l'hiſtoire.

Quoiqu'il en ſoit, il eſt conſtant, que le
DIABLE fit ici une conquête conſidérable, & qui en aparence n'étoit pas moindre
que celle qu'il avoit faite autrefois ſur A-
DAM. Cette victoire ne conſiſtoit pas ſimplement en ce qu'il avoit gagné le ſeul
Juſte qu'il y eût avant le Déluge, ou en ce
qu'il avoit ainſi initié cette nouvelle Race
dans le Crime ; mais elle conſiſtoit ſur-tout
en ce que le grand Oracle fut obligé de ſe
taire tout-à-coup. Celui qui avoit été Prédicateur de la Juſtice, avant le Déluge,
l'auroit, ſans doute, été dans le nouveau
Monde, ſi ſon crime ne l'avoit fait démet-
tre de ſon Ofice, &, ce qui eſt encore pire,
ne lui avoit fait fermer la bouche : & cette
prohibition étoit plus funeſte que s'il avoit
perdu la vie ; parce que s'il étoit mort, cet
Ofice ſeroit deſcendu à ſes Fils SEM &
JAPHET ; mais il étoit mort par raport à la
charge d'*Inſtructeur*, quoiqu'en vie par raport à l'être ; car quelle influence pouvoient
avoir les Prédications d'un Homme qui s'é-
toit ainſi abandonné à un excès auſſi honteux
& auſſi infame que le ſien ?

D'ailleurs, il y a des gens qui ſont dans
la penſée, quoiqu'à mon avis, ſans fondement, que NOE' n'a pas été une fois ſeulement

lement surpris par la boisson, mais qu'après
être tombé dans ce péché, il s'en fit une
habitude, qu'il ne quita de long-tems, &
que c'est ainsi qu'il faut expliquer les paroles qui portent qu'il étoit découvert dans
sa Tente, & que son Fils vid sa nudité,
c'est-à-dire, qu'il s'exposa tous les jours à la
honte, pendant fort long-tems, un Siècle
entier, & que son Fils CHAM & son Petit-
Fils CANAAN, après l'avoir atiré dans ce
crime, firent tous leurs éforts, & lui four-
nirent toutes les ocasions possibles pour l'y
entretenir, y étant incités par SATAN, qui a
puïa leurs railleries & le mépris qu'ils avoient
pour ce Vieillard, de même que leurs mauvais desseins, pour l'avancement de la Méchanceté, & où il eut tout le succès qu'il
pouvoit souhaiter.

Pour ce qui est de ses deux autres Fils
qui couvrirent modestement & décemment
la nudité de leur Père, ils nous disent, que
cela signifie que SEM & JAPHET s'adres-
sèrent à lui, d'une manière humble & respectueuse, pour le prier de réfléchir sur son
ancienne Gloire, de se rapeler les pieuses
exhortations qu'il avoit données autrefois
aux Habitans du premier Monde, & de
considérer combien il ofensoit Dieu, par sa
conduite déréglée, & quel scandale il donnoit à toute sa Famille; & que ces remon-
trances firent un si bon éfet sur l'esprit de
NOE', qu'il maudit la méchanceté de la Race corrompue de CHAM, en témoignage de
sa sincère repentance, & du chagrin qu'il
avoit d'avoir ofensé Dieu.

Cette

Cette fupofition n'eft pas fi abfurde qu'on pouroit s'imaginer, mais comme on n'en a aucune preuve, il vaut mieux croire la chofe telle qu'elle nous eft raportée, je veux dire, pour une feule action. Mais fupofé qu'elle foit véritablement telle que ces gens-là nous la reprefentent, il eft pourtant certain que les Prédications de Noé ont été extrèmement interrompues : fes paroles n'a-voient plus la même énergie, & la force de fes perfuafions s'étoit énervée & abatue par fa honteufe chute, de manière qu'il ne lui fut plus permis de donner aucune inftruc-tion par la fuite, & c'eft tout ce que le Diable fouhaitoit. C'eft auffi par cette raifon, qu'il n'eft prefque plus parlé de lui, fi ce n'eft qu'il vécut trois-cens cinquante ans après le Déluge : il n'eft pas même dit s'il eut d'autres Enfans. Mais de qui en au-roit-il eu, puifque fa Femme étoit déja a-vancée en âge, &, peut être, furannée, y aïant déja, felon toute aparence, quatre ou cinq-cens ans qu'ils étoient enfemble ? à moins qu'on ne veuille fupofer qu'il lui étoit permis d'époufer une de fes Filles ou de fes Petites-Filles, ce qui ne l'a pas été à Adam.

Mais un Chef-d'œuvre de la Politique du Diable, & une preuve fatale de fa mal-heureufe vigilance eft, que la porte de l'Ar-che ne fut pas plutôt ouverte, & que la furface de la Terre ne fut pas plutôt fèche, après la deftruction univerfelle du Genre-Humain, qu'il s'infinua parmi ceux qui avoient été confervés, & que non content

de

de former une rebellion générale dans toute la Race, sur le pié de l'infection originale de la Nature, il ofa, en DIABLE éfronté, fraper la racine, s'adreffer à celui qui repréfentoit alors tout le Genre-Humain, & ataquer le Chef de la Famille, afin qu'en le faifant pécher il pût d'abord prévenir les progrès de la réformation du nouveau Monde, ou du moins lui porter un terrible échec: femblable, dis-je, à un DIABLE hardi, il frapa la racine; mais helas! le pauvre Vieillard étoit un Sujet trop foible pour réfifter à SATAN: il fucombe dès la première ataque, & il eft d'abord contraint de céder la victoire.

Après que NOE' fut vaincu, & que SATAN eut porté fa Conquête auffi loin qu'il pouvoit le fouhaiter, le DIABLE n'eut pas grand' chofe à faire dans le Monde, pendant quelques Siècles, fi ce n'eft à continuer une corruption générale parmi les Hommes, & à la finir avec la même diligence & la même aplication, en féduifant, toute la Race en général, & en particulier ceux qui étoient à naître, à mefure qu'ils venoient au Monde; ce qui lui étoit d'autant moins dificile, que la première rébellion s'étoit d'abord répandue fur la Terre & l'avoit infectée de fa contagion.

* Le premier témoignage que nous avons de fa réüffite dans ce mauvais deffein eft ce prodigieux Efcalier, apelé la Tour de *Babel*, car il femble qu'elle étoit deftinée à cela. Il faloit affurément que le Monde entier fût yvre, ou qu'il eût perdu l'efprit pour for-

mer une telle entreprise; puisque SATAN
lui-même n'auroit pas été capable de porter
les Hommes à entreprendre un Ouvrage ſi
abſurde, qui ne tendoit à aucune fin, &
où il n'y avoit aucune aparence de réüſſir.

J'avoue que je ſerois quelquefois d'humeur à faire l'apologie de nos Ancêtres, ſur
ce dont la plupart des Hommes les acuſe,
qui eſt d'avoir voulu bâtir une Tour qui
ateignît juſqu'au Ciel, ou qui leur ſervît
de refuge en cas d'un ſecond Déluge. Je
trouve à-peu-près de mon ſentiment le Père
CASAUBON, qui dit que la Confuſion n'a
été qu'une meſintelligence qui ſurvint alors
entre les Entrepreneurs & les Directeurs de
l'Ouvrage, & que le but de cet Edifice
étoit d'en faire un Magazin pour y renfermer des vivres, en cas d'une ſeconde inondation. Pour ce qui eſt de la notion qu'on
a que cette Tour devoit ateindre juſqu'au
Ciel, il entend cette expreſſion dans un
ſens allégorique plutôt que literal, & uniquement pour dire qu'elle devoit être d'une
hauteur prodigieuſe. Peut-être que les Aſ-
tronomes de ce tems-là n'étoient pas ſi habiles que ceux d'aujourd'hui, qui prétendent meſurer l'eſpace qu'il y a entre le Ciel
& la Terre; mais NOE', &, ſelon les aparences, ſes trois Fils étoient encore en vie, ils
auroient pû leur faire voir l'abſurdité & le ridicule de l'une ou de l'autre de ces deux ſu-
poſitions, je veux dire, premièrement de
faire un bâtiment qui pût ateindre juſqu'au
Ciel, & en ſecond lieu de le faire aſſez ſo-
lide pour réſiſter aux Eaux, ou aſſez haut
pour

pour paſſer par-deſſus, ſupoſé qu'il arrivât
un autre Déluge. J'aimerois mieux croire,
qu'ils avoient ſeulement envie de bâtir une
Cité également glorieuſe & magnifique, capable de les contenir tous, & que cette Tour
lui devoit ſervir d'Ornement & de Fortifi-
cations, ou même de Magazin, comme
nous l'avons déja dit, pour y ramaſſer de
grandes proviſions, en cas d'inondations
extraordinaires, ou de quelques autres ac-
cidens, la Ville étant bâtie au milieu d'une
plaine, ſavoir dans les Campagnes de *Scimar*
proche le fleuve d'*Eufrate*.

Mais l'Hiſtoire, de la manière qu'elle
eſt raportée, convient mieux aux meſures
que S A T A N avoit priſes alors ; & comme,
dès le commencement, il avoit porté les
Hommes à faire tout ce qui étoit contraire
à leur bonheur ; plus cette entrepriſe étoit
abſurde, & éloignée du bon ſens, plus
elle étoit conforme à ſes vues : & elle faiſoit mieux voir la victoire complète, que
le D I A B L E avoit remportée ſur la Raiſon & ſur la Religion des Hommes de ce
tems-là.

D'ailleurs, il eſt évident, qu'en cela ils
agiſſoient non-ſeulement contre le bon ſens,
mais auſſi contre la Volonté & le Commandement du Ciel ; car Dieu vouloit qu'ils rem-
pliſſent la Terre, c'eſt-à-dire, qu'ils ſe diſ-
perſaſſent & qu'ils habitaſſent toutes les Parties du Monde, au-lieu qu'ils afectent de
ſe choiſir un endroit ſeulement, comme s'ils
ne devoient pas multiplier & être obligés
de ſe ſéparer.

I 2   Mais

Mais qu'est-ce que cela faisoit au DIA-
BLE? ou, pour mieux dire, c'est ce que
SATAN souhaitoit; car il lui sufisoit de porter l'Homme à agir précisément contre tout
ce qui lui étoit commandé de la part du Ciel
de faire, tant en général qu'en particulier.

Au-reste Dieu mit un frein à cette folle
entreprise, & même fort à propos; car le
DIABLE même n'auroit jamais pu suggérer rien de plus absurde, ni de plus extravagant. DIEU, dis-je, arrêta ce nouveau
dessein, &, par ce moïen-là il frustra le
DIABLE de ses espérances. Mais de quelle manière la chose arriva-t-elle? ce ne fut
pas par jugement, ni par couroux, comme,
peut-être, le DIABLE s'y atendoit; mais
en plaignant la simplicité des Hommes, il
confondit leur langage, ou selon quelques-
uns, il confondit & divisa leurs conseils,
de manière qu'ils ne purent s'acorder ensemble, ce qui est autant que de dire, qu'ils
ne s'entendirent pas les uns les autres : ou
bien il établit un nouveau *Sciboleth* sur leurs
Langues, pour les diviser par-là en Tribus,
ou en Familles, afin qu'elles fussent obli-
gées de vivre ensemble en bonne intelligence, ce qui naturellement augmenta la difé-
rénce des jargons qui n'auroient pas eu lieu
si la chose avoit réüssi.

Tout le Monde sait quelle fut la confufion des ouvriers, d'être obligés d'abandonner leur travail & de se séparer sur le champ.
Mais il nous reste à considérer quelle surprise ce fut pour l'ancien Serpent, parce
que c'est une chose qui apartient à son Histoire. SA-

SATAN n'avoit jamais manqué de réüffite dans toutes fes entreprifes pernicieufes:
il avoit triomfé d'Eive, de CAÏN, &, en
un mot, de tout le Monde à la réferve
d'un feul Homme, je veux dire de Noé,
& cela dans le tems qu'il aveugla les Fils
de Dieu & les Filles de l'Enfer; car c'eft
ainfi qu'il faut entendre le terme, pour
mener enfemble une vie voluptueufe & corrompue.

Pour ce qui eft du Déluge, les Auteurs ne
font pas d'acord fi ce fut un revers pour lui,
ou non : il peut bien être qu'il en a été furpris ; car quoique Noé l'eût prédit cent ans
avant qu'il arriva, cependant comme SA-
TAN fuggéroit continuellement aux Hommes de ne pas ajouter foi aux prédictions ni
aux exhortations de ce vieux radoteur, & de
tourner en ridicule la folle entreprife de bâtir un Tonneau monftrueux pour s'y loger
& floter fur les Eaux, lorfque le Déluge
arriveroit, je croi qu'il n'en croïoit rien
lui-même, & je fuis fûr qu'il ne pouvoit
pas le prévoir, parce qu'il ne lui eft pas
permis de pénétrer dans l'avenir.

Il eft vrai que les Aftronomes nous difent,
qu'on vid dans l'Air une Comète terrible,
qui parut l'efpace de cent quatre-vingts jours
de fuite avant le Déluge, & que comme
elle s'aprochoit de plus en plus pendant
tout ce tems-là, elle vint enfin à crever, &
qu'étant d'une fubftance aqueufe, & d'une
groffeur énorme, elle fut quarante jours à
tomber en forme de torrent & de ravine; de
forte que ce Phénomène non-feulement pré-

I 3   dit

dit le Déluge , & l'inondation générale , mais auſſi qu'il fournit la matière pour le former.

Mais, ſans nous arrêter à ce conte, examinons combien le DIABLE fut ſurpris, & même en quelque façon interdit, de voir l'inondation de la Terre au tems du Déluge. Je ne dis pas qu'il s'en ſoit mis fort en peine, peut-être même qu'il en étoit bien-aiſe; & ſi Dieu vouloit punir le Monde par une ſeconde inondation, ou autant de fois qu'il lui plairoit, je ne voi, dans toute l'Hiſtoire de SATAN, & dans ſa Nature même, rien qui me faſſe croire qu'il s'en pût chagriner: tout ce que je trouve qui pouroit lui faire de la peine, c'eſt de voir détruire tous ſes favoris, d'être obligé de recommencer ſon ouvrage , & de poſer un fondement pour une nouvelle conquête ſur la génération qui devroit ſuivre. Mais en cela même il n'avoit pas lieu de perdre courage , il avoit alors huit perſonnes pour objets de ſes entrepriſes, & il devoit d'autant moins apréhender de manquer ſon coup, qu'il avoit bien réüſſi, lorſqu'il n'y en avoit encore que deux. Pourquoi auroit-il douté de venir à bout de ſon deſſein, dans le tems que la Nature étoit déja viciée & corrompue, puiſqu'il l'avoit pu ſurmonter lorſqu'elle étoit encore dans ſa première droiture & dans toute ſa pureté ; lorſqu'elle ne faiſoit que de ſortir des mains du Créateur , & qu'elle étoit fortifiée par le reſpect qu'elle portoit au commandement ſuprême & ſolennel qu'elle venoit de recevoir, & auquel

étoit

étoit annexée une peine capitale, au cas qu'elle vînt à le transgreſſer?

Mais revenons à l'afaire de *Babel*: Je trouve que la Confuſion des langues, ou, ſi l'on veut, des conſeils, eſt le premier échec que le DIABLE ait reçu dans toutes les ataques & toutes les entrepriſes qu'il avoit formées contre le Genre-Humain, ou contre la nouvelle Créature, dont j'ai parlé plus haut. Il jugea bien quelles en ſeroient les ſuites; il prévid que les Hommes ſeroient obligés de ſe ſéparer & de ſe répandre ſur toute la ſurface de la Terre, & qu'alors on verroit une infinité de nouvelles Scènes, de ſorte qu'il ſe prépara à ſe conduire de la manière que les ocaſions le demanderoient.

Les anciens Auteurs, qui ont écrit l'Hiſtoire du DIABLE, n'ont pas dit comment il a apris à parler toutes les Langues qui ſont aujourd'hui en uſage; & ils n'ont pas déterminé quel en eſt le nombre : les uns diſent qu'elles furent diviſées en quinze ſeulement, d'autres en ſoixante douze; d'autres en cent huit, & d'autres encore en pluſieurs mille.

Un doute qui me reſte, & je croi à pluſieurs autres qu'à moi, eſt ſi SATAN a pu juſqu'ici trouver, ou non, le moïen de converſer avec les Hommes, ſans le ſecours du Langage & des paroles qui ſont le ſeul que les Hommes ont pour ſe communiquer les uns autres, &, qui plus eſt, à eux mêmes. Je ne m'arrêterai pas ici à réſoudre cette queſtion; cependant il me ſemble que

le

le DIABLE a bien-tôt fu fe faire entendre aux Hommes, quelque langage qu'il leur
ait parlé; & qu'il a pareillement trouvé le
moïen d'entendre celui qu'ils parloient.

. Après la Confufion des Langues les Hommes furent obligés de fe partager en diférentes Races ou Familles, felon les diférentes Langues qui fe trouvoient alors parmi eux. Ces Familles venant à s'augmenter,
elles formèrent des Nations, & comme elles
n'avoient pas affez de place pour leur demeure elles fe répandirent, les unes d'un côté, les autres de l'autre, pour chercher chacune en particulier des Habitations & des
Pays qui leur convinfent, qu'enfuite elles
érigèrent en Roïaumes, dont elles étendi-
rent peu-à-peu les limites, à mefure que
les Habitans fe multiplièrent, jufqu'à ce
que la Terre fut à-peine affez grande pour
les contenir. Ces révolutions donnèrent
ocafion à SATAN d'ataquer leurs Mœurs
par un nouvel endroit, je veux dire par
l'orgueil : car, comme les Hommes font
naturellement ambitieux & jaloux du bonheur des autres, ces Nations, ou ces Familles commencèrent à fe difputer le terrain : les unes avoient plus de commodi-
tés, un meilleur terroir, ou un Climat
plus doux que les autres, celles-ci fe trouvant les plus nombreufes & les plus fortes
chaffèrent les autres de leurs habitations
pour en prendre elles-mêmes poffeffion;
mais comme ces dernières s'y plaifoient,
elles fe mirent en état de défenfe; & c'eft
de-là que font venues les opreffions, les
in-

invasions, les guerres, les combats, & les carnages, SATAN batant la caisse pendant tout ce tems-là, & ses Agens frapans des mains comme on fait ordinairement, pour animer deux chiens l'un contre l'autre.

La première entreprise que le DIABLE tenta après la Confusion des Langues & la division qui se fit à *Babel*, fut d'engager les Hommes dans des guerres & dans des troubles, & la conquête qu'il fit alors sur le Genre-Humain étoit véritablement diabolique & infernale; elle étoit tellement teinte du Péché originel de SATAN, je veux dire, de l'*Ambition*, qu'elle transforma les Hommes en vrais *Diables* : car quand est-ce que l'Homme est transformé en la vraie Image de SATAN; quand est-ce qu'il est changé en véritable *Diable*, si ce n'est lorsqu'il fait la guerre à ses semblables, & qu'il trempe ses mains dans le sang de ceux de son Espece ? Examinons son Portrait : le feu de l'Enfer pétille & éclate dans ses yeux, une avidité dévorante lui couvre le visage, la Rage & la Fureur lui font faire d'étranges grimaces, ses Passions agitent tout son corps, & il est tout-à-coup changé en *Furie*, en *Satire*, en monstre terrible & éfroïable, &, en un mot, en véritable *Diable*, de Créature aimable, belle & angélique qu'il étoit : car on décrit SATAN par le même terme, qui, par raport à lui, est pris substantivement, de sorte que les *Diables* sont apelés *Furies*.

Nous pourions remplir une bonne partie de l'Histoire du DIABLE, des semences

I 5 de

de divisions qu'il a répandues dans le Monde, & des guerres dans les quelles il a engagé les Nations les unes contre les autres, & d'une infinité de choses extraordinaires par raport à leurs circonstances. En éfet, on a souvent vu le Monde en combustion, par les artifices de l'Enfer, sous prétexte de faire la guerre; & c'est alors que le DIABLE a fait voir son chef-d'œuvre, & qu'il s'est montré habile Ouvrier, en insinuant aux Hommes des notions étranges & contraires à la Nature des choses, dans la vue de répandre dans le Monde, & d'y seconder l'envie de se batre; telles sont les Loix de la guerre, de se batre en honnête-homme, d'en agir en homme d'honneur, de se batre jusqu'à la dernière goute de son sang, & d'autres de cette espèce qui rendent excusables l'homicide & le meurtre. La Vertu, & la véritable Grandeur d'ame ne sont estimées aüjourd'hui que par des règles que Dieu n'a jamais établies, & le principe de l'Honneur est entièrement diférent de celui de la Raison & de la Nature: la Valeur n'est plus l'éfet d'un courage intrépide dans la juste défense de la vie & de la liberté, mais plutôt un défi téméraire & capable de provoquer Dieu & les Hommes & une envie démesurée de se batre, de tuer & fouler aux piés ses semblables, au premier commandement, soit qu'il se trouve juste ou injuste; soit qu'il ait pour but la défense de la vie & celle de la Patrie, je veux dire la liberté, ou le maintien de l'injure & de l'opression.

On

On acufe de poltronnerie un Homme qui cherche à éviter les querelles qui n'ont aucun fondement, de baffeffe & de petiteffe d'efprit celui qui reçoit un afront, de lâcheté celui qui refufe de fe batre & d'expofer fa vie à la pointe de l'épée, quoique ce foit une pratique défendue par les Loix de Dieu & de tout bon Gouvernement ; & un Homme fe trouve contraint de mourir en duel, ou de vivre dans le mépris.

La fuggeftion de ces chofes imaginaires apelées bravoûre & galanterie, & qu'on nomme vertu & honneur n'eft que l'éfet du nouveau ménagement du DIABLE, & de la fubtile influence qu'il a fur le cœur des Hommes pour les porter à fe rebeller contre Dieu & contre la Nature, & à agir contre le bon fens : encore fans fon artifice dans le ménagement, feroit-il impoffible, que ces incongruïtés fuffent reçues parmi les Hommes, ou que de telles abfurdités, paffaffent pour raifonnement. Par exemple A eft trouvé couché avec la Fumme de B, B eft la perfonne injuriée & par conféquent ofenfée, & comme il entre dans la chambre l'épée à la main, A s'écrie tout haut : *comment, Monfieur, venez-vous pour m'affaffiner ? comme vous êtes un Homme d'honneur, atendez que je me lève & que je prenne auffi mon épée.*

N'eft-ce pas-là une hiftoire plaifante, & qui ne pouvoit entrer dans l'efprit de l'Homme que par les rufes du DIABLE ? La chofe eft pourtant telle : B fe reffouvient qu'il eft *Homme d'honneur* ; il fait trois pas en arrière,

I. 6   atend

atend qu'A se soit levé & habillé, & qu'il ait pris son épée; là-dessus ils se batent, & B est malheureusement tué en voulant venger son honneur; au-lieu que, suivant les Loix de Dieu, de la Nature & de la Raison, les deux Adultères auroient dû être mis en prison & menés devant le Juge, & aïant été pris en flagrant délit, être condamnés, l'un à avoir la tête tranchée, & l'autre à être mise au Pilori, sans que le pauvre Mari eût eu raison de risquer sa vie, parce qu'il venoit d'être deshonoré.

C'est ainsi que SATAN a abusé de la Raison de l'Homme; & si quelcun me fait la plus grande injure du Monde, je suis obligé de me faire justice moi-même, en exposant ma vie aussi-bien que lui & de me batre avec lui au même hazard, quoiqu'il arrive que la personne injuriée est aussi souvent tuée que celle qui a causé l'injure. Mais suposons le cas précédent: un Homme abuse ma Femme, & après cela, pour me dédommager il me dit qu'il veut se batre avec moi, ce qui s'apèle donner satisfaction; *non; Monsieur, répondrai-je, permettez-moi auparavant de coucher avec la votre, alors étant à deux de jeu, nous nous batrons, si vous voulez.* Il est certain que c'est-là un raisonnement que le DIABLE suggère aux Hommes encore aujourd'hui. Mais pour revenir à notre Sujet, je veux dire, aux mouvemens que le DIABLE s'est donnés pour porter les Nations à se quéreller, à se faire la guerre pour du terrain & à se batre dans la vue de se chasser

les

les unes les autres hors de leurs Etabliffe-
mens. Ces quérelles commencèrent dans
un tems, où certainement il y avoit de la
place à choifir pour tout le Monde, & où
chacun avoit les coudées franches ; de forte
que ce n'eft pas le manque de terrain qui y
donna lieu, mais que c'étoit un éfet de la
malice du DIABLE : & elles ont continué
depuis ce tems-là, par la même cause & pour
le même intérêt.

Mais, comme nous rencontrerons fouvent cette circonftance dans l'Hiftoire du
DIABLE, & que nous ferons voir qu'il fe
mêle encore plus particulièrement des afaires humaines, je n'en parlerai pas ici davantage ; & je paffe aux fecondes mefures que
le DIABLE prit contre le Genre-Humain,
après la Confufion des Langues, & qui regardoient l'Adoration. On ne fauroit prouver, que le DIABLE ait jamais eu l'éfronterie.

1. De vouloir fe faire paffer pour Dieu,
& fe faire adorer en cette qualité ; ou ce qui
eft encore pire,

2. De faire acroire aux Hommes, qu'il
n'y a point de Dieu qui mérite notre Adoration.

Ce font deux Articles qui n'ont été in-
introduits qu'après le Déluge, l'un à la vérité par le DIABLE, qui eut bien-tôt trouvé le moïen de fe faire paffer pour Dieu
en plufieurs endroits du Monde, & où il
eft encore aujourd'hui regardé comme tel ;
au-lieu que l'autre eft une production de
l'imagination de l'Homme, qui en cela a

I 7   fur-

furpaffé le DIABLE en efprit ; car pour
rendre juftice à SATAN, il n'auroit jamais
cru qu'une telle opinion pût entrer dans le
cœur de l'Homme, ni qu'elle fût jamais reçue du Genre-Humain ; de forte que nos
Cafuiftes modernes, ont, comme je viens
de le dire, furpaffé le Diable en pénétration.

Comme ces deux chofes font de nouvelle
invention, SATAN marcha pas-à-pas, &
comme il avoit à travailler fur la Nature
humaine, par ftratagême & non pas par la
force, il auroit agi trop groffièrement, fi
d'abord il avoit voulu fe faire paffer pour
un objet d'Adoration ; il faloit au contraire que la chofe fe fît par degré. Par exemple.

1. Il fufifoit de porter les Hommes à négliger leur devoir envers Dieu, à l'adorer
à-demi, & à ne faire point ou peu d'atention
aux Loix Divines, afin que parce moïen-là
ils menaffent une vie diffolue, déréglée, &
directement opofée aux Commandemens
de Dieu. Comme cela ne pouvoit a-
voir lieu du premier coup, le DIABLE
vint à bout de l'introduire peu-à-peu.

2. Sur cette négligence dans l'Adoration
du vrai DIEU, le DIABLE fit entrer par
degré l'adoration des fauffes Divinités, &
pour y mieux réüffir, il commença par le
Soleil, la *Lune*, & les *Etoiles*, apelés dans
le Texte facré, l'Armée des Cieux ; comme ces Corps étoient ceux qui paroiffoient
les plus majeftueux & les plus propres à
s'atirer les hommages du Genre-Humain,

il.

il ne lui étoit pas fort dificile, après que les Hommes eurent abandonné le Culte du vrai-Dieu, de les porter à adorer les Objets qu'il leur propofoit.

3. Après avoir ainfi corrompu les Principes de leur Adoration, après les avoir détourné du véritable & de l'unique Objet qui méritoit leurs hommages, pour les porter à un faux culte, il lui fut facile de les y continuer, & même de les engager, par degrés, à fe plonger dans une Idolatrie formelle: je dis, par degrés, car il commença par des Noms refpectables & révérés parmi les Hommes: tel étoit celui de BAAL, ou de BELL, qui en *Caldaique* & en *Hébreu* fignifie Seigneur & Souverain, ou Puiffant & Magnifique, & par conféquent qui étoit au commencement atribué au vrai Dieu: & après cela ils fe mirent à faire des Images & des Figures pour le reprefenter, & auxquelles ils donnèrent les Noms de BAAL, de BAALIM, & enfin de BELL, jufqu'à ce que SATURNE, par une corruption infernale, porta les Hommes à adorer les Statues qu'ils faifoient eux-mêmes, & à rendre leur Culte à des Souches, à des Pierres, à des Monftres, à des Fantômes, à tout ce qui leur paroiffoit afreux, & enfin au DIABLE même.

Je n'examinerai pas ici quelles font les fentimens de certaines gens, au fujet de l'empreffement des premiers Siècles, à courir à l'Idolatrie. Je fai qu'elles ont d'étranges notions là-deffus, & qu'elles vou-

voudroient nous perfuader que ce n'a été
qu'une production de la fimple Nature a-
lors dégénerée de fa première pureté : mais
moi, qui ai recherché avec foin toutes les
circonftances qui regardent l'Hiftoire de
SATAN, je puis dire avec vérité, & fondé
fur de bonnes preuves, qu'il n'a pas été fi
facile au DIABLE d'éfacer du cœur & de
la Confience des Hommes, la connoiffance du vrai DIEU, que ces gens-là voudroient nous le faire acroire.

Il eft vrai qu'il conduifit la chofe fort loin
fous le Gouvernement patriarcal des premiers Siècles ; mais il ne lui falut pas
moins de fix-cens ans pour cela : & quoique nous aions raifon de croire, que le
premier Monde étoit arrivé à un très-haut
dégré de Méchanceté, comme OVIDE
en fait une Defcription également noble &
digne de fa plume, dans la Guerre des *Titans* contre JUPITER, nous ne trouvons
pourtant pas que SATAN ait mené la chofe jufqu'au point de porter les Hommes à
l'Idolatrie. Il eft, à la vérité, parlé des
Guerres de ce tems-là, mais on ne fait pas
bien fi elles furent générales entre des Nations entières, ou fi elles furent perfonelles & particulières. Au-refte le Monde paroiffoit enféveli dans un abime de méchanceté, c'eft-à-dire, de Luxure, de Volupté,
de Rapine, & d'extorfion ; & il y avoit des
Géans & des Hommes célèbres, qui s'é-
toient rendus fameux par leur Courage, par
leurs Exploits, qu'on peut fupofer militai-
res, & par leur force ; & qui fe batoient
per-

personellement les uns contre les autres.
Quoiqu'il ne soit parlé d'aucune Guerre
considérable, il ne faut pas douter qu'il n'y
en ait eu; autrement il faudroit suposer que
les Hommes vivoient en commun, & à-
peu-près comme des Brutes, les plus forts
oprimans les plus foibles; car le Texte porte que *toute la Terre étoit remplie d'Extor-*
sion: ils se cherchoient les uns les autres
pour se détruire, soit par raport au Gouvernement, ou par raport aux Richesses, soit par
un Principe d'Ambition, ou par un motif
d'Avarice.

Quoique le premier Monde fût arrivé à
cet excès de Méchanceté, nous n'avons pas
raison de croire qu'il fût déja tombé dans
l'Idolatrie, parce que le DIABLE n'avoit
pas encore conduit les choses si avant; mais
peut-être n'auroit-elle pas long-tems tardé
à paroître, si le Déluge n'étoit interve-
nu.

Après cette Inondation générale, le DIA-
BLE fut obligé de refaire tout ce qu'il avoit
déja fait, & il ne manqua pas d'observer u-
ne métode qui lui avoit si bien réüssi. D'a-
bord il porta les Hommes à la Guerre & à
l'Extorsion, ensuite à l'Opression & à la
Tirannie, puis au mépris du vrai Culte, &
enfin successivement à une fausse Adoration
& à l'Idolatrie, par une conséquence naturelle. Il est dificile de déterminer quelle a
été la Nation qui, la première, a abandonné le Culte du vrai Dieu; parce que le DIA-
BLE, qui certainement seroit de toutes les
Créatures de DIEU la plus capable de nous

en

en informer, ne nous a laiſſé aucun Mémoire ſur ce ſujet ; mais nous avons lieu de croire que c'eſt de cette manière que la fauſſe Adoration fut introduite.

NIMROD étoit Petit-Fils de CHAM, ſecond Fils de NOÉ ; & le même qui fut maudit par ſon Père, parce qu'il avoit découvert ſa Nudité pendant ſon yvreſſe. Il ſemble que ce ſoit ce NIMROD que SATAN choiſit pour ſon premier Héros : il lui ſuggéra des penſées ambicieuſes, & l'envie de s'aquérir l'Empire ſur tout le reſte des Hommes, c'eſt-à-dire, la Monarchie univerſelle, qui eſt la même amorce avec laquelle il s'eſt joué de la foibleſſe des Princes, & qu'il a toujours atrapé depuis ce tems-là même ceux qui ont été les plus fameux, depuis Sa Très-Auguſte Majeſté Impériale, NIMROD I. juſqu'à Sa Majeſté Très-Chretienne LOUIS XIV.

Après la mort de ces puiſſans Monarques, & de ces grands Hommes, le Monde conſerva pour eux beaucoup d'eſtime, pendant pluſieurs Siècles : & comme leurs grands Exploits n'avoient été tranſmis à la Poſtérité que par une Tradition orale, par le récit, & par la mémoire d'Hommes faillibles, le tems & la coutume d'exalter les Actions des Rois porta bien-tôt les Hommes à forger leurs Hiſtoires, & avec l'aide de SATAN, les faire paſſer pour un tiſſu de Miracles & de Prodiges. C'eſt par cette raiſon que leurs Noms devinrent de plus en plus en vénération : on leur érigeoit, dans les Places publiques, des Statues & des Buſtes,

qui

qui repréfentoient leurs Perfonnes & leurs
Exploits, jufqu'à ce que de Héros & de Guer-
riers qu'ils étoient, on en fit des Divinités ; de forte qu'à la folicitation de SATAN,
le Monde fut bien-tôt rempli d'Idoles par-
tout.

C'eft ce NIMROD, qui, felon l'opinion la plus générale, qui cependant ne
s'acorde pas parfaitement avec l'Hiftoire du
DIABLE, a été d'abord apelé BELUS,
& enfuite BAAL ; & il a été adoré fous ces
noms dans la plupart des Pays orientaux,
quelquefois avec des fur-noms, fuivant les
diférens Pays, les diférens Peuples, & les
diférentes Villes, où il étoit particulièrement
adoré, comme *Baal Peor*, *Baal Zephon*,
Baal Phegor, & en d'autres endroits BAAL
tout court, de même que JUPITER, par
la fuite a auffi eu de ces fortes de fur-noms,
comme *Jupiter Ammon*, *Jupiter Capitoli-
nus*, *Jupiter Piftor*, *Jupiter Feretrius*, *Jupiter Pluvius*, & dix ou douze autres de cette nature.

Il faut avouer, que c'étoit un chef-d'œuvre de l'Enfer, que d'avoir porté les Hommes à l'Idolatrie, dans le tems qu'ils avoient
encore la mémoire récente d'un exemple é-
clatant que Dieu venoit de leur donner de
fa Puiffance infinie, par le Déluge, & fur-
tout par raport à la confervation de NOE'
dans l'Arche, de les avoir engagés, même
du vivant de ce Patriarche & de fes Fils, à
oublier quelle étoit cette main qui les avoit
ainfi fauvés, & à rendre leurs Hommages
à un fimple Nom, & au nom d'un Homme

me morrel, mort, & pouri, & qui pendant
sa vie ne s'étoit rendu fameux que par ses
guerres & par ses cruautés; d'avoir, dis-
je, porté les Hommes à ériger ce Rien, ce
pur Nom, l'Image même & le Portrait de
ce Mortel, comme une Divinité. Premièrement, c'étoit-là une Marque de l'aveuglement le plus étrange qui se fît sentir
sur tout le Genre-Humain, & d'une corruption monstrueuse de la Nature, & même du Sens commun. En second lieu
c'étoit une preuve, d'une ruse & d'une subtilité inexprimable de la part du D I A B L E,
qui avoit su se rendre maître des Hommes,
& les gouverner à sa fantaisie, que par la
même raison il les auroit pu porter à adorer
quoique ce fût; de sorte que peu de tems
après il en engagea plusieurs à l'adorer lui-
même ouvertement comme D I A B L E, reconnu pour tel.

Pour ce qui est de l'Antiquité d'une rébellion si horrible du Genre-Humain, quoique nous n'en aïons point de Mémoires
particuliers, il est certain qu'elle commença
bien-tôt après la Confusion des Langues.

N I M R O D étoit Arrière-Petit-Fils de
N O E', & l'on peut suposer que ce Patriarche a encore vécu plusieurs années après
la naissance de N I M R O D; & qu'il n'y a-
voit pas long-tems que ce dernier étoit mort,
lorsqu'on oublia qu'il eût été tiran & meurtrier, & qu'on en fit un B A A L, c'est-à-
dire, Seigneur, ou une Idole. Je dis qu'il
n'y avoit pas long-tems qu'il étoit mort;
car N I M R O D naquit l'an du Monde 1847.

&

& il bâtit *Babilone* l'an 1879. & avec cela
on trouve que TARE', Père d'ABRAHAM
qui vivoit l'an 1879. étoit un Idolatre, comme l'étoit aussi, sans doute, BETHUEL,
Petit-Fils de TARE', car il est marqué que
LABAN Fils de BETHUEL l'étoit aussi;
& tout cela fut du vivant de la première
Famille du second Monde: car TARE'
naquit l'an 193. apres le Déluge, & 157.
ans avant la mort de NOE'; ABRAHAM
même étoit déja âgé de cinquante huit ans,
avant que NOE' mourût; malgré cela, il
y a toute aparence que l'Idolatrie avoit déja été reçue depuis plus d'un Siècle, dans
le Monde.

Une chose digne de remarque, est l'a-
vantage extraordinaire que le DIABLE tira
du péché de l'yvrognerie, où il avoit entrainé NOE'. Par-là, non-seulement il
ferma la bouche à ce grand Prédicateur de
la Justice, & à ce Père & Patriarche de l'U-
nivers, qui convaincu de son déréglement,
ne se sentoit plus capable d'instruire ou de
reprendre les Habitans du nouveau Monde;
mais aussi le DIABLE se rendit maître
d'eux de manière, que comme alors il n'y
avoit plus de Profète pour les faire rentrer
en leur devoir, il ne lui fut pas dificile de
bannir du Monde cette petite étincelle de
Religion qui pouvoit se trouver encore en
SEM & en JAPHET, & d'inonder toute
la Terre d'une Idolatrie générale.

On peut former, par l'Histoire d'ABRA-
HAM, des conjectures assez justes sur la durée du tems que le Monde entier a été ain-

si

si plongé dans l'ignorance & dans l'Idolatrie; car ce n'est que depuis que Dieu apela
ce Patriarche de la maison de son Père,
qu'il y a eu une Eglise établie sur la Terre,
encore a-t elle été renfermée dans sa Famille & ses Descendans, environ pendant quatre-cens ans après sa Vocation; & l'on peut
dire que jusqu'à ce que Dieu eut retiré les
ISRAELITES du Pays d'*Egipte*, tout le
Monde étoit envélopé dans une Idolatrie
générale, & dans un culte diabolique.

Le DIABLE avoit remporté, d'abord
après le Déluge, une victoire complète sur
le Genre-Humain, par la fatale défaite de
NOE', dans le tems que tout commençoit
à reprendre de nouvelles forces; mais si ce
Patriarche avoit conservé son intégrité, à
l'épreuve des dards de SATAN, comme
il avoit fait l'espace de six-cens ans, il auroit été un puissant obstacle pour arrêter le
torrent de méchanceté, qui commençoit à
forcer le Genre-Humain. C'est par cette
raison que le DIABLE, à le considérer
comme un Esprit malin & rusé tel qu'il est,
a agi prudemment d'ataquer NOE' en personne, & de lui porter un coup dès le commencement.

Il est vrai; que le DIABLE ne s'atacha
pas d'abord à bannir du cœur des Hommes
toute notion de Religion, & toute idée d'un
Dieu, parce qu'il voioit bien qu'il lui seroit
dificile d'éfacer les principes d'Adoration
& d'Hommage qu'ils reconnoissoient être
dûs à l'Etre souverain, Auteur de la Nature, & Conservateur de l'Univers: le DIA-
BLE,

BLE, dis-je, en avoit des preuves dès les premiers Siècles du nouveau Monde, ce qui l'obligea à aller à tâton & à se servir de sa politique ordinaire. Pour être convaincus de cette vérité, nous n'avons qu'à nous rapeler l'Histoire de JOB & de ses trois Amis: si la chose est véritablement telle, & qu'on puisse juger du tems, par la longueur de la vie de JOB, par la Famille d'ELIPHAZ *Témanite*, qui étoit, sans doute, Petit-Fils, ou du moins Arrière-Petit-Fils d'ESAü, Fils ainé de JACOB, & par les discours qu'ABIMELEC, Roi de *Guérar*, & LABAN, tous deux Idolatres, tinrent, l'un à ABRAHAM, & l'autre à JACOB, on peut dire avec vérité, qu'il se trouvoit encore dans le cœur des Hommes de bons Principes de Religion, & que SATAN, avec toutes ses ruses & toute sa politique, n'auroit pu en éfacer ces Idées.

Cette dificulté lui fit prendre de nouvelles mesures, pour conserver les avantages qu'il avoit déja remportés sur le Genre-Humain. La métode dont il se servit pour cet éfet, fut, semblable à lui-même, subtile & politique au dernier degré, comme il paroît dans toute l'étendue de son Histoire. Efectivement, comme il remarqua qu'il ne pouvoit porter les Hommes à nier l'Existence d'un Dieu, & que par conséquent ils seroient enclins à rendre leurs hommages à quelque chose, l'unique ressource qui lui restoit fut de leur suggérer de fausses idées d'Adoration, & de les entrainer dans un faux culte, pour abandonner le véritable

ble, en leur faifant acroire que l'objet de
leur Adoration étoit toujours le même.

Pour réüffir dans ce deffein, il commença par leur faire entendre que le vrai Dieu
eft un Etre terrible, formidable, & inaccef-
fible; que fa vue même eft fi éfrayante qu'elle ne peut que caufer la mort fur le champ;
que de lui adreffer immédiatement fon culte, ce feroit une préfomption qui ne feroit
que provoquer fa colère, & que comme il
eft de lui-même un *Feu confumant*, il ne
manqueroit pas de détruire en fa fureur
tous ceux qui oferoient lui ofrir leurs facrifices autrement que par l'entremife de
quelque objet fubalterne qui recevroit leurs
Adorations en fon Nom.

Il s'agiffoit, pour cet éfet, d'inventer
des Dieux inférieurs, & de les expofer aux
Hommes, comme tels, pour les porter à
leur rendre le culte dû au Dieu fouverain,
& à les adorer au Nom de cet Etre fuprême, comme il paroît par l'Hiftoire la
plus ancienne de l'Idolatrie du Monde.
Eféctivement, le D I A B L E même n'auroit
pu trouver un prétexte plus plaufible pour
les engager à canonifer, ou plutôt à deïfier
leurs Princes, & leurs Hommes célèbres,
jufqu'à les adorer après leur mort, comme s'ils avoient été capables de les garantir
du trépas, & de les tirer de leurs mifères,
quoique pendant leur vie ils n'aient pu é-
viter eux-mêmes leur deftinée. S A T A N
voioit bien qu'il ne pouroit les porter à une
abfurdité auffi groffière, que celle de fe
profterner devant un morceau de bois, ou
une

une pierre, ou un veau, ou un bœuf, ou un lion, & encore moins devant l'image ou la figure d'un veau, telle que les *Ifraëlites* firent au Mont *Sinaï*, & dont ils dirent, *Ce font ici tes Dieux, O* Ifraël, *qui t'ont fait monter hors du Pays d'Egipte.* †

Après, dis-je, que le DIABLE eut ainſi tranquiliſé les Hommes, ſur le point de l'Adoration, & qu'il leur eut fait acroire, qu'en ſe proſternant devant les Figures ou les Images qu'ils faiſoient pour repréſenter le vrai Dieu, c'étoit lui ſeul qu'ils adoroient, il ne lui fut pas dificile de les engager à adorer quoique ce fût dans la même intention; de ſorte qu'en très-peu de Siècles on ne vid plus qu'Idoles par tout le Monde; & l'on peut dire qu'encore aujourd'hui le DIABLE n'a rien perdu de ſon avantage dans pluſieurs endroits & même dans la meilleure partie de l'Univers. Il poſſède encore toutes les parties orientales de l'*Aſie*, les parties méridionales de l'*Afrique*, & les parties ſeptentrionales de l'*Europe*, & entre autres les vaſtes Roïaumes de la *Chine*, de la *Tartarie*, de la *Perſe*, & des *Indes*, de *Guinée*, d'*Ethiopie*, de *Zanguebar*, de *Congo*, d'*Angola*, de *Monomotapa*, &c; & ſi l'on en excepte l'*Ethiopie*, on n'y trouvoit pas le meindre veſtige d'autre culte que d'Idoles, de Monſtres, & du DIABLE même, juſqu'à la venue de notre Sauveur; & encore, ſupoſé qu'on doive s'en raporter à la Tradition qui dit que la lumière de l'Evangile a été portée dans les *Indes* & dans la *Chine*, par

Tom. I. K l'A-

† Exod. XXXII. 4.

l'Apôtre S. Thomas, & dans d'autres Pays plus éloignés par quelques autres Apôtres, Satan ne tarda pas long-tems à regagner le terrain qu'il avoit perdu par cette Miſſion. Toute l'*Aſie* & toute l'*Afrique* ſont aujourd'hui inondées de *Paganiſme*, ou plutôt de *Mahométiſme*, qui, ſelon moi, eſt encore pire que le premier: d'ailleurs, toute l'*Amérique*, qui, du ſentiment de bien des gens, fait ſeule une partie du Monde auſſi grande que les trois autres enſemble, eſt un Pays où le Règne du Diable n'a jamais été interrompu, dès qu'il a été habité pour la première fois (Dieu ſait quand) juſqu'à la découverte que les *Européens* en firent le ſeizième Siècle.

En un mot, le Diable avoit remporté ſur le Genre-Humain une victoire complète, en banniſſant en quelque façon de deſſus la Terre le culte du vrai Dieu, & en forçant, pour ainſi dire, ſon Créateur à établir un nouveau Monde, parce que le vieux étoit ſi corrompu qu'il n'auroit pas moins falu qu'une force abſolue & une toute-puiſſance de Dieu, pour recouvrer un certain nombre d'Habitans qui rentraſſent en leur devoir, pour le ſervir & l'adorer: mais nous en parlerons encore ci-après.

CHAPITRE XI.

De DIEU qui apèle une Eglise du milieu d'un Monde dégéneré, & des nouvelles mesures que SATAN prend contre cet Incident; de la manière dont il s'y prit pour ataquer cette Eglise, & quelle fut sa réüssite dans ses ataques.

APrès que SATAN eut fait, comme je viens de le dire, une conquête achevée du Genre-Humain, qu'il eut entrainé les Hommes dans l'Idolatrie, & qu'il les eut portés à adresser leurs hommages au vrai Dieu par le moïen infame des representations corrompues & idolatres qu'ils s'en faisoient, il semble qu'il ne restoit plus aucun Serviteur ou Adorateur de Dieu dans le Monde, & que, si je l'ose dire, il a été obligé, pour faire revenir les Hommes de leur stupidité, d'en choisir d'entre le reste un certain nombre, qui reconnût sa Divinité & son Autorité souveraine, & qui l'adorât, comme il veut être adoré. Dieu, dis-je, a été obligé d'avoir recours à cet expédient, parce qu'il est certain que la chose s'est faite, moins par le choix & par le conseil des Hommes, puisque SATAN l'auroit pu renverser, que par la puissance & par l'éficace d'une opération irrésistible & invincible, à laquelle les Théologiens donnent des noms pompeux & magnifiques. Quoiqu'il en soit, c'est-là la seconde défai-

te, ou le second échec que le DIABLE
rencontra dans les progrès qu'il fit dans le
Monde : nous avons déja parlé plus haut du
premier.

Il est vrai, que SATAN entendoit fort
bien la menace qui lui avoit été faite par
l'ancienne promesse que la Femme reçut
d'abord après sa Chute, que *sa Semence bri-
seroit la tête du Serpent*, &c, mais il ne s'a-
tendoit pas à en voir si-tôt l'éfet ; il se
croïoit au-contraire maître du Genre-Humain, jusqu'à la Venue du MESSIE dans
l'acomplissement des tems ; de sorte qu'il
fut estrémement surpris de voir qu'ABRA-
HAM d'abord après sa Vocation fût reçu &
établi ; car quoiqu'il ne suivît pas aussi-tôt
la Voix qui le conduisoit, cependant toute
l'Eglise de Dieu étoit alors renfermée en lui
& dans ses reins.

Il est aisé de voir, par la Vocation d'A-
BRAHAM, que, suivant la situation où les
choses étoient alors dans le Monde, Dieu
n'avoit point d'autre moïen de former une
Eglise, c'est-à-dire, de se choisir un Peuple particulier, que par une Révélation
immédiate, & par une Voix qui vînt du
Ciel. Tous les Hommes s'étoient rangés
du parti de l'Ennemi, &, en un mot, ils
avoient tous contractés des alliances avec
le DIABLE : il n'étoit plus parlé d'un Dieu
Tout-puissant, ou, selon le stile de l'Ecriture, de l'ETERNEL, le vrai DIEU ; on
ne le connoissoit plus, ou du moins, on
n'en avoit qu'une connoissance très-impar-
faite : j'oserois même dire, qu'on ne savoit
plus

plus s'il y avoit un tel Etre dans le Monde, bien loin de connoître le culte qu'il vouloit qu'on lui rendît.

On peut bien dire que l'ETERNEL *aparut à* ABRAHAM *; car sans cela il lui auroit falu envoïer un Messager du Ciel, comme la chose peut bien être arrivée; parce qu'il n'est pas parlé d'un seul Serviteur ou Adorateur fidèle qu'il y ait eu alors sur la Terre, pour s'aquiter de cette commission: il n'y avoit ni Profète, ni Prédicateur de la Justice, parce que NOE' étoit mort, il y avoit déja plus de dix-sept ans; & quand il ne l'auroit pas été, ses Prédications n'étoient plus d'aucun éfet, après son déréglement, comme je l'ai remarqué plus haut. Il est vrai qu'on veut dire que ce Patriarche a laissé après sa mort certaines Règles & Ordonnances touchant le véritable Culte divin, sous le titre de *Préceptes de* NOE', qui ont subsisté pendant un assez long espace de tems; mais comme en cela je trouve une grande dificulté à résoudre, qui est qu'il faudroit que ces *Préceptes* eussent été écrits dans un tems, où l'on n'avoit encore aucune connoissance, ni de Lettres, ni d'Ecriture; j'aime mieux les regarder comme une Invention moderne, aussi-bien que l'*Alphabet de* NOE', dont BOCHART prétend nous donner un détail.

Mais, sans nous arrêter à cette fixion, revenons à ABRAHAM: Dieu l'apela à la vérité; mais nous ne savons si d'abord ce

K 3 fut

* Gen. XII. 7.

fut de vive voix fans aucune Vifion, ou fi
ce fut en Vifion nocturne, ce qui étoit alors
une chofe fort fignificative, ou enfin fi ce
fut par quelque Aparition capable d'imprimer de la crainte : au-refte, pour ce qui eft
de la feconde fois, il eft dit expreffément
que Dieu lui aparut. Quoiqu'il en foit,
il eft certain que Dieu l'apela, qu'il lui fit
voir le Pays de *Canaan*, qu'il lui promit
d'en mettre fa Poftérité en poffeffion, &
qu'enfin il lui donna un fi haut degré de
Foi, que le Diable s'aperçut d'abord
qu'il ne feroit que perdre fon tems de l'a-
taquer. Efectivement, on ne trouve nulle-part que le Diable ait fait la moindre tenrative contre ce Patriarche. Il eft
vrai qu'il y a des gens qui prétendent que le
Commandement qu'Abraham reçut d'aller ofrir fon Fils Isaac, n'étoit qu'une
tentation du Diable, dans la vue de détruire, s'il étoit poffible, le glorieux Ouvrage de Dieu, qui avoit apelé une Semence
fainte dans le Monde; parce que d'un côté
fi Abraham avoit refufé d'obéïr, ce
nouveau Favori auroit été vaincu & feroit
devenu rebelle, & de l'autre, s'il avoit o-
béi, alors la Semence promife auroit été
retranchée, & Abraham fe feroit trouvé vaincu; mais comme le Texte dit pofitivement que c'eft Dieu même qui donna
cet ordre à Abraham, je ne m'arrêterai
point à ce que les critiques peuvent aléguer
contre l'Oracle facré.

De quelque manière que la chofe foit arrivée, on ne fauroit nier qu'Abraham
ait

ait fait voir une Foi héroïque, & un courage intrépide en cette ocafion ; & fi le DIABLE avoit été l'auteur de cette afaire, il fe feroit trouvé fruftré de fes efpérances: premièrement par la promptitude & par la hardieffe d'ABRAHAM à obéir à un commandement qu'il croïoit venir de Dieu, & en fecond lieu par le contre-ordre qui vint, pour en arrêter l'exécution, précifément dans le tems que le couteau fatal étoit levé pour fraper.

Mais fi le DIABLE a laiffé ABRAHAM en repos, & n'a formé aucun deffein contre lui, parce qu'il le trouvoit invulnerable, il s'eft bien récompenfé fur l'autre branche de fa Famille, & en particulier fur fon pauvre Neveu LOT, qui, malgré la protection fingulière du Ciel dont il jouïffoit, jufques-là que l'Ange qui avoit été envoïé pour détruire *Sodome*, ne put point exécuter fes ordres, avant que ce Patriarche en fut forti, qui en partant de *Tzoar* fe retira dans une grote pour y faire fa demeure, fut cependant découvert par l'adreffe du DIABLE. Là il féduifit fes deux Filles, & tira avantage de la frayeur où les avoit jettées l'incendie de *Sodome* & de *Gomore*: il leur fit acroire que le Monde entier avoit été confumé avec ces deux Villes, de forte qu'elles étoient hors d'état de jamais trouver de *maris*, &c. Remplies du défir de repeupler le Monde, & d'empêcher que le Genre-Humain ne fût entièrement détruit, elles forment le deffein de coucher avec leur Père, fans doute par la

K 4 fo-

folicitation du DIABLE, qûi leur fuggéra
l'expédient d'enyvrer ce bon Patriarche
pour venir à bout de leur entreprife. Mais
de toutes ces circonftances on pouroit inférer que les Filles étoient aufli yvres que
le Père, parce que, fans cela, elles n'auroient pu fupofer que tous les Hommes en
général avoient été engloutis dans les flames, fachant que la petite Ville de *Tzoar*
avoit été confervée à leur confidération.

C'eft-là la troifième conquête que SATAN
fit par le moïen de l'apetit humain lorfqu'il
étoit dans fa plus grande force. Il s'eft fervi
une fois du manger, & deux fois du boire, ou
plutôt de l'yvreffe; & ce dernier cas eft le plus
criminel & le plus honteux de tous : car quoique LOT fe laifsât gouverner par fes Filles, il ne pouvoit s'excufer fur le prétexte
qu'il ne connoiffoit point la force du
vin. D'ailleurs, il femble, qu'après un
jugement fi terrible qui venoit d'être exécuté, pour ainfi dire, en fa prefence, contre *Sodome*, toutes fes penfées devoient ê-
tre trop remplies de fentimens de reconnoiffance & d'actions de graces de ce que Dieu
l'avoit épargné, pour s'abandonner à l'y-
vrognerie, & cela deux nuits confécuti-
ves.

Mais le DIABLE joua à coup sûr : pour
cet éfet il fe fervit des deux Filles de ce
Patriarche, & comme les inftrumens de
SATAN manquent rarement de réüffir,
il s'affura de celui-ci par le ftratagême infernal de faire acroire à fes deux Filles
que tout le Monde avoit péri dans les flames,

mes, à la reserve d'elles & de leur Père.
Il est certain, que ce bon Vieillard ne pouvoit pas soupçonner que le dessein de ses
Filles fût aussi impie qu'il l'étoit éfectivement, ni qu'elles eussent en vue de le faire boire jusqu'à l'enyvrer, & à le réduire
en un état à ne savoir ce qu'il faisoit.

Après que le DIABLE eut ainsi réüssi
dans cette entreprise, il en retira un très-
grand avantage ; car comme il n'y avoit alors
dans le Monde que deux Familles religieuses, d'où l'on peut suposer que seroient sor-
ties deux Générations qui auroient suivi
les traces de leurs Parens, je veux dire,
celle d'ABRAHAM & celle de LOT, ce
crime priva l'une de toutes ses espérances ;
de sorte qu'on ne pouvoit plus dire que le
juste LOT fût encore vivant, LOT, ce saint
Homme dont l'ame droite voioit tous les
jours avec dépit la conduite abominable des
Habitans de *Sodome*. LOT le juste étoit de-
devenu LOT yvrogne & incestueux: LOT
déchu de sa première droiture étoit devenu
un Homme méchant & impie; ce n'étoit
plus un modèle de Vertu, ni un Censeur
des mœurs du Siècle; c'étoit au contraire
un pauvre Patriarche déchu & dégénéré,
qui, loin d'oser reprendre ou exhorter les
autres hommes, étoit obligé de baisser les
yeux, chargé de honte & de confusion, &
de s'occuper uniquement à la repentance.
Mais combien foibles sont les excuses de
ces trois criminels !

EVE dit, *Le Serpent m'a séduite, & j'ai
mangé.*

K 5   NOE'

Noe' dit, *Mon Petit-Fils, ou plutôt le Vin, m'a tenté, & j'ai bu.*

Lot dit, *Mes Filles m'ont séduit, & j'ai bu pareillement.*

Il est à remarquer, que, comme je l'ai déja dit plus haut, qu'une seule mauvaise action ferma la bouche à Noe' & mit fin à ses Prédications; c'est aussi ce qu'on peut dire de Lot. Effectivement, il n'est plus parlé d'eux après leur crime. Par raport aux Hommes, ils ne leur étoient plus d'aucune utilité, & par raport à eux-mêmes, il n'est parlé en aucune manière de leur repentance, & nous n'avons pas beaucoup de raison de croire qu'ils se soient repentis.

Depuis cette ataque que le Diable venoit de former contre Lot, on netrouve pas, que cet Esprit malin ait été si ocupé dans le Monde qu'auparavant; la raison de cela est, qu'il n'avoit, pour ainsi dire, plus rien à faire; tout le reste du Monde étoit à lui, il l'avoit endormi par l'enchantement de l'Idolatrie, & il a continué de même jusqu'aujourd'hui.

Cependant le Diable ne pouvoit demeurer long-tems dans l'inaction: dès que Dieu se fut choisi un Peuple, cet Esprit malin n'eut point de repos qu'il ne l'eut ataqué; car, *par-tout où Dieu a un Temple, le Diable y veut avoir une Chapelle.*

Il est vrai qu'Abraham & son Fils Isaac sortirent du Monde sans en avoir reçu la moindre ataque: c'étoit des Saints du premier ordre; & l'on ne trouve pas qu'ils aient eu le moindre défaut, ni que

le

le D I A B L E ait eu le front de leur dreſſer
le moindre piége. On peut encore dire
la même choſe de J A C O B, ſi l'on veut
l'excuſer d'avoir trompé ſon Frère E S A ü
de ſon Droit d'aineſſe & de ſa Bénédiction;
mais cet Eſprit turbulent a eu aſſez d'ocupation avec tous les Enfans de ce troiſième
Patriarche: par exemple,

Il envoïa J U D A tondre ſes brebis, &
plaça ſur ſon chemin T A M A R, dans une
attitude capable de le porter à la tentation,
à laquelle il ſucomba & commit avec elle
paillardiſe & inceſte en même tems.

Il porta l'inceſtueux R U B E N à coucher
avec B I L H A, concubine de ſon Père.

Il fit naître la curioſité à D I N A d'aller
au Bal pour y voir les Dames *Sichémites*,
& d'y paillarder avec leur Prince.

Il remplit de fureur S I M E O N & L E V I,
ſur la prétendue injure qu'ils avoient reçue,
& les porta à en tirer vengeance, de quoi
leur Père fut très-indigné.

Il les anima tous contre le pauvre J O-
S E F, juſques-là qu'ils voulurent d'abord le
faire mourir; mais enſuite ils le vendirent
aux *Madianites*.

Il leur ſuggéra la penſée d'envoïer à leur
Père le hoqueton de J O S E F, & de lui faire
acroire que ſon Fils avoit été dévoré par
une mauvaiſe bête.

Il envoïa la Femme de P O T I P H A R
pour ataquer la chaſteté de J O S E F, & il la
remplit de fureur & de rage de ſe voir rebutée.

En un mot, il corrompit toute la Famille
à la réſerve de B E N J A M I N; & il eſt certain

K 6   que

que jamais Homme n'eut des Enfans si débauchés que ceux du Patriarche JACOB;
après une si bonne entrée qu'il leur donna
dans le Monde; car on ne sauroit douter
qu'il ne leur ait donné toutes les instructions nécessaires, autant que sa condition
ambulante le lui permettoit.

Il faut à present considérer le DIABLE
& ses pratiques sur un pié tout autre que
dans le commencement. Lorsque le Monde commença à être peuplé par la main
toute-puissante de Dieu, SATAN n'avoit
pour objet qu'ADAM & EVE contre qui il
pût exercer sa méchanceté, & il me semble
qu'il n'emploïa pas mal son tems. Après le
Déluge il n'avoit que NOE' à gagner, & il
en vint bien-tôt à bout, par les solicitations de son Petit-Fils.

Lorsque les Hommes prirent fantaisie de
bâtir la Tour de *Babel*, il les gouverna dans
leur travail de telle façon, qu'ils ne sembloient qu'un seul Homme, de sorte qu'il
n'eut pas de peine à les ménager selon sa
volonté, comme s'ils n'avoient fait qu'un
corps politique, & il paroît qu'ils tombè-
rent tous dans ses filets, comme s'ils n'a-
voient été qu'un seul homme; mais lorsque les Enfans d'ISRAEL commencèrent
à se multiplier dans le Pays de leur servitude, & que Dieu sembloit en prendre un
soin tout particulier, le DIABLE fut obligé d'avoir recours à de nouveaux expédiens,
de se tenir un peu à l'écart, & d'être sur le
qui vive, pendant quelque tems.

Les *Egiptiens* furent acablés de Plaies,
mê-

même sans son assistance ; & malgré ses
subtilités & ses artifices, il se contenta d'ê-
tre spectateur de ces Miracles, sans oser y
mettre la main : il ne put pas même produire des Poux, qui sont bien les plus petites & les plus viles armées des Insectes qui
furent suscités pour affliger les *Egiptiens*.

Quoiqu'il en soit, lorsqu'il s'aperçut que
Dieu avoit résolu de faire sortir les *Israëlites* de ce Pays-là, il se prépara à les acom-
pagner, à veiller sur leur marche, pour être
pret, dans toutes les ocasions, à exercer sa
méchanceté, comme s'il avoit été entièrement persuadé qu'il ne manqueroit pas d'en
rencontrer de favorables pour les faire tomber dans quelque piége, d'une manière ou
d'autre : de sorte qu'il n'étoit pas de son
intérêt de s'écarter, mais qu'il devoit être
present pour tirer d'eux le plus d'avantage
qu'il pouroit. Nous allons voir en combien de manières il les ataqua, & combien
de fois il les fit succomber sur leur route.

Premièrement, il les remplit de frayeur
proche de *Baal Tséphon*, où il croioit les
avoir atirés comme dans des filets, & où il
envoïa PHARAON & son Armée, pour les
enfermer entre les montagnes de *Pi-hahiroth*
& la *Mer Rouge*. Mais MOÏSE sur-
passa SATAN en finesse, autant que la
chose paroissoit une action humaine ; car
ce dernier pensoit si peu qu'ils dussent passer la *Mer Rouge* à pié sec, qu'il étoit entièrement persuadé qu'ils alloient tous être
taillés en pièces le lendemain par les *E-
giptiens* ; preuve convaincante, pour le dire
en

K 7

en paſſant, que le D I A B L E n'a aucune
connoiſſance des Evènemens , ni aucune
pénétration dans l'avenir , & que même il
n'en a pas une ſeconde vue, de manière qu'il
ſache aujourd'hui ce que ſon Créateur a
deſſein de faire demain. Efectivement, ſi
S A T A N avoit ſu que Dieu avoit réſolu
de les faire paſſer la Mer à ſec, ſupoſé qu'il
n'eût pas été en ſon pouvoir de prévenir ce
Miracle , il auroit certainement prévenu
l'évaſion de ce Peuple , en envoïant P H A-
R A O N & ſon Armée aſſez à tems , pour
ocuper le rivage & par ce moïen-là réduire
les *Iſraëlites* à la néceſſité de faire un long
détour du côté de la pointe ſeptentrionale
de cette Mer, par les Déſerts d'*Etan*, où
après les avoir pourſuivis & fatigués , il
n'auroit pas manqué de les exterminer par
le moïen de ſa Cavalerie. Mais le
pauvre D I A B L E enfoncé dans une parfaite obſcurité , pour ne rien connoître de l'avenir , ne ſavoit abſolument
rien de la choſe, & il ſe trouva auſſi bien
trompé que P H A R A O N : il ſe tenoit tranquile , flaté des douces eſpérances du butin
qu'il s'atendoit de faire, & de la vengeance
qu'il s'imaginoit de tirer le lendemain, juſqu'à
ce qu'il entendit les ondes craintives murmurer, pour ainſi dire, &, qu'à ſon grand étonnement & à ſa confuſion , il vid le paſſage
ouvert, par-où M O ï S E conduiſoit ſa nombreuſe Armée à travers un terrain ſec. Je dis
plus, il y a toute aparence que S A T A N ne
ſavoit pas alors , que ſi les *Egiptiens* ſui-
voient les *Iſraëlites*, la Mer dût retourner
ſur

fûr eux & les fubmerger ; & je ne faurois croire que fi le DIABLE l'avoit fû, il l'eût foufert, & encore moins qu'il eût poufſé PHARAON à pourfuivre ſa proie à un tel prix ; parce qu'il faudroit, ou que c'eût été un DIABLE ignorant & imprudent, ou bien un DIABLE également faux & ingrat à l'égard de ſes amis les *Egiptiens.*

Je fuis d'autant plus porté à croire que le DIABLE agiſſoit de bonne foi, que l'évaſion des *Ifraëlites* fut un triomfe réel de ſes rufes, parce que c'eſt lui qui avoit allumé cette guerre, ou du moins qu'il prêtoit fon fecours à PHARAON : c'eſt une victoire que les Enfans d'*Ifraël* remportèrent fur l'Enfer & fur l'*Egipte* en même tems, mais que le DIABLE n'auroit jamais fouferte, ou du moins qu'il auroit tâché de prévenir, s'il l'avoit pu prévoir ; c'eſt-à-dire, que fupofé qu'il n'eût pu empêcher leur évaſion à travers les eaux qui s'étoient féparées pour cet éfet, il auroit averti les *Egiptiens* de ne pas s'expofer, comme ils firent, à les pourfuivre.

Mais nous rencontrerons plufieurs autres faux pas que le DIABLE a faits à l'égard de ce Peuple, pendant leur vie ambulante de quarante ans dans le Défert ; & quoiqu'il ait quelquefois réüſſi à le faire murmurer & clabauder contre Dieu, & à ſe mutiner contre le pauvre MOÏSE, il s'eſt pourtant trouvé le plus fouvent déconcerté, en échouant dans ſes entreprifes. C'eſt auſſi la raifon pourquoi j'ai réfolu de finir la
pre-

première Partie de son Histoire , par un
récit particulier de sa conduite parmi les
Juifs , d'autant plus qu'on ne trouve pas
qu'il soit arrivé rien d'extraordinaire ni aucune révolution , en quelque autre endroit
du Monde, l'Espace de mille cinq-cens ans.
Tout le reste des hommes étoit sous son
joug , par une soumission entière à son Gouvernement ; ils faisoient aveuglément tout ce
qu'il leur commandoit , & adoroient toutes
les Idoles qu'il leur dressoit : en un mot,
ce n'est que parmi les *Juifs* qu'il rencontra quelques obstacles à ses desseins ; ce
qui doit rendre cette partie de son Histoire plus utile & plus instructive en même tems.

Ainsi , pour en revenir à M O ï s E qui
partagea la *Mer Rouge*, pour faire passer son
Peuple , nous avons l'Histoire sacrée qui
nous assure de cette vérité ; mais pour ce
qui regarde la conduite que tint le D I A B L E
en cette ocasion , il faut s'adresser à moi
pour en être informé ; puisqu'il n'en est
parlé nulle-part , ou du moins dans aucun
Livre qui ait été mis au jour jusqu'à present.

1. C'est de nuit qu'ils firent ce trajet ;
soit que le D I A B L E s'en soit aperçu , ou
non , c'est ce qui m'embrarasse fort peu.

Mais lorsqu'il fut jour , & qu'il vid ce
qui venoit d'arriver , il ne faut pas douter
que tout l'Enfer n'en fût surpris, & au desespoir de se voir inopinément privé d'une
proie qu'il croioit assurée. Il est vrai que
les *Egiptiens* lui furent envoiés à la place,
mais ce n'est pas à quoi il butoit , parce
qu'il.

qu'il les regardoit déja comme fa conquête,
finon précifément pour ce tems-là, du moins
il favoit qui ils étoient ; mais comme en
imagination il avoit déja dévoré toute l'Armée des *Ifraëlites*, au nombre pour le moins
d'un Million & demi, tant Hommes que
Femmes & Enfans, ce fut pour lui un coup
de foudre d'avoir ainfi manqué une proie fi
confidérable ; & de voir cette nombreufe
Armée, de l'autre côté, triomfer en fureté.

Il eft vrai que cet échec n'eft point raporté dans les Annales de S A T A N, parce
que les Hiftoriens font ordinairement affez
négligens à enrégitrer leurs propres mal-
heurs : mais comme nous avons puifé un
détail du fait dans des fources, dont on ne
fauroit douter de la vérité, la nature de la
chofe donnera affez à connoître que ce fut
pour le DIABLE une furprife terrible, & une
mortification des plus fenfibles.

Je ne puis m'empêcher de dire ici que je
croi cette partie de l'Hiftoire du D I A B L E
d'autant plus intéreffante, qu'elle eft mêlée
d'une grande variété d'incidens dans chaque circonftance. Tantôt il reffemble à
un Renard chaffé qui fait des courbettes &
des contre-marches pour éviter d'être découvert & pris, pendant qu'en même tems,
il continue fes deffeins cachés qui tendent
à faire tomber dans fes piéges les perfonnes qu'il a en vue, dans l'intention de leur
nuire : tantôt femblable à un Singe qui
vient de faire du mal (pardonnez cette comparaifon trop baffe pour fa dignité) & qui
s'étant fauvé fe tient à l'écart où il com-
men-

mence à caqueter, comme s'il venoit de remporter quelque victoire. SATAN, dis je,
après avoir porté les *Ifraëlites* à fe profterner devant un *Veau*, à ofrir du Feu étranger,
à introduire un Schifme, &c, & ainfi à
atirer la vengeance de Dieu fur eux, il les
laiffa dans l'embaras ; & il auroit vu avec plaifir, à quelque diftance d'eux, qu'ils euffent été
confumés par le feu, engloutis, détruits, &c ;
felon qu'il eft raporté dans les diférentes
hiftoires qui en parlent.

D'un autre côté, fa vigilance infatigable
nous doit faire fouvenir d'être toujours
fur nos gardes contre fes machinations. Il ne
ne fe voit pas plutôt vaincu, défait, &
fruftré de fes efpérances dans une entreprife, qu'il en forme une autre ; &, femblable à un Gladiateur adroit, il fe défend vail-
lemment, & en même tems il ataque vigoureufement fon Ennemi. C'eft ainfi qu'on
le voit avoir du deffus & du deffous, vaincu & victorieux, dans toute cette partie de
fon Hiftoire, jufqu'à ce qu'enfin il eft entièrement défait, comme nous le verrons
en fon lieu. Mais reprenons cette Hiftoire
depuis la *Mer Rouge*, où il reçut un terrible
échec, au-lieu d'une victoire complète qu'il
efpéroit de remporter ; car il ne faut point
douter que toutes les penfées du Diable &
du Roi d'*Egipte* ne fuffent ocupées de la
prétendue défaite des *Ifraëlites* à *Pi-habiroth*.

Cependant, quoique le triomfe de ce Peuple fur les *Egiptiens*, fût pour le DIABLE
une très-grande mortification, qui l'irrita davantage contre lui ; toute la conféquence
qui

qui en réfulta eft, que SATAN, femblable
à un Ennemi qui a manqué fon coup &
qui a été mis en déroute fans être vaincu,
redoubla fa rage, renforça fon Armée, &
prit la réfolution de faire par lui-même ce
qu'il ne pouvoit efpérer des *Egiptiens*. A-
près donc avoir été défait par la pièce qui
venoit de lui être jouée, pour trouver
mieux l'ocafion de s'en venger, il forma
le deffein de fuivre les *Ifraëlites* dans le
Défert, où il leur fit plufieurs vilains tours.
Premièrement il les fit manquer d'eau, &
par-là les porta à murmurer contre DIEU
& contre MOÏSE, très-peu de jours, &
même très-peu d'heures après une délivrance auffi fignalée que celle qu'ils venoient
de recevoir.

Ce n'eft pas tout; en moins d'un an il les
engagea à fe faire un *Veau* d'or, & les obligea tous à dancer autour de lui au pié du
Mont *Sinaï*, dans le tems même que Dieu
venoit de fe manifefter à eux par la terreur
d'un feu confumant fur le fommet de cette
montagne. Quel prétexte avoient-ils pour
cela ? nul autre affurément, finon qu'ils
croïoient que MOÏSE leur Conducteur é-
toit perdu, ou qu'il s'étoit caché dans la
Montagne, ou enfin qu'ils ne favoient ce
qu'il étoit devenu, puifqu'il y avoit quarante jours qu'ils ne l'avoient vu : prétexte
à la vérité trop frivole pour les mettre dans
un tel embaras, & pour les faire rentrer
dans l'Idolatrie! Le DIABLE qui ne dort
jamais n'en fut pas plutôt informé, qu'il
tâcha d'en tirer avantage, en leur infinuant
qu'ils

qu'ils ne reverroient plus jamais M o ï s e, parce que, difoit-il, il avoit été dévoré par les flames qu'on voïoit fur la montage, pour avoir eu la témérité de s'en trop aprocher. En un mot, il leur fit acroire que Dieu avoit detruit M o ï s e, ou qu'il étoit mort de faim, pour avoir été fans alimens, l'efpace de quarante jours & quarante nuits.

Il eft vrai que toutes ces fuggeftions étoient en elles-mêmes tout-à-fait abfurdes, fi l'on fait atention que Moïse étoit admis à voir Dieu, qui avoit bien voulu fe manifefter à lui de la manière la plus intime, & que comme les *Ifraëlites* pouvoient être affurés qu'après une grace fi particulière, il ne voudroit pas détruire fon fidèle Serviteur, ils devoient penfer qu'il pouvoit lui conferver l'être fans aucune nouriture, auffi long-tems qu'il le jugeroit à propos. Mais que dire d'un Peuple fi crédule? il n'y avoit rien de fi ridicule que le D i a b l e ne pût le lui perfuader.

Un Peuple qui pouvoit dancer autour d'un Veau, & l'apeler fon Dieu, étoit capable de tout; un Peuple, dis-je, qui pouvoit croire que c'étoit-là le grand J e h o v a h *qui l'avoit retiré du Pays d'Égipte*, & cela fi peu de jours après que Dieu fe fut manifefté à lui d'une façon fi miraculeufe, étoit tellement propre à s'en laiffer impofer, que rien ne lui paroiffoit abfurde.

Voilà, à la vérité, le premier effai confidérable qu'il a fait fur ce Peuple, comme fur un Corps entier, fuivant que la fituation de fes afaires le demandoit; car S a-
T a n,

TAN, qui avoit réüſſi dans la plupart des entreprises qu'il avoit formées contre le Genre-Humain, n'avoit pas grand ſujet de douter d'un pareil ſuccès, après être venu à bout de ſon deſſein proche de la Montagne de *Sinai*, & l'on peut dire que d'avoir porté ce Peuple à l'Idolatrie en préſence même de ſon Libérateur, & immédiatement après ſa Délivrance, c'eſt une choſe en général plus ſurprenante que le Paſſage de la *Mer Rouge*. En un mot, l'Hiſtoire du DIABLE ne nous fournit aucun incident qui ſoit auſſi étonnant que celui-là.

Le pauvre AARON lui-même ne tomba-t-il pas pareillement dans ce crime, par la crainte qu'il avoit du Peuple ? N'eſt-il pas étrange que cet Homme qui avoit été Compagnon de MOïSE dans les Prodiges qu'il fit en préſence de PHARAON ; que cet Homme qui étoit déſigné pour être ſon Aide & ſon Oracle, ou plutôt ſon *Orateur*, dans toutes les ocaſions publiques ; que cet Homme enfin qui avoit été choiſi pour exercer la ſainte Sacrificature, ait conſenti ſur-tout à une propoſition auſſi ridicule & auſſi abſurde que celle-là, qu'il ait eu la foibleſſe de ſouiller ſes mains par un Sacrifice ſi impur & ſi abominable, qu'il ait fait une Idole auſſi monſtrueuſe que celle du *Veau d'or* ? car on ne ſauroit douter que ce ne ſoit lui qui en a été l'artiſan.

Quelle foibleſſe, quelle ſimplicité ne remarque-t-on pas dans les raiſons qu'il donne à ſon Frère MOïSE de ſa conduite ! Il eſt vrai que j'ai fait de telle & telle manière

re : *Je leur ai dit, qui a de l'or, qu'il le mette en pièces, & ils me l'ont donné; & je l'ai jetté au feu, & ce Veau-ci en est sorti* (*). Quelle absurdité ! comme si ce Veau étoit sorti par pure avanture, sans qu'on l'eût jetté en moule ! cela n'est pas croïable ; & s'il n'étoit pas sorti ainsi sans moule, MOÏSE l'auroit certainement apris : d'un autre côté, si AARON avoit été innocent, il auroit tenu à son Frère un tout autre langage, il lui auroit dit ingénument, que tout le Peuple en corps l'étoit venu trouver, & par ses menaces l'avoit forcé à lui faire une Idole, à quoi il avoit eu la foiblesse de répondre, en faisant premièrement un moule, & ensuite en y jettant un Métal propre pour cela. Il est vrai qu'en cela même il auroit péché ; mais il auroit pu s'excuser sur ce qu'il y avoit été forcé par la populace qui le menaçoit, peut-être, de le tuer ; & s'il avoit ajouté, que le DIABLE l'avoit séduit par la frayeur qu'il lui avoit inspirée, il n'auroit rien avancé qui ne fût très-véritable : car si SATAN a été capable de rendre ce Peuple assez insolent & assez mutin pour menacer & outrager ce vénérable Profète (il n'étoit pas encore alors Sacrificateur) qui étoit Frère de MOÏSE ce grand Oracle, & qui l'avoit assisté en plusieurs de ses Commissions : si, dis-je, il a pu émouvoir les passions de ce Peuple, jusqu'au point de maltraiter AARON, on peut supposer sans peine qu'il lui a été possible d'éfrayer & intimider assez ce dernier, pour condescen-
dre

(*) Exo. XXXII. 24.

dre à acorder au Peuple ce qu'il lui demandoit.

Que cet Agent est rusé ! quand il a la
perte d'un Homme en vue , combien ne
prend-il pas de suretés pour y réüssir ! il
ne manque jamais de s'y prendre par le bon
bout : le meilleur & le plus saint des Hommes a ses foiblesses , & comme il sait l'art
de les connoître, il sait aussi celui d'en tirer a-
vantage, & il en vient à bout par quelque subtilité que ce soit ; car c'est toujours l'a-
dresse qu'il emploie & jamais la force : preuve assurée qu'il ne lui est pas permis d'user
de violence. Il peut tenter & réüssir, mais
ce n'est que par subtilité, par ruse, & par
artifice. Il est encore aujourdhui Διαβολὴ ,
Calomniateur ou Trompeur , c'est à-dire,
qu'il représente les objets autrement qu'ils
ne sont en éfet : il déguise l'Homme devant Dieu, & donne une fausse idée de Dieu
à l'Homme. Il représente pareillement mal
les choses , il leur donne de fausses cou-
leurs, & ensuite il ménage nos yeux de manière , que nous ne les voïons qu'imparfai-
tement, en faisant naître des nuages & des
brouillards qui nous en interceptent la vûe.
En un mot, il trompe tous nous Sens, &
par-là il nous en impose sur des choses qui
d'ailleurs seroient très - faciles à discer
ner.

Un des avantages qu'on peut tirer de
l'Histoire du DIABLE, c'est de remarquer
qu'il s'est toujours servi jusqu'ici de la même métode , que depuis qu'il a eu afaire
avec le Genre Humain il a toujours emploïé
les

les Srratagêmes & les Rufes, & qu'enfin ces moïens lui ont mieux réüffi que n'auroient fait la violence & la fureur, fupofé qu'il eût été en fon pouvoir d'en faire ufage. Il eft vrai que, par cette dernière voie, il auroit pu réduire le Monde en défolation & en mazures depuis long-tems; mais, comme je l'ai déja dit ci-devant, cette pratique n'auroit pas de la moitié fi bien répondu à fes intentions: car, en détruifant les Hommes, il en auroit fait des Martirs, & par-là il auroit envoïé au Ciel une infinité de Fidèles, qui auroient mieux aimé mourir que d'avoir la lâcheté de le fervir, ou, comme il le prétendoit, de fe profterner devant lui, & de l'adorer: il auroit dis-je, fait des Martirs, & non pas en petit nombre. Mais ce n'étoit pas-là l'avantage de SATAN; fes vues font toutes diférentes: fon afaire eft d'engager les Hommes à *pécher*, non pas de les faire *foufrir*; d'en faire des *Diables*, & non pas des *Saints*; de les féduire & les détourner de leur Créateur, non pas de les lui envoïer; de forte que c'eft par ftratagêmes qu'il agit, & non pas par la force.

Nous voici à l'endroit de fon Hiftoire, qui regarde l'Eglife *Judaïque* dans le Défert, & les Enfans d'*Ifraël* dans leur vie ambulante. C'eft ici la première Scène de quelque adminiftration publique que le DIABLE ait eue dans le Monde: car comme je l'ai déja dit, dans les afaires qu'il avoit eues jufqu'alors avec le Genre-Humain, il n'en avoit ataqué que quelques

Mem-

Membres féparément, ou bien il les avoit tous dans fes filets, & tenoit captives des Nations entières dans fes Syftèmes d'Idolatrie, en les acablant d'une ignorance pernicieuſe & deftructive.

Mais fe voïant alors ravir, pour ainſi dire, un Peuple entier, qui venoit de fe fouftraire de fon obéïffance; &, ce qu'il y avoit de plus mortifiant pour le DIABLE, tout cela dans la vue de former un Roïaume indépendant de fon Gouvernement, & au-deffus de fon Autorité, il ne faut pas s'étonner s'il a fait fes derniers éforts pour renverſer & détruire les fondemens d'un pareil établiffement, & s'il a emploïé tous les artifices imaginables pour faire rentrer ce Peuple fous fa domination.

Non-feulement il voïoit les *Ifraëlites* éloignés d'un Pays, où il les comptoit entre fes grifes, environnés d'Idoles comme ils l'étoient, & où l'on a raifon de croire que la plus grande partie s'étoit fouïlée dans l'Idolatrie des *Egiptiens*: car, on ne trouve pas qu'ils aient eu en particulier un Culte fixe; ou s'ils ont adoré le vrai Dieu, à-peine favons-nous de quelle manière ils le faifoient. Ils n'avoient encore, pour toute Loi, que l'Alliance de la Circoncifion, que MOÏSE lui-même n'avoit pas exactement obfervée, jufqu'à ce qu'il y eut été forcé par la crainte. Il n'eft parlé d'aucun Sacrifice parmi eux, ils n'obfervoient aucune Fête, il ne leur étoit prefcrit aucun Culte folennel, & l'on ne fait comment, ni de quelle manière ils rendoient leurs homages religieux. La Pâques ne fut

Tom. I.   L   ordon-

ordonnée que lorsqu'ils furent sur le point de
sortir de leur Esclavage, de sorte qu'il n'y
avoit pas beaucoup de Religion parmi eux,
autant que nous en pouvons juger par les
Mémoires que nous en avons; & l'on peut
supofer que le DIABLE étoit affez tranquile sur leur compte, pendant tout le tems
qu'ils ont demeuré dans la maison de Servitude.

Mais, dès que SATAN se vid, dis-je,
arracher tout à coup un Million d'ames d'entre les mains, par un pouvoir immédiat du
Ciel; dès qu'il remarqua que Dieu s'étoit
choisi ce Peuple d'une façon miraculeuse,
pour l'apeler son Peuple, & le favorifer particulièrement, cela le mit dans une consternation inexprimable. C'est auffi ce qui lui
fit prendre la résolution de les suivre, de les
serrer de près & de se servir de tous les
moïens possibles pour les porter à la desobéïf-
fance & à la rébellion contre Dieu, afin de
l'inciter par-là à les détruire. Nous allons
voir dans un moment jufqu'où il conduifit
cette afaire:

Ils reffembloient aux Païens & aux Idolatres, non-seulement pour s'être fait un *Veau
d'or*, mais auffi par leur manière de l'adorer,
je veux dire, par la *dance* & par la *musique*,
chofes dont ils n'avoient vu aucun vestige
dans le Culte du vrai Dieu. Je raporte ici
cette érection d'un Veau, & le Culte idolatre qu'ils lui rendoient, pour faire remarquer
que le DIABLE en impofoit non-feulement
à leurs Principes, mais auffi à leurs Sens
comme fi la redoutable Majefté célefte dont
ils

ils avoient vu la Gloire fur le Mont *Sinai*, & dont la Colonne de Nuée & de feu leur fervoit de Guide & de Protection, avoit-voulu être adoré en dançant autour d'un Veau: encore n'étoit-ce ni une Créature vivante, ni un véritable Veau, puifque ce n'en étoit que la Figure, faite d'Or, ou, felon quelques-uns, feulement de Bronze doré.

La voie ordinaire dont le DIABLE fe fert dans les deffeins qu'il forme contre les Hommes, c'eft d'en impofer à leurs Sens, & de les faire tomber dans les folies & les abfurdités les plus groffières; & dès qu'il en eft venu jufques-là, il lui eft facile de les porter au péché. C'eft auffi de cette manière qu'il en a agi avec les *Ifraëlites*, pendant tout le tems qu'ils ont été dans le Défert: car comme, femblables à des Enfans, ils étoient conduits, pour ainfi dire, par la main; qu'ils étoient protégés par une Toute-puiffance, repus par Miracles, inftruits immédiatement du Ciel; & que par-tout ils avoient Moïfe pour Conducteur, ils ne pouvoient s'égarer fans tomber dans les plus grandes abfurdités & fans commettre les plus grandes folies dont on ait jamais entendu parler: malgré cela le DIABLE eut l'adreffe de les en rendre coupables de la manière la plus furprenante. 1. Comme Dieu lui-même leur fubvenoit dans tous leurs befoins, & qu'il les foulageoit dans toutes leurs néceffités, on auroit peine à croire, qu'ils euffent jamais pu être portés à douter de fa Bienveillance pour eux, ni de fon pouvoir à leur faire du bien; cependant ils font l'un & l'autre, ce qui

L 2   devoit

devoit provoquer la Colère de Dieu; & je ne doute pas, que quand le DIABLE les eut portés à en agir si indignement, il n'ait espéré & cru, que Dieu en seroit éfectivement irrité. Les preuves qu'ils avoient du soin qu'il prenoit d'eux, & de son pouvoir à les soulager, étoient trop fortes & trop éclatantes, pour leur laisser aucun lieu d'en douter. Il leur fit couler de l'eau d'un Rocher, il leur fit tomber du pain de l'Air, il leur envoïa des oiseaux pour les repaître de chair, & il les soutint toujours d'une façon miraculeuse. Il les conserva en santé, de manière qu'il ne se trouvoit aucun malade parmi eux : leurs Habits ne s'usèrent point, & leurs Souliers ne vieillirent point à leurs piés. Ainsi, pouvoient-ils tomber dans une absurdité plus grande, que celle de douter, que celui qui ne leur avoit laissé manquer de rien, pendant plusieurs années, eût le pouvoir de les soutenir par la suite?

Malgré tous ces Miracles, le DIABLE sut pourtant les faire tomber dans le piége, & il ne les quita point qu'il n'en eût porté six-cens mille à provoquer tellement la Colère de Dieu, qu'il ne voulut pas permettre qu'aucun d'eux, à la réserve de deux seulement, entrât dans la Terre promise; de sorte que SATAN vint à bout de son dessein, par raport à cette génération, dont les os restèrent tous dans le Désert. Examinons seulement en passant jusqu'à quel degré d'extravagance il les porta; comment il les fit murmurer en toute sorte d'ocasion, d'ocafion , tantôt pour de l'Eau , & tantôt pour du Pain; encore quand ils en avoient s'en plaignoient-ils , en difant, notre cœur eft dégoûté d'un pain fi léger.

Il répandit des femences de Schifme parmi les Enfans d'A A R O N , & engagea NADAB & A B I H U à ofrir un feu étranger , qui les confuma miférablement pour une telle action.

Il porta le Peuple à fe plaindre à *Tabbé-rab*, & lui fufcita l'envie de manger de la chair, dès les trois premières journées depuis le Mont *Sinaï.*

Il remplit de jaloufie le cœur de MARIE & d'AARON, contre l'autorité de MOÏSE, de manière qu'ils prétendirent que Dieu avoit parlé par eux auffi-bien que par lui, jufqu'à ce qu'il eut humilié le Père & qu'il eut rendu lépreufe la Fille.

Il corrompit dix Hommes de ceux qui avoient été envoïés pour épier le Pays, & les éfraya par les fauffes aparences fous lefquelles il leur fit voir les chofes, jufques-là qu'ils firent également perdre courage au Peuple , & s'écarter de fon devoir, ce qui fut caufe qu'il y en eut fix-cens mille Hommes qui moururent dans le Défert.

Il incita à la rébellion CORE', & les deux-cens cinquante Hommes des Enfans d'*Ifrael*, principaux de l'Affemblée , jufqu'à ce que la Terre s'ouvrît pour les engloutir.

Il mit en colère MOÏSE à *Meriba*, & par-là il troubla l'Homme du tempérament le plus doux du Monde; ce qui fut caufe que Dieu lui déclara de même qu'à A A R O N,

　qu'ils

qu'ils n'introduiroient point le Peuple dans la *Terre promise*.

Il fit foulever le Peuple fur la route en fortant de la montagne de *Hor*, ce qui fit que Dieu leur envoia des Serpens brûlans qui en firent mourir un grand nombre.

Il voulut porter BALAAM le Profète à maudire les *Israëlites*, mais il n'eut pas affez d'afcendant fur fon efprit pour cela. Au refte, il les fit paillarder avec les femmes *Madianites*, comme il paroît par l'hiftoire de ZIMRI & de CORBI.

Il tenta HACAN par un lingot d'or, & par une manteline *Babilonienne* & l'engagea par-là à prendre de l'interdit, afin de le faire périr.

Il tenta tout le Peuple, à ne pas chaffer entièrement de la Terre promife les Habitans maudits : & ainfi en leur permettant d'habiter avec lui, ils furent pour lui un éguillon ou une écharde, de forte qu'il fe trouva fouvent oprimé par leur Idolatrie, & ce qu'il y a de pire, qu'il s'y laiffa entrainer lui-même.

Il fuggéra à ceux de BENJAMIN la malice de ne point donner fatisfaction au Peuple touchant la méchanceté, & la vilenie des Habitans de GUIBHA, jufqu'à ce que toute la Tribu fût détruite, à la réferve de fix cens Hommes qui fe fauvèrent au rocher de *Rimmon*.

Enfin il porta ce Peuple à rejetter la Théocracie de leur Créateur, & à demander un Roi à SAMUEL : & la plupart de fes Rois furent pour lui autant de fleaux & de fujets.

de

de triſteſſe, comme nous le verrons par ordre.

C'eſt ainſi qu'il inquiéta continuellement tout le Peuple en corps, en le faiſant pécher contre Dieu, afin que par-là il atirât ſur lui ſa Vengeance & ſes juſtes Jugemens, de ſorte qu'en diverſes ocaſions il en périt juſqu'au nombre de quelques Millions.

S'il a ainſi ataqué toute la Congrégation, il eſt certain qu'il n'en a pas plus épargné les Conducteurs & les Juges, qui étoient choiſis comme des Inſtrumens qui devoient délivrer ce Peuple de la main de leurs Ennemis. Ce *Serpent adroit* les a ſouvent fait tomber dans des piéges capables de les perdre avec tout le Peuple qu'ils avoient délivré.

Il fit naître à GE'DE'ON l'envie de faire un *Ephod*, ce qui étoit contraire à la Loi du Tabernacle, & par-là il fit paillarder les Enfans d'*Iſraël* après lui, c'eſt-à-dire, à lui rendre un Culte religieux.

Il porta SAMSON à s'allier à une paillarde & à déclarer ſon ſecret à une femme de mauvaiſe vie, aux dépens de ſes yeux, & enfin de ſa vie.

Il corrompit tellemeut les Fils d'HELI qu'ils paillardoient aux portes mêmes du Tabernacle avec les Femmes qui venoient aporter leurs ofrandes au Sacrificateur; & il inſpira au Père la foibleſſe de fermer les yeux à leurs abominations, ou du moins de ne les en pas reprendre aſſez vivement.

Il ſolicita le Peuple à porter l'Arche au Camp, pour être priſe par les *Philiſtins*.

L 4   Enfin

Enfin il inspira à *Huza* l'envie d'avancer sa main vers l'Arche pour la soutenir; comme si celui qui l'avoit conservée dans le Temple de *Dagon*, Idole des *Philistins*, n'avoit pu l'empêcher de tomber de dessus le chariot où elle étoit.

Dès que ce Peuple eut un Roi, il mit d'abord la main à l'œuvre pour le porter, de quelque manière que ce fût, à acabler ses Sujets d'une infinité de fleaux & de misères.

Il tenta S A ü L à épargner le Roi des *Hamalékites*, contre l'ordre exprès de Dieu.

Non-seulement il tenta SAÜL; mais aussi il le remplit d'un mauvais Esprit qui le troubloit, si fort qu'il étoit obligé de faire jouer du violon devant lui, pour son soulagement.

Il remplit SAÜL d'un Esprit de mécontentement & d'envie contre DAVID jusqu'à le poursuivre par les montagnes comme une perdrix.

Il tenta SAÜL par un Esprit de Profétie, & l'envoïa à une femme qui avoit un esprit de Python pour s'enquérir de SAMUEL; comme si Dieu avoit voulu après la mort acorder quelque grace à celui qui l'avoit abandonné pendant qu'il étoit en vie.

Ensuite il le porta à se tuer lui-même, sous prétexte d'éviter qu'il ne tombât entre les mains des incirconcis; comme si un meurtrier de soi-même n'étoit pas beaucoup plus criminel par raport au péché qu'il commet devant Dieu, ou plus blamable

au

au jugement des Hommes, que d'être fait
prisonnier par les *Philistins* ! C'est-là un
trait de folie qui ne pouvoit entrer dans
le cœur de l'Homme que par l'artifice du
DIABLE, quoiqu'il ait passé en coutume
parmi les *Romains*, quelques Siècles a-
près.

Après que SAÜL fut mort, & que DA-
VID se vid paisible possesseur du Trône d'*Is-*
raël, le DIABLE l'ataqua par une infinité
d'endroits & avec d'autant plus de vigueur,
qu'il avoit été choisi & particulièrement fa-
vorisé du Ciel, & il remporta tant de fois
la victoire sur lui, que comme jamais Homme ne fut si bon Roi, à-peine y a-t-il jamais eu un bon Roi plus méchant Homme
que lui. On auroit dit qu'en plusieurs rencontres le DIABLE en faisoit son jouet,
pour faire voir avec combien de facilité il
pouvoit corrompre le meilleur Homme que
Dieu pût choisir d'entre toute la Congrégation.

Il le porta à se défier tellement de son
Bienfaiteur, qu'il fit l'insensé devant le
Roi de *Gath*, chez qui il s'étoit réfu-
gié.

Il l'incita à marcher avec quatre-cens
Hommes contre le pauvre NABAL, pour
l'exterminer, lui & toute sa maison, uniquement parce qu'il avoit refusé de lui
envoïer le pain, l'eau, & la viande qu'il
avoit aprêtés pour ses Tondeurs.

Il l'engagea, sous pretexte de lui faire observer sa promesse, à donner à TSIBA la
moitié des biens de son Maître, à cause de

sa trahison, après avoir su qu'il étoit traître; & en trahissant ainsi le pauvre MEPHI-
BOSZETH, il semble qu'il ait mieux aimé
fausser son serment, que de manquer à sa
parole.

Ensuite il le tenta par le projet ridicule
de dénombrer le Peuple, contre la défense
expresse de Dieu; chose indigne dont JOAB
même étoit incapable, avant qu'il y eût
été forcé par DAVID & par SATAN.

Et pour mettre le comble à ses méchancetés, il le conduisit sur la plate-forme du
Palais Roïal, d'où il vid une Dame nue qui
se baignoit dans son jardin; en quoi il paroît que le DIABLE connoissoit DAVID
parfaitement, & qu'il savoit quel étoit son
péché favori; c'est pourquoi il le prend par
son foible & le porte à se rendre coupable
de *Meurtre* & d'*Adultère* presque en même
tems.

Enfin, quoique le repentir que DAVID
témoigna de ce dernier Péché lui ait, pour
quelque tems, servi de bouclier contre les
ataques du DIABLE, & qu'il ne pût plus
rien faire contre sa personne, il ne se rebu-
ta pas entièrement. En éfet il s'en prit à
sa Famille, & il le rendit aussi misérable
qu'il étoit possible, par raport à ses Enfans,
dont trois périrent en sa presence, & un
quatrième après sa mort.

Premièrement il tenta AMNON à violer
sa Sœur TAMAR, de sorte que ce fut
fait de cette pauvre Fille, par raport au
Monde; car il n'en est plus parlé du
tout.

En-

Enfuite il anima ABSÇALOM à vanger la Virginité de TAMAR.

Puis il porta JOAB à percer de trois dards le corps d'ABSÇALOM, contre la défenſe qu'il en avoit reçue de DAVID.

Et après la mort de DAVID, il cauſa la mort à ADᵒNIJA pour avoir voulu uſurper le Trône de SALOMON.

Pour en revenir à ABSÇALOM; il le fit ſoulever contre ſon Père & l'engagea à lui faire la guerre, juſqu'à le chaſſer honteuſement de *Jéruſalem*, &, pour ainſi dire, du Roïaume.

Et pour plus grande mortification à DAVID, il lui inſpira l'envie de coucher avec les Concubines de ſon Père, en preſence de tout ISRAEL : & s'il avoit ſuivi les pernicieux conſeils d'AHITOPHEL, il eſt certain qu'il l'auroit envoïé dormir avec ſes Pères long-tems avant ſa mort naturelle. Mais SATAN & AHITOPHEL ſe trouvèrent confus en cette ocaſion.

Pendant les Règnes des diférens Succeſſeurs de DAVID, le DIABLE eut ſoin de continuer ſes intrigues & de tâcher de rompre toujours les meſures que Dieu avoit priſes pour l'établiſſement de ſon Peuple dans le Monde, ſur-tout en qualité d'Egliſe, juſques-là qu'il les fit éfectivement tomber dans l'Idolatrie, qui de tous les crimes eſt celui qui étoit le plus capable de provoquer la Colère de Dieu, en ce qu'elle porta le Peuple à ſe ſouſtraire de ſon devoir, & à rendre l'homage qui n'eſt dû qu'au Créateur, à un indigne morceau de bois,

ou à l'Image d'une bête. Quelque abominable que fût une telle conduite, le DIA-
BLE ne laissa pas de l'introduire enfin parmi
ce Peuple, par ses artifices, & de la faire
devenir à la mode non-seulement entre dix
Tribus, mais aussi entre les deux autres :
jusqu'à ce que Dieu en fût tellement irrité,
qu'il les rejetta & les abandonna à leurs Ennemis, de sorte qu'après des carnages &
des désolations incroïables le petit nombre
qui en resta fut emmené captif, en partie en
Tartarie, & en partie à *Babylone*, d'où il s'en
est trouvé très-peu de ce petit nombre qui
soient jamais retournés en leur Patrie ; il
y en eut même quelques-uns qui ne voulurent pas profiter de la liberté d'y retourner, lorsqu'elle leur en fut acordée, &
qui aimèrent mieux demeurer dans leur
captivité, même jusqu'à la venue du
MESSIE (*)

Mais pour reprendre un peu plus haut
cette Partie considérable de l'Histoire du
DIABLE, je veux dire, pour parler de son
adresse à entrainer le Peuple de Dieu, tant
les Rois que les Sujets, dans tous les péchés & toutes les méchancetés qui contri-
buoient à leur destruction : il commença
d'abord par le meilleur & le plus sage de
toute la Race.

Premièrement, il ataqua le Roi SALO-
MON au milieu de son plus grand zèle à bâtir une Maison à l'ETERNEL, & à rendre
le Service Divin plus glorieux & plus ma-
gni-

(*) Voïez au commencement des Epitres de S. JA-
QUES & de S. PIERRE.

gnifique qu'on l'eût jamais vu. Il lui inſpira une paſſion ſi violente & ſi inſatiable
pour les femmes, qu'il ſe fit le premier &
peut-être le plus fameux *Sérail* de Concubines qu'aucun Prince ait jamais eu, & mit
tellement la Paillardiſe en réputation, que
l'Ecriture dit que parmi ces Concubines il
y avoit ſept-cens Princeſſes, ou Dames de
Qualité. Les *Grands-Seigneurs* & les *Grands-
Mogols*, autres Princes de l'Orient, ont eu
depuis, leurs *Sérails* qu'ils peuplent de leurs
plus belles Eſclaves ; mais pour celui du
Roi SALOMON, il étoit rempli de Dames
diſtinguées, de Filles de Rois, comme de
la Fille de PHARAON, & de celles des
Princes & Chefs des *Moabites*, des *Hammo-
nites*, des *Iduméens*, des *Sidoniens*, des *Hé-
thiens* &c. ‡

Non contant de lui avoir inſpiré de l'a-
mour pour des Femmes dont le commerce lui étoit défendu, tant par raport à leur
Nation, que par raport à leur Nombre,
il le fit tomber dans leur Idolatrie, par la
familiarité qu'il eut avec elles, & par degrés
il rendit ce Prince, qui s'étoit fait admirer
de tout le Monde par ſa Sageſſe, le plus
hébété de tous les Hommes ſur ſes vieux
jours. Avec le ſecours de ſes Concubines
il l'engagea à ſe proſterner devant des I-
doles, que, dans ſa jeuneſſe, il avoit ab-
horrées & déteſtées, comme injurieuſes à
cet Etre Suprême, à l'honneur de qui il
avoit fini & dédié le plus glorieux & le
plus magnifique Edifice du Monde. Il n'y

L 7 avoit

‡ 1. Rois XI. 1.

avoit que l'adreſſe invincible de cet *Archi-Diable* qui pût porter un Homme tel que SALOMON à une pareille baſſeſſe & à une telle dépravation de Mœurs: encore n'auroit-il pu en venir à bout ſans l'entremiſe de ſes Concubines, ni les Concubines ſans l'aſſiſtance du DIABLE.

Mais, c'eſt aſſez parlé de la Victoire que SATAN remporta ſur SALOMON. La première entrepriſe que cet Eſprit malin forma enſuite fut ſur ſon Fils ROBOAM. En éfet, ſi le DIABLE ne lui avoit pas inſpiré cet orgueil & cette humeur tirannique qui le gouvernoient, il n'auroit jamais eu l'imprudence de répondre au Peuple comme il fit. Lorſqu'il vid à la tête un Homme qu'il ſavoit n'atendre & ne demander que l'ocaſion d'exciter une Rébellion, & qui avoit ſu gagner & ménager les eſprits pour cela, on peut bien dire avec le Texte ſacré, qu'il avoit ſuivi le conſeil des jeunes gens, & cela par un principe de vengeance; mais ces jeunes gens étoient pouſſés par un vieux Diable, qui à cauſe de ſes ruſes, comme je l'ai déja remarqué, eſt-apelé le *Vieux Serpent.*

Le chemin étant ainſi frayé, JEROBOAM ſe révolte, & cela par la direction de Dieu; car il eſt dit poſitivement dans le Texte, en faiſant parler DIEU dans la première perſonne: *Cette choſe-ci a été faite de par moi.* *

Mais, quoique Dieu ait établi JEROBOAM Roi de dix Tribus, il ne lui ordonna pas de dreſ-

* I. Rois XII. 24.

dreſſer, comme il fit, deux Veaux aux deux
extrémités du Pays, l'un à *Dan* & l'autre à
Béth-el. JEROBOAM eut recours à cette
politique pour empêcher que le Peuple ne
ſe ſoumît de nouveau à ROBOAM, comme il auroit pu arriver, s'il avoit été obligé d'aller à *Jéruſalem* pour y aſſiſter au
Service public: de ſorte que le Texte a-
joute, en parlant de JEROBOAM: *il a
fait pécher* Iſraël *: Voilà un chef-d'œuvre de la ſubtilité du DIABLE: rien ne
pouvoit être mieux imaginé pour répondre
à la fin qu'il s'étoit propoſée. On ne trouve pas dans les Annales de SATAN, quelle
raiſon il pouvoit avoir d'eſpérer qu'un Peuple entier voulût conſentir au péché de
JEROBOAM, & qu'il ſe fût contenté de
deux Veaux à la place du vrai culte qui
ſe rendoit à DIEU à *Jéruſalem*, ni de
quels artifices il s'eſt ſervi pour tromper ce
Peuple ſi groſſièrement; auſſi la choſe n'eſt-
elle pas d'une grande importance pour nous.
Il ſufit de ſavoir que le DIABLE trouva
un panchant étrange à l'Idolatrie, enraci-
né, pour ainſi dire, dans le cœur de ce
Peuple, même dès ſa ſortie de la Servitude
d'*Egipte*; de ſorte qu'il n'eut qu'à travailler
ſur l'ancien pié & à multiplier le Crime qu'il
trouva lui être ſi naturel. C'eſt auſſi la métode la plus générale dont il s'eſt ſervi, non-
ſeulement à l'égard de ce Peuple, mais auſſi
par raport à nous, depuis ce tems-là juſqu'aujourd'hui.

Après avoir vu de quelle manière le DIA-
BLE

* I. Rois XIV. 16.

BLE assura la Révolte de JEROBOAM, il n'est pas nécessaire que nous parlions de ses Successeurs, parce que la même raison d'Etat d'ériger deux Veaux, l'un à *Bethel*, & l'autre à *Dan*, subsistoit encore pour toute sa Postérité; aussi ne s'y trouve-t-il pas un bon Roi par la suite. JEHU même, qui apela ses Amis pour voir *le zèle qu'il avoit pour* l'ETERNEL†, & qui acomplissoit les menaces de Dieu contre ACHAB & contre sa Maison, contre la Reine JÉ-ZABEL & contre sa Postérité, & qui en même tems savoit qu'il exécutoit le Jugement du vrai Dieu sur une Race idolâtre, ne voulut pourtant pas se défaire des Veaux d'or, dans la pensée que s'il le faisoit, il perdroit son Roïaume; parce que si son Peuple retournoit à *Jérusalem* pour y adorer, il craignoit qu'il ne transférât son o-béïssance Civile au Roi de JUDA, comme lui apartenant réellement par la naissance & par droit de succession; de sorte que, pour le dire en passant, SATAN, de même que les autres Politiques, n'observe le *Droit Divin* d'une Succession en Ligne directe, ou autrement le Droit héréditaire, qu'autant qu'il sert à ses desseins.

Voilà comment SATAN, de douze Tribus, se débarassa d'abord de dix: voïons à-présent de quelle manière il continua avec les deux autres; car il avoit alors moins à faire qu'auparavant. L'Eglise de Dieu se trouvoit réduite à deux Tribus, & à quelques personnes religieuses qui ne voulant

† 2, Rois X, 16,

lant pas adhérer au Schifme de JE'RO-
BOAM, allèrent habiter parmi les Enfans
de JUDA & de BENJAMIN. La première chofe que le DIABLE fit enfuite
fut de fomenter une guerre entre les deux
Rois, dans le tems que JUDA étoit gouverné par ABIJA alors encore fort jeune,
& qui fuivit les traces de fon Père ; mais
le tems que Dieu s'étoit réfervé n'étoit
pas encore venu : au refte le DIABLE
fut bien trompé dans fon calcul, lorfque
JE'ROBOAM fut tellement défait, que, fi
l'on en doit croire les Mémoires de ces
Siècles-là, il n'y eut pas moins de cinq-cens
mille Hommes d'*Ifraël* qui demeurèrent fur
la place ; de manière que fi après un tel carnage, l'Armée de JUDA avoit fu profiter
des avantages que lui ofroit cette victoire,
elle auroit pu aifément foumettre tout le
refte, & réduire fous fon obéiffance toute
la Maifon de JE'ROBOAM & les dix Tribus qui l'avoient fuivie. Il eft vrai que cette Armée victorieufe prit une étendue confidérable de Pays fur l'Ennemi, & entre
autres la Ville de *Beth-el* ; malgré cela SA-
TAN fut ménager l'afaire avec tant d'adreffe,
que le Roi de JUDA, qui étoit un Roi impie, & peut-être un Idolâtre dans le cœur,
ne voulut pas abatre le Veau que JE'ROBO-
AM y avoit dreffé, ni en bannir l'Idolatrie
même ; ce qui fit qu'il remporta peu d'avantage de cette victoire.

Depuis ce tems-là jufqu'à la Captivité,
on trouve que le DIABLE a été fort ocupé avec les Rois de JUDA, & fur-tout a-
vec

vec les plus religieux. Je ne parle pas d'un
MANASSE', ni de ses semblables, dont
la vie entière n'a été qu'un tissu d'abominations ; car le DIABLE n'avoit pas grand
embaras avec eux. Mais il fut principalement ocupé avec ASA, JOSAPHAT, E-
ZECHIAS, & JOSIAS: il n'abandonna
point leurs Cours qu'il ne les eût fait tomber dans quelque Crime.

Premièrement, pour ce qui est du Roi
ASA, dont l'Ecriture dit, que *le cœur fut
entier envers l'ETERNEL tout le tems de
sa vie.* * Cet Esprit rusé (voïant qu'il ne
pouvoit l'ataquer par aucun autre endroit) le
fit prier BEN-HADAD, Roi de SYRIE,
de venir à son secours, contre le Roi d'-
Israël qui étoit sorti contre lui ; comme si
DIEU qui l'avoit rendu auparavant capable
de batre une Armée d'*Ethiopiens* composée
de dix-cens mille Hommes, n'avoit pu le
garantir du Roi des dix Tribus.

Il tenta pareillement JOSAPHAT à se
joindre à ACHAB ce méchant Roi, contre
celui de *Syrie*, & l'engagea à permettre que
son Fils épousât la Fille d'ACHAB, ce qui
fut fatal à JOSAPHAT & à sa Postérité.

Il porta EZECHIAS à faire voir ses tre-
sors aux Ambassadeurs du Roi de *Babylone*:
& qui doute que ce ne soit SATAN qu'il
faut entendre par le mauvais *Esprit qui se
tint devant l'ETERNEL*, & qui offrit ses
services *pour induire* ACHAB, Roi d'IS-
RAEL, à sortir en bataille pour sa perte,
*en devenant un Esprit mensonger en la bouche
de*

* I. Rois XV. 14.

de tous ſes Proſètes *, & qui alors en avoit
une commiſſion ſpéciale, comme il en avoit
eu une autre fois contre JOB? En éfet,
c'eſt une commiſſion qui ne convenoit à
perſonne qu'au DIABLE: *Tu l'induiras, &*
même tu en viendras à bout. Sors & fais
ainſi. †

Il en eſt de même de JOSIAS, dont l'E-
criture dit, que *devant lui il n'y eut point*
de Roi ſemblable à lui, qui ſe tournât vers
l'ETERNEL de tout ſon cœur, & de toute
ſon ame, & de tout ſon pouvoir, ſelon toute
la Loi de Moïſe, & qu'après lui il ne s'en eſt
point levé de ſemblable à lui ‡; le DIABLE,
malgré ce bon témoignage, ne le quita point
qu'il n'eût gagné ſur lui quelque avantage
par ſes machinations; mais comme il vid
qu'il ne pouvoit l'engager à aucune mauvaiſe action dans ſon Gouvernement, il le
porta à faire la guerre au Roi d'*Egipte* ſans
néceſſité, mais elle lui couta la vie.

Depuis la mort de ce bon Roi, le DIA-
BLE eut un tel aſcendant ſur toute la Nation des *Juifs*, & il les porta à un ſi haut
faite de méchanceté, que Dieu les delaiſſa
entièrement, abandonna le Temple, qui
faiſoit ſon habitation glorieuſe, ſoufrit qu'il
fût premièrement pillé, enſuite brûlé & dé-
moli, & qu'enfin généralement toute cette
Nation fût détruite à la réſerve d'un petit
nombre d'Hommes qui obtinrent la vie,
mais qui furent menés en captivité.

Non content d'une deſtruction ſi générale du Peuple d'*Iſraël* (car c'étoit déja fait
des

* 2. Chron. XVIII. 20. † VS. 2I.
‡ 2. Rois XIII. 25.

des dix Tribus) il en fuivit les reftes dans leur Captivité. Ceux qui s'enfuirent en *Egipte*, au nombre, à ce qu'on dit, de foixante-dix mille, premièrement fe corrompirent, & enfuite furent envélopés dans la défolation que le même Roi de *Babylone* caufa dans ce Pays-là.

Il fut pareillement fur le point de faire périr généralement tous ceux qui étoient captifs à *Babylone*, tant Hommes, que Femmes & Enfans, fans en excepter un feul, & cela par le Miniftère de HAMAN *Agagien*, ce véritable Agent de l'Enfer*: mais le DIABLE manqua de réüffir en cette ocafion, la quatrième de toutes fes entreprifes, où il ait eu du deffous depuis la Création. Là, dis-je, il fut déconcerté, mais HAMAN fon Premier Miniftre fut élevé, comme il le méritoit.

Après avoir ainfi fuivi & raporté par ordre le Gouvernement du DIABLE & fa Domination, depuis la Création de l'Homme jufqu'à la Captivité; je croi que je pourois le fommer de planter, en cet endroit, l'Etendard de l'Empire univerfel. Il fembloit alors que Dieu eût réellement abandonné la Terre, & qu'il eût entièrement remis la Direction du Genre-Humain au DIABLE fon Ennemi juré: car, excepté parmi le très-petit nombre d'*Ifraëlites* qui fe trouvoient dans les Domaines du Roi de *Babylone*, il n'y avoit pas un petit coin dans le Monde, où le Nom du vrai Dieu fût invoqué, ni même fon Gouvernement reconnu. Toute

la

* Voiez le Livre d'ESTER

la Terre étoit enfévelie dans une Idolatrie
fi abominable, qu'il femble que la lumière
de la Raifon auroit dû convaincre les Hommes, que celui qui exigeoit d'eux des Sacrifices auffi fanglans que celui de *Moloch*,
& des Taillades auffi cruelles que celles que
les Prêtres de BAAL faifoient fur leurs
corps, loin d'être un DIEU, c'eſt-à-dire,
un Etre bon & bien faifant, ne pouvoit ê-
tre, au-contraire, qu'un DIABLE impitoïable, fanguinaire & dévorant, qui n'a-
voit pour but que la deftruction de fes Créatures, au-lieu de leur faire du bien. Mais
le Monde étoit alors tombé dans un fi étrange aveuglement, que, fans vouloir abandonner un genre de vie fi infame & fi corrompu, il continua à adorer des Idoles
muettes, à leur ofrir des Sacrifices humains,
&, en un mot, à commettre toutes les a-
bominations les plus horribles & les plus
abfurdes dont il étoit capable, ou que le
DIABLE pouvoit lui infpirer, jufqu'à ce
que le Ciel fut contraint, pour ainfi dire,
d'y aporter un entier changemeut par des
Miracles étonnans, comme il avoit déja
fait autrefois, en faveur de fon Peuple a-
bandonné.

Venons à-prefent à ce Rétabliffement &
au Retour de la Captivité. Si SATAN,
comme je l'ai déja remarqué, avoit été capable d'agir par la force, comme tous les
Princes & toutes les Puiffances de la Terre
avoient été, & étoient encore éfectivement
à fa dévotion, il auroit pu aifément fe fervir de leur fecours & armer tout le Monde
con-

contre les *Juifs*, pour empêcher qu'ils ne rebâtissent le Temple, & même qu'ils ne retournassent de leur Captivité.

Mais le pouvoir du DIABLE reçut un terrible échec en cette ocasion, & la main de Dieu se manifesta d'une manière éclatante, par la résolution qu'il prit de rétablir le Peuple des *Juifs*, & de leur faire naître l'envie de bâtir un second Temple. Le DIABLE qui connoissoit partaitement l'étendue de son pouvoir, & les bornes qui lui avoient été imposées, demeura en repos & se contenta d'être spectateur de cette révolution, sans oser s'oposer au Retour de la Captivité, parce qu'il savoit qu'il avoit été prédit, & qu'ainsi il ne manqueroit pas d'arriver.

Il est vrai qu'il fit quelques légères opositions pour empêcher qu'on ne rebâtît le Temple, & qu'on ne fortifiât la Ville ; mais comme il vid bien-tôt que ses éforts étoient inutiles, il fut contraint d'abandonner son entreprise. Ainsi, après le Retour de la Captivité, & le Rétablissement du Temple le Peuple des *Juifs* se multiplia si prodigieusement, & il crut tellement en force, que depuis ce tems-là on peut dire que le pouvoir du DIABLE commença à diminuer plutôt que d'avoir le même succès qu'il avoit eu auparavant. Il est vrai qu'il se forma des Sectes, des Erreurs, & des Divisions de plusieurs espèces parmi les *Juifs*, après le Retour de leur Captivité, & il ne faut pas douter que le DIABLE n'y ait eu sa bonne part, mais il ne put jamais les faire retomber dans l'Idolatrie ; & comme il lui fut impossible de ré réüffir de ce côté-là, il fit tous fes éforts pour les inquiéter & les oprimer, par quelque autre endroit, & fur-tout par le moïen d'ANTIOCHUS le *Grand*, qui aporta l'abomination de la défolation dans ce faint lieu, & par ce moïen là le DIABLE triomfa d'eux pour quelque tems; mais ils en furent délivrés par plufieurs voies jufqu'à ce qu'enfin ils entrèrent, moins fous la Domination, que fous la douce Protection de l'Empire *Romain*: & lorfque HE'RODE le *Grand* les gouverna en qualité de Roi, il répara, & rebâtit, pour ainfi dire, leur Temple, avec tant de dépenfe & de magnificence que, felon quelques-uns, il le fit plus grand & plus glorieux que n'étoit celui de SALOMON, quoique je regarde cela comme une Fable, pour ne pas dire quelque chofe de pire.

L'Eglife des *Juifs* étoit dans cet état, lorfque l'Acompliffement des tems, pour me fervir de l'expreffion de l'Ecriture, fut venu: le DIABLE fe trouva alors les mains liées, quoiqu'il eût beaucoup empiété fur elle, comme nous l'avons dit. Il y avoit, parmi ce Peuple, un glorieux refte de Saints, tel qu'étoit le vieux ZACHA'RIE, Père de JEAN-BATISTE, & le bon Vieillard SIME'ON qui atendoit le Salut d'*Ifrael*. L'Eglife des *Juifs*, dis-je, étoit dans cet état, lorfque le MESSIE vint au Monde, ce qui fut un coup mortel pour les Principautés & les Trônes infernaux, pareil à celui, dont nous avons parlé au Chapitre III. par raport à la Création de l'Homme. C'eft

auffi

auffi par-là que je finis les Antiquités de
l'Hiftoire du DIABLE, ou l'ancienne Partie de fon Règne; car depuis cette Epoque
nous voïons que fon Empire a diminué peu-
à-peu: & quoique, par fon adreffe prodi-
gieufe, par fon aplication infatigable, par
la vigilance & la fidélité de fes Inftrumens,
tant humains qu'infernaux, & diaboliques,
& des humains, tant écléfiaftiques que fé-
culiers, il ait fouvent recouvré ce qu'il avoit
perdu, & tâché de regagner l'Empire univerfel qu'il poffédoit une fois fur le Genre-
Humain, il a encore été défait, repouffé,
& batu; & fon Règne a de beaucoup diminué dans plufieurs Parties du Monde, &
fur-tout dans celles du *Nord*, fi l'on en excepte la *Grande-Bretagne*; & la Politique
avec laquelle il a maintenu fes Intérêts, &
augmenté fon pouvoir parmi la Génération
fage & jufte avec laquelle nous vivons, fera
le Sujet de la Partie *moderne* de l'Hiftoire de
SATAN, dont nous allons inceffamment
donner le détail.

Fin de la Première Partie.

TABLE
DES
CHAPITRES
DU
Second Tome.

* 2   *fur-*

CHAPITRES.

ou

CHAP.

CHAPITRES.

CHAP. XI.

De la Divination, du Sortilége, de la Magie noire, & d'autres semblables Arts qui aprochent de la Diablerie, & jusqu'à quel degré le DIABLE y est, ou n'y est pas concerné.

CONCLUSION.

De la dernière Scène de la Liberté du DIABLE, & ce qu'on peut suposer pour sa fin, outre ce qu'on doit entendre par ce qu'il doit être tourmenté dans tous les Siècles. 296

L'HIS-

L'HISTOIRE
DU
DIABLE.
SECONDE PARTIE.

CHAPITRE I.

Qui fert d'introduction au fecond Tome.

J'Ai examiné les Antiquités de l'Hiftoire de SATAN dans la Première Partie de cet Ouvrage, & j'ai raporté, par ordre les afaires qui le concernent, depuis la Création, jufqu'à l'heureufe Ere *Chretienne*, & en particulier jufqu'à la venue du MESSIE, tems où il femble que le DIABLE ne devoit avoir rien à faire parmi nous. Il eft vrai, que je n'ai fait que toucher légèrement certaines chofes qui regardent cet Ange rebelle, qui pourtant auroient demandé une plus ample defcription ; mais nous en aprendrons, par la fuite, de plus gran-

Tome II. A des

des particularités; malgré cela, je croi m'être affez étendu fur la Partie effentielle de fa Conduite, autant qu'elle a du raport à l'Empire qu'il a dans ce Monde. Pour ce qui regarde fon Gouvernement plus élevé, fes facultés angéliques, & ce qui leur eft arrivé, nous aurons ocafion d'en parler particulièrement dans le tiffu de ce Difcours.

Le MESSIE étoit né, l'*Acompliffement des Tems*, auquel l'Ancien Serpent devoit avoir la *Tête brifée*, *étoit venu*: c'eft-à-dire qu'alors la Domination, ou l'Empire qu'il avoit gagné fur l'Homme, par la Chute de nos premiers Parens dans le *Paradis*, reçut un échec fignalé.

Pour confirmer ce que nous avons déja dit, touchant les bornes qui ont été données au Pouvoir de SATAN, il eft à propos de remarquer, qu'il femble, que non-feulement fa force angélique a foufert une grande diminution; que fon jugement a été frapé; mais auffi que fes fineffes ferpentines & fon adreffe diabolique ont été renfermées dans des bornes plus étroites. Il n'eft plus fi rufé qu'il étoit, lorfqu'il trompa, pour ainfi dire, tout le Genre-Humain, non-feulement EVE, CAÏN, NOÉ, LOT, & tous les autres Patriarches, mais même des Nations entières, & que par-là il les fit tomber dans des extravagances & des abfurdités étranges; tel qu'étoit le projet de bâtir la Tour de *Babel*, la fureur de déifier & d'adorer leurs Rois, après leur mort & lorfqu'ils étoient réduits en poudre, ou de fe proflerner devant des *Bêtes*, des *Morceaux de bois*, des

Pier-

Pierres, &c. &, en un mot, lorfqu'il gouvernoit les Hommes précifément comme il
lui plaifoit.

C'eft depuis ce tems-là qu'il n'a paru
qu'un DIABLE foible, ftupide, & ignorant, en comparaifon de ce qu'il étoit auparavant. Il a trouvé prefque par-tout de
la réfiftance & du desavantage, dans fes
entreprifes; mais fur-tout il a échoué dans
toutes les mefures qu'il a voulu prendre
pour contrecarrer & rendre inutiles la Miffion & le Miniftère du MESSIE, pendant
qu'il étoit fur la Terre, & quelquefois dans
des ocafions d'une bien plus petite importance.

Premièrement, quel projet extravagant &
indigne de l'adreffe du DIABLE en pareils
cas, n'étoit-ce pas, que celui de porter HE'-
RODE à faire tuer les pauvres Innocens de
Bethléhem, dans l'efpérance d'envéloper
l'Enfant dans ce maffacre? Car je croi qu'il
n'y a perfonne qui ne convienne, que c'eft
cet Efprit malin qui fuggéra à HE'RODE
la penfée de cette exécution, quelque folle
& impertinente qu'elle fût. On peut conclure de-là, qu'il avoit peu de connoiffance
de la Nativité du Sauveur, parce qu'autrement il auroit pu aifément conduire fon A-
mi HE'RODE au lieu où il étoit.

Cela, dis-je, prouve, ou que le DIA-
BLE eft, en général, auffi ignorant que
nous, touchant ce qui doit arriver dans le
Monde, avant qu'il le foit éfectivement,
& que, par conféquent, lorfqu'il s'agit de
prédire l'avenir, il en fait encore moins

A 2   que

que notre fameux MERLIN, ou que la bonne
Mère SHIPTON; ou bien que ce grand
Evènement lui a été caché par un Pouvoir
immédiat & supérieur au sien, ce que je ne
saurois croire, en considérant combien il y
étoit intèressé, & qu'il savoit certainement
que la chose arriveroit un jour infailible-
ment.

Quoiqu'il en soit, il est sûr que le DIA-
BLE ne savoit, ni le lieu, ni le tems où le
CHRIST étoit né, de sorte que dans l'im-
puissance, où il étoit de donner aucune ins-
truction à HE'RODE, pour le trouver, tout
ce qu'il put faire fut, de le porter à donner
cet ordre également impertinent & cruel,
de tuer tous les Enfans, pour être sûr de
perdre le MESSIE en même tems.

La seconde extravagance que le DIABLE
fit, &, à la vérité, la plus grossière, dont
on l'ait jamais acusé, & la plus indigne de
ses lumières, & de la prudence qu'on lui a
toujours acordée, dans toutes ses actions,
fut d'aller trouver le MESSIE au Défert,
dans la vue de le tenter. Il est certain, que
cet Ange apostat, savoit, comme il l'a a-
voué par la suite, en plusieurs endroits, que
notre Sauveur étoit le Fils de Dieu, & qu'il
n'ignoroit pas, que, sur ce pié-là, il n'auroit aucun Pouvoir, & ne remporteroit aucun avantage sur lui. N'étoit-ce donc pas
un étrange trait de folie de l'ataquer comme
il fit: *Si tu es le Fils de* DIEU. * Il savoit certainement qu'il l'étoit, comme il
le dit ensuite; *Je sai qui tu es, savoir le*
Saint

Saint de DIEU *. Comment donc pouvoit-il avoir la foiblesse de dire: *Si tu es le
Fils de* DIEU, fai cela & cela?

La chose parle d'elle-même: quoique le
DIABLE sût que c'étoit le Fils de Dieu,
il n'avoit pas une parfaite connoissance du
Mistère de l'*Incarnation*; & il ne savoit
jusqu'où s'étendoit l'état d'*Abaissement* de
JESUS-CHRIST, ni si, en qualité d'Homme, il n'étoit pas sujet, comme ADAM,
à tomber, sans toucher à la pureté de sa
Nature Divine. Sur ce pié-là, comme il
ne vouloit rien négliger pour en venir à
bout, il le tenta trois fois consécutives;
mais, comme il vid qu'il ne pouvoit rien
gagner sur lui, il le laissa.

Cela prouve évidemment que le DIABLE
ne savoit rien du *grand Mistère de Piété*,
comme l'apèle l'Écriture ‡, savoir, que
DIEU *a été manifesté en chair*; puisqu'il a
eu la folie de vouloir tenter JESUS-CHRIST,
pour tâcher de remporter la victoire sur sa
Nature Humaine, comme si elle avoit été
capable de pécher, ce qui ne pouvoit être.
L'*Enfer* frémit de ce mauvais succès, toute
l'Armée des DIABLES en fut abatue, elle
en sentit le contre-coup, & ce fut pour eux une
seconde défaite. Ils avoient eu un long tissu
d'heureux succès, ils avoient remporté une
victoire continuelle & diabolique, sur la
plus grande partie des Créatures de DIEU;
mais alors ils se trouvèrent resserrés: la
Semence de la Femme étoit venue, *pour
briser la Tête du Serpent*, c'est-à-dire, pour

A 3   re-

---

* Luc IV. 34.   ‡ I. Tim. III. 16.

retrancher fon Pouvoir, pour mettre des bornes plus étroites à fon Règne, & ; en un mot, pour le détrôner dans le Monde. Il n'y a point de doute que le D i a b l e n'ait reçu alors un coup terrible ; car après cela, on l'entend toujours crier d'une manière afreufe, toutes les fois qu'il rencontre J e s u s-C h r i s t, ou bien il fe préfente à lui dans une pofture refpectueufe & foumife, comme lorfqu'il lui demanda la permiffion d'entrer dans un troupeau de pourceaux, chofe qu'il a fouvent pratiquée depuis.

Le premier ftratagème, dont je trouve qu'il s'eft fervi après cette défaite, eft, d'être entré en J u d a s pour le porter à trahir J e s u s-C h r i s t, & à le livrer au Souverain Sacrificateur ; mais en cela même il fe trompa groffièrement, parceque, tout D i a b l e qu'il étoit, il ne prévid pas quel en feroit l'Evènement. Mais, dès qu'il vint à favoir qu'en faifant mourir le C h r i s t, il deviendroit un Propitiatoire & un Sacrifice éternel pour le Genre-Humain, que fa Mort racheteroit la Race déchue, de celle qu'elle avoit encourue, & l'afranchiroit de la peine qu'elle avoit méritée par fa Chute, que c'étoit-là l'acompliffement de toutes les Profèties comprifes dans l'Ecriture, & qu'enfin c'eft de cette manière que J e s u s-C h r i s t devoit *mettre fin à la Loi*, il fit tous fes éforts pour prévenir un tel coup, jufqu'à interrompre le fommeil de la Femme de P i l a t e, pour l'engager par-là à empêcher

cher que fon Mari ne le livrât aux *Juifs*:
car ce n'eſt préciſément qu'alors, qu'il
connut que le Sauveur devoit triomfer de
l'Enfer, par le Pouvoir de ſa Croix.

C'eſt ainſi que le DIABLE manquoit de
réüſſir dans toutes les entrepriſes qu'il formoit; & comme il voïoit clairement que
ſon Règne alloit en décadence, & que d'un
autre côté le Règne même temporel de
JESUS-CHRIST s'élevoit ſur les ruines
du Pouvoir de SATAN; il ſembloit qu'il
ſe fût retiré dans l'Air, ſa Région particulière, pour y conſulter avec les autres
Diables ſes Compagnons, ſur les meſures
qu'il devoit prendre dans la ſuite, pour conſerver ſa Domination parmi les Hommes.
C'eſt-là qu'il fut réſolu de ſuſciter la Per-
ſécution, projet véritablement digne de
l'Enfer; mais où le DIABLE fit encore
paroître un trait de folie, en ſe flatant de
pouvoir, par ce moïen-là, détruire l'Egliſe
de Dieu, & en extirper les Membres de
deſſus la Terre, preſque auſſi-tôt qu'elle y
eut été établie, pendant que le Ciel contre-
minoit tous les deſſeins qu'il entreprenoit
contre elle. Quoiqu'il armât généralement
tout l'Empire *Romain*, ou plutôt le Monde
entier contre les Chrétiens, qui ſe virent
ataqués par-tout, par la fureur & par la
rage de quelques-uns des Tirans les plus
cruels que la Terre ait jamais portés, &
dont NERON fut le premier; cependant
DIEU, en dépit de l'Enfer, fit que le ſang
même, qui fut répandu par les artifices du
DIABLE, devînt la *Semence de l'Egliſe*;
&

A 4

& Satan eut la mortification de voir que
le nombre des Chretiens augmentoit, par
les moïens mêmes dont il s'étoit servi pour
les détruire & les extirper entièrement. Telle fut la situation des afaires sous les Règnes
de tous les Empereurs *Romains* qui ont
vécu pendant les trois premiers Siècles,
depuis la Venue de Jesus-Christ.

Après avoir ainsi éprouvé toutes les métodes les plus convenables à son inclination, je veux dire, celles du Sang & de
la Mort, acompagnées de tortures & de
toutes sortes de cruautés, pendant un si
long espace de tems, le Diable tout-à-
coup se tint en repos, & comme s'il avoit
été rassasié de carnage & de destruction, il regarda tranquilement les progrès du Christia-
nisme, durant les premiers Siècles de son
établissement dans le Monde, soit qu'il se
sentît incapable de les empêcher, ou qu'il
ne fût pas disposé à le faire. C'est pendant
cet intervale que l'Eglise s'établit, sous
le Règne de Constantin, & c'est
alors que la Religion jouït d'une profonde paix & d'une parfaite tranquilité. On
auroit dit que le Diable ne savoit plus
qu'entreprendre, & il sembloit que le Règne de Satan alloit prendre fin; mais il
fit bien tôt voir qu'il étoit le même Diable infatigable qu'il avoit toujours été, &
la prosperité de l'Eglise lui ouvrit un grand
champ pour mettre en pratique ses artifices.
Car, comme il connoissoit la disposition des
Hommes à se quereller & à se disputer,
passion universellement enracinée dans la
Na-

Nature, & fur-tout parmi les Ecléfiaftiques,
pour la Pré-féance, & pour le Gouvenement,
c'eft ces derniers qu'il ataqua d'abord. Ainfi,
donnant un autre tour aux afaires, & reprenant
fes rufes & fes artifices qu'il fembloit avoir
perdus, pendant les quatre premiers Siècles,
il gagna plus de terrain durant les Siècles
fuivans, & il avança plus fes afaires pour
le rétabliffement de fon Pouvoir & de fon
Empire dans le Monde, & pour la deftruction de cette Eglife, qui n'étoit etablie que
depuis peu, que tout ce que le feu & le fang
avoient fait auparavant.

Il fembloit alors que le D I A B L E eût a-
filé fa Politique, par le reffentiment qu'il a-
voit de s'être fi fouvent mépris ; & il paroiffoit irrité contre lui-même de voir qu'il a-
voit eu la fimplicité d'efpérer de pouvoir
extirper la Religion par le moïen de la Per-
fécution, pendant que d'un autre côté il fe
réjouiffoit d'avoir découvert que la Liberté,
& non pas le feu, étoit l'unique moïen de
ruiner l'Eglife, & qu'ainfi il n'avoit qu'à en
acorder aux plus zélés, autant qu'ils en voudroient en matière de Religion, parce qu'a-
lors ils feroient bien-tôt portés à faire eux-
même ufage du feu parmi eux.

Il faut avouer que c'eft-là une Politique
diabolique : S A T A N avoit alors pris des mefures fi fures, il avoit vifé fi jufte, que non-
feulement il ne manqua pas fon coup, mais
que la même métode lui a réüffi toujours depuis ce tems-là, & que, felon les aparences,
elle continuera de-même jufqu'à la fin du
Monde. Le D I A B L E n'a jamais eu plus

A 5   beau

beau jeu, ni d'expédiens plus assurés, pour détruire la Religion, comme nous aurons ocasion de le faire voir par plusieurs exemples, sans parler des *Non conformistes* d'*Angleterre*, qui ont été considérablement afoiblis, par la Liberté de Conscience qui leur a été acordée en dernier lieu. L'Histoire ne nous aprend pas si le DIABLE a eu part, ou non, à amorcer l'hameçon, par un Acte de Parlement; mais il n'est que trop sûr qu'il y a atrapé le poisson, & si la bonne Eglise *Anglicane* n'a pitié d'eux & ne leur tend une main charitable, je crains fort que SATAN de vienne à bout de son dessein & qu'il ne les détruise entièrement.

C'est sur cette nouvelle Politique que le DIABLE ataqua les Empereurs mêmes. ARIUS, Hérésiarque de son tems, semant son Hérésie, ATHANASE, Evêque ortodoxe d'Orient s'y oposa, & le DIABLE ne vid pas plutôt la porte ouverte à la Division & aux Débats, qu'il se glissa dedans, & fomenta la querelle jusqu'à un degré si considérable de rage & d'animosité, qu'il y engagea le pieux Empereur d'alors; de sorte qu'ATHANASE fut bani & rapelé plusieurs fois, selon que l'Erreur augmentoit ou diminuoit, ou plutôt selon le terrain que le DIABLE gagnoit ou perdoit. Le Successeur de l'Empereur CONSTANTIN fut son Fils qui étoit *Arien*: alors toute la Cour entra dans la querelle, comme cela arrive souvent en pareilles ocasions; & les *Ariens* & les *Ortodoxes* se persécutèrent les uns les autres, avec autant

de

de fureur, que les *Payens* les avoient tous perſécutés indiféremment, quelques tems auparavant; ainſi le DIABLE remporta une victoire conſidérable dès la naiſſance même de cette Diviſion, & il triomfa de la véritable Foi de l'Egliſe primitive, avant même qu'elle eût jouï vingt ans de la liberté du vrai Culte.

Enflé de ce ſuccès, cet Eſprit malin fit une tentative pour rétablir le *Paganiſme*, & introduire de nouveau l'ancien Culte des Idoles & des Temples des *Gentils*; mais, ſemblable à JAQUES II. Roi d'*Angleterre*, il précipita trop la choſe, & JULIEN avoit ſi fort irrité tout l'Empire *Romain*, qui avoit alors entièrement embraſſé le *Chriſtianiſme*, que quand même cet Apoſtat auroit vécu, il n'auroit jamais été capable de ſe maintenir ſur le Trône; & comme la mort l'enleva de bonne heure, le *Paganiſme* expira avec lui, & le DIABLE auroit pû s'écrier avec ce Prince, & avec beaucoup plus de raiſon, *Viciſti Galileæe*.

Comme JOVIEN, Succeſſeur de JULIEN, étoit un Homme pieux & zélé pour la Religion, & un grand Prince en même tems, le DIABLE ſe trouva contraint de demeurer quelque tems dans l'inaction, & de ſoufrir que les Armées Chretiennes rétabliſſent la Foi ortodoxe, ſans qu'il pût, pendant un long tiſſu d'années, ſemer aucune diviſion parmi les Chretiens,

Cependant, le tems & la vigilance du DIABLE en vinrent à bout; & lorſque les Empereurs ne lui parurent pas ſufiſans,

A 6 de

de quelque manière que ce fût, pour venir
à son but, il changea de baterie & se servit
de l'entremise des Eclésiastiques ; & pour y
mieux réüssir il mit les Docteurs de l'Eglise aux prises, par la pensée qu'il leur inspira de la *Primacie*, comme une Pomme
de discorde qu'il jetta parmi eux. Les Prêtres mordirent à l'hameçon, & gobèrent
l'amorce avec avidité ; en même tems le
DIABLE, Pêcheur plus habile que n'a jamais
été S. PIERRE, retirant sa ligne à propos,
les y acrocha.

Dès qu'ils les tint ainsi entre ses grifes,
& qu'ils furent, pour ainsi dire, à lui, ils
ne firent plus rien dans la suite que par ses
avis, & ils suivirent aveuglément ses instructions. J'oserois même dire que depuis ce
tems-là, il a eu beaucoup de part à la conduite de tous les Membres de la Société, de
quelque Profession ou de quelque Parti qu'ils
fussent, si l'on en excepte seulement les E-
vêques & les autres Ministres de l'Eglise
Anglicane.

Après, dis-je, que les Eclésiastiques eurent été pris à l'hameçon, & que le DIA-
BLE se vid à la tête de leurs afaires, les
choses allèrent aussi glorieusement pour lui
qu'il pouvoit le souhaiter. Les Evêques
commencèrent à cabaler & à former des
Partis, pour la Supériorité, avec autant de
chaleur que les Tirans temporels aient jamais fait pour l'Empire, & ils prirent, pour
y réüssir, des métodes aussi noires & aussi
diaboliques que celles dont se soient servis
les Tirans les plus cruels, avant eux.

En-

Enfin, SATAN se déclara en faveur du Pontife de *Rome*, sous des conditions admirables, sous le Règne de l'Empereur MAURICE. BONIFACE qui ambitionnoit, depuis long-tems, le titre d'Evêque Souverain, fit avec PHOCAS, Capitaine des Gardes de ce Prince un acord, dont les conditions étoient véritablement infernales, comme tout le Monde en peut juger, & mettoient entièrement le DIABLE en droit de s'en dire l'Auteur. PHOCAS devoit massacrer l'Empereur son Maître, avec ses Fils, & BONIFACE devoit soutenir un assassinat si énorme, en récompense de quoi, ce nouvel Empereur reconnoîtroit la *Primacie* de l'Egise de *Rome*, & déclareroit BONIFACE Evêque universel. Couple admirable ! que le DIABLE mit tout d'un coup à la tête des afaires, tant spirituelles que temporelles, tant écléfiastiques que civiles du Monde Chretien. Depuis la conquête que le DIABLE fit d'EVE dans le Paradis, par-où SATAN & la Mort établirent, de concert, leur premier Empire sur la Terre; cet Ange apostat n'a jamais remporté un avantage si considérable que celui qu'il remporta en cette ocasion.

Il est vrai, qu'il avoit assez bien réüssi dans ses entreprises, durant quelque tems auparavant, & que les Ecléfiastiques étoient dans ses intérêts depuis quelques Siècles ; mais c'étoit une pratique secrète qui ne se faisoit qu'en cachette & avec dificulté ; & elle ne consistoit qu'à semer la discorde &

a

à fomenter des factions parmi les Peuples ; à confondre les Conseils de leurs Princes, & à atirer par adresse les Ecléfiastiques qui possédoient les premières Dignités.

Il avoit pareillement fait naitre dans l'Eglise une infinité de petits soulèvemens, en y établissant des Hérétiques de diférentes espèces, & en leur suscitant des suports parmi les Ecléfiastiques, tels qu'étoient EBION, CERINTHIUS, PE'LAGE, &c.

Il avoit aussi insinué aux Evêques de *Rome* d'introduire le faste ridicule des CLEFS ; & pendant que SATAN leur ouvroit à tous les portes de l'Enfer, il les engagea à fermer celles du Ciel, en en donnant la Clef à l'Evêque. Quelque grossière que fût cette fourberie, le DIABLE sut si bien la dorer, ou plutôt il aveugla tellement les Hommes de ce Siècle là, pour la leur faire recevoir, que tout le Monde Catholique paillarda après cette Idole, comme il arriva du tems de GE'DE'ON après son *Ephod*, & par ce moïen-là l'Evêque de *Rome* envoïa au DIABLE plus de Sujets qu'il n'espéra jamais d'en faire entrer au Ciel, quand même il en auroit ouvert la porte autant que sa Clef en étoit capable.

L'Histoire qui porte que cette Clef a été donnée à l'Evêque de *Rome* par S. PIERRE, qui, pour le dire en passant, ne l'a jamais eues qu'elle a été perdue par je ne sai qui, car il paroît que le DIABLE ne l'a pas dit ; qu'elle a été retrouvée par un Soldat *Lombard*, de l'Armée du Roi ANTHARIS ; que voulant la couper avec un couteau il fût
mira-

miraculeusement forcé à tourner le coup
contre lui-même, & à se couper la gorge ;
que le Roi & ses Courtisans aiant vu cette
avanture, ils embrasserent tous le Christia-
nisme ; que ce Prince envoïa cette Clef,
avec une autre pareille qu'il fit faire, au
Pape Pe'lage, alors Evêque de *Rome*, qui
là-dessus s'arrogea le pouvoir d'ouvrir & de
fermer les Portes du Ciel, & qu'ensuite il mit
un impôt ou un péage à l'Entrée, comme il y
en a pour passer un Tourniquet : toutes ces
belles choses, dis-je, furent conduites avec
beaucoup de succès pendant quelques années,
avant même que celle dont je parle ici fût
introduite ; mais dès que le D I A B L E eut
placé un Assassin sur le Trône temporel, &
un Empereur de l'Eglise sur le Trône éclé-
siastique, tous deux de sa façon, on peut
dire qu'il triomfa ouvertement, & que c'est
depuis cette Epoque qu'on peut compter son
nouveau Règne, & l'apeler la *Restauration*,
ou le Rétablissement.

Depuis ce tems-là les afaires du D I A B L E
lui réüssirent véritablement à souhait, & les
Eclésiastiques remplirent leur Culte de tant
de babioles, & mêlerent de Principes si diaboliques ce qu'on apèle la Foi Chretienne,
qu'en un mot c'est depuis ce tems là que
l'Evêque de *Rome* commença à devenir la
Paillarde de Babylone, dans les termes les
plus propres qu'on puisse s'imaginer. Une
Tirannie des plus cruelles se glissa dans le
Pontificat, des Erreurs de toutes les espèces
furent reçues par ceux qui faisoient profession de la Religion, & l'on passa ainsi
d'une

d'une chofe à l'autre , jufqu'à ce que les Papes (c'eſt le nom que l'Evêque de *Rome* ſe donnoit alors pour ſe diſtinguer des autres) ces Guides ſpirituels confeſſèrent publiquement qu'ils avoient fait paɛe avec le DIABLE , & qu'en même tems ils entretenoient avec lui une correſpondance perſonélle & particulière , pendant qu'ils s'arrogeoient le titre de Vicaires de JESUS-CHRIST , & de Direɛeurs infaillibles des Conſciences des Chretiens.

Nous en avons divers exemples en quelques Papes plaiſans , qui , s'il faut ajouter foi à ce que la Renommée en publie , étoient Sorciers , ou Magiciens , & avoient des Eſprits familiers , & une converſation immédiate avec le DIABLE , d'une manière viſible , & qui par ce moïen-là ſont devenus ce qu'on apéle des *Diables incarnés*. C'eſt par cette raiſon que j'ai renvoïé à cet endroit la converſation que les DIABLES peuvent avoir avec les Hommes , de même que parce que je croi qu'elle difère beaucoup à préſent dans ſon état moderne , de ce qu'elle étoit dans ſon ancien état, & que par conſéquent ce qui nous touche de plus près apartient à cette Partie de ſon Hiſtoire. D'ailleurs , comme c'eſt pour les perſonnes de ce Siècle que j'écris , je tâche de raporter les circonſtances les plus importantes de cette Hiſtoire, ſur-tout lorſqu'elles nous intéreſſent , à cette Partie de tems qui nous touche le plus.

J'ai remarqué plus haut , que le DIABLE a eu une fois la Monarchie univerſel-

. le,

le, ou le Gouvernement général du Genre-Humain, & je ne doute pas que pendant l'état floriſſant de ſes afaires, il n'ait gouverné les Hommes en Tiran abſolu, tel qu'il eſt. Durant cette eſpéce de *Théocracie* (car SATAN eſt apelé *le* DIEU *de ce Monde*) il ne familiariſoit pas tant avec les Hommes, qu'il trouve ocaſion de le faire aujourd'hui ; parce qu'il n'avoit pas beſoin de cet expédient, aïant alors un pouvoir abſolu. Semblable à une Divinité, il avoit ſes Oracles où il donnoit audience à ſes Dévots ; & il avoit ſes Dieux Subalternes, qui, ſous ſes diférens ordres, recevoient en ſon nom les homages du Genre-Humain : tels étoient tous les Dieux des *Païens*, depuis JUPITER, qui paſſoit pour le Père de tous les autres, juſqu'aux LARES, ou Dieux Tutelaires de chaque Famille. Tous ces Dieux, dis-je, en qualité de Réſidens de SATAN, recevoient, à la vérité, les Génuflexions ; mais les Homages ſe raportoient au DIABLE, qui en avoit toute la ſubſtance, je veux dire l'Idolatrie.

Pendant cette adminiſtration infernale, il y avoit moins de ſortiléges & de magies qu'on n'en a vus depuis, parce qu'alors le DIABLE n'avoit pas beſoin d'avoir recours à ces expédiens, ni de s'abaiſſer juſqu'aux opérations mécaniques, dont il a fait uſage par la ſuite. Il gouvernoit alors comme une Divinité, & recevoit les vœux & l'adoration de ſes Sujets avec plus d'éclat & de ſolennité : au-lieu que depuis ce tems-là il eſt contraint d'avoir plus d'Agens à ſon ſer-

fervice, & de prendre lui-même plus de
peine qu'il ne faifoit: en un mot, il rôde
dans le Monde plutôt en Efclave qu'en
Prince, & il fe donne infiniment plus de
mouvemens qu'il ne s'en donnoit du tems
de fon Empire univerfel.

C'est par cette raifon que ce qu'on a-
pèle Aparitions, Vifions d'Efprit familiers,
Pactes avec le DIABLE; dont la variété
& le nombre font fi grands aujourd'hui dans
le Monde, étoient des chofes peu connues
aux Hommes des premiers Siècles du Règne
de SATAN. En un mot, il femble que
le DIABLE ne fait plus de quel bois faire
flèche, & qu'il eft contraint d'avoir recours
aux artifices & aux ftratagêmes, beaucoup
plus qu'il ne faifoit alors, pour réüffir dans
fes négociations.

Une raifon, entre autres, qu'on en pouroit donner, eft, qu'il a été mieux découvert & qu'il s'eft plus expofé dans les Siècles fuivans qu'il n'avoit fait auparavant. Il
pouvoit au commencement fe faire voir dans
le Monde fous fa forme naturelle, fans
pourtant être reconnu ; & lorfque les Fils
de Dieu parurent par un ordre divin, SA-
TAN put fe gliffer parmi eux. Mais après
les mauvais tours qu'il a joués aux Hommes,
ils ont tellement apris à le connoître, qu'il
eft obligé de fe tenir à l'écart, ou d'agir
fous le mafque. On ne veut plus rien de
ce qu'il fait, ni de ce qu'il dit en fon nom;
fi l'on propofe de faire une chofe & qu'on
dife que le DIABLE y doit avoir part,
c'eft affez pour la rejetter bien loin; & fi

l'on

l'on dit d'un Homme qu'il a commerce avec le DIABLE, ou que le DIABLE lui prête son secours, tout le Monde le fuit comme la peste, & comme la Créature la plus afreuse qui soit au Monde.

Je dis plus, lorsqu'il est arrivé quelque chose d'étrange & de dificile à croire, ou seulement qu'on en parle, on dit d'abord que c'est le DIABLE qui en est l'auteur. C'est ainsi qu'on apèle le grand Fossé qui est dans la Plaine de *Newmarket*, le *Fossé du Diable*, qu'on dit que c'est le DIABLE qui a bâti l'Abaïe de *Crowland*, & le lieu raisonnant de la Catédrale de *Gloucester*. La Grote même de *Castleton* s'apèle la *Grote du Diable*, parce qu'on ne peut pas aller jusqu'au bout, &c. Si l'on demande aux Habitans de *Wiltshire*, comment les grandes pierres qui sont à *Stonehenge*, y ont été portées? ils répondront tous que c'est le DIABLE qui a pris cette peine-là. Nous arrive-t-il quelque malheur extraordinaire, nous disons d'abord que c'est le DIABLE qui en est la cause, & qu'il l'a voulu ainsi. En un mot, le DIABLE est en très-mauvaise odeur parmi nous, ce qui fait qu'il est contraint de travailler dans les ténèbres, d'observer l'*incognito* plus qu'il ne faisoit, de ne point se faire voir, d'avoir recours à la sape, comme disent les Mineurs, c'est-à-dire, d'agir dans le souterrain & en cachette, sans déclarer son nom ni sa personne, comme autrefois, quoique peut-être il ne réüssisse pas moins qu'auparavant. Cela me conduit à examiner de plus près

près la manière dont le DIABLE se servit,
dans le ménagement de ses afaires, depuis
que la Religion Chretienne commença à se
répandre dans le Monde ; car il est certain
qu'elle est fort diférente de ce qu'elle étoit
anciennement. Si nous y rencontrons quelquefois la politique d'un fou achevé ; l'a-
dresse la plus simple & la plus absurde, &
le plus fin maniment des afaires qu'il soit
possible à notre foible imagination de concevoir, le tout se réduira à ceci, que *c'est-
là le Diable*.

CHAPITRE II.

*De l'ENFER, tel qu'il nous est representé,
& de quelle manière il faut entendre que
le DIABLE y est personellement, pendant
qu'en même tems nous le trouvons en liberté, & qu'il rôde dans le Monde.*

JE trouve également juste & véritable la
pensée de ce savant & agréable Auteur,
l'inimitable Docteur BROWN, qui dit, que
le DIABLE est un Enfer à lui-même. Une
des circonstances essentielles de son malheur est, de n'avoir pas la liberté d'agir sur
le Genre Humain conformément à son pouvoir inhérent, & à la fureur qu'il conserve
contre lui ; de ne pouvoir, dis-je, détruire
cette espèce de Créatures, pour laquelle il
a eu, comme je l'ai déja dit en son lieu, une
étrange aversion dès le commencement,
parce qu'il a vu que le Créateur avoit dessein

fein de remplir fa placè dans le Ciel, par une nouvelle efpèce d'Etre apelé *Homme*, & fupléer ainfi aux poftes qui font devenus vacans par fon Apoftafie & par fa Rébellion.

Ce deffein l'a rempli d'une fureur inexprimable, & lui a fuggéré des réfolutions horribles de vengeance, de forte que l'impoffibilité où il fe trouve de les mettre en pratique fait une bonne partie de fon defefpoir; & cela ajouté à ce qu'il étoit déja auparavant, fait de lui un DIABLE achevé, avec un Enfer qu'il porte en fon fein & un feu éternel qui lui brûle le cœur.

Je pourois m'étendre ici, fort à propos, à donner une Defcription fférique & matématique de cette qualité exquife qu'on apèle communément *Efprit diabolique*; cela me feroit naitre naturellement l'ocafion de groffir ce Difcours d'un Chapitre entier, touchant les glorieux articles de l'*Envie* & de la *Malice*, & fur-tout touchant cette Paffion douce, agreable, & triomfante qui porte le nom de VENGEANCE. Je ferois voir combien elle eft naturelle à l'Homme même à l'un & à l'autre Sexe; combien les idées qu'on s'en fait font flateufes, quand même on n'a pas précifément dans ce tems-là le pouvoir de la mettre en exécution; combien elle eft douce en elle-même; combien elle eft favoureufe lorfqu'elle eft aprêtée avec des fauces convenables, comme font les Complots, les Artifices, les Plans, & les Ligues, qui tendent toutes à l'exécution; comment elle fe rend maîtreffe d'une Ame humaine dans toutes fes parties les plus fensenfibles ; comment elle donne pouvoir à l'Homme de pécher en imagination, & en même tems à tous égards, jusqu'à la damnation même aussi réellement, que s'il avoit péché actuellement ; combien cette métode est sure, par raport au chatiment temporel, en ce qu'elle nous met en état de nous couper la gorge, pour éviter la potence, de calomnier la Vertu, de fouler l'Innocence, de blesser l'Honneur, de faire brèche à la Réputation, &, en un mot, de commettre toutes sortes de mauvaises actions, sans être exposés à la rigueur des Loix.

Nous pourions en même tems décrire les Opérations secrètes de ces excellentes qualités, lorsqu'elles viennent à s'emparer du cœur de l'Homme. Nous verrions comment elles forment réellement un Enfer au-dedans de nous, & de quelle manière elles nous font ressembler à des *Diables*, & nous transforment insensiblement en *Diables*, en vrai *Diables* humains, & en *Diables* aussi réels que SATAN même, ou qu'aucun de ses Anges ; de sorte qu'il n'est pas si absurde, qu'on pouroit s'imaginer, de dire qu'un tel Homme est un *Diable incarné* : car, comme le Crime a fait un *Diable* de Satan, qui auparavant étoit un Sérafin immortel & resplendissant, ou autrement un Ange de Lumière, avec combien plus de facilité le même Crime peut-il faire d'un Homme, ou d'une Femme, le même *Diable*, quoiqu'en toutes façons plus vil & plus méprisable ? Mais c'est-là un Sujet trop grave pour moi à-present.

Le

Le Diable, dis-je, enflamé de fureur & d'envie, en vertu de la jaloufie qu'il avoit conçue contre la Création de l'Homme, fa douleur eft montée jufqu'à fon plus haut degré, par les bornes qui ont été mifes à fon Pouvoir, & par la défenfe qui lui à été faite d'agir contre le Genre-Humain par la force des Armes. C'eft-là, je le répète, ce qui fait partie de l'Enfer qu'il porte au-dedans de lui, & qui ne le quite point, quelque part qu'il aille; & fur cette jufte Defcription il n'eft pas fi dificile de fe former une Idée de l'*Enfer* ou du *Diable*, qu'il l'eft par les Notions ordinaires que nous en donnent les Vieilles Femmes & ceux à qui eft commife la charge de notre inftruction. Car, pour peu de réflexion qu'on faffe fur foi-même, & fi l'on veut faire un jufte examen de fes Paffions, dans quelques-uns de leurs écarts particuliers, chacun remarquera un *Enfer* au-dedans de lui-même, & verra qu'il eft un vrai Diable, pendant que le feu de la Paffion dure, & cela réellement & à tous égards, comme s'il avoit Satan devant lui d'une manière locale & perfonelle, c'eft-à-dire, tous les *Diables* & Monftres de l'Enfer au-dedans de fa perfonne, & un feu immatériel, mais en même tems fort ardent, qui flamât autour de lui & qui fortît de lui par tous les pores de fon corps.

Les idées qu'on nous donne du Diable, comme d'une perfonne dans un Enfer *local*, font infiniment abfurdes & ridicules. Il eft certain, que la première eft
fauffe

fauſſe en éfet, parce qu'il a une eſpèce de Liberté, qui, quoique limitée, ne prouve rien pour le contraire : il eſt viſible tous les jours, on peut le ſuivre à la piſte dans les diférentes ataques qu'il forme contre le Genre-Humain, & il en a toujours été de même, depuis ſa première aparition dans le *Paradis*.

Il ne s'agit pas ici de ſe faire voir corporellement, il ſufit qu'on puiſſe le ſuivre pas-à-pas, comme les chiens de haut nez font le Renard. Nous pouvons le voir auſſi clairement, par les éfets qu'il produit, par le mal qu'il fait, encore plus par celui qu'il nous fait faire, que ſi nous le voyons des yeux corporels.

Il ne faut pas douter que le DIABLE ne puiſſe nous voir dans des endroits, & dans des tems, où nous mêmes ne ſaurions le voir; & comme c'eſt une ſubſtance, quoique ſpirituelle, on peut ſupoſer avec raiſon, que lui & ſes Anges habitent le Monde des Eſprits, & que de-là ils ont l'entrée libre dans les Régions de la vie, d'où ils peuvent paſſer dans l'Air, auſſi réellement, quoique d'une manière qui nous eſt imperceptible, que l'Eſprit humain, détaché de ſon corps paſſe au lieu, ſoit heureux ou malheureux, qui lui eſt deſtiné.

Si le DIABLE eſt renfermé dans un Enfer *local*, comme dans une priſon il ne poura rien avoir à faire parmi nous ; ſi aucontraire ce n'eſt pas une priſon pour lui, mais qu'il ait la liberté d'y être, ou de n'y être pas, il eſt certain qu'il ne s'y trouve

ra

ra jamais, ou il faut conclure que l'*Enfer*
n'eſt pas un lieu tel qu'on nous enſeigne de
le croire.

Il eſt vrai, qu'il y a des Auteurs qui prétendent que c'eſt un lieu de feu & de
tourmens pour les Ames qui y ſont précipi-
tées, mais qu'il ne l'eſt pas pour les DIABLES
mêmes ; de ſorte que les-uns, ſur ce pié-là,
ne ſeront que les Gardes & les Geoliers de
l'Enfer, comme d'une Priſon, & les autres ſeront envoïés de côté & d'autre pour
y amener les Ames, les y renfermer à leur
arrivée, & retourner enſuite ſur leurs pas,
pour en aller quérir davantage. Ils ajoutent qu'il y a une ſorte de DIABLE qui
eſt deſtinée à vivre dans le Monde parmi
les Hommes, & d'être continuellement o-
cupée à les ſéduire, & à les conduire, pour
ainſi dire, juſqu'aux Portes de l'*Enfer*, &
qu'il y en a une autre compoſée de Portiers
& de Chartiers pour les y faire entrer.

Voilà, à mon avis, un Conte aprochant
ſemblable, à l'Hiſtoire de PLUTON, de
CERBERE, & de CARON, à cela près
qu'il n'eſt ni ſi bien digéré, ni ſi bien ſoutenu, & que les parties n'en ſont pas ſi bien
arangées.

Dans toutes les Idées qu'on nous donne
de l'ENFER & du DIABLE, des Tourmens
qu'on ſoufre dans le premier, & de la promtitude du dernier à nous tourmenter, on
ne nous dit pas un mot du principal, &,
peut-être, de l'unique ſujet d'horreur, dont
il nous apartient de juger, touchant l'*Enfer*, je veux dire, de la Privation du Ciel,

du

du Baniſſement & de l'Eloignement de la
Face de l'Etre ſuprême, l'unique Bien éternel & ſufiſant ; en un mot, d'une perte
qu'on nous fait ſuporter par une négligence
ſordide de nous intèreſſer dans cette excellente partie, pour nous atacher à des vétilles
mépriſables, & condamnées avec juſtice,
quoiqu'il ne s'agiſſe pas moins que de l'éternité & d'un arrêt irrévocable. On ne nous
dit rien des Remords éternels de la Conſcience, de l'Horreur du Deſeſpoir, ni de
l'Acablement où ſe trouve une Ame qui ne
peut eſpérer de jamais voir la Gloire, qui
ſeule forme le Ciel, & dont l'abſence rend
tous les autres lieux formidables & ténébreux.

Cela me conduit directement à mon Sujet, je veux dire, à l'état de cet *Enfer* que
nous devons avoir en vue, lorſque nous
parlons du DIABLE dans l'*Enfer*. C'eſt-là
préciſément l'*Enfer* qui tourmente le DIA-
BLE ; &, en un mot, le DIABLE eſt dans
l'ENFER, & l'ENFER eſt dans le DIABLE.
Il eſt rempli d'un feu qui ne s'éteint point;
il eſt chaſſé du lieu de la Gloire, & bani des
Régions de la Lumière; la Privation de la
Vie & de toute Béatitude fait ſa Malédiction,
le Deſeſpoir eſt ſa Paſſion dominante ; &
toutes les autres petites parties qui compoſent ſon tourment, telles que ſont la Rage,
l'Envie, la Malice, & la Jalouſie, ſont,
pour rendre ſa Miſère complète, afermies
par leur durée, & par l'éternité de ſa condition, ſans aucune eſpérance d'en pouvoir
jamais être délivré.

S'il

S'il y a quelque chose qui soit capable d'enflamer davantage cet *Enfer* & de le rendre plus chaud qu'il n'est, & en même tems d'imprimer au DIABLE un surcroît inexprimable d'Horreur, c'est, sans doute, de voir l'Homme, la seule Créature qu'il haît, placé dans un état de Rachât, suivant le glorieux *Etablissement* qui en a été formé dans le Ciel, & dont le Plan a été exécuté & acompli sur la Terre; suivant, dis-je, un Etablissement qui met l'HOMME dans un état de Rédemtion, suposé même que le DIABLE l'ait séduit par ses artifices & l'ait engagé à tomber dans le Crime; avantage que SATAN n'a pas, & qu'il ne sauroit empêcher. Considérons à-present le DIABLE tel qu'il est, par raport à sa Nature angélique: envisageons-le comme un Sérafin lumineux, immortel, nouri dans le Ciel, & qui a gouté de la Béatitude éternelle à laquelle l'Homme est destiné: faisons réflexion sur la perte qu'il a faite de cet état, & sur la possession qu'en a son Rival, quoiqu'aussi méchant que lui: representons-nous, dis-je, le DIABLE, tel qu'il est, pénétré d'un vif sentiment de sa perte, & de la vue cuisante de la félicité de son Rival, nous serons obligés de convenir que c'est-là un Enfer sufisant, & même plus ardent qu'un Ange n'est capable de suporter, puisqu'il est impossible de s'imaginer rien de pire.

Je ne nierai pas qu'il puisse y avoir quelque autre feu que celui dont je viens de parler, capable, par sa chaleur immatérielle,

de

de tourmenter un Esprit qui est un feu lui-
même, parce que rien n'est impossible à un
Etre infini ; mais je suis obligé d'avouer que
je ne puis m'en faire aucune idée juste, ni
me le representer clairement.

Je n'entrerai point dans les raisons qu'on
alègue pour representer les Tourmens de
l'Enfer, sous l'idée d'un feu, & même d'un
feu composé de *flame* & de *soufre* : il a plu
à Dieu de nous faire concevoir l'Horreur des
agonies éternelles touchant la *perte du Ciel*,
par des Similitudes ou des Alégories les plus
capables de faire impression sur nos Sens &
sur notre Esprit. Je n'en disputerai point
la possibilité : je ne douterai pas même qu'il
y ait une Consommation de Misère pour
tous les Objets misérables, lorsque le Règne
du DIABLE dans ce Monde venant à prendre fin avec le Monde même, la Liberté
qu'il a aujourd'hui sera resserrée dans des
bornes plus étroites qu'elles ne sont, lorsqu'il poura rentrer dans l'état où il étoit
entre le tems de sa Chute, & celui de la
Création du Monde, peut-être avec quelque surcroît de châtiment, que nous ne saurions décrire à-present, pour toutes les trahisons tous les crimes énormes, & toutes
les malversations, dont il se sera trouvé
coupable, pendant son commerce avec le
Genre-Humain.

Comme alors son Malheur sera consom-
mé & complet, celui des Hommes qui seront
condamnés avec lui poura pareillement recevoir un surcroît considérable, en vertu
des paroles qui sont portées dans leur Sentence:

tence : *Avec le Diable & ses Anges.* Car,
comme la Privation du Souverain Bien est
un *Enfer* achevé, de même la Compagnie
odieuse d'un Trompeur ou Séducteur, qui
a été la principale cause de leur perte, leur
doit être un nouveau sujet d'Horreur ; &
ils auront raison de dire, avec un Gentil-
Homme *Ecossois,* qui mourut de ses débauches, & qui déclara ingénument au fameux
Docteur P.... qui l'alla voir en son lit de
mort, mais qui l'avoit trop fréquenté pendant sa vie :

O tu fundamenta jecisti ———

Je ne voudrois pas traiter mon Sujet d'u-
ne manière peu convenable ; aussi ne croi-
je pas que l'idée que j'ai de cet *Enfer,* que
je dis consister en la Privation de celui en
qui est le Ciel, céde en rien à l'opinion de
ceux qui prétendent que ce n'est que *flame*
& que *soufre.* Cependant, je suis obligé
d'avouer, que je ne trouve rien de plus ridicule que les Notions, dont nous nous
remplissons l'esprit touchant l'*Enfer,* & les
tourmens que le D I A B L E y fait souffrir
aux Ames, en les mettant sur le gril, en
les pendant à des crochets, en les portant
sur ses épaules, *&c* ; sans parler d'une infinité de Tableaux qui representent l'*Enfer,*
sous la figure d'une grande gueule, armée
de dents éfroïables, & béante comme un
antre à côté d'une Montagne, à cela près,
qu'au lieu d'un ruisseau d'eau, c'est un torrent de feu qui en sort, & où l'on voit

SATAN sur le sommet, & plusieurs petits *Diables* qui sortent & entrent continuellement, pour aller chercher des Ames afin de les conduire, on ne sait où, ni pour quel sujet.

Quoique le but de ces sortes de representations soit d'imprimer de la terreur, elles sont pourtant si ridicules que je suis sûr que le DIABLE s'en moque, & qu'à-peine un Homme de bon sens poura s'empêcher d'en faire de-même, mais je ne m'étendrai pas davantage là dessus, de peur d'ofenser les cerveaux foibles. Cela ne veut pourtant pas dire, que je doive faire compliment à des Esprits foibles, aux dépens de mon jugement, ou dire des absurdités, par ce qu'ils ne sauroient comprendre autre chose. Je croi que toutes ces Idées & toutes ces Représentations de l'*Enfer* & du DIABLE, sont aussi profanes qu'elles sont ridicules; de sorte qu'il ne m'est pas plus permis d'en parler avec profanation, qu'en plaisantant.

Aprenons donc à en parler comme il faut; & comme nous n'en saurions donner une description à notre Raison & à notre Jugement, pourquoi voudrions-nous entreprendre d'en donner une à nos Sens? Je croi que notre silence là dessus sera préférable à la témérité de vouloir les décrire. L'Apôtre S. PAUL, comme il le dit lui-même (*) a été enlevé ou *ravi jusqu'au troisième Ciel*, cependant lorsqu'il en fut descendu, il ne pouvoit raconter ni ce qu'il avoit

(*) 2. Cor. XII. 2.

avoit entendu, ni décrire ce que c'étoit, &
tout ce qu'il en put dire, fut, qu'il avoit
entendu *des paroles inénarrables, qu'il n'étoit
pas puffible à l'Homme d'exprimer.*

Il en eft de même de l'état du DIABLE,
dans les Régions qu'il poffède aujourd'hui,
& qu'il habite à-prefent d'une façon plus
particulière. Ainfi, il ne me convient pas
de traiter ici de ces matières graves, pour
les traduire en ridicule, comme je croi
que font la plupart des gens qui en parlent.
Mais, comme le DIABLE, quelque-part
qu'il faffe fa Réfidence, a, felon toutes les
aparences, la liberté d'aller & de venir,
non-feulement en ce Monde, c'eft-à-dire,
dans la Région de notre Atmosfère; mais
auffi, autant qu'on en peut juger, dans
tous les autres Mondes habités que Dieu a
faits, en quelques lieux qu'ils foient, &
fous quelques noms qu'on les connoiffe &
qu'on les diftingue, s'il n'eft point renfermé dans un lieu, nous n'avons pas raifon
de croire qu'il foit exclu d'aucun endroit,
fi l'on en excepte le Ciel, d'où il a été chaffé & bani, à caufe de fa Trahifon & de fa
Rébellion,

Après avoir ainfi prouvé fa Liberté, il y
a trois chofes effentielles qui femblent demander que nous en donnions un détail, pour
former cette partie de fon Hiftoire.

La première eft de favoir, quelle eft fon
ocupation fur ce Globe terreftre, qu'on a-
pèle communément le Monde; de quelle
manière il agit parmi nous quelles afaires
il a avec le Genre-Humain, jufqu'à quel

B 4

point

point fa conduite nous regarde , & combien il peût avoir d'influence fur la nôtre.

La feconde eft, d'être affuré du lieu ordinaire de fa Réfidence, & d'aprendre s'il n'a pas un Empire particulier & en propre , pour s'y retirer lorfque les ocafions s'en prefentent; quel eft l'endroit où il entretient fes Amis, lorfqu'ils entrent fous fon Adminiftration fpéciale ; & où il conduit fes Prifonniers de guerre , lorfqu'il remporte quelque Victoire fur fes Ennemis.

La troifième eft, de pouvoir dire quelle peut être la principale ocupation que cet Empereur ténébreux a actuellement entre main, foit en ce Monde, ou hors de ce Monde, & quels font les Inftrumens ou les Agens qu'il y emploie.

Comme ces chofes pouront fe rencontrer indiféremment dans le cours de tout cet Ouvrage, & qu'elles pouront fe prefenter fous d'autres branches de l'Hiftoire du DIABLE, cela fait que je ne les propofe pas comme des Sommaires de Chapitres, ou des Sections particulières qui doivent être traités féparément, pour garder quelque ordre dans ce Difcours : car, pour le dire en paffant, comme la Conduite du DIABLE n'a pas été des plus régulières du Monde, il ne faut pas, dans l'Hiftoire que nous en donnons, s'atendre à un ordre exact, ni à une parfaite régularité , par raport au tems, aux lieux, & aux perfonnes ; parce que comme SATAN eft tantôt ici & tantôt là, fans pouvoir demeurer long-tems dans un même endroit, il faudra

faudra nous contenter de le suivre à la piste par-tout où nous pourons le rencontrer.

Il est vrai que, dans le Chapitre précédent, j'ai fait voir que le DIABLE étoit entré dans le Corps écléfiastique; & j'y ai donné en même tems un détail de la première entreprise qui lui a réüsti contre le Genre-Humain, depuis l'Epoque Chretienne; de quelle manière il a fectètement ménagé la Puissance temporelle & la spirituelle féparément & en particulier, & comment il les a réünies en fait de Gouvernement, de forte que l'Ufurpation de l'Eglife ait prêté la main à celle de l'Armée, en faifant que le Pape bénît le Général, qui dépofa & maffacra l'Empereur fon Maître & en portant ce Général à reconnoître le Pape en détrônant JESUS-CHRIT fon Seigneur.

Il faut donc dorénavant acorder au DIABLE un Empire miftique dans ce Monde. Il faut croire qu'il n'y a pas la moindre Action d'un moment qui fe faffe fans lui, pas la moindre Trahifon où il n'ait part, pas un Tiran qu'il n'infpire, pas un Gouvernement qu'il n'anime, pas un Fou qu'il ne chatouille, pas un Fripon qu'il ne conduife: il eft intèreffé en toute forte de fraude; il a une clef pour toute forte de Cabinet, depuis le *Divan* de *Conftantinople* jufqu'au *Miffiffipi* de France, & aux tromperies de la *Mer du Sud* à *Londres*; depuis la première ataqne qu'il forma contre le Monde Chretien, en la perfonne de l'Ante-Chrît de *Rome*, jufqu'à la Bulle *Unigenitus*, & depuis,

B 5

puis la Combinaifon de S. P I E R R E & de CONFUCIUS dans la *Chine* jufqu'au S. Ofice en *Efpagne*, & enfin jufqu'aux E M LINS & aux DODWELLS de ce Siècle.

Nous verrons dans la fuite, de quelle manière il a ménagé, ménage, & felon les aparences, ménagera le Monde, jufqu'à ce que fon Règne vienne à un certain point, & comment enfin il fera menagé vrai-femblablement.

CHAPITRE III.

De la manière d'agir de SATAN *& de conduire fes Afaires dans le Monde, & fur-tout de fes Ocupations ordinaires dans les Ténèbres, par la* Poffeffion *& par l'Agitation.*

APrès avoir fait voir que le DIABLE eft ainfi réduit à ne pouvoir agir fur le Genre-Humain, que par le moïen de fes ftratagêmes & de fes Artifices, il nous refte à examiner de quelle manière il forme & dirige fes Ataques. Les facultés de l'Homme font comme une efpèce de Garnifon dans une Forterefle : fi, d'un coté, elles le défendent fous les ordres de la faculté raifonnable de l'Ame humaine, de l'autre, elles fe trouvent les mains liées, & ne peuvent faire aucune fortie fans permiffion; parce que le Goûverneur d'un Fort ne foufre jamais que fes Soldats entretiennent de correfpondence avec l'Ennemi; fans un ordre particulier, & une inftruction fpéciale

le de sa part. Une chose très-digne de notre recherche est, de savoir comment le DIABLE vient à parlementer avec nous? de-quelle manière il converse avec nos Sens & avec notre Esprit? comment il peut nous toucher, quelle route il tient pour pénétrer jusqu'à nos Afections, & de quels moïens il se sert pour émouvoir nos Passions? Il est assez dificile de découvrir quelle peut être cette pratique secrète & cette correspondence traitresse; & c'est en cette Dificulté que consiste assurément son avantage, &, à mon avis le plus grand qu'il ait sur le Genre-Humain.

Une autre chose encore, qui mérite notre examen, est de savoir, si le DIABLE connoît nos Pensées, ou non? Pour moi, si je dois en dire mon sentiment, je ne ferai point de dificulté de nier que cet Esprit malin en ait aucune connoissance, si ce n'est de celles qu'il nous suggère lui-même; car je ne doute pas qu'il n'ait le secret de faire revivre en nous nos Pensées dormantes, & de nous en faire naitre de nouvelles. Il n'y a pas tant à se récrier, qu'on pouroit s'imaginer d'abord, contre le Plan que Monsieur MILTON a dressé, pour representer SATAN, qui fait entrer des désirs corrompus, & des Pensées extravagantes dans la tête d'EVE, pendant qu'elle dort, & pour la porter à rêver tout ce qu'il lui suggère, en lui parlant bas à l'oreille durant son sommeil. C'est dans cette vue qu'il imagine le DIABLE qui, sous la figure d'un Crapaud, s'aproche entièrement

B 6   de

de l'oreille d'Eve, dans le tems qu'elle
eſt le mieux endormie. Ce n'eſt pas-là,
dis-je un Plan ſi extravangant qu'on pouroit
croire, puis qu'encore à-preſent, ſi l'on
chuchète quelque choſe à l'oreille d'une
perſonne qui dort profondément, de manière qu'on lui parle diſtinctement, ſans
pourtant l'éveiller, cette perſonne qui dort,
comme on en a ſouvent fait l'expérience,
rêvera de ce qu'on lui aura dit, & même
en retiendra les paroles.

Ce qui nous reſte donc à ſavoir eſt, de
quelle manière le DIABLE peut ſe communiquer à l'oreille d'une perſonne qui
dort, ce qui étant une fois acordé, on ne
poura pas nier qu'il puiſſe nous faire rêver
ce qu'il lui plaît. Ce n'eſt pas tout ; ſi, par
cette aplication inviſible, il nous peut forcer à rêver ce qu'il lui plaît, pourquoi n'auroit-il pas la même facilité à nous ſuggérer
des Penſées, ſoit que nous veillions, ou
que nous dormions ? Rêver, n'eſt autre
choſe que penſer en dormant, & nous a-
vons parmi nous un bon nombre de Son-
ges-creux qui nous donnent un ample témoignage qu'ils rêvent en marchant.

Mais, ſi le DIABLE peut nous faire
rêver, c'eſt-à-dire, nous faire penſer, &
que, malgré cela, il ne connoiſſe point nos
penſées, comment poura-t-il ſavoir ſi les
paroles qu'il nous a dites, ont eu leur
éfet, ou non ? La Réponſe eſt fort claire ;
le DIABLE ſemblable à un Pêcheur, a-
tache l'amorce à ſon Hameçon ; ſi le poiſ-
ſon vient à y mordre, il eſt pret à en tirer
avan-

avantage, il parle tout bas à l'Imagination,
& enfuite il atend quel en fera l'éfet, comme NAHOMI dit à RUTH (*) *Ma Fille,
demeures-ici, jufqu'à ce, que tu faches comment l'afaire fe terminera; car cet Homme-là
ne repofera point, qu'il n'ait parachevé l'afaire
aujourd'hui.* De-même, quand le DIA-
BLE fe fut aproché d'EVE, qu'il lui eut
parlé bas à l'oreille, pendant qu'elle dormoit, fuivant le Plan de Monfieur MIL-
TON, & qu'enfin il lui eut fait naitre de
mauvaifes penfées, il atendit quelque tems
pour favoir quel en feroit le fuccès; parce
qu'ils imaginoit bien que, fi cette métode avoit
fait quelque impreffion fur EVE, il ne man-
queroit pas d'en aprendre des nouvelles: comme donc le lendemain il la trouva feule,
fans être acompagnée de fon Mari, qui
étoit fa Garde ordinaire, il conclud d'abord
qu'elle avoit mordu à l'amorce, ce qui le
porta à l'ataquer de nouveau.

Le DIABLE eft fi rufé, comme nous
avons lieu de le croire, que pour peu qu'il
emploie de fes artifices, il connoîtra d'a-
bord fi de telles & telles Penfées, qu'il fait
avoir fuggérées, ont eu leur éfet, ou non:
l'Action de la perfonne le découvrira auffi-
tôt, du moins à lui, qui eft toujours fur le
qui vive, & qui obferve tous les mots, tous
les geftes & tous les pas qui fuivent fon
opération. C'eft, donc, ce me femble,
une grande erreur à la plupart des gens, que
de fe dire, chaque matin, les uns aux autres les Rêves qui les ont inquietés pendant

B 7　　　　la

la nuit : car, fi le D i a b l e a la faculté
de converfer avec nous d'une manière imperceptible, comme bien des gens le croient;
je veux dire, que s'il peut nous entendre
d'auffi loin què s'étend notre vue, il peut
bien entendre les hiftoires que nous croïons
ne dire qu'à nos Amis.

Cela me conduit naturellement à cette
importante Recherche, qui confifte à favoir,
fi le D i a b l e peut rôder dans le Monde
d'une manière invifible, ou non ? Pour moi,
je n'en doute aucunement : car, comme
j'ai prouvé qu'il ne le peut d'une manière
vifible, que je lui ai dénié toute préfcience
de l'avenir, & que j'ai fait voir qu'il ne
connoît pas nos Penfées, & qu'il ne peut
emploïer la force, ni contre les Perfonnes,
ni fur leurs Actions; fi on lui ôtoit encore
l'*Invifibilité*, nous en ferions un véritable
Sot à tous égards, par raport à toutes les
méchancetés qu'il auroit envie de faire. Ce
feroit même le banir de ce Monde, & il
n'auroit qu'à aller au plus vite chercher for-
tune ailleurs : car s'il ne pouvoit être, ni vifible, ni invifible, & qu'il ne pût agir, ni en
public, ni en fecret, il ne pouroit avoir rien
à faire dans cette fère, ni même y demeurer; & nous n'aurions rien à craindre de
fa part.

Il faut, donc, néceffairement que le
D i a b l e ait le pouvoir & la liberté de fe
promener dans le Monde, de quelque façon que ce foit. C'eft ce qui fe prouve
par l'Ecriture même, non-feulement d'une
manière Alégorique, mais auffi d'une manière

re Hiftorique ; & la première l'infinue & le fupofe avec autant de force, que l'autre l'afirme pofitivement. Mais, pour ne pas remplir cet Ouvrage de Citations d'un Livre qui n'enrichit pas beaucoup l'*Hiftoire* du DIABLE, ou du moins qui ne dit pas grand' chofe à fon avantage, je ne parlerai que de fon Aparition perfonelle à notre Sauveur, dans le Défert ; au fujet de laquelle il eft dit : que *le Diable le tranfporta fur une haute Montagne*, & dans un autre endroit ; que *le Diable le laiffa.* Il eft vrai qu'il n'eft pas dit fous quelle figure, ou fous quelle forme, il fe fit voir alors ; mais je ne faurois pas plus douter de cette Aparition, que je doute qu'il ait parlé à JESUS-CHRIST, par la bouche, & par la voix des diférentes Perfonnes qui fe trouvoient afligées d'une *Poffeffion* réelle.

Après cela, il ne nous refte plus aucun lieu de douter de ce que j'ai avancé, qu'en général, le DIABLE a, de quelque façon que ce foit, une certaine Réfidence, ou une liberté de réfider & de fe promener fur la furface de la Terre, & dans l'enceinte de l'Atmosfère qu'on apèle ordinairement *Air*.

Il ne s'agit plus que de favoir, de quelle manière, il le fait, & que je réduits à deux fortes

I. D'une manière *ordinaire*, je veux dire, par fes mouvemens invifibles, comme propres à un Efprit ; & fous cette confidération je fupofe qu'il a une Liberté fans bornes, fans limites, & fans reftriction, par raport

à

à la manière d'agir, foit fur les Perfonnes par la *Poffeffion*, ou fur les Chofes par l'*Agitation*.

2. D'une façon *extraordinaire* ; j'entends, lorfqu'il fe fait voir fous des formes & des corps empruntés ; lorfqu'il prend une Langue, une Figure, une Attitude, & plufieurs autres Facultés, dont nous ne pouvons prefque donner aucune raifon. Mais dans cette dernière façon de fe faire voir, ou il eft limité par une Puiffance fupérieure, ou bien il fe borne lui-même par politique ; parce que ce n'eft pas-là la voie la plus convenable à fes intèrêts, ni la plus propre pour réüffir dans fes entreprifes, puifqu'il eft certain qu'il avance mieux fes afaires dans fon état d'obfcurité, qu'autrement.

Il faut conclure de-là, qu'il eft au choix du DIABLE d'agir par une faculté ou par l'autre, ou bien par les deux enfemble, c'eft-à-dire, de fe faire voir, ou de ne pas paroître, fuivant qu'il le juge à propos. C'eft fous cet état invifible, & avec l'opération de ces facultés & de cette liberté qu'il fait toutes les fonctions & tous les devoirs d'un DIABLE comme Prince des Ténèbres, Dieu de ce Monde, Tentateur, Acufateur, Séducteur, & felon tous les autres Titres d'Emploi & d'Honneur par-où il eft connu.

A l'envifager dans cet état d'action fans bornes ou peu limité, il eft apelé, avec raifon, *le Dieu de ce Monde* ; car il poffède une bonne partie de l'Atribut de la *Toute-préfence*, de forte qu'on peut dire que, par lui-

lui-même, ou par ſes Agens; il eſt par-
tout, & qu'il voit tout, je veux dire, tout
ce qui eſt viſible; parce que je ne ſaurois lui
acorder la moindre part à la *Touteſcience*.

Nous avons, au-reſte, des preuves ſuffi-
ſantes, qu'il rôde par tout, qu'il eſt avec
nous, & quelquefois au-dedans de nous,
qu'il voit lorſqu'il n'eſt pas vu, qu'il entend lorſqu'il n'eſt pas entendu, qu'il entre
dans un endroit ſans permiſſion, & qu'il en
ſort ſans bruit, mais qu'on ne ſauroit ni l'y
enfermer, ni lui en empêcher l'entrée, que
quand il s'enfuit de nous, nous ne ſaurions
l'atraper, que quand il court après nous,
nous ne pouvons lui échaper, qu'on le voit
lorſqu'il n'eſt pas connu, & qu'enfin on le
connoît lorſqu'il n'eſt pas vu; de ſorte que,
comme je l'ai dit plus haut, il eſt certain qu'il
rôde par toute la Terre, ſous quelque figure & de quelque manière que ce ſoit,
viſible ou inviſible, ſelon que l'ocaſion s'en
preſente. Mais, pour rendre complète
l'Hiſtoire que nous donnons de cet Eſprit
malin, ce que nous avons enſuite à examiner, eſt de ſavoir comment & de quelle
manière il en agit avec le Genre-Humain ?
comment il ſoutient ſon Règne, & de quelle
métode, il ſe ſert dans ſes diférentes ocupations; car il eſt certain qu'il en a une infinité ? Ce n'eſt pas un Spectateur oiſif:
ce n'eſt pas à notre conſidération, ni de
peur de nous éfrayer, qu'il obſerve l'*incognito*, & qu'il ſe couvre de brouillards & de
ténèbres; c'eſt plutôt par politique qu'il le
fait, afin de pouvoir agir en ſecret, afin
qu'il

qu'il puiffe voir, fans être vu, & jouer fon
jeu dans l'obfcurité, fans qu'on puiffe découvrir fes friponeries : c'eft dans la vue de
pouvoir induire les Hommes à de mauvaifes actions, afin d'exciter des orages, d'allumer le feu de la divifion, de mettre des
Nations entières en combaftion, d'ufer d'inftrumens, fans qu'on fache qu'il ait part à
tout cela, pendant que tous ces desordres
font les éfets de fes artifices.

Il y a des gens qui font dans la penfée,
comme moi, que fi le D I A B L E étoit parmi nous d'une manière vifible & perfonelle, & qu'il conversât avec nous face à face,
nous nous familiariferions fi fort dans peu
de tems avec lui, que fa vilaine figure né
feroit plus aucune impreffion fur nous, que
fes terreurs ne nous éfrayeroient plus, ou
que nous ne nous mettrions pas plus en
peine de lui, que nous fimes de la grande
Comète de l'an 1678. qui parut fi long-tems
& fi conftamment, fans qu'il s'en enfuivît
aucun Evénement particulier, de forte qu'à
la fin on n'en prit pas plus de connoiffance
que des Etoiles ordinaires qui ont paru avant
que nous, ou nos Ancêtres, fuffions nés.

En éfet, nous aurions tort de nous éfrayer de fa prefence : on ne pouroit, du moins,
lui imputer toutes les fotifes dont on nous
entretient fur fon compte, & qui nous le
reprefentent comme un épouventail propre
à éfrayer les Enfans & les Vieilles, à remplir de vieilles Hiftoires, à faire des Chanfons
& des Vaudevilles, &, en un mot, à fournir
matière à la vile raillerie de la Canaille. Il
fau-

faudroit le voir fous fa forme angélique, telle qu'elle étoit originairement, ou s'il a quelques diformités gravées fur lui, en vertu de l'Arrêt fuprême, & pour le faire fouvenir de la diformité de fon Crime, elles feroient d'une nature plus rélevée, & plus capable de nous donner du mépris & de l'horreur pour lui, que ces abfurdités & ces bagatelles qui ont été inventées par nos anciens Enchanteurs, pour nourir & entretenir les mauvaifes penfées des anciens Magiciens & Sorciers, qui trompoient le Monde ignorant par le moïen d'un DIABLE de leur façon, à qui, pour faire peur, ils donnoient des ailes de Chauve-fouris, des Cornes, des Piés fourchus, une Longue Queue, une Langue à deux pointes, &c.

En fecond lieu, quelque afreufe que fût fa figure, & fes Légions fuffent-elles auffi nombreufes que l'Armée des Cieux, il faudroit pourtant le voir comme le Prince des DIABLES, fût-il auffi monftrueux qu'un Dragon, enflamé comme une Comète, haut comme une Montagne, & cependant traînant toujours après lui une Chaine proportionnée à la force qu'on lui fupofe. Il faudroit le voir toujours gardé par les Anges fes Geoliers, & obferver que fa puiffance eft furmontée, fa rage intimidée & abatue, ou du moins tenue en refpect, limitée, & refferrée. En un mot, il faudroit le voir comme un Efclave vaincu, dont l'efprit eft abatu, & la malice fort mal-traitée & domtée, & comme un Sujet qui ne peut rien contre nous par la force; il nous paroitroit

te

tel que les Lions qui font à la Tour, mis en cage & gardés fous clef; fans qu'il puiffe faire le mal qu'il voudroit, & que nous craignons, ni aucune aurre méchanceté.

Il paroît de-là, qu'il ne fe foucie pas de fe faire voir en public, ni de rôder dans le Monde d'une manière vifible & fous fa forme naturelle. Ses afaires demandent un tout autre ménagement, comme on pouroit le prouver par la nature même des chofes, & par notre manière d'agir, en qualité d'Hommes, foit à l'égard de nous-mêmes, ou à l'égard de nos femblables.

Il ne pouroit rendre aucun fervice à fa Génération, comme une perfonne publique, tel qu'il eft à-prefent, & il ne répondroit pas au but du Parti qui l'emploie; il ne pouroit pas même fe fervir de fes artifices, s'il devoit faire leurs afaires publiquement, comme il les fait en fecret.

Comme dans nos Affemblées modernes qui fe tiennent pour la propagation de l'Efronterie & d'autres femblables Vertus, l'avantage du Siècle n'y trouveroit ni acueil, ni avancement, fi nous n'y paroiffions tous en mafque, & hors de la portée de l'obfervation ordinaire; de même SATAN, ce glorieux Original d'où ces honnêtes Affemblées font tirées comme des Copies, ne pouroit pas exécuter les afaires ordinaires & néceffaires de fa Profeffion, s'il ne paroiffoit entièrement fous le mafque, & fous des déguifemens étranges. Comment, fi ce n'étoit par la difpofition de fa perfonne, pouroit-il fe changer en tant de diféren-

rentes formes, d'agir dans tant de diférentes Scènes, & tourner tant de roues d'Etat,
comme il a fait ? Il ne pouroit rien faire
en qualité de DIABLE de profeſſion.

S'il avoit été contraint d'agir toujours
en DIABLE dans ſes propres habits, &
ſous ſa forme naturelle, paroître toujours à la tête des afaires, & ocuper les
premières places, il n'auroit jamais pu parvenir à prêcher dans tant de Chaires, à
préſider ſur tant de Conſeils, à opiner
dans tant de Comités, à être aſſis en tant
de Cours, & à répandre ſon influence ſur
tant de Partis & de Factions qui ſe ſont
formés, ſoit dans l'Egliſe ou dans l'Etat,
comme nous avons lieu de croire qu'il a
fait dans notre Nation, & de notre tems,
de-même que parmi d'autres Nations & dans
des tems plus reculés. SATAN, dans la
part qu'il a eue à tous les troubles remarquables qui ſont arrivés, depuis les premiers
Siècles du Chriſtianiſme, a tellement ob-
ſervé le ſecret, & il a donné un ſi grand air
de Cabales & d'Intrigues à ſes Artifices,
qu'il ne ſe pouvoit rien de plus ſubtil ni de
plus ruſé. C'eſt auſſi la métode qu'il a
gardée de notre tems, pour cacher ſes intèrêts, & l'influence qu'il a eue ſur les Conſeils du Monde.

Auroit-il jamais pu exciter le feu de la
Rébellion & de la Guerre auſſi ſouvent
qu'il l'a fait parmi cette Nation ? Auroit-
il pu animer les deux Partis l'un contre
l'autre, & aigrir les Eſprits de trois Nations, comme il a fait, s'il s'étoit fait voir
ſans

sans masque, & qu'il eût paru à découvert sous sa véritable forme de DIABLE? Ce n'est pas le DIABLE, comme tel, qui fait du mal, mais c'est le DIABLE masqué, c'est SATAN sous un parfait déguisement qui préside aux troubles publics & aux divisions civiles.

La Cour de *France*, si l'on en doit croire l'Histoire, étoit devenue la Scène de la Politique de SATAN, du tems de nos divisions passées, & elle solicitoit les deux Partis d'*Angleterre* & d'*Ecosse* à continuer leur querelle. Mais de quelle manière la chose se faisoit-elle? Y aura-t-il quelcun assez téméraire pour dire, ou avancer que SATAN n'y avoit aucune part? Le DIABLE, par le ministère du Cardinal de RICHELIEU, n'envoïa-t-il pas, en un tems, quatre-cens mille Ecus, & en un autre six-cens mille aux *Ecossois*, afin de lever une Armée pour marcher contre l'*Angleterre*? Le même DIABLE ne fit-il pas, par d'autres Agens, dans le même tems, une remise de huit-cens mille Ecus à l'autre Parti, pour le mettre en état de lever pareillement une Armée, afin d'aller ataquer les *Ecossois*? Que dis je, n'est-ce pas le DIABLE qui, par la même ruse, envoïa un ordre de l'Archevêque, pour obliger ces derniers à recevoir le Formulaire du Service divin, & qui en même tems souleva la Populace contre cet ordre, dans l'Eglise de *S. Giles*. N'est-ce pas lui qui, par l'entremise d'une vieille Femme, son instrument favori, jetta un siége à trois piés contre ce Formulaire,

laire, & qui par ce moïen-là anima les Zélés à prendre les Armes pour la Religion,
& à devenir Rebelles pour la cause de
Dieu?

Quoiqu'on ne doute plus aujourd'hui que
ces entreprises, qui furent suivies de succès
si heureux, n'aient été faites par l'entremise & par l'opération de SATAN, même
de la manière la plus surprenante, elles
se sont pourtant toutes faites en secret, par
le moïen de ce que j'apèle *Possession* ou
Injection, & par le ministère & l'invention
de ces sortes d'Instrumens, ou par le DIA-
BLE déguisé en tels Serviteurs qu'il trouva propres à travailler à son Ouvrage, &
qu'il eut un soin tout particulier de ne pas
découvrir.

Mais nous aurons ocasion de parler encore de cette matière, lorsque nous viendrons
à discourir des Habits & des Déguisemens
particuliers, dont le DIABLE s'est servi
jusqu'ici dans le Monde, pour mieux couvrir ses Actions, & cacher la part qu'il y a.

Au-reste les ruses & les artifices que cet
Ange Apostat emploie dans toutes ces sortes de choses sont très-considérables, &,
pour mieux cacher son jeu, il a toujours
eu pour principe de prendre plusieurs mesures diférentes qui, malgré les changemens
qu'il y fait quelquefois, suivant que ses
Afaires extraordinaires le demandent, sont
pourtant à-peu-près les mêmes, dans tous
les Siècles, & tendent toutes à la même
fin, qui est de faire réüssir ses desseins,
par des Instrumens assez fous pour le servir,

vir, de porter les Hommes à travailler à leur propre perte, & de faire exécuter ses projets de manière, qu'il ne paroisse pas qu'il y ait aucune part. Enfin, il fait si bien ménager les choses, que le nom même de DIABLE est atribué au Parti qui lui est oposé, sur qui retombe tout le scandale que cause cet Agent ténébreux.

Ainsi, pour examiner un peu de près sa Conduite, nous n'avons qu'à rechercher les méprises qu'on fait ordinairement sur son compte, & à voir quel est l'usage qu'on en fait pour son avantage & enfin jusqu'où, & dans quelles vues, les Hommes s'en laissent imposer sur ce Sujet.

CHAPITRE IV.

Des Agens, ou Missionnaires de SATAN, *& de leur manière d'agir sur l'Esprit humain.*

LE DIABLE tire des avantages infinis de sa retraite, par raport au ménagement de ses intérêts, & à la conservation de sa Monarchie absolue sur la Terre; mais surtout en ce qu'elle lui donne lieu d'agir par l'entremise de ses Ministres, ou Messagers, apelés en plusieurs ocasions *ses Anges*, dont la Multitude est sans nombre, tous, selon les aparences, assez disposés à lui obéir, pour en envoier un à chaque Homme & à chaque Femme actuellement en vie, & dont, s'il faut en croire les Chrétiens de seconde vue, l'Air est toujours rempli, com-

me

me un rayon du Soleil couchant l'eft d'In-
fectes, & où ils font continuellement prets
à faire les Afaires de leur grand Gouverneur, & à exécuter les ordres qu'il lui plaît
de leur donner.

Comme ils font tous de la même effence fpirituelle que SATAN, & par conféquent invifibles comme lui, fi l'on en excepte ce que nous avons dit plus haut, ils
font difpofés, en toutes fortes d'ocafions, à
être envoïés à quelques perfonnes & pour
quelque fin que ce foit, que le grand Directeur des DIABLES, ou le DIABLE
proprement dit, leur indique. Quelque
Sujet, ou quelque Objet que ce puiffe être,
c'eft à-dire, qui que puiffe être la perfonne
à qui ils font envoïés, & quelque commiffion que ces Meffagers aient à exécuter, ils
ont toutes les qualités requifes pour bien
s'en aquiter. Car les Agens de SATAN
ont cela de particulier, qu'ils ne font pas
comme nous *Diables* humains fommes ici
fur la Terre, les uns élevés d'une façon
les autres d'une autre; les uns d'une profeffion, les autres d'une autre; & par conféquent les uns propres à une chofe & les
autres à une autre; les uns capables de quelque chofe, & les autres entièrement inutiles: au-lieu que fes gens font tous propres
à tout, qu'ils peuvent fe tirer d'afaire par-
tout, & faire tête à tous ceux vers
qui ils font députés. En un mot, il
n'y a point de *Diables* infenfés parmi eux:
ils ont tous des qualités néceffaires pour
s'aquiter dignement de leur emploi; & com-

me

me leur Maître s'en peut fervir en toutes
fortes d'ocafions, il ne manque pas de les
emploïer où il le juge à propos ; & l'on peut
dire que ce n'eft que rarement qu'ils manquent de s'aquiter bien de leur Commiffion,
& de faire ce qui leur a été ordonné.

Il n'eft pas même étrange que S A T A N
ait une telle fuite innombrable de *Diables*
fubalternes, qui agiffent fous fes ordres;
car il faut avouer, qu'il a une infinité d'a-
faires fur les bras, qu'il a de l'ouvrage plus
qu'il n'en peut faire, qu'un nombre infini
d'afaires publiques lui paffent par les mains,
& qu'il fe prefente toujours une variété
extraordinaire de cas particuliers ; par exemple :

Combien y a-t-il de Gouvernemens dans
le Monde, qui font entièrement fous fon
adminiftration ? Combien de *Divans* & de
Confeils fous fa direction ? Je croi même
qu'il feroit dificile de prouver qu'il y ait jamais eu un Confeil affemblé fur la Terre
depuis plufieurs Siècles, jufqu'à l'An 1713.
où le DIABLE n'ait ocupé fa place en qualité de Membre, ou même, qu'il n'y ait
préfidé, ou par lui-même, ou par fes A-
gens, fous quelque forme que ce fût.

Quoiqu'il fe puiffe rencontrer quelques
favans Auteurs, qui me contredifent fur cet
Article, en produifant des Exemples, qui
raffent voir que les Confeils de certains Princes ont eu un meilleur Directeur, & qu'on y
a pris des réfolutions diamétralement opofées
aux intèrêts de S A T A N ; même à fa grande mortification, ils ne pouront prouver

autre

autre chofe par-là, finon , qu'en pareilles
ocafions le Parti du DIABLE s'eft trouvé
plus foible en fufrages , que l'autre: mais
on ne fauroit inférer de-là, qu'il n'y ait pas.
été prefent , & qu'il n'ait pas penfé à a-
vancer fes intèrêts le plus qu'il lui étoit
poffible, fupofé qu'il n'ait pas eu tout le
fuccès qu'il en efpéroit. Je ne prétends pas
de dire, qu'il n'a jamais manqué de réüffir;
mais les exemples en font fi rares, & d'une
fi petite conféquence, que quand je vién-
drai à les examiner féparément , dans la
fuite de cette Hiftoire, on trouvera qu'ils ne
méritent prefque pas qu'on en parle ; &
qu'à tout compter , le DIABLE a eu un
long tiffu de bonheur dans toutes fes Afaires, qu'il a rarement manqué d'y réüffir, &
que quand fa Politique a reçu quelque petit échec , il a fu fi-tôt & fi facilement fe
rétablir, & regagner le terrain qu'il venoit
de perdre , ou bien il s'eft allé établir
dans un autre Pays, lorfqu'il s'eft trouvé
fuplanté dans celui où il étoit , qu'il s'en
faut de beaucoup que fon Empire foit diminué dans le Monde , depuis les derniers
mille ans de l'Etabliffement du Chriftianifme.

Sans remonter plus haut, nous ne commen-
cerons nos Obfervations que depuis le
tems de LUTHER, ou, fi l'on veut, depuis
l'An 1420. & nous apèlerons la Réformation un échec que reçut le Règne de SA-
TAN, qui étoit monté à un fi haut degré
dans la Chretienté , que c'eft encore une
chofe indécife, fi ce fatras de Superftitions

& d'Hérésies afreuses, si cette masse d'Entousiasme & d'Idoles, apelée la Hiérarchie
Catholique, étoit l'Eglise de DIEU, ou si
c'étoit celle du DIABLE. Prenons, dis-
je, ce tems-là pour l'Epoque du déclin de
SATAN, & de LUCIFER qui tombe du
Ciel, je veux dire, du faîte de sa Gloire
terrestre. Les Auteurs ne sont pas encore
d'acord si environ ce tems-là & par la suite, il n'a pas gagné, par la corruption de
l'Eglise *Grèque*, autant qu'il a perdu par la
Réformation de la *Romaine*, sans compter
ce qu'il a repris du terrain qu'il avoit perdu
par cette Réformation, comme sont les E-
tats du Duc de *Savoie*, où elle est
presque entièrement éteinte par la per-
sécution, toute la *Valteline*, & quelques
autres Terres voisines, le Roïaume entier
de *Pologne*, & presque toute la *Hongrie*, où
il semble que depuis les dernières guerres
la Réformation y est mourante & y jette les
derniers soupirs; plusieurs Provinces considérables de l'*Allemagne*, comme l'*Autriche*,
la *Carinthie*, & tout le Roïaume de *Bohème*, où
cette Réformation, quoique profondément
enracinée, fut blessée à mort à la Bataille de
Prague, l'An 1627. & après n'avoir langui
que très-peu de tems elle mourut & fut en-
sevelie, & le bon Roi PAPAUTÉ règna en
son lieu.

A ces Provinces qui sont rentrées sous
l'Empire infernal de SATAN, ajoutons
ses dernières Conquêtes & les Empiétemens
qu'il a faits sur la Réformation, dès le
commencement de ce Siècle, & qui sont,
quoi-

quoiqu'on en puisse dire, très-considérables, je veux parler des Electorats du *Rhin* & du *Palatinat*, dont l'un est tombé à la Maison de *Bavière*, & l'autre à celle de *Neubourg*, toutes deux *Papistes*; le Duché de *Deux-ponts*, dévolu depuis peu à une Branche *Papiste*, tout l'Electorat de *Saxe* tombé sous la puissance d'un Gouvernement *Papiste*, par l'Apostasie de ses Princes, & fort en danger d'avoir le même sort qu'a eu la *Bohême*, dès que le DIABLE trouvera moïen de mettre en exécution le projet qu'il a formé à l'égard de la *Pologne*, comme la chose arrivera un jour ou l'autre, selon les aparences, par le zèle & le pouvoir croissant de cette Maison d'A.... composée de Bigots.

Mais pour faire un racourci de tout ce détail, il n'y a qu'à ajouter sur la Liste des Conquêtes du DIABLE, tout le Roïaume de *France*, où l'on a vu, à la gloire immortelle de la Politique de S A T A N, que les mesures qu'il avoit prises lui ont tellement réüssi, que dans un seul An il en a totalement extirpé, sans guerre, les Eglises *Protestantes*; & l'on a éprouvé que le Parti qui s'étoit soutenu l'espace de deux-cens ans, en dépit des Persécutions, des Massacres, de cinq Guerres civiles, & d'un nombre infini de Combats & de Carnages, reçut enfin le coup de mort par HENRI IV. même, qui en avoit été le Protecteur, & qu'il fut mis entièrement en oubli, par le ménagement artificieux de S A T A N, qui, pour cet éfet, se servit du ministère du Cardinal de RICHE-

LIEU & de LOUIS XIV. ſes plus zélés Partiſans.

Nous venons d'entendre un triſte récit des nouvelles Conquêtes du DIABLE, & du terrain qu'il a regagné ſur la Réformation, où il a uſé d'un ſi grand ménagement & d'une politique ſi excellente, que s'il pouvoit venir à bout d'une choſe qu'il a rendue impoſſible par ſes mépriſes précédentes (car le DIABLE n'eſt pas infaillible) il conduiroit la cauſe *Proteſtante* ſi près de ſa ruine, que le Ciel ſeroit, pour ainſi dire, réduit à la néceſſité de faire des Miracles pour la prévenir. Voici le cas:

Certains anciens Hiſtoriens, dignes de foi, nous aſſurent, que le DIABLE trouvant qu'il étoit de ſon intérêt de produire ſur la Scène ſon favori MAHOMET, & de planter le *Croiſſant* victorieux ſur les ruines de la *Croix*, après avoir heureuſement élevé premièrement l'Empire des *Sarazins*, & enſuite celui des *Turcs* à un ſi haut faîte de grandeur, qu'il ſembloit que le Nom de *Chretien* fût extirpé dans ces deux Parties du Monde, qui non-ſeulement en étoient les plus étendues, mais auſſi les plus puiſſantes, je veux dire, dans l'*Aſie* & dans l'*Afrique*; après avoir totalement détruit toutes ces anciennes Villes floriſſantes de l'*Afrique*, qui étoient l'ouvrage de S. CYPRIEN, de TERTULLIEN, de S AUGUSTIN, & de ſix-cens ſoixante-dix Evêques & Pères qui y gouvernoient tous en même tems, de-même que les Egliſes de *Smirne*, de *Philadelphie*, d'*Epheſe*, de *Sarde*, d'*Antioche*,

che, de *Laodicée*, & une infinité d'autres dans le *Pont*, dans la *Bithynie*, & dans les Provinces de l'*Asie mineure* :

Après, dis-je, que le DIABLE eut achevé ces Conquêtes avec tant de succès, il commença à porter ses vues du côté du *Nord*; & quoiqu'il eût de grandes liaisons avec la *Paillarde de Babylone*, & qu'il eût elevé son pouvoir, jusqu'à un très-haut degré, par la Sujettion de la Hiérarchie *Romaine*; cependant, comme il vid que les intérêts de MAHOMET convenoient mieux à ses desseins diaboliques, comme plus propres à détruire le Genre-Humain, & à réduire toute la Terre en désolation, il résolut d'épouser le Pouvoir naissant des *Turcs*; & de les faire inonder l'*Europe*, comme un Déluge.

Pour mieux réüssir dans cette entreprise, & rendre une pareille Conquête plus facile, il travailla, en vrai DIABLE, dans le Souterrain, & sapa les fondemens de la Puissance *Chretienne*, en semant la discorde parmi les Princes Régnans de l'*Europe* ; afin que, jaloux les uns des autres, ils se contentassent de se tenir en repos, & d'être des Spectateurs oisifs, pendant que les *Turcs* les dévoreroient les uns après les autres, & ensuite les engloutiroient tous à la fois.

Certe Politique diabolique lui réüssit à souhait: les Princes *Chretiens*, demeurèrent dans une parfaite tranquilité, ou plutôt ils furent frapés d'étourdissement, & se trouvèrent dans un assoupissement étonnant, & d'une indolence extrême, jusqu'à ce que les *Turcs* eurent conquis la *Thrace*, envahi

la

la *Servie*, la *Macédoine*, la *Bulgarie*, & tous les reftes de l'Empire *Grec*, & enfin pris la Ville impériale de *Conftantinople*.

Le DIABLE, qui tâche toujours d'augmenter les avantages qu'il tire des expériences qu'il fait, trouvant que cette Politique répondoit parfaitement à fes vues, réfolut dès lors de jetter un fondement affuré, pour rendre immortelles les Divifions & la Jaloufie qui règnoient parmi les Princes *Chretiens*, lefquelles n'étoient au commencement que perfonelles, & fondées fur des querelles particulières de Prince à Prince, telles qu'étoient la *Jaloufie* qu'ils avoient réciproquement de leur Gloire, l'*Envie* qu'ils portoient à la Valeur extraordinaire & au Mérite fignalé de quelque Chef, ou le Défir de fe *vengér* de quelque petit afront, & qui, malgré la piété & le zèle des Princes Chretiens de ces tems-là, leur fervoient de prétextes fufifans, pour ne fe faire aucun fcrupule de facrifier des Armées & des Nations entières à leur reffentiment & à leurs querelles, ce qui prouve certainement de quel efprit ils étoient animés.

Comme c'eft-là les raifons qui facilitèrent le DIABLE à jetter les Semences de la Méchancété parmi eux, & que le fuccès répondit fi bien à fes vues, il ne pouvoit fouhaiter mieux que d'avoir toujours le même avantage à fa difpofition. C'eft pourquoi, il réfolut de faire en forte que ces Divifions, qui n'étoient que perfonelles, &, par conféquent, de peu de durée, & femblables.

blables à une Plante annuelle qu'on est obligé de renouveller chaque saison, dont pourtant il tiroit quelque utilité, devinsent par la suite communes à des Nations entières, & par ce moïen-là durables & immortelles.

Pour y réussir, il falut qu'il jettât les fondamens d'une haine éternelle, non-seulement dans l'Esprit & dans les Passions des Hommes, mais aussi dans les diférens Intèrêts des Nations. Le moïen d'en venir à bout fut, de former & d'établir les Domaines de ces Princes, sur un Plan qui fût tiré dans l'Enfer, & pris d'un Dessein véritablement politique, dont le DIABLE fût l'Ingénieur en Chef; afin que, par cet artifice, les Divisions devinsent éternelles, en ce qu'elles seroient une suite naturelle de la situation des Pays, du Tempérament de leurs Habitans, de la nature de leur Commerce, du Climat, de la Manière de vivre, ou de quelque autre chose qui rendît leur Union à jamais impossible.

C'étoit-là, dis-je, un Plan véritablement infernal, & dont il est aussi certain que le DIABLE étoit le principal Auteur, pour expliquer de grandes choses par de petites, qu'il est certain que JEAN de *Leyde* étoit le premier Moteur de la grande Rébellion des *Pays-Bas*, ou le chevalier B... T... du dernier Projet, apelé les Actions de la *Mer du Sud*. Cette invention diabolique ne fit point de deshonneur à son Auteur, & le succès qui en résulta ne se trouva pas indigne de celui qui l'avoit imaginée; car nous voïons que non-seulement elle

ré-

répondit à fa fin, en rendant les *Turcs* victorieux, & depuis ce tems-là formidables à l'*Europe*, mais aussi qu'elle opère encore aujourd'hui, en ce que le fondement & la source des Divisions subsiste entre toutes les diférentes Nations, à un tel point, qu'il est impossible qu'elles vivent ensemble dans une parfaite union.

C'est pourtant-là une chose, comme je l'ai déja dit, où le DIABLE s'est fort trompé, & qui prouve encore qu'il n'a aucune connoissance de l'avenir : car les fondemens mêmes d'une Jalousie & d'une Discorde éternelle qu'il a jettés avec tant d'art & de politique entre les diférentes Nations de l'*Espagne*, de la *France*, de l'*Allemagne*, & qui lui ont été si long-tems avantageux, sont aujourd'hui l'unique obstacle qu'il trouve à ses desseins, & empêchent la ruine totale de la Réformation. En éfet, quoique les Pays *Protestans* soient très-puissans, & que quelques-uns mêmes, comme la *Grande-Bretagne* & la *Prusse*, le soient plus que jamais, on ne sauroit dire que la Cause *Protestante* soit plus forte qu'elle l'étoit ci-devant, ni même si redoutable que l'An 1623. sous les Armes victorieuses de la *Suède*. D'ailleurs, s'il étoit possible que les Puissances *Papistes*, savoir la *France*, l'*Espagne*, l'*Allemagne*, l'*Italie* & la *Pologne*, réunissent leurs intérêts, & joignissent leurs forces pour ataquer les *Protestans*, il est certain qu'il seroit dificile, pour ne pas dire impossible, à ces derniers de se défendre.

Mais

Mais, quelque fatale que fût aux *Protes-tans* cette union des Puissances *Papistes*, quelque avantageuse qu'elle fût à la Cause du DIABLE, suposé qu'elle arri-vât, il est certain que SATAN, avec tous ses Anges, & avec toutes ses ruses, & tous ses artifices, n'est pas capable de la faire réüssir. Il a mis ces Puissances en desunion, mais il ne sauroit les réünir ; &, en cela, il en est des Diables comme des Hommes ; ils peuvent faire en une heure ce qu'ils ne sauroient défaire en un Siècle.

Cette circonstance doit sufire pour rassu-rer les *Chretiens* timides qui se trouvent parmi nous, & qui craignent une Guerre de Religion en *Europe*, & les terribles Ré-volutions qui arriveroient si la *France*, l'*Es-pagne*, l'*Allemagne*, l'*Italie*, & la *Pologne* venoient à s'unir. Qu'ils se contentent de savoir que le DIABLE même ne sauroit unir la *France* avec l'*Espagne*, ni la *France* avec l'Empereur : on peut bien réconcilier des Humeurs diférentes, mais il n'en est pas de même des Intérêts qui sont oposés les uns aux autres. Ils peuvent bien se réünir jusqu'à faire la Paix, quoiqu'elle ne puisse pas durer long-tems, mais jamais pour faire ensemble des Conquêtes : ils ont trop peur les uns des autres, pour soufrir que l'un ou l'autre aquière de nouvelles forces. Mais quitons cette digression : nous verrons encore, par la suite de ce Discours, que le DIABLE s'est trompé & qu'il a manqué son coup en plusieurs autres oca-sions.

. Revenons à l'intèrêt que S A T A N a dans les diférens Gouvernemens, & parmi les diférentes Nations, en vertu de son *Invisibilité*, & qu'il conserve par le moïen de la *Possession*. C'est, dis-je, en vertu de son *Invisibilité* qu'il préside dans tous les Conseils des *Puissances étrangères* (car il faut savoir que nous ne parlons jamais du nôtre); & suposé qu'il n'y préside pas, comme le prétendent les Critiques, parce qu'il y a toujours un Président, s'il n'ocupe pas la place du Président & qu'il soit dans le Président même, je croi que la diférence n'en est pas bien grande: suposé qu'il ne donne pas son sufrage comme un Conseiller, mais qu'il le fasse par la bouche d'un Conseiller, c'est à-peu-près la même chose; & comme du tems d'A C H A B, Roi d'*Israël*, il étoit un *Esprit de mensonge* en la bouche de *tous ses Profètes*, de-même aujourd'hui nous trouvons que c'est un Esprit de quelque mauvaise qualité particulière, dans toutes les Transactions qui se font entre les personnes de cette scène de la vie qu'on apèle l'Etat.

C'est ainsi qu'il étoit un Esprit dissimulé sous le Règne de C H A R L E S IX. un Esprit turbulent sous celui de C H A R L E S V. un Esprit bigot qui ne respiroit que feu & flame sous celui de notre Reine M A-R I E, un Esprit Apostat sous celui de H E N-R I IV. un Esprit cruel sous celui de P I E R R E de *Castille*, un Esprit vindicatif en F E R D I N A N D II, un *Phaëton* en

LOUIS

Louis XIV, un *Sardanapale* en Charles II.

Il a la même influence fecrète fur les grands Hommes d'un degré plus bas que les Têtes couronnées. De-là vient que les grands Héros, & les Hommes du caractère le plus diftingué par leurs Exploits glorieux, foit par leur Vertu, ou par leur Valeur, de quelques marques d'honneur qu'ils aient été revêtus, quelques aplaudiffemens qu'ils aient eus, & quelques vertus confommées, ou quelques bonnes qualités qu'ils aient poffédées, ils ont toujours été gouvernés par quelque DIABLE, pour conferver les prétentions que SATAN avoit fur eux, & pour empêcher qu'ils ne lui échapaffent. C'eft ainfi que nous avons vu un DIABLE fanguinaire en un Duc d'ALBE, un DIABLE fcélerat en un BUCKINGHAM, un DIABLE menteur & artificieux ou politique en un RICHELIEU, un DIABLE traître en un MAZARIN, un DIABLE cruel & impitoïable en un CORTEZ, un DIABLE débauché en un EUGENE, un DIABLE Magicien en un LUXEMBOURG, un DIABLE avare en un MARLBOROUG: en un mot, quelque Homme qu'on me nomme, je dirai par quel Efprit il a été gouverné

Ce n'eft pas feulement par la *Poffeffion* des Hommes du premier rang qu'il conferve ainfi fon ménagement fecret, il s'en trouve auffi des exemples parmi nous. N'at-il pas été un Efprit menfonger dans la

bou-

bouche de nos Profètes, un Efprit factieux & remuant dans la tête de nos Politiques, un DIABLE prodigue en un B... S..., un *Diable* corrompu en M...., un Efprit orgueilleux en Mylord PLAUSIBLE, un Efprit querelleux en Mylord BUGBEAR, un Efprit babillard en fa Grandeur, le Duc de RATTLE-HALL, un Efprit grifonneur en Mylord H... un Efprit fuyard en Mylord FRIGHTFUL; & ainfi d'une longue fuite de Héros, dont les qualités excellentes & particulières, font voir clairement, par quel endroit le DIABLE les a ataqués, & combien il les a tenus ferme après s'en être une fois faifi, car ç'a été tous des Hommes d'une ancienne réputation, comme je croi que perfonne ne l'ignore.

Des Hommes de marque nous paffons à la Canaille, en qui nous trouverons la même chofe que dans les premiers. La *Poffeffion*, comme la Pefte, eft une maladie commune au petit Peuple, puifqu'il n'y a pas une Famille qui n'ait fon Efprit de querelle & de divifion, pas un Homme en qui il n'ait quelque part. En l'un c'eft un DIABLE yvrogne, en l'autre un DIABLE porté à la Paillardife, en un troifième un DIABLE laron, en un quatrième un DIABLE menteur, & ainfi de fuite jufqu'à mille, jufqu'à cent mille, &, fi l'on veut, jufqu'à l'infini.

Les Dames mêmes ont part à cette *Poffeffion*; & fi elles n'ont pas le DIABLE dans la tête, ou à la queue, fur le vifage

ou.

ou fur la langüe, il faut que ce foit quelque pauvre *Diableſſe* méprifable, que SATAN n'a pas jugé dighe de ſon atention; & je croi que le nombre de celles, qu'il regarde ſur ce pié-là, eſt très-petit. Mais j'en parlerai plus amplement en ſon lieu.

Le DIABLE ne met aucune diférence entre la qualité des perſonnes, leurs profeſſions & leurs emplois: il ſait s'acommoder à tout; c'eſt un vrai Caméléon qui prend la figure qu'il veut; il ſe fait voir ſous toutes ſortes de formes, imite toutes ſortes de voix, & paroît dans toutes ſortes de Scènes. Ici c'eſt un *Entouſiaſte*, là c'eſt un *Boufon*; tantôt il a de groſſes bottes aux jambes, & tantôt une brette au côté; tantôt il eſt en deshabillé, & tantôt en longue robe; aujourd'hui il fait le Charlatan, & demain le Bâteleur: il s'acommode de tout, depuis le GRAND-MOGOL, juſqu'à SCARAMOUCHE. Le DIABLE les poſſéde tous plus ou moins, & il fait ſi bien ſa partie qu'il joue à coup ſûr avec eux. Il connoît le foible de tout le Monde, qui eſt la PASSION UNIVERSELLE; & il ſait par-où ataquer chaque Homme en particulier, & ménager ſes intêrêts, de manière qu'il manque rarement d'arriver à ſon but, & qu'il ne ſe trompe pas dans les moïens propres pour y parvenir.

Comment, après cela, peut-on nier qu'il ſoit abſolument de ſon intêrêt de travailler ainſi dans les ténèbres & de ſe dérober à la vue du Monde, & qu'il puiſſe rien

faire

faire de confidérable par aucune autre métode.

A quoi lui auroit fervi une aparition publique? Qui eft-ce qui auroit voulu s'entretenir avec lui, s'il s'étoit fait voir fous fa
forme naturelle, & en perfonne? B.....
B.... lui-même, quoique connu pour être
poffédé d'un DIABLE indifcret, n'auroit
pas été affez fimple pour le prendre à fon
fervice, fupofé qu'il l'eût connu: & il femble qu'après que SATAN a fait reconnoître Mylord SIMPLETON pour un Fou rufé,
ce caractère lui fait plus d'honneur, à-prefent qu'il paffe pour un Fou de l'Art, qu'il
n'auroit fait fi le DIABLE nud l'étoit
venu reclamer pour un Fou de Nature.

Le Règne du Diable parmi les Fils des
Hommes eft fameux & illuftre par une infinité de Variétés, qu'il ménage avec une dextérité admirable, & une fineffe qui lui eft
particulière, uniquement par l'avantage qui
lui revient de fon état d'obfcurité, & qui
auroit été perdu pour lui s'il avoit été obligé de paroître en public; puifqu'alors il n'auroit pu rien faire, ou du moins rien de plus
que ce que les autres Politiques, qui s'étu-
dient à la méchanceté, auroient fait fans
fon fecours.

Pour ce qui eft de la manière, dont le
DIABLE fe fert pour ménager fes Inftrumens propres à faire du mal, les Auteurs
font fort partagés là-deffus; car SATAN a
une infinité d'Agens dans l'obfcurité, qui
ne font ni poffédés du DIABLE ni fortfa-
miliers avec lui, & cependant il fe fert ou

de

de leur folie, ou de cette autre foibleſſe
qu'on apèle eſprit fort; & par ce moïen-là
il les ocupe à ſes afaires, pendant qu'ils pen-
ſent travailler pour eux. Il eſt même ſi ruſé
dans le gouvernement qu'il a des Hommes
les plus foibles, que quand ils s'imaginent
de ſervir Dieu, ils ne font que ſervir le
DIABLE : c'eſt auſſi une des plus délicates
parties de ſon opération que de leur faire
acroire qu'ils ſervent Dieu, lorſqu'ils ne
ſont ocupés qu'à ſon ouvrage. C'eſt ainſi
que l'Ecriture a prédit, que dans les derniers tems ceux qui perſécuteroient l'Egliſe
de JE'SUS-CHRIST penſeroient rendre ſervice à Dieu : témoin, par exemple l'*Inquiſition*; ſupoſé que parmi les Inquiſiteurs il
s'en trouve d'aſſez ignorans, pour ne pas
connoître qu'ils ſont des *Diables incarnés*,
ils pouront, peut-être, continuer tous les
actes d'une cruauté chretienne, par-où ils
ſe ſont rendus ſi fameux ; ils pouront, dis-
je, donner la queſtion, tuer, afamer, dé-
chiqueter, mettre en pièces, & tout cela
pour l'amour de Dieu, & de ſon Egliſe Catholique. Il eſt certain que c'eſt un chef-
d'œuvre de SATAN d'avoir porté les Hommes au comble de la méchanceté, telle
qu'eſt l'*Inquiſition* : car s'ils n'avoient pas
été poſſédés du DIABLE, comment ſeroit-
il poſſible qu'ils euſſent donné le nom de
Saint Ofice à une Judicature auſſi diabolique
& auſſi infernale que celle-là ? De même
auſſi dans le *Paganiſme*; comment tant de
Nations, parmi les pauvres *Indiens*, au-
roient-elles pu ofrir des Sacrifices humains

à leurs Idoles , & maſſacrer des milſiers d'Hommes, de Femmes, & d'Enfans, pour apaiſer ce Dieu de l'Air, lorſqu'il étoit cou-roucé, ſi le DIABLE n'avoit pas agi en eux ſous le maſque de la Dévotiõ ?

Mais il n'eſt pas beſoin d'aller en *Améri-que*, ni à l'*Inquiſition* : il n'eſt pas néceſſai-re d'examiner le *Paganiſme* ni le *Papiſme*, pour voir des gens qui ſacrifient au DIABLE, ou qui lui preſentent leurs Ofrandes propi-tiatoires, pendant qu'elles ſont ofertes ſur l'Autel de Dieu. Nos Egliſes, & même les Aſſemblées des *Non-conformiſtes*, quel-que ſantifiés qu'ils prétendent être plus que leurs voiſins, ne ſont-elles pas remplies d'Adorateurs du DIABLE? En quel endroit eſt-ce que ſes Dévots ſe ſaluent davantage, & lui rendent plus leur homage qu'à l'E-gliſe? Pendant qu'ils ont les mains élevées & les yeux tournés vers le Ciel, ils adreſſent tous leurs Vœux à SATAN, ou du moins aux *Diables* femelles qui en ſont les images : mais j'en parlerai plus amplement en ſon lieu.

Les Fils de Dieu ne donnent-ils pas des *Rendez-vous* aux Filles des Hommes dans la Maiſon de prière? Ne leur parlent-ils pas par le langage des yeux? Quelle eſt la raiſon pourquoi un œil eſt ocupé à l'ajuſtement, pendant que l'autre regarde ſur le Livre de prières? N'eſt-ce pas-là ſacrifier à VENUS & à MERCURE, ou plutôt n'eſt-ce pas ren-dre ſes homages au DIABLE même?

Qu'on examine, ſans partialité, les Geſ-tes, l'Air, les Poſtures, & la Contenance

qui

qui fe pratiquent dans l'Eglife, & qu'on en tienne un compte exaĉt, fi l'on n'y trouve pas deux Adorateurs du DIABLE contre un véritable Saint, il faut que ce terme de *Saint* ait une autre fignification, que celle que j'ai roujours cru qu'on lui donnoit.

L'Eglife, à la confidérer fimplement com-me une Place, eft autant le réceptacle des Morts qu'elle eft l'affemblée des Vivans : pour ce qui eft de ceux qui font fous la terre, je croi que SATAN, s'il le vouloît, nous en donneroit des nouvelles plus fûres que je ne pourois le faire ; mais pour ce qui en regarde la furface, je prétends voir affez clair pour dire, qu'il s'y trouve toujours plus de Speĉres & d'Aparitions que n'en voient ceux qui ne favent rien de la chofe.

Il arriva l'autre jour que me trouvant dans une des plus fameufes Eglifes de la Ville, au tems du Service divin, avec un Monfieur de ma connoiffance ; je remarquai d'abord qu'il n'étoit pas fort porté à la dé-votion. Premièrement il regardoit de tous les côtés, & faifoit des révérences à droit & à gauche à tout moment, jufques-là qu'il en fit deux ou trois pendant qu'il répétoit les Réponfes fur les dix Commandemens, & cela d'une manière à ne point inter-rompre l'Harmonie, ce qui pouroit paroître dificile. Maïs voici comme il s'y prenoit: *Seigneur*, puis une révérence à une belle Dame qui venoit d'entrer dans fon banc; *aies pitié de nous* .... trois révérences à une troupe de Dames qui entroient dans le banc voifin, *& portes* .... là-deffus il s'arrêta

rêta pour saluer d'une profonde révérence Mylord .... *nos Cœurs* : alors les cœurs de toute l'Eglise avoient déja quité ce Sujet, parce que la Réponse étoit dite, ce qui l'obligea à marmoter le reste entre les dents, sous prétexte que Dieu pouvoit également l'entendre, comme s'il avoit parlé aussi haut que ses voisins.

Après être de retour à la maison, je lui demandai la raison de sa conduite, & ce qu'il en pensoit ?

Que vouliez-vous que je fisse, *dit-il*, je ne voulois pas passer pour incivil.

Comment incivil, *repartis-je*, à l'égard de qui ?

Il est entré tant de *Diables* femelles, *repliqua-t-il*, que je ne pouvois qu'y faire.

Comment, *dis-je*, ne pouviez-vous pas vous dispenser de vos révérences, pendant que vous récitiez vos prières ?

Monsieur, *dit-il*, ces Dames auroient cru que je faisois semblant de ne les pas voir : ainsi je ne pouvois faire autrement.

Ces Dames, *dites-vous* ? il me semble que vous venez de les nommer des *Diables*.

Oui, oui, des *Diables*, dit-il, mais de petits *Diables* charmans : quoiqu'il en soit, je ne voulois pas manquer de civilité à leur égard.

Vous aimiez donc mieux manquer de respect à l'égard de Dieu, que de paroître incivil à l'égard du Diable ?

Je conviens avec vous que j'ai tort ; mais que faire ? sur le pié que sont les choses

à-preà-prefent il eft impoffible d'aller à l'Eglife, fans facrifier, par-ci, par-là, quelques-petits momens au fervice du DIABLE.

Voilà comme les chofes vont; & SATAN avance fes intérèts de tous les côtés; car fi les beaux difeurs, & ceux qui jettent des regards amoureux, font tous des *Diables* en géneral, c'eft-à-dire, font fous la conduite de SATAN, il eft certain que ceux qui font mal-embouchés, & ceux qui font adonnés au vice, font tous de fon Parti, de forte qu'il n'y a que ceux qui font bien qui foient hors de fa claffe: mais en parlant de ces derniers, que le nombre en eft petit!

Mais, pour en revenir à la métode dont le DIABLE fe fert pour gouverner le méchant Parti de notre Efpèce, il eft certain qu'elle eft des plus rufées & des plus fubtiles, dont une partie confifte à mêler les Vices avec les Vertus, & ainfi la pureté avec l'impureté, afin que la corruption des uns empoifonne & gâte la bonté des autres; de forte que l'Efclave, qu'il tient dans fes fers, ne fauroit rendre compte de fes actions les plus ordinaires; & il eft contraint d'ofrir fon cœur, fans les piés & fans les mains, à fon Créateur, qui fe trouve, pour ainfi dire, obligé d'accepter la volonté pour l'éfet; & fi le Ciel ne vouloit pas fe contenter de la moitié du Culte, je ne voi pas comment il pouroit empêcher que le DIABLE ne lui ravît tous fes Serviteurs. Je devrois, à la vérité, entrer dans un long détail des méchancetés qui fe com-

mettent

mettent involontairement; mais, pour trancher court, elles ne viennent que du DIA-
BLE qui eſt en nous , & , s'il m'eſt permis
de le dire, en chacun de nous, ſi l'on en excepte nos Gouverneurs.

Quel eſt le langage que nous tenons, lorſque nous venons à réflèchir ſur nos folies
paſſées , & à nous les reprocher ? *Il faut que
j'aie été enſorcelé; il eſt certain que le* DIA-
BLE *me poſſédoit pour faire une telle ſotiſe.*
Le DIABLE vous poſſédoit , Monſieur!
Eh, qui en doute: ſoïez perſuadé que le
DIABLE étoit en vous , qu'il y eſt encore, & que la première fois qu'il poura vous
faire tomber dans le même piége, vous vous
trouverez le même *Sot* , que vous dites
que vous avez été.

En un mot , le DIABLE en fait·trop
long pour nous : il nous gouverne à ſa manière & ménage les Vices des Hommes ſelon ſes vues.   Quoique toute ſorte de
Crime ne puiſſe pas transformer un Homme
en DIABLE, il faut pourtant convenir,
que tout Crime , quelque petit qu'il ſoit,
met, en quelque façon , le Criminel ſous
la puiſſance du DIABLE, qui s'arroge enſuite un droit ſur un tel Homme, & le traite toujours magiſtralement.

Il y a des gens qui ſont dans la penſée
que chaque Homme , chaque Individu, a
un DIABLE autour de Lui , pour exécuter les ordres du DIABLE en chef, Grand-
Seigneur de toute la Cabale: que ſon *mauvais Ange,* comme ils l'apèlent , voit tous
les pas qu'il fait , l'acompagne en toutes
ſes

fes actions, le porte à toute forte de malice, & lui laiffe la liberté de faire tout ce
qui lui peut être pernicieux.   Ils ajoutent,
que d'un autre côté, il a pareillement un
bon Ange qui l'acompagne, qui lui prête la
main à faire le bien, & qui tâche de l'empêcher de faire le mal. Si cela étoit, il feroit impoffible que ces deux Efprits opofés
ne fe querellaffent, lorfqu'ils viendroient à
nous foliciter à deux actions contraires, je
veux dire, à une bonne & à une mauvaife,
d'ailleurs pourquoi le mauvais Efprit l'em-
porteroit-il fi fouvent fur le bon? Sans m'arrêter à vouloir lever la dificulté de cette
Queftion, je me contenterai de dire, au fujet de
cette hiftoire d'un bon & d'un mauvais Ange
qui acompagne chaque perfonne en particulier, que c'eft une bonne Alégorie pour nous
reprefenter le combat qui fe fait dans l'Efprit
de l'Homme entre les bonnes & les mauvaifes inclinations : mais pour ce qui eftdu refte
tout ce que j'en puis dire de plus avantageux,
c'eft que je croi la chofe entièrement fauffe.

   Mais à envifager les chofes telles qu'elles font, & à en parler fur une conféquence
naturelle, puifque la Nature eft la vôie la
plus fûre pour découvrir l'Hiftoire du DIA-
BLE : s'il y a de bons & de mauvais Efprits, c'eft-à-dire, un bon Auge & un Diable, deftinés, à nous fervir, ce n'eft pas
faire tort à un Homme qui fuit les avis
du dernier, que de dire que le DIABLE le
poffède, ou qu'il eft un Diable lui-même. Je
dis plus, comme le Monde en général, ou
du moins le plus grand nombre obéit aux

ordres

ordres du mauvais Efprit , & rejette les
Confeils du bon, & que la puiffance pré-
dominante eft celle qui doit donner le
nom à la chofe, il faut convenir, que, tout
bien compté , la plus grande partie des
Hommes eft poffédée par le DIABLE; &
cela me conduit à mon Sujet ; & à cette
ocafion je prends la liberté d'emprunter
une Penfée d'un de mes Amis , touchant
cette partie du ménagement du DIABLE.

Aux perfonnes, au tems il fait s'accommoder :
Il inftruit fes Supôts qu'il envoie rôder,
Comme Filoux en Foire , où l'on tient les Affifes,
A la Cour , par la Ville, au Bal. dans les Eglifes.
Ils fe gliffent par-tout , ils font à nos côtés,
Où cet Efprit malin, SATAN, les a poftés;
Et les ordres exprès, que ce Maître leur donne,
Font voir qu'il a commerce avec nous en perfonne.
Quand les uns, en partie, il prétend ménager,
Les autres par lui feul fe laiffent diriger;
Et certains qu'on ne fait, s'ils ont des corps palpables,
Ou bien s'ils font Lutins, ne font que de vrais Diables.
La Femme, dont l'Efprit s'eft toujours diftingué,
Pour le dire en un mot, n'eft qu'un Diable mafqué:
Celle, dont les atraits la font paffer pour Reine,
Eft un Spectre en éfet, une Vifion vaine:
La Laide fe connoît à fon manque d'éclat;
Et la Sage croupit dans fon chétif état.
L'orgueilleux Damoifeau, fe carre, fe promène,
Et fuit aveuglément, où le DIABLE le mène:
Mais, fi l'on vient de près à bien l'envifager,
Comme

Comme le vent qui soufle, on le trouve léger.
C'est ainsi que SATAN *, ami de la surprise,*
Sous diférens habits, pour tromper, se déguise;
Il sait s'insinuer, & ses Discours flateurs,
Rendent nos Sens confus,& corrompent nos Mœurs;
Par sa subtilité, dans nos cœurs il excite
Tout infame vouloir, tout désir illicite;
Et lorsqu'il se propose une indigne action,
Il nous porte souvent à l'exécution.
Sous ce Masque trompeur, nul état de la vie
Ne peut-être, long-tems, franc de sa compagnie;
Il est de tout Commerce, il est de tout Métier,
Depuis le gros Marchand, jusqu'au vil Savetier;
Mais l'art dont il se sert, & ses friponneries
Sont la source, par-tout, d'étranges brouilleries.

Pour ce qui est de la manière comment
SATAN, par cette influence souveraine,
entre dans l'Esprit de l'Homme & dirige
ses actions, c'est une Question que je n'ai
pas encore touchée, aussi n'apartient-elle
pas directement à l'Histoire du DIABLE;
& comme il semble plutôt qu'elle regarde
la Controverse, on peut la renvoïer à l'E-
cole, parmi les matières de Metaphisique,
pour embarasser la tête de nos Maîtres. C'est
ce qui fait que j'ai envie d'en écrire au
savant Docteur B---- pour prier sa
très-sublime Arrogance, que lorsque
ses autres diversions de pedanterie & de pé-
dagoguisme lui donneront quelque intervale de colère & de querelle, il veuille
bien sacrifier quelque moment à considérer

la Nature Humaine *Diabolisée*, & à nous en donner une Description matématique & anatomique, avec une Carte du Roïaume de SATAN dans le Microcosme du Genre-Humain; & d'autres éclaircissemens que lui, ses Contemporains, & ... &c trouveront par leur profonde érudition.

CHAPITRE V.

Du Gouvernement du DIABLE *dans la Hiérarchie* Païenne, *par le moien des Pronostics, des Entrailles, des Augures, des Oracles, & d'autres semblables Pagnoteries infernales; & de quelle manière elles sont enfin devenues hors d'usage, par l'introduction de la véritable Religion.*

QUoique j'aie interrompu, avant que d'avoir fini, mon récit, touchant le Gouvernement secret que le DIABLE a sur les Hommes par la *Possession*, je le continuerai en son lieu; mais je suis obligé de prendre la liberté de parler de quelques autres parties qui concernent le Plan de sa Retraite, par laquelle il a été jusqu'ici Maître du Genre-Humain, & dont la première est cette fourberie insigne, qu'on a honorée du titre d'Oracle.

C'est-là que sa Trompette donna un son incertain, pendant quelques Siècles & conformément à ce qu'il étoit & à ce qu'il faisoit dès le commencement, il vendoit en détail la fausseté & l'illusion. Les Prêtres d'APOLLON, représentoient cette Farce

pour

pour lui avec beaucoup d'adreſſe à *Del-phos*. Il y en avoit beaucoup d'autres dans le même tems; mais parmi ce nombre il s'en trouvoit quelques-uns, où, pour rendre juſtice au DIABLE, il n'avoit que très-peu de part, comme nous le verrons dans un moment.

Il y avoit pareillement des endroits plus grands ou plus petits, plus ou moins fameux, les uns que les autres, où étoient ces Oracles, & où ceux qui les alloient conſulter recevoient audience; & par-tout le DIABLE, ou quelque autre pour lui, avec la permiſſion des Supérieurs, avoit la réputation au moins de prétendre de connoître les choſes à venir, pour ce qui regardoit la vengeance ou quelques autres deſſeins cachés. Mais la choſe ſe faiſoit ſous le Masque, comme toutes les autres tromperies publiques; & les Réponſes qu'on en avoit étoient ſi ambiguës, & ſi incertaines, qu'on étoit obligé de donner la torture à ſon eſprit, pour concilier les Evènemens avec la Prédiction, même après qu'ils étoient arrivés.

C'eſt-là que le DIABLE étoit un *Eſprit menſonger*, d'une façon toute particulière & extraordinaire, dans la bouche de tous les Profètes. Malgré cela, il avoit la ſubtilité de s'exprimer de manière, que quoiqu'il arrivât, on pût ſupoſer que la penſée de l'Oracle étoit conforme à l'Evènement. Il en étoit de même de leurs Augures, de leurs Pronoſtics & de leurs Voix, par-où le DIABLE a bercé le Monde, non-ſeulement

D 2

ment

ment pendant ce tems-là , mais encore par
la fuite, par le moïen d'une femblable interprétation qu'on leur donnoît.

JULIEN l'Apoſtat donnoit fort dans ces
fortes d'amuſemens, mais le DIABLE, qui
n'a jamais ſouhaité ſa perte , ou qui ne la
lui a pas prédité , fit voir, par-là , qu'il ne
connoiſſoit rien dans la deſtinée de ce Prince; car lorſqu'il envoïa conſulter la plupart des Oracles de l'Orient , & qu'il en
ſomma tous les Prêtres de l'informer de
l'iſſue de l'Expédition qu'il avoit prémedi-
tée contre la *Perſe*, ces Eſprits menſongers,
ſemblables aux Profètes d'ACHAB, l'y
engagèrent tous, par l'heureux ſuccès qu'ils
lui promirent.

Que dis-je? ils lui préfagèrent du bonheur, même des Pronoſtics qui le trou-
bloient : par exemple , lorſqu'il arriva à
Antioche , il fit une dépenſe exceſſive en bêtes & volailles blanches pour des Sacrifices, &
pour en conſulter les Entrailles, ce qui porta
les Habitans de cette Ville-là à l'apeler, par
dériſion, *Victimarius*. Mais toutes les fois
que ces Entrailles lui préfageoient du mal,
le DIABLE ruſé faiſoit faire aux Prêtres
une conſtruction diférente qui lui promettoit du bien. Quand il entra au Temple des
Génies pour y ſacrifier , il y eut un Prêtre
qui tomba roide mort à ſes piés ; ſi cette
avanture avoit pû ſignifier quelque choſe
de plus qu'un Homme mort ſubitement
d'Apolexie , elle auroit préfagé quelque malheur à JULIEN, qui s'étoit fait
Prêtre lui-même; mais ſes Confrères donnèrent

nèrent d'abord à la chose un autre sens, &
lui firent entendre qu'elle signifioit la mort
du Consul SALLUSTE, son Collégue,
laquelle arriva précisément alors, quoique
ce fût à huit-cens Miles de-là. Dans une
autre cas, cet Empereur tira un mauvais
augure de ce qu'étant apelé AUGUSTE, il
portoit encore les noms de deux autres
Personnes déja mortes : voici comment.
Ce Prince s'apeloit JULIEN-FOELIX-
AUGUSTE, & il y avoit deux de ses principaux Oficiers apelés l'un JULIEN &
l'autre FOELIX, qui étoient morts peu
de jours l'un après l'autre, ce qui le troubla
extrèmement, parce qu'il étoit le troisième
de ces trois Noms, mais son DIABLE
flateur lui fit acroire qu'en cela il n'y avoit
rien que d'heureux pour lui, parce que quand
même JULIEN & FOELIX étoient morts,
AUGUSTE seroit immortel.

C'est ainsi que, quoiqu'il arrivât, quoiqu'il
ait été prédit, & quelque diférence qu'il y
ait eu entre la Prédiction & l'Evènement,
l'Esprit mensonger étoit sûr de les faire accorder, ou du moins de les faire répondre
aux souhaits de la Personne qui consultoit
ses Oracles.

On dit que les Oracles ont cessé, que le
Pouvoir du DIABLE est plus resserré pour
le bien du Genre-Humain, & qu'il ne lui
est plus permis de se servir de ses illusions,
comme ci-devant, par la bouche des Prêtres
& des Augures. Je n'entreprendrai pas
de faire voir jusqu'à quel point ils ont réellement cessé plus qu'auparavant ; mais je

D 3 pense

pense qu'il y a plus de raison de croire qu'il
n'y a jamais eu d'Oracle, ou du moins que
toutes les réponses qu'ils donnoient n'é-
toient qu'une invention des Prêtres, & des
illusions du DIABLE. J'ai, de mon côté,
une infinité d'anciens Auteurs qui sont de
mon opinion, comme EUSE'BE, TER-
TULIEN, ARISTOTE, &c. qui aïant
vécu à-peu-près du tems du *Paganisme*, &
même lorsque quelques-uns de ces Rites é-
toient encore en usage, pouvoient mieux le
savoir, & en porter un jugement plus sûr,
que nous. CICERON les tourne en ridicule de la manière la plus ouverte : il y a
même des Auteurs qui entrent dans les particularités, jusqu'à faire voir de quelle manière
les Sacristains & Prêtres *Païens* ménageoient
la fourberie, & dans quel entousiasme ils
parloient : je veux dire, qu'ils entroient dans
la concavité des Statues, telle qu'étoit le
Taureau de Bronze, & l'Image d'APOL-
LON, & avec quelle subtilité ils donnoient
des réponses douteuses & ambiguës ; de
sorte que quand le Peuple se trouvoit trompé dans son atente, par l'Evènement, ces
Prêtres pussent lui en imposer, en disant
qu'il n'avoit pas bien compris le Sens de
l'Oracle. Je ne nie pourtant pas qu'il y ait
des Auteurs également dignes de foi, qui
prétendent que les Réponses, ou la Voix que
donnoient les Oracles, étoient véritablement
accompagnées d'un Esprit profétique ; &
que souvent ils étoient exacts dans leurs
Réponses d'une manière miraculeuse. Ils
donnent pour exemple l'Oracle de *Delfe*,
qui

qui répondit à la Question qn'on lui fit touchant CROESUS, & ce qu'il faiſoit alors, *c'eſt-à-dire*, qu'il faiſoit bouillir un Agneau avec la Chair d'une Tortue dans un vaiſſeau de Bronze, ou dans une marmite avec un couvercle du même métal, ou bien dans un chauderon avec ſon couvercle.

Ainſi pour confirmer, que tout cela n'é-toit que fourberie, il faudroit conſulter l'Antiquité, & donner ſon jugement con-tre une opinion établie; mais ce n'eſt pas-là ce qui fait l'afaire : ſi dans cette opinion reçue je ne trouve rien qui ſoit capable de ſervir de preuve, pour ne pas dire de démon-ſtration, qui l'autoriſe, on doit m'acorder la li-berté de penſer encore comme je fai : d'autres en peuvent croire ce qu'il leur plaira. Je ne voi aucune dificulté là dedans : les Prê-tres qui étoient toujours informés de l'hiſ-toire & des circonſtances, du moins en partie, de celui qui alloit conſulter l'Ora-cle, pouvoient facilement inventer quelque Réponſe ambiguë, qui après l'Evènement mettoit à couvert, d'une manière ou d'au-tre, l'autorité de l'Oracle; & il eſt certain que c'eſt ainſi qu'ils ſe tiroient d'afaire, ou il faudroit croire que le DIABLE a à-pre-ſent moins de connoiſſance des choſes qu'il n'avoit autrefois.

Il eſt vrai, que par le moïen de ces trom-peries, les Prêtres amaſſoient des ſommes immenſes d'argent, ce qui prouve encore davantage qu'ils faiſoient tous leurs éforts, & mettoient tout leur ſavoir en uſage, pour maintenir leurs Oracles dans le crédit qu'ils

avoient,

avoient, & fait voir non-feulement l'a-
dreffe des Sacriftains, mais auffi l'ignorance & la ftupidité des Peuples qui vivoient
dans les premiers tems des Sortiléges de
SATAN, par les chofes étranges que le
DIABLE faifoit dans le Monde, & par
les abfurdités, avec lefquelles ils en impofoit aux Hommes. Telle étoit l'hiftoire
de l'Oracle *Dordonien*, en *Epire* : deux
Pigeons s'envolèrent de *Thèbes* en *Egipte*,
du Temple de BE'LUS qui y avoit été bâti
par les anciens Sacriftains; l'un des deux tira du côté du Levant (dans la *Lybie*, & dans
les Déferts de l'*Afrique*, & l'autre alla
à *Dordone* en *Grèce* : ces deux bêtes fe
communiquoient l'une à l'autre les Miftères divins, & en donnoient enfuite les fo-
lutions miftiques à ceux qui s'alloient informer de la volonté des Dieux. Le Pigeon
Dordonien, s'étant perché fur un Chêne,
parla intelligiblement au Peuple, & lui dit,
que les Dieux vouloient qu'il bâtit, en cet
endroit-là, un Oracle, ou un Temple à
JUPITER, ce qui fut exécuté à point
nommé. L'autre Pigeon en fit de même
fur une Colline d'*Afrique*, où il ordonna
pareillement au Peuple d'en bâtir un autre
à JUPITER *Ammon*, ou *Hammon*

Le fage CICERON fe moquoit de toutes ces Fables, &, felon certains Auteurs, il
tourna en ridicule la Réponfe que l'Oracle donna de CROESUS, en prouvant
que cet Oracle étoit un menteur, & qu'il
ne pouvoit être forti de la bouche d'A-
POLLON, par ce que ce Dieu n'avoit jamais

mais parlé *Latin*. En un mot, CICERON
les a tous rejettés, & DE'MOSTHENE fait
mention des fourberies des Oracles, lorfqu'en parlant de celui d'APOLLON, il dit,
Pithia a Philipifé; c'eft-à-dire, que quand
les Prêtres s'étoient laiffé corrompre à
force d'argent, ils donnoient toujours des
Réponfes favorables à PHILIPE de *Macédoine*.

Mais ce que je trouve de plus étrange,
c'eft que dans cette Difpute touchant la
Réalité des Oracles, les *Paiens* qui font
ceux qui y avoient recours, font auffi ceux qui
s'en moquent, & qui font voir pofitivement,
que ce n'étoit que des Fourbes & des Im-
pofteurs, comme ceux que je viens de nommer, pendant que les *Chretiens*, qui les
rejettent, croient qu'ils prédifoient réellement les chofes à venir, & répondoient
aux queftions qu'on leur faifoit, avec cette
feule diférence, que les anciens Auteurs
Paiens, qui en nient la réalité, difent, que ce
n'étoit que des tromperies & des illufions
des Prêtres; au-lieu que les *Chretiens* qui
les rejettent, prétendent qu'il y avoit de la
réalité, mais que c'eft le DIABLE & non
pas les Dieux, qui donnoit les Réponfes,
& qu'il lui étoit permis de le faire par une
Puiffance fupérieure, pour magnifier & glorifier certe Puiffance par le filence général
qu'elle lui impofa à la fin.

Mais, comme je l'ai déja dit plus haut,
je fuis du parti des *Paiens* contre les Ecrivains *Chretiens*, & je croi que c'étoit pure
fourberie & illufion. Cependant, on ne

D 5   m'en

m'en croira pas sur ma parole, si je n'en donne la raison ; & la voici : Je soutiens toujours que SATAN est aussi aveugle que nous, dans les choses qui regardent l'avenir, & qu'il ne fait rien de ce qui doit arriver ; de sorte que ces Oracles, qui prétendoient souvent de prédire, ne pouvoient être autre chose qu'une fourberie inventée par l'avarice des Prêtres, pour leurer le Monde, & conduire, comme on dit, l'eau à leur Moulin. Si, dans le fil de ce Discours, je rencontre quelque chose qui m'ouvre les yeux, & me fasse penser d'eux plus favorablement que je ne fai, je ne manquerai pas d'en faire part à mes Lecteurs.

D'un autre côté, que ce soit le DIABLE qui ait réellement parlé par ces Oracles, ou qu'il ait établi des Prêtres adroits pour parler pour lui : soit qu'ils aient prédit en éfet, ou qu'ils l'aient seulement fait acroire au Peuple : soit qu'ils aient donné des Réponses auxquelles étoit conforme l'évènement, ou qu'ils aient eu assez d'ascendant sur le Peuple pour le persuader que la chose étoit arrivée comme elle avoit été prédite, c'étoit à-peu-près la même chose, & elle répondoit parfaitement au but que le DIABLE avoit de leurer & d'amuser le Monde : & pour ce qui est de faire un Discours, ou de l'avoir fait faire, c'est encore là même chose ; car qui que ç'ait été, du DIABLE, ou de ses Prêtres, il ne laissoit pas d'avancer par-là ses intérêts ; il conservoit son Gouvernement, & tout le mal qu'il pouvoit souhaiter arrivoit éfectivement ; de sorte que de quelque
que

que manière qu'on envisage ces Oracles, il est certain qu'ils étoient de cet Esprit malin.

Je me suis quelquefois étonné pourquoi le DIABLE, qui, par cette espèce de Sortilége, faisoit tant de Miracles, c'est-à-dire, tant de diférens tours d'adresse dans le Monde, & où il avoit un succès si universel, ne rétablissoit pas ces Oracles; mais on pourroit aléguer là-dessus une infinité de raisons trop longues, pour en fatiguer ici la patience de mes Lecteurs. Il est vrai qu'ils n'étoient pas en grand nombre; malgré cela si l'on considère la quantité d'afaires qu'ils expédioient, il y en avoit assez de six ou huit pour amuser tout le monde. Les principaux Oracles qu'on trouve dans l'Histoire sont parmi les *Grecs* & parmi les *Romains*, comme,

Celui de JUPITER *Ammon*, dans la *Lybie*.
Celui de DORDONE, en *Epire*.
APOLLON de *Delfe*, dans la *Phocide* en *Grèce*.
APOLLON *Clavius*, dans l'*Asie mineure*.
SERAPIS, d'*Alexandrie*, en *Egipte*.
TROPHOMIS, dans la *Bœotie*.
La SYBILLE *Cuméenne*, en *Italie*.
DIANE à *Ephèse*.
APOLLON *Daphnéen*, à *Antioche*,

sans parler de plusieurs autres moins fameux, dans d'autres diférens endroits.

Je ne parlerai point ici de l'Histoire que PLUTARQUE raporte d'une Voix qui

fut

fut entendue fur Mer, d'une des Iles apelées les *Echinades*, & qui apela, par fon
nom, un certain THAMUZ, *Egiptien*,
qui étoit à bord du Vaiffeau, & lui ordonna,
lorfqu'il arriveroit aux *Palodes*, autres Iles
de la Mer *Ionienne*, d'avertir les Habitans
que le grand DIEU PAN étoit mort: &
que quand THAMUZ s'aquita de fa commiffion, on entendit de grands gémiffemens,
des cris horribles, & des lamentations étranges, qui venoient de deffus le rivage.

Ce Conte n'eft pas des plus fpirituels, quoiqu'à la vérité il reffemble plutôt à une
Fable *Chretienne* qu'à un Conte *Païen*, parce
qu'il femble qu'il ait été fait à l'honneur
du Culte *Chretien*, & à la ruine de l'Idolatrie *Païenne*; & c'eft pour cette raifon
que je le rejette, parce que la Religion *Chretienne* n'a pas befoin d'avoir recours à de
pareils difcours fabuleux, pour la confirmer.

Il n'eft pas même vrai que les Oracles
aient réellement ceffé, d'abord après la
Mort de JE'SUS-CHRIST; mais voici de
quelle manière la chofe eft arrivée: comme la
Religion *Chretienne* fe répandoit généralement dans toutes les Parties du Monde,
d'une façon miraculeufe, & *par la Folie de
la Prédication*, les Oracles ceffèrent; c'eft-
à-dire, que leur trafic tomba, & que leurs
fourberies furent tous les jours de plus en
plus découvertes, parce qu'alors le Peuple,
qui s'y étoit laiffé tromper, en avoit reconnu
la fraude, par la nouvelle Doctrine qu'on
lui enfeignoit; de forte que comme on n'y
couroit plus, ils en eurent tant de honte &
de

de confusion, qu'ils sortirent du Monde le
mieux qu'ils purent. En un mot, ils perdirent leurs Chalands, & comme les Prêtres, qui en étoient les Marchands, virent
qu'ils ne faisoient plus rien, ils fermèrent
boutique, firent banqueroute, & se sau-
vèrent : le métier & les artisans furent chassés de dessus le Théatre, & le DIA-
BLE, malgré les profits, considérables qu'il avoit faits par le moïen de cette
fourberie, fut contraint de manquer, &
obligé de faire jouer d'autres machines comme font les trompeurs & fourbes tels que
lui, qui, lorsqu'une ruse devient trop vieille, & qu'elle ne leur sert plus, sont
forcés d'avoir recours à une nouvelle.

Le DIABLE n'avoit pas de nouvelles
mesures à chercher : car, quoiqu'il ne pût
plus débiter sa méchante marchandise, comme il faisoit auparavant, avec pompe, avec
éclat, & avec la solennité d'un Temple
& d'une Troupe d'Entousiastes qui portoient le nom de Prêtres, & qui inven-
toient mille tours pour leurer le Monde,
il eut recours à son ancienne métode *Egip-
tienne*, qui véritablement étoit plus ancienne que celle des Oracles, je veux dire, à
la Magie, au Sortilége, aux Entretiens familiers, aux Enchantemens, & à d'autres
expédiens de cette nature.

Les Peuples du *Midi*, c'est-à-dire, de
l'*Arabie* & de la *Chaldée* sont les premiers
qui ont mis cette métode en usage ; & c'est
de-là qu'on dit que les Sages, ou les Magiciens étoient apelés *Chaldéens*, & en *Anglois*,

D 7

glois, *Southfayers* du mot *South* , qui veut
dire *Sud* . C'eft auffi par cette raifon qu'A-
CHAZIA, Roi d'*Ifraël*, envoïa des Meffagers vers BAHALZE'BUB, Dieu de *Hékron*,
pour s'enquérir de lui, s'il relèveroit de fa
maladie. Il y a des gens qui croient, que
c'étoit une efpèce d'Oracle, quoique, felon
d'autres, ce n'ait été qu'un vieux Magicien,
qui contrefaifoit le D I A B L E , & qui, dans
ce Siècle idolatre, eut l'adreffe de paffer
pour Devin ; pour cet éfet, il fe fit recevoir Prêtre de BAHALZE'BUB , Dieu de *Hékron*, & il donnoit les Réponfes en fon nom.
C'eft auffi de cette manière qu'on dit que
les Magiciens d'*Egipte* imitèrent MOÏSE &
A A R O N lorfqu'ils firent venir les Plaies
miraculeufes fur les *Egiptiens* ; & l'Ecriture nous fournit des exemples qui apuient
cette verité ; tels étoient la femme d'*Hen-
dor* qui avoit un efprit de *Python* , le Roi
M A N A S S E' , qui avoit ouvertement commerce avec le DIABLE, & qui avoit un Efprit familier, la fervante, dont il eft parlé
Act. XVI. qui avoit un Efprit de Divination , & qui gagnoit de l'argent à faire
l'Oracle, c'eft-à-dire, à répondre à des
Queftions douteufes, &c., & dont les A-
pôtres la privèrent, en exorcifant cet Efprit, ou ce D I A B L E.

Quelque certain qu'il foit, que les Vieilles ont rempli le Monde de Fables, dont
les unes n'ont aucune aparence de vérité,
& les autres font impoffibles ; les unes foibles , & les autres ridicules, & que cela
déroge à l'autorité généralement de toutes
les

les graves Matrones, qui nous entretiennent
par des Histoires mieux arangées, il est certain aussi, & je suis obligé de l'avouer, que
le DIABLE ne dédaigne pas de prendre à
son service plusieurs Troupes composées de
Vieilles Femmes & de vieux Radoteurs qu'il
voit qu'il est de son intérêt d'entretenir
continuellement. C'est avec ces gens-là
qu'on trouve souvent qu'il converse & qu'il
leur communique ses pensées, & il arrive
ordinairement qu'ils sont si avisés qu'ils en
savent beaucoup plus que le DIABLE ne
leur en peut enseigner.

Je n'entreprendrai point de faire voir jusqu'à quel degré notre ancien Ami MERLIN,
& la grave Matrone SHIPTON, la très-féale
& très-amée Cousine & Conseillère de SA-
TAN, ont eu commission de lui donner leurs
Oracles profétiques, & jusqu'à quel point
il en avoit la *Possession* dans leurs courses
nocturnes; mais je ne nierai pas qu'il ait eu
quelque familiarité avec eux, de même qu'a-
vec plusieurs de nos Gentils-Hommes d'aujourd'hui.

J'avoue qu'il n'est pas incompatible avec
le Témpérament du DIABLE, ni avec la
Nature de ses afaires de faire ce qu'il peut
pour avancer ses intérêts. Il trouvoit, peut-
être, qu'il avoit tellement éprouvé le Monde par le moïen de ses Oracles trompeurs,
que les Hommes en étoient rassasiés, jusqu'à
avoir mal au cœur des fraudes & supercheries qu'on y découvroit tous les jours; ainsi
il crut qu'il étoit tems de prendre de nouvelles mesures, & d'inventer de nouveaux
tours

tours pour amorcer le Monde, afin de n'être pas exposé à un mépris général : ou bien il voïoit qu'une nouvelle Lumière s'aprochoit, & qui commençant à se répandre dans le cœur des Hommes, par le moïen de la Doctrine *Chretienne*, alloit ofusquer la foible lueur que donnoit son feu folet, qui lui avoit si long-tems servi à tromper le Genre-Humain : il ne voulut pas l'atendre, de peur d'être chassé de dessus le Théatre par ses gens mêmes, lorsqu'ils viendroient à ouvrir les yeux. C'est par cette raison qu'usant de sa Politique ordinaire, il abandonna les Oracles, ses anciennes retraites, & fit cesser ses Réponses, avant qu'elles perdissent entièrement leur crédit ; car on trouve que le Peuple fut quelque tems à ne savoir que faire lors qu'il en fut privé ; ce qui lui fit avoir recours aux Devins, aux Babillards, à des Têtes de Bronze, à des Veaux parlans, & à un nombre infini de choses absurdes, & si grossières qu'elles ne méritent pas qu'on en parle, pour contenter la démangeaison qu'on avoit de se faire dire, comme on apèle, sa bonne avanture.

D'ailleurs, comme le DIABLE est ordinairement assez à l'erte, lorsqu'il s'agit de ses intèrêts, il jugea à propos d'abandonner l'ancienne pratique d'en imposer au Monde par ses Oracles, parce qu'il trouvoit qu'il étoit devenu trop avisé pour se laisser ainsi leurer plus long-tems ; & que, d'un autre côté, il voïoit qu'il y avoit encore moïen de le tromper, quoique par d'autres instrumens. Ainsi, il n'eut pas plutôt fait cesser
ces

ces Oracles, cette pompe folennelle, ces
aparences fuperbes, & les autres fraudes qui
fe commettoient par fes Prêtres & par fes
Zélateurs, dans leurs Temples, & dans
leurs Reliquaires, qu'il établit un nouveau
trafic ; & comme il avoit un nombre fufifant d'Agens & d'Inftrumens, pour les emploïer en quelque afaire qu'il entreprît, il
commença à travailler dans des coins, comme le dit le favant & plaifant Docteur
BROWN, & à y exercer de petites tromperies qu'il avoit nouvellement inventées, en
enrôlant à fon Service un nombre confidérable d'Opérateurs de nouvelle fabrique,
comme de Sorcières, de Magiciens, de Devins, d'Enchanteurs, d'Aftrologues, &
d'autres Séducteurs fubalternes.

Ce Docteur a raifon de dire, que c'étoit-
là travailler dans les coins, comme s'il n'a-
voit plus été permis au DIABLE de donner d'audience folennelle, & dans les formes, comme il l'avoit fait pendant plufieurs
Siècles ; mais j'ajoute à cela, que comme
il fembloit que SATAN s'étoit privé lui-
même de cette magnificence, par une jufte
connoiffance qu'il avoit de fes afaires, qui
avoient changé de face dans le Monde, des
que la nouvelle Lumière de la Doctrine
Chretienne vint à paroître, il faut avouer
qu'il fe récompenfa bien fur le Genre-Humain, par les diférentes métodes dont il fit
ufage, & par le grand nombre d'Inftrumens
qu'il emploïa, de manière qu'on pouroit
dire, qu'il féduifit les Hommes d'une façon
plus funefte & plus fenfible, quoique moins
uni-

univerfelle. qu'il n'avoit fait auparavant.

Il eft vrai, qu'avant ces dernières métodes, il faifoit plus belle figure, qu'il agiffoit
avec plus de pompe, & qu'alors il trom-
poit le Monde avec magnificence & avec
éclat, mais cela ne fe faifoit tout au plus
que dans huit ou dix endroits principaux,
&, à tout compter, pas feulement en cinquante places diférentes, foit publiques ou
particulières; au-lieu qu'aujourd'hui à-peine
cinquante mille de fes Anges, & Inftrumens
vifibles peuvent fufire pour une Ville. En
un mot, comme fes Agens invifibles rempliffent l'Air, & font prets à faire du mal,
dès que l'ocafion s'en prefente, de même
il n'y a prefque pas un Bourg, pas un Vil-
lage, ni un Hameau qui ne fourmille de fes
Fous vifibles, & qui ne foit rempli de fes
Emiffaires qui n'atendent que de l'emploi;
& ce qu'il y a encore de pire, c'eft qu'il
trouve à travailler par-tout, fans excepter
les lieux où la Religion eft plantée, & où elle
femble être le plus floriffante: il conferve
fon terrain & avance tellement fes intèrêts,
felon ce que nous avons déja dit ailleurs fur
le même fujet, que par-tout où la Religion
fe plante, le DIABLE s'établit à côté
d'elle.

Il ne manque pas non plus de réüffir;
l'illufion & la tromperie fe communiquent
comme la Pefte, & le DIABLE eft toujours
affuré d'avoir des igens qui lui foient dé-
voués; & en cela il reffemble à un véritable Charlatan qui peut toujours atirer une
foule de Monde autour de fon Théatre, &
fou-

souvent plutôt que d'autres ne pouroient le faire.

Ce que je trouve à remarquer sur ce sujet, est, que le Monde se rencontre dans un étrange embaras, de se voir privé du DIABLE; car sans cela, quelle seroit la raison pourquoi, après que les Oracles sont tombés, que la Religion nous a enseignés que les Miracles ont cessé, & que Dieu ne nous parle plus par les Profètes, on ne s'informe jamais si le Ciel n'a pas établi quelque autre nouvelle voie de se révéler à nous & qu'on aime mieux courir aux Songeurs de Songes, aux Diseurs d'avanture, & à ces Oracles personels, pour se faire résoudre les doutes & les dificultés qu'on peut avoir? Comme si, après que le DIABLE est devenu muet, ces gens-là pouvoient parler; comme si le mauvais Esprit avoit plus de pouvoir que le bon, & le *Diabolique* plus que le *Divin*; ou enfin, comme si le Ciel, après avoir suprimé la voix du DIABLE, avoit voulu réparer cette perte par un équivalent, en faisant parler pour lui des Diablesses, de vrais Gendarmes, & de pauvres malheureux surannés; car ce sont ces sortes de gens qu'on va aujourd'hui consulter, sur les doutes & les nécessités où l'on se trouve.

Pendant que cet aveuglement subsiste parmi nous, il seroit ridicule de dire que les Oracles ont cessé, ou que le DIABLE est devenu muet, parce qu'il donne encore audience par ses Députés; avec cette seule diférence, que, semblable à JÉROBOAM, qui se choisit des
Prê-

Prêtres d'entre la lie du Peuple, il s'est un
peu abaissé, en se servant d'Instrumens plus
vils qu'il ne faisoit auparavant : car, au-lieu
que les Prêtres d'APOLLON & de JUPITER
faisoient une figure magnifique, qu'ils avoient
la mine grave & vénérable, & qu'ils étoient
souvent d'une naissance illustre, aujourd'hui
il emploie la racaille, des gens de néant,
des gueux, des vagabonds, de vieilles sorcières, de misérables Hermites surannés, des
Bohémiennes, des coureurs de Pays, les
Portraits de l'Envie & du Malheur.

Il faut, ou que le DIABLE soit devenu
un méchant Maître, & qu'il donne à-present de petits gages à ses Serviteurs, pour
n'en avoir pas de meilleurs, ou que le Sens
commun soit devenu bien méprisable & bien
dépravé, puisque les Instrumens, dont cet
Esprit malin fait usage, sont propres à continuer la réüssite de ses fraudes & à avancer
ses intèrêts dans le Monde. En éfet, si les
Passions & le Tempérament des Hommes
n'étoient pas fortement prévenus en faveur
de ce Prince de ténèbres, on ne pourroit jamais se résoudre à recevoir ses graces des
mains de si méprisables Agens que ceux qu'il a
à-present à son service. Comment pouvons-nous recevoir ses Oracles de la bouche
d'une vieille Sorcière, que nous croïons
être inspirée d'une façon particulière par
le DIABLE, & qui, pour cette raison, passe
pour une Sorcière d'un mérite distingué ?
Nous recevons, dis-je, ces Oracles avec
respect, c'est à-dire, avec une espèce d'horreur, en faisant réflexion au Prince de ténèbres,

bres, de qui ils viennent, & nous détour-
nons nos yeux de deffus la Sorcière qui
marmote les Réponfes; de peur qu'elle ne
nous jette, comme on dit, un *regard malin*,
& ne faffe entrer un *Diable* dans nous, pendant qu'elle fait la *Diableffe* à nos yeux.
Comment pouvons-nous prêter l'oreille au
Baragouin des *Egiptiens*, les plus infames
de tous les vagabonds, & qu'en même tems
nous avons l'œil fur nos haies & fur nos
juchoirs, de peur qu'ils ne nous volent?

Il faut, ou que le D I A B L E nous prenne pour de plus grands fous qu'il ne faifoit nos Ancêtres, ou que nous en foïons
véritablement de plus grands que ne produifoient les Siècles paffés, où l'on ne s'eft
jamais laiffé tromper par des *Diables* fi mé-
prifables, ou plutôt par des miférables dignes du fouet, & à qui le Pilori conviendroit
mieux qu'un Autel, & qui enfin, au-lieu
d'être reçus comme des Oracles, mérite-
roient d'être renfermés dans des maifons
de Correction, à caufe de leurs filoute-
ries.

Il n'eft pas rare de voir, par-ci, par-là,
de ces miférables; mais après tout, s'il en
a été des autres Nations comme de la notre,
je ne voi pas comment le D I A B L E auroit
pu atirer de meilleurs Sujets à fon fervice;
du moins il n'auroit pu le faire que très-rarement. A-t-on jamais rien vu au-deffus
d'un Drouineur fe faire Magicien ? Avons-
nous jamais eu parmi nous une Sorcière de
Qualité, fi ce n'eft la bonne Mère JE...GS?
encore fi elle n'avoit été que Sorcière-

re

cière, on doute qu'elle eût gagné tant d'argent qu'elle a fait, par sa Profession.

Nous avons entendu parler d'une infinité de Magiciens, de Devins, d'Enchanteurs, & d'autres semblables gens, mais jamais, ou rarement, qui aient été au-dessus du plus bas ordre de la Canaille. Il est vrai que le nom de *Sage*, dont le DIABLE voudroit qu'on honorât ses Agens, a été quelque tems en usage en *Egipte* & en *Perse*, parmi les *Chaldéens*, mais cela a si peu duré que cet usage n'a jamais pu parvenir jusqu'à nous ; & quoique SATAN ait pu faire pour porter le Peuple à acorder ce titre d'honneur à nos grands Hommes, qui ont eu le plus de familiarité avec lui, il n'a jamais pu en venir à bout.

J'ai entendu dire, que du vieux tems, je m'imagine sous le Règne de la bonne Reine ELISABETH, ou encore avant (car il y a peu de choses à redire sur ce qui s'est passé de son tems) il y avoit des Conseillers & des Ministres d'Etat qui méritoient le Caractère de *Sage* dans son meilleur sens ; c'est-à-dire, qu'ils étoient *Bons* & *Sages* en même tems. Mais pour ceux qu'il y a eu depuis ce tems-là, ou si l'on veut, depuis la Mort de cette Reine, jusqu'à la dernière *Révolution*, je n'en dirai pas grand' chose ; je me contenterai de raporter ce que l'honnête AN-DRE' MARVEL disoit de ces tems-là, sur quoi chacun poura juger de ce qu'ils étoient :

Par-tout des Chambellans, des Gueux, des
Grands-

Grands-Seigneurs,
Mais rarement un Sage entre nos Gouverneurs.

Mais on dira, peut-être, que cela s'entend de *Sages* d'une autre espéce, ou de *Sages* comme oposés aux Fous, au-lieu que ceux dont nous parlons font fous une autre Classe, c'est-à-dire, qu'ils font Magiciens, Devins, &c. qui s'apeloient *Sages* autrefois.

Je réponds à cela, qu'en quelque sens qu'on prenne le terme, ce peut être la même chose: car si j'avois à demander au DIABLE quel a été le Caractère des plus habiles Politiques qu'il a emploïés, pendant plusieurs années parmi nous, je croi que, malgré la supression des Oracles, si je lui demandois encore, s'ils étoient *Chretiens*, il me répondroit honnêtement avec son ambiguïté ordinaire, qu'ils étoient *Conseillers Privés,* c'est-à-dire, à son service.

Il n'y pas long-tems qu'étant dans un Pays voisin, je me rencontrai dans une Compagnie, où je trouvai un ample Régitre des Magistrats de ce Siècle là, c'est-à-dire, des Hommes qui s'y font rendus fameux; j'eus un plaisir tout particulier de voir les diférens jugemens qu'on en avoit faits. Je n'ai pas besoin de donner ici une énumération des Baguettes blanches, des Clefs d'or, des Bâtons de Maréchal, des Cordons bleus, des Cordons rouges, & des Cordons blancs qui se trouvoient dans cette Liste, ni des titres de Ducs, de Comtes, de Marquis, d'Abbés, d'Evêques, ou de Juges,

ges, qui les diſtinguoient les uns des autres; je me contenterai de dire que la plupart des Notes marginales, marquées d'un Aſtérique, étoient à-peu-près comme je les raporte ici.

Un tel Duc, avec les titres des Poſtes les plus éminens, & en Marge * ——— *Non Saint.*

Un tel Archevêque, avec le titre de Noble, ——— *Non Arcange.*

Un tel Politique conſommé, & Premier Miniſtre, ——— *Non Sorcier*

Un tel Ruban ou Cordon garni de grands Caractères, ——— *Non Magicien.*

Il me vint d'abord en penſée, que, quoique les Oracles aient ceſſé, & que nous n'aïons plus tant à en craindre les ambiguïtés que ci-devant, ces ſortes de Réponſes n'avoient pas encore pris fin; & que, ſoit qu'on dût entendre, ou non, ces Négations purement & ſimplement comme elle étoient écrites, les Lecteurs étoient ordinairement portés à conclure que c'étoit des Satires, qu'il faloit lire à rebours, de la même manière qu'on ſonne les cloches dans le tems d'un incendie. Cependant je n'oſerois le faire à moins qu'il ne s'agît des étrangers, de peur que je n'évoquaſſe le DIABLE dont je parle.

Mais pour revenir à nôtre Sujet, SATAN eſt réduit à-preſent à de ſi grandes baſſeſſes dans la voie ordinaire, dont il ſe ſert pour avancer ſes intérêts dans le Monde, qu'il débite ſes Oracles par la bouche des Réveilleurs, ou des Ramonneurs de Cheminée,

&

& par les Sujets les plus vils de tous ceux qui parlent dans l'obſcurité; de ſorte que comme il opère par de ſi indignes Inſtrumens, on ne doit pas s'atendre à grand'choſe de ſa part. A voir la phiſionomie des Agens du DIABLE, il ſemble que cet Eſprit malin les ait choiſis, à cauſe de leur laideur, ou pour avoir eu dans le viſage, quelque choſe de particulier qui les rendît digne de leur emploi. C'eſt de-là qu'on dit ordinairement, lorſqu'on ne ſe trouve pas beau, qu'*on reſſemble à une Sorcière*, ou *qu'on eſt laid comme une Sorcière*, ou bien *envieux comme une Sorcière*. Savoir à-preſent s'il y a quelque particularité requiſe dans l'air des Agens modernes du DIABLE, pour bien s'aquiter de leurs charges, & pour rendre leurs Réponſes plus ſolennelles, c'eſt ce que SATAN n'a pas encore révélé, du moins à moi. C'eſt auſſi par cette raiſon que je n'entreprendrai point de dévéloper la cauſe pourquoi il ne ſe ſert que de Sujets capables d'éfrayer les perſonnes qui les vont conſulter.

Peut-être eſt-il néceſſaire qu'ils aient ainſi quelque choſe d'extraordinaire dans leur regard, pour imprimer une eſpèce de crainte dans l'Eſprit de leurs Dévots, de-même que s'ils repréſentoient SATAN véritablement & réellement, & afin que ces Dévots, s'imaginent qu'en parlant aux Sorcières, ils ont une réelle conférence avec le DIABLE; ou, peut-être, les Sorcières mêmes ont beſoin d'être ſi extraordinairement laides, afin de n'être pas épouvantées

tées de la Figure afreufe de leur Maître,
lorfqu'il fe fait voir à elles pour la première
fois, perfuadées qu'elles ne pourront rien
voir de plus éfrayant qu'elles.

Il y a des gens qui font dans la penfée,
que la Communication qui fe fait entre le
DIABLE, & ces miférables Créatures, fes
Agens, a quelque chofe de fignificatif, &
que fupofé qu'ils n'aient été que médiocre-
ment laids auparavant, ils font changés, en
éfet, en véritables DIABLES, dès le moment
qu'ils viennentt à converfer avec lui. Je ne
nierai pas qu'un certain tremblement fe faifit
des membres, qu'une horreur fe répand fur le
vifage, & qu'une vue égafée ocupe les yeux de
quelques-uns de ceux à qui il arrive de voir
le DIABLE réellement, & que la fréquente
répétition caufe les contorfions du vifage,
qui leur deviennent entièrement naturelles;
& que fupofé qu'elles ne fe faffent par
toujours remarquer fur le vifage, ils peuvent, femblables à des Baladins, prendre
du moins des figures afreufes, fe changer
tellement les traits du vifage, & ainfi prendre un air fi diabolique qu'il foit convenable
à chaque ocafion, & propre à faire ce qu'ils
ont en vue, auffi fouvent qu'ils le veulent.

Mais, de quelque manière que cela fe
faffe, c'eft toujours la même chofe; il eft
certain, que les Créatures qu'on apèle ordinairement *Sorcières* & *Magiciennes*, font
d'une laideur diabolique, par raport à la
mine & à la taille, & qu'elles donnent leurs
Sentences avec un air de vengeance pour
quelque injure reçue; car ces fortes de gens
font

font fameuſes ſur-tout par le mal qu'elles font.

Il ſemble que le DIABLE ait près à tache de choiſir toujours les plus diformes & les plus afreuſes Vieilles Femmes qu'il a pu trouver, pour être à ſon ſervice. La Mère SHIPTON, nôtre fameuſe Magicienne & Proféteſſe *Angloiſe* eſt bien peinte à ſon deſavantage dans ſon Portrait, ſi elle n'a pas eu la mine la plus hortible qu'on ſe puiſſe imaginer ; & s'il eſt vrai que MERLIN *Galois*, ce fameux Diſeur de bonne avanture, étoit d'une figure éfroïable, on aura plus de raiſon de croire, ſupoſé qu'on s'en raporte à l'hiſtoire, qu'il a été engendré par le DIABLE même ; mais j'en parlerai dans un Article ſéparé. Au-reſte pour revenir à la laideur des Inſtrumens de SATAN, il faut remarquer qu'il a toujours trafiqué en cette ſorte de marchandiſe. Les *Sibiles*, dont on raconte tant de choſes qu'elles ont profétiſées (ſoit que cela ſoit vrai ou non, il n'importe) ſont toutes repreſentées comme de très vieilles Femmes, ſupoſé qu'on doive s'en raporter aux Peintres *Italiens* ; & comme ſi la laideur tenoit lieu de beauté à la vieilleſſe, il ſemble qu'ils tâchent de les peindre auſſi laides & auſſi afreuſes qu'il leur eſt poſſible, ou que le DIABLE même pouroit les repreſenter. Je ne veux pas dire, par-là, qu'il s'en trouve actuellement de véritables Originaux ; mais il ſe peut que les *Italiens* les connoiſſent encore comme par tradition, & qu'ils en ont de certaines legères notions, & ſur-tout de cette ancienne

ne *Sibile* nommée ANUS, qui vendit le Livre des Deſtinées à TARQUIN ; & l'on dit
qu'elle étoit ſi agée qu'il ne doutoit point
qu'elle ne radotât.

J'avois deſſein, à la vérité d'entrer dans
une recherche exacte de l'excellence des
Vieilles Femmes, pour toutes les opérations diaboliques, & ſur-tout de la néceſſité, où ſe trouve SATAN d'y avoir recours, pour l'adminiſtration de ſes afaires ;
ce qui pouroit, en même tems, réſoudre la
dificulté, qui ſe rencontre dans la Philoſophie naturelle de l'Enfer, ſavoir, pourquoi
le DIABLE, faute de vieilles Femmes,
ainſi proprement apelées, eſt obligé de changer en Vieilles tant de vénérables Pères,
tant de graves Conſeillers dans le Droit &
dans l'Etat, & en particulier tant de Juriſ-
conſultes ou de Docteurs en Droit, & de
quelle manière ſe fait cette opération extraordinaire ; mais, comme c'eſt une choſe
d'une trop grande importance, par raport
au ménagement de SATAN, dans les afaires humaines, & que d'ailleurs elle pouroit
nous engager inſenſiblement à donner une
Hiſtoire juſte, & à dépeindre les Caractères
de quelques-uns des plus éminens perſon-
nages qui ſoient parmi nous, de ces ſortes
de Sectes, je me réſerve à en traiter dans un
Ouvrage ſéparé, que j'ai envie de mettre
au jour, ſi SATAN ne m'en empêche,
en quinze Volumes *in Folio*, où je ferai
voir en premier lieu, avec toute l'exactitude
poſſible, ce qu'on doit entendre par une
vieille Femme mâle. & de quelle eſpèce hé-
téro-

térogène.une telle Créature eſt produite; j'en ferai l'Anatomie monſtrueuſe de toutes les parties, & ſur-tout de celles qui compoſent la Tête, qui ſe trouvant remplie d'un nombre infini de petites boules d'une nature ſublime, & dont l'extérieur étant d'une texture fort délicate, & la concavité creuſe, décrit très-philoſophiquement l'ancien Paradoxe; qui dit *Plein de Vuide*, & fait qu'il ne répugne ni à la Nature, ni au Sens commun.

Je donnerai auſſi quelque tems (& ce ſera un excellent Ouvrage quand il ſera fait) à déterminer ſi cette nouvelle eſpèce de Prodiges ne tire pas ſon origine du fameux MERLIN qui étoit une véritable vieille Femme, comme je prouve qu'on a tout lieu de le croire, ſur l'Autorité de pluſieurs Ecrivains judicieux, qui nous aſſurent, comme je l'ai déja dit, que ce MERLIN a été engendré par le DIABLE.

Pour ce qui eſt du don de Profétie, qu'on ſupoſe qu'il a reçu de l'Eſprit malin, en vertu de cette prétendue génération, je n'en parlerai pas; parce que comme j'ai nié juſqu'ici, que SATAN ait de lui-même aucune faculté profétique, ni aucun pouvoir de prédire l'avenir, je ne comprends pas bien comment il pouroit le donner à ſa Poſtérité, parce que ſelon l'axiome des Philoſophes, *nil dat quod non babet*.

Quoiqu'il en ſoit, en faiſant deſcendre du DIABLE, en ligne directe, ce Profète ſi célèbre, on pouroit dire bien des choſes en faveur de ſa vilaine figure, en quoi l'on

E 3   dit

dit qu'il étoit fort remarquable ; car il n'eſt
pas rare de voir un Enfant reſſembler à ſon
Père : mais je renvoie toutes ces choſes importantes à un autre tems, pour continuer
la matière que nous avons en main, je veux
dire, les diférentes voies dont le DIABLE
ſe ſert dans le maniment de ſes afaires, depuis qu'il a abandonné ſes Temples, & ſes
Oracles.

CHAPITRE VI.

De l'Aparition extraordinaire du DIABLE,
& ſur-tout de ſon Pié fourchu.

IL y a des gens qui voudroient que nous
traitaſſions cette Fable de l'Aparition du
DIABLE avec un pié fourchu, d'une manière plus ſolennelle, que je croi, qu'il ne
le fait lui même : car SATAN, qui ſait
que ce n'eſt qu'une tromperie, s'en moque
en lui-même au ſuprême degré. Mais comme il ſe plaît à aveugler l'eſprit des Hommes ; & à duper les ſimples, s'il remarque
qu'ils prennent chaque Epouvantail pour
un DIABLE, il ne s'empreſſe pas beaucoup à les deſabuſer, d'autant plus qu'il
trouve ſon avantage à entretenir la fourberie, & à s'en ſervir. Je ne doute pas même
que cet Eſprit malin, ſupoſé qu'il ſoit ſuſceptible d'enjoûment, ne rie ſouvent de bon
cœur de voir les diférentes formes & les figures afreuſes, ſous leſquelles on le repreſente ; & ſur-tout notre inclination à le peindre
auſſi

auffi noir, & à le reprefenter auffi laid qu'il
nous eft poffible, & qu'après cela nous
nous éfrayons d'un Spectre que nous avons
fait nous-mêmes.

Ce qu'il y a de certain, c'eft que de toutes les figures horribles fous lefquelles nous
reprefentons SATAN, celle d'un *Bouc*,
ou de quelque autre chofe avec un pié de
Bouc, eft, felon moi, où nous faifons voir
le moins d'Invention. Car, quoique le
Bouc foit une Créature, dont notre Sauveur
fe fert dans l'Alégorie qu'il fait du jour
du Jugement, pour reprefenter le parti des
Réprouvés, il femble que ce n'eft que par
raport à la reffemblance qu'il a avec la Brebis, & pour nous reprefenter la jufte deftinée de l'Hipocrifie & des Hipocrites, & en
particulier pour former l'Antithèfe néceffaire dans cette Hiftoire ; parce que d'ailleurs
les Brebis & les Agneaux, fans parler de notre Efprit capricieux, ont le pié fourchu
comme les *Boucs* & fi l'on doit s'en raporter ici à l'Ecriture, c'eft un honneur au
DIABLE d'être ainfi reprefenté, puifque
l'ongle divifé étoit le Caractère ou la Marque des Bêtes nettes ; mais je ne fai comment on pouroit mettre SATAN dans ce
nombre.

Il femble plutôt, que, pour donner une
jufte Idée du DIABLE, il feroit plus à
propos de le placer parmi les Chats, & de
le reprefenter avec un pié de Lion, ou de
Dragon roux, fupofé que ce foit par cet
endroit-là qu'on doit le connoître, parce
que ce font les Créatures fous lefquelles il

E 4   nous

nous eſt dépeint dans le Texte ſacré, & ainſi il imprimeroit de la terreur par ſes dents en même tems.

Le *Bouc* n'eſt pas même propre à repreſenter le DIABLE, parce qu'il n'a jamais été mis au rang des Bêtes qui paſſent pour les plus fines & les plus ruſées. On le regarde, à la vérité, comme une Créature fière, dans ſon eſpèce, quoique beaucoup moins que celles que je viens de nommer ; on s'en ſert auſſi pour repreſenter, d'une façon emblématique, un Tempérament voluptueux ; mais cette qualité n'eſt pas encore propre à donner une idée du DIABLE, dont l'opération eſt d'une toute autre nature.

D'ailleurs, ce n'eſt pas du *Bouc* même qu'on ſe ſert pour cela, mais ſeulement du *Sabot fourchu*, encore eſt-il fait d'une telle façon, qu'il reſſemble autant à celui d'un Belier, d'un Cochon, ou de quelque autre ſemblable Créature, qu'à celui d'un *Bouc*, n'étoit que l'Hiſtoire nous fournit quelque raiſon de l'apeler *Pié de Bouc*.

En ſecond lieu, on n'entend pas que ce *Pié fourchu* ſoit une ſimple marque pour connoître SATAN ; mais on veut que ce ſoit une flétriſſure qui lui a été faite, comme le Caractère que Dieu imprima ſur le front de CAÏN, & qui doit lui ſervir d'une eſpèce de châtiment, de ſorte qu'il ne ſauroit obtenir la permiſſion de ſe faire voir ſans cette marque, ni même la cacher ſous quelque habit, ou ſous quelque déguiſement qu'il paroiſſe ; &, pour le rendre auſſi

ridi-

ridicule qu'il est possible, on prétend que
toutes les fois qu'il a ocasion de prendre
une forme humaine, quelle qu'elle soit,
depuis le Sceptre jusqu'à la Houlette, d'u-
ne belle Dame ou d'une vieille Femme, qui
est celle qu'il choisit le plus souvent, il est
pourtant contraint non-seulement de garder
son *Pié fourchu*, mais aussi de le faire voir,
quand même il porteroit un Manteau de
Prince, une Robe de Chancelier, ou un Panier de Femme avec de longues Jupes. On
ne veut pas même lui permettre de porter
ni souliers ni bottes, comme on voit souvent des gens qui en ont, pour cacher un
pié tortu, ou une *jambe de bois*; mais il
fat qu'il montre son *Pié* par-tout où il va,
afin qu'on le reconnoisse. On auroit autant
de raison de l'obliger à s'apliquer sur la tête,
comme on fait aux Maisons à louer, un Bil-
let sur lequel fût écrit en gros Caractères :
JE SUIS LE DIABLE.

Il faut avouer que c'est-là une chose tout-
à-fait particulière, & qui seroit fort dure au
DIABLE à digérer, s'il n'y avoit pas une circonstance qui lui est avantageuse, & qui est,
que *la chose n'est pas véritable*, quoiqu'elle
soit si universellement reçue, que personne,
pour ainsi dire, ne la révoque en doute.
Remplis de cette erreur, les gens manquent
souvent le DIABLE, où ils le cherchent,
& ils le rencontrent aussi souvent, où ils ne
l'atendent pas, & lorsqu'ils ne le connois-
sent pas pour ne lui pas voir un *Pié fourchu*.

C'est par cette raison, que j'ai souvent
eu la pensée, que cette Marque ne lui a pas

E 5   été

été donnée par l'éfet d'une fimple fantaifie,
ni par la tromperie d'une forte imagination,
multipliée & divulguée par la Fable & par
ceux qui fe plaifent à faire des Contes au coin
d'une Cheminée; mais plutôt que c'eft une
invention du DIABLE même, qui a bien
voulu paffer pour avoir le *Pié fourchu*, afin
de mieux cacher fon déguifement, & fe trouver parmi fes Amis , fans en être connu.
Efectivement s'il ne pouvoit aller nulle-
part, fans cette Marque particulière d'infamie, il ne pouroit voir aucune Compagnie,
il ne pouroit fe trouver au Repas de Mylord
Maire, ni prendre le Thé avec les Dames,
& il n'oferoit fe faire voir à la Cour un jour
d'Affemblée: il n'auroit même pu affifter,
à *Fontainebleau*, au Mariage du Roi de *France*, ni à la Diète de *Pologne*, pour empêcher les Etats de s'y trouver ; & ce qu'il y
a de pire, c'eft qu'il ne pouroit paroître
dans aucune Mafcarade, ni dans aucun de
nos Bals. La raifon de cela eft, qu'il feroit d'abord découvert, & par conféquent
expofé & même forcé à fortir de la Cóm-
pagnie, ou, ce qui revient à un , toute la
Compagnie crieroit au DIABLE & forti-
roit de la chambre, toute éfrayée. Il n'y
auroit aucune invention , ni aucun ftratagême qui pût lui fervir, aucun habillement
qui pût le couvrir ; & tous nos Amis enfemble de *Taviftock Corner* feroient incapa-
bles de lui faire uu habit qu' pût le déguifer, ou le cacher : ce malheureux *Pié* gâ-
teroit toujours tout. Ce lui feroit, donc,
uue fi grande perte, que je doute qu'il fût
capa-

capable d'exécuter aucune de toutes les importantes afaires qu'il a dans le Monde, s'il étoit obligé de se faire toujours connoître. Car, quoiqu'il ait accès parmi les Hommes, sous son parfait déguisement, je veux dire, sous celui de son *Invisibilité*, les Savans conviennent ensemble, que sa presence corporelle dans le Monde est absolument nécessaire en plusieurs ocasions, pour apuïer ses intérêts, & entretenir ses correspondences, & sur tout pour donner du courage à ses Amis, lorsque le nombre en est sufisant, pour conduire & ménager ses afaires. Mais je parlerai encore de cette matière, quand je viendrai à le considérer comme un Homme d'afaires, sous le Chapitre d'une Aparition visible & locale. Mais je reviens au *Pié* en question.

Après avoir insinué, comme j'ai fait, que c'est le DIABLE lui-même, qui, par politique, a répandu cette Notion touchant son Aparition avec un *Pié fourchu*, je ne doute pas qu'il n'ait jugé à propos de l'imprimer si fort dans l'imagination d'un bon nombre de gens parmi nous, & sur tout de ces clair-voïans qui prétendent voir si bien le DIABLE lorsqu'il n'est pas visible, qu'ils ne se feroient aucun scrupule de dire, & même de jurer, en presence de SATAN assis sur le Siége judicial, d'avoir vu le Pié de sa Seigneurie dans un tel & tel tems. J'ose dire ici mon sentiment avec d'autant plus d'assurance, que la chose est conforme à ses intérêts; & si nous n'avions pas une infinité de Témoins pour l'atester de vive

E 6   voix

voir, il se seroit toujours trouvé certains opiniâtres parmi nous, qui auroient nié le fait, ou du moins qui en auroient douté, & ainsi suscité des Disputes & des Objections contre une chose qui leur auroit paru ridicule, pour ne ne pas dire impossible, en nous souflant à l'oreille quelques Notions absurdes, comme si le DIABLE n'étoit pas aussi noir qu'il est dépeint, & qu'il n'eût pas plus un *Pié fourchu* que le Pape, dont la Mule apostolique a été si souvent baisée, avec beaucoup de vénération, par des Rois & des Empereurs. Mais, helas! c'est une chose sur laquelle on ne fait plus aucun doute. Jamais on n'a cru plus fermement l'Homme dans la Lune, ni la Tête de Bronze parlante de Frère BACON, ni l'Inspiration de la bonne Mère SHIPTON, ni les Miracles du Docteur FAUSTUS, ni même les choses aussi certaines que la Mort & les Taxes. Comment, le DIABLE n'auroit point du *Pié fourchu*! Je croi que je pourois, en fort peu de tems, produire mille vieilles Femmes, qui aimeroient autant croire qu'il n'y a point de DIABLE du tout: elles seront même capables de dire, qu'il ne pouroit pas plus être DIABLE sans cela, que d'entrer dans une chambre, sans que les chandèles y donnassent une *lumière bleue*, ni en sortir, sans y laisser une odeur de soufre après lui.

Comme, donc, la certitude de la chose est ainsi établie, & qu'il se trouve un grand nombre de Témoins dignes de foi, prets à déposer qu'il a le Pié fourchu, & qu'ils l'ont vu, & même que nous avons l'Antiquité

quité de notre côté, cette vérité étant confirmée par le témoignage de plusieurs Siècles, pourquoi en douterions-nous encore?
Nous pouvons prouver que plusieurs de nos
Ancêtres ont été de ce sentiment, & qu'un
bon nombre de fameux Auteurs nous l'ont
laissé par écrit; & en particulier cette savante Magicienne, Mère HAZEL, dont
les Ouvrages manuscrits se trouvent dans la
fameuse Bibliotèque de *Pye Corner*, de même que JEANNE d'*Amesbury*, l'Histoire
des Sorcières du Comté de *Lancaster*, & le
Révérend Exorciste des *Diables* de *Londres*,
dont l'Histoire s'est conservée parmi nous
jusqu'à-present. On pouroit citer tous ces
Auteurs avec une infinité d'autres, dont les
Ecrits confirment l'antiquité de cette vérité; mais il semble, que nous n'avons pas
besoin de plus amples témoignages pour
cela, puisqu'il sufit que SATAN avoue la
chose, suposé qu'il ne l'ait pas publiée
lui-même, ou du moins qu'il paroît, qu'il
est content qu'on la croie réelle, & qu'elle soit généralement reçue comme une vérité, par les raisons que nous avons déja
raportées.

Mais, outre ce que nous venons de dire,
& quelque fabuleuse que certains incrédu-
les tiennent cette Histoire, qui sait si SATAN,
aïant le pouvoir de prendre quelle forme
& quel corps il lui plaît, & de se manifes-
ter à nous sous cette forme, & sous ce
corps, comme s'ils étoient réels, ne peut
pas, par la même autorité, y ajouter un,
ou deux, ou quatre piés fourchus, s'il le

E 7   veut?

veut? Pourquoi pas un *Pie fourchu* aussi-
bien qu'un autre Pié, s'il le juge à propos?
Si le DIABLE peut prendre une Forme, &
se faire voir aux Hommes d'une manière
visible, je croi qu'on a autant de droit de
dire, qu'il a la liberté de prendre quelle
forme il lui plaît, & de choisir la comple-
xion qu'il veut, soit réelle, ou imaginaire;
& s'il a cette liberté, ce lui est un déguisement admirable de paroître ordinairement
avec son *Pié fourchu*, afin que dans une
ocasion particulière, & lorsqu'il le trouve
convenable à ses intérêts, il paroisse sans
cette Marque, pour n'être pas reconnu, ni
même soupçonné. Mais il faut remarquer,
que tout cela n'est dit que sur la suposition
que le DIABLE peut prendre une forme
visible, & se faire voir réellement, sur
quoi pourtant je ne juge pas encore à propos de donner mon sentiment:

Ce qu'il y a de certain, c'est que ceux,
qui ont été les premiers à acorder au DIA-
BLE un *Pié fourchu*, n'étoient pas si méprisables qu'on pouroit s'imaginer, & qu'au
contraire ils étoient des Favoris du Ciel.
AARON n'a-t-il pas érigé le DIABLE sous
la forme d'un *Veau*, dans une Congrégation, & engagé le Peuple à dancer autour de
lui, comme s'il avoit été Dieu? C'est à
cette ocasion que les Interprètes nous disent,
que fut faite cette Défense particulière (*):
Qu'ils ne sacrifient plus leurs Sacrifices aux
DIABLES, *avec lesquels ils ont paillardé.*

Pa-

(*) Levit. XVII. 7.

Pareillement le Roi JE'ROBOAM érigea deux *Veaux*, l'un à *Dan* & l'autre à *Beth-el*, & il se trouve que le Peuple a été acusé, par la suite, de rendre son Culte aux *Diables*, au-lieu de le rendre à Dieu.

Après cela, il y a eu des Nations qui ont actuellement sacrifié au DIABLE, les unes sous la forme d'un Bélier, & les autres sous celle d'un Bouc, ce qui joint aux *Veaux* de *Horeb* semble avoir donné lieu à l'Histoire du *Pié fourchu*; & il paroît clairemeut qu'il faut entendre, du Culte du *Veau* à *Horeb*, le Passage que nous avons cité: *Qu'ils ne sacrifient plus leurs Sacrifices aux* DIABLES. Il y a, dans l'Original, le mot *Seghnirim*, qui signifie, *Boucs* ou *Veaux* hérissés & vélus; & il y a des gens qui croient, que c'est sous cette forme que le DIABLE se faisoit voir le plus souvent aux *Egiptiens* & aux *Arabes*, d'où elle a été prise.

Pareillement, les anciens Ecrits des *Egiptiens*, je veux dire, leurs Hieroglifiques, avant que l'usage des Lettres fût connu, nous aprennent que c'est à cette Marque qu'on connoissoit le DIABLE, & que la Figure d'un *Bouc* étoit son Hieroglife. Il y a des gens qui soutiennent que le DIABLE prenoit un plaisir particulier à se voir ainsi representé; mais les Auteurs n'ont pas encore décidé de quelle source ils ont tiré cette circonstance, ni s'ils l'ont de la bouche même de SATAN, ou non.

Quoiqu'il en soit, je ne voi pas comment le DIABLE pouvoit être embarassé de trouver quelque Figure extraordinaire, pour se

moquer

moquer du Genre-Humain, quand même où n'auroit pas pensé à celle d'un *Bouc*. Mais comme le *Pié fourchu* fut la première qui lui vint en pensée , & que la chose étoit assez indiférente , elle fut généralement reçûe, elle s'enracina si fort dans l'imagination troublée du Peuple, & elle y est tellement gravée aujourd'hui , que le D I A B L E même ne pourroit pas l'en éfacer, quand il le voudroit. Au-reste comme je l'ai déja dit, il ne se met pas fort en peine de résoudre les doutes, ni de lever les dificultés que nous formons ; il tâche au-contraire de nous en susciter davantage autant qu'il lui est possible.

Il y a des gens qui portent la chose encore bien plus loin, & qui prétendent que le *Pié fourchu* est comme la grosse Pierre, dont les *Magiciens* du *Bresil* se servoient pour résoudre toutes les Questions dificiles, après avoir fait plusieurs postures & contorsions de leur corps également monstrueuses & barbares , & fait certaines marques, ou figures magiques sur cette Pierre. Ils prétendent, dis je, que ce *Pié fourchu* est une espèce de Pierre magique, & soutiennent que dans le tems que S A T A N faisoit plus d'afaires en public avec le Genre-Humain, qu'il n'en a fait en dernier lieu, il donnoit à ses plus grands Favoris ce *Pié fourchu*, comme une marque sur laquelle ils pouvoient opérer des Miracles, & évoquer les Esprits ; & que les Sorcières, les Enchanteresses , les Spectres, &c. qui étoient de diférentes espèces, du moins en imagination

tion, parmi les Anciens, avoient tous une *Jambe* de *Bouc*, avec un *Pié fourchu*, pour s'en fervir dans des ocafions extraordinaires. Il femble que cette métode n'eſt plus en uſage, & que ſemblable à l'art de foudre le Marbre, & de peindre le Verré, elle a été mis au rang des autres ſecrets qui, ſelon l'Hiſtoire, ſont perdus pour nous. Pour ce qui eſt du Monde des Fées, ſupoſé qu'il y en ait un, nous ne ſaurions à-preſent rien dire de poſitif de ce qui s'y paſſe, ni de ce qu'on y fait.

Ce n'eſt pas encore tout : il y a d'autres Savans imaginaires qui ſe font forts de faire de plus amples découvertes ſur la Doctrine du *Pié fourchu*, qu'ils regardent comme l'Inſtrument le plus eſſentiel, dont le DIABLE ſe ſert dans ſes opérations particulières. Ils avancent, que comme on dit que JOSEF a *déviné*, c'eſt-à-dire, *fait le Magicien*, par le moïen du Gobelet d'or qui avoit été mis dans le ſac de BENJAMIN, de même le DIABLE a conduit pluſieurs de ſes ſecrètes Opérations, poſſeſſions, & autres ruſes infernales ſur les Eſprits & ſur les Corps des Hommes, avec le ſecours du *Pié fourchu*, de ſorte qu'il avoit une eſpèce d'inſpiration infernale, & une faculté particulière & magique, propre à faire ſes prodiges diaboliques. Ils ajoutent que ce *Pié fourchu* avoit une ſignification extraordinaire, & qu'il n'étoit pas ſeulement emblématique & figuratif, par raport à la conduite des Hommes, mais même qu'il les dirigeoit réellement dans les plus importantes afaires de

la

la vie ; & que les Agens dont le DIABLE
se servoit , pour répandre son influence sur
le Genre Humain , & pour le séduire & le
faire tomber dans les piéges qu'il lui dresse
continuellement pour sa destruction, étoient
munis de ce Pié , conjointement avec les
autres facultés dont ils étoient revétus pour
faire du mal.

Ils nous vantent extraordinairement les
excellentes Opérations que le DIABLE
possède dans le Gouvernement des afaires
humaines , & nous expliquent comment le
Pié fourchu est l'Emblême de la véritable
double entente & de l'équivoque, qui est si
fort en usage parmi les grands Hommes de
la Terre,& suivant laquelle ils dirigent toutes leurs afaires ; & que c'est par cette raison-
là qu'on ne trouve aucune intégrité , dans
le Monde ; que les Hommes , pires que
les Bêtes ravissantes , s'entremangent & se
dévorent les uns les autres par toutes les
voïes infames de la flaterie , de la condo-
léance, de la tromperie & de la trahison ;
que,semblables à des Crocodiles,ils font semblant de pleurer de l'état misérable de ceux
qu'ils ont envie de détruire,& font bonne mine à ceux dont ils méditent la perte,ce qui ne
se trouve point parmi les Brutes , & cela par
toutes les caresses & les supercheries que
l'*Enfer* peut inventer ; & enfin qu'ils tendent un Pié fourchu , ou une main divisée,
sous prétexte de donner du secours , dans
le tems qu'ils ne respirent que ruine & que
destruction.

Ils disent que, sur ce pié-là, l'Ongle divisé

visé represente une Langue où un Cœur
double , & que c'est l'Emblême de l'Hipocrisie la plus rafinée, & de la flaterie la plus
fatale, la plus trompeuse, & la plus funeste. Ils nous donnent là-dessus des Histoires fort divertissantes , quelque tragiques
qu'elles soient en elles-mêmes , touchant
la manière avec laquelle certains Agens ins-
pirés du DIABLE se sont conduits sous
l'influence spéciale du *Pié fourchu* , comment ils ont fait la guerre , sous prétexte
de la paix, massacré des Garnisons après les
Capitulations les plus sacrées , & mis à
l'interdit des Peuples innocens qui s'étoient
rendus à discrétion.

Ils ajoutent que le *Pié fourchu* a eu lieu
dans toutes les trahisons, dans tous les assas-
sinats , dans tous les meurtres & dans toutes les rébellions, tant secrètes que décla-
rées. C'est ainsi que JOAB, par une noire
trahison ; fit voir avec combien de dextérité il savoit se servir du *Pié fourchu* , en
frapant ABNER à la cinquième côte. C'est
ainsi que DAVID en fit usage à l'égard de
l'innocent URIE , lorsqu'il eut envie d'a-
buser de sa Femme. C'est ainsi que BRU-
TUS l'emploïa contre CESAR ; &, pour
parler de choses qui nous touchent de plus
près , nous avons expérimenté dans ce Pays
plusieurs mouvemens rétrogades par le
moïen de ce *Pié* magique. Tels ont été
celui de la fin tragique du Comte d'ESSEX,
& de celle de la Reine d'ECOSSE qui fut
décapitée, & plusieurs autres de cette nature arrivés sous le Règne de la Reine E-
LIZA-

LIZABETH : ceux du Comte de SHREWS-BURY , du Chevalier OVERBURY, de GON-DAMOR, du Chevalier RALEIGH, & une infinité d'autres, fous le Règne de JAQUES I. Si, en toutes ces ocafions, le *Pié four-chu* n'avoit pas été mis en ufage avec tant d'adreffe, ces Meurtriers n'auroient pas été ménagés comme ils l'ont été, & n'auroient pas été à couvert des pourfuites de la Juf-tice ; de forte qu'il y a des gens qui croient, que c'eft par cette raifon , & parce qu'on n'avoit pas fatisfait à la Juftice du Ciel qui avoit été ofenfée , que les innocens Rejet-tons de la Famille Roïale de STUART ne fe font pas mieux trouvés par la fuite.

Il faut avouer , que le *Pié fourchu* fut dans fa plus grande vogue fous le Règne fuivant, & la Génération qui s'éleva alors arriva au plus haut degré d'adreffe dans le ménagement de cet Inftrument. Ici on jeunoit & l'on prioit , là on pilloit & on affaffinoit : d'un côté on faifoit la guerre pour le Roi , & de l'autre on combatoit contre lui, jufqu'à couper la gorge pour *l'amour de Dieu*, en dépofant fuivant la Loi, & le Roi & le Gouvernement mo-narchique.

Le *Pié fourchu* ne manquoit pas d'être emploïé par - tout ; c'eft auffi en quoi confifte l'excellence de cet Inftrument infernal, & c'eft parce qu'il agit ainfi de tous les côtés qu'il eft apelé *Ongle* four-chu, ou divifé.

Cette Aparition mutilée a été fi publique dans les autres Pays , de-même que dans

le

le nôtre, que cela femble nous convaincre que le DIABLE n'eft pas borné à l'*Angleterre* feule ; mais que comme fon Empire s'étend fur tout le Monde fublunaire, il fait voir à tous fes Habitans qu'il peut les gouverner à fa manière , & felon fa volonté.

Combien de fois CHARLES V. ce Prince des diffimulés , ne s'eft-il pas fervi de ce Pié ? C'eft par le fecours de l'aparition de cet Inftrument qu'il amorça fon hameçon, de la Ville de *Milan*, & qu'il en flata tellement FRANÇOIS I. Roi Très-Chretien, que quand il paffa par la *France*, & que par conféquent il étoit en la puiffance de ce Monarque , ce dernier le laiffa librement paffer , fans pourtant qu'il ait jamais pu arracher l'amorce qui étoit à l'hameçon. Il femble qu'alors le *Pié* n'étoit pas de fon côté.

Avec combien de cruautés PHILIPE II. Roi d'*Efpagne* ne fe fervit-il pas du même *Pié* dans le Maffacre de la Nobleffe des *Pays-Bas Efpagnols* , dans l'Affaffinat du Prince d'ORANGE , & enfin dans celui de fon Fils *Don* CARLOS, Infant d'*Efpagne* ? Malgré cela, le DIABLE fut ménager fon *Ongle fourchu* avec tant d'adreffe & de fubtilité , que ce Monarque, quoiqu'impénitent , eut la confolation de mourir entre les bras de l'Eglife , & avec la Bénédiction des Ecléfiaftiques, qui font ceux qui après SATAN favent le mieux fe fervir de ce Pié dans le Monde.

J'avoue que je fuis de cette opinion, en ce

ce que le DIABLE agiſſant par le moïen de ce *Pié fourchu*, comme d'une machine, a fait des choſes prodigieuſes dans le Monde pour l'agrandiſſement de ſon Empire ténébreux parmi nous, comme l'Hiſtoire eſt remplie de ces ſortes d'exemples, ſans parler de choſes moins importantes qui ſe ſont paſſées chez nous ; car nous ſommes arrivés à un tel point de dépravation & de folie, que nous avons fait du deshonneur au DIABLE, & que nous avons emploïé ce glorieux Inſtrument du Pié à des uſages ſi bas & ſi indignes, qu'il ſemble que SATAN même a honte de nous.

Mais pour reprendre l'Hiſtoire étrangère, outre ce que nous en avons déja dit, nous y trouvons des exemples ſignalés des glorieux exploits qui ont été faits par le moïen de cette arme, lorſqu'elle a été maniée par des Rois, & des Hommes qui ſe ſont rendus fameux dans le Monde. Combien de tours les Rois de *France* n'ont ils pas joué avec ce *Pié fourchu*, & cela dans l'eſpace de très-peu d'années ? Premièrement CHARLES IX. ſe ſervit de cet Inſtrument contre GASPAR de *Coligni*, Amiral de *France*, dans le tems même qu'il le careſſoit, qu'il lui faiſoit beau ſemblant, & que même il l'invita à *Paris* pour aſſiſter au Mariage du Roi de *Navare*, dans le tems qu'il l'apeloit ſon Papa, qu'il le baiſoit, & que quand il fut bleſſé il lui envoïa ſes Chirurgiens pour le panſer, & que cependant trois jours après il le fit aſſaſſiner & maſſacrer, & ordonna qu'on lui fît mille indigni-

tés,

tés, & enfin qu'on le jettât par la fenêtre dans la rue, pour être insulté de la Canaille.

HENRI III. aussi Roi de *France*, n'emploïa-t-il pas le *Pié fourchu* contre le Duc de GUISE, en ce qu'après l'avoir fait venir au Conseil, il le fit massacrer lorsqu'il en voulut sortir ? Ceux de la Maison de GUISE usèrent de réprésailles contre le Roi, en envoïant un *Jacobin* dans sa Tente, pour l'assassiner, dans le tems qu'il assiégeoit *Paris*.

En un mot, cet Opera du *Pié fourchu* a été représenté par tout le Monde Chretien, depuis que JUDAS trahit le Fils de Dieu par un Baiser. Notre Sauveur dit même positivement, *L'un de vous est Diable*, & le Texte sacré raporte dans un autre endroit, que *le* DIABLE *entra en* JUDAS.

Ce seroit un Ouvrage à prendre bien du tems & à consumer bien du papier, que de donner un détail complet des voïages de ce *Pié fourchu*, des progrès qu'il a faits dans toutes les Cours de l'*Europe*, de l'hipocrisie la plus consommée avec laquelle SATAN s'en est servi en plusieurs ocasions, & du succès qu'il y a eu; mais dans le tems que j'allois donner un échantillon d'un Ouvrage achevé, j'ai changé tout à coup de dessein, & j'ai résolu d'en faire un Volume séparé, que j'apèlerai, L'HISTOIRE COMPLETE DU PIÉ-FOURCHU; & c'est par cette raison, sans parler de plusieurs autres, que je ne m'étendrai plus guéres ici sur ce Sujet.

Il me reste seulement à dire , que cette Histoire plaisante du *Pié fourchu* est très-essentielle à celle que j'écris , en ce qu'il a été jusqu'ici l'Emblême du Gouvernement du DIABLE dans le Monde, & que c'est par ce moïen-là qu'il a heureusement répondu à tous ses Engagemens les plus considérables: car, comme on dit qu'il ne sauroit cacher ce *Pié*, & qu'au-contraire il le porte toujours avec lui , il s'ensuit naturellement que le DIABLE cesseroit d'être DIABLE s'il n'étoit pas dissimulé, & trompeur, ou qu'il ne se servît pas d'équivoques en tout ce qu'il dit & fait ; qu'il ne sauroit s'empêcher de dire une chose & en penser une autre ; d'en promettre une & d'en faire une autre ; de s'engager & de ne pas tenir sa promesse ; de déclarer & de n'avoir pas l'intention, & d'agir en vrai DIABLE, tel qu'il est , avec un visage qui ne découvre pas le fonds de son cœur.

Je pourois, à la vérité , remonter à l'origine, & faire descendre ce *Piéfourchu* du premier état, où SATAN étoit, en qualité de Chérubin, ou d'Etre céleste , comme on dit que MOÏSE les a vus autour du Trône de Dieu sur le Mont *Sinaï* , & qu'il les a representés ensuite d'après l'Original , couvrans l'Arche , avec la tête & la face d'un Homme, les ailes d'un Aigle, le corps d'un Lion , & les jambes & les piés d'un Veau ; mais cela ne convient pas précisément ici ; car , comme nous sommes obligés d'avouer que dès que SATAN commença à être *Diable* il perdit tout ce

qu'il

qu'il pouvoit avoir de beauté célefte avant
fa Chute, fi nous devions rechercher fon
Origine de fi loin, nous ne dirions autre
chofe, finon qu'il n'a rien confervé que fon
Pié fourchu, au-lieu que tout le refte a été
altéré & corrompu, qu'il eft devenu auffi
éfroïable & horrible que le D I A B L E même. Quoiqu'il en foit, fon *Pié fourchu*,
de la manière qu'on l'entend aujourd'hui,
eft plutôt miftique & emblématique, & ne
fait que le décrire comme la fource de tout
mal & de toute trahifon, & comme le
Prince des Hipocrites; & c'eft fur ce pié-
là que nous devons l'envifager.

C'eft cet Original que tous les Hipocrites
copient; c'eft par raport à eux qu'il porte
ce Pié, & c'eft fuivant ce modèle qu'ils
agiffent. C'eft auffi ce qui a porté Notre
Seigneur à leur dire: *Vous faites les œuvres
de votre Père*, c'eft-à-dire, du D I A B L E,
comme il venoit de le nommer un peu auparavant.

Il ne refufe pas non plus l'ufage du Pié à
la plus baffe claffe des Difciples qu'il a dans
le Monde; il a foin au-contraire de les é-
quiper honnêtement, en toute forte d'ocafion, d'une proportion néceffaire d'Hipocrifie & de fourberie, pour avoir part à la
faculté de tromper indiféremment par tous
fes Domaines temporels, & porter toujours
le *Pié* avec eux, comme une marque qu'ils
participent à tout ce qui fe fait par cette
voie-là.

C'eft ainfi que tout Homme diffimulé,
tout faux Ami, tout Fourbe fecret, a un

Pié fourchu, & tâche d'avancer les Intérêts du DIABLE, par la même faculté d'agir felon l'art, dont le DIABLE fe fert or-dinairement lorfqu'il paroît en perfonne, & dont il fe ferviroit actuellement s'il en étoit befoin: car ce *Pié* eft une Machine qu'il faut monter & baiffer fuivant l'exigence du cas; & il y a pour ces diférens mouve-mens des Agens & des Ingénieurs, qui y travaillent fous l'infpection de SATAN, l'In-génieur en Chef, qui demeure encore dans fa retraite, d'où il fe contente de donner fes ordres, comme il voit que la chofe le demande.

De plus, les gens de tout ordre & de tout métier, chaque Marchand en détail, chaque Colporteur, jufqu'au plus vil Mercier d'E-glife, je veux dire, le Pape, a un *Pié four-chu* avec lequel il en impofe au Monde, fou-haite à tous profpérité, dans le tems qu'il les trompe; leur fouhaite d'être raffafiés, pen-dant qu'il les afame; & enfin fouhaite qu'ils aillent tous au Ciel, pendant que, mar-chant à leur tête, il les conduit directement au DIABLE, fuivant la louable coutume de ce *Pié fourchu*.

Le Palais même, qui eft la fource per-pétuelle de la Juftice dans le Monde, com-bien de fois n'a-t-il pas fervi d'inftrument à la violence, de refuge à l'opreffion, de fiége à la brigue & à la corruption, par le moïen de ce Monftre masqué, & cela par tout Pays, excepté dans le nôtre. On au-roit raifon d'éfacer le Tableau où la Juftice eft repréfentée avec les yeux bandés, & l'é-
pée

pée à une main & la balance à l'autre, comme il est ordinaire de la voir dépeinte dans les Pays étrangers, au-dessus de ceux qui font assis pour l'administrer, & d'y peindre à la place un Pie fourchu nud & desarmé, le véritable Emblême de cet Esprit qui répand son influence sur le Monde, & de la Justice qui s'y rend le plus ordinairement. L'Imagination humaine ne pouroit jamais se former une idée plus convenable, ni le DIABLE proposer une machine plus propre à une opération de Justice, par l'influence de la brigue & de la corruption. C'est ce puissant instrument qui, se trouvant entre les mains du DIABLE, sous un parfait déguisement, agite chaque Passion, corrompt chaque Asection, noircit toute Vertu, donne un double tour aux Paroles & aux Actions, & un double visage à toutes les Personnnes qui y sont intéressées, & en un mot, qui nous rend tous *Diables* à l'égard les uns des autres.

Il est vrai que le DIABLE a choisi un Emblême odieux pour le distinguer; car on dit que celui d'un *Bouc* a été haï des Hommes depuis le commencement, & qu'il y a entre ces deux Créatures une antipathie naturelle. C'est par cette raison que le Bouc *Hazazel* devoit porter les Péchés du Peuple, & s'en aller au Désert, chargé de ce pesant fardeau.

Mais nous avons un Proverbe qui dit, que *tous les* DIABLES *n'ont pas le Pié fourchu*; & pour en soutenir la vérité, il faut examiner la sphère d'Action qu'on peut asſigner à ce *Pié fourchu*, tel qu'il a été décrit juſqu'à-preſent. Loin de nous donner du DIABLE quelque idée plus favorable que ce que nous en avons dit juſqu'ici, il ne fait au-contraire que confirmer, que c'eſt SATAN lui-même qui a ſemé ce faux bruit contre lui, je veux dire, qu'il ne ſauroit cacher ni déguiſer ſon Pié, ou ſon Ongle diabolique, mais qu'il doit paroître ſous quelque habit qu'il puiſſe prendre; & la raiſon que j'en ai donnée, ſavoir, qu'il peut mieux ſe couvrir & ſe cacher, lorſqu'il veut ſortir ſans cet Inſtrument, demeure encore dans toute ſa force. Car ſi l'on étoit bien perſuadé que le DIABLE ne ſauroit ſe faire voir ſans ce caractère d'honneur, ou, ſi l'on veut, ſans cette marque d'infamie, & qu'il eſt obligé de la montrer en toutes ſortes d'ocaſions, il s'enſuivroit naturellement de-là, que quelques aparitions afreuſes qu'on vît dans le Monde, ſi le Pié fourchu ne paroiſſoit pas en même tems, on n'auroit pas ſujet d'y chercher le DIABLE, ni même de penſer à lui, & encore moins d'apréhender qu'il fût près de nous. Mais, comme on pouroit ſe tromper, & qu'il ſeroit poſſible que le DIABLE fût preſent lorſqu'on le croiroit bien éloigné, ce pouroit être ſouvent une mépriſe d'une très-dangereuſe conſéquence, ſur-tout en ce qu'elle donneroit lieu au DIABLE d'agir dans l'obſcurité, ſans être découvert, dans des ocaſions où il ſeroit d'une néceſſité abſolue de le connoître.

Je tire, de ce que je viens de répéter, une
nouvelle

nouvelle Thèſe, qui eſt, que le DIABLE le plus dangereux eſt celui qui n'a point de Pié fourchu, ou, pour parler plus intelligiblement & ſelon la portée de tout le Monde, qu'il ſemble que le DIABLE ſans cet Inſtrument eſt plus redoutable, que quand il en eſt muni.

Il ſe preſente ici une ſavante ſpéculation à réſoudre, & je croi qne je dois apeler un Conſeil de Caſuiſtes & d'Hommes verſés dans la Politique de SATAN, pour en décider.

Il s'agit de ſavoir lequel eſt le plus nuiſible au Monde, ou du DIABLE qui rôde ſans ſon Pié fourchu, ou du *Pié fourchu* qui va de tout côté ſans le DIABLE?

Comme c'eſt-là une Queſtion également dificile & délicate, elle mérite bien qu'on l'examine ſoigneuſement. C'eſt par cette raiſon & par pluſieurs autres, que je me ſuis réſervé à en traiter pertinemment, comme d'une diſpute importante & aſſez ample, pour faire ici le ſujet d'un Chapitre entier.

CHAPITRE VII.

Lequel eſt le plus pernicieux au Monde, ou du DIABLE qui rôde ſans ſon Pié fourchu, ou du Pié fourchu qui court çà & là ſans le DIABLE?

POur réſoudre une Diſtinction auſſi délicate que celle des mouvemens particu-

liers de SATAN, il faut, avant toutes choses, pour suivre la métode des Prédicateurs,
expliquer mon Texte ; & faire connoître
ce que j'entends par plusieurs Expressions
qui s'y rencontrent, afin qu'on ne m'acuse
pas d'être aussi obscur dans mes paroles,
que le DIABLE l'est dans ses mouvemens.

1. Du DIABLE qui rôde.

2. Qu'il rôde sans son Pié fourchu.

3. Du Pié fourchu qui marche de côté
& d'autre sans le DIABLE.

Comme je m'étudie à la briéveté, & que
cependant je voudrois me rendre intelligible, le Lecteur aura la bonté de m'entendre comme je m'entends moi-même, c'est-
à-dire,

1. Que je dois avoir la liberté de suposer,
que le DIABLE a un commerce réel au-
dedans, & autour de ce Globe avec l'entrée & la sortie libre, pour conduire ses
afaires particulières, toutes les fois & dans
toutes les ocasions que la profonde Sagesse
de Sa Majesté Diabolique le juge à propos ;
qu'il se fait voir & devient visible quelquefois, & que semblable à un Mâtin sans
Tronçon, il ne porte pas toujours son Pié
fourchu avec lui. Cette suposition me con-
duira nécessairement à quelques Disputes
touchant la Question très-importante qui
regarde les aparitions, les Hantises, & autres mouvemens; savoir s'ils sont de SATAN
révétu d'une forme humaine, ou de quelques
Créatures humaines sous la figure du DIA-
BLE, ou de quelle manière ils se font.

2. Je

2. Je dois avoir encore la liberté de dire, qu'on fait un tort insigne à SATAN d'embracer, aussi généralement qu'on fait, les erreurs communes ; & qu'il y a un Pié fourchu qui est souvent saus DIABLE, ou, en un mot, que SATAN n'est pas coupable de toutes les simplicités, ni même de toutes les méchancetés, dont on l'acuse.

Ces Articles bien établis expliqueront parfaitement le titre de ce Chapitre, répondront à la Question qui y est faite, & en même tems correspondront fort bien au premier & principal dessein de cet Ouvrage, qui est L'HISTOIRE DU DIABLE, & nous en donneront une plus ample connoissance. On est tellement prévenu & satisfait de la Notion générale de voir le DIABLE, que je n'ai garde de desobliger mes Lecteurs, comme je le ferois infailliblement, si je révoquois en doute sa *Visibilité*. D'ailleurs, ce n'est pas plus mon afaire que la sienne, de les faire revenir d'une créance qui leur fait tant de plaisir, d'autant plus qu'à bien examiner la chose, il importe peu, qu'elle soit réelle ou non, ou que la vérité du fait soit découverte, ou non.

Ce qu'il y a de certain, c'est qu'il est ici, soit qu'on le voie, ou qu'on ne le voie pas, & je ne doute pas qu'il ne me regarde, dans le tems même que j'écris cette Partie de son Histoire, soit par derrière, ou à mon côté, ou par dessus mes épaules ; mais je m'en embarasse si peu, que je n'ai pas tourné une fois la tête pour savoir s'il y est,

F 4 ou

ou non: car pourvu qu'il ne poſsède pas l'intérieur, j'ai une ſi petite opinion de toutes ſes facultés extravaſées., qu'il me ſemble que je ne dois pas me mettre en peine de la forme qu'il peut prendre, ni de l'attitude ſous laquelle il peut paroître. Efectivement, malgré toutes mes recherches, je n'ai pas trouvé, que le DIABLE ait jamais paru, en qualité de DIABLE, dans aucun des plus dangereux & des plus importans deſſeins qu'il ait formés dans le Monde, puiſqu'au-contraire il a exécuté la plupart de ſes projets, ſur-tout la partie qui en étoit la plus eſſentielle , d'une toute autre manière.

Quoiqu'il en ſoit, comme je ſuis perſuadé que je ne ferois plaiſir à perſonne de diſputer de la réalité de ſes Aparitions, parce qu'elle eſt généralement reçue, comme un point qui ne ſoufre aucune dificulté, non-ſeulement j'y conſens en général, mais auſſi j'en vai donner des particularités.

L'Hiſtoire qui produit le DIABLE ſur la Scène, ſous une aparition viſible & irrévocable, eſt abondante en incidens que je ne dirai point s'ils ont été inventés, ou non. Je ne parlerai pas ici de celle qui porte que la Magicienne de *Hen-dor* évoqua SAMUEL, à cauſe de la quantité de ſcrupules & d'objections qu'on pouroit former contre la vérité de cette Hiſtoire; & que ſi, d'un côté , je ne veux pas diſputer contre l'Ecriture, de l'autre j'ai trop de déférence pour la Dignité du DIABLE, pour déterminer témérairement juſqu'à quel

point

point chaque Vieille , ou chaque Sorcière à le pouvoir de l'évoquer toutes les
fois qu'il lui plaît , de manière que quelque
importante afaire qu'il puisse avoir en main,
il soit obligé de paroître toutes les fois qu'-
elle trouve à gagner une pièce de trente
sous , ou même moins de la moitié.

Je n'entreprendrai pas non plus , avant
que je sois mieux informé de la chose , par
la bouche du DIABLE même, de faire voir,
combien il est intéressé à découvrir les fraudes ; à déclarer les meurtres, à révéler les
secrets, & sur-tout à dire où il peut y avoir
quelque argent de caché, & à montrer aux
gens où le trouver. Ne seroit-il pas ridicule
à SATAN de croire qu'il est d'une grande
conséquence de nous venir dire où un tel
misérable a caché un cofre-fort , où une
pauvre Vieille a enterré son Pot-de-cham-
bre rempli d'argent , dont la valeur n'est
peut-être qu'une bagatelle , pendant qu'il
tient cachées tant de veines d'or , tant de
mines inépuisables , & tant de montagnes
d'argent , comme il est certain qu'il y en
a, dans les entrailles de la Terre, sans qu'il
en dise rien à personne ; quoique la découverte qu'on en feroit fût d'un très-grand
avantage à des Nations entières. D'ailleurs,
comment concilier deux choses si oposées
l'une à l'autre, savoir , d'un côté, son Caractère diabolique, & de l'autre une disposition amiable & bienfaisante à l'égard du
Genre-humain ? C'est une chose si au-
dessous de l'excellence de SATAN , & si
basse en elle-même , que je ne sai presque

F 5   qu'en

qu'en dire : & ce qu'il y a de plus ridicule, c'est que toutes celles qui sont de la même nature, sont si éloignées de sa route ordinaire, & si contraires à sa vocation, qu'elles choquent la foi que nous y avons, & paroissent oposées à toutes les justes idées que nous avons de lui, & des afaires qu'il a dans le Monde. On en peut dire autant de tous les autres tours malicieux où l'on le fait entrer pour des bagatelles, comme sont de faire du bruit avec les chaises par la maison, de renverser les pots & la vaisselle, de jetter les verres & la porcelaine de côté & d'autre sans les casser, & d'autres semblables choses, indignes de l'excellence du DIABLE, qui, selon moi, est plutôt ocupé à renverser le Monde sans-dessus-dessous, à jetter des Rois & des Couronnes de côté d'autre, & à soulever des Nations entières ; à exciter des Tempêtes & des Orages, tant par Mer, que par Terre ; & en un mot, à faire des méchancetés plus importantes, conformément à sa Nature & au nom de DIABLE qu'il porte, & selon la circonstance de sa Condition, telle que je l'ai représentée dans la première Partie de son Etat de bannissement.

Mais, vouloir que le DIABLE joue au Jeu d'épingles avec le Monde, ou que, semblable à DOMITIEN, il atrape des mouches, c'est-à-dire, qu'il ne s'ocupe qu'à des bagatelles, c'est nous tromper nous-mêmes, & nous railler de lui ; de sorte que je ne veux pas lui faire le tort d'en croire la moindre chose. Cependant, comme

me je dois penfer de quelle manière j'enlève les chofes qui peuvent fervir de matière
aux contes d'Hiver , & que je ne laiffe aux
bonnes Femmes rien dont elles puiffent é-
frayer les Enfans , je ne pousferai pas cette
matière plus loin.   Il ne faut pas douter
que le DIABLE & le Docteur FAUSTUS
n'aient eu enfemble une grande familiarité,
ce qui a fait paffer en Proverbe : *auffi grand
que le* DIABLE & *le Docteur* FAUSTUS (*).
Il ne faut pas douter que le DIABLE ne fe
foit fait voir dans le miroir à une certaine
belle Dame qui s'y regardoit, pour bien
apliquer fes mouches ; mais il s'enfuivra a-
lors que le DIABLE eft ennemi du Sexe
qui porte des mouches , ce qui pourtant
implique des contradictions qu'il n'eft pas
aifé de concilier ; mais contentons-nous de
raporter l'Hiftoire, fans nous embaraffer des
conféquences.

Pour parler de chofes plus remarquables,
où le DIABLE a bien voulu jouer fon role
& y faire une figure plus convenable à fa
Dignité, & cela dans des ocafions plus importantes, prenons l'Hiftoire de l'Aparition
de JULE-CESAR, ou plutôt du DIA-
BLE fous la forme de ce Prince maffacré,
à MARCUS BRUTUS , qui malgré tout ce
qu'on a pu dire pour fa juftification , n'en
étoit pas moins Régicide & Affaffin , ce
qu'on peut apeler, en bon *François*, un Scélerat achevé.

Il eft certain, que le Spectre reffembloit
à CESAR avec fes plaies encore fanglan-
F 6
tes,

(*) Vulg. DI. Fofter.

tes, tel qu'il étoit lorſqu'il reçut le coup
mortel, il lui reprocha ſon ingratitude en
ces termes : *Tu, Brute! tu quoque, mi
fili!* c'eſt-à dire, *Quoi*, BRUTUS, *mon cher
Fils, tu es auſſi du nombre de mes Aſſaſſins!*
L'Hiſtoire s'acorde non-ſeulement en général, dans le fait, mais auſſi dans ſes
circonſtances. Tout ce qu'il y a à remarquer ici, c'eſt qu'il eſt certain que le DIA-
BLE avoit le pouvoir de prendre une forme
humaine; mais même celle de JULE-CE'SAR
en particulier.

Si BRUTUS avoit été un Homme ſans
courage, que la conſcience l'eût tourmenté,
que l'horreur du crime l'eût pu ébranler, &
que les dangers qui ſe preſentoient alors devant ſes yeux euſſent été capables de l'éfrayer, on pouroit dire qu'il étoit tombé dans
quelque mélancolie, que la terreur, qui s'é-
toit ſaiſie de ſon eſprit, l'avoit dérangé,
qu'il avoit perdu le ſens, & qu'enfin il a-
voit la tête ſi remplie de l'image de CE'-
SAR, qu'elle ſe preſentoit continuellement devant lui & frapoit tellement ſon
imagination, qu'il crut qu'il la voïoit; ſans
parler de pluſieurs autres raiſons de cette
nature qui invalideroient cette Hiſtoire,
ou du moins qui en rendroient douteuſe la
réalité.

Mais le cas de BRUTUS étoit tout le
contraire : le Caractère qui le rendoit ſi
connoiſſable le mettoit au-deſſus de toutes
illuſions hipocondriaques & fantaſtiques :
BRUTUS avoit l'Eſprit véritablement *Romain*, c'étoit un Héros d'un courage intrépide,

pide, & fort éloigné d'avoir peur du Diable, comme l'Histoire le porte. D'ailleurs,
comme il se glorifioit de cette action, elle
ne pouvoit imprimer aucune terreur sur son
Esprit; il s'en estimoit davantage, sous prétexte de l'avoir faite pour le service de la
Liberté, & pour le bien de la Patrie. Il
étoit, dis-je, si éloigné de s'éfrayer de l'i-
mage la plus afreuse du Diable, qu'il
fut le premier à lui parler, en lui demandant,
Qui es-tu? Et lorsqu'il le cita à *Philipes*
pour s'y revoir, il lui répondit galamment
& avec son intrépidité ordinaire, *Eh bien!
je t'y verrai.* Quelques afaires que le Diable ait eu avec Brutus, il est certain
que, suivant tous les Historiens qui en parlent, ce dernier ne fit jamais paroître aucune crainte. Il ne fit pas comme Saül
à *Hen-dor*, où *il s'inclina sur son visage en
terre, & se prosterna*, & comme il est dit
dans un autre endroit: *Et* Saül *tomba
tout incontinent en terre, tout de son long,
& eut grand' peur, même il n'y eut aucune
force en lui.* En un mot, je ne voi rien qui
puisse acuser Brutus d'avoir été Hipo-
condre, ou Mélancolique, ou Craintif.
Il vid certainement le Diable, aïant les
yeux ouverts, sans que son courage s'en
alarmât: il eut assez de résolution pour lui
répondre avec toute la presence d'Esprit
imaginable, jusqu'à défier la sommation
qu'il lui fit de mourir, ce qu'il ne craignoit
point, comme il le fit voir par la suite.
  Je passe à un exemple aussi connu dans
l'Histoire que l'autre; je veux dire, celui

de

de CHARLES VI. Roi de *France*, sur-
nommé le *Bien-aimé*, qui paſſant un jour à
cheval par la Forêt du *Mans* rencontra un
Homme, ou plutôt le DIABLE, ſous l'a-
parence d'un Homme des plus horribles &
des plus afreux, qui s'étant aproché de ſon
cheval ſe ſaiſit de la bride, l'arrêta, & lui
dit: *Arrêtez, Sire, où allez-vous? vous
êtes trahi*; & en même tems il diſparut.
Il eſt vrai que comme ce Prince avoit eu
la tête un peu dérangée, il auroit pu ſe
tromper, & nous aurions pu regarder cette Hiſtoire comme l'éfet d'un cerveau creux
ou d'une imagination échaufée, ſi la choſe n'étoit pas arrivée à la vue de toute ſa
ſuite, compoſée de pluſieurs de ſes premiers Oficiers, de ſes Courtiſans, & des
Princes du Sang, qui virent tous cet Homme, entendirent ſes paroles, &, ce qui
les étonna, perdirent de vûe ce Spectre
qui leur diſparut tout-à-coup.

Comme il ne faut que deux Témoins pour
convaincre un Aſſaſſin, pourquoi ne ſeroit-
ce pas la même choſe d'un Traitre? Qui
auroit-ce été, ou même qui pouvoit-ce
être ſinon le *Vieux Routier*, ainſi apelé em-
blématiquement? Il ne s'agit pas ici de ſa
Laideur, quoique *laid comme le* DIABLE
ſoit un Proverbe fait à ſon honneur; mais
bien de la faculté de diſparoître comme d'u-
ne qualité eſſentielle à un Eſprit, & ſur-
tout à un mauvais Eſprit, dans le tems où
nous ſommes.

Voilà de ces ſortes d'actions extraordinaires du DIABLE, qui ne ſont pas fort a-
van-

vantageufes au Genre-Humain ; car c'eft
fouvent par ce moïen-là qu'il entreprend
de déranger extrèmement fes Amis dans
ces fortes d'ocafions, comme dans le cas
que je viens de citer de CHARLES VI. Roi
de *France.* On dit que ce Prince fut toujours troublé depuis ce tems-là , c'eft-à-
dire, pour me fervir d'une expreffion auffi
jufte qu'elle eft commune, que la peur lui
fit perdre l'efprit. On ne fait pas bien fi
ce fut-là le deffein, ou non, de ce DIA-
BLE malicieux; quoique, fupofé qu'il fût
tel, il ne fe trouveroit pas fort contraire à
fa difpofition naturelle.

Mais lorfqu'il eft plus intime avec quelcun qu'il n'étoit avec ce Monarque, on
prétend qu'il fe fait voir à lui d'une manière moins hideufe, & qu'alors il eft plus
proprement apelé *Efprit familier,* c'eft-à-
dire, en un mot, un DIABLE de fa connoiffance. Il eft vrai, que les Anciens ,
par les termes d'*Efprit familier,* entendent
une certaine efpèce de *Poffeffion;* mais s'ils
peuvent fignifier également un DIABLE
intime, ou un DIABLE vifiteur, il faut
avouer qu'ils font pris dans un fens auffi
literal que les autres. Il faut même convenir, que c'eft une grande familiarité au
DIABLE, que de faire des vifites, fans en
faire voir de defagréables, ni paroître formidable, fous fa forme naturelle, mais de
cacher ce qu'il a d'afreux, pour ne point
ofenfer la foibleffe de fes Amis.

Il eft vrai, que SATAN peut être contraint de paroître fous diférentes formes ,
felon

félon que les diférentes circonftances des chofes le demandent. En certaines ocafions il fait fon entrée publique , & alors il eft obligé de paroître en habit de cérémonie; en d'autres il vient pour des afaires fecrètes , & alors il faut qu'il fe déguife: il y a même des cas publics , où il peut juger à propos d'obferver l'*incognito* , & de fe faire voir fous le mafque. C'eft ainfi , dit-on, qu'il parut à *Paris* au fameux Mariage de la S. *Barthelemi* , où il entra déguifé en Trompète , dança en ce déguifement, fonna de la Trompe , & fortit pour donner l'alarme , qui étoit le fignal pour commencer le Maffacre , une demi-heure avant le tems nommé , depeur que le Roi ne perdit courage & ne changeât de deffein en même tems.

Il feroit injufte d'acufer le DIABLE d'une chofe dont il feroit innocent ; mais fi cette circonftance eft véritable , il femble que SATAN n'ofoit pas fe repofer entièrement fur la fermeté du Roi CHARLES IX. en cette ocafion ; parce qu'il paroît que ce Prince s'étoit déja relâché une fois de fa réfolution, de forte que SATAN pouvoit craindre qu'il ne changeât d'avis une feconde fois , & qu'il n'empêchât une fi cruelle exécution. On veut dire auffi que le Roi fe ralentit, dès qu'il entendit fonner l'alarme ; mais qu'alors il étoit trop tard pour rien changer de ce qui avoit été réfolu: l'afaire étoit commencée , & comme la fureur de répandre du fang s'étoit déchainée contre le Peuple , il n'y eut plus moïen

de

de révoquer cet ordre. Si le DIABLE fut ainsi réduit à la nécessité de ménager la chose en secret, il faut avouer qu'il le fit adroitement ; mais, comme je n'ai point d'autorité sufisante pour l'acuser des particularités de cette Histoire je la laisse pendue au croc.

J'ai bien de meilleures Cautions pour l'Histoire suivante, qui m'a été confirmée d'une manière si solennelle, par une Personne qui a demeuré dans la Famille, que je n'ai jamais douté de la vérité du fait. Il y avoit dans la Paroisse de S. *Benoît Fynk*, proche la *Bourse*, une pauvre Veuve, dont le Mari étoit mort depuis peu, qui prit des Locataires chez elle, c'est-à-dire, reloua des chambres à d'autres personnes pour se décharger d'une partie de la somme qu'elle donnoit de toute la maison : entre autres elle loua le Galetas à une espèce d'Horloger, ou faiseur de mouvemens, qui travailloit pour les Maîtres, comme cela se fait ordinairement.

Il arriva qu'un Homme & une Femme montèrent pour parler à cet Ouvrier, de quelque afaire qui regardoit la Profession ; & quand ils furent au haut des montées, ils trouvèrent la porte du Galetas toute ouverte, & virent ce pauvre garçon pendu à une poutre qui étoit un peu au-dessous du plat-fond. La Femme, étonnée d'un tel spectacle, s'arrêta tout court, & cria à l'Homme qui la suivoit, de monter vite pour aller couper la corde de ce misérable.

Dans

Dans ce même moment il fort, en grande hâte, un autre Homme d'un des coins de la chambre que ceux qui étoient fur les montées ne pouvoient voir : il avoit à la main un tabouret qu'il pofa tout proche de ce miférable qui étoit pendu : & après être d'abord monté deffus, il tira un couteau de fa poche , & s'étant faifi de la corde d'une main, fit figne de la tête à la Femme & à l'Homme qui la fuivoit, comme pour leur dire qu'ils n'avoient pas befoin d'avancer, en leur faifant voir le couteau qu'il tenoit de l'autre main, comme s'il alloit dépendre ce miférable.

La Femme s'arrêta un moment ; mais comme elle vid que l'Homme , qui étoit fur le tabouret, s'amufoit à vouloir défaire le nœud fans couper la corde, malgré le couteau qu'il tenoit, elle cria une feconde fois ; fur quoi l'Homme qui la fuivoit lui dit de monter, pour aider celui qui étoit fur le tabouret, dans la penfée où il étoit qu'il y avoit quelques chofe qui l'embaraffoit. Mais ce dernier leur fit figne une feconde fois d'être tranquiles, & de ne pas avancer, comme voulant dire ; *cela fera fait dans un moment* ; alors il donna deux coups de couteau, comme pour couper la corde, après quoi il s'arrêta, & cependant le pauvre pendu fe mouroit. Là-deffus, la Femme lui cria, *que faites-vous ? pourquoi ne coupez-vous pas la corde?* L'Homme , qui étoit derrière elle, perdant patience, la poufla de côté , & lui dit, *laiffez-moi paffer, je vous réponds*
d'en

d'en venir à bout; & en même tems il monta & entra dans la chambre de ce misérable. Lorsqu'il y fut, il trouva bien le pendu, mais il n'y vid ni l'Homme avec le couteau, ni le tabouret : ce n'étoit que spectre & qu'illusion, sans doute pour donner le tems à ce pauvre garçon d'expirer & de périr malheureusement.

Cet Homme fut si surpris & si éfrayé, que, malgré tout le courage qu'il avoit un moment auparavant, il tomba comme mort, de sorte que la Femme fut enfin contrainte de couper la corde avec une paire de ciseaux qu'elle avoit heureusement sur elle, ce qu'elle eut bien de la peine à exécuter.

Comme je tiens cette Histoire de personnes dignes de foi, & que par conséquent je n'ai pas lieu de douter de la vérité du fait ; je croi qu'on n'aura pas de peine à déviner qui étoit l'Homme avec le tabouret, c'est-à-dire, le DIABLE qui étoit monté dessus, pour finir le meurtre de l'Homme qu'il venoit de tenter, & qu'il avoit porté à être lui même son Bourreau. D'ailleurs, elle s'acorde si bien avec la Nature du DIABLE, & avec ses afaires, qui ne sont autres que celles d'un Meurtrier, que je n'en ai jamais douté ; & je ne croi pas qu'on fasse tort au DIABLE de l'en acuser.

Il est vrai, que je ne saurois dire positivement, si cet Homme fut secouru assez tôt, pour en revenir, ou si le DIABLE vint à bout de son dessein, en empêchant que l'Homme & la Femme ne lui donnassent promtement du secours, pour l'empêcher

de

de mourir. Quoiqu'il en foit, il paroît qu'il fit fon poffible pour exécuter fon deffein, & qu'il demeura en fentinelle, jufqu'à ce qu'il fut contraint de fe retirer & de fe cacher.

On débite plufieurs Contes véritables & bien certifiés, tant par l'Hiftoire que par la bouche de gens dignes de foi, & qui ne pouvoient s'en laiffer impofer, qui prouvent l'Aparition perfonelle du DIABLE, tantôt dans un endroit, tantôt dans un autre, aujourd'hui fous un habit, demain fous un autre: & il eft à remarquer que de tous ceux qui paroiffent les plus vrai-femblables, & où l'imagination a le moins de part, il ne s'en trouve aucun où il foit parlé du *Pié fourchu*; de forte qu'il femble que ce n'eft qu'une invention des Hommes & même de ceux qui ont l'efprit fourchu, ou en écharpe, je veux dire, une pauvre efpèce de rufe, & l'éfet de ces cerveaux creux, qui veulent, par cette foible fubtilité, repréfenter le DIABLE aux vieilles Femmes & aux Enfans du Siècle, avec quelque adition proportionnée à la foibleffe de leur efprit, & capable de les éfrayer.

Je fai une autre Hiftoire touchant une Perfonne qui a voïagé pendant plus de quatre ans avec le DIABLE, que pendant tout ce tems-là il a converfé avec lui très-familièrement, & fi l'on en doit croire tout ce qu'on en dit, qu'il a fu la plupart du tems que c'étoit le DIABLE, fans que cela l'empêchât de demeurer dans fa compagnie, & même d'en profiter; car il lui rendit
plu-

plusieurs services, & le préserva toujours
du danger où l'on est continuellement exposé de tomber dans la gueule des Loups
& des autres Bêtes sauvages, dont le Pays,
où ils voiageoient ensemble, est rempli. Il
faut savoir, pour le dire en passant, que
ces Loups & ces Ours connoissoient le D i a-
b l e, quelque déguisé qu'il fût, ou que
le D i a b l e a quelque secret que nous
ne connoissons pas, pour effrayer ces sortes
de Créatures; & que d'un autre côté il n'a
jamais pu se résoudre à lui faire du mal,
ni à aucun de sa compagnie. Il y a dans
cette Histoire des incidens très divertissans,
mais dont le nombre est trop grand pour
avoir place ici.

Je trouve aussi qu'en certaines ocasions le
D i a b l e s'est fait voir à diférentes personnes,
dès qu'elles l'ont évoqué, ce qui prouve
que, tout D i a b l e qu'il est, il est quelquefois de très bonne humeur, & qu'il a
un grand fonds de complaisance. On dit
même qu'il y a des gens qui ont le pouvoir
de le faire paroître quand il leur plaît; mais
c'est de quoi je ne saurois convenir, à moins
que de suposer qu'il est *Serviteur des Servi-*
teurs, qui est le nom qu'un autre D i a b l e
masqué se donne: qu'il est sujet à l'évocation
de chaque vieux Masque, ou qu'il est
obligé de paroître en telles ocasions, qui
que ce soit qui l'apèle, ce qui réduiroit le
pauvre D i a b l e à un si haut degré d'esclavage, que je ne voi pas qu'on ait lieu de
le croire.

Il faut encore se souvenir ici que, quoique

que je nomme le DIABLE, en parlant de
toutes ces Aparitions, de quelque éspèce
qu'elles soient, je ne suis pas obligé de suposer que ce soit SATAN lui-même qui
doive paroître en personne, mais qu'il
envoie pour cela quelques-uns de ses *Agens*,
Députés, ou Serviteurs, qui sont instruits
du déguisement humain sous lequel ils doivent se faire voir, & qui convienne à l'ocasion & au tems.

Je croi que c'est-là l'unique moien de concilier toutes les Aparitions simples & ridicules, non pas de SATAN, mais de ses E-
missaires, que les vieilles Femmes apèlent
Lutins, & toutes les ocupations viles &
abjectes qu'on leur donne. C'est ainsi qu'on
parle d'une certaine Sorcière de Qualité,
qui apéla un jour le DIABLE pour la transporter de l'autre côté d'un Torrent qui
s'étoit enflé tout-à-coup par une grosse pluie
qui venoit de tomber, & qu'elle le sangla
bien fort avec un fouet qu'elle avoit, pour
l'avoir laissé tomber dans l'eau avant qu'elle l'eût entièrement passée: On dit encore que c'est elle qui porta le DIABLE à
bâtir l'Abaïe de *Crowland*, où il n'y avoit
aucun fondement, uniquement pour troubler les Ouvriers qui y travailloient déja. Il
semble pareillement qu'un autre DIABLE,
aussi laborieux que le premier, a été obligé
de creuser le grand Fossé qui croise depuis
le Pays marécageux jusqu'aux frontières des
Comtés de *Suffolk* & d'*Essex*, du moins
on le lui a toujours atribué, & l'endroit
qui croise la Plaine de *New-Market* s'apèle

le

le *Fossé du Diable* encore aujourd'hui.

C'est encore par une espèce de punition, sans doute, que le DIABLE à été obligé de porter des pierres depuis le Pays de *Gales* jusques en *Wiltshire*, pour bâtir *Stone-heng*. Je ne sai comme on faisoit de ce tems là, où il semble qu'on contraignoit le DIABLE à un rude travail : il faut aparemment que cela soit enrégitré parmi les anciennes Pièces de l'Art, qui sont à-present perdües pour le Monde, telles que sont celui de fondre la pierre, de peindre le verre, &c.. Il est certain, que le DIABLE, c'est à dire, ces sortes inférieures de *Diables*, étoient alors sous correction, mais je ne saurois croire que le Prince ou le Grand-Seigneur des Diables ait jamais été réduit sous la Discipline. Pour ce qui est de celui à qui DUNSTAN serra le nez avec des tenailles rouges, je n'ai pas encore assez examiné l'Antiquité, pour savoir de quelle espèce il étoit ; non plus que celui à qui S. FRANÇOIS joua tant de tours malicieux, qu'il le fit souvent s'enfuir. J'ose pourtant avancer, en faveur du DIABLE, que ce ne pouvoit être notre SATAN, ce Prince de tous les Diables, dont j'ai parlé jusqu'ici.

Il n'est pas hors de propos de remarquer ici qu'on fait réellement injure au DIABLE, & qu'on ne lui fait point d'honneur, lors qu'on dit d'un tel Seigneur, ou d'une telle Dame, *Je crois que le DIABLE est en Votre Grandeur* ; non, non, SATAN a bien d'autres afaires, que de se mettre en possession

sion des Fous. D'ailleurs, il y en a qui,
loin d'avoir le DIABLE au-dedans d'eux,
sont au-contraire transformés & réellement
changés en la vérirable Essence du DIA-
BLE; & d'autres qui ne sont ni changés,
ni rendus semblables ; mais qui nous font
voir qu'ils ont réellement de petits *Diables*
dans toutes les plus petites parties de leur
Essence, & que le reste n'est que masque
& que déguisement. C'est ainsi que, si la
Fureur, l'*Envie*, l'*Orgueil*, & la *Vengeance*
font les Parties essentielles & constitutives
d'un DIABLE, pourquoi ne le seroient-
elles pas d'une Dame, en qui abondent
toutes ces qualités extraordinaires ? Pourquoi n'auroit-elle pas droit de prétendre au
glorieux titre d'être un DIABLE véritablement, substantiellement, & à tous autres
égards, dans le sens le plus simple & le
plus literal, suivant les excellentes Descriptions que moi ou d'autres ont déja données
des *Diables*, & même tels qu'étoient JEAN
de l'*Arc*, & JEANE, Reine de *Naples*, qui
furent tous deux renvoïés en leur Patrie,
dès qu'on eut découvert qu'ils étoient réellement *Diables*, & que SATAN les re-
reconnoissoit en cette qualité.

Suposé même que Madame la Duchesse
prenne quelquefois un habit d'Humanité,
apelé *Chair & Sang*, cela ne fait rien à la
chose : car suivant notre Hipothèse, il est
évident que SATAN a toujours eû la permission d'en faire de même dans les ocasions pressantes, & que même il a paru
réellement & en personne sous cette forme
parmi

parmi les Fils & les Filles de Dieu, de même que parmi les Enfans des Hommes. C'eſt
pourquoi *Sa Grandeur* peut s'être fait voir
ſous la figure d'une belle Dame, auſſi long-
tems qu'on ſupoſe qu'elle a pu le faire ſans
bleſſer le juſte droit qu'elle a au titre de
DIABLE; & comme il ſe trouve que c'eſt
ſa véritable & naturelle origine, on ne doit
pas lui refuſer ſes formes d'honneur, du
moins je ne voudrois pas le faire, dès qu'elle fera connoître qu'elle a envie de les reprendre.

De plus, pour donner à la vérité tout le
jour qui lui eſt dû, cela ne doit paroître ni
étrange, ni injuſte. *Sa Grandeur*, comme
il plaît de la nommer à preſent, n'a pas agi,
autant que je l'ai pu aprendre, d'une manière indigne de ſa haute & illuſtre origine,
pour faire penſer qu'elle a, peut-être, perdu quelque choſe, en rôdant dans le Monde, & en s'y faiſant voir pendant tant d'années par des Aparitions. Mais, pour rendre tout l'homage qui eſt dû à ſa Qualité,
elle en agi d'une façon auſſi convenable à
l'Eſſence & à la Nature de *Diable*, à quoi
elle a un droit inconteſtable, que conforme
à là néceſſité où elle ſe trouvoit de cacher
ſon Déguiſement.

Au-reſte, il faut bien ſe garder de tomber
dans quelque erreur, au ſujet de cette Partie
de notre Ouvrage, & ne pas s'imaginer que
ce que nous venons de dire, eſt une Satire
qui ſe doit apliquer particulièrement à la
Ducheſſe de ....., ou qu'elle la regarde
elle-ſeule, comme s'il n'y avoit qu'elle de

Tom. II.   G   DIA-

DIABLES parmi nous dans les Phéno-
mènes des belles Dames. Si SATAN vouloit avoir affez de civilité pour nous, comme il le pouroit fans peine, & il faut a-
vouer qu'il lui feroit glorieux, de nous
communiquer quelques-unes de fes lumières en cette ocafion, nous pourions bien-
tôt lever le mafque à une infinité de Figures confidérables parmi nous, à notre grand
étonnement.

C'eft-là certainement un Article digne de
notre recherche, & une telle découverte
nous feroit très-avantageufe, fi nous pouvions y parvenir; je veux dire, de voir combien il fe trouve parmi nous de DIABLES
réels, qui courent en mafque dans le Monde, & combien de *Paniers* achèvent le déguifement du DIABLE, fous la Figure de
ce qu'on apèle Femme.

Pour ce qui eft des Hommes, la Nature
s'eft contentée de les laiffer fous leur propre déguifement, & de foufrir qu'ils fiffent
les *Vieilles*, comme on dit ordinairement
que ce font de *vieilles Femmes* en matière
de Confeil & de Politique. Mais, lorfqu'ils
ont befoin du DIABLE en perfonne, ils
font obligés de l'apeler à leur fecours fous
quelque forme qu'il lui plaife de paroître
pour cette fois-là, & de toutes les diférentes formes, il n'y en a point qui paroiffe
lui être plus agréable que celle d'une Dame de Qualité, par le moïen de laquelle
il a une infinité d'ocafions de jouer parfaitement fon role en quelque Scène qu'il foit
apelé.

Heu-

Heureux font ceux qui ont cette Qualité particulière, ou cette faculté aquife qu'on apèle *Seconde Vue* ! On dit, qu'il y a de ces gens-là qui peuvent reconnoître le DIABLE, fous quelque figure, ou aparence extérieure de Chair & de Sang, qu'il paroiffe, &, par conféquent, le voir diftinctement par-tout où ils peuvent le rencontrer. Si j'étois partagé d'un talent fi excellent & fi utile, que je trouverois d'ocafion à me divertir, que de plaifir j'aurois, pour chaffer cette humeur chagrine que j'ai de commun avec mes femblables, à me trouver au *Mail*, ou à la porte des endroits où nos *Beautés* forment leurs *Affemblées*, & à les montrer au doigt, à mefure qu'elles paffereoient, avec cette marque particulière : *Voilà un* DIABLE: *Cette jeune Beauté eft un* DIABLE : *Voilà un* DIABLE *en habit neuf pour le Bal* : *Voilà un* DIABLE *dans un caroffe à fix chevaux*, &c! En un mot, quel charme ne feroit-ce pas de vivre parmi nous, fi nous pouvions entrer dans de juftes mefures pour faire toutes ces diférences! Mais, helas! quel tumulte n'arriveroit il pas, fi femblables à nous, qui, dit-on, a fi fouvent fouetté le DIABLE, qu'il n'ofoit plus s'aprocher de lui, fous quelque forme que ce fût, nous pouvions trouver une nouvelle métode pour contraindre le DIABLE à fe démafquer, comme faifoit l'Ange URIEL, qui, felon Monfieur MILTON, avoit une lance enchantée, de forte qu'en en touchant feulement le DIABLE, quelque déguifé qu'il fût, il l'obligeoit à lever le mafque, & à fe faire voir fous fa véritable forme originale de pur DIABLE, tel qu'il étoit.

Cela feroit parfaitement bien : & comme je fuis né pour les projets, & que j'ai donné quelque tems à cette étude, je ne doute pas d'avoir bien-tôt fini une machine que j'ai inventée, pour faire fortir le DIABLE de chaque corps, ou de tous les corps qu'il poffède ; & je me flate que, quand je l'aurai conduite à fa perfection, je ferai d'excellentes découvertes, par ce moïen-là : j'ofe même avancer, qu'outre les avantages extraordinaires qu'en tirera la Société humaine, le Monde y trouvera beaucoup de divertiffement. C'eft pourquoi, lorfque je publierai mon Plan, & que je le partagerai en plufieurs Sections, comme on fait d'autres Projets moins utiles, je veux croire, que, malgré l'Acte rigoureux qui a paffé en dernier lieu contre les fourberies de papier, je trouverai un nombre fufifant de Perfonnes qui y foufcriront.

Enfin, ce feroit un avantage extrême pour tout le Monde, fi on avoit le fecret de découvrir quels DIABLES nous avons parmi nous, où ils fe tiennent, & à quoi ils s'ocupent : nous pourions diftinguer entre la foule des DIABLES qui courent les rues, ceux qui font *Aparitions*, d'avec ceux qui ne le font pas.

Il faut pourtant favoir, qu'il y a de certains momens, c'eft-à-dire, lorfque je me trouve rempli des lumières que le *vieux bon homme* m'a communiquées dans quelque entretien que j'ai eu avec lui, où j'ai quelque

que

que portion de cette *Seconde vue* propre à
connoître les gens ; de forte qu'il ne faut
pas être furpris, fi je puis découvrir qu'un
bon nombre de gens de ma connoiffance
font de véritables DIABLES, fans qu'eux-
mêmes en fachent rien. Il eft vrai, que je
trouve quelquefois affez de dificulté à les
en convaincre, ou du moins à leur faire a-
vouer la vérité ; mais cela n'empêche pas
que la chofe ne foit réelle pour tout cela.

J'eus, un jour, un long entretien fur ce
Sujet, avec une jeune Beauté de ma connoiffance, qui faifoit l'admiration de tout
le Monde ; & comme on ne juge ordinairement des objets que par l'extérieur, & par
ce qu'on en voit (& comment faire autrement, dira-t-on) on la prenoit pour une très-
aimable Dame, comme elle l'étoit éfectivement.

Il eft vrai, qu'à mon égard elle fe découvrit par plufieurs endroits, outre l'avantage
que j'avois de ma pénétration extraordinaire,
en vertu des facultés magiques que je poffède. Elle me parut, dis-je, une Furie, un
Satire, un petit Démon incarné ; en un
mot, elle fe fit voir à moi comme un véritable DIABLE, tel qu'elle étoit éfectivement. Il eft affez naturel aux Hommes
d'être portés à faire paroître les qualités extraordinaires qu'ils poffèdent par deffus leurs
femblables, & comme j'avois cette déman-
geaifon auffi bien qu'un autre, il me tardoit
de faire entendre à cette Dame, que je con-
noiffois parfaitement fon Tempérament, &
même mieux qu'elle.

G 3

Pour

Pour cet éfet, il arriva que je fus quelques jours dans la maison, & comme j'avois l'honneur d'être fort familier avec la Dame, de même qu'avec son Mari, je pris ocasion de m'entretenir avec elle dans un tems où elle étoit de très-bonne humeur. Il faut bien remarquer cette circonstance, qu'elle étoit de bonne humeur, & qu'il y avoit déja quelques jours que toute la Famille étoit dans la joie. Il arriva un soir que le Chevalier ..... son Mari, après avoir entendu certaines réponses piquantes qu'elle donna à un autre Cavalier, qui faisoit tout l'enjoûment de la Compagnie, courut à elle, & l'aïant embrassée avec un air passionné, il se tourna de mon côté & me dit, *Jeannot*, cette Femme, telle que vous la voïez, est spirituelle & de bonne humeur; mais quand il lui prend envie de mordre, c'est un petit *Diable* le plus satirique du Monde, faisant par-là allusion aux reparties qu'elle venoit de donner au Cavalier.

Est-ce-là ce que vous pouvez dire de plus avantageux de votre Femme, dit-elle d'abord? Oh, Madame, répartis-je, ne vous fâchez pas, les *Diables* qui sont faits comme vous sont tous des *Anges*. Oui, oui, dit Madame, je le sai bien : il vient seulement de dire une vérité qu'il n'entend pas. Voïez-vous, reprit le Chevalier, pouvoit-il sortir une réponse si spirituelle d'une autre bouche que de celle d'un petit Diable aussi aimable que celui-ci. C'est fort bien, ajouta-t-il, *Diable* à une Dame qui est entre les bras d'un Homme, est un terme qui peut avoir
plu-

plufieurs fignifications. Ils badinèrent ainfi
pendant quelque tems, le Chevalier la tenant
toujours entre fes bras, & lui donnant fouvent des baifers jufqu'à ce qu'enfin on fe
fépara avec l'efprit gai & enjoué.

Comme j'eus l'honneur d'être quelques
jours dans la maifon du Père de la Dame,
où toute la chofe arriva, elle m'ataqua dès
le lendemain fi vigoureufement fur cette
matière, que je doutai d'abord fi c'étoit en
raillant, ou fi elle le faifoit férieufement ;
& elle commença par me dire que les Hommes ne faifoient plus de cas de leurs Femmes, dès qu'ils les avoient une fois, faifant
par-là allufion au difcours que le Chevalier
avoit tenu la veille.

Pourquoi dites-vous cela, Madame, repartis-je? lorfque nous avons le bonheur de
rencontrer de bonnes Femmes, nous les
adorons, & nous en faifons nos Idoles : que
voudriez-vous davantage?

Non, non, dit-elle, avant que vous les
aïez, ce font des Anges, mais lorfque vous
en avez eu une fois la poffeffion, ce font
des *Diables*, repliqua-t-elle, en fouriant.

Eh bien, Madame, les *Diables*, comme
vous favez, font des *Anges*, repris-je ; &
même ils étoient autrefois de la première
efpèce.

Oui, dit-elle, d'un air fâché, tous les
Diables font Anges, mais tous les Anges ne
font pas *Diables*.

Mais Madame, vous ne devriez jamais
vous formalifer d'être apelée *Diable*, comme vous favez.

Je fai ? repartit-elle brufquement , que voulez-vous dire par-là ?

Madame, dis-je, en prenant un air grave & férieux, j'ai cru que vous étiez perfuadée que je favois la chofe, autrement je n'aurois pas parlé de la forte, de peur de vous ofenfer : mais vous pouvez être affurée que je n'en dirai jamais rien, que par vos ordres, & pour vous rendre quelque fervice particulier.

Là-deffus elle monta fur fes grands chevaux, & m'ordonna de m'expliquer.

Je lui dis que je m'expliquerois avec plaifir, pourvu qu'elle me promît de ne point s'ofenfer, & de ne rien prendre en mauvaife part.

Elle me le promit folennellement; mais femblable à un vrai DIABLE, elle rompit d'abord cette promeffe.

Au refte, comme il m'importoit fort peu qu'elle me tînt fa parole, ou non, je commençai par lui dire, qu'il n'y avoit pas long-tems que j'étois doué d'une *feconde vue*, & que j'avois donné quelques années à l'étude de la Magie, de forte que je pouvois découvrir bien des chofes qui font imperceptibles aux facultés ordinaires, & que, par le moïen de certains verres, je pouvois pénétrer dans toutes les Aparitions vifionnaires, & imaginaires, d'une toute autre manière qu'on ne pouvoit le faire ordinairement.

Fort bien, dit-elle, fupofé que cela foit, qu'eft-ce que cela me fait ?

Je lui répondis, que cela ne la regardoit

pas

pas autrement , finon que comme elle favoit qu'elle n'étoit pas originairement la même Créature qu'elle paroiffoit être ; mais
qu'elle étoit d'une Nature fublime & angélique, j'en avois pareillement la connoiffance, par le moïen de l'Art , dont je venois
de lui parler , & qui s'étendoit jufqu'à ce
point-là , pour ce qui la regardoit.

Voilà qui eft plaifant , vous voudriez ,
peut-être, faire de moi un DIABLE !

Je pris de-là ocafion de lui dire , que je
n'en voulois faire que ce qu'elle étoit déja :
que je croïois qu'elle favoit fort bien que
le Tout-puiffant n'a jamais jugé à propos
de faire une Créature humaine d'une beauté auffi parfaite & auffi achevée qu'elle é-
toit ; mais que de telles Figures étoient
réfervées aux Anges de l'une ou de l'autre
efpèce, pour s'en fervir dans l'ocafion.

Elle me railla là-deffus , & me dit que
cela ne me tireroit pas d'afaire , parce que
je ne l'avois déterminée à rien d'angélique
qu'à un vrai DIABLE , de forte qu'il é-
toit abfurde que je la flataffe de beauté , &
que je l'acufaffe d'être Diable en même tems.

Je lui repartis , que , comme SATAN
qu'on apèle DIABLE par abus, eft un Sérafin immortel , & d'une Nature originairement angélique , qu'il étoit éloigné de
toute méchanceté , & que c'étoit un Etre
très-glorieux , lorfqu'il lui prend envie de fe
revêtir de chair & de rôder fous le mafque, il
a le même pouvoir que les autres Anges, de
prendre une forme , belle ou laide , fuivant
qu'il le juge à propos.

G 5   Elle

Elle me difputa la poffibilité de cette transformation, & après m'avoir acufé de flaterie, par raport à la beauté de fon vifage, elle ajouta qu'on ne pouvoit repréfenter le DIABLE par aucun objet agréable, aléguant la conftante coutume qu'on à de le peindre fous les images les plus afreufes qu'on puiffe fe figurer.

Je lui repliquai qu'on lui faifoit un grand tort en cela; je lui citai S. FRANÇOIS à qui SATAN s'étoit fouvent fait voir fous la forme d'une Femme nue, d'une beauté incomparable, pour l'inciter à la tentation; & les moïens dont il fe fervit pour transformer cette Aparition en DIABLE, & comment il en vint à bout.

Elle fit trève à ce difcours pour retourner à celui des Anges, foutenant qu'ils ne prenoient pas toûjours des Figures aimables; que quelquefois même ils avoient parû fous des formes horribles, ou que s'ils choififfoient des vifages moins hideux, ils étoient tout-au-plus agréables, mais jamais d'une beauté extraordinaire; de forte que c'eft mal juger que de foupçonner une Femme parce qu'elle eft belle.

Je lui dis là-deffus, que le DIABLE avoit plus de befoin que les autres Anges de former des beautés; parce que fa principale ocupation eft de tromper & de faire tomber dans le piége le Genre-Humain; & enfuite je lui aléguai plufieurs exemples, pour apuïer ce que j'avois avancé.

Je trouvai, à fon difcours, qu'elle étoit affez difpofée à paffer pour un *Ange*; mais
je

je rencontrai une dificulté insurmontable à la convaincre qu'elle étoit DIABLE, & il ne me fut pas possible de l'en faire convenir. Elle m'aporta, pour raisons, que je connoissois son Père, que sa Mère étoit une fort bonne Femme qui avoit acouché d'elle par la voie ordinaire, en presence de telles & telles Dames qu'elle me nomma, & qui lui avoient souvent confirmé la chose.

Je lui dis, que cela ne faisoit rien à la Question; que quand le DIABLE avoit besoin de se transformer en une belle Dame, il pouvoit facilement disposer d'un Enfant, & se mettre dans le berceau à sa place, lorsque la Mère ou la Nourice prend son repos, que dis-je, lors même qu'elle est éveillée. Je lui citai LUTHER, qui confirme la chose de même. Quoiqu'il en soit, pour la convaincre que je savois l'afaire (car je voulois qu'elle en fût déja persuadée) je lui dis qu'avec sa permission j'allois monter à ma chambre pour aller quérir mon Miroir magique, où elle verroit son Portrait, non-seulement sous cette Figure angélique qui la faisoit admirer de tout le Monde, mais aussi sous celle d'un DIABLE assez hideux pour éfrayer tous ceux qui la verroient, à la réserve d'elle & de moi qui connoissions la chose.

Non, non, dit-elle, je n'ai que faire de vos Verres magiques, je me connois fort bien, & je ne souhaite pas de paroître autrement que je suis.

J'en suis persuadé, Madame, répondis-

je, & vous n'avez pas besoin d'une meilleure forme que celle sous laquelle vous
paroissez, puisqu'elle est d'une beauté achevée, & que tout le Monde vous regarde sur
ce pié-là; ce qui prouve clairement ce que
vous seriez, si la forme aparente que vous
avez à-present étoit réduite à sa figure naturelle.

Forme aparente ! dit-elle; ne voudriez-
vous pas faire de moi une *Aparition*?

Une *Aparition* ! Oui certainement, Madame, repliquai-je; vous savez vous-même
que vous n'êtes autre chose qu'une *Apari-*
tion: & que pouriez-vous souhaiter de mieux,
puisqu'elle vous est si avantageuse?

Là-dessus elle pâlit, se mit en colère, & se
leva brusquement pour se regarder dans un
grand Miroir, où elle s'examina de la tête
aux piés, avec beaucoup de vanité.

Je pris ce tems-là pour me glisser hors de
cette chambre & monter à mon apartement
pour aller quérir mon *Miroir magique*, comme je l'apelois, dans lequel il y avoit un
Etui creux enchassé derrière un Verre, de
manière que dans le premier elle vît son
Portrait, & dans le second le visage d'un
DIABLE assez laid & assez afreux, mais
coifé comme une Dame dans un Cercle,
le visage du DIABLE dans le Centre, étant
vu pour ainsi dire en éloignement.

Je revins assez tôt pour qu'elle ne trouvât pas le tems long, d'autant plus qu'elle
avoit été ocupée à examiner ses beautés.

Dès que je fus de retour, je lui dis, ne vous
faites point de peine de regarder dans ce
Ver-

Verre; tenez, prenez-le, il n'eſt pas capable de vous faire voir la moindre choſe.

Il me fera voir, dit-elle d'un air un peu mépriſant, ce que je ſouhaite d'y voir, & en même tems elle continuoit de s'examiner devant ſon grand Miroir. Un moment après, comme je vis qu'elle étoit de mauvaiſe humeur, je pris mon tems pour lui demander ſi elle avoit eu du plaiſir à ſe voir au Miroir? Elle me répondit qu'oui, & de plus qu'elle n'avoit rien trouvé en elle qui eût aucune aparence de D I A B L E. Tenez, lui dis-je, en ouvrant mon Miroir magique, regardez-vous là dedans, ce qu'elle fit; mais elle n'y vid que ſon viſage. Eh bien! dit-elle, ces deux glaces s'acordent fort bien, & je n'y trouve aucune diférence: qu'avez-vous à dire? En même tems je le lui repris, & dis, Vous n'en trouvez point? cela me ſurprend fort. Je fis ſemblant d'y regarder moi-même, & après y avoir donné un petit tour, ſans qu'elle s'en aperçût, je le lui rendis; & elle y vid le D I A B L E, à la vérité habillé comme une belle Dame, mais auſſi laide qu'on pouroit ſe figurer le D I A B L E même.

Elle fut tellement ſurpriſe de cette vue, qu'elle ne put s'empêcher de jetter un cri éfroïable; ſur quoi elle me dit, qu'elle croïoit que je tenois plus du DIABLE qu'elle, puiſqu'elle ne connoiſſoit rien de ces ſortes de tours; que ce que j'en avois fait n'étoit que pour l'éfrayer, & qu'elle étoit perſuadée que j'avois évoqué le DIABLE.

Je lui répondis, qu'elle n'avoit rien vû

G 7   que

que son véritable Portrait, comme elle le savoit fort bien ; que je ne le lui avois pas fait voir, pour le lui faire connoître, mais uniquement pour lui faire entendre que je le connoissois aussi-bien qu'elle ; de sorte qu'elle n'avoit aucune raison de s'ofenser de la familiarité avec laquelle je lui parlois d'une chose de cette nature.

Fort bien, dit-elle ; de sorte qu'à ce compte-là, je suis réellement un *Diable* a-freux, n'est ce pas ?

Madame, répondis-je, ne dites point, *N'est-ce pas*. Vous savez ce que vous êtes, c'est-à-dire aussi surement un DIABLE, que le reste du Monde vous croit une belle Dame.

J'eus encore beaucoup d'autres entretiens avec elle sur ce sujet, malgré le soin qu'elle avoit de parler d'autre chose ; mais je trouvois toujours moïen de remettre sur le tapis une question qui lui faisoit tant de peine, & de l'ataquer sur la réalité de son Essence diabolique, jusqu'à ce qu'enfin je la mis dans une si grande colère, qu'elle découvrit elle-même ce qu'elle étoit éfectivement.

Elle se mit à crier, & à me dire, que je ne faisois que l'insulter, que je n'oserois lui tenir de semblables discours en présence du Chevalier.... & que je ne devois pas en user ainsi à son égard. Je tâchai de l'adoucir, en lui faisant connoître que je ne lui avois point manqué de respect, & que je ne le ferois jamais ; parce que comme elle avoit dessein d'observer l'*incognito*,

ce

ce n'étoit pas mon afaire de la découvrir;
mais que si elle avoit envie de déclarer au
Chevalier le sujet de notre entretien, ou de
le lui cacher, comme je croïois que c'étoit
le meilleur parti, elle pouvoit faire ce qu'il
lui plairoit. J'ajoutai, qu'au-reste je ne dou-
tois point de pouvoir convaincre Monsieur
son Mari, que ce que j'avois avancé étoit
juste; & qu'enfin c'étoit à elle à examiner
lequel étoit le plus de son intérêt de le lui
cacher, ou de le lui déclarer.

Cette réponse la tranquilisa un peu, &
elle me regarda un moment fort fixement,
sans dire un seul mot, jusqu'à ce que tout-
à-coup elle rompit le silence en ces termes:
Vous vous faites donc fort de convaincre
le Chevalier d'avoir épousé un DIABLE?
Voilà quelque chose de beau! quelle en
sera la conséquence? Il faudra que l'Enfant
que j'ai dans le ventre (car elle étoit enceinte) en soit aussi un, n'est ce pas? Ah
la belle chose que ce seroit!

C'est ce que je ne sai pas, Madame, dis-
je; il en sera comme vous l'ordonnerez.
Je sai bien que du côté du Père il n'y a
rien à craindre; mais pour ce qui est de
celui de la Mère, c'est une question que je
ne saurois résoudre, jusqu'à ce que je me
sois abouché avec le DIABLE là-dessus.

Que vous vous soïez abouché avec le
DIABLE! reprit-elle, en me regardant
d'un air farouche. Est-ce que vous avez
des entretiens avec lui?

Oui, Madame, & cela est aussi sûr qu'il
est

eſt ſûr que vous en avez. Mais pourquoi en doutez-vous, & à qui parlé-je à-preſent?

Je croi que vous êtes fou, dit-elle, vous allez, peut-être, faire des *Diables* de toute la Famille, & ſur-tout il faut que je ſois, à votre dire, enceinte d'un DIABLE, cela eſt certain.

Non, Madame, cela n'eſt pas certain, comme je l'ai déja dit, & j'en doute.

Pourquoi en douter? repartit-elle; vous dites que je ſuis le DIABLE, & comme vous ſavez qu'un Enfant tient toujours beaucoup de ſa Mère, il faut néceſſairement que le mien ſoit un DIABLE auſſi, autrement que pouroit-ce être?

C'eſt ce que je ne ſaurois dire, Madame, lui dis-je; il en ſera comme vous en conviendrez entre vous. C'eſt une eſpèce qui ne ſe multiplie point par la voie de la Génération, & ainſi c'eſt une diſpute qui ne convient point à notre Sujet.

Alors j'entamai un autre diſcours ſur la fin & les deſſeins qu'a le DIABLE, lorſqu'il prend des formes auſſi belles que la ſienne, ce qui me faiſoit toujours avoir quelque ſoupçon, quand je voïois une Dame plus belle qu'à l'ordinaire, & examiner, pour ma ſatisfaction, ſi elle étoit véritablement Femme, ou ſi c'étoit une *Aparition*; une Dame, ou un DIABLE, ſupoſant toujours que celle à qui je parlois fût un DIABLE, c'étoit une choſe qui ne ſoufroit aucun doute.

Là-deſſus elle m'entreprit de nouveau, &
me

me dit, vous êtes fort civil à mon égard
dans tout votre discours ; car je voi qu'il
ne tend qu'à me faire avouer que je suis un
DIABLE, comme vous le prétendez. C'est
me traiter fort gracieusement , je vous en
remercie.

Madame, ne le prenez pas en mauvaise
part, repliquai-je, je ne fai que vous donner à connoître que je le favois. Je ne vous
le dis pas comme un fecret pour vous , &
vous en êtes bien récompensée d'un autre
côté

Récompensée ! dit-elle, eh de quoi ? de
ce que je fuis un DIABLE ? Je croi que
le DIABLE vous poffède, ajouta-t-elle,
en commençant à s'échaufer.

Que le DIABLE *me poffède* ! oui, fans
doute, Madame, répondis-je, & même un
véritable DIABLE , ne vous en déplaife.
Là-deffus je commençai à me fâcher à mon
tour fur ce qu'elle fe fcandalifoit de ce que
je lui avois découvert une vérité qui lui é-
toit fi fort connue.

Après cela elle fe découvrit tout-à-coup,
car elle fe changea en *Furie* , à prendre le
terme à la lettre , entra dans une colère
horrible, me chargea d'injures , & de malédictions, & en même tems difparut , ce
qui eft le caractère d'un Efprit, ou d'une
Aparition.

Nous eumes enfemble beaucoup d'autres
entretiens touchant plufieurs jeunes Dames
de fa connoiffance , dont je lui dis que
quelques-unes n'étoient que de pures *Apa-*
ritions, de même qu'elle, jufqu'à lui faire
con-

connoître celles qui l'étoient, & celles qui
ne l'étoient pas, & la raison pourquoi elles
l'étoient, à quel usage, & pour quels desseins, c'est à-dire, pour tromper le Monde,
les unes d'une façon, les autres d'une autre. Elle prenoit assez de plaisir à m'entendre ainsi raisonner sur le compte des autres; mais elle ne pouvoit souffrir que j'en-
trasse dans son caractère, qui, malgré toute
sa finesse, lui fit enfin faire le DIABLE, &
disparoître à ma vue, comme je viens de
le dire.

Je l'ai vue ensuite plusieurs fois en Mi-
gnature; mais toujours d'une manière à
faire voir que c'est une *Diablesse*; car elle
conserve sa haîne, & ne veut jamais me
pardonner de ce que je n'ai pas voulu lui
acorder le titre d'Ange. Semblable à un
vrai DIABLE, tel qu'elle est, elle tâche
de me tuer & me perdre de loin : éfectivement le poison de ses yeux de Basilic est
extrèmement fort, & je suis obligé d'a-
vouer qu'il a une étrange influence sur moi;
mais, comme je la connois pour un DIA-
BLE, je fai mes éforts pour l'éfacer entièrement de ma mémoire, & la banir de mes
pensées.

J'ai eû, depuis ce tems-là, deux ou trois
autres engagemens avec des *Aparitions* du
même Sexe, & je trouve qu'elles sont toutes de la même trempe : elles aiment à
passer pour des Anges; mais pour le mot
de DIABLE, c'est un morceau qu'elles ne
peuvent digérer. Malgré cela, toutes les
fois qu'on voit une Aparition, il est si naturel
de

de dire, qu'on a vu le DIABLE, qu'il seroit impossible de faire tenir aux Hommes un autre langage. J'ai un Ami qui, après a-voir fait la cour pendant quelque tems à une Dame, eut l'autre jour le malheur de la surprendre à une heure qu'elle ne l'aten-doit pas : il la trouva dans une si grande fureur contre quelques-uns de ses Domes-tiques, & sur-tout contre un Valet-de-pié, qu'elle étoit toute hors d'elle-même. Il est vrai que ce Garçon avoit manqué à son de-voir, mais non pas d'une maniére qui mé-ritât qu'elle entrât dans une si grande colè-re, qu'elle ne pût se modérer en présence même de son Amant, & qu'elle continuât à charger d'injures son Domestique, & à clabauder, comme une Furie, contre lui.

Mon Ami fit ce qu'il put pour la tran-quiliser, jusqu'à lui demander pardon pour ce pauvre Garçon, qui, de son côté, fit toutes les soumissions possibles, mais tout cela fut inutile; de sorte que l'Amant s'i-maginant qu'il n'étoit pas de son intérêt de s'engager plus avant dans la querelle, se retira, sans retourner de trois jours vers sa Maîtresse, qui au bout de ce tems-là étoit à-peine revenue de son emportement.

Cet Ami me vint trouver le lendemain, & après m'avoir fait confidence de la chose, je crains, dit-il, que je ne sois sur le point d'épouser une *Diablesse*, sur quoi il me conta l'Histoire d'un bout à l'autre. Je ne fis semblant de rien, mais aïant rencontré sa Maîtresse, je pris si bien mes mesures, avec le secours de mon adresse particulière,

que

que je trouvai qu'il m'avoit parlé juste, &
que cette Dame n'étoit qu'une pure *Aparition*. Cependant il est certain, que, sans
ce dérangement accidentel dans ses passions,
qui découvrit le fond de son cœur, elle
auroit pu tromper tout le Monde; car
c'étoit une *Diablesse* aussi aimable qu'on en
puisse voir. Elle parloit comme un Ange,
chantoit comme une Sirène, & acompagnoit, tout ce qu'elle faisoit & tout ce qu'elle
disoit, d'une grace surprenante: Mais après
tout, ce n'étoit qu'Aparition, car elle étoit
un véritable DIABLE. Il est vrai que mon
Ami l'a épousée, & quoiqu'elle fût un
DIABLE en éfet, ou elle sut si bien se
comporter à l'égard de son Mari, ou lui
même eut tant de complaisance pour elle,
que je ne l'ai jamais entendu se plaindre de
la conduite de sa Femme.

Ce sont-là des exemples particuliers; mais
helas! je pourois en fournir une infinité
d'autres, & donner, entre les autres choses curieuses qui se passent par la Ville, une
Liste de Diables qui feroit frémir seulement
d'y penser, & qui feroit conclure d'abord
avec moi, que toutes les Beautés parfaites
ne sont que des Diables & des Aparitions;
mais le tems & le papier me manquent pour
cela; & je me contente de donner en passant ce petit avertissement aux Amans, en
leur laissant la liberté d'en faire l'épreuve à
leurs risques. Revenons à notre Sujet.

Il y a une infinité de ces sortes de belles
Aparitions, qui rôdent parmi le Monde,
sous un déguisement parfait, & qui, quoique
nous

nous n'ofions dire ce que nous en penfons, ne laiffent pas d'être de véritables DIABLES, & des DIABLES méchans, dangereux, meurtriers, & qui tuent éfectivement par plufieurs manières, les uns, femblables au Bafilic, par les yeux, & les autres, comme des Sirènes, par leur voix enchantereffe ; mais tous *Meurtriers dès le commencement*. Il eft vrai que c'eft dommage que de fi jolies *Aparitions* foient des DIABLES, & qu'elles foient auffi malfaifantes qu'elles le font. Mais comme les chofes font telles, je ne puis m'empêcher d'en avertir mes Lecteurs, afin qu'ils puiffent éviter le DIABLE, fous quelque figure qu'il fe prefente à eux.

Il y a encore, dit-on, des Demi-Diables qui reffemblent à des *Sagitaires*, c'eft-à-dire, qui font moitié Hommes & moitié chevaux, ou plutôt à des *Satires* qui font en partie Diables & en partie Hommes, ou enfin qui reffemblent à Monfeigneur l'Evêque qui paffe pour avoir la cervelle petite : favoir fi cette expreffion doit s'entendre de fon peu de génie, ou non, c'eft fur quoi les Auteurs ne font pas encore d'acord. Au refte, fi l'on étoit convenu qu'il fût tel, c'eft tout ce qu'on pouvoit conclure de plus favorable pour lui, parce qu'une telle décifion l'auroit purgé du faux bruit qui court que c'eft un DIABLE, ou du moins un Demi-Diable ; car on ne trouve point que le DIABLE ait aucun commerce avec les fous.

Pour ce qui eft des Diables Boufons, Mon-

Monsieur G..... en est un exemple; il peut, à la vérité, avoir le DIABLE dans le corps ; mais il faut dire cela à la louange de la *Possession* en général ; que SATAN auroit regardé comme une chose indigne de lui , d'entrer dans une Ame trop étroite pour le contenir , ou de se mêler d'un tel brouillon , d'une créature si abjecte , & d'un pareil faquin , qui n'a jamais fait parmi les Hommes une plus grande figure que celle d'un *Voleur*, ou d'un *Escroc* qui a pris la forme d'un Homme de Qualité, ou qui s'est déguisé en Mylord , avec sa *Robe* & sa *Couronne*.

Il se pourroit, à la vérité, trouver quelque Diablotin du plus bas étage, qui prît son logement au-dedans , ou autour de lui , & ainsi entrer & sortir à sa volonté ; mais pour ce qui est de celui qui est essentiellement DIABLE , SATAN , qui ne fait jamais rien sans dessein, il ne pouroit pas le juger digne d'être possédé par un autre que par un DIABLE d'une sale qualité, c'est-à-dire, par un Esprit trop abject pour porter le nom de DIABLE , sans aucune marque ou addition d'infamie & de bassesse, qui le distinguât des autres.

De même , quel est le DIABLE de Qualité qui voudroit se borner à un P....n, qui aïant hérité toute la fierté , & toute l'insolence de ses Ancêtres, sans avoir eu part à aucune de leurs Vertus , n'est qu'un querelleur , qui parle en harangère & qui s'est fait une habitude des mauvais discours usités dans sa famille, sans en avoir conser-
vé

vé, une once de courage; un homme qui
a sauvé cinq ou six fois son honneur par la
valeur & au peril de ses Amis, pour qui il
n'a jamais eu en échange que de l'ingratitude; un homme qui en commettant quelque
meurtre l'a toujours fait de sang froid, parce qu'on n'a jamais reconnu qu'il l'ait eu
chaud, & qui, possédé d'un DIABLE poltron, a toujours fait plus de mal dans l'obscurité, qu'il n'auroit osé en faire en plain
jour; un homme, enfin, qui après une infinité de bassesses qu'il a faites, a été chassé
de la Société humaine, parce qu'il a été
impossible de le rendre honnête-homme, ni
de bonne humeur, à coups de pié dans les fes-
ses, ou par des soufles.

Dire que c'étoit-là un DIABLE, une
Aparition, ou seulement un *Demi-Diable*,
ce seroit faire tort à SATAN, puisque, malgré les millions de *Diables* inférieurs que
cet Archi-Diable a à son commandement,
il ne s'en trouveroit pas un d'assez abject
pour convenir à un tel homme, pas un, dis-
je, qui ne se crût deshonoré d'être ocupé
autour de lui.

Il y a aussi des Diables plaisans & inutiles
en même tems, dont nous pourions, s'ils
pouvoient trouver place ici, parler fort
amplement, & divertir le Lecteur des tours
qu'ils font. Tel est le DIABLE de Madame HATT en *Essex* : si l'on pose sur la fenêtre d'une certaine chambre un Maillet de
Menuisier, il vient fort régulièrement en
fraper la fenêtre ou la lambrissure toute la
nuit, & ainsi incommoder tout le voisinage,

après

après quoi il se retire le matin fort satisfait
de son expédition ; au-lieu que si on ne lui
laisse pas le Maillet, il s'en trouve tellement piqué, qu'il devient insuportable, &
redoutable en même tems : il casse les vitres, fend la lambrissure, commet toute
sorte de desordre, & fait à la maison &
aux meubles qui y sont tout le mal dont il
est capable. Tel est aussi le DIABLE qui
bat la caisse aux Eaux d'*Oundle* dans le Comté de *Northampton* ; & ainsi d'une infinité
d'autres.

On a pareillement vu plusieurs Diables
antiques, qui sembloient n'avoir autre chose à faire qu'à nous assurer qu'ils peuvent
paroître quand il leur plaît, & que ce qu'on
apèle *Aparition* est une chose réelle.

Pour ce qui est des Ombres de Diables, &
des Aparitions imaginaires, c'est-à-dire, qui
paroissent & disparoissent en même tems,
je pensai d'abord à en parler dans un Chapitre séparé ; mais après une seconde réflexion, j'ai cru que je ne serois pas plus avancé pour avoir perdu mon tems à cette matière.
On dit que notre ancien Ami LUTHER
a été souvent fort inquiété par ces Aparitions invisibles, comme il en parle dans
ce qu'on apèle ses *Discours familiers* ; mais
avec la permission de ce savant Homme,
quoique le DIABLE passe pour un grand
menteur, je pourrois croire plusieurs choses de sa façon, aussi facilement que d'autres que je trouve dans un Livre qu'on lui
atribue, sur-tout l'Histoire du Diable dans
un Panier, l'Enfant qui s'envole de son

Ber-

Berceau, & d'autres Contes de cette nature.
En un mot, la plupart des DIABLES
qui font parmi nous font du Sexe féminin :
foit que SATAN trouve moins de dificulté
à les ménager, ou qu'il vive plus paifible-
ment avec eux, ou enfin qu'ils foient plus
propres à expédier fes afaires, que les Hommes, c'eft une queftion que je n'entreprendrai point deréfoudre ici ; peut-être même
qu'il peut mieux fe déguifer en Fenime
qu'autrement. L'Antiquité nous fournit
une infinité d'Hiftoires de *Diableffes*, qui
pouront dificilement trouver leurs femblables parmi les Hommes, en fait de méchanceté. Telles font, dans le Texte facré, les
Filles de LOT, la Maîtreffe de JOSEF, la
DELILA de SAMSON, l'HÉRODIAS
d'HÉRODE, qui étoient certainement des
DIABLES, ou du moins qui ont affez fait
les *Diableffes* pour en porter le nom. L'E-
criture ne nous fournit qu'une feule Aparition mafculine, qui eft celle de JUDAS ;
dont le Maître dit en termes exprès, *l'un
de vous eft* DIABLE : il ne dit pas fimplement, l'un de vous a le DIABLE, ou eft
poffédé du DIABLE, mais pofitivement
que c'eft réellement un DIABLE, ou que
c'eft un DIABLE réel.

Quel bonheur, qu'un fi grand fecret foit
ainfi venu à fe découvrir au Genre-Humain!
Il eft certain que le Monde a long-tems vécu
dans l'ignorance, d'une manière furprenante, d'avoir continuellement une infinité de
DIABLES qui rôdent parmi nous, fous une
forme humaine, fans qu'on s'en foit aperçu.

Tom. II.   H   Les

Les Philosophes nous disent, qu'il y a un
Monde habité par les Esprits : ils en ont fait
de savans Traités, remplis de conjectures,
où ils nous représentent ce Monde si proche de nous, que l'Air, suivant la Description qu'ils en font, doit être assez rempli de
Dragons & de D I A B L E S, pour éfrayer notre imagination, en y pensant seulement.
Ainsi, si ce qu'ils disent est vrai, c'est un
bonheur pour nous que notre vue soit si bor-
née, parce qu'autrement cet Elément nous
paroîtroit aussi afreux que l'Enfer même.
Mais il n'y a pas encore eu un seul de ces
Savans qui nous ait dit, que la moitié des
gens, & sur-tout des Femmes qui conversent
parmi nous, & en particulier de celles qui
sont les plus renommées, les plus belles,
les plus fardées, & les mieux couvertes de
mouches, ne sont que des *Aparitions.*

Ce Phénomène extraordinaire ne s'est
fait voir ni long-tems ni fort loin, & c'est ce
qui a fait que la plus grande partie du Genre-
Humain n'en a pu avoir les mêmes idées, ce
que, peut-être, on trouvera fort étrange.
Mais quelque étrange qu'il puisse paroître, la
nature de la chose le confirme, puisque
cette Sfère inférieure est remplie de *Dia-*
bles : & il y a eu des Sujets de l'un & de l'autre Sexe, qui ont donné d'étranges preuves de
la réalité de leur *Diablerie* préexistente, depuis plusieurs Siècles, quoique je ne puisse
croire que la chose ait été portée à un si
haut degré qu'elle l'est aujourd'hui.

Il est vrai que S A T A N faisoit particulièrement ses afaires par le moïen de vieilles

les femmes, & même des plus laides, d'où
font les Proverbes de, *Laid comme une Sorcière*,
re, *Noir comme une Sorcière, Reſſember à une*
Sorcière, qui prouvent tous, que c'eſt de ces
fortes d'Inſtrumens que le DIABLE ſe
fervoit: & on dit que ces vieux Spectres a-
voient coutume de s'élever de nuit dans les
airs ſur des balais; beaux explois, en vérité!
on veut même ſoutenir qu'ils alloient aſſurer
de leurs reſpects le DIABLE leur Grand-
Seigneur, dans ces promenades nocturnes.
Quoiqu'il en ſoit, il eſt certain, que cet Eſprit malin a changé de métode, & qu'aujourd'hui il roule parmi le Monde ſous un
maſque de beauté, & qu'il ſe couvre, des
charmes les plus atirans, par le moïen deſ-
quels il ne manque pas de ſe déguiſer réellement: car qui pouroit penſer qu'une belle
Dame ſervît de maſque au DIABLE? Qu'un
beau viſage, une taille divine, & un regard
angélique puſſent faire entrer le DIABLE
en ſa compagnie, & même la transformer
en *Aparition*, & en véritable DIABLE?

C'eſt-là une choſe aſſurément digne de nu-
tre recherche, & de notre atention; c'eſt
pourquoi je veux croire que tous les Da-
moiſeaux & Garçons amoureux, tous les A-
vanturiers, & tous ceux qui cherchent la
beauté ſe tiendront ſur leurs gardes; car il
faut ſupoſer, que s'ils peuvent gagner le
DIABLE, il ne ſe plaindront pas de manque
d'avanture. En éfet, il y a, en cela, plus de danger qu'on ne s'imagine, par la grande quantité d'*Aparitions*, dont le Monde eſt rempli.
Nulle Roſe ſans épines; nulle Beauté ſans
H 2   DIA-

DIABLE: les vieilles Femmes font des Spectres, & les jeunes des Aparitions; les laides font des Sorcières, & les belles font des *Diables*. Quel trifte état! On peut bien mettre une Croix, après cela, au-deffus de la porte de tout homme qui fréquente le Sexe.

CHAPITRE VIII.

Du Pié fourchu qui marche dans le Monde fans le DIABLE: *c'eft-à-dire, des Sorciè- res qui font des Pactes pour* SATAN, *par- ticulièrement en vendant les Ames à cet Ef- prit malin.*

JE me fuis fort étendu fur le DIABLE maf- qué, qui obferve dans le Monde l'*incogni- to*, & fur-tout qui y rôde fans fon *Pié four- chu*, & j'ai parlé de quelques-uns des dé- guifemens, dont il fe fert dans le ménagement de fes intérêts fur la Terre: je dis, quelques- uns de fes déguifemens; car qui pouroit donner un parfait détail de tous fes tours & de tous fes artifices, dans les bornes étroites que je me fuis prefcrites dans ce Traité?

Mais, comme j'ai dit, que chaque DIA- BLE n'a pas un Pié fourchu, je dois ajouter ici que tout Pié fourchu n'eft pas le DIA- BLE.

Cela ne veut pas dire que par-tout où je rencontrerois le Pié fourchu, je ne duffe fu- pofer que le DIABLE n'en feroit pas fort éloigné, & demander main-forte contre lui

pour

pour m'en saisir ; cependant il est certain que la chose peut arriver autrement : chaque monnoie peut être imitée par un faux coin, chaque Art a quelcun qui se pique de le savoir, chaque Femme débauchée a son Courtisan, chaque Erreur son Patron, & chaque jour son DIABLE.

J'ai eu en pensée de faire une entière & parfaite découverte d'un Doute qui a embarassé le Monde jusqu'à-present, savoir si l'on peut réellement faire Pacte avec le DIABLE ? Ce que je puis dire d'abord de positif là-dessus, c'est que si la chose ne se peut, ce n'est pas sa faute, ce n'est pas manque d'éforts de sa part pour en venir à bout ; & la Thèse est toute prouvée si l'on veut me permettre d'avoir recours à un témoignage aussi foible que celui de l'Ecriture. Il est certain qu'il avoit envie de faire un acord avec notre Sauveur, en lui ofrant ce qui lui apartenoit déja, je veux dire, *tous les Roiaumes du Monde, si, en se prosternant, il l'avoit voulu adorer.* Insolent Sérafin que tu es, de t'imaginer que ton Seigneur t'ait voulu faire homage ! Combien y a-t-il aujourd'hui de personnes qui tomberoient d'acord avec lui à un plus bas prix. On dit qu'il fit contract un avec CROMWELL, à qui il donna le titre de Protecteur ; mais comme il lui refusa celui de Roi, cette mortification fit une impression si forte sur l'esprit de ce *furieux*, que la Gangrène se répandit dans son Ame, & qu'il mourut du Sphacèle dans la Rate. Mais je ne veux pas assurer cette Histoire pour véritable, de peur de

H 3   faire

faire tort à CROMWELL, d'autant plus que l'Evêque n'en dit pas un mot.

Le bruit couroit autrefois que le fameux Duc de LUXEMBOURG avoit fait un acord de cette nature. J'ai même entendu dire à plufieurs Oficiers, vieilles Femmes aparemment, de fon Armée, qui ne fe foucioient pas fort de lui voir le vifage, & qu'il portoit le DIABLE fur le dos. Il me fouvient qu'un certain Gazetier de *Londres* fut une fois arêté, pour avoir publié que LUXEMBOURG étoit boffu, & que cette afaire lui couta, à ce qu'on dit, cinquante Livres Sterling. Si je réfous à-prefent cette dificulté, & que je découvre qu'il n'étoit pas boffu, mais feulement qu'il portoit le DIABLE fur le dos, je croi qu'on doit rendre à ce pauvre homme fon argent, ou bien que je l'ai gagné par cette découverte.

J'avoue que je ne comprends pas bien comment on peut contracter avec une Créature qui ne fait ni lire, ni écrire; je ne connois pas celui qui peut être le Notaire du Contract, ni qui peut le denteler: mais ce qu'il y a de plus mauvais, c'eft qu'en premier lieu le DIABLE ne tient jamais de marché; & l'on dit qu'il eft fort promt à établir des conditions; mais qui eft-ce qui l'obligera à les remplir, & quelle peine lui impofera-t-on, au cas qu'il vienne à y manquer? Si nous faifons un acord avec lui, il ne négligera pas d'avoir recours à fon marché, peut-être même avant que le tems foit expiré; mais qui eft-ce qui le contraindra à s'y tenir?

D'ail-

D'ailleurs, c'eſt un fourbe dans ſes marchés, parce qu'il promet ce qu'il ne ſauroit tenir, témoin la propoſition inſolente
qu'il fit, comme nous l'avons dit, à Notre
Seigneur: *Je te donnerai tous ces Roïaumes!*
Eſprit menſonger que tu es! étoient-ils à
toi pour les donner? Pas un ſeul ; car *la
Terre apartient au Seigneur, enſemble tout ce
qui eſt en elle*; de ſorte que S A T A N n'avoit
pas plus de pouvoir que de droit ſur ces
Roïaumes. J'ai entendu dire, que certains
imbéciles ſe ſont vendus au D I A B L E, pour
une ſomme d'argent, pour un certain prix, &
que quand le jour du païment eſt arrivé, il
n'a jamais fait voir d'eſpèces pour païer ſon
aquiſition; ce qui prouve que c'eſt un fripon dans ſes acords, & que, malgré la va-
lidité des conditions, on ne peut jamais le
contraindre à livrer la ſomme, quoique de
ſon côté il ne manque pas d'une minute à
venir obliger ces miſérables à remplir ce
qu'ils ont promis. Mais nous en parlerons
ailleurs.

En un mot, qu'il me ſoit permis de donner ici un avis qui eſt, que ſi l'on veut né-
gocier avec le D I A B L E, ce ſoit toujours
argent comptant, ou que le marché ſoit
nul. Cet Eſprit malin eſt un fin matois qui
tâche de s'afranchir des conditions de l'acord,
&, malgré cela, prétend que les autres les
obſervent ponĉuellement. On débite une
Hiſtoire, dans le Comté de *Hereford*, d'un
pauvre garçon, qui s'ofrit à vendre ſon Ame
à S A T A N pour une Vache; & quoique le
D I A B L E la lui eût promiſe, & même,

dit-

dit-on, qu'il eût signé l'Ecrit, ce pauvre paysan ne put jamais recevoir ce qui lui avoit été promis : car quoiqu'il lui en vînt de tems en tems, il se trouvoit toujours quelcun pour la reclamer, faisant voir qu'elle avoit été perdue ou volée; de sorte que ce pauvre idiot n'en remporta aucun avantage, que le nom de voleur de vache, jusques-là qu'il fut enfin conduit aux prisons de *Hereford*, & condamné à être pendu, pour avoir dérobé deux vaches l'une après l'autre. Ce méchant homme se trouvoit alors dans un état tout-à-fait déplorable : il sommoit le DIABLE à l'en tirer, mais il lui manqua de parole, comme il fait ordinairement. Il est vrai, que le Prisonnier n'avoit pas efectivement dérobé les Vaches, mais on les trouva chez lui, sans qu'il pût dire par quel moïen il les avoit eues. Enfin il fut forcé à déclarer la vérité, en racontant l'acord horrible qu'il avoit fait, & de quelle manière le DIABLE lui avoit souvent promis une Vache, sans qu'il l'ait jamais pu obtenir, si ce n'est qu'il en avoit souvent trouvé, le matin en se levant, une dans sa Cour, mais qu'il se trouvoit toujours qu'elle apartenoit à quelcun de ses voisins. L'Histoire ne dit pas si cet Homme fut pendu, ou non : ce qu'il y a de certain & qui est la raison pourquoi je la raporte, c'est que ceux qui ont envie de traiter avec le DIABLE, feroient bien de l'obliger à fournir des cautions pour l'exécution de leur acord. Mais quelle caution pouroit-il trouver? c'est à ces gens-là à y penser. D'ailleurs, s'il n'avoit pas

eu

eu le deffein de tromper ce pauvre homme,
& de fe moquer de lui, il n'avoit pas befoin de lui envoïer une Vache du voifinage;
s'il avoit le pouvoir qu'on lui atribue, mais
qui ne confifte que dans l'imagination & dans
la fable, il auroit pu tranfporter dans l'air
une Vache fur un balais, comme on dit qu'il
peut tranfporter une vieille femme. N'auroit-il pas pu enlever une Vache dans le
Comté de *Lincoln*, & la mettre à terre dans
celui de *Hereford*; en quoi il auroit rempli
les conditions de fon acord, confervé fon
crédit, & prévenu tout l'embaras que ce
pauvre Homme s'atira par fa trop grande
crédulité? Ainfi, fi l'Hiftoire eft véritable,
comme je la croi telle, ou il faut que ce ne
foit pas le DIABLE qui fait ces fortes
d'acords, ou que cet Ange apoftat n'ait pas
la puiffance qu'on lui atribue, fi ce n'eft
qu'en certaines ocafions particulières elle lui
foit permife, ou qu'il lui foit ordonné de
faire ceci ou d'aller là, comme il eft arrivé
à l'égard de JOB; des pourceaux des *Gadaréniens*, &c.

Nous avons un autre exemple fort remarquable, dans l'Ecriture, d'un Homme qui
fe vend au DIABLE; mais on n'y trouve
pas que SATAN ait rien fait pour lui, en
paîment de ce qu'il avoit acheté. Le vendeur eft ACHAB, dont le Texte dit en termes exprès (*) qu'*il s'eft vendu pour faire ce
qui eft déplaifant à l'*ETERNEL; & un peu
plus bas (†) *De fait il n'y en avoit point eu de
tel qu'*ACHAB, *qui fe fût vendu pour faire*
H 5 *ce*

(*) 1 Rois XXI. 20.   (†) vs 25.

*ce qui est déplaisant à l'*ETERNEL. Je croi
qu'on auroit pu rendre, pour ne pas dire
traduire ces passages par ces mots, *En dépit du
Seigneur*, ou *pour défier l'*ETERNEL ; car il
est certain que c'en est-là le sens ; & s'il m'est
permis de prêcher sur ce Texte, mon Sermon
sera fort court. ACHAB s'est vendu, mais
à qui ? Je réponds à cette question par une
autre : qui l'auroit voulu acheter ? qui est-
ce qui en auroit voulu ofrir la moindre chose ? la réponse est claire, à juger de l'Acheteur par l'ouvrage auquel le Vendeur & le
Vendu étoit destiné ; Quand un homme
achète un Esclave au marché, c'est pour
travailler pour lui, & faire ce qu'il a à faire,
& comme ACHAB avoit été acheté pour
faire le métier d'iniquité, il n'y avoit personne que le DIABLE à qui il pût conve-
nir.

Je croi qu'il n'y a pas lieu de douter
qu'ACHAB se soit vendu au DIABLE : le
Texte dit positivement qu'il s'est vendu, &
l'ouvrage auquel il étoit destiné donne à
connoître le Maître qui l'a acheté. Il est vrai
qu'il n'est pas dit quel fut le prix de la vente ; c'est aussi de quoi nous ne devons pas.
nous embarasser, puisque cela ne fait rien à
notre sujet, si ce n'est, peut-être, pour savoir si SATAN s'en tint à leur acord, ou
non, & s'il livra la somme dont ils étoient
convenus, ou enfin s'il en agit en cette ocasion, comme avec le Fermier de *Hereford.*

J'avoue que ces sortes de ventes & d'achats,
entre le DIABLE & nous, sont une étrange
espè-

eſpèce de négoce, & l'on peut dire que le DIABLE, en tout ce qu'il achète, vend la peau de l'ours avant qu'il ſoit pris; mais ce qu'il y a de plus ſurprenant, c'eſt lorſqu'il vient à demander le tranſport: car, comme je l'ai déja dit, ſoit qu'il rempliſſe, de ſon côté, les conditions du marché, ou, non, il prétend que les autres ne ſont pas en droit de s'en afranchir. Il eſt vrai, qu'il eſt un peu dificile de dire comment & de quelle manière ſe fait le paîment. Les Hiſtoires qu'on en raconte aux coins de nos cheminées, & qu'on débite ſi diféremment qu'elles ſont capables de rendre SATAN formidable à nous & à nos Deſcendans à perpétuité, ſont ſi peu ſenſées & ſi ridicules, que, ſoit qu'elles ſoient vraies, ou non, elles ne ſont d'aucune importance, & ne veulent rien dire, ou du moins elles ſont tellement impoſſibles qu'elles ne font aucune impreſſion ſur qui que ce ſoit qui a paſſé douze ans, & qui eſt au-deſſous de ſoixante-dix; ou enfin elles ſont ſi tragiques, que, de la manière que l'Antiquité les a débitées, elles paſſent chez nous pour des Fables, afin que nous puiſſions les entendre & les réciter avec moins d'horreur.

Une ſi grande variété nous a donné du dégoût pour la choſe en général, & elle a rendu ce trafic d'Ames ſemblables aux inſignes fourberies qui ſe ſont pratiquées en dernier lieu parmi nous, par un négoce qui loin d'avoir la moindre ſolidité, ne s'eſt trouvé que pure tromperie.

Au-reſte, pour en parler un peu plus ſérieurieusement, je ne saurois disconvenir de la possibilité du fait, après les deux exemples remarquables de JESUS-CHRIST & d'A-CHAB, puisque le DIABLE a tenté de de faire un tel acord avec l'un, & qu'il l'a fait éfectivement avec l'autre.

On n'en sauroit nier la possibilité ; mais il faut que j'explique un peu la manière dont la chose se fait, & que je la rende plus intelligible qu'elle ne l'est à notre esprit. Car, pour ce qui regarde cette vente d'Ames, & l'acord qu'on fait avec le DIA-BLE pour lui en donner la possession au jour marqué, c'est de quoi je ne saurois convenir : je ne saurois même croire que SATAN vienne demander l'acomplissement du marché, c'est-à-dire, qu'on lui livre l'Ame, conformément aux conditions dont on est convenu, au défaut de quoi il s'é-mancipe à l'enlever de haute lute *avec toute la boutique*, de quoi pourtant on ra-conte plusieurs histoires qui sont assez re-çues parmi nous, & dont quelques-unes auroient pu passer pour véritables, si l'on n'étoit pas assuré qu'elles sont entièrement fausses, & d'autres qu'on a raison de croire fausses, à cause de l'impossibilité qu'il y a qu'elles soient vraies.

Ces sortes d'Acords, suivant les récits les plus autentiques que nous en aions, consistoient ordinairement en deux choses, comme sont la plupart des stipulations qu'on fait entrer en toutes sortes de Contracts.

1. Que le DIABLE acheteur s'obligeoit à une certaine chose.

2. Que

2. Que l'Homme vendeur s'obligeoit pareillement à une autre.

Pour ce qui est de l'obligation du DIABLE, elle ne consistoit, le plus souvent, qu'en pures bagatelles; car ce fin matois achetoit toujours à bon marché, & il avoit coutume, comme un fourbe achevé, de promettre ce qu'il ne pouvoit pas tenir, c'est-à-dire, de convenir d'un prix qu'il lui étoit impossible de payer, comme le prouve l'Histoire de l'Homme de *Hereford* & de la Vache. Il promet, par exemple, une *longue vie*: quoiqu'il se soit souvent trouvé des marchands qui ont eu la simplicité de contracter sur cette condition, le DIABLE n'a jamais eu le pouvoir de la remplir. On débite même une histoire fameuse, que je ne cautionne pourtant pas véritable, d'un Misérable qui se vendit à SATAN, sous les conditions que ce dernier l'assureroit 1. De ne jamais manquer de pain. 2. De ne jamais avoir froid. 3. Qu'il viendroit vers lui toutes les fois qu'il l'apèleroit. 4. Qu'il le laisseroit vivre vingt-un an, & qu'au bout de ce tems-là le DIABLE auroit la liberté de le prendre, c'est-à-dire, à ce que je croi, de se saisir de lui par-tout où il pouroit le rencontrer.

Il semble, que le dessein que cet Homme avoit, en demandant un terme de vingt-un an, étoit particulièrement de commettre, pendant ce tems-là, tous les crimes qu'il lui plairoit, sans risquer la corde, & sans être exposé à aucun autre chatiment. C'est sur ce pié là, dit-on, qu'il commença à devenir

H. 7   nir

nir fripon, & à se rendre coupable d'une
infinité de vols, & d'autres actions infames.
On peut dire que le D I A B L E lui fut assez
fidèle en plusieurs rencontres, & sur-tout
en deux ou trois ocasions où ce Misérable
fut pris pour de petits crimes: alors il apela
à son secours son vieux Ami qui effraya
tellement les Connétables, par sa presence,
qu'ils relâchèrent le Criminel. Mais, comme enfin il se rendit coupable de crimes
capitaux, il se forma une troupe de ces Connétables, ou de semblables Oficiers, inca-
pables de se laisser éfrayer par le D I A B L E,
sous quelque forme qu'il parût, qui se sai-
sirent de ce méchant Homme, & le con-
duisirent à *Newgate*, ou en quelque autre
prison pareille.

S A T A N, avec toute sa subtilité, ne put
le dégager de ses fers, ni ouvrir les portés
de la Prison; de sorte que ce Misérable fut
jugé, convaincu, & exécuté. On dit, que
dans cette extrémité, il somma le D I A B L E
à remplir les conditions de l'acord, qui
étoient le terme de vingt-un an, qui, à ce
qu'il paroît, n'étoit pas encore expiré : mais
l'histoire porte que S A T A N le reput de
belles promesses, en lui faisant entendre,
pendant quelque tems, qu'il le feroit sortir, qu'il n'avoit qu'à avoir un peu de patience ; & il le fit toujours bien espérer
jusqu'à un ou deux jours avant l'exécution,
lorsque ce fourbe insigne commença à chercher chicane au sujet de leur Acord, en
disant qu'il étoit bien convenu de le *laisser*
vivre l'espace de vingt-un an, qu'aussi il ne
l'en

l'en avoit point empêché : mais qu'il n'avoit pas fait marché avec lui de le *faire* vivre pendant ce tems-là, & qu'il y a une grande diférence entre faire & permettre, qu'à la vérité, il devoit, suivant leur acord, lui permettre de vivre, ce qu'il avoit aussi observé, mais qu'il ne pouvoit pas le faire vivre, puisque c'est lui-même qui s'étoit conduit au Gibet.

Soit que l'Histoire soit vraie ou non, car il ne faut pas s'atendre qu'un Historien puisse répondre des paroles qui se disent entre le DIABLE & ses chalands, pour n'être pas présent à leur acord, nous pouvons en tirer plusieurs conséquences.

1. Elle confirme ce que j'ai dit de la friponnerie du DIABLE dans ses marchés, & que quand il a conclu avec nous, aux conditions les plus avantageuses qu'il a pû, il arrive rarement qu'il tienne le contract.

2. Elle confirme aussi que son Pouvoir est limité, comme je l'ai dit plus haut : à quoi il faut ajouter que non-seulement il ne peut pas ôter la vie à l'Homme, mais même qu'il ne sauroit la lui conserver, &, en un mot, qu'il ne sauroit, ni empêcher, ni avancer notre perte.

Il me sera bien permis, en faveur du discours présent, de supofer, que le DIABLE auroit été assez juste à l'égard de ce Misérable quoiqu'insensé, pour le retirer de la Potence, s'il l'avoit pû ; mais, il paroît qu'il reconnut enfin que la chose n'étoit pas en son Pouvoir. Il n'avoit pas même pu empêcher qu'il ne fût pris, & envoïé

en

en prifon, après être tombé entre les mains d'un ou de deux Hommes réfolus, qui ne fe laiffèrent pas éfrayer, comme certains fots avoient fait auparavant, de toutes fes menaces.

N'étoit-ce pas une fimplicité & une foibleffe peu convenable à la nature angélique du DIABLE, que d'entreprendre de fauver ce Miférable, par un petit bruit, & par de vaines aparitions, en éteignant les chandèles, en entrant avec impétuofité, & en s'agitant dans l'obfcurité, &c? Si le DIABLE étoit ce Sérafin puiffant, dont nous avons parlé; s'il eft le Dieu de ce Monde, le Prince de l'Air, un Efprit capable de renverfer des Villes, & de faire du ravage fur la Terre; s'il eft en fon pouvoir d'exciter des Tempêtes & des Orages, de mettre le Monde en combuftion, & de faire des Prodiges, comme un DIABLE *déchainé* pouroit faire, fans doute; à quoi bon toutes ces baffeffes? pourquoi tenter tant de voies ridicules, dont l'abfurdité prouve affez qu'il ne pouvoit pas faire mieux, & que fon Pouvoir eft éteint? En un mot, il eft certain, qu'il agiroit autrement, s'il le pouvoit. *Sed caret pedibus*, il n'a plus de force.

Quelle foibleffe n'eft-ce donc pas à l'Homme de fe flater que le DIABLE ait deffein de tenir ce qu'il promet! S'il n'a pas la puiffance de faire le mal qui lui eft fi naturel, fi conforme à fon effence, & qui fait, à plufieurs égards, le comble de fes fouhaits, comment aura-t-il le pouvoir de faire le bien?

bien? comment poura-t-il délivrer quelcun du danger où il peut se rencontrer, & même de la mort? il n'y a aucune aparence à cela, puisqu'une telle action est bonne en elle-même, & qu'on sait que, d'un autre côté, c'est une chose qui répugne à sa nature, que de faire du bien à l'Homme.

Enfin, c'est une insolence impardonnable à SATAN, de prétendre qu'un Homme doit s'en raporter à sa bonne foi, pour ce qui regarde l'exécution d'un acord, de quelque espèce qu'il soit, pendant qu'il sait, que, suposé même qu'il fût assez juste pour cela, il n'est pas capable de tenir sa parole.

Quand le terme stipulé pour l'acomplissement des conditions aproche, quoique, de son côté, il manque de bonne foi à notre égard, il paroît qu'il ne manque jamais de nous en venir demander le Paîment au jour marqué. Après qu'un Homme a vendu son Ame au DIABLE, pour me servir du langage de nos vieilles Femmes, il faut qu'il soit peu expérimenté dans cette espèce de commerce, pour vouloir diférer de remplir les conditions du marché, lorsque le DIABLE les lui vient demander, soutenant que c'est une chose qui n'est plus en force, parce qu'il y a déja long-tems qu'elle s'est passée, & suposant que SATAN la doit avoir oubliée. Un certain Ministre *Luthérien* fit, dit-on, au DIABLE une reponse bien plus spirituelle, au nom d'un pauvre misérable qui s'étoit vendu à cet Esprit malin, & qui étoit

dans

dans une frayeur extrême, lorsqu'il penſoit au tems qu'il devoit venir pour le ſommer à remplir les conditions de leur accord, comme il avoit raiſon d'y être, s'il eſt vrai que le DIABLE a le pouvoir d'agir de violence. Je raporterai ici l'hiſtoire telle qu'on la débite pour ceux qui aiment quelque choſe de ſérieux.

Ce pauvre Homme étoit devenu ſi mélancolique, que ſa Famille apréhendoit qu'il ne ſe détruisît lui-même, juſqu'à ce qu'enfin on fit venir un Miniſtre *Luthérien* pour le conſoler; & ce ne fut qu'après beaucoup de peine qu'il en tira la vérité, & qu'il aprit de ce Miſérable qu'il s'étoit vendu au DIABLE, que le tems ſtipulé étoit bien-tôt expiré, & qu'il ſavoit certainement que cet Ennemi du Genre-Humain ne manqueroit pas d'un moment au jour marqué pour le venir enlever. Le Miniſtre commença d'abord par le convaincre de l'énormité de ſon crime, & le porter à s'en repentir ſincèrement; & après lui avoir, à ce qu'il crut, inſinué des ſentimens ſi religieux, il tâcha de le conſoler, & ſurtout le conjura de le faire avertir pour ſe rendre auprès de lui, lorſque le tems que le DIABLE devoit l'enlever ſeroit venu. Pour trancher court, le tems arriva, le DIABLE vint, & le Miniſtre s'y trouva. Il eſt vrai, que l'hiſtoire ne dit pas ſous quelle figure parut cet Ange apoſtat, mais d'un autre côté l'Homme dit qu'il le voïoit ce qui l'obligea à jetter de grands cris : le Miniſtre ne put le voir, mais comme le

pau-

pauvre Homme l'affuroit qu'il étoit dans la chambre, le Miniftre dit tout haut : *Au nom du* DIEU *vivant,* SATAN, *que viens-tu faire ici?* Le DIABLE répondit, *Je viens chercher ce qui m'apartient.* Le Miniftre lui repliqua : *il n'eft pas à toi, puifque* JESUS CHRIST *l'a racheté; & c'eft en fon Nom que je te conjure de te retirer, & de ne pas le toucher :* fur quoi l'hiftoire ajoute, que le DIABLE donna un furieux coup, aparemment de fon Pié fourchu , & fortit de la chambre, fans qu'on ait jamais entendu dire qu'il ait inquiété ce pauvre Homme par la fuite.

Voici une autre hiftoire de cette nature que je raporte, quelque longue qu'elle foit mais je tâcherai, de peur qu'on ne s'ennuie à la lire, de l'abréger autant qu'il me fera poffible, de la manière qui fuit.

Il y avoit à —————— berg, Ville des E-tats de l'Electeur de *Brandebourg*, à-prefent Roi de *Pruffe*, un Gentil-Homme, qui é-toit devenu extrémement amoureux d'une belle Dame, qui étoit plus riche que lui, & que, malgré tous fes foins, il n'avoit pu engager à l'aimer réciproquement. Il s'a-dreffa à une de ces vieilles créatures qu'on apèle *Sorcières*, pour la prier de l'aider dans fa fituation, fous promeffe d'une bonne ré-compenfe, fi elle pouvoit porter la jeune Dame à l'aimer, ou faire en forte qu'il pût venir à bout de fon deffein, jufques-là qu'il lui promit à la fin de lui livrer fon Ame, fi elle vouloit bien répondre à fon défir.

II

Il semble que cette vieille Magicienne a-
voit déja reçu quelque argent du Gentil-
Homme, & qu'elle avoit fait en confcience ce qu'elle avoit pu pour lui rendre fervice, mais que tous les mouvemens qu'elles s'étoit donnés, avoient été jufqu'alors
entièrement inutiles, la Dame aïant toujours refufé de prêter l'oreille à fes difcours:
cependant lorfqu'il ofrit un fi haut prix, elle lui dit, qu'elle examineroit de plus près
la chofe un tel tems, & elle lui donna *Rendez-vous* pour le foir même de ce jour-là.

Il ne manqua pas de fe trouver au tems
marqué, & alors la Sorcière lui fit un long
préambule fur la délicateffe de l'afaire, dont
il s'agiffoit, aparemment pour le préparer
à tout ce qui devoit arriver, fupofant qu'il
n'étoit pas fi extraordinairement paffionné
pour fa Dame, qu'il le paroiffoit. Elle lui
dit, que c'étoit une chofe extrèmement dificile à exécuter, mais que comme il avoit
tant fait que d'ofrir fon Ame pour récompenfe de la réüffité, il y avoit, chez elle,
une perfonne de fa connoiffance qui avoit
plus d'expérience qu'elle, dans ces fortes de
négociations, & qui feroit marché avec lui,
après quoi elle ne doutoit point que toutes
deux de concert elles ne répondiffent à fon
but. Le jeune Homme ne changea point
de réfolution pour cela, à ce qu'il paroît,
puifqu'il lui dit, qu'il ne fe foucioit ni de
ce qu'il engageoit, ni de ce qu'il vendoit;
pourvu qu'il pût obtenir cette Dame. Fort
bien, répondit la Vieille, repofez-vous un
peu, & en même tems elle fortit.

Un

Un moment après elle rentra & lui fit cette Question : *Dites-moi, je vous prie, recherchez-vous cette Dame, pour en faire votre Epouse, ou seulement pour être votre Maîtresse ? Avez-vous en vue de l'épouser, ou simplement de coucher avec elle ?* Le jeune Homme répondit : *Non, non, je ne prétends pas qu'elle couche avec moi, comme ma Maîtresse, & mon dessein est de l'épouser : mais pourquoi me faites-vous cette Question ? En vérité,* repartit la vieille Magicienne, *la raison que j'en ai est très-importante ; car si vous avez dessein d'en faire votre Femme, je doute que nous puissions vous rendre service ; mais si vous n'avez en vue que de jouïr d'elle, la personne, dont je viens de parler, veut entreprendre la chose.*

Le jeune Homme, surpris d'une telle réponse, lui dit simplement, que ce n'étoit qu'une félicité passagère & un bonheur bien court. La Vieille lui repliqua qu'il n'y avoit rien qui pût lui faire de la peine de ce côté-là, parce que quand elle se seroit une fois abandonnée, il pouroit en jouïr aussi souvent qu'il lui plairoit. Enfin il consentit à cette proposition ; car il étoit fou à lier de cette Dame ; sur quoi la Vieille lui dit de la suivre, lui défendit de parler à d'autre qu'à elle, sans sa permission, quelque personne qui se presentât à ses yeux, & enfin d'être surpris de ce qui arriveroit, parce qu'elle lui promettoit qu'il ne lui seroit fait aucun mal : il s'acorda à tout & comme la Vieille sortit de cette chambre, il la suivit. A-

Après qu'elle l'eut conduit dans un autre apartement, où il n'y avoit qu'une lumière fort foible, assez grande pourtant pour lui faire voir qu'il n'y avoit que lui & la Vieille Femme, elle le pria de s'asseoir sur une chaise qui se trouvoit auprès d'une table; & comme cette Vieille ferma la porte sur eux, il lui en demanda la raison, & où étoit la personne dont elle lui avoit parlé? Elle répondit, *la voilà*, en lui montrant une autre chaise qui étoit un peu éloignée de lui. Le jeune Homme, là-dessus, tournant la tête, vid un Homme grave assis dans un fauteuil, quoiqu'il ait dit par la suite, qu'il pouroit jurer qu'il n'y avoit personne, lorsque la femme ferma la porte; cependant, comme il lui avoit promis de ne parler qu'à elle, il ne dit mot.

Un moment après, cette Vieille fit des gestes & des mouvemens étranges, & elle marmota plusieurs paroles qu'il n'entendoit pas, sur quoi il vid tout-à-coup une grande chaise à fond d'ozier auprès de la cheminée, se transporter à l'autre bout de la table devant laquelle il étoit, sans qu'il y eut personne. Environ deux minutes après que cette chaise se fut ainsi transportée, il y vid un Homme assis ; mais comme la chambre étoit fort obscure, il ne put en bien distinguer le visage ni la mine.

Un moment après, le premier Homme & sa chaise sortirent de leur place, comme s'ils avoient été d'une seule pièce, & s'approchèrent de la table pareillement ; & il sembla au jeune Homme que ces deux person-

fonnes & la vieille Femme parloient enfemble, fans qu'il pût rien comprendre de tout
ce qu'ils difoient. Quelque tems après
cette vieille Sorcière fe tourna de fon côté
pour lui anoncer que fa demande lui étoit
acordée, non pas pour le Mariage, mais
qu'il pouvoit s'affurer que la Dame l'aime-
roit, & ne lui refuferoit rien de ce qu'il fou-
haiteroit d'ailleurs.

Là-deffus cette Magicienne lui donna un
bâton, dont les deux bouts avoient été trem-
pés dans du goudron, & lui dit de le tenir à
la chandèle, ce qu'il fit; mais au-lieu de
brûler comme un bâton, il donna autant
de lumière que fi ç'avoit été un flambeau:
après cela elle lui commanda de le rompre
par le milieu, & d'en allumer auffi l'autre
bout, ce qu'aïant fait pareillement, toute
la chambre lui parut fort éclairée: alors elle lui dit, *Donnez-en ici un bout*; en montrant un de ceux qui étoient affis; fur quoi
il donna le bout, qui avoit été le premier
alumé, au premier Homme, ou plutôt à
la première Aparition: *à-prefent*, continua-
t-elle, *donnez l'autre ici*; de forte qu'il
donna le bout, qu'il tenoit encore, à l'autre Aparition, fur quoi elles fe levèrent
toutes deux, & lui dirent des paroles qu'il
n'entendoit point, & qu'il n'a pu répéter,
& en même elles difparurent avec les bouts
alumés, laiffant la chambre pleine de fu-
fumée. Je ne me fouviens pas que l'Hiftoire parle en aucune façon de foufre, ni
d'odeur de cette nature; mais elle dit que
la porte demeura fermée à la clef, & que

ce

cependant il ne se trouva dans cette chambre que le Gentil-Homme & la Sorcière.

Après que cette cérémonie fut finie, il demanda à la Vieille si tout étoit fait? *Oui,* dit-elle. *Mais,* repliqua-t-il, *ai-je vendu mon Ame au* DIABLE? *Oui,* dit-elle, *& vous l'en avez mis en possession en lui livrant les deux bouts de bâton alumés. A lui? étoit-ce donc-là le* DIABLE? *Oui,* dit la vieille Sorcière; sur quoi le jeune Homme fut saisi d'une étrange frayeur, mais dont il revint bien-tôt après.

Qu'y a-t-il de plus à faire, dit-il, *& quand est-ce que je dois voir la Dame pour l'amour de qui j'ai fait tout ceci? Vous l'aprendrez bien-tôt,* repartit-elle, & ouvrant la porte d'une chambre voisine, elle lui fit present d'une Dame d'une beauté extraordinaire, mais en même tems elle lui défendit de lui dire un seul mot. Elle étoit habillée précisément comme celle qu'il souhaitoit, & il la reconnut d'abord pour telle; sur quoi il courut à elle, & l'embrassa tendrement; mais dans le moment qu'il la croïoit tenir bien serrée entre ses bras, elle disparut.

Dès qu'il se vid ainsi trompé dans son atente, il reprocha à la Vieille de l'avoir trahi, la chargea d'injures, & entra dans une colère épouvantable. Le DIABLE le trompa encore souvent dans la suite, par des semblans ou des aparences, sans en venir jamais à la réalité. Quelque tems après il trouva l'ocasion de parler éfectivement à la Dame; mais il la trouva aussi inébranlable

lable qu'auparavant, jusqu'à lui ôter toute
espérance de jamais l'obtenir, ce qui le jetta dans un desespoir afreux. Mais comme
il pensa qu'il s'étoit donné au DIABLE
pour rien, cette réflexion le fit rentrer en
lui-même, & le porta à faire une sincère
confession de son crime à quelques-uns de
ses Amis, qui eurent soin de lui, tâchèrent
de le divertir, & enfin lui mirent à la bouche une réponse qui éfraya le DIABLE,
lorsqu'il vint demander l'acomplissement de
leur acord.

En éfet, il paroît, par l'Histoire même,
que le DIABLE eut l'impudence de demander les conditions du marché, quoiqu'il eût
été le premier à ne les pas remplir. Je ne
dirai pas que j'ai vu la réponse qu'il reçut;
mais il y a aparence qu'elle étoit à-peu-près
de la même force que celle que nous avons
aléguée un peu plus haut; je veux dire, qu'il
étoit entre de meilleures mains que les sien-
nes, & qu'il n'oseroit le toucher.

J'ai entendu parler d'une autre personne
qui avoit éfectivement signé un Pacte avec
le DIABLE; surquoi certains Ministres
Protestans ou *Chretiens* observèrent un jeû-
ne, & pendant qu'ils prioient pour ce pauvre Homme, le DIABLE se trouva forcé
de jetter le contract, à travers une fenêtre,
dans la chambre où ils étoient.

Au-reste, je ne cautionne aucune de ces
Histoires pour véritable: peut-être y a-
t-il beaucoup de réalité, & qu'on les fait
servir à plusieurs usages, soit qu'elles soient
raportées exactement, suivant les circons-

tan-

tances du Fait, ou non. Pour moi, le
meilleur que j'en puiſſe faire eſt, que, ſi
quelques Miſérables ont été aſſez impies
pour faire Pacte avec SATAN, leur plus
court eſt de s'en repentir, pourvu que la choſe ſoit en leur pouvoir, avant qu'il vienne
les reclamer ; & alors le batre de ſes propres armes, ſe ſervir de la Religion contre
le *Diaboliſme* ; & par-là ils pouront, peut-être,
repouſſer le DIABLE hors de leur portée,
ou du moins il n'aura garde de s'aprocher
d'eux, ce qui leur ſera la même choſe.

D'un autre côté, combien n'y a-t-il pas
d'Hiſtoires qui ont cours, du DIABLE
qui vient réellement avec une aparition terrible, au tems marqué, & qui enlève de
haute lute, ou par la force, ceux qui ſe
ſont ainſi donnés à lui, juſqu'à entrainer
avec lui une partie de la maiſon, où il les
trouve, comme nous en aſſure le fameux
exemple de *Sudbury*, arrivé l'An 1662. Il
paroît qu'il vient rempli de rage & de fureur
en ces ſortes d'ocaſions, ſous prétexte qu'il
n'y vient que pour prendre ce qui lui apartient, ou comme s'il avoit la permiſſion de
venir enlever ſes Efets, comme on dit, par-
tout où il les poura trouver, & de fraper
de terreur ceux qui oſeront s'opoſer à ſon
deſſein.

La terreur dont on eſt frapé en ces ſortes
d'ocaſions n'eſt fondée que ſur une ſupoſition, qui eſt, que quand ce *Contract infernal* a été une fois fait, Dieu permet au
DIABLE de venir enlever le méchant, de
la manière qu'il le juge à propos, comme
un

un sujet qui s'est livré à lui réellement &
de fait. Mais, à mon avis, je n'y trouve
pas une étincelle de Théologie : car comme
notre Loi punit un *Felo de se*, ou un Meurtrier de soi-même, parce que, dit cette
même Loi, il n'avoit aucun droit de s'ôter
la vie ; & qu'étant Sujet de la République,
le Gouvernement en reclame la Garde,
ce n'est pas simplement un Meurtre, mais un Vol, & un crime contre l'E-
tat, en privant par-là le Roi d'un Vassal,
comme il est justement nommé ; de même
il n'y a personne qui ait droit de disposer de
son Ame, qui apartient au Créateur, en
propre & par droit de Création. Puis,
donc, que l'Homme n'est pas en droit de
vendre, SATAN n'en a aucun d'acheter,
ou du moins s'il le fait, c'est une aquisition
sans titre, & dont, par conséquent, il ne peut
vendiquer la possession.

C'est donc une erreur, de croire que si
quelcun d'entre nous a été assez fou pour
faire un tel prétendu Pacte avec le DIABLE,
Dieu lui donne la permission de le prendre,
comme une chose qui lui apartient. Cela
ne se peut : le DIABLE a acheté ce qu'on
n'étoit pas en droit de vendre, de sorte que
le Marché doit être nul, comme on
doit se repentir d'un Serment illégitime.
Il faut donc se repentir de son crime, &
dire au DIABLE que comme on a mieux
consideré la chose, on ne veut pas s'en tenir au Marché, qui est nul de lui-même,
parce qu'on n'étoit pas en droit de vendre :
& après cela je suis bien trompé s'il entre-

I 2   prend

prend d'emploïer la force, parce que je croi qu'il est trop bien informé de la chose, pour faire des éforts inutiles.

Il est vrai, que nos vieilles Mères, & nos Nourices nous ont tenu un autre langage; mais ce n'est que celui qu'elles avoient apris de leurs Mères & de leurs Nourices; & ces sortes de Contes ont été transfinis d'une Génération de vieilles Femmes à l'autre : cependant nous n'avons aucune assurance du Fait, qu'une simple Tradition, qui, je l'avoue, n'est pas d'une grande autorité pour moi, & je ne la croi pas davantage pour toutes les Aditions éfrayantes dont on remplit ordinairement le Conte, qui ne manque jamais d'une grande variété de cette nature.

C'est ainsi qu'on dit, que le DIABLE a emporté le Docteur FAUSTUS, & qu'en même tems il a entrainé une pièce de la muraille de son Jardin. C'est ainsi qu'on dit, & même qu'on a imprimé une brochure qui porte, qu'à *Salisbury* le DIABLE emporta deux Hommes qui s'étoient donnés à lui, & qu'il enleva en même tems le toit de la maison, &c : mais je n'en croi que ce qu'il me plaît. D'ailleurs, si ces Histoires sont réellement vraies, elles sont toutes oposées aux véritables intérêts du DIABLE, & il faudroit que SATAN eût perdu l'esprit pour en agir ainsi, ce que je n'ai jamais pensé de lui en général. Ce ne seroit pas-là le moïen d'augmenter le nombre des Scélerats qui s'iroient ainsi livrer entre ses mains; cela seroit, au-contraire, capable de

les

les éfrayer; & c'eſt-là une des plus puiſſan-
tes raiſons que j'ai à ne point croire la choſe; car le DIABLE n'eſt pas fou, cela eſt
certain; il connoît ſon jeu, & il ne joue
ordinairement qu'à coup ſûr.

Je pourois, avant que de quiter cette matière, faire de ſéricuſes réflexions ſur le
beau Monde, & particulièrement ſur celui
d'aujourd'hui, qui jouit d'une égalité d'a-
me & d'une tranquilité d'eſprit inconcevable, quoiqu'en général il ſe ſoit tout vendu
au DIABLE, pour avoir le privilége de
commettre les actions les plus inſenſées,
avec plus d'aplaudiſſement. Il eſt vrai que
la vie d'un Fou eſt la plus agréable du
Monde, pourvu que ce Fou jouïſſe du
bonheur particulier de ſe croire ſage, comme la plupart ſe l'imaginent. Les Savans
diſent, que l'excellence de la perfection des
Fous conſiſte à ne jamais manquer de ſe
fier à eux-mêmes, & de ſe croire très-
ſufiſans, & capables de tout. C'eſt ce qui
fait que leur manque de cervelle n'eſt aucune mortification pour eux, puiſqu'au-
contraire, ils ſe délectent à admirer l'excellence de leur eſprit. Mais, pour porter
les autres Hommes à avoir pour eux les
mêmes ſentimens qu'ils en ont, & pour faire
en ſorte que leur conduite folle & ridicule
fît ſur l'eſprit des autres la même impreſſion
qu'elle fait ſur le leur, il faudroit qu'une
infatuation générale eût aveuglé tout le
Monde, ſoit par un Jugement du Ciel,
ou par un Brouillard de l'Enfer. Il n'y
a que le DIABLE qui puiſſe porter tous

I 3   les

les Hommes d'esprit à aplaudir à un Fou
mais pouroit-on bien croire qu'il voulût le
faire pour rien? Non, non, il s'en feroit
bien payer, & je ne connois point d'autre
moïen pour en venir à une compofition, que
celui du Pacte & de la Vente.

Il en eft des Scélerats & des Débauchés,
comme des Fous & des Petits-Maîtres ; &
cela me conduit au fujet de l'*Achat* & de la
Vente de foi-même, & me fournit l'ocafion
d'examiner ce qu'on entend par ces termes-
là dans le Monde, & ce qu'on veut dire
par un tel & tel Homme qui fe vend au
DIABLE. Je fai que la fignification la
plus reçue eft, que c'eft capituler pour avoir
la liberté de faire du mal, fans apréhender
d'être puni, ce que le DIABLE promet, &
en quoi il fait encore voir qu'il n'agit pas
de bonne foi, parce qu'il fait qu'il ne fauroit remplir ces conditions. Malgré cela,
dis-je, il promet hardiment, & ceux qui fe
vendent à lui l'en croient fur fa parole, &
pour avoir le privilége de faire du mal, ils
confentent à ce qu'il les vienne enlever en
un certain tems dont ils conviennent.

Voilà quel eft l'état de l'afaire felon fa
fignification générale; mais je ne dis pas
que la chofe foit réellement telle, puifqu'au
contraire j'y trouve de la contradiction. En
éfet, on pouroit croire que ces gens-là n'ont
pas befoin de capituler avec le DIABLE
pour être méchans au fouverain degré; ni
de lui donner un fi haut prix pour cela,
puifque fuivant l'idée que nous en avons
il eft naturellement porté & enclin à ren-

dre

dre les Hommes aussi méchans qu'il est
possible de l'être, de sorte qu'il doit toujours être prêt à donner ses Licences *gratis*, autant que la chose dépend de son autorité. C'est par cette raison, que je ne voi
pas pourquoi les Misérables qui ont afaire
avec lui, sont obligés de capituler pour le
prix. Mais supofé qu'ils y soient obligés,
il s'ensuit que la première chose qui se fait
après le Contract, c'est quelque crime ca-
pital; & alors un tel Misérable se trouve
abandonné, parce que le DIABLE ne sauroit le protéger, comme il le lui avoit promis: c'est fait de lui, & semblable à CO-
LEMAN sous le Gibet, il s'écrie, qu'*il ne
se trouve aucune vérité parmi les Diables.*

Il peut être pourtant vrai, que sous l'espérance de la prétendue puissante garde &
protection du DIABLE, les Hommes se
plongent quelquefois fort avant dans le crime, peut-être même que ceux de ce Siècle
surpassent en cela leurs Prédécesseurs, par
un principe d'ostentation. Toute la diférence que je trouve entre les Fils de BÉ-
LIAL des premiers Siècles, & ceux de nos
jours, paroît consister dans la conduire du
DIABLE, mais non pas dans celle de ces
derniers: c'est-à-dire, qu'il semble que SA-
TAN use d'un peu plus de finesse, & qu'eux
en ont moins. En éfet, il est certain, que
cet Ange apostat avoit beaucoup d'afaires
sur les bras, pendant les premiers Siècles
de son Règne: il avoit besoin de toute
son adresse, de toutes ses machines, &
de tous ses Agens, pour bercer, atirer,

traatirer & circonvenir les Hommes, & les porter au Crime; & ils lui tailloient, comme on dit, autant d'ouvrage qu'il en pouvoit faire. Je ne doute pas que ce ne soit par cette raison qu'il fut apelé *Tentateur;* mais il paroît que les choses ont changé de face aujourd'hui. Autrefois c'étoit le DIABLE qui tentoit les Hommes à pécher, mais aujourd'hui ce sont eux qui le tentent. Ils se plongent dans le crime avant qu'il les y engage: ils se servent mieux de ses armes que lui-même; ils le devancent sur son propre terrain, & comme on dit de certains esprits fougueux qui courent la poste, ils forcent le Postillon à coups de fouet. En un mot, il semble que le DIABLE n'a autre chose à faire que de demeurer tranquile Spectateur de leurs actions.

J'avoue, qu'il semble que cette conduite fait soupçonner une convention secrète entre le DIABLE & les Hommes; non pas d'une manière qu'ils aient contracté avec cet Ange rebelle pour avoir la liberté de pécher; mais il paroît que c'est le DIABLE qui a contracté avec eux pour les engager à pécher de telle & telle façon, & jusqu'à un tel & tel degré sans qu'il eût besoin, par la suite, d'emploïer ses solicitations ordinaires; ses ménagemens secrets, & les artifices dont il étoit contraint de se servir, pour émouvoir leurs passions, leurs afections & leurs facultés les plus réservées.

Cela paroît même plus conforme à la nature de la chose; & comme c'est-là un échan-

chantillon exquis des rufes de SATAN,
c'est auffi un témoignage & une preuve
indubitable de fa réüffite. Si la chofe n'é-
toit pas telle, il n'auroit jamais pu porter
fon Règne à un fi haut degré de grandeur
& de puiffance qu'il a fait. Ce fentiment
lève, outre cela, plufieurs dificultés qui fe
rencontrent dans la manière dont les Hommes fe fervent pour pécher, & qui d'ailleurs
feroit très-dificile à concevoir. D'où vient,
par exemple, que certains Nobles parmi
nous, dont les parties fupérieures ne font
pas, à d'autres égards, trop bien fournies des
chofes les plus néceffaires, font voir tant
d'efprit dans leur méchanceté, qu'ils atirent
l'admiration d'une infinité de perfonnes?
D'où vient que, quoiqae pefans, lourds,
lents & tardifs de leur naturel, & par la
force de leur tempérament dans les bonnes
chofes, ils fe trouvent fi agiles, & qu'ils
ont le pié fi léger, lorfqu'il s'agit d'une
courfe pour s'aprocher du DIABLE, qu'ils
devancent tous leurs voifins? On verra des
gens, qui manquent autant de bon fens que
les Gueux de civilité, & qui n'ont pas plus
de cervelle qu'une Proftituée de Pudeur, &
qui fe trouveront tout-à-coup enfoncés dans
la controverfe, & étudier MICHEL SER-
VET, SOCINUS, & les plus favans de
leurs Difciples : ils combatront toute forte
de Religion avec autant de vigueur que
pouroit faire le Philofophe le plus habile :
ils blafsemeront avec autant d'éfronterie,
& feront des railleries avec autant de force
d'imagination, contre Dieu & contre l'E-
ternité,

I 5

ternité, que fi l'Ame de ROCHESTER,
ou celle de HOBBS étoit entrée en eux par
le moïen de la Transmigration. Quelque
tems après on les entendra fe moquer du
Ciel, traduire la Trinité en ridicule, &
plaifanter fur les chofes les plus auguftes &
les plus facrées; & tout cela avec autant
de pointe & de promptitude d'efprit, que
s'ils étoient nés Boufons, & qu'ils euffent
été prédeftinés par la Nature à être les Dé-
fenfeurs du DIABLE.

D'où, dis-je, tout cela peut-il venir?
Quelle peut être la caufe d'un tel changement? Qui eft ce qui peut, fi ce n'eft le
DIABLE, infufer de l'efprit, produire de
la cervelle, remplir les Têtes vuides, &
fupléer aux manquemens qui fe rencontrent
dans le jugement, en dépit de la ftupidité
naturelle? Mais SATAN le fera-t-il pour
rien? Non, non, il en fait trop long. Je
ne faurois douter d'un Pacte fecret, fupofé
que ce foit une chofe poffible dans la Nature, lorfque je voi une Tête, où il n'y en
avoit point, du bon fens en *pouvoir* où il
n'y en a point en *être*, de l'efprit fans
cervelle, & une vue fans yeux; tout cela
eft un *ouvrage diabolique*. G ⸺ auroit-il pû, fans un tel fecours, faire des Satires, lui qui ne favoit ni lire le *Latin*, ni
même épeler l'*Anglois*, comme le vieux
Chevalier READ, qui aïant compofé un
Traité fur l'Optique, lorfqu'il fut imprimé,
ne favoit en connoître ni le commencement ni la fin. Ce fameux Petit-Maître
ignorant pouvoit-il devenir Athée, & faire

des

des difcours éloquens contre cet Etre qui
en avoit fait un fou, fi le DIABLE ne lui
avoit vendu quelque peu d'efprit pour une
bagatelle, je veux dire pour fon Ame? S'il
n'avoit pas troqué fon intérieur avec ce Fils
du Matin, pour avoir la langue trempée de
blasfème; lui qui ne connoiffoit autre chofe de Dieu, que de favoir jurer par fon
Nom, n'auroit jamais pu s'ériger en efprit
fort pour plaifanter fur fa fage Providence,
& traduire en ridicule la manière dont il
gouverne l'Univers.

Mais, comme le DIABLE eft le Dieu
de ce Monde, il a cet avantage particulier,
que quand il a quelque chofe à faire, il ne
manque jamais d'outils, d'autant moins que
la corruption de la Nature humaine lui en
fournit fufifamment. C'eft comme ce que
répondit le Roi de *France* précédent, à ceux
qui lui direut quelle mifère & quelle défolation la Famine caufoit dans fon Roïaume: Eh bien! dit le Roi, je ne manquerai
pas de Soldats. Efectivement la difette de pain
rempliffoit fon Armée de recrues; de même
auffi la privation de la Grace fournit au
DIABLE des Réprouvés pour faire fon
ouvrage.

Un autre raifon qui porte à croire que le
DIABLE a fait infiniment plus de ces fortes d'Acords dont il eft ici queftion, dans
le Siècle où nous vivons que dans les pré-
cédens, c'eft parce qu'il paroît qu'il a quité
fon Pié fourchu. Tous fes vieux Emiffaires, les Inftrumens de fon Commerce, les
Ingénieurs qu'il emploïoit à fes Mines, com-

comme font les Sorcières, les Enchantereſſes, les Magiciens, les Devins, les Aſtrologues, & toute la Racaille infernale de
Diables humains, qui faiſoient autrefois ſes
afaires, paroiſſent aujourd'hui entièrement
deſœuvrés. Mais j'en donnerai un plus
ample détail dans le Chapitre qui ſuit.

Il ſemble, dis-je, qu'il ne veut plus ſe
ſervir de ces ſortes d'Inſtrumens; mais ce
n'eſt pas à dire que ſon commerce n'aille encore comme ci-devant, & que les afaires
qu'il a avec le Genre-Humain, dans la vue
de les ſéduire & de les perdre, ne ſoient
toujours les mêmes; peut-être ſont-elles
plus grandes que jamais : mais c'eſt qu'il
ſemble que le Diable a pris une nouvelle
métode, parce que comme le génie & le
tempérament des Hommes a changé, ils ne
ſe laiſſent plus ſurprendre par la crainte &
par l'horreur, comme autrefois. Les Figures de ces Créatures étoient toujours afreuſes & horribles, & c'eſt-là ce que j'entends
par le Pié fourchu : mais aujourd'hui l'Eſprit, la Beauté, & les choſes agréables ſont
les principaux inſtrumens de ſes ruſes. Il a
abandonné ſes Sujets qui ont la mine afreuſe & terrible, & ceux qui ſont laids & o-
dieux, pour emploïer ceux qui ſont doux
& honnêtes, ceux qui ſont beaux & artificieux, & enfin ceux qui ſont civils &
adroits.

Quand, pour expédier ſes plus grandes afaires,
Satan chercha de fins & d'adroits Emiſſaires,
Il mépriſa l'air gai, l'embonpoint, la beauté,

Pour

Pour choifir la vieilleſſe & la diformité.
Il s'en fit à l'inſtant d'infames Meſſagères,
Pour obéïr de nuit à ſes ordres ſévères.
Mais l'uſage & les añs augmentant leur laideur,
Comme leur Maître, à tous elles firent horreur.
Mais aiant vu ſon Règne acroitre par la ſuite,
Il a, fin comme il eſt, bien changé de conduite.
Les Belles aujourd'hui ſont ſes meilleurs Sujets,
Sur-tout quand la jeuneſſe acompagne leurs traits.
Sous l'air d'une Coquette, ou d'une Dame habile,
Il ſe gliſſe à la Cour, il rôde par la Ville.
En un mot, il fait voir ſes charmes empruntés
Au Temple, à l'Opéra, dans les lieux fréquentés.
Sous ce déguiſement il peut, ſans en rien dire,
Conſerver tout l'éclat de ſon puiſſant Empire,
Aſſuré que par-tout ſes afaires vont bien,
Sous un nom ſupoſé, plutôt que ſous le ſien.

CHAPITRE IX.

Des Inſtrumens, dont le DIABLE ſe ſert, pour travailler; c'eſt-à-dire, des Sorcières, des Enchantereſſes, des Magiciens, des Devins, des Aſtologues, des Interprètes de Songes, des Diſeurs de bonne avanture, & ſur-tout de ſes Conſeillers privés d'aujourd'hui, les Eſpritsforts, & les Fous.

QUoique le Diable, comme je l'ai déja dit dans le Chapitre précédent, ait aujourd'hui extrèmement changé ſa manière

I 7

de

de gouverner le Monde, & qu'au-lieu de la Racaille & de cette longue fuite d'Inftrumens dont nous avons déja parlé, qu'il emploïoit autrefois, il rôde à prefent dans les Petits-Maîtres, dans les Belles, dans les Efprits forts & dans les Fous ; ce n'eft pas à dire qu'il ait licencié fes anciens Régimens, puifqu'au-contraire il les entretient à la Demi-paye, comme des Oficiers en tems de paix, ou comme des Surnumeraires à la Douane, pour être prets au premier ordre à remplir les places qui viennent à y vaquer, ou pour les emploïer lorfqu'il eft chargé d'afaires plus qu'à l'ordinaire. C'eft pourquoi, il ne fera pas hors de propos d'en donner ici un petit détail, d'autant plus que leur emploi fait une partie confidérable de fon Hiftoire.

Ce ne fera pas non plus une digreffion inutile de remonter un peu plus haut, juf-qu'au premier établiffement de tous ces *Ordres*, qui font fort anciens, & qui de-mandent certainement une profonde con-noiffance de l'Antiquité, pour donner les particularités de leur origine. Mais je ne m'étendrai pas beaucoup là-deffus.

Pour donc, entrer dans cette recherche, il faut favoir que ce n'eft pas faute de Do-meftiques, que SATAN prit ces fortes de Créatures à fa Solde. Il avoit en fa difpo-fition, comme je l'ai remarqué en fon lieu, des Millions de *Diables* diligens à obéïr à fes ordres, de quelque nature qu'ils fuffent & quelques dificultés qui fe rencontraffent à les exécuter. Mais comme les Hommes d'aujourd'hui font plus empreffés que le

DIA-

DIABLE même ne peut le fouhaiter, qu'ils viennent avant qu'il les apèle, qu'ils acourent avant qu'il les faſſe venir, & qu'ils entrent en foule à ſon ſervice; il ſemble que c'eſt dans ces premiers Siècles, où le Monde ne faiſoit qu'une Monarchie univerſelle ſous ſon Empire, comme j'en ai parlé fort amplement en ſon lieu, que ces Ordres ont commencé.

Comme dans ce tems-là la méchanceté des Hommes alloit du pair avec leur ignorance, cette baſſe eſpèce de vils Inſtrumens faiſoit l'Ouvrage du DIABLE parfaitement bien. Ils travailloient à ſes Artifices infernaux, avec tant d'aſſiduité & de ſuccès, qu'il jugea plus à propos de les faire ſervir comme des Outils à tromper & ſéduire les Hommes, que d'y envoïer ſes Agens inviſibles & les obliger à prendre des figures & des habits propres & néceſſaires à chaque légère ocaſion; dont, peut-être, la dépenſe coutoit plus que le revenu, & dont la peine excédoit le profit.

Le DIABLE aïant donc un certain nombre de ces ſortes de Volontaires à ſon ſervice, il n'avoit à faire qu'à entretenir une fidèle correſpondence avec eux, & à leur communiquer certaines facultés néceſſaires pour les rendre plus relevés, leur faire faire quelque choſe d'extraordinaire, & leur donner quelque relief dans leur emploi; & ce ſont eux, en un mot qui faiſoient la plus grande partie, pour ne pas dire le tout de l'ouvrage du DIABLE, dans le Monde.

C'eſt pour cet éfet, que, ſi nous devons
nous

nous en raporter au vieux GLANVILLE, à
BAXTER, à HICKS, & à quelques autres
savans *Consulteurs* d'Oracles, il leur a donné le privilége de devenir invisibles, de voler dans l'Air, de s'élever sur des Balais ou
d'autres instrumens de bois, d'interpréter
les Songes, de résoudre les Questions qu'on
leur peut faire, de découvrir les Secrets, de
parler le Jargon, ou la Langue universelle,
de faire lever des Orages, de vendre des
Vents, d'évoquer les Esprits, d'inquiéter
les Morts, & de tourmenter les Vivans, outre une infinité d'autres tours nécessaires pour
amuser les Hommes, soutenir leur Crédit,
& la Vénération qu'on avoit pour eux, &
conserver l'Empire du DIABLE dans le
Monde.

Les premières Nations qui ont reçu ces
pratiques infernales, sont les *Caldéens* : mais
pour rendre justice, soit sérieusement ou
en raillant, à ceux d'entre eux qui portoient
ce nom, il faut avouer qu'ils n'étoient ni
Sorciers, ni Magiciens, mais seulement des
Philosophes, & des Hommes qui s'apliquoient
à l'étude de la Nature, au commencement
sages, tempérans, & studieux, dont les Auteurs nous parlent d'une façon toute particulière : & si l'on doit en croire quelques-
uns de nos Ecrivains les plus fameux, & les
plus dignes de foi, on peut compter le Patriarche ABRAHAM pour un des plus célèbres parmi eux, comme le Chevalier RA-
LEIGH l'exprime en ces termes : *Qui contem-*
platione Créaturarum cognovit Creatorem ;
c'est-à-dire, *Lui, qui, par l'étude des choses.*
Créées,

Créées, a apris à connoître son Créateur.

Cela une fois posé, on en peut conclure, que c'est le DIABLE qui a porté ces Sages à tâcher de se procurer une connoissance plus parfaite, que celle qu'ils pouvoient aquérir de la Nature : & comme celle qu'on avoit du vrai Dieu, étoit alors fort petite & superficielle, il n'eut pas beaucoup de peine à faire qu'ils s'apliquassent aux Songes, aux Aparitions, aux Magiciens, &c, jusqu'à ce qu'il eut entièrement corrompu les justes idées qu'ils avoient, & qu'il en eut fait tous des *Diables* comme lui.

Le savant de *Sennes*, en parlant de cette Doctrine des *Caldéens*, les divise en cinq espèces, que je prendrai la liberté de raporter ici.

1. *Chascedin*, ou *Caldéens* proprement dits, qui étoient Astronomes.

2. *Asaphim*, ou *Magiciens*, tels qu'éétoient ZOROASTRE, & BALAAM, fils de PEHOR.

3. *Chartumim*, ou Interprètes de Songes, & de paroles dificiles à entendre, ou Enchanteurs, &c.

4. *Mecasphim*, ou Sorciers; apelés au commencement Profètes ensuite *Malefici* ou *Venefici*, Empoisonneurs.

5. *Gazarim*, ou *Auruspices* & Devins, qui pronostiquoient par les Entrailles des Bêtes, & sur-tout par le Foie; comme le Profète EZE'CHIEL en parle. On les apeloit aussi *Augures*.

Quoiqu'il en soit, je croi que je ne leur ferai point de tort de dire, que quelque hon-

honnêtes-gens qu'ils suffent au commencement, le DIABLE les atira tous enfin à
fon Service; & cela me fait rentrer dans
le fil de mon difcours, dont j'aurois pu
m'écarter.

1. Les *Chafcedin*, ou Aftronomes *Caldéens*
devinrent des Aftrologues, des Difeurs de
bonne avanture, des Tireurs d'horofcope,
& de vils Séducteurs du Peuple, comme s'ils
avoient eu la Sageffe du Très-haut en partage;
& c'eft à cette ocation que NEBUCADNEZAR
croit que le Profète DANIEL en eft rempli.

2. Les *Afuphim*, Mages, ou Magiciens,
étoient, felon SIXTE de *Sennes*, ceux qui
opéroient en vertu des Pactes qu'ils faifoient
avec le DIABLE; au-lieu qu'auparavant
leur ocupation étoit l'étude de la partie pratique de la Philofophie naturelle, par le
moïen de laquelle ils produifoient des Efets
admirables par l'aplication mutuelle des Caufes de la Nature.

3. Les *Chartumim*, qui s'ocupèrent d'a-
bord à argumenter & à difputer fur les points
les plus dificiles de la Philofophie, devinrent Enchanteurs.

4. Les *Mecafphim*, ou Profètes, fe changèrent en Evoqueur d'Efprits, & en gens qui
bleffoient par une œillade maligne, & par
des malédictions énormes, & qui fe font
rendus fameux, par la fuite, pour avoir
une liaifon étroite avec le DIABLE, &
enfin qui ont été apelés du nom de Sorciers.

5. Les *Gazarim*, de fimples Obferva-
teurs

teurs qu'ils étoient des bons & des mauvais préfages, par le moïen des Entrailles des Bêtes, du Vol des Oiſeaux, &c, ſe changèrent en Sacriſtains, ou Prêtres, & en Sacrificateurs des Idoles des Païens.

C'eſt ainſi, dis-je, que tôt ou tard le DIABLE atira à lui tous les Sages de l'Orient (car c'eſt ainſi qu'on les apeloit): il les rendit tous ſes Eſclaves, & fit par leur moïen des Prodiges; c'eſt-à-dire, qu'il remplit le Monde de faux Miracles, comme s'ils avoient été opérés par ces Hommes mêmes, au-lieu qu'ils étoient tous en éfet de lui, depuis le commencement juſqu'à la fin; & ils les mit en vogue uniquement pour multiplier la Séduction & en impoſer au Monde aveugle & ignorant. Le Dieu de ce Monde aveugla, dis-je, les cœurs des Hommes, de manière, qu'ils ſe laiſſèrent ſéduire par les ruſes de SATAN, pour ne pas dire plus, juſqu'à ce qu'ils devinrent eux-mêmes des *Diables* au reſte du Genre-Humain : car ils ne négligèrent aucune ocaſion de faire les œuvres du DIABLE; & leur Race dure encore aujourd'hui parmi les autres Nations, même parmi nous, comme nous le verrons dans un moment.

Les *Arabes* imitèrent les *Caldéens* dans cette Etude, dans le tems qu'elle étoit encore reſſerrée dans ſes juſtes bornes. Après eux vinrent les *Egiptiens*, entre leſquels on trouve que JANNES & JAMBRES s'y étoient rendus fameux, en portant PHARAON, par leurs prétendus tours magiques, à rejetter les véritables Miracles de MOÏSE

Moïse; & l'Histoire est remplie de stratagêmes étranges dont les Sages, les Magiciens, & les Devins se sont servis pour
séduire les Peuples des Siècles les plus reculés.

Mais, comme je dis que le DIABLE
est aujourd'hui plus avisé, il le devint pareillement peu après ces tems-là : car dès
que les Cérémonies des Païens, tant *Grecs*
que *Romains* eurent été introduites, ils sur-
passèrent tous les Magiciens & tous les Devins, par l'établissement des faux Oracles
du DIABLE, qui comme un chef-d'œuvre
de l'Enfer, firent plus d'honneur à SATAN,
& lui atirèrent plus d'hommage qu'il n'en
avoit eu auparavant, & qu'il n'en a jamais
pu recevoir depuis.

Mais, si, par cet établissement des Oracles, tous les Magiciens & tous les Devins
perdirent leur credit, lorsqu'ils vinrent à
cesser, le DIABLE fut obligé de reprendre sa première route, & de se servir du
ministère des Sorcières, des Divinations,
des Enchantemens, & des Evocations, comme j'en ai déjà parlé, conformément aux
quatre espèces mentionnées dans l'afaire de
NEBUCADNEZAR ; je veux dire, des *Magi-*
ciens, des *Astrologues*, des *Galdéens*, & des
Devins. J'ai déjà remarqué de quelle manière ils commencèrent à n'être plus re-
cherchés : mais comme le DIABLE ne les
a pas congédiés entièrement, & qu'il n'a
fait que les mettre dans un Corps de Réserve, pour un tems, nous pourions lui
demander ce qu'ils étoient, & quel étoit
leur

leur ocupation, lorfqu'ils étoient à fon fervice.

Ce qu'il y a de vrai, à mon avis, c'eft,
que, fi c'eft un Emploi indigne de toute
Créature humaine, c'étoit auffi une grande
baffeffe à SATAN, indigne du DIABLE
même, indigne de fon excellence, en qualité de Créature angélique, quoique dam-
née, indigne même de lui, en qualité de
DIABLE, de s'adreffer à une troupe de
Vieilles Femmes laides, diformes, méchantes, & malicieufes, & de leur donner
le pouvoir de faire du mal, dans un tems,
je veux dire, lorfqu'elles entroient dans
l'état de *Vieilleffe*, où elles ne refpiroient
autre chofe, fans fon fecours. Mais, pourquoi le DIABLE choififfoit-il toujours les
Vieilles les plus laides qu'il pouvoit trouver? Savoir fi le Sortilége rendoit laides celles qui ne l'étoient pas auparavant, & fi
la Laideur, qui tient lieu de beauté dans
la Magie, n'augmentoit pas, à proportion
des actes méritoires dans le Commerce infernale? Ce font-là des Queftions importantes qui ne peuvent fe décider que dans
les Siècles à venir, fi tant eft que l'Erudi-
tion humaine puiffe jamais arriver à un tel
degré de perfection.

Il y en a qui difent, que l'œil malin, &
le regard méchant faifoient partie de l'Enchantement, & que quand les Sorcières é-
toient le plus en vogue, elles avoient une
puiffante influence par le moïen de l'un &
de l'autre; de manière qu'en regardant feulement une perfonne, elles pouvoient l'en-
for-

sorceler, & faire le *Diable* à quatre, paſſer à travers ſon corps toutes botées & éperonnées ; & que c'eſt de-là que vient le Proverbe fort ſiguificatif : *Regarder comme une Sorcière*, ou *avoir le regard d'une Sorcière*.

Les choſes étranges, qu'on raconte que le DIABLE à faites dans le Monde, par le miniſtère de ces ſortes d'Agens, connus ſous le nom de Sorcières, ſont ſi extraordinaires, que ſi la plupart des Contes qu'on en fait ne ſe trouvoient pas faux, je ne ſai comment un Homme pouroit ſe réſoudre à épouſer une Veuve qui auroit paſſé cinquante cinq ans.

Toutes les autres eſpèces d'Emiſſaires que SATAN a à ſon ſervice ne ſont point à comparer à ceux dont je parle. Les Aparitions ſe font voir quelquefois, pour des raiſons particulières, & dans des ocaſions, où il s'agit de rendre juſtice, de réparer quelque tort, & de prévenir le mal ; quelquefois même pour des ſujets fort conſidérables, & pour des choſes ſi néceſſaires à l'avantage du Public, qu'on pouroit croire qu'elles viennent de quelque Eſprit vigilant qui nous veut du bien. Mais pour les Sorcières, elles ne ſont jamais ocupées qu'à faire du mal ; & ſi, par hazard, ce qu'elles font, préſage du bonheur à une perſonne, il devient funeſte à une infinité d'autres. Tout le contenu de leur vie, & leur deſſein général eſt de faire du mal, & c'eſt à quoi elles ſont uniquement ocupées. Il nous reſte à-preſent à décrire juſqu'où s'étend s'étend le pouvoir d'exécuter les horribles intentions qu'elles ont.

On dit, que ces Sorcières sont revétues d'un pouvoir conforme & proportionné à l'ocasion qui se presente, &, ce qui est à remarquer, sur-tout lorsqu'il s'agit de prédire les Evènemens, dont cependant je soutiens que l'Auteur des Sortiléges n'est pas revétu lui-même, & que par conséquent il ne sauroit en faire part à d'autres. D'où vient, donc, que les Sorcières sont capables de prédire les choses à venir, que le DIABLE même ne sauroit prévoir, comme nous l'avons dit, & qu'il ne prévoit pas éfectivement ? c'est une chose qui est encore à décider. Il est certain que les Sorcières peuvent prédire l'avenir, témoin celle d'*En-dor* qui prédit à SAÜL des choses qu'il ignoroit, savoir qu'il mourroit dans le combat qui se devoit livrer le lendemain!, comme il arriva en éfet.

Il y a pourtant, malgré ce cas de SAÜL une infinité d'exemples qui font voir que le DIABLE n'a pu prédire les Evènemens qui devoient arriver, même dans des choses de la dernière conséquence, & que pour se tirer d'afaire, il a eu, dans ces sortes de rencontres, recours à des réponses fausses & impertinentes. Si, dans le tems que les Prêtres du DIABLE furent cités, par le Profète ELIE, à comparoître en personne, pour décider de la Dispute, dont il s'agissoit entre DIEU & BAAL, le DIABLE avoit pu prévoir quel étoit le dessein qu'on avoit formé contre eux, qui étoit de les tous

tailler

tailler en pièces, il n'auroit pas manqué de les en avertir. SATAN n'étoit pas aſſez ſtupide pour ignorer que BAAL étoit un Etre imaginaire, un Rien, où plutôt un Homme mort, dont le corps pouriſſoit dans la foſſe: car BAAL étoit le même que BELL ou BE'LUS, ancien Roi d'*Aſſyrie*; & il ne pouvoit pas plus répondre par le feu, pour conſumer le Sacrifice, qu'il lui étoit poſſible de ſe relever des morts.

Mais les Prêtres de BAAL furent abandonnés par leur Maître à leur juſte deſtinée, c'eſt-à-dire, à ſervir de victime à la fureur du Peuple qu'ils avoient ſéduit: & comme ç'auroit été une grande ingratitude & incivilité à lui, que de ne pas leur répondre, s'il l'avoit pu, je concluds de-là qu'il en étoit incapable. Il y a un autre Argument qui prouve parfaitement, que le pouvoir du DIABLE eſt limité, & qui eſt d'une plus grande importance qu'on ne s'imagine, & tiré de ce paſſage même: le voici. Il ne faut pas douter, que SATAN qui en, qualité de Prince de l'Air, poſſéde une bonne partie de cet Elément, n'ait eu le pouvoir, ou n'ait été capable *potentiellement* de répondre aux Prêtres de BAAL par le feu; puiſque le feu en vertu de ſon principe aërien, fait partie de ſon Empire. Mais il eſt certain qu'il en fut empêché, du moins en cette ocaſion, par une Puiſſance ſupérieure. C'eſt auſſi par la même raiſon que BALAAM qui étoit de cette ſorte de *Caldéens* dont nous avons dit qu'ils ſe mêloient d'*Enchantemens* & de *Divinations*, fut empêché de maudire IS-RAEL.

II

Il y a des gens qui nient que BALAAM ait été Sorcier, ou qu'il ait eu commerce avec le DIABLE, parce qu'il eſt dit, ou plutôt qu'il dit lui-même, qu'*il voioit la Viſion du Tout-puiſſant* (*) *Celui qui oit les paroles du Dieu Fort, & qui ſait la Sience du Souverain, & qui voit la Viſion du Tout-puiſſant, qui tombe à-terre, & qui a les yeux ouverts, dit.* Ils prétendent par-là que c'étoit un de ces Mages, dont parle S. AUGUSTIN, dans ſon Livre *de Divinatione*, & que, par l'étude de la Nature, & par la contemplation des Etres créés, il étoit parvenu à la connoiſſance du Créateur; mais que la faute que BALAAM fit, fut, que tenté de la récompenſe & des honneurs que le Roi lui promettoit, il eut envie de maudire ISRAEL; cependant, que quand il vint à ouvrir les yeux & qu'il s'aperçut que c'étoit le Peuple de Dieu, il n'oſa le faire. Ils infèrent de-là, qu'à la réſerve de ce que nous venons de dire, BALAAM étoit un Homme juſte, ou du moins, qu'il connoiſſoit le vrai Dieu, qu'il le révéroit, comme il le déclare ingénument: (†) *Si* BALAK *me donnoit ſa maiſon pleine d'or & d'argent, je ne pourois pas transgreſſer le Mandement de l'*ETERNEL MON DIEU. Quoique quelques-uns le mettent au rang des faux Profètes, il eſt certain qu'il connoît Dieu, en vertu de quoi il ſe ſert de la même expreſſion que les autres Profètes, en diſant, MON DIEU, & *je ne ſaurois ſurpaſſer ſes ordres.* Mais ce qui me donne encore une meilleure opinion de BALAAM, que

Tom. II. K tout

(*) Nom. XXIV. 16. (†) Nom. XXII. 18.

tout ce que je viens de dire, c'est sa Profètie touchant JESUS-CHRIST (*) en le nommant l'Etoile de JACOB, en ces termes: *Je le vois, mais non pas maintenant; je le regarde, mais non pas de près. Un Etoile est procédée de JACOB; & un Sceptre s'est élevé d'ISRAEL: & il transpercera les coins de MOAB, & détruira tous les Enfans de SETH.* Tout cela prouve non-seulement une connoissance de JE'SUS-CHRIST, mais aussi une Foi en lui. Mais c'est assez prêcher: cela soit dit en passant; revenons à notre but principal, qui est l'Histoire.

Il y a encore un tour de noire pratique entre SATAN & ses Agens favoris, dont ils doivent nous donner la raison, quand ils le pourront, ce qui, je pense, n'arrivera pas si-tôt, au sujet de la soumission que témoigne le DIABLE, & de sa condescendence à se rendre visible toutes les fois qu'une Vieille croise les mains avec un six-sous blanc, comme on l'apèle. Il semble par-là que loin que des Créatures, aussi misérables & aussi abjectes que les Sorcières, soient livrées au DIABLE, le DIABLE leur est réellement vendu comme un Esclave: car quelque éloignée de cette Région que soit la Résidence de SATAN, elles ont à ce qu'il semble, le pouvoir de le chasser de chez lui, & de le faire venir au premier commandement.

Toute la raison que j'en puis donner, c'est que la chose est réellement telle: mais il n'y a pas tant à s'en étonner, que des moïens

(*) Nom, XXIV, 17.

moïens dont on se sert pour cela, qui sont
bas, simples, & ridicules; comme de former un rond & de dancer au milieu, en pro-
nonçant certains mots, en récitant la Prière
du Seigneur à rebours, &c. Convient-il à
l'excellence du Prince de l'Air, ou de l'Atmosfère, de se laisser commander avec aussi
peu de pompe & de cérémonie, que celle de
marmoter quelques paroles entre les dents,
comme les vieilles Sorcières en sont conve-
nues avec lui? Ou bien, y a-t-il quelque
chose de caché là-dessous, que, ni nous, ni
elles n'entendions point?

Il se peut, à la verité, qu'il est toujours
autour de ces Créatures, qu'on apèle Sorcières & Enchanteurs, où du moins que
quelcun de ses camps volans en est tellement proche, qu'au premier coup de siflet
pour ainsi dire, de la part de la Sorcière,
il n'y a qu'à se dépouiller du manteau ténébreux pour se faire voir.

C'est, donc, une grande sotise, de traduire ces misérables en justice, c'est-à-dire,
pour savoir si une Femme est Sorcière, de
la jetter dans un étang, & d'atendre que si
elle se trouve telle, elle nagera, malgré les
éforts qu'elle poura faire pour s'en empé-
cher, & quoiqu'elle fasse pour tâcher d'aller à fond, elle nagera comme un morceau
de liége. Il y a de la foiblesse à croire,
qu'une corde ne sauroit étrangler une Sorcière, mais qu'il faut pour cela une verge
d'ozier: que si on cloue un fer de cheval sur
le seuil de la porte d'une maison elle ne
sauroit y entrer, ni en sortir, si elle y est.

K 2   Ce

Ce font-là des chofes, avec une infinité d'autres de la même nature, qui, malgré leur ridicule, font tellement crues véritables, & font fi généralement reçues, qu'il eft impoffible d'y réfifter, fans paffer pour Athée.

Je ne fai comment on pouroit faire pour connoître les *Sorciers* & les *Sorcières*; mais je crois, que, d'un autre côté, il y a bien des moïens pour diftinguer les perfonnes qui ne le font pas. W. G...., Ecuïer, eft un Homme de réputation, il a de grands talens, parce qu'il eft extrèmement riche : il a apris par routine foixante-huit vers de VIRGILE, qui remplifient un bon nombre des vuides qui fe trouvent dans fes difcours : il fait autant d'hiftoires agréables, pour divertir la compagnie; & après qu'il les a bien racontées, il les recommence, & vit ainfi dans un cercle d'efprit & d'érudition. C'eft un Homme extrèmement fimple & fincère; mais il faut bien fe garder de donner un mauvais fens à ce mot de *fimple* : il y en a qui entendent qu'il eft honnête & fans fard; c'eft auffi dans cette fignification que je l'entends, fi ce n'eft qu'à fon égard il fe prend négativement. En un mot W. G..... eft un honnête Homme & n'eft pas *Sorcier*. Voilà, ce me femble, un bon caractère, & fans l'acufer de grand efprit, il peut pourtant être un Homme de mérite. Venons à l'autre Sexe : Madame H..... eft une autre découverte. Quels charmes fur ce vifage! Que ces yeux font brillans ! Quelle gorge blanche! Que fa voix eft agréable!
ajou-

ajoutons à cela, que son tempérament est bon, & tout divin! Que sa conduite est inimitable! Que sa vertu est sans tache! Que son innocence est parfaite! & pour donner son caractère en abrégé, on peut dire, que Madame H..... n'est pas *Sorcière.* J'espère qu'il n'y aura aucun de nos beaux Critiques qui veuille entreprendre de me censurer sur ces descriptions honnêtes; comme si j'entendois, par-là, que mon Ami W. G...., Ecuïer, & que mon adorable, la brillante & charmante Dame H.... fussent des innocens. Mais de quoi ne sont pas capables ces esprits sauvages qu'on apèle Critiques, dont le naturel barbare les porte à fouler aux piés les plus excellens caractères, & à trouver à redire aux expressions les plus claires?

Pour rendre justice à mes Amis, & aux brillans caractères de quantité de Gentils-hommes de ce Siècle, dont la politique consommée & le haut degré de grandeur où ils se trouvent, pourroient les faire soupçonner, & nous donner lieu de croire qu'ils ont quelque intelligence souterraine; on pourroit atendre de moi que je dusse sauver leur réputation, & assurer le Monde, que leurs noms mêmes prouvent qu'ils ne sont pas *Sorciers,* & qu'ils n'ont point de commerce avec le DIABLE, du moins par le moïen du Sortilége ou de la Divination. Tels sont le Chevalier T....k, E. B...., Ecuïer, Mylord HOMILY, le Colonel SWAGGER, GEOFROI WELLWITH, Ecuïer, le Capitaine HENRI GO DEEPER Mr.

K 3 WELL-

WELLCOME WOOLLEN, Citoïen & Marchand Tailleur de *Londres*, HENRI CADAVER, Ecuïer, le D.... de CAERFILLY, le Marquis de SILLYHOO, le Chevalier THROUGH AND THROUGH, & une infinité d'autres perfonnes de mérite, dont l'efprit excellent & la profonde érudition ont donné au Monde ocafion de les acufer d'être tout au moins defcendus des *Mages*, & de fe trouver peut-être engagés avec le vieux SATAN, par raport à fa Politique & à fon expérience. Mais, moi qui ai avec les Miniftres d'Etat du DIABLE autant de rélation qu'il m'en faut pour ce prefent Ouvrage, je puis bien conferver leurs caractères; & je ne doute pas, qu'ils ne s'en prévalent, & qu'ils ne me témoignent leur reconnoiffance, fi je fai connoître au Monde que le DIABLE ne prétend pas qu'il ait jamais eu rien à faire avec eux, ou qu'il les ait mis au nombre de fes Ouvriers, &, en un mot, qu'il n'y en a pas un qui foit *Sorcier*. Après ce témoignage de ma part, j'efpère qu'on ne les acufera plus, & même qu'on ne les foupçonnera plus d'une quantité illégitime d'efprit, ou d'en porter quelque efpèce qui foit de contrebande ou défendue; mais qu'à l'avenir on ne les inquiétera plus là-deffus, & qu'on ne les prendra que pour ce qu'ils font, c'eft-à-dire, pour de très-honnêtes-hommes & gens de mérite.

CHA-

CHAPITRE X.

Des diférens moiens dont le DIABLE *se sert pour converser avec le Genre-Humain.*

APrès avoir parlé des Personnes que le DIABLE juge à-propos d'emploïer dans les afaires qu'il a en ce Monde, l'ordre demande que nous traitions ensuite de la Manière avec laquelle il leur communique ses sentimens, & par leur moïen, à tous le reste des connoissances qu'il a sur la Terre.

Je croi, que le DIABLE a de grandes dificultés à surmonter dans ses afaires, par raport à cette circonstance, d'autant plus qu'elles sont causées par les bornes qui lui sont prescrites, ou que la Politique l'oblige de se mettre à lui-même, lorsqu'il s'agit de converser avec le Genre Humain. Il est certain, qu'il ne lui est pas permis de fondre sur les Hommes, par la force & par les armes; c'est-à-dire, de faire la revue de ses troupes infernales, & ensuite les ataquer par le feu & par le fer. S'il avoit la liberté d'agir de cette manière, comme il pouroit, en vertu de sa puissance sérafique, en détruire généralement toute la race, jusqu'à la Terre qu'ils habitent, il l'auroit déja mis en éfet, il y a long-tems; parce qu'on connoît assez quels sont ses intérêts & ses inclinations particulières.

Mais

Mais, comme, en second lieu, il lui est défendu d'user de violence, la prudence veut qu'il se borne lui-même dans toutes ses manières d'agir avec le Genre-Humain ; & comme il est réduit à se servir de stratagêmes, & de métodes douces & secrètes, telles que sont la Persuasion, la Flaterie, sa diligence à satisfaire l'apetit, & à susciter & ensuite gratifier des désirs dépravés, &c, il juge à propos, non pas de se faire voir en personne, si ce n'est très-rarement, encore alors est-ce sous le masque, mais d'agir toujours dans l'obscurité, par le moïen de l'artifice & de la ruse, en se servant de personnes & de métodes secrètes & cachées, ou du moins qui ne sont pas entièrement découvertes, & que tout le Monde ne comprend pas.

Pour ce qui est des Personnes dont il se sert, j'ai pris la peine, comme il paroît, d'en découvrir quelques-unes ; mais pour ce qui regarde les Métodes dont il fait usage, soit pour les informer, les instruire, & leur donner ses ordres, ou pour converser avec d'autres Personnes par leur entremise, elles sont tout-à-fait particulières, & méritent d'avoir place dans nos Mémoires, d'autant plus qu'elles peuvent contribuer à nous défaire d'une infinité d'erreurs, & de quiter certaines Idées afreuses que nous sommes capables d'entretenir au préjudice de ce grand Directeur, comme si on ne pouvoit pas plus l'égaler en Politique, qu'on le pouroit faire en pouvoir, s'il étoit en pleine liberté. C'est-là se tromper si grossièrement, qu'il

est

eſt parlé, au-contraire, de pluſieurs Perſonnes, qui ont trompé le DIABLE, & qui s'en ſont moquées, ce que je ne ſaurois aprouver, malgré le vieux Proverbe *Latin* qui dit: *Fallere fallentem non eſt fraus*; c'eſt-à-dire, *Il n'y a point de mal à tromper un trompeur*, ou comme d'autres l'expliquent en en faiſant l'aplication à SATAN, Il n'y a point de mal à tromper le DIABLE, ce que, malgré cela, je nie en général; & je ſoutiens que de quelque manière que le DIABLE en agiſſe avec nous, nous devons en agir fidèlement avec lui.

Mais, pour venir au fait, ſans tant de préambules, j'ai à examiner ici comment SATAN publie ſes Ordres, donne ſes Inſtructions, & fait entièrement connoître ſes ſentimens à ſes Emiſſaires, dont j'ai nommé quelques eſpèces dans le titre du Chapitre IX. Pour bien concevoir la choſe, il faut ſe repréſenter le DIABLE aſſis avec beaucoup d'éclat dans une grande Aſſemblée, & environné de ſes Légions au haut de l'Atmosfère, ou, ſi l'on veut, à quelque diſtance de-là, & au-deſſus, de peur que le Plan de ſon camp ne ſoit pouſſé avec violence autour de ſon Axe, par le mouvement diurne de la Terre, ce qui lui cauſeroit quelque dérangement.

Par cette ſituation fixe, & la Terre continuant ſon mouvement circulaire, toutes ſes parties lui viennent directement en opoſition, de ſorte qu'il les peut toutes voir une fois en vingt-quatre heures. La dernière fois que j'y fus, il avoit préciſément ſous

K 5   ſa

sa vue, si je ne me trompé, cette partie du Monde qu'on apèle la Chretienté ; & comme le mouvement n'est pas trop rapide, il peut, par le moïen de son Optique pénétrante, l'examiner exactement en passant ; car si la circonférence de toute la Terre n'est que de vingt-un mille lieues, & que son mouvement circulaire se fasse en vingt-quatre heures, il a plus d'une heure pour examiner chaque étendue de mille lieues de Pays, ce qui est peu de chose à sa pénétration surnaturelle.

Puis, donc, qu'il en examine une fois tous les jours le Cercle entier, & une partie séparée toutes les heures, on peut dire qu'il est maître absolu de toutes les Conventions, du moins de celles qui se font ouvertement entre les Hommes. Alors il dépêche ses Emissaires, ou Aides de Camp, à chaque partie, munis de ses ordres & de ses instructions. Il ne faut pas entendre ici, par ces Emissaires, les *Sorcières* & les *Devins*, quoique je leur aie donné le même nom ailleurs, mais les *Diables*, ou, suivant le langage ordinaire, les Anges du DIABLE, qui, peut-être, se font voir en personne, & conversent avec les Sous-Emissaires, dont je viens de parler, pour être prêts à leur donner de l'aide & du secours dans toutes les ocasions, où il s'agit de quelque afaire. Ce sont ces *Diables*, qu'on dit que les Sorcières évoquent ; car il y auroit de la simplicité à croire que le Maître DIABLE voulût s'abaisser jusqu'au point d'obéir au commandement de chaque laide vieille Femme. Ces

Dia-

Diablotins rôdent par tous les coins & re-
coins, où les afaires de SATAN les apèlent, & jamais ils ne manquent à leur devoir, puisqu'au-contraire ils sont pour lui
d'une diligence surprenante à exécuter ses
ordres, semblables au *Chaiux Turcs*, qui
n'ont pas plutôt reçu leurs depêches, qu'ils
s'en aquitent avec la dernière promtitude :
& pour ce qui regarde leur vitesse & leur
expédition, chaque DIABLE pouroit porter sur le front, pour dévise.

NON INDIGET CALCARIBUS. c'est-à-dire
Il n'a pas besoin d'Eperons.

Ce sont ceux-là, avec qui, on dit, que
les Sorcières, les Enchanteresses, les Devins, & les autres Créatures de cette espèce
conversent librement, d'où vient qu'ils sont
apelés *Esprits familiers*, qu'ils se presentent
à ces Sous-Emissaires en formes humaines,
& leur parlent aussi articulément que s'ils
étoient de véritables Hommes, & que cependant ces Sorcières & Devins savent que
ce sont des *Diables*.

L'Histoire ne nous a pas encore donné des
éclaircissemens utiles, ou du moins sufisans,
pour faire une Description des Personnes
& des Habits de ces sortes d'Aparitions,
comme des Formes qu'elle prennent, du
Langage qu'elles parlent, & des Ouvrages
particuliers à quoi elles sont emploïées; c'est
pourquoi nous renvoïons la chose à une
plus ample recherche. Mais, si nous devons
nous en raporter à l'Histoire, on nous dé-

K 6 bite

bite plufieurs tours de ces Aparitions. Par exemple, la fameufe Mère LAKLAND, qui fut brûlée à *Ipfwich*, l'An 1646. pour caufe de Sortilége, avoua au moment de l'exécution, ou un peu auparavant, qu'elle avoit eu de fréquentes converfations avec le DIABLE même; que malgré l'extrême mifère où elle étoit réduite, elle étoit d'un tempérament fi diabolique, fi paffionné, fi cruel, & fi vindicatif, qu'elle ne fouhaitoit rien avec plus d'ardeur que de pouvoir jouer quelques mauvais tours à certaines perfonnes qu'elle haïffoit; que le DIABLE lui-même qui, fans doute, connoiffoit fon tempérament, la vint trouver une nuit dans le tems qu'elle étoit étendue dans fon lit, moitié éveillée & moitié endormie, & que s'étant adreffé à elle, il lui avoit parlé d'une voix enrouée, & dit, que fi elle vouloit lui rendre fervice en quelque chofe où il vouloit l'emploïer, il la rendroit en état de fe vanger de tous fes Ennemis, & qu'elle ne manqueroit jamais de rien: que fa prefence lui caufa d'abord une extrême frayeur, mais qu'à force de belles paroles, & en lui difant de ne rien apréhender, & avec cela continuant toujours fes folicitations pour la faire condefcendre à ce qu'il demandoit d'elle, il lui donna, dit-elle, un coup de grife fur la main, fans lui caufer d'autre mal que de la faire un peu faigner, & qu'avec ce fang il écrivit les Conditions, c'eft à dire le Pacte qu'ils firent entre eux ; & comme on lui demanda ce qu'il contenoit, & s'il ne l'avoit pas obligée de blasfémer & de renier Dieu

&

& Jes'us-Christ? Elle répondit que non.

NB. Je ne trouve pas qu'elle ait déclaré, si le DIABLE s'étoit servi de papier, ou de parchemin, ni si elle a signé le Contract, ou non; mais il semble qu'il l'emporta avec lui. Je m'imagine que si l'on venoit à examiner le Régitre de SATAN, on pouroit le trouver dans les Archives de l'Enfer, qui sont le Gréfe de ses *Actes publics*; & que quand son Historiografe Roïal les publiera, nous le trouverons parmi les autres.

Alors elle lui donna trois *Diables*, aparemment pour la servir; car elle confessa qu'ils devoient être emploïés à son service, sous les figures de deux petits Chiens, & d'une Taupe. Elle fit son coup d'essai, en fait de Sortilége, sur son Mari, ce qui le fit tomber dans une langueur dont il mourut. Elle s'en prit ensuite à un Capitaine nommé BEAL, en mettant le feu à un Vaisseau qu'il venoit d'achever de bâtir, & qui n'avoit jamais été en mer. Elle confessa, dis-je, ces actions horribles avec un grand nombre d'autres; & après avoir fait le métier de Sorcière, l'espace de vingt ans, le DIABLE l'abandonna, & elle fut bûlée, comme elle le méritoit.

On ne sauroit douter, qu'en certaines ocasions extraordinaires les Agens du DIABLE, & quelquefois SATAN même, ne soient contraints de prendre des formes humaines, pour se faire voir aux Hommes: c'est ce qu'il fit lorsqu'il entreprit de tenter JESUS-CHRIST; & il y en a qui croient qu'il

K 7

fit

fit encore la même chofe à l'égard de MA-
NASSE', que l'Ecriture acufe de Sortilége , &
d'avoir eu un Efprit familier ou un DIABLE.
On dit même que S. DUNSTAN eut fouvent
des entretiens avec lui, & qu'enfin il le prit
par le nez; & ainfi de plufieurs autres.

Mais dans ces derniers Siècles, il trouve
qu'il lui eft plus avantageux de travailler
dans le fouterrain & de fe tenir un peu à
l'écart, comme je l'ai déja remarqué, de
forte que nous n'avons de fon aparition
perfonelle aucune preuve autentique qui ne
foit fort vieille, fort dificile à croire, &
fort éloignée de notre recherche.

Il femble, que ce feroit une queftion à
agiter, favoir fi toutes les Aparitions ne font
pas des *Diables*, ou fi elles ne viennent pas
du DIABLE; mais comme il s'en trouve
une infinité qu'on nomme Efprits, qui prennent des formes réelles, & font des aparitions dans le Monde, pour des chofes que
SATAN regarde comme indignes de lui; je
fuis obligé de conclure en faveur du DIA-
BLE, & de foutenir, que, comme il n'a
jamais eu l'intention de faire du bien, il feroit bien éloigné de fe donner la peine de
mettre feulement un pié dans le Monde
pour un tel fujet ; & c'eft par cette raifon
que nous pouvons être affurés que les A-
paritions qu'on dit qui font venues pour
découvrir un Meurtre arrivé dans le Comté
de *Gloucefter*, & d'autres qui fe font fait
voir pour prévenir la ruine d'un Orphe-
lin, faute de trouver un Acte qui n'étoit
pas perdu, font d'autres puiffances que le
DIA-

DIABLE, qui s'intéreſſent également dans l'afaire dont il s'agit.

Ce n'eſt pas à dire, par-là, que SATAN ne paroiſſe jamais ſous une forme humaine: car, quoique toutes les Aparitions ne ſoient pas le DIABLE, il ne s'enſuit pas de-là que le DIABLE ne faſſe jamais aucune Aparition. Tout ce que je puis dire là-deſſus c'eſt, comme je l'ai déjà dit ci-devant, que le DIABLE trouve en général plus d'avantage à ménager d'une autre manière, je veux dire en ſecret, ſes intérêts dans le Monde; & qu'il réſerve ſes Aparitions perſonelles pour des choſes d'une importance extraordinaire, &, pour ainſi dire, d'une néceſſité abſolue, où il s'agit de ſon honneur, & où il ne pouroit ménager ſes intérêts autrement; à quoi j'ajoute que la choſe n'arrive que très-rarement.

Il reſte donc à examiner ce que peuvent être ces choſes qu'on prétend être ſi fréquentes, qu'on apéle *Aparitions*, ou Eſprits qui prennent des formes humaines, & qui ſe font voir aux gens dans des ocaſions particulières; ſavoir s'ils ſont bons, ou mauvais Eſprits? Quoique ce ſoit une recherche qui m'écarte de mon ſujet préſent, & qu'elle ne regarde en aucune façon l'Hiſtoire du DIABLE; j'ai cru cependant qu'il ne ſeroit pas hors de propos, ni inutile, d'en parler 1. parce que, comme je l'ai dit, je n'entends pas que SATAN n'a aucune part en ces ſortes de choſes. 2. Parce que je réſoudrai la queſtion par cette courte réponſe, que nous pouvons juger de celles

celles qui font dú DIABLE, & de celles qui n'en font point, par la commiffion dont elles font chargées. Si cette commiffion tend au bien, on peut en toute fureté en abfoudre le DIABLE, l'en croire innocent, & compter qu'il n'y a aucune part; fi au contraire, cette commiffion eft méchante, on peut hardiment fe faifir de lui fur un fimple foupçon; parce qu'il y a dix contre un à parier, qu'il s'en trouvera l'Auteur.

Après les Aparitions, on voit que le Genre-Humain eft inquiété par une infinité de petits ftratagêmes réfervés, où le DIABLE eft foupçonné de tremper adroitement; tels font les *Songes*, les *Bruits*, les *Voix*, l'Odeur du Soufre, les Chandèles qui donnent une *flame bleue*, &c.

Pour ce qui eft des Songes, je n'ai rien à dire ici au préjudice de SATAN: & je ne doute pas qu'il ne mette fouvent en pratique cette efpèce d'intelligence; parce qu'on fait que Dieu même fe plaifoit autrefois à converfer avec les plus grands Hommes, de la même manière; & que le DIABLE a coutume de contrefaire également les manières & les actions de fon Créateur. Il eft incertain, fi Dieu n'a pas entièrement abandonné cette façon d'opérer; mais pour ce qui eft du DIABLE, on fait, & on eft prefque affuré, qu'il s'en fert encore. Je croi même qu'on pouroit fournir des exemples, où fa Grandeur s'eft fait voir réellement, & a parlé pendant le fommeil à des Perfonnes, comme fi elles avoient été bien éveillées.   Ce

Ce font des exemples qu'il faut pareillement bien diftinguer, par la bonne & par la
mauvaife qualité du fujet. Combien de fois
n'arrive-t-il pas qu'on commet un Meurtre, un Vol, un Adultère, en fonge, &
qu'en même tems, excepté une agitation
extraordinaire de l'Ame, exprimée par des
bruits extraordinaires pendant le fommeil,
par de violentes fueurs, & par d'autres femblables voies, la tête n'a pas feulement
quité le couffin, ni le corps bougé de fa
place ?

Savoir fi en pareil cas, où l'Ame fe trouve
agitée de toutes fes paffions & afections, &
donne un entier confentement aux faits, de
quelque nature qu'ils foient, l'Homme n'eft
pas auffi coupable des Péchés qu'il commet
ainfi en rêve, que s'il les avoit commis
réellement ? Quoique je n'en doute aucunement, cependant comme c'eft une queftion qui n'a aucun raport à notre but, qui
eft l'Hiftoire du DIABLE, je la laiffe à
décider aux vénérables Doéteurs de l'Eglife,
comme une chofe qui eft de leur reffort.

J'ai connu un Homme à qui le DIABLE
envoïoit fi fouvent des Femmes nues & de
belles Dames, même de fa connoiffance,
qui lui ofroient les dernières faveurs, &
tout cela pendant le fommeil, qu'il lui
arrivoit rarement de paffer une nuit fans
une femblable compagnie, Je me difpenfe d'en
raporter les particularités ; mais il m'a fouvent fait récit de fes Amours noéturnes qui
faifoient le fujet d'une furprife extraordinaire
pour un Homme, comme lui, d'une vie ver-
tueufe,

tueufe, & d'une conduite exemplaire : car il ne faut pas douter, que le DIABLE, fin comme il eſt, n'ait fait en ſorte que le tout ſe paſsât au naturel & de la manière la plus dépravée. Il me confeſſa, que la première fois que le DIABLE l'ataqua, ce fut par le moïen d'une fort belle Dame de ſa connoiſſance, avec qui il avoit eu éfectivement une converſation plus libre qu'à l'ordinaire ; qu'il la lui amena dans une poſture extrèmement tentative, ce qui émut tellement ſon inclination pendant le ſommeil, qu'il croit qu'il en auroit pu jouïr, ſans qu'elle eût fait la moindre réſiſtance, s'il ne ſe fût éveillé dans ce moment même, à ſon grand contentement.

Ce qui lui faiſoit le plus de peine en cette afaire, c'eſt, d'avoir donné ſon conſentement au fait, & de ſavoir s'il n'étoit pas, par conſéquent, auſſi coupable d'Adultère, que s'il avoit réellement couché avec elle. Il décida la queſtion à ſon desavantage, par des argumens ſi convainquans, que moi, qui étois déja de ce ſentiment, je n'eus pas le moindre mot à repliquer : cependant je l'y confirmai par les deux queſtions ſuivantes que je lui fis.

1. S'il ne croïoit pas que le DIABLE étoit la principale cauſe de ces ſortes de Rêves ? Il me répondit, qu'il faloit que ce fût le DIABLE éfectivement qui en fût l'auteur, & qu'ils ne pouvoient venir d'ailleurs.

2. Quel raiſon pouvoit donc avoir le DIABLE pour cela, ſi ſon conſentement au fait

fait pendant le fommeil n'avoit pas été criminel ? Cela n'eft que trop vrai, dit-il ; voilà
ma réponfe ; & en même tems il me fit une
autre queftion, mais qui n'eft pas fi facile
à réfoudre, favoir, ce qu'il pouroit faire,
pour être à couvert de femblables tentations
à l'avenir.

Toute ma Théologie & la fienne ne purent empêcher le DIABLE de l'ataquer de
nouveau : au-contraire il le fatigua, jufqu'à
altérer fa fanté en lui faifant venir des Femmes nues, tantôt l'une, tantôt l'autre ; tantôt dans une attitude, tantôt dans une autre ; jufques-là même quelles fe jettoient
quelquefois entre fes bras avec des circonftances que je ne fuis ni en affez belle humeur, ni affez méchant pour les raporter
ici. Il eft vrai, que ce pauvre Homme n'en
pouvoit pas davantage, & qu'ainfi le DIA-
BLE étoit plus à blâmer que lui. Mais je
lui dis qu'il pouvoit porter fon cœur à fe
faire une parfaite habitude de la vertu, de-
forte que par ce moïen-là, il pût refufer
fon confentement à toute paffion déréglée,
même pendant le fommeil ; & qu'ainfi il
pût mettre fin à fes tentations. Il gouta mon
avis, & je croi qu'il s'en eft fervi avec fuccès.

C'eft encore par cette voie que le DIA-
BLE fuggère de puiffans aiguillons à d'autres Crimes : il fait naître l'Avarice, en nous
expofant une grande quantité d'or, où il
n'y a perfonne, & en nous donnant, par-
là, l'envie d'en dérober, finon le tout, du
moins une partie, fachant que, peut-être,

dans.

dans ce tems-là nous avons extrèmement befoin d'argent.

J'ai connu un Artifan, qui fe trouvant fort mal dans fes afaires, rêva qu'il fe promenoit feul dans un grand bois, où il fit rencontre d'un Enfant qui avoit une bourfe d'or à la main, & un colier de diamant au cou. A cette vue, la fituation où il étoit lui fuggéra d'abord la penfée d'en débarraffer ce pauvre innocent, qui ne feroit capable de lui faire aucune réfiftance, ni de le déclarer : éfectivement il confentit à ce panchant de dépouiller l'Enfant de fon argent & de fon colier.

Mais le DIABLE, non content de cela, (preuve certaine que cela venoit de cet Efprit malin, comme je le lui difois) le fit fouvenir que l'Enfant pouvoit bien le reconnoître une fois ou une autre, & le faire remarquer en criant, ou en le montrant au doigt, ou de quelque autre manière, furtout fi l'on avoit le moindre foupçon contre lui ; de forte qu'il lui étoit plus avantageux & plus fûr de faire mourir l'Enfant. Il lui infpira donc la penfée de lui tordre le cou, ou de lui écrafer la tête entre fes genoux. Le pauvre Homme me dit qu'il balança long-tems là-deffus, jufqu'à ce qu'enfin fon cœur fe trouva, dans cet inftant, fi frapé du mot feul de Meurtre, que l'horreur qu'il en eut, l'empêcha d'en venir à l'exécution, & que là deffus il s'éveilla.

Il me dit encore qu'il fe trouva, à fon réveil, dans une fueur fi exceffive, qu'il n'en

n'en avoit jamais eu de pareille; que son
Poulx étoit si élevé, qu'il lui sembloit qu'il
avoit une palpitation de cœur; & que ses
esprits étoient si fort agités, qu'il ne fut pas
entièrement remis de quelques heures; quoique la satisfaction & la joie qu'il avoit de
trouver que ce n'étoit qu'un Songe, con-
tribuassent beaucoup à le tranquiliser.

Ce n'est, ni mon afaire, ni ma pensée,
de faire ici le Théologien, d'autant plus
que le Siècle, pour lequel j'écris, n'est pas
assez sérieux pour goûter un Sermon,
quelque disposition que je puisse avoir à
prêcher; quoiqu'après tout, on ne sauroit
nier que le sujet le soufrît. Je me contenterai donc de demander ici, si ce ne sont
pas des éfets des artifices du DIABLE, &
quelle en peut être la cause? Si on croit
que c'est le DIABLE, je veux suposer
qu'on se gouvernera suivant cela, ou enfin
suivant qu'on poura convenir avec SATAN
là-dessus.

Quelque service que je rendisse à mes
Lecteurs, ce ne seroit pas en rendre un fort
grand au DIABLE, que d'entrer ici dans
une Dispute d'intérêts; c'est-à-dire, d'examiner si SATAN n'a pas, de ce côté-là, un
avantage infini sur le Genre-Humain, &
s'il n'est pas de son intérêt de se le conserver? Si je prouve l'afirmative, chacun poura juger à qui il apartient de tâcher de le
faire échoüer, & de le suplanter.

En un mot, je regarde les Songes comme le second des plus grands avantages que
le DIABLE a sur le Genre-Humain, &
dont

dont le premier eſt, comme tout le Monde ſait, la Trahiſon de la Garniſon du dedans. On peut dire que, par le moïen des Songes, il pénètre au-dedans de noûs, ſans oppoſition. C'eſt ici qu'il ouvre & ferme ſans clef, & ſemblable à un Ennemi qui aſſiége une Ville, la Raiſon & la Nature, qui en ſont les Gouverneurs, l'en tiennent éloigné de jour, & obligent la Garniſon à faire ſon devoir; mais dès que la nuit vient, il trouve moïen d'y entrer & de capituler avec cette Garniſon, qui ſont les Paſſions & les Affections: il corromt leur fidèlité, & les porte à la perfidie, & à la rébellion, de ſorte qu'elles trahiſſent le Pouvoir qui leur avoit été donné, ſe révoltent, deviennent ſéditieuſes, & ſe vont rendre entre les mains des Aſſiégeans.

C'eſt ainſi, dis-je, qu'il ſait ménager ſes intèrêts, & pénétrer juſqu'au-dedans de nous, ſans notre conſentement, & même ſans que nous nous en apercevions. Car, quelque raiſonnement qu'on puiſſe faire là-deſſus, il eſt certain, que nous ne ſaurions découvrir par aucune démonſtration, de quelle manière il peut avoir accès auprès de l'Ame, pendant que l'organe, qui eſt lié & endormi, lui a fermé la porte à toute ſorte d'action. Il eſt évident, que la choſe eſt telle; mais de quelle manière elle ſe fait, c'eſt un ſecret que ni les anciens ni les modernes n'ont encore pu découvrir.

La vieille *Lakland*, cette Créature Diabolique, dont j'ai raporté l'hiſtoire plus haut, confeſſa que la première fois que le

DIA-

DIABLE tenta de la rendre Sorcière, ce fut en Rêve, &, que quand elle y confentit elle étoit moitié endormie & moitié éveillée; c'est-à dire, qu'elle ne favoit ce qu'elle étoit des deux; de forte qu'il femble que le DIABLE, ce fin matois, s'eft contenté d'un tel confentement, foit qu'elle fût endormie, ou qu'elle ne fût ni endormie ni éveillée, en tirant ainfi avantage de l'incapacité où elle étoit d'agir par la raifon.

Les Hiftoires des diférentes perfonnes qu'elle a enforcelées & de la manière dont elles font mortes, font fi horribles & fi extravagantes, que je n'obligerai perfonne à les croire, quoiqu'elles aient été publiées par autorité, & ateftées par une infinité de témoins. Mais ce qui fait ici pour moi, & qui eft enrégitré, je ne fai fi c'eft fur fa propre déclaration, ou non, c'eft la Defcription d'une Sorcière, & la Diférence qu'il y a entre les Sorcières & les autres Supôts de SATAN qui agiffent en fon nom.

1. Elles ont confulté un Efprit ou un DIABLE, & ont fait Pacte avec lui.

2. Elles ont un Sou-Diable, & quelquefois plufieurs, pour les aider & les affifter.

3. Elles les ocupent comme il leur plaît, les apèlent par leur nom, & les font paroître fous la figure qu'elles jugent la plus convenable.

4. Elles les envoient vers les perfonnes qu'elles ont envie d'enforceler, & qu'elles tour-

tourmentent continuellement, souvent même jusqu'à les faire mourir, comme cette infame LAKLAND l'a fait plusieurs fois.

Pour ce qui est de la diférence qu'il y a entre les *Diables* qui paroissent, elle n'est telle que par raport à l'emploi des Personnes qui les ocupent, comme font les Magiciens qui semblent commander avec autorité les *Diables* particuliers, qui font à leur service, les évoquer & les renvoïer, comme il leur plaît, en faisant des ronds, en formant des figures, &c ; au-lieu que les Sorcières parlent bas, & d'une manière plus familière, au DIABLE, le tiennent enfermé dans un sac, & quelquefois dans la poche, &c., & semblables au Sieur FAUX, font des tours de passe-passe par son secours.

Mais toutes ces sortes de Créatures font de grandes afaires, par le moïen des Songes : elles parlent au DIABLE pendant le sommeil, & elles en font faire de même aux autres personnes, & c'est par cette raison que j'en parle ici. En un mot, le DIABLE peut bien se servir à coup sûr de cette ocasion, où il a un si grand avantage sur le Genre-Humain ; car il est certain que de tous les Hommes qui sont entrés dans les mesures de SATAN, pendant le sommeil, il n'y en auroit pas eu la moitié qui y eût consenti, s'ils avoient été éveillés. Mais nous en parlerons encore dans la suite.

Malgré cela, cette manière de s'insinuer, par le moïen des Songes, ne me paroît pas sufisante, pour répondre aux fins que le DIABLE se propose, & pour bien mé-

nager

nager fes afaires, de forte qu'il eft impoffible qu'il n'ait aucune efpèce de Poffeffion
actuelle, qu'il puiffe mettre en ufage dans
certains cas particuliers, & dans les Ames
de certaines Perfonnes, par des métodes diférentes des autres. LUTHER étoit du
fentiment, que le DIABLE fe rend familier
avec certaines Ames, au moment même, ou
plutôt avant, qu'elles fe trouvent revétues
d'un corps: pour ce qui eft de la manière
& de la métode comment il s'y infinue,
c'eft une queftion dont on peut traiter féparément. D'ailleurs, pourquoi celui, qui,
à la prière de SATAN, lui dit d'entrer en
un troupeau de pourceaux, ne pouroit-il
pas donner la même commiffion de pofféder une forte de Créature fi fort au-deffous
de l'excellence des pourceaux *Gadaréniens*,
& même en ouvrir la porte? Mais, pour
ce qui eft de cette dernière circonftance,
lofque Notre Seigneur dit, *Vas*, le DIABLE
ne s'informa point de l'endroit par-où il
devoit entrer.

Quand je voi donc des Nations, ou plutôt des Multitudes de Nations embrafées
par le feu de l'Enfer, &, pour ainfi dire,
enflamées par le DIABLE: quand je voi
des Villes, des Partis, des Factions, & la
Canaille poffédés par le DIABLE, d'une
manière vifible; je ne doute point que le grand
Maître des *Diables* ne lui ai dit, VAS. Il n'eft
pas néceffaire d'examiner quel eft l'endroit
qu'il trouve ouvert, ni par quelle porte de
derrière il entre. Pour ce qui regarde l'a-
parition, il eft certain, qu'il fait fort fou-

vent s'introduire, fans être obligé de fe faire voir ; de forte que la queftion qui regarde fon aparition demeure encore en doute,
& même n'eft pas fort facile à réfoudre.

L'Ecriture Sainte nous fournit quèlques
lumières là-deffus ; & c'eft-là tout le fecours
que je puis emprunter de l'Antiquité ; mais
qui ne laiffe pas de réfoudre bien des Phéno-
mènes qui acompagnent les aparitions de
SATAN. Voici ce que j'entends par ces
lumières que l'Ecriture nous donne pour
cela : il eft dit fouvent de plufieurs perfonnes, que Dieu vint à elles par Songe. *Dieu
vint à* ABIMELEC *par Songe de nuit* (*).
Or Dieu vint à LABAN *Aramien, en Songe la nuit* (†). *L'Ange du Seigneur parut en
Songe à Jofef* (‡). Il ne faut pas de grands
Commentaires pour expliquer ces Textes,
& en faire l'aplication à mon Ami qui
demandoit une réponfe qui le fatisfît fur la
manière dont fe faifoient fes Songes, c'eft-
à-dire, comment il étoit poffible qu'il fît
de fi infames Rêves ? Je lui dis en un mot
que la chofe étoit claire : *que le* DIABLE
venoit à lui en Songe de nuit. Au-refte pour
ce qui eft de la manière comment il formoit
ces pernicieufes reprefentations, & répandoit devant fon imagination des aparitions
voluptueufes, par une voix réelle, & en lui
parlant bas à l'oreille, felon Monfieur
MILTON, ou par quelque autre voie que
ce foit ; c'eft une matière que les Savans
n'ont encore pu décider.

Cela

(*) Gén. XX. 3.   (†) Gén. XXXI. 24.
(‡) Math. II. 13.

Cela me conduit nécessairement à examiner, si le DIABLE, ou quelcun de ses Agens ne se trouve pas toujours en notre compagnie, & s'ils font quelques aparitions visibles, ou non? Pour moi je n'en doute point; autrement, comment pouroit-il parvenir à la connoissance de ce que nous faisons? Car, comme je ne saurois lui acorder une préscience, par plusieurs raisons que j'ai déja aléguées, il faut qu'il puisse nous voir & nous connoître, & savoir ce que nous faisons, pendant que nous ne savons rien de lui; sans quoi il ne pouroit rien connoître, ni de nous, ni de nos afaires, & que pourtant nous voïons tout le contraire. C'est ce qui lui donne un avantage infini, pour répandre son influence sur nos Actions, pour juger de nos Inclinations, & pour porter nos Passions à se révolter, comme elles font, contre notre Raison, jusqu'à en triomfer le plus souvent.

Il fait tout cela par la faculté qu'il a de rôder autour de nous d'une manière invisible, & de voir sans être vu, comme j'en ai déja parlé plus haut. De-là vient aussi la pensée également savante & solide, que, quand les chandèles donnent une *lumière bleue*, le DIABLE est dans la chambre; mais pour être mieux convaincu de la réalité imaginaire de ce grand secret de la Nature, je raporterai ici une Histoire que j'ai lue dans une Lettre écrite à un Ami. La voici mot pour mot, sans m'embarasser si la chose est vraie ou non.

MON-

MONSIEUR,

Nous eumes un jour de grand matin une pluie très-abondante avec un vent fort violent qui dura la plus grande partie de ce jour-là, & des nuages fort épais & fort obscurs, qui durèrent toute la journée.

Sur le soir la pluie cessa, mais le Ciel demeura couvert de ces nuages épais, lorsque me trouvant à *Londres* chez un Ami dans la Rue apelée ——— *Lane*, avec un bon nombre de beau Monde de l'un & de l'autre Sexe, outre deux ou trois Domestiques qui étoient dans la même chambre, parce qu'alors nous étions à souper, nous fumes régalés de l'intermède suivant. Dès qu'on eut desservi, on aporta deux grandes chandèles qu'on posa sur la table avec quelques bouteilles de vin & des verres pour les Messieurs, qui, selon les aparences, avoient dessein d'en vuider quelques-unes, & de se divertir. On aporta aussi deux grandes bougies, qu'on posa pareillement sur une autre table, pour les Dames qui alloient jouer aux cartes : & outre cela il y avoit encore deux autres chandèles dans des chandeliers à bras au-dessus ou à côté de la cheminée, & une autre dans un bras à miroir à côté de la fenêtre.

Après tout cet apareil, la Compagnie se partagea, les Messieurs s'assirent à leur table, & les Dames à l'autre pour jouer, comme je viens de le dire; & un moment après, le Maître de la maison dit à un Valet;

let : *Quel Diable, manque-t-il à ces chandèles ?* & en se tournant du côté de ce Domestique, peste une fois ou deux, & lui ordonne de les moucher, parce qu'elles brûloient comme si le DIABLE avoit été dans la chambre.

Le pauvre Garçon s'étant mis en devoir d'en moucher une, il l'éteignit, ce qui aïant irrité son Maître, il la ralluma d'abord à l'autre ; & comme il se trouvoit un peu ému, en voulant moucher la seconde, il l'éteignit pareillement.

La première chandèle qui avoit été rallumée, ne donna, comme cela arrive ordinairement, qu'une lumière sombre & obscure, pendant quelque tems ; & comme la seconde étoit éteinte, la chambre étoit beaucoup moins éclairée qu'auparavant : sur quoi une Servante qui étoit auprès de la table des Dames, commença à crier à sa Maîtresse: *Las, Madame! les chandèles donnent une lumière bleue.* Une Dame, assise à côté, répondit, *Oui,* BABET, *cela est vrai:* là-dessus il y eut une autre Dame qui se leva tout à coup, *Bon Dieu,* dit-elle, *qu'est ce que cela veut dire!* Dans ce moment fatal, un autre Valet s'aprocha, sans ordre, du grand bras qui étoit à côté de la fenêtre, & comme il s'imaginoit qu'il étoit sûr de bien moucher la chandèle qui y étoit, il veut la prendre à la main, mais par malheur le crampon aïant manqué, le bras tomba avec la chandèle, & le miroir fut brisé en mille pièces en faisant un bruit horrible: quoiqu'il en soit la chandèle étant sortie, en

L 3   tom

tombant, de ce bras, elle ne s'éteignit point, mais continua de brûler à terre, sans pourtant donner beaucoup de lumière, & comme cela arrive dans ces sortes de cas, seulement d'un côté. BABET s'écria une seconde fois, *Hélas, Madame, cette chandèle donne aussi une lumière bleue* ; & dans le moment même qu'elle prononçoit ces paroles, le Valet qui avoit fait tomber le bras, dit à son Camarade, qui l'alloit aider : *Je crois que le* DIABLE *possède les chandèles ce soir*, & en même tems il sortit de la chambre, par la crainte qu'il avoit de son Maître.

La bonne vieille Dame, qui, sur la pensée que BABET avoit que les chandèles donnoient une lumière bleue, venoit de se remplir l'imagination de ce vieux conte, *que les chandèles donnent une lumière bleue, lorsqu'il y a des Esprits dans une Chambre*, entendit prononcer le mot de DIABLE au Valet, sans avoir ouï le reste ; sur quoi elle se leva toute éfrayée, & s'écria que le Valet venoit de dire, que *le* DIABLE *étoit dans la chambre*. Elle étoit si hors d'elle-même, qu'elle épouvanta les autres Dames, de façon que se levant toutes à la fois elles renversèrent leur table avec les bougies qui s'éteignirent en même tems.

Mademoiselle BABET qui leur avoit donné la peur à toutes courut au bras qui étoit à côté de la cheminée, & comme la chandèle avoit besoin d'être mouchée, elle s'écria une troisième fois, qu'elle donnoit aussi une *flame bleue*, de sorte qu'elle n'osa s'en aprocher. *En un mot*, quoiqu'il y eût

eût encore trois chandèles dans la chambre, les Dames furent tellement éfrayées, qu'elles en sortirent avec leurs Servantes, en criant comme des insensées. Le Maître, en colère, en chassa à coups de pié le premier Valet, l'autre s'étant déja sauvé pour éviter, comme je l'ai dit, le même traitement, de sorte que, comme on ne pouvoit plus avoir de Domestique, tout étoit en confusion.

Les deux autres Messieurs qui étoient assis à la première table, demeurèrent en leurs places, sans beaucoup s'émouvoir, si ce n'est qu'ils étoient fâchés de voir que toute la maison étoit dans une si grande frayeur. Il est vrai, dirent-ils, que les chandèles donnoient une lumière sombre & extraordinaire, mais qu'ils n'avoient pu remarquer qu'elle fût *bleue*, si ce n'est une de celles qui étoient à côté de la cheminée, & celle de dessus la table, qui avoit été rallumée, après que le Valet l'eut éteinte.

Quoi qu'il en soit, la bonne vieille Dame, la Servante, & le Valet, qui eut le malheur de faire tomber le chandelier à bras, soutiennent tous, que les chandèles donnoient une *flame bleue*, & veulent, par conséquent, que le D I A B L E ait été certainement dans la chambre, & que ce soit lui qui ait causé ce Phénomène; & ensuite ils sont venus vers moi, pour me demander mon sentiment sur cette avanture.

Cette Histoire me porte à examiner l'idée qu'on a que les chandèles doivent donner une *flame bleue*, lorsqu'il y a des Esprits

L 4 dans

dans la chambre; ce qui, après toutes les recherches que j'ai pu faire là-deſſus, ſe ré-duit à ceci, qu'à chaque émiſſion extraordinaire de particules ſulfureuſes ou nitreuſes, ſoit dans une chambre bien fermée, ou dans quelque autre endroit qui n'a pas beaucoup d'air, ſuivant la quantité de ces particules, une chandèle, ou une lampe, ou quelque autre ſemblable petite flame paroîtra *bleue*; & ſi l'on peut prouver que ces ſortes d'atomes émanent d'un Eſprit, alors la choſe peut bien arriver, quand S A T A N eſt preſent.

Mais c'eſt-là réſoudre une queſtion par une autre: car il n'y a perſonne qui puiſſe aſſurer que le D I A B L E ſoit environné de ces particules ſulfureuſes.

Il eſt vrai, que les chandèles font cet éfet, dans les Mines, dans les Souterrains, & dans les Lieux humides; mais elles le feront également dans un Air fort humide & fort orageux, qu'on ſupoſe alors rempli d'une quantité extraordinaire de vapeurs, comme étoit le cas dont il s'agit ici; & ſi la choſe fut réellement telle *Lundi* au ſoir, c'eſt aparemment par cette raiſon que les chandèles donnèrent une *flame bleue*. Mais de dire que le D I A B L E fût ſorti, cette nuit-là pour quelque afaire extraordinaire, c'eſt de quoi je ne ſaurois convenir, à moins que je n'aie un meilleur témoignage que celui de la vieille Dame, qui n'entendit qu'à demi ce que diſoit le Valet en s'enfuïant, ou que celui de Mademoiſelle B A B E T, qui fut la première à s'imaginer que

les

les chandèles donnoient une *flame bleüe*; de forte que je fuis obligé, pour le prefent, de fuspendre mon jugement là-deffus.

Cette Hiftoire, cependant, peut réfoudre une bonne partie des chofes qui paffent pour des Aparitions dans le Monde, & dont on acufe le D I A B L E, quoiqu'en éfet il en foit innocent. Cela m'engageroit à prendre le parti de S A T A N en plufieurs ocafions, où l'on peut dire qu'on lui fait réellement tort; fi je favois même que cela lui fît plaifir, je pourois bien dire ici quelque chofe à fon avantage : quoiqu'en foit, je vais hazarder de dire deux mots en faveur d'un D I A B L E injurié, fans me mettre en peine de ce qu'on en poura dire.

Premièrement, il eft certain, qu'autant que l'Invifibilité du D I A B L E nous eft funefte, autant la Doctrine de fa Vifibilité, de la manière que nous la traitons, lui eft desavantageufe.

Son Invifibilité lui donne, affurément, des avantages infinis contre nous : comme il peut, parce moïen là être auprès de nous, fans que nous le fachions, il s'informe de toutes les mefures que nous pouvons prendre, & fuivant cela s'arme le mieux qu'il lui eft poffible pour nous ataquer & nous nuire : il peut contreminer tous nos deffeins cachés, rendre inutiles tous nos projets, &, à moins que le Ciel ne daigne l'en empêcher, il peut renverfer toutes nos entreprifes, rompre toutes nos mefures, & nous faire du mal, pour ainfi dire, dans

L 5 toutes

toutes les ocafions de la vie; & tout cela,
parce que nous ne favons pas quelles font
fes démarches, au-lieu qu'il connoît parfaitement les nôtres.

Mais pour ce qui eft de fa Vifibilité, &
de fon aparition réelle dans le Monde, &
fur-tout parmi fes Difciples & Emiffaires,
comme font les Sorcières, les Enchanteurs,
les Magiciens, &c, je croi que S A T A N
a en cela beaucoup de desavantage, qu'il
foufre un tort manifefte, & qu'on lui fait
une grande injuftice; ce qui fait, que je
me trouve obligé d'expliquer un peu la
chofe, s'il eft poffible, pour rendre juftice
au D I A B L E, & d'expofer les afaires qui le
concernent, dans leur véritable jour, fuivant cette utile & ancienne maxime, qu'il
faut feller le cheval qu'il faut, où *donner*
au D I A B L E *ce qui lui apartient.*

En premier lieu, il ne faut pas, comme
je l'ai déja dit, croire chaque tête légère,
qui prétend converfer face-à-face avec S A-
T A N, & qui nous veut affurer de l'avoir
vu de cette manière, & qu'elle s'entretient
tous les jours avec lui. La plupart de ces
fortes de gens font de véritables fourbes; &
malgré l'honneur qu'ils s'arrogent d'entrer
dans fes intèrêts particuliers, & la gloire
qu'ils fe donnent de l'avoir à leur difpofition, de le faire venir de ce côté-ci, de
l'envoïer de ce côté-là, comme il leur
plaît, de l'evoquer toutes les fois & de la
manière qu'ils le jugent à propos; il eft
certain que tout cela n'eft que pure fauf-
fité.

L'in-

L'injustice & les injures que ces gens-là font au DIABLE, à cet égard, sont manifestes, en ce qu'ils remettent sur lui, & lui atribuent tout le mal qu'il leur plaît de faire dans le Monde. Commettent-ils un meurtre, ou un vol, mettent-ils le feu à une maison, ou font-ils le moindre acte de violence, on dit d'abord que c'est par la solicitation du DIABLE qui les aide en cela; de sorte que SATAN en soufre tous les reproches, pendant que c'est eux qui sont uniquement coupables. C'est-là 1. en imposer grossièrement au Monde. 2. Une calomnie horrible contre le DIABLE: mais ce seroit un grand avantage pour le Genre-Humain de voir l'intérieur de ces *Diables* prétendus ou volontaires, afin qu'on pût savoir, quand le DIABLE est éfectivement ocupé parmi nous, & quand il n'y est pas, quels maux seroient de sa façon, & ceux qui n'en seroient pas; & afin que ces fanfarons ne se tiraffent pas toujours d'afaires en remettant sur le DIABLE la faute de leur méchanceté.

Ce n'est pas à dire, que SATAN ne soit entièrement porté à tremper dans tout le mal qui se peut faire, ou dans tout le mal qui se fait éfectivement dans le Monde; mais il y a des friponneries qui sont si basses, qu'elles sont indignes de lui, & audeffous de l'excellence de son opération, & que c'est lui faire éfectivement tort que de l'en acufer. Il me souvient qu'on imputa une fois une telle fourberie au DIABLE dans

le *Smithfield* oriental, où il y a avoit une
Personne qui prétendoit converser face-à-
face, même en plein jour, avec le DIABLE,
qui lui donnoit la faculté de dire la bonne
avanture, de prédire le bien & le mal, &c,
de découvrir les éfets qui avoient été volés,
jufqu'à dire où ils étoient, qui c'eft qui les
avoit enlevés, comment on pouvoit reconnoître les voleurs; mais il eft certain que
ce malheureux faifoit en cela un tort infi-
gne à SATAN, avec qui il n'avoit pas plus
de commerce, & peut être moins, que qui
que ce fût. C'étoit un de ces fortes de Sujets qu'on apèle DEVINS, ou du moins
il vouloit paffer pour tel; mais, en éfet,
ce n'étoit en lui que pure fourberie.

D'ailleurs, quel avantage feroit-il revenu
au DIABLE, de déclarer les Voleurs &
de reftituer les éfets qui avoient été enlevés?
Le vol & le larcin, les tours d'adreffe, &
la fourberie, font partie des rufes de fon trafic, & des ocupations qu'il eft de fon intèrêt de conferver. C'eft donc une grande
erreur à ceux qui s'imaginent qu'il veuille
prêter fon fecours, pour fuprimer des pratiques fi louables, de découvrir des fervi-
teurs fi enclins à lui rendre fervice.

Je ne veux pas dire, par là, que le DIA-
BLE, pour faire tomber dans fes filets ces
fortes d'Hommes qu'on apèle *Devins*, &
pour porter fes deffeins plus loin, ne les excite en fecret, & d'une manière qu'eux-
mêmes ne connoiffent pas, à emprunter fon
nom, pour tromper le Monde fur fon
compte, jufqu'à fe perfuader, enfin qu'ils
                                                    ont

ont véritablement commerce avec le DIA-
BLE, pendant qu'au-contraire c'est le DIA-
BLE qui a commerce avec eux, sans qu'ils en
sachent rien.

Il y a d'autres cas, où il peut les inciter
à ces petites fraudes & tromperies, & leur
donner, comme je viens de le dire, la permission de se servir de son nom, afin de les
porter, par la suite, & par degrés, à faire
véritablement connoissance avec lui; de sorte qu'en faisant une chose sérieuse de leur
trafic qui n'étoit auparavant qu'un jeu, &
en les incitant à commettre quelques vilai-
nes actions, il se les assure pour toujours,
par la crainte qu'ils ont qu'il ne les abandonne à la justice humaine. C'est ainsi
qu'il leur suscite un JONATHAN WILD
(*) & fait qu'ils deviennent réellement ces
malheureux pour qui ils vouloient passer
auparavant. On dit du vieux PARSONS de
Clitbroe, qu'il avoit été vingt-cinq ans *De-*
vin, & qu'ensuite il fut vingt-deux ans Sorcier; c'est-à-dire que pendant les premiers
vingt-cinq ans il prétendoit seulement d'avoir
commercé avec le DIABLE, quoiqu'il
n'en fût rien, de sorte que ce n'est que par
ses subtilités qu'il en imposoit au peuple,
en empruntant le nom de SATAN, sans sa
permission; mais enfin la patience du DIA-
BLE se trouvant épuisée, il dit à ce vieux
masque, qu'en un mot, il y avoit assez
long-tems qu'il se servoit de lui, mais qu'à-
present s'il vouloit entrer réellement & de
bonne foi à son service, il lui donneroit

L 7   la

(*) Fameux Recéleur.

la permiffion, pour tant d'années, de continuer fon commerce avec toute la fatisfaction qu'il pouroit efpérer ; finon, qu'il alloit expofer fes friponneries aux yeux de tout le Monde, pour ne plus enlever à fes Agens leur trafic, & qu'outre cela il en alloit mettre à fa place un autre, qui le feroit paffer pour fot, & qui lui ôteroit tous fes chalands.

Cela donna à penfer à ce Vieillard, & après de férieufes réflexions, il fuivit le confeil que le DIABLE venoit de lui donner, de s'enrôler fous fon étendard ; de forte qu'après avoir joué des tours de Magie, fans pourtant être Magicien, l'efpace de vingt-cinq ans, il fut enfin forcé à avoir réellement commerce avec SATAN, de peur que le Monde ne vînt à découvrir qu'il n'en étoit rien. Jufques-là, comme un *ambidextre*, il avoit trompé le DIABLE d'un côté, & les Hommes de l'autre ; mais SATAN eut enfin le deffus, parce qu'il demeura réellement Sorcier jufqu'à la mort.

Mais ce n'eft pas par cet endroit feul qu'on fait tort au DIABLE ; car il s'eft fouvent trouvé des gens qui ont prétendu empiéter fur lui à d'autres égards, dans des afaires qui le touchent de bien plus près, & fur des articles plus importans, & furtout dans la grande afaire de la *Poffeffion*. Il eft vrai, qu'on n'entend pas parfaitement cette matière, & que le DIABLE ne nous en a pas donné des éclairciffemens, comme je croi qu'il pouroit le faire. Mais un grand

&

& important Article , fur-tout que je ne
trouve nulle-part bien expliqué, c'eſt de ſavoir , s'il n'y a pas deux ſortes de Poſſeſ-
fion, l'une où le D I A B L E nous poſſede,
& l'autre où nous poſſedions réellement le
DIABLE : la matière eſt ſi délicate, que je
doute que ce Siècle, malgré ſa pénétration,
en ait aſſez pour l'éclaircir. Je pourois faire une ample Diſſertation là-deſſus , mais
comme elle me mèneroit trop loin , ſur-
tout à-preſent que je tends à la Concluſion
de cet Ouvrage, je m'en diſpenſerai pour
cette fois, de même que de tous Diſcours
pratiques ſur l'utilité & les avantages qui
reviennent au Genre-Humain de la Poſſeſ-
fion réelle, de quelque manière qu'on l'en-
viſage, & je me réſerve à en traiter en une
autre ocaſion.

Mais pour revenir à notre Sujet, qui eſt
de conſidérer le tort qu'on fait au D I A B L E ,
dans les diférens tours & coups d'adreſſe
que les Hommes lui imputent fort ſouvent
ſur l'Article ſeule de la Poſſeſſion, à laquelle ils prétendent, en ſoutenant que le D I A-
B L E eſt en eux lorſqu'il n'en eſt rien ; il eſt
certain que le D I A B L E ne peut prendre
que de très-mauvaiſe part de ſe voir chargé
de tous leurs tours d'inſenſés & de lunati-
ques, dont quelques-uns, pour ne pas dire
la meilleure partie, ſont ſi groſſiers ſi ſimples, ſi frivoles, & faits ſi mal-à-propos,
qu'il a honte de voir que de telles choſes
paſſent ſous ſon nom, ou que le Monde
croie qu'il y a la moindre part.

Il eſt vrai, que comme la Poſſeſſion eſt
une

une des principales pièces des rufes que le DIABLE emploie pour ménager le Genre-Humain, & par laquelle il fait le DIABLE parmi nous avec l'adreffe la plus exquife, il a d'autant plus de raifon de s'ofenfer, lorfqu'il fe trouve ataqué fur ce point, & d'être fâché de voir que quelcun ofe prétendre à la Poffeffion, foit active, ou paffive, fans fa permiffion. C'eft, peut-être, la raifon pourquoi, on a fouvent fait des bévues, lorfqu'il s'eft trouvé des gens qui y ont prétendu fans fon confentement, & qu'il a jugé à-propos de defavouer. L'Hiftoire nous en fournit plufieurs exemples, comme font ceux de SIMON le *Magicien*, du DIABLE de *Londres*, de la *belle Fille* de *Kent*, & d'une infinité d'autres qui ne méritent pas que nous en parlions davantage.

En un mot, les Poffeffions, comme je l'ai dit, font des chofes d'une fi grande délicateffe, qu'il n'eft pas fort aifé d'imiter, ou contrefaire le DIABLE en cela, comme on peut le faire en d'autres chofes. Il y a fouvent eu des gens qui ont voulu en faire l'épreuve; mais leur manière étoit fi diférente qu'on l'a pu facilement diftinguer, même fans le fecours du DIABLE.

C'eft ainfi que les Habitans de *Salem*, dans la *Nouvelle Angleterre*, prétendoient être enforcelés, & foutenoient, qu'il y avoit un Homme noir qui les tourmentoit à la folicitation d'un malheureux qu'ils avoient réfolu de faire pendre. Ils vouloient que cet Homme noir fût le DIABLE, employé par la perfonne qu'ils acufoient de Sortilé-ge.

ge. Ainſi en faiſant du D I A B L E un Page,
ou un Valet de-pié de ce Sorcier, pour aller tourmenter tous ceux qu'il leur nommoit, S A T A N ſe trouva ſi fatigué de ces
ſotiſes, qu'il les abandonna à leur volonté,
juſques-là qu'ils outrèrent tellement là partie
tragique de l'Hiſtoire, que quand ils avouè-
rent qu'ils étoient enſorcelés & poſſédés, &
que même ils avoient correſpondence avec
le D I A B L E, comme S A T A N ne parut
point pour apuïer leur déclaration, il ne ſe
trouva point de Jurés qui vouluſſent les con-
damner ſur leur ſimple dépoſition, & ils ne
purent obtenir d'être pendus, quelques mouvemens qu'ils ſe donnaſſent pour cela.

On voit donc, par ce que je viens de dire,
qu'on peut faire tort au D I A B L E, ou l'acuſer fauſſement par pluſieurs endroits, &
qu'on l'a fait éfectivement. Il y a pareillement d'autres ſortes de faux *Diables* dans le
Monde, comme ſont les *Egiptiennes*, les
Tireurs d'horoſcope, les Diſeurs de bonne &
de mauvaiſe avanture, les Vendeurs de vents,
les Suſciteurs d'Orages, & une infinité
d'autres, qui ſont, tant parmi nous, que
dans les pays étrangers, & qu'il ſeroit trop
long de raporter ici; juſques-là que je doute que le D I A B L E même en connoiſſe
toutes les diférentes eſpèces; parce qu'il eſt
certain qu'il n'a rien à faire avec ces ſortes
de gens, par raport à leurs tours & à leurs
artifices.

Je les regarde comme des Interlopes, ou,
avec la permiſſion des Marchands de *Guinée*,
des Negocians ſéparés qui agiſſent à l'abri

&

& fous la protection de la puiſſance de SA-TAN, ſans qu'ils en aient, ni la permiſſion, ni l'autorité. Il ne faut pas douter qu'ils ne faſſent un tort conſidérable à ſon trafic, c'eſt-à dire, à un trafic que le DIABLE auroit pû faire valoir ou par lui-même, ou par ſes propres Agens. Je ne ſaurois m'empêcher de dire ici, que comme ces ſortes de gens voudroient paſſer pour *Diables*, quoiqu'ils ne le ſoient pas en éfet, il ſeroit juſte qu'ils le fuſſent réellement, autant qu'ils prétendent l'être, ou que SATAN ſe fît juſtice, en les menaçant, comme il avoit fait le vieux PARSONS de *Clitbroe*, dont nous avons parlé, de les faire connoître à tout le Monde.

___

CHAPITRE XI.

De la Divination, du Sortilége, de la Magie noire, & d'autres ſemblables Arts qui aprochent de la Diablerie, & juſqu'à quel degré le DIABLE y eſt, ou n'y eſt pas concerné.

QUoique j'écrive l'Hiſtóire du DIABLE, je ne me ſuis pas propoſé d'en faire de même de toutes ces ſortes de gens, ſoit mâles ou femelles, qui veulent-paſſer pour *Diables* dans le Monde. Ce ſeroit aſſurément une tâche digne du DIABLE, à qui ſeul il conviendroit de l'entreprendre; car le nombre en eſt & en a été ſi extraordi-
rement

rement grand, qu'avec ses autres Légions.
on peut le dire innombrable.

Quel étrange Monde habitons-nous! où
nous nous trouvons, non-seulement avec
un grand DIABLE, qui, comme un
Lion rugissant, cherche continuellement,
parmi nous, qui il poura dévorer, mais
aussi des Millions sans nombre de moindres
Diables, qui voltigent au-dessus de nous,
dans l'Atmosfère, sans parler de plusieurs
autres Millions qui se meuvent continuellement autour de nous, & peut être au-dedans de nous, ou du moins en plusieurs
d'entre nous, d'une manière invisible, &
qui outre cela ont une grande quantité de
faux *Diables* à tours de passe-passe, de *Diables* humains qui sont visibles parmi nous,
de notre Espèce, de notre Sang, qui conversent continuellement avec nous, & qui,
semblables à des Charlatans, dressent leurs
Théatres dans toutes les Villes, prennent
par-tout le Thé avec nous, entrent en con-
versation avec nous dans tous les Cafés,
&, malgré cela, ont l'insolence de nous
dire à notre nez qu'ils sont des *Diables*, en
font gloire, & nous montrent une infinité
de tours d'adresse pour nous le persuader,
comme ils ne le font que trop souvent a-
vec succès.

Il faut avouer, que la Nature humaine,
& sur-tout la partie la plus grossière & la
plus ignorante du Genre-Humain est extrèmement portée à traiter de Diablerie tout
ce qui est étrange, ou du moins tout ce
qui lui paroît tel, soit qu'il le soit réellement

ment ou non, & à dire de toutes les choses,
dont on ne sauroit donner de raison, qu'elles
sont du DIABLE.

C'est ainsi que quand JEAN FAUSTUS
porta en *France* les premiers Livres qui aient
jamais été imprimés dans le Monde, ou
du moins qu'on ait vus dans ce Pays-là,
& qu'il les vendît pour des Manuscrits, les
fameux Docteurs de la Faculté de *Paris*
en furent surpris, & firent à FAUSTUS
plusieurs questions là-dessus; mais comme
il soutint toujours que c'étoit des Manuscrits, & qu'il avoit un grand nombre
d'Ecrivains à ses gages pour les écrire, ils
se contentèrent de cette réponse pour quelque tems.

Mais, lorsqu'ils vinrent à examiner l'Ouvrage, ils remarquèrent l'exacte conformi-
té qui se trouvoit entre tous ces Livres, de
sorte que chaque Ligne étoit placée au même endroit, que chaque Page avoit le même
nombre de Lignes, & chaque Ligne le même nombre de mots; & même que s'il se
trouvoit une faute d'ortografe ou quelque
rature dans l'un, elle se trouvoit dans tous
les autres, cela leur fit faire de nouvelles
réflexions sur la manière dont la chose avoit
été faite. En un mot, comme ces Savans
Théologiens ne purent comprendre l'afaire, il n'en falut pas davantage pour les porter à conclure, qu'il faloit que ce fût le
DIABLE qui en fût l'Auteur, & que cela
avoit été fait par Magie & par Sortilége,
& qu'enfin le pauvre FAUSTUS, qui n'étoit
qu'un misérable Imprimeur, avoit commerce avec le DIABLE. NB.

NB. JEAN FAUSTUS étoit Valet, ou Ouvrier, ou Compofiteur, ou comme il plaira de l'apeler, de KOSTER de *Harlem*, qui eſt celui qui a invenfé l'Imprimerie, & après avoir imprimé les Pſeaumes, il les vendit à *Paris* comme des Manuſcrits, afin d'en retirer plus d'argent.

Mais, comme les ſavans Docteurs ne pouvoient comprendre de quelle manière la choſe s'étoit faite, ils conclurent, comme je l'ai dit, que c'étoit l'ouvrage du DIABLE, & que cet Homme étoit *Sorcier*. Là-deſſus ils le firent arrêter comme un *Magicien*, qui opéroit par le moïen de la *Magie noire*, c'eſt-à-dire, par le DIABLE: en un mot, ils le menacèrent de le faire pendre pour cauſe de Sortilége, & commencèrent éfectivement à lui faire ſon Procès dans leur Cour criminelle, ce qui fit tant de bruit dans le Monde, qu'il donna de la réputation au pauvre JEAN FAUSTUS juſqu'à un degré éfrayant, juſqu'à ce qu'enfin il fut obligé, pour éviter la Potence, de leur déclarer tout le ſecret.

NB. Voilà la véritable origine du fameux Docteur FAUSTUS, ou FOSTER, dont on a cru des choſes ſi étranges, qu'on dit en Proverbe: *auſſi grand que le* DIABLE, & *le Docteur* FAUSTUS; quoique le pauvre FAUSTUS n'ait pas été Docteur, & qu'il n'ait pas eu plus de familiarité qu'un autre avec SATAN.

C'eſt ainſi que le Magiſtrat de *Berne* en *Suiſſe*, après avoir donné, à une Troupe *Françoiſe* de Joueurs de Marionnettes, la per-

miſſion

miſſion de dreſſer un Théatre dans la Ville, &
aïant apris les tours ſurprenans que ces Ac-
teurs faiſoient avec leurs Poupées, comment
ils les faiſoient parler, répondre aux Queſtions qu'on leur faiſoit, diſcourir, paroître, &
diſparoître en un moment, s'élever tout-à-
coup comme ſi elles ſortoient de la terre,
& retomber de même comme ſi elles s'éva-
nouïſſoient, oùtre une infinité d'autres tours
d'adreſſe, il les acuſe de *Diablerie*; & s'ils
n'avoient pas plié bagage, & diſparu avec
preſque autant de dextérité & de viteſſe que
leurs Marionnettes, il eſt certain que ces
pauvres innocentes auroient été condamnées à être brûlées pour des *Diables*, & leurs
Maîtres cenſurés, ſupoſé qu'ils n'aient pas
été punis plus ſévérement (*).

Les Opérations merveilleuſes étonnent
l'Eſprit, ſur-tout lorſque la tête n'eſt pas
ſurchargée de cervelle; & c'eſt une coutume ſi généralement reçue, que d'atribuer
au DIABLE l'honneur ou le ſcandale qui
revient de toute choſe, que nous ne pouvons nous empêcher de dire, qu'il eſt impoſſible de faire abandonner aux gens cette
route.

Les *Magiciens* étoient, ſous la Monarchie des *Chaldéens*, apelés *Sages*, & quoiqu'ils ſoient confondus avec les Sorciers &
les Aſtrologues (†), on les regardoit pourtant pour des Sages parmi ces Peuples; mais
ſuivant notre langue nous entendons que
ce ſont des gens qui ont l'art de révéler les
Se-

(*) Voïez les Mémoires du Comte de *Rochifort*, p. 179.
(†) Dan. II. 4.

Secrets, d'interpréter les Songes, de prédire les Evènemens, &c, & qu'ils se servent d'Enchantemens & de Sortiléges ; & par toutes ces diférentes facultés nous entendons la même chose, qu'on exprime d'une manière plus ordinaire & plus grossière, par, *Avoir à faire avec le* DIABLE.

L'Ecriture parle d'un Esprit de *Python* (*) dont une Servante étoit possédée, & *qui raportoit un grand profit à ses Maîtres en dévinant,* c'est-à-dire, selon le sentiment des Savans, en faisant l'*Oracle* & en répondant aux Questions qu'on lui proposoit. De-là vient que ce DIABLE Devin est apelé *Python,* c'est-à-dire, APOLLON, qui est souvent ainsi nommé, & qui donnoit à l'Oracle de *Delfes* de ces sortes de réponses équivoques, comme faisoit aparemment cette Servante. C'est aussi de-là que tous les Esprits qui portoient le nom d'Esprits de Divination étoient apelés, dans un autre sens, Esprits de *Python.*

Quand l'Apotre S. PAUL alla voir cette Créature, cet Esprit déclare d'abord que *ces Hommes,* en parlant de S. PAUL & de TIMOTHE'E, *étoient les Serviteurs du Dieu Souverain, lesquels leur anonçoient la voie du Salut.* C'étoit-là un beau trait de politique de la part du DIABLE, pour conserver l'autorité qu'il avoit sur la Fille possédée. Elle leur raportoit un grand profit en dévinant, c'est-à-dire, en résolvant les Questions dificiles ; en répondant aux Doutes qu'on avoit

(*) Act. XVI, 16.

voit, en interprétant les Songes, &c. Parmi ces Doutes, il l'oblige à rendre témoignage de PAUL & de TIMOTHE'E, pour leurer les nouveaux *Chretiens*, & même PAUL & TIMOTHE'E, s'il avoit été possible, & les porter à donner une espèce de crédit & de respect à ses paroles.

Mais le DIABLE, qui ne dit jamais la vérité, que par quelque vue pernicieuse fut bien-tôt découvert en cette rencontre: sa reconnoissance ne fut point acceptée, & il fut chassé de son nid, comme il le méritoit, &, comme on dit, batu de ses propres armes.

Il y avoit ici une Possession réelle, & les malins Esprits qui possédoient cette Créature s'abaissèrent à faire plusieurs petits actes de Servitude, dont on ne pouroit pas donner la raison, si ce n'est afin qu'elle raportât du profit à ses Maîtres. Mais, il se peut aussi que c'étoit un cas particulier, préparé pour faire honneur à l'autorité & à la puissance que les Apôtres avoient sur les Esprits malins.

D'ailleurs, il arrive que la chose est portée beaucoup plus loin dans plusieurs autres cas, c'est-à-dire où les Parties sont ainsi réellement possédées. Le DIABLE en fait même ses Agens, en leur faisant faire plusieurs choses pour l'avancement de son Règne & de ses intérêts, & sur-tout pour se conserver la Domination qu'il a dans le Monde. Mais je n'en suis pas tant, pour le present, sur la Possession réelle, que sur la Possession prétendue ou suposée; il s'est trou-

trouvé bien des gens qui se sont crus pos-
sédés, pendant que le DIABLE n'en croïoit
rien lui-même, & que, peut-être, il les
connoissoit mieux que cela ; & il est certain que parmi ces gens-là il y a réellement
de pauvres *Diables*, dignes de pitié, & qui
sont ce qu'on apèle, *Diables imaginaires*.
Au reste, ils ont rendu au DIABLE un
bon service, & raporté beaucoup de profit
à leur Maître en dévinant.

Il se trouve que les Possessions qui sont
avérées dans l'Ecriture sont réellement &
personellement le DIABLE, ou, pour me
servir des paroles du Texte, des Légions
de *Diables*, au pluriel. Le DIABLE, ou
plutôt les *Diables* qui possédoient l'Homme
qui avoit sa demeure dans les Sépulcres,
sont apelés positivement le DIABLE dans
l'Ecriture; tous les Evangélistes s'acordent
en le nommant de la même manière, & ses
œuvres le font voir par le mal qu'il faisoit,
tant à ce pauvre Homme, qui habitoit dans
les Sépulcres, & qui étoit devenu si furieux
qu'il faisoit la terreur de tout le Pays cir-
convoisin, qu'au troupeau de pourceaux, &
à la Province en même tems, par la perte
qu'elle en soufrit.

Je pourois faire ici un Sermon sur la terreur dont le DIABLE se sentit saisi à l'aproche de notre Sauveur, sur la consternation
où il se trouva au sujet de son Gouvernement, & sur la manière avec laquelle il
reconnut qu'il y avoit un tems qui n'étoit
pas encore venu pour le tourmenter: *Es-*

(*) Math. VIII, 29.

tu venu pour nous tourmenter avant le tems?
(*). Il paroît de-là que le DIABLE craignoit
que JESUS-CHRIST ne l'enchainât avant le
jour du Jugement ; & il y a des gens qui
font du fentiment, que fe trouvant pris,
pour ainfi dire, hors de fes juftes limites,
en poffédant ce pauvre Homme d'une manière fi furieufe, il trembla & pria le Seigneur de ne pas l'enchainer pour cela, ou,
comme il eft dit dans le Texte: *Les Diables
le prioient, difant, fi tu nous jettes hors, per-
mets-nous de nous en aller dans ce troupeau de
pourceaux*: c'eft-à-dire, quand ils difent,
Es-tu venu pour nous tourmenter avant le
tems ? que le fens eft, qu'ils demandoient
qu'il ne les jettât pas dans les tourmens
avant le tems, qui étoit déja fixé ; mais que
s'il vouloit les faire fortir de cet Homme,
il leur permît de s'en aller dans ce troupeau.

L'Evangélifte S. LUC dit (*) qu'*ils le
prioient qu'il ne leur commandât point d'aller
dans l'abîme.* Nos favans Commentateurs
s'imaginent que ce paffage n'eft pas bien
traduit, parceque, difent-ils, ils ne croient
pas que le DIABLE ait peur de fe néïer ;
mais, avec le refpect que je leur dois, il
me femble que le fens eft qu'ils n'auroient pas
voulu être renfermés dans le grand Océan,
où, n'y aiant point d'habitans, ils auroient
été réellement emprifonnés, enchainés, &
dans l'impuiffance de faire du mal, ce qui
auroit été un Enfer pour eux. Pour ce qui
eft de leur retraite dans les Pourceaux, elle
peut

(*) Luc. VIII. 31.

peut nous fournir quelque allégorie; mais
je n'aime pas à me moquer de l'Ecriture ;
pas même du DIABLE, qu'autant que la
chose le demande.

Il est certain, que SATAN se sert quelquefois d'Instrumens fort vils, tel qu'étoit
la Servante qui se trouvoit possédée par un
Esprit de *Python*, & plusieurs autres.

Je me souviens d'une Histoire (vraie, ou
non, je n'en sai rien) qu'on raconte d'une
pauvre Fille idiote qui passoit à la Campa-
gne pour un Oracle, & qui prédisoit des
choses aux gens, long-tems avant qu'elles
dussent arriver : si une personne étoit malade, elle disoit si elle en mourroit, ou si
elle en relèveroit : quand de jeunes gens se
marioient, combien ils auroient d'Enfans,
outre une infinité d'autres choses de cette
nature, qui remplissoient le Monde d'admiration, & le portoient plus facilement à
croire que cette pauvre Créature étoit possédée. Mais les sentimens étoient partagés
sur son sujet; & c'est un des tours les plus
adroits que le DIABLE ait pu jouer, parce qu'il en tira un avantage considérable:
les uns disoient qu'elle étoit remplie d'un
bon Esprit, les autres soutenoient qu'elle é-
toit possédée par un mauvais : les uns la regardoient comme une Prophétesse, & les autres
vouloient qu'elle fût le DIABLE.

Si j'avois été présent pour décider de la
Question, j'aurois certainement conclu en
faveur des derniers, quand ce ne seroit que
par cette seule raison, que le DIABLE a
souvent trouvé que les Fous étoient des A-

gens

gens fort néceffaires à l'avancement de fon
Règne & de fes intérêts ; au-lieu qu'il n'y
a aucun exemple de bons Efprits qui en aient
fait de même. De l'autre côté, il ne paroît pas
vrai-femblable que le Ciel veuille priver une
pauvre Créature de fon bon Sens , & lui
ôter, pour ainfi dire, l'Ame, pour en faire
un Inftrument d'inftruction aux autres, ou
un Oracle par-où il déclare fes Decrets : il
n'y a aucune aparence de raifon là-de-
dans.

Mais quelque fréquente que foit aujourd'-
hui cette efpèce de Divination , je ne trouve
pas qu'il y ait lieu d'acufer le DIABLE de
fe fervir fouvent d'Infenfés , à moins que
ce ne foit de ceux qu'il a particulièrement
rendus propres à faire fes afaires ; car pour
ce qui regarde les *Idiots* & les *Simples* de
Nature, ils ne lui font abfolument d'aucune
utilité ; mais il y a une forte de Fous, apelés *Mages*, dont on a raifon de croire qu'il
fe fert fort fouvent, & qu'il leur prête fon
fecours.

Nous ne fommes pas encore arrivés à une
certitude fur la grande Queftion qui eft de
favoir ce que c'eft que la Magie ? fi c'eft un
Art Diabolique, ou fi elle fait partie des Ma-
tématiques ? Notre très-favant *Lexicon Tech-
nicum*, ou *Dictionnaire des Arts*, eft pour la
dernière opinion, & nous raporte le *Quaré
Magique*, & la *Lanterne Magique*, qui font
deux termes d'Art.

Le *Quaré Magique* eft lorfque des Nom-
bres en *proportion d'Aritmétique* font difpofés en de telles lignes parallèles, ou en rangs
égaux,

égaux, de manière que les sommes de chaque rangée, à la prendre *diagonalement* ou
lateralement, soient toutes égales. Par exemple, 2, 3, 4, 5, 6, 7, 8, 9, 10. Placez
ces neuf figures dans un Quaré de trois, elles
feront *diagonalement*, & *directement* le nombre de 18. de cette manière.

5	10	3
4	6	8
9	2	7

C'est-là ce qu'il apèle le *Quaré Magique*, mais il ne donne
aucune raison pourquoi, ni
aucun détail des Opérations
infernales qui se peuvent faire
par la rencontre de ces Nom-
bres ; aussi ne voi-je pas qu'il
puisse être d'aucune utilité.

La *Lanterne Magique* est une Machine
d'Optique, par le moïen de laquelle on représente contre une muraille, dans l'obscurité, plusieurs Fantômes & autres objets
afreux, sans pourtant que le DIABLE
s'en mêle, si ce n'est qu'ils sont regardés
comme des éfets de la Magie, par ceux qui
ne savent pas le secret.

Tout cela se fait par le moïen de plusieurs
petits morceaux de verre peints, situés d'une
certaine manière, placés en certaines opositions les uns aux autres, & representans
plusieurs sortes de figures, dont les plus afreuses sont placées les premières, comme
les plus capables d'éfrayer les Spectateurs ;
& de cette manière on peut representer
toutes les Figures contre la muraille oposée,
dans une grandeur très-considérable.

Je ne puis m'empêcher de remarquer ic
que cette pièce d'illusion optique paroît a-

M 3   voir

voir trop de raport avec les fauſſes Poſſeſſions, & les qualités infernales que la plupart des Poſſédés de ce Siècle s'atribuent, ce
qui me fait croire qu'ils ſont preſque tous
de purs Fantômes & de vaines Aparitions,
& rien plus. Il ne paroît pas même que
l'Eſprit de Divination, ni la Magie, ni la
Necromancie, ni les autres Arts, qui paſ-
ſoient pour diaboliques, ſoient d'un grand
uſage aujourd'hui, du moins dans ces parties du Monde; il ſemble, au-contraire, que
le DIABLE fait la plupart de ſes afaires,
lui-même, & par des voies plus courtes. En
éfet, il a une influence ſi complète ſur
ceux qu'il enrôle à-preſent à ſon Service,
qu'il renferme toutes les afaires générales
du Genre-Humain au-dedans d'une métode
plus étroite dans ſon ménagement, avec
une adreſſe particulière à lui ſeul, & par le
moïen de laquelle il avance ſes intérêts ſe-
crètement & en ſureté, à la ruine de la Vertu & du bon Gouvernement, &, par conſéquent, beaucoup plus à ſon contentement
qu'il n'ait jamais fait auparavant.

Il y a une eſpéce de *Magie*, ou de *Sortilége*,
ou comme il plaira de l'apeler, qui quoiqu'inconnue à nous, ſemble être fort apuïée
du DIABLE. Il eſt vrai qu'elle ne ſe
trouve pas parmi nous, & que ce n'eſt que
dans les Pays où il ne rencontre pas des
Inſtrumens auſſi civiliſés qu'ici, je veux dire,
parmi les *Indiens* de l'*Amérique Septentrio-
nale*. Cette eſpèce s'apèle *Pawawing*, dont
les Prêtres, qui ſe nomment *Pawaws*, ou
Sorciers, font des geſtes & des contorſions
étran-

étranges, ils se servent de fumées & de senteurs horribles, & de plusieurs autres choses, dont, on dit, que les Sorciers & les Sorcières usoient autrefois pour tirer l'Horoscope, donner des Filtres, déterminer, ou comme ils le prétendoient, diriger, le sort des Personnes, en brûlant certaines Herbes ou Racines, comme sont l'*Ellébore*, l'*Absinthe*, le *Storax*, la *Mandragore*, la *Morelle*, & une infinité d'autres de cette nature, qu'on apèle Plantes nuisibles, ou l'éfet de Plantes dangereuses ; en fondant certains Mineraux, certaines Gommes, & certaines choses vénimeuses ; en marmotant plusieurs paroles diaboliques, & en faisant dessus plusieurs marques grotesques comme aujourd'hui les *Pawaws*. Il semble que le DIABLE se plaît à ces sortes d'extravagances, ou du moins qu'il lui est permis d'y avoir part ; jusques-là qu'il y a des gens qui croient qu'il se manifeste souvent à eux pour leur prêter la main en pareilles ocasions.

Quoiqu'il en soit, il est exemt ici de tout cet embaras : il peut faire le *Pawaw* lui-même, sans le secours de ces sortes de Créatures ; & comme il les a toutes mises à l'écart, il négocie la plupart de ses afaires sans Ambassadeurs : il est son propre Plenipotentiaire, car il trouve les Hommes d'un accès si facile, & si aisés à se laisser persuader, qu'il n'a pas besoin d'Emissaires Secrets, du moins pas autant que ci-devant.

Après tout, comme le Monde, dans l'espace de fort peu d'années, a fait de

grands

grands progrès dans la connoissance de tous les Arts, qu'il a perfectionné chaque branche utile qu'on connoissoit déja auparavant, & découvert une infinité de choses avantageuses dans les Siences, qu'on ignoroit encore; pourquoi faudroit-il croire que le DIABLE est toujours demeuré dans le même état, qu'il n'a fait aucun pas vers la perfection de ses belles qualités, ni aucune découverte qui lui fût utile ? Lui, demeurer en suspens & être toujours le même DIABLE qu'auparavant ? Non, non : comme le Monde s'est perfectionné de jour en jour, que chaque Siècle est devenu plus avisé & les Hommes plus entendus que n'étoient leurs Pères, il ne faut pas douter que le DIABLE ne se se soit remué aussi pour aquérir une nouvelle connoissance, & faire quelques découvertes ; & il trouve que c'est là une route plus courte que celle qu'il tenoit auparavant, pour commercer avec le Genre-Humain.

D'ailleurs, comme il semble que les Hommes ont changé de coutume, & qu'ils se meuvent dans une sfère plus haute & plus relevée, par raport sur-tout au Vice & à la Vertu, le DIABLE peut avoir été contraint de changer de mesures, & de se servir d'une autre métode dans ses opérations. Certaines choses qui auroient été reçues dans les tems passés, & qu'un Siècle stupide se persuaderoit facilement, ne sauroient avoir cours parmi nous. Aussi souvent que le goût qu'on a ou pour le Vice, ou pour la Vertu, change, le DIABLE est obligé d'amord'amorcer fon hameçon par un apas d'une nouvelle compofition. La Tentation même a changé de nature, & ce qui fervoit à féduire nos Ancêtres, dont la conception groffière les rendoit plus traitables, ne feroit aujourd'hui aucun éfet. Les chofes ont entièrement changé de face : il y a des ocafions, peut-être, comme je l'ai déja dit, qui nous peuvent aifément faire tomber dans le crime, & nous y conduire, pour ainfi dire, avec le doigt ; mais lorfqu'il s'agit d'une manière plus rafinée de pécher, inconnue à nos Ancêtres, il faut auffi mettre en ufage une politique plus rafinée ; pareillement le D I A B L E a été engagé à former plufieurs projets utiles, & à inventer les moïens de faire quantité de nouvelles découvertes & de nouvelles épreuves pour avancer fes afaires ; & pour parler fans partialité, on peut dire, qu'il a fait depuis fort peu d'années des progrès furprenans, tant dans la connoiffance que dans l'expérience des chofes : il a inventé une infinité de nouvelles métodes, qu'autant que nous pouvons le favoir, il ne connoiffoit point auparavant, pour fe difpenfer d'une bonne partie des peines qu'il fe donnoit, & pour avancer librement fes afaires dans le Monde.

Il ne faut donc pas s'étonner s'il a changé de baterie, & qu'il ait abandonné cette forte de Sortilége dans ces Parties du Monde ; fi nos maifons ne font plus dérangées comme elles l'étoient ci-devant par le mouvement qui étoit donné aux chaifes, de manière qu'elles paffaffent d'une chambre à

l'au-

'l'autre ; fi les Enfans ne vomiffent plus d'é-
pingles courbées, ou de vieux clous rouil-
lés ; & fi l'Air n'eft plus rempli de bruits,
ni les Cimetières de Spectres, comme du
tems paffé ; fi enfin les Efprits revenans ne
paroiffent plus dans des draps mortuaires,
& que les bonnes vieilles Femmes qui é-
toient acoutumées de gronder pendant leur
vie, ne viennent plus vifiter leurs Maris
pour les tourmenter après qu'elles font mortes, comme elles ont fait lorfqu'elles étoient
en vie.

Le Siècle eft devenu trop prudent pour
faire atention à des épouventails de cette nature, par lefquels nos Prédéceffeurs fe laiffoient furprendre. SATAN a été obligé
d'abandonner fes Marionnettes, & fes Go-
belets, comme des chofes furannées : fes
Diables dançant la Morefque, ni fes char-
lataneries ne font plus de faifon. Toutes
ces chofes, qu'on peut fupofer pénibles
pour lui, & même d'une groffe dépenfe,
s'il n'avoit pas affez de Domeftiques, ne
lui font pas aujourd'hui d'une grande utilité
dans le nouveau ménagement de fes afaires.

En un mot, les Hommes font trop *Diables* eux-mêmes, dans le fens fous lequel
je les ai ainfi apelés, pour s'éfrayer de ces
fortes de petites Aparitions. Ils connoiffent
mieux l'ancien Arcange que cela, & il femble qu'ils lui difent qu'ils doivent être traités d'une autre manière, & qu'alors, comme ils font d'un naturel bon & traitable, il
poura commercer avec eux fous des conditions plus avantageufes pour lui.

De-

De-là vient que le DIABLE se sert d'une voie beaucoup plus courte pour agir sur le Genre-Humain : car au-lieu de l'Art de savoir atirer par caresses, ou de savoir se plaindre, outre cette partie pénible de filouter & de duper, d'emmener & d'emporter, d'éfrayer & d'épouvanter, à quoi le DIABLE étoit obligé ci-devant, il à pris la GRANDE MANIERE, comme l'apèlent les Architectes : je ne sai si nos Francs-Maçons entendent ce terme; c'est pourquoi je l'expliquerai par la suite, parce qu'il faut pouvoir l'entendre aussi-bien diaboliquement que matématiquement.

J'entends qu'aujourd'hui il agit avec les Hommes d'une manière immédiate & en personne, par une transformation magnifique, en les rendant *Diables* à eux-mêmes dans toutes les ocasions nécessaires, & *Diables* les-uns aux autres, toutes les fois qu'il a besoin de leur service.

Cette manière d'embarquer le Genre-Humain, dans les afaires particulières du DIABLE est assurément toute nouvelle. Il est vrai que SATAN peut avoir connu cette métode long-tems auparavant : j'ai même ouï dire qu'il avoit commencé à la mettre en pratique vers la fin de l'Empire *Romain*, dans le tems que les Hommes agirent sur des Principes fort polis, & qu'ils se trouvèrent capables de la méchanceté la plus rafinée, parmi lesquels il faut compter certains Papes qui étoient pareillement une espèce de *Diables* Ecléfiastiques, tels que le DIABLE même n'auroit jamais pu

M 6 espérer

espérer d'en rencontrer dans le Monde; on ne trouve pourtant nulle-part qu'il ait jamais été capable de la mettre en pratique si généralement qu'elle y est aujourd'hui. Mais le cas est changé: comme les Hommes en général sont plus experts en méchanceté qu'ils ne l'étoient ci-devant, ils souffrent aisément ce petit changement de leur espèce, qui se transforme en une autre: en un mot, ils sont changés en *Diables* presque sans peine, soit par raport au DIABLE, ou par raport à eux-mêmes.

Cette particularité n'auroit pas besoin d'explication, si je pouvois obtenir du Chevalier ELLEBORE WORMWOOD, Baronnet, & de Mylord THWARTOVER, Baron de SCOUNDREL-HALL, dans le Roïaume d'*Irlande*, la permission d'écrire la véritable Histoire de leur conduite, comment ils ont commencé de bonne heure & avec facilité à devenir *Diables*, sans faire tort à leur Caractère d'Hommes prudens, & sans diminuer en rien les qualités qui les font passer pour Fous.

Combien ne voit-on pas tous les jours d'Insensés parmi nous dans le tems critique de leur transmigration, précisément lorsqu'ils retiennent encore assez de l'Homme pour être connus par leurs noms, & qu'ils tiennent déja sufisammeut du *Diable* pour établir leurs caractères? La grande facilité que le DIABLE a de trouver accès auprès de ces sortes de gens, & la commodité qu'il y trouve pour l'avancement général de ses afaires, font une preuve pour moi, qu'il n'a

plus

plus befoin de Devins, de Magiciens, de
Sorciers, ou comme il plaira d'apeler ces
fortes de Créatures, dont il faifoit autrefois
tant de cas. Qu'a-t-il befoin d'emploïer des
Diables & des Sorciers pour mettre le Genre-
Humain en confufion, puifqu'il a porté
l'Art à un fi haut degré, qu'il a engagé des
Hommes, du moins dans ces Parties du Monde, à fe charger de cette commiffion ; &
c'eft par cette raifon qu'on ne voit paroître
parmi nous aucun des anciens Sorciers, Devins, Magiciens ou Sorcières ; non pas que
le DIABLE foit incapable de les emploïer
comme auparavant, & de leur donner les
qualités requifes pour cela ; mais c'eft à
caufe qu'il n'en a pas befoin ici, puifqu'il
a trouvé une métode plus courte, & que
les Hommes font plus faciles à fe laiffer pofféder. Le vieux *troupeau de pourceaux* ne
fut pas plutôt agité, quoiqu'il fût compofé
de deux mille éfectifs, que la Nature ouvrit la Porte, & le DIABLE en eut l'entrée
& la fortie à fa volonté ; de forte qu'il n'eft
plus queftion ni de Sorcières ni de Devins.

Il ne faut pourtant pas s'alarmer d'un
changement, tel qu'il fe trouve entre le
Genre-Humain & le DIABLE, ni s'imaginer
que comme SATAN a gagné tant de terrain
fur lui, il pourra, avec le tems, en empié-
tant toujours, parvenir à une Poffeffion générale de la Race entière, pour nous rendre
tous des *Diables* incarnés. Ne nous en alar-
mons pas, dis je ; car ce n'eft ni par em-
piétement, ni par fon pouvoir ou fon arti-

M 7   fice

fice infernal, qu'il a gagné ces avantages ;
point du tout : c'eſt l'Homme lui-même qui
les lui procure, tant par ſon indolence, &
par ſa négligence, que par la complaiſance
qu'il a pour SATAN : ce ſont-là deux moïens
par-où il oovre, pour ainſi dire, la porte au
DIABLE, & lui fait ſigne de la main de
s'aprocher, de ſorte-qu'il n'a qu'à entrer
& prendre l'Poſſeſſion. La choſe donc étant
ainſi, & l'Homme aïant tant d'honnêteté
pour SATAN, on ſait qu'il n'eſt pas aſſez
ſot pour refuſer un avantage qui lui eſt oſert,
& qu'ainſi il ne faut pas s'étonner s'il s'enſuit des conſéquences telles que je viens de
les nommer.

Cela ne veut pas dire pourtant, qu'il
faille perdre courage à reprendre ſes forces
naturelles & religieuſes, & à tâcher de fermer la porte à cet Eſprit malin ; car il eſt
certain qu'on le peut. L'Ame eſt un Fort
muni d'une bonne Garniſon tout autour :
ſi cette Garniſon ſe comporte bien & qu'elle faſſe ſon devoir, c'eſt une Place impre-
nable, & le DIABLE tout abatu eſt obligé
de lever le Siége & de ſe retirer ; ou plutôt
il eſt contraint de s'enfuir & de ſe ſauver au
plus vite, de peur d'être pris, c'eſt-à-dire,
de peur qu'on ne découvre ſa foibleſſe, ſes
embuſcades, & tous les ſtratagêmes dont il
fait uſage pour tendre des piéges à l'Homme. On pouroit fort s'étendre ſur cet article, mais comme il ne me reſte pas aſſez
de place pour aporter beaucoup de raiſonnement là-deſſus, je me contenterai de dire
en gros, que le DIABLE eſt à l'afut, &
fait

fait le guet, pour voir s'il ne fortira perfonne fans armes, parce qu'alors il ne manque
pas de fe faifir de ceux qu'il trouve en cet
état.

Sans armes ! dirat-t-on : & quelles armes
prendre ? quelle défenfe y a-t-il contre un
Fleau ? de quelles armes l'Homme fe-peut-
il fervir pour fe batre contre le DIABLE ?
Je pourois répondre à tout cela, & faire
voir quels font les moïens de le batre & de
l'éfrayer; car il y a plufieurs chofes, outre
l'*Eau bénite*, qui font capables de le chaffer; mais comme ce feroit trop m'enfoncer
dans le férieux, je craindrois qu'on ne m'a-
cusât de faire ici le Prédicateur, le Dévot,
&c; de forte que je fuis obligé de laiffer
ménager mes Lecteurs par SATAN, plutôt que de leur déplaire en leur parlant de
l'Ecriture Sainte & de la Religion.

Mais ne pouroit-on pas batre le DIABLE
de fes propres armes ? N'y a-t-il pas moïen
d'avoir à faire avec lui d'une manière qui
s'acorde avec la Nature humaine? Ce font-
là des Queftions qui demanderoient une
ample réponfe, & l'on pouroit faire de
grands raifonnemens, & peut-être plufieurs
tours magiques, là-deffus; car on dit qu'il
y a des charmes capables d'emmener le
DIABLE même; & il y a des endroits où
l'on cloue des fers de cheval fur le feuil de
la porte, pour l'empêcher d'y entrer; en
d'autres endroits ce font de vieux morceaux
de caillou, avec tant de trous, tant de coins,
&c. Je réponds à cela par la négative: je
ne fai fi SATAN fe laiffoit autrefois éfra-

yer

yer si facilement ; mais il faut qu'il soit
devenu ou plus rusé, ou plus hardi ; car
aujourd'hui il ne s'arrête point à ces sortes
de bagatelles. Je doute qu'il se souciât
fort de S. DUNSTAN, s'il le rencontroit
aujourd'hui avec ses tenailles rouges, ni de
S. FRANÇOIS, ni de quelques autres
Saints, ni même de toute leur Armée en
pleine procession : c'est pourquoi, quoiqu'on
ne prenne pas plaisir à m'entendre prêcher,
je dirai pourtant que si nous avons peur
qu'il ne nous ataque, & que nous ne vou-
lions pas nous servir des armes que nous
fournit l'Ecriture, & qu'on peut trouver
dans l'Epître de S. PAUL aux *Eféfiens*
Chap. VI. 16. on n'a qu'à en chercher de
meilleures où l'on poura.

Mais pour continuer mon Discours, je
dis que le DIABLE ne se laisse point é-
frayer par des épouventails, & qu'au lieu
de se servir de ses vieux Instrumens, il fait
la plupart de ses afaires seul.

Mais afin qu'on n'interprète pas mal
mes paroles, quand je dis que SATAN n'a
pas besoin d'Agens, je dois avertir ici qu'il
faut les entendre dans un sens limité & avec
restriction. Je ne dis pas absolument qu'il
n'en a besoin nulle-part ; mais seulement
qu'ils lui sont inutiles dans les Parties ci-
vilisées du Monde, dont j'ai parlé, comme peut être celle que nous habitons ; mais
il en est encore tout autrement dans plusieurs Pays éloignés. On dit sur-tout que
les *Indiens* de l'*Amérique* ont des Sorcières parmi eux, tant dans les Provinces, où

les.

les *Espagnols*, les *Anglois*, & d'autres Nations ont établi des Colonies, que dans celles où les *Européens* ne fe trouvent que fort rarement. Par exemple les Peuples de *Canada*, c'eft-à-dire, des Provinces qui font fous le Gouvernement *François* de *Quebeck*, les Equimeaux, & d'autres Climats plus Septentrionaux, ont des Magiciens, des Sorciers, & des Sorcières, qu'ils apèlent *Pilloatas*, ou *Pillotoas*, qui prétendent converfer familièrement & d'une façon intime, avec le D I A B L E, & recevoir de lui la connoiffance des chofes à venir. Pour dire ce que je penfe de tout cela, c'eft que comme ces Créatures font plus rufées que le refte, elles s'imaginent qu'en prétendant à quelque chofe de plus que l'humain, elles feront plus d'impreffion fur le Peuple ignorant; comme MA-HOMET amufoit le Monde avec fon Pigeon, à qui il avoit apris d'aller bèqueter des pois dans fon oreille, pour faire acroire aux gens qu'il lui aportoit des Révélations d'enhaut, & des Infpirations du Paradis.

C'eft ainfi que ces *Pillotoas* s'étant aquis quelque réputation parmi le Peuple, ils fe conduifent comme autant de Charlatans de l'Enfer, & prétendent entendre les chofes obfcures, guérir les maladies, pratiquer la Médecine, la Chirurgie, & la Necromancie en même tems. Je ne nierai pas que S A T A N fe choifit de femblables outils pour travailler dans ces Parties du Monde; mais je croi que, par raport à nous, il

a

a trouvé une voie plus courte, & cela sufit
à mon Sujet.

Il y a des gens qui vouloient me persuader que le DIABLE a eu beaucoup de part
aux ruptures religieuses qui sont arrivées en
dernier lieu parmi le Clergé de *France*, au
sujet de la Constitution UNIGENITUS,
& qu'il avoit bien pris ses mesures pour mettre le Pape en discussion avec l'Eglise *Gal-
licane*; car ils ont été sur le point d'en venir à une guerre écléfiastique déclarée, qui
seroit peut-être allée plus avant que le DIA-
BLE même n'auroit voulu. Pour moi, je
suis d'un sentiment tout oposé; & je croi
que loin que le DIABLE ait été cause de
la rupture, c'est lui même qui l'a racom-
modée, de peur qu'elle ne devînt si grande
qu'elle mît tout en combustion, & ouvrît
la porte au retour des *Huguenots*, comme la chose auroit pu facilement arriver.

Quoiqu'il en soit, il semble que la partie historique est un peu contre moi; car
il est certain que, dans cette importante a-
faire, le DIABLE avoit besoin de Legions
d'Agens, tant humains qu'infernaux, tant
visibles qu'invisibles, & il ne faut pas douter qu'il n'y ait encore à présent un nombre
infini d'Ouvriers.

De même en *Pologne*, je ne doute pas
que le DIABLE n'ait des milliers de ses Ban-
dits actuellement à l'ouvrage, & dans une
autre Province voisine de celle-là, pour
préparer peut-être les choses pour la pro-
chaine Diète générale, mais sur-tout pour
em-

empêcher qu'on ne donne aucun relâche aux *Proteſtans*, pour juſtifier la douce Exécution qui s'eſt faite à *Thorn*, & pour exciter une Nation à ſe quereller avec tous ceux qui ne ſont en état de ſe batre avec perſonne; pour élever une Race apoſtate de *S . . e* ſur un Trône, où elle n'a aucun droit, & pour changer un Roïaume électif en un Trône héréditaire, en faveur du Papiſme.

Je pourois prévenir toutes les Objections qu'on auroit envie de me faire là-deſſus, en acordant que le DIABLE, qui n'eſt jamais oiſif, emploie à-preſent tous ſes Agens & tous ſes Supôts (car je n'ai jamais dit qu'ils fuſſent ſans rien faire & inutiles) en tâchant de mettre le Monde Chretien en combuſtion, & d'allumer une nouvelle guerre, où toute l'*Europe* en général ſe trouve envélopée. Je pourois, peut-être, faire connoître quelques-unes des meſures qu'il prend, les *Irritans* dont les Médecins d'Etat ſe ſervent dans les Cours & ſur les Conſeillers des Princes, pour fomenter & faire fermenter les Eſprits, & les Membres des Nations, des Roïaumes, des Empires, & des autres Etats du Monde, pour parvenir aux fins glorieuſes qu'il ſe propoſe, & qui ſont le Fer & le Sang: car il faut croire qu'un Homme qui a aſſez de connoiſſance des afaires du DIABLE, pour écrire ſon Hiſtoire, doit avoir une idée plus juſte de ces ſortes de choſes, qu'un autre qui n'en ſait pas tant que lui.

Mais

Mais tout cela ne fait rien au cas préfent, en ce qu'il ne forme aucune acufation contre les nouvelles métodes dont SATAN fait ufage fur le Genre-Humain, du moins dans la Partie du Monde que nous habitons, & dans fa capacité fecrète & particulière. Il ne fait tout au plus que donner à connoître que le DIABLE fe fert encore de fes anciennes voies, lorfqu'il s'agit des afaires générales de toute une Nation : & que lorfqu'il a envie de féduire & de brouiller des Peuples entiers, il les fubjugue, comme font les autres Conquérans, par le moïen des armes : il fe fert pour cet éfet de puiffans Efquadrons de *Diables*, & envoie de forts Détachemens avec des Chefs pour les commander ; les uns d'un côté du Monde, & les autres de l'autre ; les uns pour répandre leur influence fur une Nation, les autres pour en faire de même fur une autre, & d'autres enfin pour en ménager & diriger une autre, felon que les chofes le demandent, & que l'ocafion le requiert, pour l'avancement libre de fes afaires, à fon plus grand contentement.

Si la chofe n'étoit pas telle, & que le DIABLE, par le moïen de fon nouveau & excellent ménagement dont j'ai déja tant parlé, eût porté les Hommes en général à être Agens de leurs propres desaftres, & que le Monde lui fût tellement dévoué, qu'il n'eût qu'à commander pour les engager à fe batre, à faire la guerre, à lever des armées, à détruire des Villes, à renverfer des Roïaumes, à ravager des Pays, & à

mettre

mettre des Nations en combuſtion, le Monde ne ſeroit, ſans doute, qu'un champ de Sang, & l'on verroit dans un inſtant toutes choſes dans une afreuſe confuſion.

Mais les choſes ne ſont pas dans cet état; Dieu n'a pas abandonné le Gouvernement de la Création au DIABLE, ſon Ennemi vaincu. Ce ſeroit renverſer le Syſtême entier de cet Etre Suprême, & donner à SATAN plus de pouvoir qu'il en ait jamais eu, ou qu'il puiſſe eſpérer d'avoir. C'eſt pourquoi, lorſque je parle d'un petit nombre de Scélerats fiefés de notre Siècle, qui ſont ſi échaufés dans leur méchanceté, qu'ils préviennent le DIABLE, l'exemtent de la peine de les tenter, deviennent *Diables* d'eux-mêmes, & courent vers l'Enfer plus vîte qu'il ne les y chaſſe, j'en parle comme de ſimples particuliers, qui agiſſent ſuivant leur capacité perſonelle & particulière. Mais lorſqu'il s'agit de quelques Nations, ou Roïaumes, le DIABLE eſt obligé de ſuivre ſon ancienne route, d'uſer de ſtratagêmes de ſon invention, de ſe ſervir de tous ſes artifices, & d'emploïer tous ſes Agens, comme il a fait de tous tems, depuis le commencement de ſon Gouvernement politique juſqu'aujourd'hui.

Si cela n'étoit, que deviendroient toutes ſes Légions ſans nombre, dont il a été parlé dans tous les Siècles, & dont toutes les Parties du Monde ont ſenti les funeſtes éfets? Elles ſembleroient être entierement hors de ſervice, & tout-à-fait déſœuvrées dans le Monde des Eſprits, où l'on

l'on peut fupofer qu'elles font leur réfidence. Le Diable même ne pouroit
pas leur fournir de l'ouvrage, ce qui, pour
le dire en paffant, feroit un Enfer, avant
le tems, pour des Efprits auffi remuans &
auffi méchans qu'eux. Ils fe trouveroient,
pour ainfi dire, condamnés à un état d'oi-
fiveté, qu'on peut fupofer avoir fait partie
de leur Baniffement de la Beatitude & de
la Création de l'Homme; ou à-peu-près
dans un pareil état que celui où ils étoient
pendant cet intervale furprenant entre la deftruction du Genre-Humain par le moïen du
Déluge, & le jour que Noé fortit de
l'Arche; car on peut dire que pendant tout
ce tems-là ils n'avoient abfolument rien à
faire.

Mais ce n'eft pas-là le cas de Satan:
ainfi il ne faut pas penfer que je traite la
chofe plus légèrement que je n'en ai l'envie, & que je ne le fai réellement. Il eft
pourtant vrai, que nos Pécheurs modernes
& à la mode, font arrivés à un plus haut
degré de méchanceté, que n'ont fait leurs
Pères; & il femble éfectivement, comme
je l'ai dit, qu'ils n'ont pas befoin du Diable, pour les tenter, & que même ils
font les afaires de Satan par raport à
d'autres, & fe rendent *Diables* eux-mêmes
à l'égard de leurs voifins, en les tentant
à pécher avec plus de fuccès qu'il ne pouroit le fouhaiter, en courant avant qu'ils
foient envoiés, & en faifant les commif-
fions du Diable *gratis*. Par ce moïen-
là, Satan trouve fes afaires toutes faites,

tes, pour ce qui les regarde, & l'on peut
dire qu'en cela ils lui épargnent bien de la
peine. Malgré cela, le DIABLE a encore une infinité d'afaires fur les bras, de
forte qu'il lui en refte encore affez pour
s'ocuper, lui & toutes fes Légions; à inquiéter le Monde, & le mettre en confufion, & à s'opofer à la Gloire de leur
Maître Suprême, toute leur ocupation,
quelque vaine qu'elle foit par raport à fa
fin, étant d'en renverfer & d'en détruire
le Règne, s'ils en étoient capables, ou du
moins de faire tous leurs éforts pour y réüffir.

La chofe étant telle, il s'enfuit natûrel-
lement que tous les maux tant nationaux
ou publics, que ceux qui arrivent dans les
familles, ou même que ceux qui font per-
fonels, fi on en excepte ceux qui doivent
être exceptés, font encore atribués au
DIABLE: que fes Avocats l'en déchar-
gent, s'ils peuvent. Cela nous fait retourner à la manière, dont le DIABLE
fe fert dans fon ménagement, & à la métode qu'il emploie pour agir par des A-
gens humains, ou, fi l'on veut, à la métode des *Diables* humains qui travaillent à
des chofes baffes, telles que font la Divination, le Sortilége, la Magie noire, la
Necromancie, &c, qui, felon moi, con-
fiftent toutes en deux parties effentielles, &
dont il nous eft de la dernière importance
d'être parfaitement inftruits.

La première eft celle que SATAN donne, ou par lui-même, ou par fes *Diables*
in-

inférieurs, aux Créatures avec qui il est en
alliance ici-bas sur la Terre, & à qui, on
pouroit dire, que, semblable à un Maître
d'Opera ou de Comédie, il distribue leurs
Roles, afin de se mettre en état de les réciter. Il est vrai, que je ne me suis pas
informé s'il les oblige à une Répétition en
sa presence, pour éprouver leurs Talens,
& voir s'ils sont capables de bien representer. -

La seconde est celle que ces sortes de
Sujets font de leur bon gré, sans en avoir
la commission, pour faire voir leur diligence & leur inclination à servir leur nouveau Maître, & outre cela pour faire venir
l'eau à leur Moulin, & tirer le plus d'a-
vantage qu'ils peuvent de leur Emploi, &
enfin pour s'atirer de l'aplaudissement, & se
faire admirer, autant que s'ils étoient dix
fois plus *Diables*, qu'ils ne sont en éfet.

En un mot, la chose consiste en ce que
le DIABLE fait par le secours de ces gens-
là, & en ce qu'ils sont en son nom sans
lui. SATAN se trouve quelquefois trompé
dans ses ocupations; il y a des prétendus
Sorciers & Magiciens avec qui il n'a jamais
fait d'acord, mais qu'il tolère, parce qu'ils
ne lui font aucun tort ; quoiqu'ils aient
plutôt en vue de gagner de l'argent, que de
lui rendre service. J'en ai raporté plus haut
un exemple fort remarquable.

Mais revenons à ses Supôts réels, qui sont
de deux sortes :

1. Ceux, qui étant en alliance avec lui
agissent par sa direction, & dont le nombre

bre eſt aſſez conſidérable, comme je l'ai déja dit.

2. Ceux, en qui & par qui il agit, ſans que, peut-être, ils en ſachent rien, & dont l'Hiſtoire nous fournit une infinité d'exemples, depuis le premier Diſciple de MACHIAVEL ━━━━━, juſqu'au fameux Cardinal ALBERONI, & même à quelques autres plus modernes, dont je ne ſaurois rien dire avant qu'il s'en preſente une ocaſion favorable.

Ceux qui ſont en alliance avec le DIABLE, & qui agiſſent par ſa direction immédiate, ſont les mêmes que j'ai nommés au commencement de ce Chapitre, & dont les artifices ſont véritablement ténébreux & infernaux. Comme il ſera fort dificile de vuider la querelle qui arrive entre ceux qui ſont réellement en alliance avec SATAN & agiſſent ſous ſes ordres, & ceux qui n'en ont que le nom, je la laiſſe telle que je la trouve. Pour ce qui eſt de la ſupoſition, qu'il y a, ou du moins qu'il y a eu, un certain nombre de gens dans le Monde, qui ſont réellement de ſa connoiſſance, & fort familiers avec lui; & que quoique, comme je l'ai déja dit, il ait fait en dernier lieu de grands changemens dans ſes Plans & dans ſes manières d'agir, il y a cependant des gens, peut-être de toute ſorte, avec qui le DIABLE entretient une correſpondence; c'eſt une choſe que je n'oſerois nier, de peur de m'atirer à dos généralement toute la bande Enchantereſſe de l'un & de l'autre Sexe, qui ſeroit capable de me

lapi-

lapider, pour vouloir lui refuser l'honneur
d'avoir commerce avec le DIABLE, dont
elle est si extraordinairement jalouse, & à
quoi elle borne toute son ambition.

Ce n'est pas à dire, que je sois obligé
d'ajouter foi à toutes les choses étranges
que les Sorcières & les Sorciers qui ont
passé, & ont été pendus pour tels, ont
dit d'eux-mêmes & même confessé au Gibet. Si j'ai ocasion de parler librement de
cette matière, je pourai, peut-être, prouver que le pouvoir que le DIABLE a de
la possession a été fort diminué en dernier lieu, & qu'il est ou limité, & ses fers
plus racourcis qu'ils n'étoient ci-devant, ou
qu'il ne trouve pas, comme je l'ai fait voir,
l'ancienne métode si propre pour parvenir à
ses fins, qu'elle l'étoit autrefois, ce qui fait
qu'il est obligé de prendre d'autres mesures;
mais je suis contraint de renvoïer la chose à un autre tems pour en traiter séparément. Au reste, on dit qu'il y a un autre
sorte de gens, dont, peut-être, le nombre
est très-considérable, en qui & par qui le
DIABLE agit réellement, sans qu'ils en
sachent rien.

Il me faudroit trop de tems & de place,
sur tour à présent que je suis vers la fin de
cet Ouvrage, pour décrire & découvrir
tous le *Diables* involontaires qu'il y a dans
le Monde, & dont on peut dire, avec vérité, que le DIABLE est réellement en eux,
sans qu'ils s'en aperçoivent. Quoique le
DIABLE soit rusé, qu'il sache se ménager, & qu'il puisse se taire où il trouve qu'il

est

est de son intérêt de n'être pas connu ; il
lui est pourtant fort dificile de se cacher
si bien, & de faire si peu de bruit dans la
maison, que la famille ne puisse pas savoir
qui y loge. Malgré cela, c'est un Agent
si adroit, & en même tems si malfaisant,
qu'il emploie toutes sortes de métodes & de
ruses, pour faire sa résidence dans les personnes qu'il trouve propres à ses fins, soit
quelles le veuillent, ou non ; soit qu'elles
le sachent ou qu'elles l'ignorent entièrement.

Que personne ne se fâche, & ne se trouve choqué, si je dis que le DIABLE est,
peut-être, en lui, qu'il agit sur lui & par
lui, sans qu'il en sache rien ; car j'ajoute,
que ce seroit un des plus grands traits
de la pénétration humaine, à un Homme qui pouroit connoître quand le DIABLE
est en lui, & quand il n'y est pas ; quand
il est un Instrument & un Agent de l'Enfer, & quand il ne l'est pas ; &, en un mot,
quand il fait les œuvres du DIABLE,
même sous sa direction, & quand il ne les
fait pas.

Il est vrai, que c'est-là un Article très-
important & qui mériteroit d'être traité plus
férieusement, que je ne fai, à ce qu'il paroît, toutes les matières qui sont contenues
dans ce Livre. Mais, qu'il me soit permis de parler des choses à ma façon, & de
dire en même tems, qu'il n'y a pas, dans
cet Ouvrage, un Sujet, quelque ridicule
qu'il puisse paroître, qu'un Esprit grave &
posé n'en puisse faire une aplication égale-

N 2   ment

ment férieufe & folide, & qu'un Homme
entendu & de bon fens, ne voie que c'eft-
là l'intention de l'Auteur : comme donc je
fuis fi près de la fin de mon Livre, j'ai cru
qu'il étoit à propos de m'expliquer là-deffus,
pour y conduire le Lecteur auffi avant qu'il
me fera poffible.

C'eft, dis-je, un excellent trait de la fa-
geffe humaine, de favoir quand le DIABLE
agit en nous & par nous, & quand il ne le
fait pas : un autre marque encore plus excellente, feroit de l'en empêcher, d'arrêter fes progrès, de l'envoïer bien loin, & de
lui faire entendre qu'il ne pouffera pas plus
avant fes entreprifes de ce côté-là, parce
qu'on ne veut pas lui fervir d'Inftrumens
plus long-tems, & en un mot, de lui faire
paffer la porte, & apeler à fon fecours une
puiffance plus forte qui en prenne poffeffion.
Mais c'eft-là une matière trop folide & trop
grave pour commencer ici à en difcou-
rir.

Pour ce qui eft de favoir fimplement
quand il travaille avec nous, quelque confidérable que foit la chofe, elle peut s'a-
prendre fans beaucoup de dificulté : par e-
xemple, il n'y a qu'à regarder un peu dans
le Microcofme de l'Ame, & voir de quelle
manière les Paffions qui font le Sang, &
les Afections qui font l'Efprit, fe meuvent
dans leurs vaiffeaux particuliers, comment
elles circulent, & dans quel degré eft le
Poulx, alors on poura juger de celui qui
tourne la Roue. Si l'Ame fe trouve dans
une parfaite tranquilité; fi la Paix & l'Ega-

lité

lité y règnent, & que l'Esprit ne sente aucune tempête naissante; si les Afections
sont bien réglées, & élevées du côté de la
Vertu & des objets sublimes, & que les Esprits soient frais & posés, l'Homme est en
général dans une Droiture d'Esprit, & l'on
peut dire qu'il est véritablement à lui-même.
Le Ciel répand sur son Ame sa bénigne influence, & il est hors de la portée de l'Esprit malin; car l'Esprit divin est une influence de Paix, de tranquilité, de lumière, de
félicité & de douceur, & tend à tout ce qui
est bon, tant par raport aux choses presen-
tes qu'à celles qui sont à venir.

D'un autre côté, si l'Esprit se trouve
continuellement en desordre, s'il s'y élève
des vapeurs, & qu'il s'y forme des nuages; si les Passions, comme sont la Colère, l'Envie, la Vengeance, la Haine, la
Fureur, les Querelles, enflent le Cœur; s'il
y en a quelques-unes seulement qui y do-
minent, & sur-tout si on les sent au dedans
de soi; si les Afections sont possédées &
que l'Ame soit obligée de suivre le courant
pour s'arrêter à de vils & de bas Objets; si
les Esprits, qui sont la vie & les facultés
vivifiantes de l'Ame, sont divisés en diffé-
rens Partis, & pour se trouver engagés dans
une voie vicieuse & corrompue, forment
des désirs méchans, & obligent l'Homme
à donner tête baissée dans le Crime, le
cas est facile à résoudre, & l'on peut dire
qu'un tel Sujet est possédé, & que le DIA-
BLE est en lui, qui après avoir pris le Fort,
ou du moins la Contrescarpe & les Ouvra-

ges

ges extérieurs, bâtit son Logement pour se
couvrir & s'assurer de ce qu'il tient, de peur
d'en être dépossédé,

Il n'est pas non plus facile de le chasser
d'un endroit, dont il a ainsi pris possession;
& il ne faut pas s'étonner, si après s'être
logé dans les Ouvrages extérieurs de l'A-
me il continue à saper les fondemens du
reste, & que par ses assauts furieux & cons-
tans il contraigne enfin l'Homme à se rendre.

Si l'allégorie n'est pas aussi juste & aussi
propre qu'on pouroit la souhaiter, on y
poura pourtant voir à plein quel est l'état
de l'Homme, & de quelle manière le DIA-
BLE exécute ses Desseins : il n'y a rien
de plus ordinaire, & je croi qu'il y a peu
d'Esprits capables de réflexions, qui n'en fas-
sent en voïant nos Passions & nos Afections
s'évaporer & sortir de leurs bornes naturelles, les Esprits, & le Sang s'extravaser,
les Passions devenir furieuses & outragean-
tes, & les Afections impétueuses, corrompues, & extrèmement vicieuses. Quelle est
la cause de tout ce desordre? On ne sauroit dire que ce soit le Ciel; & si ce n'est
pas le DIABLE, qui est-ce qu'on en poura acuser? L'Orgueil enfle les Passions,
l'Avarice émeut les Afections: qu'est-ce
que l'Orgueil, qu'est-ce que l'Avarice, si-
non le DIABLE dans l'intérieur de l'Homme? & cela d'une manière aussi réelle, &
aussi personelle, qu'il étoit dans le Troupeau de Pourceaux.

Il ne faut donc pas qu'un Homme qui
est)

est esclave de ses Passions, où qui est en-
chainé à son Avarice, s'émancipe de prendre en mauvaise part, si je dis qu'il a le
DIABLE, ou bien que c'est un *Diable*.
Que peut-ce être autre chose, & d'où vient
que la Passion & la Vengeance dépossè-
dent si souvent l'Homme de lui-même,
jusqu'à l'engager à se rendre coupable de
Meurtre, à dresser des piéges & des embuches à la vie de ses Ennemis, & à être
altéré de Sang? D'où cela vient-il, si ce
n'est du DIABLE, qui met ces Esprits de
l'Ame dans un ferment si violent, qu'il en
vient une Fièvre? Lorsque la circulation
est précipitée jusqu'à un tel degré, & que
l'Homme se trouve porté & forcé, pour
ainsi dire, à faire du mal, & enfin à la destruction, c'est le DIABLE qui fait tout
cela, quoique l'Homme n'en sache rien.

Pareillement l'Avarice le porte à dérober, à piller, & à détruire pour avoir de
l'argent, & quelquefois à commettre les
plus grandes violences, dans l'espérance qu'il
a d'en être récompensé. Combien n'y a-
t-il pas eu de personnes qui ont eu la gorge
coupée pour leur argent, qui ont été assas-
sinées sur des grands chemins, ou massacrées
dans leurs lits pour ce qu'elles avoient? Il en
est de même des autres articles: chaque Vice est un *Diable* dans l'Homme; le désir de
gouverner est le *Diable* des grands Hommes,
& l'ambition n'est pas moins *Diable* à eux,
que la volupté l'est au Père. .L'un a un
Diable d'une classe, & l'autre en a un d'u-
ne autre, & le Vice prédominant de cha-

que particulier eſt un Diable pour lui.

C'eſt ainſi que le DIABLE a ſes Inſtrumens involontaires, de même que ceux qui
ſont en alliance avec lui. Il a beaucoup de
part en pluſieurs de nous, & il nous gouverne & agit en nous ſans que nous en
ſachions rien, & même ſans que nous le
ſoupçonnnions; ſemblables à HAZEL l'Aſ-
ſyrien qui, ſur la demande que le Profète lui
fit comment il feroit le *Diable* contre les
pauvres *Iſraëlites*, répondit avec dédain :
*Ton ſerviteur eſt-il un chien pour faire une
telle choſe*; cependant il ſe trouva ce chien,
& exerça, malgré cela, toutes ces cruautés, le
DIABLE le gouvernant, ou agiſſant par
lui, pour le rendre plus méchant qu'il ne
penſoit qu'il lui fût jamais poſſible de le
devenir.

CONCLUSION.

De la dernière Scène de la Liberté du DIABLE,
*& ce qu'on peut ſupoſer pour ſa fin, outre
ce qu'on doit entendre par ce qu'il doit être
tourmenté dans tous les Siècles.*

COmme le DIABLE eſt le Prince de la
puiſſance de l'Air, ſon Règne n'eſt pas
éternel, & il faut qu'un jour il prenne fin,
& comme il eſt apelé le Dieu de ce Monde, c'eſt-à-dire, le grand Uſurpateur de
l'Homage & de la Vénération que les Hommes doivent de droit à leur Créateur, il faut
que ſon uſurpation prenne pareillement fin
avec

avec le Monde. SATAN est apelé le Dieu
de ce Monde, parce que les Hommes se
prosternent & se prostituent devant lui;
mais cela ne lui donne pas le droit d'en être
le Gouverneur : de sorte que l'Homage &
l'Adoration qu'il reçoit des Hommes n'est
qu'une Usurpation, mais qui finira, parce
que le Monde finira aussi ; & comme le
Genre-Humain a eu son commencement
dans le tems, il doit expirer & être enlevé
avant la fin du tems.

Comme donc l'Empire du DIABLE
doit expirer & prendre fin, & que le DIA-
BLE & toute son Armée de *Diables* sont
des Sérafins immortels, des Esprits sans
corps, & qui ne peuvent mourir, mais qui
doivent demeurer en être, cela engagera à
demander d'abord ce qu'il doit devenir ? quel
sera son état ? s'il doit être vagabond, &
dans quelle condition il demeurera dans cette Eternité, où il doit encore exister ?

J'ose me flater que personne ne donnera
une fausse interprétation à ce que j'ai dit au
sujet des Esprits, qu'ils sont tout flame, sans
être exposés aux éfets du feu, comme si
j'avois supofé qu'il n'y eût point de lieu de
châtiment pour le DIABLE, ni aucune espèce de punition qui pût le toucher, &
qu'il en fût de même de nos Esprits, lorsqu'ils sont transformés en flame.

Je dois avoir la liberté de parler de ce Feu
matériel, par lequel, comme par allégorie,
nous sont représentés tous les tourmens &
toute l'horreur d'un état éternel, tant dans
l'Ecriture que dans les Ecrits des savans.
Com-

Commentateurs, & par lequel la peine des
sens nous est décrite. Peut-être, n'entends-
je pas la chose de la manière qu'ils l'entendent, c'est pourquoi j'ai dit :

Lorsque nous serons tout flame, c'est-à-
dire, tout Esprit, nous méprierons toute
sorte de feu tel que celui-ci : & c'est de cette manière qu'on doit m'entendre.

Il ne s'ensuit pas de-là, aussi ne prétends-
je pas l'insinuer, ni même y penser, qu'une
Puissance infinie ne puisse former quelque
chose, quoiqu'inconcevable à nous ici-bas,
qui soit aussi cuisant & aussi insurportable à un
Diable, à un Sérafin apostat, & à un Esprit, quelque sublime, quelque dépouillé
de corps, & quelque raréfié en flame qu'il
soit, que le Feu ordinaire pouroit être aux
Corps. Je croi qu'en cela je suis ortodoxe,
& que je ne donne pas la moindre ocasion
aux Adversaires de m'acuser de profanation
dans ces paroles, ou de justifier les pensées
profanes qu'eux mêmes peuvent avoir là-
dessus.

Il faudroit être Athée au souverain degré,
pour insinuer, que, quoique le Diable
ait entassé crime sur crime, depuis la Création de l'Homme, qu'il ait augmenté sa haine & sa rébellion contre Dieu, & redoublé
ses éforts pour détrôner & déposer sa Majesté Céleste, le Ciel ne lui a pas préparé,
ou n'a pu lui préparer un Châtiment proportionné à ses méchancetés, & que le tout
ne doit pas se terminer à une entière victoire
que Dieu remportera sur l'Enfer, & à une
condamnation ouverte de Satan. Le
Ciel

Ciel ne rendroit pas justice à sa propre Gloire, s'il ne se vengeoit de ce Rebelle, pour toutes les méchancetés qu'il a exercées dans son état tant ancien que moderne, pour le Sang qu'il a fait répandre de tant de Millions de ses fidèles Sujets & Saints; de sorte que quand même on n'auroit aucune preuve de tout cela, la chose ne laisseroit pas de passer pour incontestable dans mon esprit. Mais comme c'est une matière qui n'apartient pas à l'Histoire du DIABLE, c'est par cette raison que je me suis réservé à en dire deux mots, en passant, dans cet endroit.

Le DIABLE a avoué lui-même que sa condition doit être un état de punition & de tourment; & les paroles qu'il adresse à notre Seigneur, dans le tems qu'il le fait sortir de l'Homme furieux qui faisoit sa demeure dans les Sépulcres, en sont une preuve sufisante : *Qu'y a-t-il entre toi & nous; es-tu venu pour nous tourmenter avant le tems?* par-là le DIABLE reconnoît quatre choses, dont trois conviennent directement à mon Sujet, & si quelcun ne veut pas croire aux paroles de Dieu, je croi qu'il s'en raportera à celles du DIABLE, d'autant plus que c'est une franche Confession qu'il fait contre lui-même.

1. Il a confessé, que JESUS-CHRIST est *le Fils de Dieu*; mais sans qu'on lui en sache aucun gré, parce qu'on n'avoit pas besoin du témoignage du DIABLE pour cela.

2. Il reconnoît, qu'il peut être tourmenté.

3. Il reconnoît, que JESUS-CHRIST est capable de le tourmenter.

N 6 4. Il

4. Il confeſſe, qu'il y a un tems marqué, où il ſera tourmenté.

Pour ce qui eſt de la manière & des moïens par leſquels ces tourmens du Diable doivent être exécutés, c'eſt une choſe qu'il nous eſt auſſi inutile qu'impoſſible de ſavoir; & comme je n'ai pas envie de remplir la tête & l'imagination du Lecteur, de conjectures foibles & imparfaites, je la laiſſe telle qu'elle eſt.

Il nous ſuſit que ces tourmens nous ſoient repreſentés par un Feu, parce qu'il eſt impoſſible à notre étroite conception de ſe figurer des tourmens d'une manière plus ſenſible, par quelque autre choſe que ce ſoit; d'où je conclus que les *Diables* recevront enfin un Châtiment convenable à leur Nature ſpirituelle, & qui les tourmentera d'une manière auſſi ſenſible que notre Feu ordinaire tourmenteroit un Corps.

Après avoir ainſi établi ma Créance ſur cette matière, je me flate qu'on trouvera qu'elle eſt bien fondée de la manière qui ſuit.

Dès que SATAN fut détaché pour jouer ſon role dans ce Monde, il penſa à bien emploïer ſon tems. Il n'a négligé aucune ocaſion d'exercer ſa Haine, ſa Rage, & ſa Malice contre ſon Conquérant, ſon Ennemi & ſon Créateur. Il n'a pas manqué, par de purs principes d'Envie & d'Orgueil, de perſécuter le Genre-Humain par une Haine implacable, dans le deſſein de le priver de l'honneur & du bonheur pour leſquels il a été créé, c'eſt-à-dire, de ſuccé-

der

der au DIABLE & à ſes Anges dans l'é-
tat de Gloire, dont ils ſont déchus.

Cette Haine qu'il a contre Dieu, & cette
Envie qu'il porte à l'Homme, s'étant dé-
clarées pas tant de diférentes manières dans
tout le cours des tems, depuis la Création,
il faut de néceſſité qu'elles aient de beaucoup augmenté ſa Coulpe; & comme le
Ciel eſt un juſte Juge, il doit prononcer
une augmentation de Châtiment proportionnée à ſon Crime, & ſufiſante à ſa Nature.

Il y a des gens qui ſont dans la penſée,
qu'il doit encore venir un tems, où le
DIABLE exercera plus ſa Rage, & fera
plus de mal, qu'il ne lui a été permis de
faire juſqu'à-preſent; mais ils ne peuvent
pas dire, non plus que moi s'il doit rompre alors ſes fers, ou s'il doit être déchainé pour un tems; & c'eſt un bonheur pour
mon Ouvrage, que cette matière n'apartient pas à ſon Hiſtoire. S'il ſe trouve
quelcun parmi les Hommes qui en donne jamais un détail, ce ne ſera qu'après
que la choſe ſera arrivée: pour ce qui me
regarde, ce n'eſt pas mon afaire de pro-
fétiſer, ou de prédire ce que le DIABLE
doit faire, mais ſeulement de donner l'Hiſtoire de ce qu'il a fait.

C'eſt ainſi que je l'ai conduite juſqu'au
tems preſent, & que j'ai, pour ainſi dire,
évoqué le DIABLE, & l'ai expoſé à la
vue de tout le Monde, afin qu'on puiſſe le
connoître & s'en garantir.

S'il ſe trouve à-preſent quelques perſonnes

N 7

nes plus subtiles qui croient être capables de
le faire rentrer dans son obscurité, & l'éloi-
gnet ainsi de notre vue, pour ne plus en
être inquiétés, soit à-present, ou par la suite, elles n'ont qu'à mettre la main à l'œuvre, comme elles le jugeront à-propos. On
sait que les choses à venir n'apartiennent
point à l'Histoire ; c'est pourquoi je suis
obligé de le laisser dans le Monde, sou-
haitant qu'on n'en donne pas ci-après une
Rélation plus triste que celle que j'en ai
donnée pour le passé.

F I N.